보이지 않는 잉크

일러두기

• 원서에서 저자가 강조하기 위해 이탤릭체로 표기한 부분은 고딕체로 표기했습니다.

• 본문의 주석은 내용의 이해를 돕기 위해 모두 옮긴이가 작성했습니다. 저자가 단 주석인 경우에는 '저자'라고 꼬리표를 달았습니다.

# 보이지 않는 잉크

## 토니 모리슨

이다희 옮김

바다출판사

보이지 않는 잉크는 이를 알아보는
독자가 나타나기 전까지
행간에 그리고 행의 안팎에 숨어 있는 것이다.

2부

# 입에 담지 않은 차마 못할 말

—

3부

# 이방인의 고향

—

4부

# 기억의 자리

———

1부

# 보이지 않는 잉크

# 위험

　　권위주의 정권이나 독재자, 폭군이 언제나 어리석은 것은 아
니지만 많은 경우 그러합니다. 그럼에도 예리한 반체제 작가들
이 비판적인 생각을 출판하거나 창조의 본능을 따르도록 자유롭
게 내버려둘 만큼 어리석지는 않습니다. 그렇게 하면 위험하다는
사실을 압니다. 언론에 대한 통제권을(그것이 노골적이든 음흉하든)
놓아버릴 만큼 어리석지도 않습니다. 대중에게 정보를 제공하고
선동하는 작가들을 감시, 검열, 체포합니다. 심지어 학살이라는
방법을 동원하기도 하지요. 동요를 일으키고 의문을 가지고 다시
한 번 더 깊이 들여다보는 작가들이 대상이 됩니다. 작가들은—
기자, 수필가, 블로거, 시인, 극작가—그 나라 사람들이 빠진 사회
적 억압이라는 혼수상태, 독재자들이 평화라고 부르는 혼수상태
를 흔들 수 있으며, 매파와 모리배들을 설레게 만드는 전쟁의 피

흐름을 막을 수 있기 때문입니다.

작가들은 이런 위험을 마주하고 있습니다.

하지만 우리가 마주한 위험은 또 다른 종류입니다.

예술 작품을 빼앗길 때 우리는 얼마나 암담하고 살 수 없고 견딜 수 없는 지경이 되는지요. 위험과 마주한 작가들의 삶과 작업을 보호하는 일은 시급하지만, 그 시급함을 느끼는 동시에 우리는 잊지 말아야 합니다. 작가가 없다면, 작가가 하는 작업의 숨통을 막고 잔인하게 잘라낸다면, 우리 역시 같은 위험에 빠집니다. 우리가 그들에게 내미는 구원의 손길은 우리 자신을 향한 관용의 손길이기도 합니다.

우리는 작가들의 탈출이 이어지는 나라들이 어떤 곳인지 알고 있습니다. 그런 정권이 검열 없는 글쓰기를 두려워하는 것은 당연합니다. 진실은 골칫거리이기 때문입니다. 전쟁을 부추기는 사람, 고문하는 사람, 도둑 같은 기업, 돈이 목적인 정치인, 부패한 사법 체계, 혼수상태에 빠진 국민에게도 골칫거리입니다. 억압받지 않고 투옥되지 않고 괴롭힘 당하지 않는 작가들은 무지한 불량배, 간사한 인종주의자, 세계의 자원을 축내는 포식자들을 골치 아프게 만듭니다. 작가들이 울리는 경종, 일으키는 동요는 많은 가르침을 줍니다. 그것은 공개되어 있고 노출되어 있으므로 단속하지 않으면 위협적입니다. 따라서 역사적으로 작가들의 억압은 뒤이을 권리와 자유의 꾸준한 박탈을 알리는 가장 이른 전조 현상입니다. 억압받은 작가들의 역사는 문학의 역사만큼이나 깁니다. 뿐만 아니라 우리를 검열하고 굶기고 규제하고 절멸하려는 노력은 어떤 중요한 일이 벌어졌다는 명백한 신호입니다. 문화적 정치적 권력은 '안전한' 예술, 국가에서 승인한 예술 이외의 모든 것을 싹 쓸어버릴 수 있습니다.

저는 혼란을 인식한 인간은 두 가지 반응을 보인다고 들었습니다. 바로 이름 붙이기와 폭력입니다. 혼란이 단지 미지의 것일 때, 새로운 종, 항성, 공식, 방정식, 예후 등일 때 이름 붙이기는 순조롭게 끝납니다. 이름이 없거나 이름을 빼앗긴 지리적 장소, 지형, 혹은 민족을 위한 지도나 표 그리기, 고유 명사를 고안하는 것도 이에 해당됩니다. 혼란이 저항이 될 경우, 즉 자기 개혁을 도모하거나 강요된 질서를 뒤엎고 일어날 경우 미지의 혼란, 대재앙에 가까운 혼란, 길들지 않았거나 무절제하거나 구제불능인 혼란에 맞서는 가장 흔하고 합리적인 반응은 폭력입니다. 합리적인 반응은 비난일 수도 있고 수용 시설, 감옥 감금일 수도 있고 고독한 죽음 혹은 전장에서의 죽음일 수도 있습니다. 그러나 혼란에 대한 세 번째 반응은 잘 이야기되지 않습니다. 그것은 고요입니다. 그런 고요는 수동적인 태도일 수도 있고 어안이 벙벙한 상태이거나 공포에서 비롯된 온몸의 마비일 수도 있습니다. 그러나 예술일 수도 있습니다. 날 것의 권력, 군사력, 제국의 건설과 곳간을 책임지는 자와 가까이 있든 멀리 있든 자신의 글쓰기에 공을 들이는 작가들은, 혼란에 맞서 의미를 세우는 작가들은 돌봄과 보호를 받아야 합니다. 그리고 그 보호를 다른 작가들이 시작해야 하는 것도 맞습니다. 포위 공격을 당하는 작가들을 구원하기 위해서 뿐만이 아니라 우리를 구원하기 위해 반드시 그리해야 합니다. 저는 남과 다른 목소리가 지워질까, 쓰이지 않은 소설이 지워질까 두렵습니다. 그릇된 사람들의 귀에 들어갈까 봐 속삭이거나 삼켜야 하는 시들, 지하에서 번성하는 금지된 언어, 권력에 도전하는 수필가들의 묻지 못한 물음, 무대에 올리지 못한 연극, 제작이 취소된 영화 등이 지워지는 데 대한 불안을 감출 수 없습니다. 이것은 악몽입니다. 마치 온 우주가 보이지 않는 잉크로 그려지고 있는 것 같습니다.

특정 민족이 경험하는 특정한 종류의 트라우마는 너무 깊고 참혹해서 돈이나 복수심과 달리, 정의와 권리, 타인의 선의와 달리 오로지 작가들만이 그 트라우마를 번역할 수 있으며, 슬픔을 의미로 바꿈으로써 도덕적 상상력을 벼릴 수 있습니다.

작가의 삶과 글쓰기는 인류에게 주어진 선물이 아닙니다. 인류에게 없으면 안 되는 것입니다.

2008년 펜/보더스 문예공로상 수상 소감.

# 보이지 않는 잉크

비고정 '예술' 면이 있었던 어느 잡지에 글 한 편을 쓴 적이 있다. 잡지에서는 독서의 가치, 아니면 단지 기쁨을 칭송하는 글을 원했다. 나는 '기쁨'이라는 말이 몹시 거슬렸는데 이 말이 주로 감정과 연관되기 때문이다. 긴장감이 동반된 즐거움이라는 의미로 쓴다. 글을 읽는 행위는 근본적fundamental이다. 방점은 재미fun에 있다. 대중 담론에서 '읽기'는 못해도 정신을 고양하고 교훈적이며 잘하면 깊은 사색을 부추긴다고 여겨진다.

나는 작가/상상가, 그리고 무엇이든 잘 흡수하는 독자로서 읽기에 대한 생각을 오래전부터 해왔다.

글을 읽기 시작한 것은 세 살 때지만 언제나 어려웠다. 하기 힘들었다는 의미에서 어려웠다는 것이 아니라 말의 안과 그 너머에서 의미를 찾기가 어려웠다. 초등학교 1학년 국어 교과서에 나오는 문장 "뛰자, 멍멍아, 뛰자"를 보고 이렇게 물었다. 왜 뛰는 거지? 이건 명령인가? 그렇다면 어디로? 멍멍이는 쫓기는 걸까? 아니면 쫓는 걸까? 이후에 《헨젤과 그레텔》을 읽을 때는 훨씬 더 진지한 질문을 쏟아냈다. 자장가 동요나 놀이를 하며 부르는 노래의 경우도 마찬가지였다. "장미를 돌자, 주머니에 꽃을 넣고" 하는 노래도 그랬다. 이 노래가 흑사병에 대한 노래라는 사실을 깨달은 건 한참 뒤였다.

그래서 이 잡지 글에서 나는 기술로서의 읽기, 그리고 예술로서의 읽기를 구분하려고 했다.

여기에 그 글의 일부를 인용한다.

잠에서 깬 헤드 씨는 방이 달빛으로 가득 찬 것을 알았다. 그는 일어나 앉아 은빛으로 빛나는 나무 바닥을 물끄러미 바라보다가 이내 베갯속 겉감으로 눈을 돌렸다. 아마 무늬를 넣은 비단일 것이다. 그러다 문득 다섯 걸음 앞에 있는 면도용 거울을 보았다. 거울에 비친 절반의 달은 마치 헤드 씨의 허락을 기다리며 들어오지 못하고 멈추어 있는 듯했다. 달은 굴러 들어오며 모든 것에 위엄을 더하는 빛을 던졌다. 벽에 기대어 있는 곧은 의자는 마치 명령을 기다리듯 뻣뻣하게 긴장해 있었고 등받이에 걸린 헤드 씨의 바지는 기품이 있다고 해도 과언이 아니었다. 어떤 대단한 남자가 하인에게 툭 던진 옷 같았다.

플래너리 오코너가 쓴 이 도입부에서 작가는 독자의 관심을 헤드 씨의 환상과 희망으로 돌렸다. 베갯잇은 없고 베갯속 겉감은 무늬를 넣은 비단처럼 사치스럽고 화려하다. 달빛은 나무 바닥을 은으로 바꾸고 온 사방에 '위엄을 더하는 빛을' 던진다. 의자는 '뻣뻣하게 긴장해' 있고 명령을 기다리는 듯하다. 심지어 등받이에 걸린 바지마저도 어떤 대단한 사람이 하인에게 툭 던진 것처럼 '기품 있다'. 헤드 씨는 위풍당당한 삶, 하인들에게 명령을 내리는 삶, 마땅한 권위를 누리는 삶에 대한 뚜렷하고 아마도 수습 불가능한 꿈을 꾸는 사람이다. 면도용 거울 속 달만 해도 '허락을 기다리며 들어오지 못하고' 멈추어 있다. 헤드 씨의 자명종 시계가 뒤집은 양동이 위에 놓여 있다는 사실까지(몇 줄 더 읽어 내려가면 나온다) 읽지 않아도, 왜 면도용 거울이 침대에서 다섯 걸음밖에 안 떨어져 있는지 궁금해하지 않아도 우리는 이미 헤드 씨에 대해 많은 것을 알고 있다. 그의 허세, 불안, 한심한 갈망을 알고 있고, 이야기가 전개되면서 그가 어떤 행동을 할지 예측할 수 있다.

잡지 글에서 나는 결함 없는 글의 특성을 드러내고자 했다. 결함 없는 글은 소설을 읽고 또 읽을 수 있게 해주고, 주의를 기울이면 언제나 경이로움을 느낄 수 있다는 자신감을 가지고 소설 세계로 들어갈 수 있게 해준다. 작품도 노력하고 나도 똑같이 노력하는 방법을 나는 그 글에서 보여주고자 했다.

제시한 사례는 목적은 달성했지만 내가 분명하게 강조하지 못한 점이 있었다. 독자가 텍스트에 참여하는 방식이다. 독자는 해석할 뿐만 아니라 쓰기를 돕는다.(노래와 마찬가지다. 가사가 있고 악보가 있고 노래를 부르는 행위가 있다. 그 행위가 작품에 대한 개개인의 기여다.)

보이지 않는 잉크는 이를 알아보는 독자가 발견하기 전까지

행간에 그리고 행의 안팎에 숨어 있는 것이다. '알아보는' 독자라고 하는 이유는 책에 따라서 모든 독자에게 맞지 않을 수도 있기 때문이다. 프루스트를 동경할 수는 있어도 거기에 정서적으로나 지적으로 참여하지 못할 수 있다. 어떤 책을 좋아하는 사람일지라도 그 책을 최선의 방식으로 혹은 알맞은 방식으로 사랑하지 못할 수 있다. 그 책에 '딱 들어맞는' 사람은 바로 보이지 않는 잉크에 민감한 사람이다.

문학비평의 평범한 한 쌍은 안정적인 텍스트와 잠재력을 발휘할 줄 아는 독자가 이루는 쌍일 것이다. 독자와 독자의 해석은 변할 수 있지만 텍스트는 변하지 않는다. 안정적이다. 텍스트가 변할 수 없기 때문에 텍스트와 독자 간의 성공적인 관계는 반드시 독자 투영의 변화를 통해서만 실현될 수 있다. 여기서 문제는 잠에 빠진 투영이 독자의 산물이냐 작가의 산물이냐는 것이다. 나는 반드시 그런 것만은 아니라고 말하고 싶다. 해석의 책임이 독자에게 옮겨간 듯하지만 텍스트가 언제나 독자가 소생시키는 말 없는 환자인 것만은 아니다. 나는 이 방정식에 제삼자를 데려오고 싶다. 바로 작가다.

어떤 소설가는 불편하게 만드는 텍스트를 설계한다. 단지 서스펜스로 가득한 줄거리나 도발적인 주제, 흥미로운 등장인물이나 심지어 대혼란을 이용하는 것만은 아니다. 읽기가 이루어지는 환경 전체를 어지럽히고 흔들고 괴롭히도록 글을 설계한다.

직유와 은유의 선택만큼 배제도 중요하다. 도입부 문장을 쓸 때 읽기를 완성하거나 침범하거나 조작하는 숨은 정보를 감춰놓을 수도 있다. 쓰이지 않은 것은 쓰인 것만큼 의미심장하다. 의도적인 공백, 의도적으로 유혹하는 공백은 '알맞은' 독자가 채웠을 때 텍스트를 온전하게 만들고 그 살아 있는 생명을 입증해 보일 수 있다.

《베니토 세레노》를 이 관점에서 생각해보자. 허먼 멜빌은 읽는 경험을 의도적으로 조작할 수 있도록 화자의 시점을 정했다.

이런 불편함을 일으키기 위해서 흔히 사용되는 범주들이 있고 거기에 대한 특정한 전제들이 있다. 나는 화자의 성별이 지정되지 않은, 언급되지 않은 책을 보고 싶다. 성별은 인종과 마찬가지로 온갖 확신을 동반한다. 모두 작가가 특정한 반응을 끌어내기 위해 혹은 그에 저항하기 위해 배치한 것이다.

플래너리 오코너, 존 쿳시, 허먼 멜빌의 사례가 보여주듯, 인종은 더 많은 확신을 내포하고 생산한다. 다른 곳에도 썼지만 인종을 암시하는 기호들이 갖는 비유적 용도가 있다. 이런 기호는 독자들이 갖고 있을 수 있는 전제들을 때로는 명확하게 때로는 굳건하게 만든다. 버지니아 울프의 공백, 포크너의 지연은 독자를 통제하고 독자가 텍스트 안에서 작동하도록 이끈다. 하지만 텍스트가 기대치를 형성하거나 기대치의 수정을 형성하지 않는다는 것이 사실일까? 그런 형성은 과연 독자의 영역이며 텍스트를 번역해서 자신만의 머릿속으로 옮기기 위해서일까?

인정하건대 내가 쓰는 거의 모든 책에 이런 의도적인 배치가 있다. 독자가 서사에 참여할 뿐만 아니라 특히 쓰기를 돕도록 노골적으로 요구한다. 때로는 물음을 통해서 이렇게 한다. 《솔로몬의 노래》에서 죽는 것은 누구이며, 그것이 과연 중요한가? 때로는 성별을 계산적으로 숨기기도 한다. 《러브》의 도입부 화자의 성별은 무엇인가? "여자들은 다리를 활짝 벌리고 나는 콧노래를 부른다"라고 말하는 사람은 여자인가 남자인가?《재즈》에서 "이 도시가 정말 좋아"라고 말하는 사람은 남자인가 여자인가? '알맞은' 독자가 아니라면 이런 전략은 성가시게 느껴질 것이다. 토스트를 주고 버터는 주지 않는 것과 같다. 하지만 어떤 독자에게는 살짝 열린 채 들어오라고 애원하는 입구와 같을 것이다.

내가 의미를 갖지 않는 피부색에 초점을 맞추는 유일한 작가는 아니다. 쿳시는《마이클 K》에서 이것을 아주 훌륭하게 해낸다. 책을 읽자마자 우리는 사실에 근거해서 배경이 남아프리카이며, 등장인물은 가난한 노동자이고 때로는 떠돌이라는 이유로 사람들이 대체로 그를 멀리한다고 추측한다. 남자는 선천적으로 입술이 갈라져 있고 우리는 그것이 남자가 불운한 이유일 수 있다고 생각한다. 책 그 어디에도 마이클의 피부색이 언급되지 않는다. 독자로서 우리는 피부색을 가정하거나 하지 않는다. 만약 우리가 책 속의 보이지 않는 잉크를 읽었을 때 추측이 틀렸음을 깨닫는다면? 남아프리카에 사는 가난한 백인의(수없이 많다) 역경이었음을 알게 된다면?

《파라다이스》의 도입부 역시 보이지 않는 잉크의 뚜렷한 사례다. "그들은 먼저 백인 소녀부터 쏜다. 나머지는 느긋하게 해결하면 된다."

독자는 누가 백인 소녀일지 가려내는 데 얼마나 많은 상상력을 동원할까? 독자는 어느 시점에서 그 소녀를 찾았다고 믿을까? 마을의 질서를 유지하는 사람들에게 그 정보는 결정적이지만 독자들에게는 그다지 중요하지 않다는 사실이 언제쯤 명확해질까?

독자가 그것을 중요하게 여긴다면 내가 어떤 결정을 했든 나는 독자를 쓰기에 참여시킨 것이다. 보이지 않는 잉크로 독자를 소환해서 텍스트의 균형을 무너뜨리고 독자가 방향을 재설정하게 만든 것이다.

《자비》의 첫 문장 "두려워요?"는 독자를 안심하게 만들고 해를 입히지 않겠다고 약속하지만, 끝에서 두 번째 장에 이르면 "두려워요? 그래야 할 거예요"가 된다.

'읽기'를 '쓰는' 일은 유혹하는 일이다. 독자를 책 바깥 환경으로 유인해야 한다. 안정적인 텍스트의 개념을 버리고 보이지 않는 잉크로 '읽기'를 '쓰는', 능동적이고 활성화된 독자에 의존하는 텍스트를 택해야 한다.

또 다른 사례라고 믿는 책의 문장으로 끝맺으려 한다.

"마치 사람처럼 우뚝 서 있었다. 사람처럼 서 있는 모습이 우리 눈에 들어왔다."[1]

2011년 3월 1일, 미국 프린스턴 대학교 특강 프로그램
'윌슨 칼리지 시그니처 렉처 시리즈'에서.

---

[1]    토니 모리슨의 《고향》에서.

# 손안의 새

"아주 오랜 옛날 나이 든 한 여인이 살았습니다. 앞은 보지 못했지만 지혜로웠습니다." 아니, 나이 든 영감이던가요? 어떤 구루일 수도 있습니다. 보채는 아이들을 달래려는 그리오[2]일 수도 있습니다. 저는 이 이야기가 혹은 아주 비슷한 이야기가 여러 문화에서 구전되는 것을 들었으니까요.

"옛날에 나이 든 한 여인이 살았습니다. 앞은 보지 못했습니다. 지혜로웠습니다."

제가 알고 있는 이야기에서 이 여인은 미국인이자 흑인이며, 노예의 딸이었고, 마을 밖 작은 집에 홀로 살았습니다. 이 여인의 지혜는 누구보다 뛰어나고 의심할 바 없다고 그 명성이 자자했습

---

2    서아프리카의 구술 역사가.

니다. 가까운 사람들 사이에서 여인은 법이자 위법입니다. 여인을 향한 경의와 경외는 마을을 벗어나 먼 데까지 가닿습니다. 시골 예언자의 지성이 적잖이 흥미를 유발하곤 하는 도시에도 도달합니다.

어느 날 여인에게 젊은이들이 찾아옵니다. 여인이 사기꾼이라고 믿는 이 젊은이들은 여인에게 통찰력이 없음을 확인하고 여인의 본모습을 드러낼 작정으로 왔습니다. 계획은 간단합니다. 여인의 집으로 가 질문 하나를 하는 것입니다. 그 질문은 오로지 여인과 젊은이들 간의 한 가지 차이점이 바탕이 됩니다. 젊은이들이 심각한 장애라고 믿고 있는 차이점, 즉 여인의 보이지 않는 눈입니다. 젊은이들 가운데 한 사람이 이렇게 말합니다.

"제 손에는 새 한 마리가 있습니다. 이 새가 살았는지 죽었는지 맞혀보세요."

여인은 대답하지 않습니다. 여인은 맹인이고 손님들을 볼 수 없습니다. 손에 든 것도 물론 볼 수 없고요. 여인은 손님들의 피부색, 성별, 고향도 모릅니다. 그들의 의도만을 알 뿐입니다.

나이 든 여인의 침묵이 얼마나 길었던지 젊은이들은 웃음을 참지 못합니다.

마침내 입을 연 여인의 목소리는 부드럽지만 단호합니다.

"모른다. 너희가 들고 있는 새가 죽었는지 살았는지 모른다. 내가 아는 건 새가 너희 손안에 있다는 것이란다. 너희 손에 달려 있다는 것이란다."

여인의 말은 이렇게 해석할 수 있습니다. 죽었다면 죽어 있는 상태로 발견했거나 새를 잡아 죽였을 것이다. 살아 있다면 여전히 너희 손에 죽을 수 있다. 계속 살아 있을 것이냐 아니냐는 너희 결정이다. 너희 책임이다.

젊은 손님들은 그들의 권력과 여인의 무력함을 전시한 대가로 꾸중을 듣습니다. 여인을 조롱한 행위뿐만 아니라 목적을 이루려고 희생시킨 작은 목숨 한 줌이 그들의 책임이라는 말을 듣습니다. 앞 못 보는 여인은 초점을 권력의 과시에서 그 권력의 행사 수단으로 옮겨놓습니다.

손안에 든 새가 (그 연약한 몸 외에) 무엇을 의미하는지 추측해보는 것은 언제나 매력적으로 느껴집니다. 제 일이 저를 이 자리에까지 데려온 만큼 제 일에 대해 다시 생각해보게 되는 지금 더욱 그렇습니다. 그래서 저는 그 새를 언어로, 그리고 여인을 능숙한 작가로 해석하기로 합니다. 여인은 자신에게 날 때부터 주어진, 자신이 꿈꾸는 언어의 용도가 걱정스럽습니다. 심지어 어떤 흉악한 의도에 의해 여인은 이 언어의 사용을 제지당하기도 합니다. 여인은 작가로서 언어가 부분적으로는 제도의 일부라고, 부분적으로는 사람의 통제 아래 있는 생명체라고 생각하지만, 무엇보다 언어는 주체적 행위, 즉 결과가 따르는 행위라고 생각합니다. 그래서 젊은이들이 여인에게 한 질문 "살았나요, 죽었나요?"는 어색하지 않습니다. 여인은 언어도 죽을 수 있고 지워질 수 있다고 생각하며, 분명 위험에 처해 있고, 오로지 의지에 따른 노력으로 구원할 수 있다고 생각합니다. 만약 젊은이들 손에 있는 새가 죽었다면 보호자가 그 시체를 책임져야 한다고 생각합니다. 여인에게 죽은 언어는 더 이상 쓰기와 말하기가 이루어지지 않는 언어일 뿐만 아니라 자신의 마비 상태를 바라보는 데 만족하는, 양보

없는 언어입니다. 국가주의 언어처럼 검열되고 검열하는 언어입니다. 무자비하게 통제 임무를 수행하는 이 언어는 저 자신의 몽롱한 자아도취적 방목 상태, 자신의 배타성과 우위 유지 외에는 어떤 욕망이나 목적도 없습니다. 소멸해가고 있지만 무력하지는 않습니다. 적극적으로 지성을 방해하고 양심의 발목을 잡고 인간 잠재력을 억누르기 때문입니다. 심문에 무반응으로 일관하는 이런 언어는 새로운 생각을 떠올리거나 용인하지 않고, 다른 생각의 형태를 빚어주지 못하며, 다른 이야기를 들려주거나 당혹스러운 침묵을 채울 수 없습니다. 무지를 용인하고 특권을 유지하기 위해 세공된 공식 언어는 갑옷과 같습니다. 그 광택은 놀라울 만큼 번쩍거리지만 오래전 기사로부터 버림받은 껍데기뿐인 갑옷입니다. 그럼에도 존재합니다. 소리 없는 언어, 포식의 언어, 감상적 언어. 학생들의 공경을 부추기고 독재자들에게 안식처를 제공하는 언어, 대중에게 평온과 화합의 거짓된 기억을 상기시키는 언어.

　여인은 확신합니다. 언어가 부주의로 인해, 사용하지 않아서, 자부심이 없어서, 무관심 때문에, 혹은 명령에 의해 죽으면 여인 자신뿐만 아니라 언어를 사용하고 만들어온 모든 사람이 그 죽음에 책임이 있다고 확신합니다. 여인의 나라에서 아이들은 혀를 깨물었습니다. 그리고 무언의 공백, 장애가 있고 장애를 만드는 언어의 공백, 어른들이 의미를 이해하거나 가르침을 주거나 사랑을 표현하는 장치로 더 이상 사용하지 않는 언어의 공백을 말하기 위해 아이들은 언어 대신 총알을 씁니다. 하지만 여인은 혀를 깨무는 자해 행위가 아이들만의 선택이 아님을 알고 있습니다. 아이보다 못한 국가의 우두머리들과 권력의 상인들 사이에서도 이런 선택은 흔합니다. 그들은 복종하는 사람에게만 복종을 강요하기 위해 말을 건네므로, 이 공허한 언어로 인해 그나마 남아 있는 저들의 인간 본능에 접근하지 못합니다.

언어를 체계적으로 약탈하는 사용자의 경우, 위협과 진압을 위해 언어의 미묘하고 복잡하고 산파적인 특성을 무시하는 경향이 있습니다. 억압적인 언어는 폭력을 반영하는 데서 그치지 않습니다. 폭력 그 자체입니다. 지식의 한계를 반영하는 데서 그치지 않습니다. 지식을 제한합니다. 명료하지 못한 국가의 언어든, 분별없는 미디어의 가짜 언어든, 학계의 자부심은 높지만 경화된 언어든, 상품성에 기반한 과학의 언어든, 윤리가 없는 법의 유해한 언어든, 소수자의 고립을 위해 설계된 언어든, 그 문학의 볼주머니 속에 인종차별적 약탈물을 숨기고 있는 언어든, 거부되고 수정되고 폭로되어야 합니다. 피를 마시는 언어, 약점을 핥아먹는 언어, 체면과 애국의 옷자락 아래 파시즘의 부츠를 숨기는 언어는 쉼 없이 최저선을 향해, 바닥을 친 정신을 향해 움직입니다. 성차별적 언어, 인종차별적 언어, 유신론적 언어. 이 모두는 감시하는 지배 언어의 전형이며, 새로운 지식을 허용하지 않고, 사상의 상호 교환을 권장하지 않습니다.

나이 든 여인은 그 어떤 지식인 용병도, 만족할 줄 모르는 독재자도, 돈 받는 정치인이나 민중 선동가도, 가짜 언론인도, 자신의 생각에 설득되지 않으리라는 사실을 뼈저리게 알고 있습니다. 시민들을 무장시키고 그들이 계속 무장하도록 자극하는 언어, 백화점과 법정, 우체국, 놀이터, 침실, 대로에서 학살당하고 학살하게 하는 언어, 불필요한 죽음이라는 참상과 낭비를 위장하려고 감정에 호소하는 추모의 언어는 존재하고 계속 존재할 것입니다. 강간과 고문, 암살을 묵인하기 위한 외교적 언어도 더 나올 것입니다. 여성을 목 조르기 위해, 푸아그라를 만들어내는 거위에게 하듯 여성의 목구멍으로 입에 담을 수 없는 위배되는 말들을 쑤셔 넣기 위해 설계된 좀 더 매혹적이고 변이된 언어가 존재하며, 앞으로도 더 나올 것입니다. 연구로 가장한 감시의 언어가 더 나올 것입니다. 수백만 명의 신음을 소거하기 위해 계산된 정치와 역사의 언어, 불만이 있고 가진 것 없는 자들이 이웃을 공격하도록 선동하는 미화된 언어, 창의적인 사람들을 열등감과 좌절의 우리 안으로 가두기 위해 빚어진 오만한 유사 제국주의적 언어도 없어지지 않을 것입니다.

아무리 감정에 호소하고 매혹적인 언어라고 해도 수사와 미화, 학문과의 연결 고리를 걷어내고 보면, 그런 언어의 심장은 쇠약하거나 새가 이미 죽은 뒤여서 전혀 뛰지 않습니다.

분야를 막론하고 학문이 지배 행위의 합리화와 서술에—배제하는 자도 배제된 자도 인식으로의 접근이 막히는 치명적인 배제의 담론에—요구되는 시간과 목숨의 낭비를 스스로 고집하거나 강요받지 않았다면, 그 학문의 지적 역사가 어떻게 바뀌었을지 여인은 생각해본 적이 있습니다.

바벨탑 이야기의 틀에 박힌 교훈에 따르면, 탑이 무너진 일은 불행입니다. 수많은 언어로 인한 정신 산란이나 언어의 무게가 탑의 구조적 결함을 재촉했다는 생각입니다. 하나의 단일한 언어가 있었다면, 건설을 앞당기고 천국에 닿을 수 있었다는 생각입니다. 누구의 천국인지, 어떤 천국인지 여인은 궁금합니다. 누구도 타인의 언어, 타인의 관점, 타인의 서사를 이해할 시간을 갖지 않았다면, 낙원의 추구는 시기상조가 아니었을지, 너무 서두른 것은 아니었을지요. 만약 그런 시간을 가졌다면, 그들이 상상하던 천국은 바로 발밑에 있었을지 모릅니다. 물론 복잡하고 쉽지 않았겠지만, 이런 시각은 천국을 사후가 아닌 생의 일부로 바라봅니다.

여인은 젊은이들이 언어를 단지 살려두기 위해 억지로 살려야 한다는 인상을 받지 않기를 바랍니다. 언어의 활력은 그 언어를 말하고 읽고 쓰는 사람들의 실제 삶, 상상된 삶, 잠재된 삶을 묘사하는 능력에서 나옵니다. 언어는 때때로 경험을 대신하는 재주도 있지만 경험의 대체재는 아닙니다. 언어는 의미가 있을 수 있는 곳으로 호를 그리며 움직입니다. 한 미국 대통령은 묘지가 되어버린 조국을 보고 이렇게 말했습니다.

"우리가 여기서 무슨 말을 하든 세상은 크게 관심 갖지 않을 것이며 오래 기억하지도 않을 테지만, 저들이 여기서 무엇을 했는지는 영원히 잊지 않을 것입니다."[3]

별것 아닌 것처럼 보여도 이 말이 삶을 지탱하게 하는 데 고무적인 이유는 60만이 사망한 막대한 인종 전쟁의 현실을 간추려 말하길 거부했기 때문입니다. 기념하기를 거부하고 '마지막 한마디', 명확한 '요약'을 우습게 여기며 '더하거나 빼는 데 형편없는 우리의 능력'을 인정하는 대통령의 이 말은 추모하고자 하는 삶을 말에 담을 수 없다는 사실에 의미심장한 경의를 표하고 있습니다. 여인은 이 경의에, 언어가 결코 생에 일거에 부응할 수 없다는 사

---

3    남북전쟁에 대한 에이브러햄 링컨의 '게티스버그 연설' 일부.

실을 인정하는 데 마음이 움직입니다. 그래야 할 필요도 없습니다. 언어는 결코 노예제도, 대량학살, 전쟁을 '콕 집어' 말할 수 없습니다. 그러고자 하는 거만한 자세를 갈망해서도 안 됩니다. 언어의 힘, 언어가 주는 기쁨은 형언할 수 없는 것에 다가가는 데 있습니다.

거창하든 빈약하든, 파고 들어가든, 폭발적이든, 신성시를 거부하든, 요란한 웃음이든, 문자 없는 외침이든, 정해진 말, 선택된 침묵, 누구도 건드리지 않은 언어는 지식의 파멸이 아닌 지식을 향해 솟구칩니다. 하지만 의문을 가진다고 해서 금지당하고, 비판적이라고 해서 의심받고, 대안을 제시한다고 해서 지워진 문학에 대해 들어보지 않은 사람이 있습니까? 스스로 손상한 혀에 대한 격분은 또 얼마나 큽니까?

여인은 말로 하는 일이 생성적이므로 숭고하다고 생각합니다. 우리의 특징, 인류의 특징, 인류를 다른 생명체와 구분하는 특징을 담보해주는 의미를 생성하기 때문입니다.

우리는 죽습니다. 이것이 인생의 의미일 수 있습니다. 그러나 우리는 언어를 **합니다.** 이것이 우리 인생의 잣대일지 모릅니다.

"아주 오랜 옛날에……" 젊은이들이 나이 든 여인에게 묻습니다. 이들은 과연 누구일까요? 여인과의 만남을 어떻게 생각했을까요? "너희 손에 달려 있다"는 마지막 말을 들었을 때 무슨 생각을 했을까요? 가능성을 향한 손짓의 말을 들었을까요? 빗장을 내리는 말을 들었을까요?

젊은이들이 들은 말은 이것이었을지도 모릅니다.

"나하고는 상관없는 문제란다. 나는 나이 든 여성이며 흑인이고 눈이 안 보인다. 내가 아는 사실은 너희를 도울 수 없다는 사실뿐이란다. 언어의 미래는 너희에게 달려 있다."

젊은이들은 꿈쩍 않고 서 있습니다. 손에 아무것도 없었다고 칩시다. 대화의 상대가 되거나 그들의 의견이 진지하게 받아들여진 적이 없었으므로 그걸 바라는 마음에 꾀를 부려 여인을 찾아간 것이라고 칩시다. 젊은이들에 대한, 젊은이들을 위한 논의는 연무처럼 짙지만, 그 논의를 젊은이들과 함께하지는 않는 어른들의 세상에 훼방을 놓고 끼어들 기회였습니다. 긴급한 물음들이 대답을 요합니다. 그중에 하나는 이미 물었습니다. "이 새가 살았는지 죽었는지 맞혀보세요." 물음은 이런 의미일 수도 있습니다. "누가 대답 좀 해주세요. 삶은 무엇입니까? 죽음은 무엇입니까?"

꾀가 아닐 수 있습니다. 장난이 아닐 수 있습니다. 지혜로운 자, 나이 든 자의 관심을 기다리는 솔직한 물음일 수 있습니다. 그런데 삶을 살았고 죽음과 마주해본 나이 많고 지혜로운 자가 둘 중 어느 것도 설명해주지 못한다면 누가 할 수 있겠습니까? 하지만 여인은 설명하지 않습니다. 비밀을 지킵니다. 자부심을 지킵니다. 금언과 같은 발언을, 책임 없는 예술을 이어갑니다. 거리를 유지하고 이행하며, 까다롭고 특권화된 특수한 고립 상태로 후퇴합니다.

아무것도 아무 말도 여인의 전가transfer의 선언을 뒤따르지 않습니다. 그 침묵은 심오합니다. 여인이 던진 말 속에 든 의미보다 심오합니다. 침묵은 전율하고 젊은이들은 짜증을 내비치며 그 자리에서 만들어낸 언어로 채웁니다.

"우리에게 정말 어떤 설명도 말도 해줄 수 없나요? 우리는 당신이 남긴 그동안의 실패의 기록을 뚫고 나가야 합니다. 당신이 제공한 가르침을 돌파해가야 합니다. 사실상 우리가 당신들이 하는 말뿐만 아니라 당신들의 행동에 주의를 기울였기 때문에 그 가르침은 가르침이었다고 할 수도 없습니다. 관용과 지혜 사이에 당신이 세운 장벽을 우리는 뚫고 나가야 하는데 정말 해줄 말이 없나요?

우리 손에는 새가 없습니다. 죽은 새도 산 새도 없습니다. 여기는 당신과 우리의 중요한 질문만 있습니다. 우리 손안의 아무것도 아닌 이것을 차마 상상도 짐작도 할 수 없습니까? 언어가 의미 없는 마법이었던 어린 시절이 기억나지 않나요? 말할 수 있지만 의미하지 않을 수 있었던 시절 말입니다. 상상력이 눈에 보이지 않는 것을 보고자 애썼던 시절이요. 물음이, 대답을 원하는 마음이 너무 밝게 불타서 알지 못한다는 사실에 치를 떨었던 시절이 기억나지 않나요?

우리의 의식도 당신이 싸우고 패했던 전장의 여성 영웅들과 남성 영웅들로 시작해야 합니까? 그랬던 당신은 우리들의 손을 당신들이 거기 있다고 상상한 것을 제외하고는 텅 비어 있는 채로 놔두었지요? 당신의 대답에는 기교가 있지만, 그 기교가 우리는 부끄럽고 당신도 부끄러워야 합니다. 당신의 대답은 자기만족에 빠진 점잖지 못한 답변입니다. 우리 손에 아무것도 없다면 아무 의미도 가지지 못하는, TV를 위해 쓴 대본 같은 답변입니다.

왜 손을 뻗지 않았지요? 부드러운 손끝으로 우리를 만지고 우리가 누군지 깨달을 때까지 짤막한 발언을, 교훈을 왜 잠시 미루지 않았지요? 우리의 꾀가, 우리의 수법이 얼마나 우스웠으면,

우리가 어떻게 당신의 주의를 끌어야 할지 몰랐다는 사실조차 깨닫지 못했지요? 우리는 어립니다. 미숙해요. 짧은 인생을 살면서 내내 책임 있게 살아야 한다고 배웠어요. 재앙이 되어버린 이 세상에서 그게 도대체 무슨 의미인가요? 한 시인은 말했지요. "모든 것이 이미 낯을 드러냈으니 그 무엇도 폭로할 필요가 없다." 우리에게 남은 유산은 모욕적입니다. 당신은 우리가 당신의 늙고 텅 빈 눈을 가지고 오직 잔인함과 평범함만을 보기를 바랍니다. 우리가 국가라는 거짓에 대해 계속된 위증을 이어갈 만큼 바보인 줄 아십니까? 우리가 당신의 과거라는 유독 물질 속에 허리까지 잠겨 있는데 감히 의무에 대해 말할 수 있습니까?

당신은 우리를 무시하고 우리 손에 없는 새를 무시합니다. 우리 삶에는 맥락이 없습니까? 우리가 힘있게 시작할 수 있도록 우리에게 줄 비타민 가득한 노래도 문학도 시도 없나요? 경험과 연결된 역사도 없나요? 당신은 어른이잖아요? 나이 든 사람, 지혜로운 사람이잖아요? 체면은 그만 따지세요. 우리의 인생을 생각해서 당신의 특수한 세상에 대해 말해주세요. 이야기를 꾸며내세요. 서사는 급진적입니다. 창조되는 그 순간 우리를 창조합니다. 손이 닿지 않는 곳을 향해 손을 뻗어도 탓하지 않을게요. 당신의 말이 사랑에 불붙어 불길에 사그라진 재만 남는다고 해도, 말 없는 외과 의사의 손처럼 당신의 말이 피가 흐르는 곳만 봉합한다고 해도 탓하지 않을게요. 결코 제대로, 일거에 할 수 없다는 걸 우리도 압니다. 열정은 결코 충분치 않습니다. 실력도 그렇습니다. 하지만 시도해보세요. 우리를 위해서, 그리고 당신을 위해서 거리에서의 이름은 잊어요. 어두운 곳에서, 그리고 밝은 곳에서 세상이 어떠했는지 들려주세요. 무엇을 믿어야 하고 무엇을 두려워해야 하는지 알려주지 말아요. 믿음의 넉넉한 옷자락을 보여주고, 어찌해야 두려움을 가린 베일의 올을 풀 수 있는지 보여주세요. 눈이 보이지 않는 축복을 받은 나이 든 여인이 구사하는 언어는 언어만이 전달할 수 있는 것을 우리에게 말해줄 수 있어요. 그림 없이 보는 방법을 말해줄 수 있어요. 언어만이 우리를 이름 없는 것들이 주는 공포로부터 지켜줄 수 있어요. 언어만이 명상이에요.

남성으로 사는 게 무엇인지 알 수 있도록 여성으로 사는 게 무엇인지 들려주세요. 변두리에 무엇이 꿈틀대는지 들려주세요. 이곳에 고향이 없는 것에 대해 들려주세요. 고향이었던 곳에서 떠나오는 일에 대해. 당신을 견딜 수 없어 하는 마을의 가장자리에 사는 일에 대해.

부활절에 해안에서 돌아서야 했던 배들에 대해, 들판 한가운데의 태반에 대해 들려주세요. 마차를 가득 채운 노예에 대해 들려주세요. 얼마나 조용히 노래를 했는지 그 숨소리가 눈 내리는 소리와 구분되지 않았다고. 가까운 어깨의 작은 움츠림만으로도 다음 정거장이 마지막이 될 것임을 알았다고. 두 손을 기도하는 것처럼 사타구니에 모아 쥐고 열기를, 태양을 생각했다고. 마치 태양을 취하기만 하면 되는 듯 얼굴을 들었다고. 취하기만 하면 되는 듯 얼굴을 돌렸다고. 마차는 한 여인숙에 멈춥니다. 마부와 동료는 등불을 들고 들어가고 노예들의 콧소리는 어둠 속에서 계속됩니다. 말 오줌이 발굽 아래 눈 속으로 김을 내며 쏟아지고 얼어붙은 노예들은 그 쏴악 하는 소리와 녹아내리는 눈을 부러운 눈으로 봅니다.

여인숙 문이 열립니다. 한 소녀와 소년이 그 빛으로부터 멀어집니다. 둘은 마차의 짐칸에 오릅니다. 소년은 3년 후에는 총을 갖게 되겠지만 지금은 등불과 따뜻한 사과술 한 통을 들고 있습니다. 노예들은 통을 돌려가며 입에 대고 마십니다. 소녀는 빵과 고깃덩이 그리고 또 무언가를 돌립니다. 음식을 건네며 던지는 짧은 시선. 남자에게는 한 사람에 한 사람 몫을, 여자에게는 두 사람 몫을 줍니다. 그리고 눈빛을 줍니다. 상대도 눈빛을 돌려줍니다. 다음이 그들의 종착역이 될 것입니다. 아직은 아닙니다. 이곳은 따뜻해졌습니다."

젊은이들이 말을 마치자 다시 조용해집니다. 여인이 침묵을 깨고 말합니다.

"이제 너희를 믿을 수 있겠구나. 너희 손안에 없는 그 새를 너희에게 맡길 수 있겠어. 너희가 정말 제대로 잡았으니까. 봐라. 얼마나 사랑스러운지. 우리가 함께 해낸 이 일이."

1993년 12월 7일.
노벨문학상 수상 연설.

# 재기억, 기억의 본질

기억을 든든한 점화 장치로 삼는 데 대한 나의 의존은 아마 대부분의 소설가들에 비해 더 집요할 것이다. 내 소설이 자전적이어서(자전적이고 싶어서) 그런 것이 아니라 내가 매우 인종화된 사회에서 글을 쓰고 있음을 뼈저리게 느끼고 있고, 이런 사회에서 상상력은 절룩이게 마련이기 때문이다. 중심성, 주변성, 소수성에 대한 꼬리표, 전용되고 전용하는 문화의 몸짓, 문학적 유산, 입장을 취해야 한다는 압박감, 이 모든 것이 내가 해석이나 비평의 대상이 될 때 그리고 내가 글을 쓸 때 표면화된다. 참을 수 없는 동시에 불가피한 조건이다. 사람들은 다른 작가들에게 물을 생각조차 않는 기이한 질문들을 나에게 한다. 언젠가 백인에 대해 쓸 수도 있을 거라 생각하십니까? 흑인 작가라는 말이 끔찍하지 않으신가요?

나는 나의 상상력을 가능한 한 방해받지 않는 동시에 가능한 한 책임지길 원했다. 문화적으로 특수한 동시에 '인종에서 자유로운' 세계를 빚고 싶었다. 이 모든 것은 역설과 모순으로 가득한 작업으로 다가왔다. 서구 혹은 유럽 작가들은 저들의 작품이 본래 '인종에서 자유롭거나' '인종을 초월한다'고 믿는다. 그렇게 믿겠다고 선택할 수 있다. 정말 그런지 아닌지 그것은 또 다른 문제다. 요점은 그들이 이 문제에 대해 고민하지 않는다는 점이다. '인종화'된 것은 타인이고 백인은 그렇지 않다고 생각해서 고민하지 않는 것일 수 있다. 아무튼 일반적인 통념은 그렇다. 진실은 우리 모두가 '인종화'되어 있다는 것이다. 그들이 가진 자주권을 나 또한 원했기 때문에 나의 소설을, 나와 내 작품, 나의 능력을 해방하는 방식으로 창작하고 싶었다. 나에게는 세 가지 선택지가 있었다. 먼저 인종을 무시하거나 인종을 언급하지 않고 2차 세계대전이나 가족 사이의 갈등에 대해 써보는 방법이다. 하지만 그것은 나의 존재와 나의 지성에 유일하지는 않지만 가장 큰 영향을 주는 요소를 지워버리는 방법이었다. 두 번째는 '객관적' 관찰자가 되어 인종 갈등이나 화합에 대해 쓰는 방법이다. 하지만 그러면 중심 위치에 있는 기존 생각에 무대 한복판을 내어줘야 할 수밖에 없었고 주제는 언제나 영원히 인종일 수밖에 없었다. 세 번째로 새로운 영역을 개척할 수도 있었다. 상상력을 인종이 지우는 부담과 한계로부터 해방하는 동시에 그것의 중심 위치가 내가 주제로 삼고자 하는 사람들의 삶과 세상에 어떤 결과를 가져오는지 탐구하는 방법을 찾는 것이었다.

나는 일단 역사보다 기억에 의존하고 기억으로 대체하려고 노력했다. 내가 원하는 문화적 특수성에 대한 통찰력이 기록된 역사에서 나올 것이라 믿을 수 없었고 믿어서는 안 된다고 생각했다. 둘째로 서구 문학 역사에 진 빚(노골적인)이 있다면 축소하고 배제하고 심지어 동결하고자 했다. 두 가지 노력 모두 전적으로 성공적이지 못했다. 그랬다고 해도 칭송할 만한 것은 아니다. 하지만 시도 자체가 굉장히 중요하게 느껴졌다. 나 자신의 문화에 대한 통찰을 얻고자 조지프 콘래드나 마크 트웨인, 허먼 멜빌, 해리엇 비처 스토, 월트 휘트먼, 헨리 제임스, 제임스 페니모어 쿠퍼, 심지어 솔 벨로에 의지했다면, 플래너리 오코너 혹은 어니스트 헤밍웨이에 의지했다면, 얼마나 무책임한 일이었을지 독자도 알 수 있었을 것이다. 마찬가지로 내가 이 문제에 깨달음을 얻고자 케네스 스탬프나 루이스 멈포드, 허버트 거트먼, 유진 제노베제, 대니얼 패트릭 모이니한, 랠프 월도 에머슨, 토머스 제퍼슨 등 미국 역사 속 현자들에 의존했어도 아둔한 짓이고 유해한 결과에 이르렀을 것이다. 그러나 나에게는 다른 원천이 있었고 지금도 그렇다. 바로 내가 물려받은 노예 서사라는 문학적 유산이다.

상상력을 발휘하여 그 영역으로 들어가기 위해 나는 기억을 부추겨 일종의 비유적이고 심상적인 연상 작용으로 변신하려고 한다. 하지만 글쓰기는 단지 회상이나 추억, 심지어 직관적 통찰이 아니다. 글쓰기는 실천이다. 타당하고 정통성 있는 문화적 특징을 불어넣은 서사를(내 경우에는) 창작하는 일이다. 나의 소설이 부추기게 될 문화적 인종적 기대와 부담을 염두에 두고 그에 저항하면서 독자와 나 사이에 미리 합의된, 이미 정립된 현실(문학적이든 역사적이든)을 드러내지 않는 것, 즉 강화하지 않는 것이 중요했다. 다른 종류의 문화 결산 과정에 참여하지 않고는 그런 종류의 권위를 취하거나 행사할 수 없었다.

하지만 《빌러비드》에서 이런 문제들이 새롭고 중요한 방식으로 결합되었다. 역사와 기억, 기억과 기억 없음이 견주어졌다. 회상하고 상기한다는 의미의 재기억rememory은 과거의 몸, 가족, 집단을 재조합한다는 의미이기도 하다. 기억과 망각 사이의 치열한 대립, 이런 고투가 서사 장치가 되었다. 기억하는 동시에 알지 않으려는 시도가 텍스트의 구조가 되었다. 책 속 그 누구도 차마 과거에 너무 오래 머물지 못한다. 누구도 과거를 피하지 못한다. 그들은 주어진 어떤 든든한 문학, 언론, 학술 역사로부터도 도움을 받을 수 없다. 승자가 그들의 서사를 쓰는 사회와 제도 안에 살고 있기 때문이다. 그들에 대한 말과 글은 있지만, 그들은 역사의 객체이며 그 안의 주체는 될 수 없다. 그래서 주요 인물들의 관심사는 쓸모 있는 과거를 재구성하고 회상하는 것일뿐더러(세서는 자신에게 벌어진 일을 알고자 하는 동시에 난폭한 행위를 정당화하기 위해 모르고자 한다. 폴 D는 가만히 멈추어 무엇이 자아를 구축하게 도왔는지 떠올린다. 덴버는 태생의 비밀을 밝힌 뒤 주저하며 현실 세상으로 들어간다.) 줄거리를 풀어나가는 서사 전략은 기억하는 일이 주는 압박, 불가피성, 그 과정 안에 들어 있는 해방의 기회다.

《빌러비드》 마지막 부분에서 기억은 집요하고 사실은 기억에 의해 허구로, 이어서 설화로, 그리고 아무것도 아닌 것으로 변이된다.

《빌러비드》를 완성하고 그다음 소설을 작업할 때는 반대로 이와 상이한 상황과 마주했다. 《솔로몬의 노래》를 쓸 때는 나의 아버지가 가능하게 해준 사유가 통로가 되었다. 지금의 작업은 어머니를 붙잡는 문제가 걸려 있다. 어머니가 어린 소녀였던 1926년이 소설의 배경이다. 다시 말해 어머니가 떠올리고 내게 들려준 그 시절은 특정 부분을 가리는 장막인 동시에 어머니의 서사가 찢어 만든 구멍이기도 하다. 나는 이 작은 틈이 향수와 후회로 변한 기억의 본질, 매우 가늘지만 연약하지는 않은 현재에 대한 희망의 가능성으로 마침내 움직이는 기억의 본질이라고 믿는다.

토니 모리슨 개인 기록물에서.

# 단단하고 진실되고 영원한 것

요즘 수많은 이방인들이 이 땅을 가로지른다. 그들은 우리가 사는 모습을 보고 진저리를 치며 북녘의 낙원으로 신속히 넘어갈 방법을 찾는다. 그럴 처지가 못 되어 한동안 머물러야 하는 사람들은 끝없이 투덜대고 불평한다. 우리에게 타고난 예절과 호의, 친절함이 있다는 것은 그들에게 다행이다. 우리가 이 말라붙은 땅에 대해 느끼는 애착을 저들이 모른다는 것도 다행이다. 우리가 낯선 이들을 내버려두는 이유는 우리가 사랑하는 것들을 그들이 건드리지 못하기 때문이다.

베시 헤드[4]의 단편소설 〈푸른 나무The Green Tree〉에서 가져온

---

4    남아프리카 태생의 보츠와나 작가로 현대 아프리카 문학을 대표하는 작가 중 한 명이다.

구절이다. 이 구절을 인용한 이유는 저 마지막 문장을 소개하기 위해서다. "우리가 낯선 이들을 내버려두는 이유는 우리가 사랑하는 것들을 그들이 건드리지 못하기 때문이다." 낯선 문화 속에 있을 뿐만 아니라 그 문화 앞에 무력함을 느끼고 때로는 위협을 느끼는 예술가나 작가가 가져야 할 태도나 입장이 이 문장에 들어 있다고 나는 생각한다.

이런 고립 상태는 새롭지도 특별하지도 않다. 글을 쓰지 않으면 안 되겠다는 생각이 들 때 예술가나 작가는 대체로 이런 인상을 받게 된다. 고립된 기분이 들기 때문에 글을 쓰는지도 모른다. 작가들이 묻는 모든 물음은 가치 있는 물음이다. 그들이 보존할 필요를 느끼는 가치가 무엇인지 밝혀준다. 그들이 좀 더 자유롭고, 더 고상하고, 적어도 더 안정적인 생활에 없어서는 안 된다고 믿는 가치들을 밝혀준다.

세상의 모든 초기 민족 문학은 작가가 자리 잡고 있는 문화를 설명하고 그로써 지지하는 데 집중했다.(전설과 노래, 신화는 기록될 당시 바로 이런 목적을 가지고 있었다.) 마찬가지로 조국을 떠난 사람들, 이민자 혹은 어떤 형태로든 흩어져 살았던 사람들의 초기 문학은 작가가 속한 새롭거나 낯선 문화에 초점이 맞추어져 있었고 그 문화를 종종 비난했다. 그리고 가장 잘 동화된 글은 자기 문화를 그 동화 과정에 참여시켰다. 조지프 콘래드와 푸시킨 등이 민족 문학 선집에서 만개하는 모습은 여전히 흔치 않다.[5]

좀 더 최근의 문학에서도 작가들은 한 문화 속에 토박이로 살

---

5  콘래드와 푸시킨은 각각 폴란드와 러시아에서 태어나 영국과 프랑스로 이주해 살았다.

고 있든 이방인alien으로 살고 있든 동일한 문제로 씨름한다. 심지어 '소외alienation'라는 말은 서구에서 2차 세계대전 이후 거의 모든 문학을 규정하는 포괄적인 식별 암호가 되었다. 작가들은 자신들의 문화를 낯선 것으로 본다. 중산층 작가들은 저들의 계급을 배신하고 유한계급의 가치 혹은 아래 계급의 가치를 추구했다. 노동계급 작가들은 계급의 한계를 한탄했다. 상류층 작가들은 가난한, '고귀한', 죄 없는, 배운 것 없는 농민들로부터 영감을 얻었다. 전후 시대 작가들은 노병과 전쟁 피해자를 제외한 모든 이로부터 자신을 분리했다. 물론 정반대의 생각을 했던 작가들도 있었다. 모든 것이 이대로 썩 괜찮다는 생각이었다. 이들에게 무언가 낯설다는 수상쩍은 기분은 변화가 없어서가 아니라 너무 큰 변화가 너무 갑작스럽게, 그러니까 준비되지 않은 상태에서 온 데서 연유했다.

세계가 극도로 불쾌한 장소라는 생각은 작가들에게 익숙한 노래다. 그리고 대체로 세계와 화해하기 직전에, 세계가 아마도 적당히 편안한 장소가 되려는 바로 그 순간 작가는 마지막 거대한 소외와 마주한다. 그동안 알았던 모든 소외를 압도하는 소외, 자신의 죽음을 예감한다. 그 날개의 그림자 속에서는 가장 적대적인 이방의 문화도 괜찮게 느껴진다.

그러나 작가로서 두 가지 상태 모두가(이 나라의 토박이로 자신을 인식하는 것과 이방인으로 인식하는 것) 관심의 대상인 나는 내가 살고 있는 나라에 퍼져 있는 문화에서 내가 느끼는 예견된, 그리고 어쩌면 불가피한 고립감에 대해 이야기하고자 한다. 내가 하려는 발언은 아마도 지금까지 존재했던 모든 집단에 대해 적용할 수 있을 것이다. 그리고 베시 헤드의 말을 빌려 주장하자면, 내가 내 것이 아닌 지배 문화를 용인하는 이유는 내가 사랑하는 것들을 건드릴 수 없기 때문이다. 이런 태도는 적대적으로 보일 것이다. 베풀 줄 모르는 태도로 보일 것이다. 알고 있다. 너그럽지 못하고 방어적인 태도로 보일 것이다. 그 또한 알고 있다. 하지만 나는 내가 누구이고 나의 작업이 무엇인지에 대해 명확히 아는 능력이 부족 내에서, 혹은 가족, 국가, 인종, 성별 안에서 자신의 위치와 밀접하게 얽여 있다고 생각한다. 그리고 그 명확성은 자아의 평가를 위해 **필수적이고**, 다른 부족이나 문화와의 어떤 생산적 교류를 위해 **필수적이다**. 서로 상반되는 문화를 통합하자고 말하는 것이 아니라 단지 명확히 하자는 것이다. 자신의 문화에 대한 명료한 이해야말로 다른 문화 안에서, 곁에서, 혹은 다른 문화와 나란히 건강하게 살아가도록 해주기 때문이다. 그게 없다면 작가는 어떤 정점에 오르든 고독하게 살게 되고, 어떤 길을 걷든 막다른 골목에 이르게 된다. 따라서 '우리가 사랑하는 것들'을 보살피고 돌보려면 그것이 무엇인지 아는 것이 핵심이다.

나는 언제나 내 사람들 사이에서 가장 살아 있는 듯하고, 가장 기민하고, 진가를 발휘한다. 나의 모든 창조 에너지는 여기서 나온다. 어떤 예술적 노력이든 그 자극은 여기서 시작된다. 쓰고자 하는 갈망, 심지어 존재하고자 하는 갈망은 흑인으로서 나의 자각, 흑인과 하는 경험, 심지어 흑인을 향한 경외심과 우리가 살아가는(단지 인식된 것이 아닌) 삶의 질에서 온다. 만약 다른 문화에 완전히 항복해야 한다면, 작가로서 그리고 인간으로서 나라는 사람은 완전히 파멸하리라고 나의 모든 본능은 말해주고 있다. 무관심만이 위험한 것이 아니다. 인정을 받는 것도 위험하다. 흡수에 대한 두려움, 문화적 포용에 대한 공포라고 일컫기도 한다. 하지만 내가 공포를 느끼는 가장 주된 이유는 이 나라에 퍼진 문화의 과거가 어땠는지 알고 있기 때문이다.

그래서 나의 본능은 나의 지성과 결합해서 이 문화의 많은 면면이 믿을 만하지도 도움이 되지도 않는다고 말해주고 있다.

글을 쓰려는 나의 모든 시도의 중심에는 이런 전제, 그리고 다음과 같은 물음이 있다. 흑인 문화가 잃어버릴 수 있는 값진 요소는 무엇이며, 어떻게 보존하고 쓸모 있게 만들 수 있는가? 나는 논설을 쓰는 데는 소질이 없기 때문에 종종 내가 사랑하고 가치 있게 여기는 것들을 알아보기 위해 그것이 위험에 빠진 상황을 그려보곤 한다. 내 소설에 있는 것들은 종종 위협받고 때로는 파괴된다. 민감한 독자들의 주의를 끌어 그들이 보존할 가치가 있는 삶의 면면을 그리워하고 아까워하고, 부디 보살피는 법을 배우도록 만들기 위한 나만의 방법이다.

그런데 그런 것들을 알아보려면 먼저 내가 자란 문명이 속해 있는 또 다른 문명에 대해 많이 알거나 많이 알려고 해야 한다. 백인 문명 안에서 기능했던 흑인 문명을 말하는 것이다. 그리고 내가 물어야 하는 물음은 이런 것들이다. 나의 문명 안에는 어떤 위계질서가 있는가? 관습은 누가 정했는가? 어떤 법이 었었는가? 법을 어겨서가 아니라 공동체의 질서를 어겨서 쫓겨난 사람들은 어떤 사람인가? 우리는 위로를 얻거나 충고를 얻으려면 어디로 가는가? 그 문화를 배신한 자들은 누구인가? 우리는 누구를 왜 존경했는가? 우리의 도덕은 무엇이었는가? 우리가 말하는 성공은? 누가 생존했는가? 왜 생존했는가? 어떤 조건에서 생존했는가? 일탈 행위에는 어떤 것이 있었는가? 백인들이 정의 내린 일탈 행위가 아닌 흑인들이 규정한 일탈 행위는 무엇이었는가?

　내가 수년 동안 흥미롭게 여겼고 아마도 평생 그렇게 여길 사실은 바로 인간을 아무리 금수 취급해도 인간은 금수가 될 수 없다는 사실이다. 백인 약탈자들은 아메리카 원주민들로 하여금 걸어서 대륙을 횡단하게 만들어 그들이 파리나 소 떼처럼 죽는 모습을 지켜보았지만 원주민들은 소 떼가 되지 않았다. 유대인들은 산 채로 아궁이 속으로 던져졌지만 금수가 되지 않았다. 흑인들은 대대로 노예로 살았고 쌀, 타르, 테레빈유와 함께 화물 취급을 받았지만 화물이 되지 않았다. 이 모든 집단은 하나같이 저들을 억압한 그 참상을 문명화했다. 인간을 금수로 만드는 방법은 없고 만들 수 없다. 결코 가능하지 않다. 왜 가능하지 않은지 그것이 나는 궁금하다. 왜 나의 증조할머니의 삶의 질이 증조할머니의 처지보다 훨씬 더 나았는가? 페미니즘 운동도 없이, 흑인 예술 운동도 없이, 어떤 운동도 없이 어떻게 할머니가 처했던 상황에 비해 할머니의 삶은 훨씬 고결하고 질이 높을 수 있었을까? 할머니가 당시 여성들에 비해 특별했던 것도 아니다. 여느 흑인 여성과 다를 바 없이 평범했다. 어떤 매국적 학문이나 심리적 폭압의 설득에도 나는 달리 생각할 수 없다. 아무리 많은 흑인이 일자리를 얻고 국민으로 인정받고자 침략자들과 손잡고 우리를 문화적으로 겁탈하여도 나는 달리 생각할 수 없다. 나는 내 증조할머니를 알았고 할머니를 알았던 사람들을 알았기 때문이다.

　나는 단단하고 진실되고 영원한 것을 드러내기 위해 압박받는 사람들을 그리는 편을 선호한다. 편안한 상황에 있는 사람들이 아니라 궁지에 몰린 사람들, 결단을 내리지 않을 수 없는 사람들을 그린다. 네가 내 친구라고? 어디 한번 보자. 네가 혁명가라고? 벼랑 끝에서도 그렇게 주장할지 어디 좀 보자. 날 사랑한다고? 어디 보자. 네가 끝까지 너의 행로를 따라가면 어떤 일이 생길까? 무엇을 포기하게 될까? 압박을 가하면 나는 그들이 누구인지, 무엇으로 이루어진 사람인지, 어떤 본성이 마지막까지 남는지, 어떤 본성을 영영 놓지 않는지 알게 된다. 그래서 나의 작품에는 우울이 어려 있다. 나도 잘 알고 있다. 평범한 인물보다는 예외적 인물을 그리게 된다. 나도 잘 안다. 그래서 나는 기괴한 인물과 긍정적이지 못한 이미지에 대한 비난에 노출된다. 나도 잘 안다. 하지만 '긍정적' 이미지는 만화가들에게, 그리고 '정상적' 흑인 인물은 미래의 도리스 데이[6]에게 맡겨야 할 것 같다. 나라에 역병이 도는데 립스틱과 반창고를 가지고 고민하는 것은 엉뚱할 뿐만 아니라 무책임하기 때문이다. 흑인들의 이른바 일상은 살아가기에는 분명히 멋지지만, 그 삶을 사는 사람은 누구나 그 '일상적' 흑인 삶이 물질에 대한 정신의 승리이며 상식에 대한 감정의 승리임을 알아야 한다. 그걸 모른다면 아무것도 모르는 것이다. 아프리카의 한 젊은 시인이 말했듯 "현재는 살기 위험한 곳"이다. 피상적인 문학의 겉치레는 우리를 그 위험으로부터 구원하지 못할 것이다. 사실 문학은 우리를 전혀 구원하지 못할 것이다. 방어의 필요성을 가리킬 수 있을 뿐이지 방어 그 자체가 아니다. 무엇이 소중한지 밝히는 과정에 참여할 수 있을 뿐이다. 무엇이 소중한지 드러났을 때,

---

6  밝고 희망에 찬 용모와 연기로 인기를 모았던 백인 배우이자 가수.

흑인 전통이 흑인 유행에서 분리됐을 때, 흑인의 글쓰기가 허세를 버리고 흑인 일상을 엿보려는 사람들의 요구를 거절했을 때, 훨씬 더 힘겨운 과제가 기다리고 있을 것이다.

왜냐하면 고립된 상태에서 가치를 판단하기는 상대적으로 쉽다. 그 가치가 다른 가치와 갈등을 일으킬 때는 문제가 복잡해진다. 그렇다면 집단 정서 가운데 가장 귀중한 것을, 가장 고결한 충동을 보호하는 방법을 찾아야 한다. 공동체 안에서 지켜낼 가치가 있는 보살핌의 구조는 무엇인가? 정서적 안전을 보장하는 문화유전자는 무엇인가? 과도한 위험이나 확실한 파멸로 이어지지 않는 자유를 가능케 하는 관습은 무엇인가? 경솔하지 않은 용기, 헤프지 않은 관용, 군림하지 않는 지원을 가능케 하는 관습은 무엇인가? 그리고 매우 매우 곤란한 처지에 빠졌을 때(미국 밖 흑인 국가들의 형편처럼) 치열한 생존을 계산된 대로 지속시켜줄 관습은 무엇인가?

가치의 부활과 재생에 헌신한 흑인 작가들은 그들의 취향으로, 판단으로, 지성으로, 작품으로 알아볼 수 있다. 그들은 흑인과 관계없는 평이한 이야기들을 꾸밀 특이한 장식품으로 흑인들의 일상을 사용하지 않는다. 흑인 삶의 실체는 그런 작가들의 작품에서 장식이 아닌 본질이다. 그들의 작업은 흑인들이 벼리어 만든 도덕을 축으로 돌아간다. 그들은 깨어진 가정, 집에 갇힌 아버지, 약소한 권력, 무엇이 유리한 고용이고 무엇이 아닌지 대한 외부의 도덕률로 등장인물들을 재단하지 않는다.

흑인 언어를 마지막 g를 발음하지 않는 언어, 음성학적으로 문제 있는 언어, 철자법이 일관적이지 못한 언어로 보지 않는다.

그보다 훨씬 더 복잡하다는 것을 안다.

그리고 흑인이 느끼고 생각하고 실천하는 모든 것을 다른 문화에 설명하고 설명하고 또 설명하는 데 시간을 낭비하지 않는다. 그들은 자신의 문화를 계몽하는 데 관심을 갖고 도전하고 있다. 그 과정에서 고통스러운 정보를 깨우치게 되더라도 개의치 않는다.

그들은 신이 나서 골동품을 관찰하는 민속학자의 눈으로 제 사람들의 관습과 풍습을 바라보지 않는다.

이른바 흑인 문화 연구라는 분야의 학자이기도 한 작가들은 교육 과정에 대한 수정이 제안되었을 때 '기준이 하향된다'는 흔한 외침이 나와도 꿈쩍하지 않는다. 자신들의 역할이 기준을 유지하는 것이 아님을 안다. 그 기준의 내용을 재편하여 향상하고 올리는 것이 그들의 역할이다.

평론가이기도 한 흑인 작가들은 '새로운' 흑인 비평이랍시고 베르톨트 브레히트를 흑인으로 채색하고 브레히트의 사상에(브레히트 자신의 문화적 요구에 지극히 적합했던) 새 꼬리표를 붙이느라 바쁘지 않다. 흑인 음악이나 비서구 흑인 예술에 적용하기에 부적절하고 어리석은 비평 장치나 체계는 흑인 문학에 적용할 경우에도 마찬가지로 기만적이다.

처음 글쓰기를 시작했을 때 극화하는 방법을 잘 몰랐기 때문에 이따금 제대로 보여줄 수 없는 것을 말하는 방법으로 설명하지 않을 수 없었다. 그래서 첫 소설《가장 푸른 눈》의 끝부분에 나는 장황한 교훈에 매우 근접한 내용을 쓰게 되었다. 여전히 마음에 들지 않는 부분이다.《가장 푸른 눈》의 마지막 두 페이지를 요약하자면 자유를 방종으로 대체할 수 있다고 가정할 때, 남의 결핍을 나의 아량으로 삼아도 된다고 가정할 때, 나의 꿈을 명확하게 하기 위해 남의 불운과 악몽을 이용해도 된다고 가정할 때, 어떤 위험에 빠지는지 이야기하고 있다. 이 모든 것이 끝나고 완성되면 자기 문화의 포기와 배신 또한 완성된다.

2005년 8월 30일, 미국 마이애미 대학교
'로버트 앤드 주디 프로콥 뉴먼 렉처'에서.

# 문학과 공적 생활


대학원 시절을 보냈던 학교로 다시 돌아오는 일은 탐구가 이루어지고 문제가 표면화되었던 곳, 명확하고 설득력 있는 논리의 전개를 막는 온갖 난관을 풀어나가기 위해 도움을 받았던 곳에서 당시의 신분이 되풀이될 것 같은 위기를 느끼는 일이기도 합니다. 여러 해가 지난 지금도 그런 기분이 듭니다. 어딘가 앉아 있는 심사위원단이 논문을 듣고 나서 질문을 던질 것도 같습니다. 이런 식으로 과거를 되새기는 일은 유익한데, 이 계기와 이 자극적인 장소를 이용해 소설 밖에서는 강조할 기회가 없었던 몇 가지 생각을 검토해보고(혹은 던져보고) 싶기 때문입니다. 그리고 이런 생각이 어떻게 제 작품 속에서 드러나는지 밝히고자 합니다.

오늘 저녁 다루고자 하는 문제는 제가 공적 생활의 상실이라고 칭한 현상으로, 이 현상은 사적 생활의 쇠퇴로 인해 더욱 악화됩니다. 저는 문학이 이 위기를, 문학에서도 상상하지 못하는 방법으로 완화할 수 있다고 생각합니다.

1980년대와 1990년대에 걸쳐 기술과 전자식 시각 세계라는 체제는 대중에 대한 인식, 그리고 우리가 서로를 경험하는 방법을 바꾸었습니다.(우리가 살고 있는 구경거리의 시대Age of Spectacle는 한 마을과도 같은 세계 안에서 친밀함과 보편화를 약속했습니다. 그러나 사적 그리고 공적 존재 방식의 끔찍한 혼란도 가져왔습니다.) 상당한 비난을 받았던 1960년대와 1970년대에는 공적 생활(그리고 공적으로 발현된 생활)이 존재했고, 이를 두고 경쟁과 다툼이 있었으며, 이를 위해 혹은 이에 반대해서 투쟁했지만, 이 시대의 종말 이후 또다시 그런 시대가 찾아올 확률은 낮아 보입니다. 양심과 도덕, 법과 윤리가 억압이 아닌 해방 운동을 향해 있던 시대였습니다. 흥미로운 건 그 시대가 그 어느 시대보다 스스로를 부끄럽게 여긴 시대였다는 점입니다. 그런 식의 공적 생활(흑인 권리 운동 등)은 "분열과 착취의 현실을 가리고 사적 생활과 공적 생활 간의 단절을 은폐하는 광고와 미디어 환상의 엄청난 영향력"에 의해 가능해진 미디어 현상의 경험과는 달랐습니다. 후자의 결과는 무관심, 혐오, 포기, 혹은 일종의 내적 진공 상태(무감각), "인공적 자극과 화면을 통한 경험이 있는 꿈의 세계"일 수 있으며, 프레드릭 제임슨이 진술했듯이 이 세계에서는 "굵직한 형이상학적 고민과 존재와 삶의 의미에 대한 근본적인 물음이 그 어떤 이전 문명에서보다 아득하고 무의미하게" 여겨집니다. 이런 말들이 나온 것은 1971년으로, 제품 윤리와 미디어 윤리가 사회 윤리나 정의보다 더 큰 힘을 갖고 있는 지금에는 적용이 다소 불가능합니다.

우리는 구경거리의 시대에 살고 있습니다. 구경거리는 우리를 사로잡겠다고 약속하고, 판단을 유보한 채 우리와 객관적 현실 사이를 중재하겠다고 약속합니다. 원자력의 약속과 상당히 비슷합니다. 안전하고 깨끗하고 저렴하다고 약속했지만, 위험하고 더럽고(오염되었고) 값비싸다는 것이 밝혀졌습니다. 구경거리의 약속도 깨졌습니다. 우리를 사로잡지도 못했을뿐더러 우리는 훨씬 더 멀어졌습니다. 충격이나 연민을 분간하거나 교정하거나 측정할 수 없게 되었습니다. "시각적 권위의 체제는 스톱워치에 따른 이미지의 강압적인 구성"이며, 그 구성이 현실의 시뮬라크르라고 속입니다.

뉴스는 정보를 주겠다고 약속합니다. 그러나 "저녁 뉴스의 난잡함—펜실베이니아주에 상륙한 토네이도, 보스니아의 무장 세력, 맨체스터의 교원 파업…… 캘리포니아주에서 있었던 신생아 심장 수술 등—은 매체의 시간 제약에 좌우"됩니다. 그럼에도 시청자의 눈에는 뒤범벅된 사건들이 외부 세계의 난잡함을 반영하는 것처럼 보이고, 우리는 그 결과 외부 세계가 산만하다고 느끼게 됩니다.

"수백만 사람들이 하나의 국민 사회, 세계 시민으로서의 집단적 정체성을 찾아 화면을 들여다보고 미디어는 이제 국가적으로, 세계적으로 '상상된 공동체'를 구성하는데 결정적인 역할"을 합니다. 이런 방식으로 "뉴스는 하나의 권위 체계로, 국가의 정체성을 조달하고 맥박을 짚는 특권적인 역할을 행사하는 국가 제도로 인정"받습니다.

그러나 최근 사태는 무언가 잘못되었다고 암시하고 있습니다. 구경거리의 공식, 권위, 패러다임, 목표에 문제가 있을 수 있습니다. 한때는 "현대적 권위를 가진 교회"였던 TV는 뉴스를 반복하여 신성한 구경거리로 제공했습니다. 존 F. 케네디 장례식, 찰스 왕세자 결혼식, 대통령 취임식, 다이애나 왕세자비의 사망 등 화면 속 광경이 중대한 국가적, 국제적 의미가 있다고 암시했습니다. 그러나 수익을 내기 위한 연예 산업에 봉사하기 위해 뉴스와 구경거리를 결합하면서(시각 요소가 없다면 뉴스가 아니지요), 본래 공식적이거나 국가적인 소식으로 구성되었던 일부 전자식 서사electronic narratives는 약속된 국가적 정체성이 아니라 그 안의 단층선을 드러냈습니다. 전쟁은 정해진 시간에 맞게 자르고 빚어낸 '소식'이 되고, 전자식 질문electronic question은 정치적이 됩니다. 언제 철수할 것인가? 병사들은 언제 돌아올 것인가? 독재자는 언제 죽을 것인가? 다른 전국적 서사를 예로 들면, 가령 클래런스 토머스 청문회나 O. J. 심슨 재판, 화이트워터 스캔들 수사, 탄핵 심문 등의 경우 길이나 서사의 형태, 심지어 줄거리도 모두 방송 편성상의 요구에 달려 있습니다. 이런 최근 뉴스 거의 모두가 인종이나 성별, 또는 둘 다에 좌우되고 있으며, 특정 인종이나 성별이 행사하거나 빼앗기는 권력과 관련 있다는 사실을 떠올리면 몹시 흥미롭습니다.

이런 전국적인 구경거리들은 기대와 달리 분열을 숨기지 못했고 오히려 악화시켰습니다. 우리는 구경거리가 완전히 치유하고 주의를 빼앗아주기를 바랄 수 없습니다. 우리의 의식이 축소되어 자기 상품화로 가면서 시간, 언어, 도덕적 상상력, 자유의 개념, 지식에 대한 접근권에 피해를 입히거나, 변화나 왜곡을 가져올 가능성이 더 큽니다. 공과 사의 이분법적 경험을 납작하게 만드는 구경거리의 압박 아래서 우리는 우리 자신을 위한 '광고'가 됩니다. 여기서 문제는 어떻게 그리고 어디서 공적 시간과 공적 언어, 공적 정서와 공적 맥락을 체험해야만 우리가 속해 있다고 주장하거나 속해 있길 원하는 다양한 공동체 삶과의 연관성 속에서 우리 자신의 개인적이고 유일하고, 심지어 꾸며낸 삶에 전적으로 참여할 수 있느냐는 것입니다.

사적, 공적 생활에 대한 인식이 납작해진 원인은 무엇일까요? 혼란은 부분적으로 용어의 무분별한 사용 때문일 수도 있습니다. 사적private 생활도 있고 교도소, 보건 의료, 그리고 이른바 공립 학교의 사유화privatization도 있습니다. 앞은 헌법에서 보장되는 권리, 그리고 개인적인 요구에서 나오는 용법입니다. 뒤는 기업의 공적 투자를 의미합니다.

앞은(사생활에 대한 개인적인 요구) 버릴 수도 있고(가령 토크 쇼에서), 법원에서 잃게 될 수도 있지만(연예인이나 '공인'의 경우), 이런 의미에서 사생활은 언제나 감시 아래 있습니다. 두 번째(한때 공공의 소유였던 기관의 사유화) 역시 법원에서 좌절될 수 있지만 '공공의' 이익으로(경쟁을 부추겨 소비자를 위해 가격을 낮추고 품질을 높일 수 있다는 등) 우리에게 제시되고 재현됩니다. 공익은 종종 '특수' 이해관계로 재정의됩니다.

이런 미꾸라지 같은 정의들이 개인과 개인의 상상된 공동체 사이의 경계를 지워버리기 때문에 우리는 공적 생활이 이제 어떤 선택된 서사의 시각적 현상으로 표현된다는 사실에 놀라거나 흔들리지 않습니다. 그 서사는 전국적 반향과 상품성이 있다는 이유로 성별, 인종, 가족의 위기를 착취하고 선정적으로 보도합니다. 이런 공적 생활과 사적 생활 간의 무질서한 붕괴, 즉 끊임없이 사찰을 당하는 사적 생활, 그리고 우리에게 어떤 통제권도 주어지지 않는 공적 영역은 우리로 하여금 자신의 다름에 대한 애착으로 후퇴하도록, 오락의 얕은 재미에 몸을 맡기도록 부추깁니다. 또 두려움과 충족할 수 없는 욕망에 의해 빚어진, 그야말로 환상의 공동체에 참여하도록 부추깁니다.

이런 전복 사태가 이미 실현되었고 계속 실현될 가능성이 있는 상황을 문학이 특별한 방법으로 개선할 수 있으리라 저는 생각합니다. 역사적으로 문학을 공부해야 한다는 주장은 문학이 주는 세 가지 주요 혜택을 중심으로 논의가 이루어졌습니다. (1) 문학은 인격을 양성하며 도덕을 강화하고 (2) 고차원적인, 비정치적인 여가 활동으로 적합하고 (3) "시민 생활에 필수적인 상상력을 길러주는" 역할을 한다는 것입니다. 시민 교육이 소비자 교육보다는 낫지만 시민 교육을 목표로 삼는 것은 국수주의를 떠오르게 한다는 문제가 있습니다. "국수주의의 문제점은 자기 결정에 대한 욕망이 아니라…… 오로지 나와 같은 사람들 사이에서만 편안함을 느끼고 이해될 수 있다고 여기게 되는 특수한 인식론적 환상"이며, "국수주의가 잘못된 이유는 내 집에서 주인이 되고자 하는 욕망 때문이 아니라 오로지 나와 같은 사람들만이 집에 들어올 수 있다는 확신" 때문입니다. 문학의 인격 양성 효과와 엄밀한 비정치적 지성주의가 어떻든, 문학이 선하고 배려심 많은 시민을 만들어내는 데 유용하든 말든, 독자들 사이에서 이런 주장이 여전히 울림을 가지는지와 상관없이(랠프 월도 에머슨의 "미국의 학자" 연설이나 F. R. 리비스의 선언[7] 이후 문학을 지지하는 논거에는 큰 변함이 없는 듯합니다), 문학 연구와 생산에는 지금까지 상상하지 못했던 수준의 절박함이 나타나고 있습니다. 소설은 아마도(저는 그렇다고 믿습니다) 기억으로 이어진 마지막이자 유일한 길이며, 양심과 기억력이 철철 새어나가는 것을 막는 유일한 수문입니다. 소설은 체제를, 전자 시각적 권위를, '가상'의 유혹을 부정하거나 회피하거나 분석하는 대안 언어가 될 수 있습니다. 소설 연구는 또한 공과 사의 단절을 보수하는 메커니즘일 수 있습니다.

문학은 강제나 굴복 없이 공공의 경험을 가능하게 하는 특징이 있습니다. 문학은 국민 정체성을 정립하고 상품을 팔기 위해 설계된 구경거리의 수동적, 혹은 통제된 소비를 거부하고 방해합니다. 문학은 우리가 우리 자신을 다차원적인 인간으로 경험할 수 있도록 허락, 아니 요구합니다. 이것은 그 어느 때보다 지금 매우 긴요합니다. 예술로서 문학은 역사, 법, 과학, 경제, 노동학, 의학 등 다른 분야가 인간에게 미치는 영향을 다룹니다. 서사로서 문학의 형식은 지식을 유용하고 번역하는 주요 방식입니다. 시간, 맥락, 공간, 은유적 언어, 표현적 언어 속에서 동시적으로 인격을 이해하는 방식인 문학은 과잉 현실이—가상 현실, 거대 현실, 초현실, 사이버 현실, 위급 상황의 현실, 구멍이 많은 현실, 추억 속 현실이—방향 감각을 상실하게 만들 때 질서를 잡아줍니다. 마지막으로 문학은 완화된 미래를 투영할 수 있습니다.

이 모든 이론적 가능성은(줄어들고 있는 공적 영역의 체험에 대

---

7    리비스의 평론집《영국 소설의 위대한 전통》을 의미하는 것으로 보인다.

한 소설의 특수한 관심은) 제가 가장 최근에 발표한 책 세 권에서 노골적으로 나타납니다. 《빌러비드》《재즈》《파라다이스》는 공통으로 변칙적 구성을 갖고 있습니다. 사후 서사적, 텍스트 외적, 책 바깥의 종결부는 줄거리나 이야기에 대한 언급이 아닌 줄거리의 체험에 대해 언급합니다. 이야기의 의미가 아닌, 이야기에서 의미를 모으는 체험에 대해 언급합니다. 이런 종결부는 대변자 역할을 하게 됩니다. 이 책을 읽는 행위가 어떤 결과로 이어지도록 고집하고, 독자와 페이지 사이에 자리 잡은 친밀감에 개입하고, 성공적일 경우 깊은 생각, 토론, 논쟁을 강제하는데 이런 탐구는 타인이 있어야 완성됩니다. 다시 말해 독서 경험은 사회적 행위로 완결됩니다.

《빌러비드》는 자신의 개인성에 대한 세서의 질문으로 서사의 끝을 맺습니다. 서사 외적인 활동은 다시 시작된 귀신의 출몰입니다. 이 귀신은 화가 난 어린아이, 이유 있는 악의와 의지를 가진 존재라는 처음에 가정된, 한정된 범위보다 더 커져 있습니다. 빌러비드 자신의 소멸이라는 문제보다 더 커진 그것은—책의 '사후'에 소환된 빌러비드의 형상은—이제 이야기를 나누고, 이야기에 참여하고, 이야기를 목격한 사람들의 책임입니다. 사적 책임으로 가장된 공적, 혹은 공동체적 의무입니다. "이것은 널리 전할 만한 이야기는 아니다." "원하면 만질 수 있다." "사람들은 그 여자를 잊었다." "어르고 달랠 수 있는 외로움[개인의]." "떠도는 외로움[공공의]."

《재즈》에서는 책 밖으로 연장된 몸짓이 더욱 강합니다. 인물들이 책의 예후를 벗어나고 책의 상상과 다르며 그보다 훨씬 더 복잡합니다. 그래서 책의 끝부분은 오해를 불러일으키는 자아도취적인 서사에 대해 자비로운 이해를 구하기 위한 탄원일 뿐만 아니라, 독자가 책장과 아름답고 매우 성애화된 사적 관계를 맺기를 바라는 호소입니다. 이 끝부분은 또한 독서 행위에 공적인 결과가 따르며 심지어 공적인 책임이 따른다는 사실을 끈질기고 적극적으로 환기함으로써 공모 관계를 추동합니다. "자, 보라고. 당신의 손이 어디 있는지 보라고, 지금." 여기서 독자는 무언가를 해야만 하며, 무언가를 다시 상상하고 변경해야만 하고, 그 무언가가 정말로 독자의 손에 달려 있다고 결론짓게 됩니다.

《파라다이스》에서도 소설은 서사와 거의 상관없다시피 한 활동과 함께 끝납니다(닫힙니다). '거의'라고 하는 이유는 수녀원에 있는 여성들에게 정말로 무슨 일이 일어났는지 어느 정도의 추측을 허용하기 때문입니다. 그러나 대체로 신약의 '출현'과 '목격' 등 복음을 소재로 한 유희를 완성하고, 마침내 파라다이스의 상상계를 다시 형상화하기 위해서입니다. 게다가 파라다이스는 전혀 고독한 삶이 아니고, 어떤 방식으로 그려지든 함께 나누는 공적 생활이 있는 공동체입니다.

이 소설은 공공을—시간 속에서, 감정을 느끼며, 공공의 공간에서, 다른 사람(인물)들과 함께, 개인의 참여를 고집하는 언어로—경험하는 여러 방식을 허락하고 권유하고 있으며, 또한 문학과 공적 생활 간의 관계를 조명하고 회복하려고 노력합니다.

1998년 11월 17일,
미국 코넬 대학교에서 연설.

# 자기 존중의 근원

이 자리에서 제가 쓴 책 두 권《빌러비드》와 새로운 소설 한 편에 대해 이야기하고, 제 작업이 거친 일종의 발전 과정에 대해 설명하고자 합니다. 그리고 이 책들을 쓰면서 제가 자초한 장애물에 대해 이야기하고, 책에서 짧은 사례를 가져와 제가 이 작품들에 접근한 방식을 보여드리겠습니다.

매우 큰 주립대학교에 근무하는 사람이 제게 이렇게 물은 적이 있습니다. "이 캠퍼스에서 선생님에 대해 가르치는 강의만 스물세 개라는 것을 아세요?" 스물세 개 반이 아니라 강의 주제만 스물세 개라는 말이었습니다. 저는 그 사실이 매우 기뻤고 흥미롭다 싶었지만 조금 부담스러웠습니다. 제 작품을 가르친다면 미국 흑인 문학이나 여성학, 그리고 드물게 영문학 강의일 텐데 어떻게 스물세 개나 될 수 있겠습니까? 그런데 어떤 강의는 법학 연구였고, 어떤 강의는 역사, 그리고 정치, 심리학도 있었고 아주 다양했습니다. 저는 《빌러비드》가 어떤 소설이라고 몇 가지 당연한 사실을 말할 수 있지만, 그것을 넘어서서 이 책은 다양한 분야, 다양한 장르, 다양한 영역에서 이루어지는 담론을 위한 다목적이고 활용도가 높은 어떤 원천이 된 것 같았습니다.

그래서 정보에 대한 굶주림이 있다는 생각이 들었고, 이 책이 일종의 역사 대체물, 좀 더 친밀한 역사책일 수 있다고 생각했습니다. 그래서 아마도 이 책이 제가 쓴 다른 책들과 전혀 다른 방식으로 널리 활용되고 있다고 생각했습니다. 《솔로몬의 노래》는 그런 식으로 읽히지 않고 《술라》도 마찬가지입니다. 하지만 《빌러비드》는 그렇게 읽히고, 그래서 다양한 분야, 장르, 접근법을 수용할 수 있는 캠퍼스에 널리 퍼져 있는 것 같았습니다. 친밀한 역사책인 동시에 일종의 지름길이 아닐까 싶었습니다. 그래서 《빌러비드》를 쓸 때 역사가 어떻게 다루어졌는지, 아니 제가 어떻게 역사를 다루었는지 이야기하고자 합니다. 그리고 역사가 저의 허구적 글쓰기에 미친 영향에서 그 이후 시대, 즉 1920년대 문화로 넘어가 그 시대의 문화가 어떻게 제 새로운 책 《재즈》에 영향을 끼쳤는지 이야기하겠습니다.

소설을 전개하기 위해 역사처럼 만만치 않고 면밀하게 연구된 대상을 어떻게 다루어야 할지, 어떻게 바꾸거나 무시하거나 경계를 무너뜨릴지 등에 대해 짚어보자면, 몇 해 전 오클라호마주 털사에서 청중과 나눈 이야기를 먼저 해야 할 듯합니다. 청중은 그 지역 도서관 사서, 주민, 학생, 그리고 고등학교 교사, 사립학교 교사 등이었습니다. 낭독과 강연을 마치고 질문을 받았는데 한 교사가 이렇게 물었습니다. 《빌러비드》에 대한 참고서가 없는데, 이 책을 어떻게 가르쳐야 할지 저자 입장에서 말해줄 수 있냐고요. 저는 그 질문에 다소 놀라지 않을 수 없었습니다. 학생이 그런 질문을 했다면 모르겠지만 교사였기 때문에 좀 어처구니가 없어서 이렇게 대답했습니다. "《빌러비드》를 어떻게 가르쳐야 할지 저도 모르고 어떻게 가르치라고 선생님께 말씀드릴 수도 없으니, 참고서가 없다면 학생들에게 만들어보라고 하면 어떨까요?" 교사는 제 대답을 농담으로 받아들인 듯 미소 지었습니다. 하지만 저로서는 그 상황에서 할 수 있는 최선의 답변이었습니다.

흥미롭게도 그로부터 6, 7개월 후에 그 교사가 보낸 큰 꾸러미가 도착했습니다. 꾸러미 안에는 세 판본, 세 종류의 이른바 참고서가 있었습니다. 그 교사는 제 질문을 진지하게 받아들여 우등반 학생들에게 소설을 읽히고 참고서를 만들게 했습니다. 반 학생들을 세 개 조로 나누어 각 조가 표지부터 서문, 감사의 말, 목차, 그리고 참고서에서 볼 수 있는 장문의, 이른바 해설까지 직접 쓰게 했더군요. 각 권에는 1등에서 3등까지 순위가 매겨져 있었습니다. 학생들은 각자의 이름표를 들고 찍은 팀 사진도 넣었습니다. 편지도 있었습니다.

이렇게 하기 위해 당연히 책을 매우 자세히 읽었을 것입니다. 그리고 2차 서적을 읽고 다른 문학도 참조하고 상호 참조 등을 해야 했을 것입니다. 분명히 아주 흥미로운 학습 과정이었겠지요. 저는 학생들의 편지도 꼼꼼히 읽었습니다. 대체로 칭찬하는 내용이었지만 고등학생들이 좋은 점은 꼭 칭찬만 하지는 않는다는 것이죠. 특히 그렇게 공부를 많이 하고 나면 스스로 상당한 권위가 생긴다고 여겨 꼭 칭찬할 필요는 없다고 생각합니다. 그래서 학생들은 스스로 만족스럽게 대답할 수 없었던 질문들을 제게 물었습니다. 이제 학생들의 가장 주된 불만이 무엇이었는지 말씀드리겠습니다. 일관적으로 나온 불만은, 그러니까 모든 불만을 하나로 정리하면 그 핵심은《빌러비드》의 노골적인 성적 묘사가 경계심 혹은 불쾌감을 불러일으킨다는 점이었습니다. 그런 장면이 너무 정직하게 그려졌고 그렇게 정직한 표현이 과연 필요한지 이해할 수 없다는 내용이었습니다. 한편으로는 학생들이 그런 성적 묘사를 여전히 충격으로 여긴다는 점에 안심이 됐습니다. 그 부분은 기분이 괜찮았습니다. 다른 한편으로는 아주 불편했는데, 어느 학생도 그 이야기의 배경이 되는 맥락을, 즉 노예제도를 불쾌하게 여기거나 혼란스럽게 여기거나 이해하기 어렵다고 생각하지 않았기 때문입니다. 성적 묘사는 불편했지만 그 제도 안에서의 폭력과 범죄와 방종은 경계심이나 불쾌감을 불러일으키지 않았기 때문입니다.

저는 이 일이 역사적 사건이 바탕이 되는 소설을 쓰는 일의 문제점을 가리킨다고 봤습니다. 다시 말해 사람들은 역사를 문제 삼지 않습니다. 역사가의 시각, 심지어 소설가가 각색한 내용에 문제를 제기하면서 역사를 분석하거나 거기 대항하지 않습니다. 그냥 받아서 삼키고 동의합니다. 편향이 없다고 생각합니다. 하지만 사실상 제가 책을 쓴 이유는 표준 역사와 완전히 다른 어떤 시각으로, 데이터나 정보의 측면에서 다르다기보다 독자에게서 끌어낼 수 있는 반응의 측면에서 완전히 다른 시각으로 그 역사적 시기를 바라보기 위함이었습니다. 이 영리한 학생들은 텍스트의 모든 것을 살펴보았지만 텍스트의 주요 전제만은 보지 않았던 것입니다. 제가 아주 잘했거나 아주 잘못한 것입니다.

그러나 문제는 실상 몹시 익숙한 동시에 낯선 역사를 서로 결합하려는 그 힘겨운 시도의 본질에 있습니다. 주어진 역사에 있는 침묵과 왜곡과 회피로부터 어떻게 비판적 사고를 이끌어내고 정직한 예술 작품을 만들어낼지 그것이 문제였습니다. 뿐만 아니라 이를 위해 조명하고 다루어야 하는 역사는 감정으로 가득 찬 역사, 심오한 염증과 혐오로 가득 차고 뒤덮인 역사였습니다. 저는 사람들이 그 역사를 이해하거나 합리화하거나 방어하거나 혐오하리라 생각했습니다. 그래서 소설가로서 제 역할은 역사를 소화하기 쉽게 만드는 동시에 역사를 어떤 의미에서 해방하는 것이었습니다. 저는 역사와 소설이 서로 포용하는데, 말하자면 소설이 역사의 손아귀를 느슨하게 풀고자 애쓰면서도 그 손안에 머무는 데 관심이 있었습니다. 특히 이 역사적 사건과 이 소설의 경우 그랬습니다.

이제부터 할 말에 앞서 모두의 동의를 얻고자 합니다. 모든 교육에서, 제도권 교육이든 아니든, 집 안, 거리, 어디에서 이루어지는 교육이든, 학문적 교육이든 경험적 교육이든, 모든 교육에서 어떤 진보가 이루어진다는 데 동의가 필요합니다. 우리는 데이터에서 정보로, 그리고 지식으로, 지혜로 움직입니다. 진지한 교육은 대체로 이런 각각의 앎의 범주를 구분하고 구별합니다. 다른 범주를 제외한 채 그중 하나의 범주만을 사용하는 데서 오는 한계와 위험을 알고, 각각의 범주를 존중하도록 가르쳐줍니다. 그리고 우리가 목적 있는 진보가 존재한다는 데 동의한다면 역사를 바탕으로 소설을 그리거나 짓거나 구축하는 일이 얼마나 기운 빠지는 일인지, 그리고 데이터가 지식이라고 가정하는 것이 얼마나 쉽고 유혹적인지 여러분은 곧바로 이해할 수 있을 것입니다. 뿐만 아니라 정보가 지혜라고 가정하는 일도, 지식이 데이터 없이 존재할 수 있다고 가정하는 일도 쉽고 유혹적입니다. 그리고 우리는 지식이 없는 지혜, 데이터 없는 지혜가 단지 직감에 지나지 않는다는 사실을 참으로 쉽게 잊곤 합니다.

《빌러비드》를 쓸 때 이 모든 것이 극도로 심각하게 다가왔습니다. 제게 주어진 데이터에 저항하고 있었고, 제가 가진 정보가 충분하다고 느꼈기 때문입니다. 작은 사실들은 알 필요 없고 손쉽게 지어내면 된다고 생각했습니다. 노예제도를 알기 위해 모두가 읽는 책들,《노예에서 자유로Slavery to Freedom》《흘러라 요단강 흘러Roll, Jordan, Roll》《노예제도와 사회적 죽음Slavery and Social Death》그리고 허버트 앱세커Herbert Aptheker의 사료 모음집도 읽었습니다. 허버트 거트먼Herbert Gutman의《흑인 가족의 노예 생활과 자유Black Family in Slavery and Freedom》도 읽었지만, 무엇보다도 노예들의 자서전을 읽었으므로 그 현장에 있던 사람들이 직접 겪은 것에 대한 정보가 있었습니다. 거기에 제 직관까지 더하면 제게 얼마나 자신감이 있었고 그 자신감이 저를 어떤 함정으로 이끌었는지 상상하실 수 있을 겁니다. 데이터와 정보를 혼동하고 정보와 지식, 직감을 혼동했던 것입니다. 이미 많이 알고 있다고 생각했습니다. 그 자만심이 첫 번째 장애물이었습니다.

제가 할 일은 상상력이 사실과 데이터를 뒷받침하도록 하고 상상력에 압도되지 않는 것이었습니다. 그 상상력은 정보를 사적으로 친밀하게 만들어주되 스스로 대체물이 되지 않아야 했습니다. 만약 이런 상상력에 의지할 수 있다면 지식으로 이어질 가능성이 생깁니다. 지혜는 물론 독자들이 만들어가도록 내버려두기로 했습니다.

그렇게 저는 역사적 인물 마거릿 가너의 생애를 한 신문 기사에서 가져왔습니다. 기사는 어느 정도 신뢰할 만하고 절반은 아니었습니다. 먼저 가너에 대한 조사가 아니라 가너의 주변에 대한 조사를 꽤 많이 했습니다. 디테일을 놓치지 않기 위해 1865년에서 1877년까지 미국 재건 시대 당시 그 지역 상황이 어땠는지 등을 조사했습니다. 또한 기사에서 가너와 면담을 하고 가너의 이야기를 들려준 목사는 가너의 사연을 상당한 충격으로 받아들였지만 가너에 대해 어떤 판단도 내리려 하지 않았기 때문에 역사를 다룰 때 이런 지점에서 상상력이 개입할 여지가 있다는 것을 깨달았습니다. 목사는 판단을 유보했습니다. 다들 그랬습니다. 탈주노예법에 반대하는 강력한 목소리를 담은 논설을 쓰는 사람들이었지만 가너에 대한 판단을 거부하는 분위기가 있었습니다. 그 작은 정보 한 조각, 이 여인의 행위를 판단할 능력의 결여가 핵심적이라고 생각했습니다. 판단의 유보, 거부, 알고 싶지 않다는 태도가 아니라 결론 내지 않으려는 태도. 그 안에 아주 작지만 의미 있는 어떤 알맹이가 보이는 것 같았습니다.

왜 판단을 내리지 않은 걸까요? 다른 모든 사람들은 판단했습니다. 흉악한 짓이 틀림없었습니다. 이것은 판단입니다. 물을 것도 없이 비양심적이었습니다. 여자가 한 짓은 끔찍했습니다. 괴물 같은 짓이었습니다. 하지만 아무리 끔찍하고 괴물 같고 터무니

없고 비인간적이라도 불법은 아니었습니다. 법이 관계를 인정하지 않았기 때문에 그것을 담을 법률적 언어가 없었습니다. 마거릿 가너는 살인으로 법정에 서지 않았습니다. 법이 수용할 수 있는 한계 안에서, 법이 판단할 수 있는, 법이 '불법'이라고 말할 수 있는 한계 안에서 처벌받았고 죄목은 절도였습니다.

그러자 궁금해졌습니다. 법이 판결을 거부하고 시어머니도 판단을 내릴 수 없다면 누가 판단을 내릴 수 있을까? 법정에서 재판의 대상이라고 인정조차 하지 않는 일로 이 여자를 절대적으로 비난할 수 있는 사람은 누구일까? 가너의 주의를 끌고자 한다면 그 손가락질은 매우 비중 있는 것이어야 했습니다. 그리고 그 사람은 가너가 제지를 당하기 전 죽이는 데 성공한—성공이라는 말이 적합한지 모르겠지만—딸이어야 했습니다. 그 영역으로 딱히 들어가고 싶지는 않았지만, 가너가 그런 짓을 할 수 있다면 저 또한 상상하거나 생각해볼 수 있을 것 같았고, 죽은 딸을 텍스트 안으로 데려왔을 때 어떤 일이 벌어지는지 보기로 했습니다. 물론 이 존재는 모든 것의 균형을 흐트러뜨렸고 자신의 과거를 재구성했으며 언어를 전체적으로 뒤바꿨습니다.

또 다른 문제는—역사의 문제, 마거릿 가너의 생애가 실제 어땠는지의 문제, 그리고 제 목적에 부합하도록 그것을 고치는 문제와 더불어—노예제도였습니다. 가너가 이런 짓을 가령 10년 전에 했다면 저는 아주 편했을 것입니다. 그러면 소화할 수 있었을 것입니다. 그렇지만 노예제도가 있을 때 저지른 일입니다. 그래서 어떻게 다루어야 할지 고민이 됐습니다. 어떻게 해야 노예제도 안에 들어가되 매몰되지 않을지, 어떻게 노예제도가 아닌 노예들 자신에게 초점을 맞출지 고민했습니다. 문제는 노예제도에 상상력과 예술적 통제권을 내어주지 않고 그것들을 있어야 마땅한 위치에 놓는 것이었습니다. 노예제도를 누구보다 잘 이해했던 사람들, 즉 노예들 손에 쥐어주는 것이었습니다. 그러면서도 그 참상을 무시하거나 낮게 평가하지 말아야 했습니다. 포르노그래피가 언제나 문제이기 때문입니다. 이런 것에 대해 쓰면서 관음하는 위치에 자신을 놓기가 매우 쉽습니다. 읽기를 핑계 삼아 폭력과 기괴함, 고통을 즐기려고 할 수 있습니다. 그리고 타인의 고통을 지켜보는 행위가 불러일으키는 일종의 흥미가 있습니다. 저는 그 영역으로 들어가고 싶지 않았습니다. 멈추어야 할 선이 어디인지 발견하는 것은 어렵지만 중요했습니다. 노예제도의 손에 놀아나거나 노예제도에 존재 이유를 더하지 않고 통렬한 지적 반응을 일으킬 수 있을지 알아내야 했습니다. 저는 그 악을 곱씹고 싶지 않았고 거기에 부여해서는 안 되는 권위를 부여하고 싶지 않았습니다. 거기에 없던 어떤 낭만도 부가하고 싶지 않았습니다. 노예들 손에 주권을 돌려주고 싶었습니다. 제가 볼 때 다는 아니지만 많은 문학작품 속에서 노예들은 언제나 익명이거나 평면적으로 그려졌기 때문입니다.

물론 300~400년에 걸친 세월을 들여다봐야 하고, 이것은 정말이지 사람을 겸손하게 만드는 경험입니다. 자료와 역사만 봐도 너무 길다는 생각이 듭니다. 너무 거대하고 너무 끔찍하고 너무 자세히 조사되었고 너무 오래되었고 너무 근래의 일이며 너무 옹호되었고 너무 합리화되었습니다. 너무 많은 저항을 겪었고 너무 잘 알려져 있으며 너무 잘 알려지지 않았고 너무 뜨거운 주제이며 너무 모호한 주제입니다. 그리고 여성 억압을 비롯하여 다른 종류의 억압을 설명하기 위해 너무 자주 전용됩니다.

이처럼 제가 다루고자 하는 영역은 이미 과도하게 다루어진 동시에 충분히 다루어지지 않고 있었습니다. 불건전한 의미에서 매력적이며 다른 의미에서는 혐오스럽고 가려져 있고 억압되어 있었습니다. 따라서 처치 곤란한 것을 다루기 위해 어떤 작은 조각, 어떤 구체적인 것, 구체적인 세계에서 온 이미지가 필요했습니다. 집 안에 있을 만한 것, 책을 걸 고리가 되어줄 수 있는 어떤 것, 아주 인간적이고 개인적인 언어로 말하고자 하는 모든 것을 말해줄 수 있는 어떤 것이 필요했습니다. 제게 그 이미지, 그 구체적인 물건은 바로 재갈이었습니다.

사람들이 노예들 입에 물린 이 재갈에 대한 언급은 많았습니다. 하지만 노예 서사는 19세기 소설과 매우 유사해서 어떤 것에 대해서는 너무 자세히 이야기하지 않았습니다. 또한 백인을 설득해서 노예 폐지론자가 되거나 노예 폐지 활동을 하게 만들었기 때문에 이 모든 것이 얼마나 끔찍한지 장황하게 설명하거나 길게 끌지 않았습니다. 누굴 비난하고 싶지 않았고 백인들의 금전적 지원이 필요했기 때문에 좀 낙관적인 이야기를 만들어보고자 했습니다. 노예로 태어났고 끔찍했지만 벗어났고 아직 거기 사람이 있으니 벗어날 수 있게 도와주어야 한다는 식이었습니다. 한 지점에 머무르며 길게 이야기하지 않았습니다. 넌지시 암시하고 지시하는 경우는 많았지만 눈에 보이게 노골적이지 않았습니다. 가령 뉴잉글랜드의 한 부엌으로 들어간 에퀴아노[8]는 요리하고 있는 여자의 입에 무언가 채워진 것을 보고 "저게 뭡니까"라고 묻고 누군가

"브레이크예요"라고 대답합니다. 그러면 에퀴아노는 "내 생애 그처럼 끔찍한 것은 본 적이 없었다"라고 말하고 다음으로 넘어갑니다. 더 이상 이야기하지 않습니다. 이 밖에도 수많은 기록이 있는데 18세기 초 버지니아주의 대농장주였던 윌리엄 버드가 남긴 일지에서도(1709년, 1712년) 이따금 언급됩니다. 출판 편집자들은 윌리엄 버드를 "버지니아의 가장 세련되고 근사한 신사······ 노예들을 혹사하는 잔인한 자들을 통렬히 비난하는 편지를 보내기도 했던 너그러운 주인"이라고도 했습니다.

2월 8일: 제니와 유진을 채찍질. 4월: 애나를 채찍질. 5월: 버드 부인이 유모를 채찍질. 5월: 마를 채찍질. 6월: 유진(어린이)이 도망쳐서 채찍질. 재갈 물림. 9월: 제니를 때림. 9월: 제니를 채찍질. 12월: 종일 빈둥거린 유진을 채찍질. 그리고 다음 해 7월: 니그로 여자가 재갈을 문 채 또 도망감. 또 7월: 니그로 여자를 찾아 결박했으나 밤새 또 도망감. 닷새 후: 아내가 내 의사와 상관없이 어린 제니에게 뜨거운 다리미로 화상을 입힘. 다음 달: 어린 제니를 심하게 꾸짖은 뒤 너무 많이 때려서 미안한 마음이 듦. 같은 달: 유진과 제니를 때림. 10월: 노예 세 명을 채찍질. 11월: 니그로 여자가 또 도망침.

이런 식으로 서너 페이지 이어집니다. 다른 종류의 행동에 견

8    아프리카 서부 니제르에서 온 올라우다 에퀴아노는 미국에서 흑인의 자서전을 처음으로 쓴 작가다.

주어볼 때 이 정도는 아주 심하지 않았다고 말할 수도 있을 것입니다. 하지만 재갈에 대한 언급은 제가 읽은 여러 다른 것과 마찬가지로 설명하거나 묘사하지 않습니다. 이 장치에 대한 묘사나 사진, 이것이 어떻게 생겼는지 어떻게 작동했는지 알아내기 매우 힘들었습니다. 정말 힘들었지만 어떻게 보면 아주 운 좋게도 사진을 몇 장 찾을 수 있었습니다.

하지만 궁극적으로 꼭 묘사가 필요한 물건은 아니라는 생각이 들었습니다. 그 모습을 정확히 묘사했더라면, 그것이 어떻게 생겼는지 설명할 언어를 찾았더라면 제가 의도한 일이 허사로 돌아갔을 것입니다. 이것을 커다란 창고형 매장에서 주문할 수 없었고 직접 만들어야 했다는 설명으로 충분했습니다. 손으로 만든 이 물건은 감금 시설처럼 일을 아주 할 수 없게 만들지는 않았습니다. 일은 계속해야 했습니다. 노예에게만 사용한 것이 아니라 백인 여성에게도 자주 사용했다는 점이 중요합니다. 그들에게도 때때로 재갈 같은 것이 필요했기 때문에, 필요하다고 누군가 생각했기 때문이겠지요. 재갈은 단지 입안에서 고통만 준 것은 아니었습니다. 불편은 물론이고 또 어떤 기능을 하는지 아세요? 말을 못하게 만듭니다. 혀를 쓸 수가 없어요. 그러니까 여성을 고문하는 도구로 주된 역할을 했으리라 생각해볼 수 있지요.

기술적 물리적 측면을 묘사하지 않는 것이 더 중요하다고 여긴 이유는 그것이 묘사할 수 없는 것이되 미지의 것이 아니길 바랐기 때문입니다. 그래서 독자에게 그것이 어떻게 생겼는지 설명하기보다 개인에게 어떤 느낌이었고 어떤 의미였는지 설명하는 것이 목적이 되었습니다. 이것은 역사와 노예제도에 대한 저의 태도와 동일 선상에 있었습니다. 그것이 어떻게 생겼는지 설명하기보다 어떻게 느껴졌고 어떤 의미였는지 말하고 싶었습니다. 그래서 제가 읽은 모든 연구 기록에서 얻은 데이터를 다 지우고 제가 그리고 어쩌면 독자가 그것을 알 수 있게 도와주는 언어를 빚어내고자 했습니다. 그냥 알게 하고 싶었습니다. 《빌러비드》어디에도 이 물건이 묘사되지 않습니다. 하지만 독자가 이것을 알 수 있도록, 이것이 어떤 느낌이고 어떤 의미였는지 전달하려고 애쓴 결과물은 다음과 같습니다.

이제 책의 한 대목을 인용할 텐데 여기서 세서는 남편이 스위트홈 농장을 아마도 떠나지 못했으리라는 사실을 깨닫습니다. 그리고 폴 D의 이야기를 듣고 남편이 아마도 세서가 당한 일을 보았을 것이라 짐작합니다. 이야기를 들은 세서는 화가 치밉니다. 남편이 이런 식으로 무너진 것을 알았다면 왜 돕지 않았는지, 왜 무슨 말이라도 하지 않았는지, 왜 아무 말도 하지 않고 자리를 떴는지 궁금합니다. 폴 D는 입에 재갈을 물고 있어서 그랬다고 합니다. 세서는 결국 폴 D에게, 남편, 전 남편 핼리에 대한 세서 자신의 감정이 아닌 폴 D가 느낀 것에 대해 이야기해달라고 합니다.

나한테 말해주고 싶구나. 세서는 생각했다. 기분이 어땠는지 물어봐주기를 원하고 있어. 쇠붙이에 혓바닥이 눌린 기분이 얼마나 억울한지, 침을 뱉고 싶어 죽겠는데 그러지 못해서 눈물이 나는 기분이 어떤지. 세서는 그것에 대해 알고 있었고 스위트홈에 가기 전에 살았던 농장에서도 여러 차례 본 적이 있었다. 남자도 여자도 어린아이들도 보았다. 입술이 까뒤집히는 순간 번득였던 독한 눈빛. 재갈은 적어도 며칠은 물고 있어야 했고 빼고 난 뒤 입가에는 거위 기름을 발라 줄 수 있었지만 혀를 진정시키거나 독기 어린 눈빛을 없앨 수는 없었다.

세서는 폴 D의 눈을 들여다보며 흔적을 찾아보았다.

"내가 어렸을 때 본 사람들, 재갈을 물었던 사람들은 다들 그 뒤로 독기가 있어 보였어요. 어떤 이유에서 그걸 물렸든 효과는 없었을 거예요. 원래는 없었던 독기를 불어넣었으니까. 당신한테서는 안 보여. 당신 눈에는 독기가 전혀 없어."

"독기를 넣는 방법이 있고 빼는 방법이 있지. 나는 두 방법을 다 알지만 어느 방법이 더 나쁜지는 모르겠다."

폴 D가 세서 옆에 앉았다. 세서가 폴 D를 바라보았다. 어두운 달빛 아래 그을리고 수척한 폴 D의 얼굴은 세서의 가슴을 차분하게 어루만졌다.

"얘기해줄래요?" 세서가 물었다.

"모르겠어. 한 번도 꺼내어본 적이 없어. 누구한테도. 노래해본 적은 있지만 누구에게도 말해본 적은 없어."

"해줘요. 들어줄 수 있어."

"그럴지도 모르지. 들어줄 수 있을지도 모르지. 근데 말할 수 있을지 모르겠어. 제대로 말하는 거 말이야. 왜냐하면 재갈 때문이 아니야. 그것 때문이 아니었어."

"그러면 뭐였는데?"

"수탉들. 날 보는 수탉들을 보면서 지나가는 거."

"그 소나무에?" 세서가 미소를 지으며 물었다.

"맞아." 폴 D도 함께 웃었다.

"그 나무에 다섯 마리는 앉아 있었을 거야. 암탉은 적어도 50마리쯤 됐겠지."

"미스터도 있었어요?"

"바로 눈에 띄지는 않았는데 스무 걸음쯤 가니까 보였어. 울타리 기둥에서 내려와 물통에 앉더라."

"그 물통 진짜 좋아했지."

세서는 이렇게 말하면서 생각했다. 이제 이야기를 멈출 방법은 없겠어.

"그랬지? 왕좌 같았어. 그 녀석을 알에서 꺼내준 게 나거든. 내가 아니었으면 죽었을 거야. 암탉은 알에서 나온 병아리들을 줄줄이 데리고 먼저 가버렸고 알 하나만 남은 거야. 죽은 것 같았는데 움직이길래 껍질을 깨줬더니 미스터가 나왔지. 다리도 불편하게 말이야. 그놈이 커서 온 마당을 주름잡을 줄이야."

"늘 악에 받쳐서는."

"그래, 악에 받쳐 있었지. 잔인하고 못된 놈이었어. 비뚤어진 다리를 휘저으면서. 벼슬은 또 내 손만큼 크고 시뻘겠어. 녀석이 물통에 앉아서 나를 보는 거야. 장담하는데 그 녀석 나를 보고 웃었어. 머릿속에서는 얼마 전에 보았던 핼리 모습이 떠나지가 않았어. 재갈은 생각하고 있지도 않았어. 핼리 그리고 그 전에 식소. 그런데 미스터를 보니까 나도 같은 처지더라. 그 녀석들만이 아니라 나도. 한 놈은 미치고 한 놈은 팔리고 한 놈은 실종되고 한 놈은 불에 타고 나는 두 손이 뒤로 묶여 쇠붙이를 핥고 있고. 마지막 남은 스위트홈 사내.

미스터는 너무 자유로워 보였어. 나보다 훨씬 나아 보였어. 더 강하고 더 세고. 혼자서 알도 못 깨고 나온 새끼는 왕이고 나는······."

폴 D가 말을 멈추고 오른손으로 왼손을 꽉 쥐었다. 한참을 쥐고 있으니 세상이 다시 차분하게 가라앉으며 이야기를 계속하게 해주었다.

"미스터는 생긴 대로 살고 그대로 있을 수 있었어. 그런데 나는 생긴 대로 살고 그대로 있을 수가 없었어. 미스터를 요리해도 그건 미스터라는 수탉이야. 하지만 내가 다시 폴 D가 될 수 있는 방법은 없었어. 죽든 살든. 그 선생이 나를 변하게 만들었어. 나는 더 이상 내가 아니었고 변한 나는 물통에 앉아 일광욕하는 수탉보다 못했어."

세서는 폴 D의 무릎에 손을 얹고 어루만졌다.

폴 D의 이야기는 시작일 뿐이었다. 이제 시작일 뿐이었지만 세서의 손가락이 무릎을 살며시 어루만지며 그를 위로하자 폴 D는 더 나아가지 않았다. 이걸로 됐다. 이걸로 됐다. 더 많은 걸 이야기하면 두 사람 모두 돌아올 수 없는 어떤 곳으로 가게 될지 몰랐다. 폴 D는 나머지 이야기를 있던 곳에 놔두기로 했다. 한때는 붉은 심장이 있었던 가슴속에 묻은 담배 깡통에. 뚜껑이 녹슬어 열리지 않는. 이 상냥하고 단단한 여자 앞에서 애써 그 뚜껑을 비틀어 열지 않기로 했다. 그 속에 있는 것들의 냄새를 맡는다면 폴 D는 부끄러워질 것 같았다. 미스터의 벼슬만큼 선명한 붉은 심장이 그 안에서 뛰고 있지 않다는 사실을 안다면 여자는 상처를 입을 것 같았다.

제가 이 작업을, 다소 미완성이라는 생각을 하며 마쳤을 때 저는 미국인의 삶에서 중요한 또 하나의 요소에 대해 생각하기 시작했습니다. 그것은 미국 흑인의 삶에서도 매우 중요한 요소였고 그에 대해서 쓰고 싶었습니다. 그런데 이번에 부딪힌 문제는 역사를 어떻게 다룰 것이냐가 아니라 문화를 어떻게 다룰 것이냐였습니다. 제가 재즈 시대라고 하는, 아니 모두가 재즈 시대라고 하는 1920년대에 대해 그다지 많은 역사 기록이 남아 있지 않았습니다. 이 시대에 관한 책은 아주 많고 영화도 이미지도 모든 게 아주 많지만, 여전히 그 문화에 대한 이해는 거대하고 강력한 무형의 어떤 것이었습니다.

'재즈'라고 하면 무언가 분명히 떠오릅니다. 아주 구체적인 것이나 특수하지 않은 것, 음악, 특정한 음악이 생각날 수도 있을 겁니다. 그 재즈 음악의 이미지를 따라가면 어떤 표본이 떠오를 것입니다. 음악가, 어떤 편곡이나 노래, 아니면 재즈 클럽, 라디오, 뭐든지요. 우리가 재즈라고 하는 특정 음악이 연주되는 공간이라든가, 그 음악에 대한 호불호, 혹은 무관심. 하지만 그 음악에 대해서 무슨 생각을 하든 '재즈'라는 말의 배경에는 흑인이 연주하거나 시작했거나 형태를 빚은 음악이라는 주된 기억, 회상, 연상 작용이 있을 것입니다. 하지만 지금은 재즈를 흑인만 연주하거나 즐기는 게 아니고 사실 아주 오래전부터 그랬다는 사실이 떠오를 것입니다. 또한 재즈 음악에 대한 애호를 통해서 일종의 인종 초월, 혹은 인종을 초월한 포용이 가능하다는 사실도 떠오르겠지요. 그렇다고 해서 착취가 없었다는 게 아니라 그 음악에 대한 관심, 열정, 그리고 인종 사이에 어떤 포용이 있었기 때문에 착취가 가능해졌다는 의미입니다.

　'재즈'를 사전에서 찾아보면 대개 음악과 관련된 정의가 서너 개 있습니다. 20세기 초 즈음 뉴올리언스에서 시작했다는 것을 밝힌 다음 매우 흥미로운 말로 재즈 음악의 특징을 설명합니다. 예를 들면 '강박적'이라는 말을 많이 씁니다. '복잡하게 얽혀 있다' '자유로운 즉흥 연주'라는 말도 보입니다. 온음계주의에서 반음계주의, 무조주의로 움직인 재즈의 변천 과정을 짚어준 다음 음악으로서의 재즈가 아닌 재즈 음악에 맞추어 추는, 재즈 음악과 비슷한 특성을 가진 춤에 대한 정의를 덧붙이기도 합니다. 이 춤은 '격렬한' 몸짓과 율동이 특징입니다. 그 뒤로 재즈라는 속어의 정의가 이어집니다. 재즈는 '활기차다' '생생하다' '씩씩하다' 는 뜻, '불성실한 행동이나 말' '과장된 행동이나 말' '허세'라는 뜻이기도 합니다. '기타 등등All that jazz' '헛소리하지 마Don't give me all that jazz' 같은 표현도 있습니다. 죄다 허풍이라서 관심 둘 필요 없는 것을 의미합니다. 하지만 '에너지 넘치고 매우 활동적jazzy'이라는 의미도 있습니다.

　재즈를 이해하는 데 사전적 정의의 도움이 꼭 필요한 건 아닙니다. 재즈라는 말의 에너지, 관능과의 느슨한 연관성이 바로 그 말의 매력이기 때문입니다. 그리고 자유. 그리고 해방. 그리고 복잡한 뒤얽힘. 기타 등등. 이 모든 것의 배경에는 흑인이 시작하고 그 형태를 빚어낸 음악이 있습니다. 저는 재즈를 떠올릴 때 음악부터 떠올리지는 않습니다. 하지만 떠오르는 수많은 이미지 가운데 하나는 멀지 않은 역사적 과거, 즉 재즈 시대라고 하는 1920년대입니다. 그리고 그 시대에 영향을 끼치고 배경을 제공한 음악

소리, 우리가 그 시대와 연관 짓는 한 세대의 사람들이 떠오릅니다. '재즈 시대'는 좀 더 구체화된 심상을 끌어냅니다. 금주법, 일부 지역에서 볼 수 있던 놀랍지만 흥미진진한 패션의 변화, 여성이 제대로 걷고 일하고 움직일 수 있게 해준 짧은 머리와 치마 등. 그리고 춤. 또한 특정한 종류의 무모함, 방종, 성적 관심도 떠오릅니다.

하지만 제가 방금 설명한 재즈 시대를 좀 더 문학적 관점에 맞게 비튼다면, 1920년대와 1930년대 초반 절정에 다다랐거나, 시작했거나 놀라운 성취를 보여주었거나 어떤 영향력이나 명성이 있었던 작가들과 연관 지어 생각해볼 수 있을 것입니다. 1차 세계대전 이후 미국 작가들이 쓴 훌륭한 시와 희곡, 소설이 떠오릅니다. 도스 파소스, F. 스콧 피츠제럴드, 어니스트 헤밍웨이, 거트루드 스타인, 에즈라 파운드 등 모두 익숙하게 알고 있는 작가들 말입니다. 이처럼 '재즈'라는 말이 불러일으키는 사물, 사람, 소리, 음악, 역사는 참으로 익숙하고 이 모든 게 미국 특유의 것이라 여겨집니다. 미국 특유의 사고방식이죠. 이 미국적 모더니즘이 죽 이어지다가 모더니즘 이후의 어떤 것이 오고, 또 그다음이 오고, 또 그다음이 온 것입니다.

재즈는 미국적 문화 현상이고, 때문에 제가 앞서 언급한 어떤 정의나 함축의 의미를 뛰어넘습니다. 사실상 하나의 개념입니다. 작가로서 저는 이것이 매우 흥미로운데 온갖 모순으로 가득 차 있기 때문입니다. 논의의 여지 없이 미국적인 동시에 주변화된 민족 문화로 취급됩니다. 흑인 문화이면서도 자유롭습니다. 복잡한 동시에 제멋대로입니다. 즉흥적인 동시에 숙련이 필요합니다. 과장되어 있으면서도 단순합니다. 끊임없이 창작이 이루어지고 언제나 새롭지만 어쩐지 익숙하고 잘 알려져 있습니다. 세계 어디를 가든 '재즈'라고 하면 사람들은 말합니다. "아, 그래요. 기억해요" 혹은 "이해해요" "알아요"라고 말합니다. 조세핀 베이커를 말하는지 누구를 말하는지는 몰라도 "아, 그래요. 재즈, 알아요"라고 말합니다. 말하는 즉시 누구나 이해하므로 설명하려는 노력은 헛될 뿐입니다.

제가 이런 모순들을 곱씹었던 이유는 미국 흑인 역사에서, 그리고 이 나라의 역사에서 매우 중요한 이 전환과 변모의 시기와 관련된 다른 생각들을 정리하는 중이었기 때문입니다. 그 시점에서 저는 재즈의 역사뿐만 아니라 훨씬 더 형언하기 힘들고 어렴풋한 재즈라는 문화를 가져다가 재즈라는 개념을 덜 신비하게 만들고 재평가하고자 했습니다. 그리고 이것을 전용이 이루어진 시점보다 앞선 시점에서, 즉 재즈라는 개념이 모두의 소유가 되기 이전의 시점에서, 그리고 이 개념을 재문화화, 탈문화화하는 시점에서 다시 보고자 했습니다.

그 시대 흑인의 생활을 들여다보는 시도는 제가《빌러비드》와 함께 시작한 꽤 긴 탐구의 일부로, 저는 인종과 성별이 의미를 가지는 맥락에서 자기를 존중하는 마음을 살펴보고 그 마음이 어떻게 진화하거나 왜곡되거나 성장하거나 무너지는지, 어떤 상황에서 그렇게 되는지 살펴보고자 했습니다. 《빌러비드》를 쓸 때는 노예 여성의 자기 존중에 무엇이 가장 크게 기여하는지 관심이 있었습니다. 노예 여성의 자존감은 어땠을지, 노예 여성이 자신에게 어떤 가치를 부여했을지 궁금했습니다. 그리고 그것이 어머니로서 자신의 정체성을, 법과 제도가 허락하지 않은 이 정체성을 취하고 또 유지하는 데서 나왔다고 확신하게 되었습니다. 바로 이것이 노예 여성이 중요하게 여긴 것이었습니다. 그리고 이런 제 감과 직관은 자료가 뒷받침해주었습니다. 미국 재건 시대와 그 이후로 자녀의 운명을 손에 쥔 어머니로서 기능하기는 여전히 어려웠지만, 적어도 노예제도가 폐지된 이후에는 그래야 할 법적인 책임이 주어졌습니다. 마거릿 가너 혹은 세서의 경우 자기 존중의 근원은 바로 여기에 있었습니다. 그토록 중요하고 그토록 낯설고 그토록 기이하고 그토록 치명적이었기 때문에 과장되어 나타납니다. 세서가 《빌러비드》의 끝에서 "나? 내가?"라고 묻는 것은 자기 존중의 깨달음으로 향하는 의미 있는 움직임입니다.

하지만 세서의 질문에 대한 답변은 한두 세대 이후에 주어지고 가능해지는 것 같았습니다. 그때가 되어서야 개인적 자유와 내적 자유, 상상할 자유의 가능성이—정치적 자유, 경제적 자유는 진척은 있었지만 여전히 멀리 있었습니다—열리기 시작했습니다. 그래서 한편으로는 역사, 즉 전통적인 역사가들의 데이터가 이러한 흑인 생활과 문화의 변화를 기록하는 동시에 부정하고 있었지만, 제가 가진 정보를 살펴보면 자기 존중의 형성과 근원에 변화가 생겼음을 암시하는 문화적 신호가 보였습니다. 제가 볼 때 이런 문화적 변화를 처음 드러낸 것은 음악, 노래 가사, 음악 연주자들이었습니다. 또한 농촌 지역에서 도시로 이주, 이동은 또 다른 종류의 정보를 제공했습니다. 저는 문학과 언어, 관습, 사고방식 등을 살펴보면서 이런 정보를 얻었습니다.

신생 재즈 어법이 압도했던 1920년대는 바로 이런 변화로 인해 특별할 수 있었습니다. 재즈 시대는 흑인들이 문화 현장에서 지울 수 없는 힘을 행사할 수 있었던 시기였습니다. 경제적 정치적 관점에서는 두드러지지 않는 바로 이 힘이 제 작업의 바탕이 되었습니다. 앞서 언급한 용어들, '저항' '격렬함' '관능' '자유' '복잡한 구조' '창작' 그리고 '즉흥성'은 그 힘의 주된 표현이 암시하고 있었습니다. 그것은 바로 주관적이고 까다로우며 매우 사사로운 애정 관계였습니다. 유일하게 이 지점에서 아프리카계 미국인들은 원하는 대로 지시하거나 복종할 수 있었습니다. 선택된 상대와, 한동네 사람과, 옆집 사람과 결혼할 필요가 없었습니다. 사랑에 빠지기로 결정하고 타인을 사랑하는 사람으로 삼아 가장 폭넓은 선택권을 행사할 수 있었습니다. 피를 나눈 가족이라서, 혹은 가까운 사이라서 사랑하는 것이 아니라 즉흥적이고 우연적이고 운명적이지만 예측 불가능한 사랑을 할 수 있었습니다.

이런 주관, 능동적 창조의 힘은 미국 재건 이후 전환과 변모 시대의 음악, 스타일, 언어에서 가장 명확하게 드러나는 듯했습니다. 밀가루 포대나 평범하고 따분한 무명옷만 입고 살다 보면 색깔과 무늬, 강렬한 원색을 향한 절박함과 갈증이 생겨납니다. 노예들은 수백 년 동안 짝이 지어지고 지시에 따라 배우자를 맞이하고 허락받아 연을 맺고, 가족을 지키기 위해, 가족처럼 살기 위해 비상하고 급진적인 방법을 동원해야 했습니다. 그리고 이 모든 것을 앞으로의 변화에 대한 어떤 기대도 없이 엄청난 압박 아래 해야 했습니다. 노예들은 자녀들을 데리고 있을 수 있다는 희망만 주어지면 어떤 일도 가리지 않고 견뎠습니다. 어떤 일이라도 했습니다. 모든 충동, 모든 몸짓, 모든 일을 가족을 지키기 위해 했습니다.

　　그런 역사적 억압 가운데 상대방을 선택하고자 하는 욕구, 낭만적 사랑에 대한 욕구는 개개인에 의한 자아의 회복이 이루어지는 장소, 동떨어진 공간으로 작용합니다. 이 욕구가 정체성 재구성에서 가장 큰 부분, 적어도 가장 중요한 부분을 차지합니다.《빌러비드》에서 '나'의 일부는 아주 불확실하게 드러나 있습니다. 세서는 이 부분을 발견해야 합니다. 블루스 음악의 가사나 표현이 관계가 잘 풀리든 안 풀리든, 대개 안 풀리지만 만족을 주는 이유를 설명해줍니다. 흔히 누가 떠나서 돌아오지 않는다든가, 끔찍한 일이 벌어져서 다시는 볼 수 없다는 내용입니다. 내가 준 애정이 돌아오든 말든, 사랑하는 사람이 열정을 되돌려주든 말든 사랑에 빠진 사람, 즉 가수는 사랑에 빠지는 행위에서 무언가를 성취하고 달성한 것입니다. 블루스 음악의 외침을 들으면서 이루지 못한 사랑을 슬퍼하는 그 울부짖음 속에 숨어 있곤 하는 저항, 위엄, 능동적인 힘을 포착하지 않기란 불가능합니다.

　　그 능동적인 힘을 통해서 그리고 그 몸짓을 이용하는, 우리가 '재즈'라고 부르는 훨씬 더 뚜렷한 주관을 통해서 타협은 화해가 됩니다. 그리고 이를 통해 상상력은 실제적 가능성을 낳습니다. 상상할 수 없다면 가질 수 없습니다. 그리고 절망이 있던 곳에, 심지어 과거가 그대로 누워 떠나지 않는 곳에 세 번째 것이 자라납니다. 이 세 번째가 바로 재즈가 만드는 것이고, 이 공간에 생겨나는 것, 인종과 성별이 교차하는 곳에 생겨나는 것으로, 저의 관심사이며《재즈》라는 책을 쓰기 위한 바탕이자 동력이 되었습니다. 선택과 사랑의 몸짓을 보여주는 부분에서 한두 페이지만 읽어볼까 합니다.

다 큰 어른들이 이불을 뒤집어쓰고 나누는 속삭임은 꽤 좋다. 그런 이들의 환희는 나귀의 울음소리보다 나뭇잎의 한숨에 가깝고 몸은 목적이 아닌 매개이다. 다 큰 어른들은 저 너머에 있는 무언가를 향해 손을 뻗는다. 저 멀리에 있는, 저 조직 속 깊이 있는 어떤 것을 향해. 그들은 카니발에서 딴 인형과 한 번도 해보지 못한 볼티모어에서의 뱃놀이를 떠올린다. 그리고 열매를 따지 않고 남겨둔 배나무 가지들을 생각한다. 열매를 따버리면 그 잘 익은 배를 누가 또 볼 수 있었겠는가? 어떻게 지나가던 사람이 그 열매를 보고 어떤 맛인지 상상할 수 있었겠는가? 두 사람은 함께 빨고 널어 말린 이불 아래서, 한쪽 다리가 없어 1916년판 사전으로 괴었을지언정 함께 고르고 쓰는 침대에서 숨 쉬고 소곤거렸고, 마치 주님의 증인을 부르는 목사의 손바닥처럼 굽은 매트리스는 매일 밤 둘을 감싸고 둘의 속삭이는 오래된 사랑의 소리를 먹먹하게 했다. 둘이 이불 속에 있는 이유는 더 이상 자신을 볼 필요가 없기 때문이다. 둘을 갈라놓을 수 있는 어떤 호색한의 눈도 어떤 창부의 시선도 없다. 두 사람은 안으로 서로를 향하여 있다. 둘을 묶고 연결하는 것은 카니발 인형과 한 번도 보지 못한 항구에서 떠나는 증기선이다. 두 사람의 이불 속 속삭임에는 그런 것이 있다.
하지만 그다지 비밀스럽지 않은 다른 부분도 있다. 컵과 받침을 건넬 때 손가락이 마주 닿는 그런 부분이다. 전차를 기다리며 목의 똑딱단추를 채워주는 부분, 영화관에서 나와 햇볕으로 들어갈 때 파란 서지 양복에서 먼지를 털어주는 부분.

나는 그들의 공개적인 사랑이 부럽다. 나는 비밀스러운 사랑만을 알고 비밀스럽게 사랑을 나누었으며 보여주기를 간절히, 간절히 원했다. 저들이 할 필요조차 없는 말을 소리 내어 말하고 싶었다. 당신만을 사랑했다고. 나의 모두를 무모하게 다른 어떤 사람도 아닌 당신에게 바쳤다고. 나를 사랑해달라고 사랑을 보여달라고. 당신이 나를 안을 때, 품으로 가까이 끌어당길 때 정말 행복하다고. 당신의 손가락을, 올리고 돌리는 당신의 손가락을 영원히 좋아한다고. 당신의 얼굴을 오랫동안 보아왔고 당신이 떠났을 때 당신의 눈이 그리웠다고. 당신에게 말하고 당신의 대답을 듣는 것, 거기에 전율이 인다고.

하지만 소리 내어 말할 수 없다. 평생 이것을 기다려왔고 기다리도록 선택받았기 때문에 그럴 수 있다고 누구에게도 말할 수 없다. 말할 수 있다면 할 것이다. 나를 만들어달라고, 다시 만들어달라고. 당신에게는 그럴 자유가 있고 나에게는 그걸 허락할 자유가 있다고. 왜냐하면 자, 보라고. 당신의 손이 어디 있는지 보라고. 지금.

1992년 3월 19일.
'포틀랜드 아츠 렉처 시리즈' 초청 강연.

# 종이 앞에 앉은 작가

옛날에 해나 피스라는 여성을 알았다. '알았다'고는 하지만 이처럼 틀린 말도 없다. 아마도 네 살쯤에 우리 마을에 해나 피스라는 여자가 있었다. 지금 어디 사는지도 모르고(살아 있는지도 모르고) 누구의 친척이었는지도 모른다. 우리를 찾아온 지인도 아니었다. 지금도 사진 속의 해나 피스가 어떤 모습일지 설명할 수 없고, 내가 있는 방으로 걸어 들어와도 알아볼 수 없을 것이다. 하지만 해나 피스에 대한 기억이 있고 그 기억은 이렇다. 피부색이 생각난다. 광택 없는 피부였다. 보랏빛에 휩싸인 듯한. 그리고 눈을 게슴츠레 뜨고 있었다. 무뚝뚝하지만 악의는 없는 듯한 분위기를 풍겼다. 무엇보다도 이름을 기억한다. 아니, 사람들이 이름을 입에 올린 방식이 기억난다. 해나도 아니고, 미스 피스도 아니었다. 언제나 해나 피스였다. 그뿐 아니었다. 숨겨진 어떤 것, 경외심 같은 것도 있었고 무엇보다 용서가 있었다. 사람들은(남녀 할 것 없이) 해나 피스의 이름을 말할 때 해나 피스의 무언가를 용서했다.

이게 별 게 아니라는 것은 안다. 반쯤 감은 눈, 적의 없음, 라일락 분가루를 칠한 피부. 하지만 어떤 인물을 떠올리기에는 충분했다. 더 많은 사실을 알았다면 오히려 허구의 인물을 만들어내지 못했을 수 있다. 쓸모 있었던 것, 결정적이었던 것은 해나 피스 자신이 아닌 해나 피스에 대한 기억을 따라갈 때 동반된 감정의 은하수였다.

해나 피스에 대한 기억에서 내가 주목한 것은 손쉬운 용서였다. 내 어머니가 한때 알았던 여성의 어렴풋한 모습과 관련해서 나의 기억에 떠오른 그 '손쉬운 용서'가 바로 《술라》의 주제다. 《술라》의 여성은 서로를 용서한다. 아니 용서하는 법을 배운다. 이 별자리가 뚜렷해지자 다른 별자리들을 압도했다. 다음은 여성들 사이에 용서할 것이 무엇인지 발견하는 단계였다. 이야기 형식으로 여성의 용서에 대해서 말해야 했기 때문에 이를 묻고 답을 꾸며내야 했다. 우리가 용서하는 일들은 흔히 중대한 실수와 극심한 악행이지만, 나의 관심사는 용서의 대상이 아닌 여성들 사이의 용서, 즉 여성들 간의 우정의 성격과 특성이었다. 우정에서 얼마나 참아주느냐는 것은 우정의 정서적 가치에 달려 있다. 그러나 《술라》는 단지 여성의 우정이 아닌 흑인 여성의 우정에 대한 이야기다. 나는 종이 앞에 앉기도 전에 흑인이라는 수식어에 예술적 책임을 져야 한다. 글 쓰는 행위가 있기 전에, 노란 메모패드나 흰 종이가 있기 전에, 글을 써야겠다는 생각에 영향을 끼치는 원칙들이 있다. 이것에 대해서는 잠시 후에 설명하겠다.

나는 독자가 내 소설을 읽고 텍스트를 서사나 문학이 아닌 것으로 경험하는 데 능동적으로 참여하길 원한다. 독자에게 문학적 경험이 허락되지 않으면 독자는 한정된 영역에서 정보와 거리를 두고 정보를 냉담하게 수용하는 데 어려움을 느끼게 된다. 아주 훌륭한 그림을 볼 때, 보는 경험은 그 행위를 통해 축적된 정보보다 심도가 있다. 좋은 음악을 들을 때도 마찬가지라고 생각한다. 그림이나 음악 작품의 문학적 가치가 한정되어 있듯 문학의 문학적 가치도 한정되어 있다. 나는 이따금 16세기 영국에서 희곡을 썼다면, 예수 탄생 전 그리스에서 시를 썼다면, 혹은 서기 1천 년 종교 서사를 썼다면, 얼마나 즐거웠을지 상상해본다. 당시 문학은 필요였고, 작가의 상상력을 제한하거나 축소할 비평적 역사를 갖지 못했다. 독자의 문학적 연상 작용, 문학적 경험에 의존하지 않아도 된다면 얼마나 멋진 일일까. 그 경험은 독자의 상상력뿐만 아니라 작가의 상상력을 빈곤하게 만들기 때문이다. 내가 쓰는 글이 단지 문학적이기만 한 글이 되지 않는 것이 중요하다. 나는 작품에서 특정한 문학적 자세를 취하지 않도록 극도로 조심하면서 자신을 단속한다. 유명한 이름을 들먹이거나 도서 목록을 제시하거나 다른 문학을 언급하는 것을 아마 과도하다 싶을 정도로 피한다. 간접적으로만 언급하거나 기록된 설화에 기반한 경우에만 언급한다. 작품에 옛이야기나 설화를 넣을 때는 인물의 생각이나 행위를 뚜렷한 신호로 알리거나 아이러니 혹은 유머를 제공할 수 있도록 적절한 이야기를 고른다.

밀크맨[9]은 세상에서 가장 늙은 흑인 할머니, 힘없는 사람들을 돌보는 데 생애를 바친 어머니들의 어머니를 만나기에 앞서 유럽의 옛이야기 '헨젤과 그레텔'을 떠올리며 집으로 들어간다. 부모로부터 버림받고 숲에 남겨진 아이들과 그 아이들을 잡아먹으려는 마녀의 이야기. 이 시점에서 밀크맨이 느끼는 혼란, 그의 인종적 문화적 무지와 혼란을 알리는 신호이기도 하다. 해가의 침대가 골디록스가 선택한 침대로 그려진 것 또한 눈에 띌 것이다. 해가가 골디록스처럼 머리카락에 집착하기도 하지만 남의 집에 무단으로 침입하고 물건을 탐하고 남의 소유권이나 공간을 유념하지 않으며 정서적으로 이기적인 동시에 혼란을 느끼고 있기 때문이다.

내가 이처럼 다른 작품에 대한 언급을 의도적으로 피하려는 따분한 습관을 굳히게 된 이유는 그런 언급이 가식적인 태도로 이어지기도 하고, 그런 언급이 부여하는 신용을 내가 거부하기 때문이기도 하지만, 무엇보다 내가 쓰고자 하는 종류의 문학에, 그 문학의 목적에, 그리고 내가 흥미롭게 여기는 특정 문화의 규칙에 부합하지 않기 때문이다. 내가 좋아하는 작가들이 다른 작품을 언급할 때 나는 굉장한 깨달음을 얻기도 하고 어떤 위안을 얻기도 하는데, 나는 독자에게 그런 위안을 주고 싶지 않다. 독자의 반응이 글을 모르거나 문자가 없었던 시대의 사람과 동일 선상에서 이루어지기를 원한다. 익숙함이 주는 편안함을 빼앗고 색다른 편안함을, 고독한 상상력과 함께 지내는 경험을 주고 싶다.

소설가로서 나의 시작은 바로 이런 불편과 불안을 만드는 데 상당히 집중되어 있었다. 독자가 다른 지식 체계에 의존하도록 고

---

9    토니 모리슨의 소설 《솔로몬의 노래》의 남성 화자.

집하기 위해서였다. 1965년 나의 첫 시도는 미약했을지 몰라도 1982년에 이른 지금 이런 창작 과정은 여전히 나의 흥미를 끈다. 기억을 믿고 거기서 주제와 구조를 추리는 과정이다.《가장 푸른 눈》의 첫 조각을 제공한 것은 나와 비슷한 나이의 아이가 파란 눈을 갖고 싶어서 기도한다고 말했을 때 내가 느끼고 본 것에 대한 회상이었다. 그다음에 나는 조각과 부분을 구별하려고 애썼다.(사람의 몸을 예로 들면 몸의 한 조각은 몸의 한 부분과 다르다.)

조각에서 부분을 만들어내기 시작하면서 나는 그 부분들이 연결되지 않는 편이, 관련성을 가지되 접촉하지 않는 편이 낫겠다고 생각했다. 부분들이 한 줄로 서기보다 원을 그리기를 원했다. 기도에 대한 이 이야기는 부서지고 조각난 생애의 결과인 부서지고 분열된 인식에 대한 이야기였기 때문이다. 결국 소설은 기억을 따라온 은하수처럼 서로의 주위를 도는 여러 부분의 결합이 되었다. 기억이 조각과 파편으로 남는다는 점은 나를 애태운다. 우리는 너무 많은 경우 전부를 갖고 싶어 하기 때문이다. 우리는 꿈에서 깨면 모든 것을 기억하고 싶어 한다. 하지만 우리가 기억하는 파편이 꿈에서 가장 중요한 조각일 수 있고 아마 그럴 것이다. 전통적으로 소설은 장과 부로 나뉘지만 내가 글을 쓸 때 이것은 크게 도움되지 않는다. 개요도 마찬가지다.(디자이너를 위해, 그리고 책을 이야기할 때 편의를 위해 허용하기는 한다. 주로 맨 마지막에 정해진다.)

내 기억이 표면으로 떠오르는 방식에는 유희와 임의성이 있을지 몰라도 작품을 구성하는 방식에는 없다. 특히 서사 속에서 사건이 전개되는 방식에서 유희와 임의성을 재현하고 싶은 경우 그렇다. 형식은 이야기가 표현하고자 하는 생각을 정확하게 전달한다. 전통적이기 그지없는 방식이다. 하지만 이미지의 원천은 전통적인 소설의 재료나 독자가 아니다. 조각난 거울의 시각적 이미지, 혹은 파란 눈 속에 보이는 갈라진 거울의 통로는 《가장 푸른 눈》에서 형식인 동시에 맥락이다.

서사는 지식이 체계화되는 한 방식이다. 나는 언제나 서사가 지식을 전달하고 전달받는 가장 중요한 방식이라고 생각했다. 지금은 확신이 좀 줄었지만 서사에 대한 욕구가 줄었던 적이 한 번도 없었다는 사실을 감안하면, 그 욕구는 시나이산에서, 골고다에서, 펜스 평야[10] 한복판에서 그랬던 것처럼 여전히 매섭다고 할 수 있을 것이다. (소설가들이 서사를 포기하거나 서사가 철 지난 모방 형식이라고 싫증을 낼 때도 역사가, 기자, 공연 예술가들이 그 틈을 메운다.) 그럼에도 서사만으로 충분하지 않고 결코 충분하지 않았다. 캔버스나 동굴 벽에 그려진 사물이 결코 단순한 모방이 아니었듯 말이다.

내가 독자에게 할 수 있는 약속은 독자와 내가 미리 합의를 본 이미 정립된 현실(문학적 현실이든 역사적 현실이든)을 드러내지 않겠다는 것이다. 나는 그런 종류의 권위를 취하거나 행사하고 싶지 않다. 많은 사람들이 그것을 안전하고 안심할 수 있는 방식이라고 생각하지만 나는 독자를 얕보는 일이라고 생각한다. 나의 전문 영역이 흑인 문화이고 흑인 문화의 예술적 요구가 있기 때문

---

10  시나이산, 골고다가 그렇듯 영국의 펜스 평야도 성스러운 곳으로 여겨졌고 주요 수도원이 자리했다.

에 나는 얕보거나 통제하거나 군림할 수 없다. 내가 이해하는 제3세계적 우주론에서 현실은 서구의 문학 선배들이 이미 구성해놓은 현실이 아니다. 내 작품이 서구의 주어진 현실과 다른 현실에 대항하려면, 서구에서 불신하는 정보를 중심에 놓고 활성화해야 한다. 사실이 아니거나 쓸모없거나 인종적 가치가 없어서 불신하는 것이 아닌 불신하는 사람들이 가진 정보이기 때문에 '설화'나 '소문' '마법' '감상'으로 폄훼되는 정보를 말한다.

나의 작품이 흑인 미국 문화의 예술 전통을 충실하게 반영하려면, 먼저 흑인 예술 형식의 특징을 의식적으로 사용해야 하고 문자로 옮겨야 한다. 그것은 교창交唱, antiphony, 공동체적 성격, 기능, 즉흥성, 특수한 역할을 수행하는 관객, 전통과 공동체적 가치를 받들고 개인이 집단의 제약을 초월하거나 저항할 기회를 제공하는 비판적 목소리다.

이런 규칙을 지키려면 텍스트는 즉흥성과 관객 참여를 감안할 때 권위적 주체가 아닌 지도가 되어야 한다. 독자(관객)가 이야기에 참여할 수 있는 길을 내주어야 한다. 저항과 전통을 모두 비판하려면 언어는 지시하는 언어인 동시에 가리는 언어가 되어야 하고, 두 종류의 언어 간의 긴장이 자유와 힘을 준다. 내 작품이 집단 속에서(말하자면 마을에서) 기능하려면 위험을 증언하고 밝혀야 하며 위험으로부터 숨을 수 있는 잠재적 안식처 또한 밝혀야 한다. 과거로부터 쓸모 있는 것과 버려야 할 것을 구별해야 한다. 현재를 대비하고 버텨낼 수 있게 해야 한다. 문제와 모순을 회피하기보다 관찰함으로써 그렇게 해야 한다. 결코 사회 문제를 해결하려고 하지 말고 반드시 명확히 드러내 보이려고 노력해야 한다.

《타르 베이비》를 예로 들어 이런 점들을 설명하기에 앞서 먼저 말해두고 싶은 것이 있다. 흑인 작가 중에는 서구 문학을 유산으로 물려받았을 뿐만 아니라 아주 잘 활용해서 두 문화 모두를 조명했던 탁월하고 힘있고 지적이고 재능 있는 작가들이 있다. 나는 그들의 작품이나 시각에 반대하지도 않고 그에 무관심하지도 않다. 오히려 다른 문화권의 문학 세계를 즐기듯 즐긴다. 어떤 관점이 타당하거나 '올바른지' 묻기보다 내 관점과 그들의 관점에 어떤 차이가 있는지 물어야 한다. 흑인 문학이 무엇이고 무엇이어야 하는지 획일적으로 규정한다면 그보다 싫은 일은 없을 것이다. 나는 단지 돌이킬 수 없고 부정할 수 없이 흑인의 문학 작품을 쓰고 싶었다. 등장인물이 흑인이거나 내가 흑인이어서가 아니라 흑인 예술에서 인정받고 승인된 원칙을 창조적 과제로 삼았고 자격 증명으로 삼았기 때문에 흑인의 작품을 쓰고자 했다.

### 《타르 베이비》

전해지는 이야기 다시 모으기.

현대적으로 혹은 서구적으로 각색된 이야기는 거부.

불편했거나 단지 인상적이었던 조각들 골라내기: 두려움, 타르, 전통 예절을 지키지 않은(인사에 대답을 하지 않음) 타르 베이비에 대한 토끼의 분노. 타르 베이비가 왜 만들어졌고 어떤 목적을 가지는지, 농부는 무얼 지키려고 했는지, 토끼가 왜 타르 베이비 인형에 관심을 가질 것이라고 생각했는지.(농부가 알고 있었던 것은 무엇이며 농부의 큰 실수는 무엇이었는지.) 타르 베이비는 왜 농부에게 협조하고 농부가 지키고자 하는 것을 지켜주고 보호받고자 하는지. 농부의 일이 왜 토끼의 일보다 더 중요한지. 농부는 왜 찔레나무밭이 충분한 징벌이라고 생각하는지, 토끼에게, 타르 베이비에게, 농부에게 찔레나무밭이 무얼 의미하는지.

### 창작

위의 조각들을 부분으로 엮기.

타르를 한 부분으로 삼아 그에 초점 맞추기. 무엇이고 어디서 오는지. 신성한 용도와 세속적인 용도에 대한 고려가 주된 모티프로 이어짐: 역사 없는 땅과 역사 있는 땅. 그 주제가 구조로 어떻게 옮겨가는지.

1. 바다에서(땅보다 먼저 있었던) 나오는 것은 책의 시작이자 끝. 선son은 시작과 끝에서 모두 바다에서 모습을 드러내는데, 이 부분은 첫 장이나 마지막 장에 포함되지 않는다.

2. 바다에서 솟은 땅과 현대인에 의한 땅의 정복. 어부와 구름이 본 그 정복. 정복당한 생명체들에게 가해진 고통.

3. 땅에서 집 안으로의 이동. 집 안의 방, 피난처로서 집의 품질. 먹기, 잠자리, 목욕하기, 쉬기 등의 활동에 따른 각 방의 용도.

4. 땅이 침해된 방식으로 똑같이 침해되는 집. 질서를 위해 설계된 집에서 반복되는 땅의 혼돈. 침해의 원인은 바다의 자궁에서 암모니아 냄새와 함께 태어난 한 남자.

5. 뒤따르는 갈등은 타르의 활용에 내재된 역사가 없는 (원시의) 힘과 역사적인 (혹은 사회적인) 힘과의 갈등.

6. 그 갈등은 나아가 두 가지 혼돈, 즉 문명의 혼돈과 자연의 혼돈 간의 갈등이 됨.

7. 그리하여 깨우침은 곧 비밀의 폭로. 한두 명을 제외하고 모두에게 비밀이 있다. 저지른 행위에 대한 비밀(마거릿과 선의 경우), 입에 담지 않았지만 동기가 된 비밀스러운 생각(밸러리언과 제이딘의 경우). 그리고 가장 깊고 오래된 비밀: 우리가 다른 생명을 보듯 다른 생명도 우리를 본다는 것.

내 작품을 읽지 않은 사람도 있을 텐데 예시로 사용해서 송구스럽다. 하지만 다른 작가의 작품을 선택했더라도 마찬가지로 읽지 않은 사람이 있을 것이다.

나는 오로지 언어의 측면에서만 세상을 바라볼 수 있는데, 이것은 내가 글쓰기에 대해 생각하지 않을 수 없다는 것을 의미한다. 이것이 내게는 '논리적인 세상'이다. 나는 그래서 어떤 작가들이 이 과정에 대해 가지는 두려움과 불안이 잘 이해되지 않는다. 나는 또한 소설의 죽음에 할애되는 활자와 지면이 따분하게 여겨지고, 한 예술의 생애보다 그 장례식이 더 길게 이어지고 있다고 생각한다. 그렇다면 그 시체는 불멸의 시체라고 가정해도 무방할 것이다. 우리는 110년도 넘게 '굿바이'를 고하는 중이다.

소설의 부고를 쓰는 평론가들은 문학이 처한 위험에 반응하고 있는 것이다. 그 위험은 세 부분으로 이루어져 있다.

1. 첫째는 최고의 젊은 지성이 글쓰기에 매력을 느끼지 못하고 있으며, 기술, 포스트모더니즘 건축, '새로운' 음악, 영화 등

이 좀 더 도전해볼 만하고 흥미로운 분야라고 여기고 있다는 의심이다.(혹은 사실. 어느 쪽인지 확실하지 않다.)

2. 둘째는 서사로서 소설이 현상 유지에 대한 집착으로 인해 독재화되고 부르주아화되었으며 자기만족에 안주하게 되었으므로 더 이상 쓸모없어졌다는 확신이다.(적어도 학계에서는.)

3. 세 번째 위험은 출판사들의 성장 요건이다. 시장 수요의 감소로 인해 신인 작가들이 제집처럼 느낄 출판사를 찾을 가능성이 좁아진다.

물론 더욱 시급한 위험도 있으므로(전 지구적 안정, 가난, 기아, 사랑, 죽음) 정말이지 글쓰기에 적합한 시기는 아니다. 이런 생각에 나는 '그래서?'라고 묻지 않을 수 없다. 언제 글쓰기에 적합한 시기가 있었는가? 영국이 역병에 시달리던 초서의 시대? 유도라 웰티가 글을 쓰던 2차 세계대전 시기? 버지니아 울프가 글을 쓰던 1차 세계대전 시기? 남아프리카에서 잔학 행위가 이어졌던 나딘 고디머의 시대? 인구의 94퍼센트가 노예였던 플라톤의 시대?

작가가 하는 일은 기억하는 것이다. 이 세상을 기억한다는 것은 창조한다는 것이다. 작가의 책임은 (시대가 어떻든) 세상을 바꾸는 일, 자신의 시대를 더 낫게 만드는 일이다. 그게 너무 야심에 차 보인다면, 세상에 대한 이해를 돕는 일이라고 할 수도 있다. 이해하는 방법이 있다는 사실을 발견하기 위한 일이다. 방법은 하나가 아니다. 20억 인구가 한 가지 방법으로만 세상을 이해한다면 무슨 소용인가.

나는 북극광을 봤을 만큼 충분히 나이 들었다. (1938년이었던가?) 오하이오주 로레인 하늘에서 벌어졌던 그 몹시도 충격적이고 극히 심오했던 사건을 나는 기억한다. 그걸 보고도 어찌 단 하나의 빛깔로 만족할 수 있겠는가? 어떻게 해나 피스 단 한 사람으로 만족할 수 있겠는가?

1983년 6월 25일, 미국 맨해튼빌 대학교에서 열린
'제네로소 포프 작가 회의'에서.

# 《빌러비드》에 대하여

　　1983년에《빌러비드》를 구상하기 시작했다. 글쓰기를 시작했을 때부터 나는 역사와 복잡한 관계에 있었기 때문에 이 이야기에 매력을 느꼈다. 역사와의 관계에서 나는 늘 신중했고 경계심을 품었지만 설득을 통해 의심을 내려놓을 준비가 되어 있었다. 어린 시절부터 가졌던 경계심이었고, 그때부터 나는 기록 역사의 삭제와 부재, 침묵을 예리하게 의식하고 있었으며, 그 침묵을 비난으로 받아들였다. 역사는 남들의 것 같았다. 그리고 소설에서 나나 나와 비슷한 사람이 등장하면 차라리 읽지 않는 게 나았으리라 생각했다. 해리엇 비처 스토나 마크 트웨인의 작품 속에서 다 큰 어른을 창피 주는 비양심적인 아이들만이 문제가 아니었다. 백과사전이나 역사책에도 쉴 곳은 없었다. 나는 냉정한 시선으로 역사책을 읽지만 역사가들은 소설을 읽을 때 더 냉정한 시선을 유지하고 그래야 마땅하다. 이토록 경계하고 의심해도 나는 역사에 확실히 지속적으로 의존한다. 부분적으로는 역사의 정보성 때문이지만 주된 이유는 그 빈틈, 삭제된 어떤 것, 비난 때문이다. 기록 역사의 틈새에서 나는 나에게 중요한 '아무것도 아닌 어떤 것' 혹은 '불충분한' '불분명한' '불완전한' '믿을 수 없는' '파묻힌' 정보를 발견한다. 가령 나의 첫 소설《가장 푸른 눈》이 나온 이유는 1963년 한 인구 집단이(내가 속한) 역사책과 문학에서 도매금으로 무시당하고 있다는 데 흥분하지 않을 수 없었기 때문이다. 연민의 감정으로든 멸시의 감정으로든 예술적 검토 대상이 된 모든 인물 가운데 특히 부재가 두드러진 이들은 취약한 흑인 소녀들이었다. 등장한다고 해도 웃음거리, 동정의 대상, 이해하려는 노력이 결여된 동정의 대상으로 그려졌다. 나를 제외하고 누구도 무대 중앙에 자리하지 못한 그들을 안타까워하거나 진지하게 다루지 않았다. 나는 문학을 탓하지는 않았다. 작가들은 자기가 좋아하고 관심 있는 주제에 대해 쓴다. 심지어 아프리카계 미국인 작가들도(다는 아니지만 남성 작가 대부분) 사춘기 이전의 흑인 소녀들을 배경 아닌 그 이상으로 다룬다는 것이 흥미롭지 않고 호기심을 자극하지 않는다는 입장을 분명히 했다. 그러나 문제는 작가들의 호기심 결여가 아니었다. 나는 그 강요된 혹은 선택된 침묵, 역사가 기록된 방식이 국민 담론을 통제하고 형성한다고 생각했다.

지난 40년간 역사 연구가 얼마나 변화했든(엄청나게 변화했다), 얼마나 폭이 넓어졌든, 특정 집단(소수 집단)에 대한 침묵은 끝내 조명을 받을지라도 주류 역사와 관련 없는 주변 경험에 대한 부수적 이야기, 기록으로 여겨진다. 흥미롭지만 한 국가의 과거사에서 중심 역할을 한다고는 말하기 힘든 긴 각주 같은 취급을 받는다. 가령 인종사는 주된 역사 기록과 동일한 방향으로 가고 있지만 역사라는 직물의 씨실이나 날실로 여겨지는 일도 거의 없고, 바늘땀으로 들어가는 경우도 거의 없다. 이런 보조적이고 평행적인 기록은 점점 더 많은 독자를 확보하고 있지만, 동시에 이에 대한 상당한 논란이 지속되고 있다.(여러 고등학교에서 필독 자료 지정에 대한 토론이 소용돌이치기도 했다.) 나의 거의 모든 작업이 침묵으로 말미암아 시작됐지만, 상상력을 이용해서 그 침묵 안에서 살아가는 것은 보기는 쉬워도 실천하기는 쉽지 않다. 생산성 있는 인상 깊은 사연, 이미지, 신문 기사를 찾아내야 한다. '만약 이랬다면?' '과연 어땠을까?' 물으며 계속 생각에 잠길 수 있어야 한다.

《빌러비드》의 시작은 개략적인 질문이었고 한 신문 스크랩에서 시작되었다. 그 질문의 핵심에는 여성 운동이 추구하고 있는 자유가—동일 권리, 접근권, 임금 등 이외에—어떤 자유인가 하는 물음이 있었다.(때는 1980년대 초였음을 기억하길 바란다.) 치열한 논란이 있던 주요 쟁점 가운데 하나가 여성 자신의 몸에 대한 통제권이었다. 이 논쟁은 지금처럼 그때에도 끊이지 않았다. 많은 여성은 그 통제권이 아이를 낳을 선택과 이어진다고 확신했다. 엄마가 되지 않는 것이 결함이 아니며, 엄마가 되지 않겠다는 선택이(그 기간이 얼마든) 자유에 속한다고 생각했다. 다시 말해 아이를 낳지 않을 자유를 선택해도 어떤 부정적 판단이나 가치 판단을 받지 않아야 한다고 생각했다.

여성 운동의 또 다른 측면은 여성이 여성을 지지하는 것을 적극 장려했다. 여성의 관계를 남성과의 관계에 종속시키지 말자고 했다. 여성 친구와 보내는 시간은 노는 시간이 아니라 제대로 보내는 시간이라고 했다.

논쟁이 완료되기까지는 훨씬 복잡한 과정이 있었지만(계급 갈등이 문제를 상당히 흐렸다) 거세게 표면화됐던 문제들은 이 정도였다. 나는 두 번째 문제(여성의 중요한 우정)를 《술라》에서 다루었다. 그러나 첫 번째 문제, 즉 내 몸의 주인이 될 자유, 자유의 표식으로서 아이 없는 삶은 나를 깊이 사로잡았다.

여기서도 역사적 기록의 침묵, 그리고 논쟁에서 소수 집단이 주변화된 상황이 나의 주의를 끌었고, 풍요로운 탐구 대상이 되어 주었다. 예를 들면 여성 노예의 관점에 생각해볼 수 있었다. 아이를 갖지 않는 것이 아닌 아이를 갖는 것, 어머니로 불리는 것이 더할 나위 없는 자유를 의미한다면? 아이를 낳도록 요구당하는 것이 아니라(젠더, 노예 신분 때문에, 수익을 얻기 위해) 아이를 책임지기로 선택할 수 있다면? 자신의 아이를 자신이 키울 수 있다면? 다시 말해 번식하는 데 그치지 않고 부모가 될 수 있다면? 미국 노예제도 아래에서 이런 주장은 사회적으로 받아들여지지 않았을 뿐만 아니라 불법이고 반정부적이었다. 또한 용인되지 않는 여성의 독립 선언이었다. 자유였다. 만약 이런 권리 주장이 영아 살해로 이어진다면(그 이유가 고결하든 광기 때문이든) 엄청난 정치적 파장을 가져올 수 있었고 실제로 그랬다.

1970년 즈음 읽었던 뉴스 기사를 떠올렸을 때 바로 이런 연상 작용이 일었다. 기사는 노예 반대론자들의 주장을 뒷받침했던 한 유명한 사건에 대해 마거릿 가너라는 노예 여성을 중심으로 쓰고 있었다. 마거릿 가너는 실제로 위와 같은 주장을 했다. 가너의 삶에 대해 알려진 세부 사항들은 흥미진진했다. 하지만 나는 내 목적에 맞게 선별해서 손보았다. 그럼에도 노예 시대로 들어가는 것이 내키지 않았고 무력감이 밀려왔다. 그 시대를 다시 살펴보거나 상상하고 싶지 않았다. 게다가 다른 사람들도 노예들의 내면세계를 깊이 파고들고 싶지 않을 것 같았다. 자신의 고결함이나 피해의식을 불러내기 위해서, 분노하거나 잘난 연민에 사로잡히기 위해서가 아니라면. 나는 양쪽 어디에도 관심이 없었다. 글쓰기는 일종의 신념에 기반한 행위이기 때문이다.

때로는 주어진 것, 이미 쓰인 것이 완벽하고, 그런 것의 모사는 터무니없으며 용납할 수 없다. 하지만 완벽한 것이 다는 아니다. 또 다른 것이 필요하다. 때로는 주어진 것으로 전혀 충분하지 않다. 주어진 것이 불분명하고 불완전하거나 잘못되었거나 파묻혀 있을 수도 있다. 아무것도 주어지지 않은 경우도 있다. 소설가에게는 그것이 진정한 흥미를 불러일으킨다. 주어진 것보다 주어지지 않은 것이.

이 주어지지 않은 것으로 향하는 길에 높은 문이 솟아 있다. 문을 고정하는 철물은 육중하고 단단하다. 초인종도 없다. 그래서 우두커니 서 있는다. 아니면 비켜선다. 그러다 잠시 후 주머니에 손을 넣어 열쇠를 꺼낸다. 자물쇠에 꼭 맞는(맞길 바라는) 열쇠다. 자물쇠 안의 쇠붙이가 다 돌기도 전에 찾길 바라던 것을 찾으리라는 느낌이 온다. '충분하지 않은 것'을 좀 더 완성해줄 낱말 한두 개가 떠오른다. 한 줄, 한 문장이 주어지지 않은 것 속으로 들어온다. 적절한 표현을 찾으면 의미는 어렴풋해지고, 전과 다른 조명 아래 놓인다. 문을 지나면 자유가 있다. 이 자유는 정부를 두려움에 떨게 만들 수도 있고, 정부를 지탱할 수도 있고, 국가 내의 혼란을 없앨 수도 있다. 그러나 더 중요한 것은 지성과 상상의 언어로 그 문을 지난 작가가 식민지가 되어본 적 없는 영토로 들어서게 된다는 점이다. 작가는 그 영토를 마땅히 자신의 것으로 선언할 수 있다. 당분간은.

노예의 시점에서 보는 노예의 삶을 상상하지 않으려는 등장인물들의 공동의 노력은 작품의 부주제이자 구조가 되었다. 과거의 망각은 동력이 되어주고 인물들은(한 명을 제외하고) 잊으려고 애쓴다. 한 인물만이 과거를 갈구하고 기억할 뿐만 아니라 누군가 과거와 마주하고 과거에 대항해주길 간절히 원한다. 그 인물은 자신의 살해에 대한 정확한 판단을 내릴 수 있는 위치에 있는 유일한 인물이어야 한다. 죽은 아이여야 한다. 빌러비드여야 한다. 작품의 구조를 잡기 위해 이런 식으로 여러 실마리를 따라간 끝에 나는 오늘날 노예제도에 대해 할 수 있는 말 가운데 가장 논란의 여지가 없는 말이 무엇인지 깨달았다. 그것이 마치 유령처럼 우리 모두를 괴롭힌다는 사실이었다. 우리 모두의 삶이 수많은 방식으로 과거에 얽매여 있다는 사실이었다. 과거를 조작하고 과거의 손길을 두려워하고 우리 입맛에 맞게 과거를 무시하거나 잊어버리거나 왜곡하지만 지울 수는 없다는 사실이었다. 내가 마침내 그 출몰의 성격을 이해하자—그것이 우리가 그리워하는 동시에 두려워하는 것임을—나는 유령 같은 존재의 흔적을, 억압된 과거의 자취를 어떤 구체적이면서도 암시적인 세부 요소에서 볼 수 있었다. 특히 발자국에서 볼 수 있었다. 발자국은 사라졌다가 다시 나타났다가 또 사라졌다. 나는 머릿속에서 소설의 결말이 명확해져야 비로소 소설을 시작할 수 있다. 그래서 어떻게 거기까지 도달할지는 몰라도 일단 이 유령의 출몰을 설명할 수 있었다.

토니 모리슨 개인 기록물에서.

# 시간에는 미래가 있다

시간에는 미래가 없는 듯하다. 다시 말해 시간은 더 이상 끝없는 물줄기가 아니며, 인류는 더 이상 그 속에서 자신의 늘어나는 입지와 가치에 확신을 가지고 움직이지 않는 듯하다. 적어도 길이, 폭, 범위, 나아가 매력이 과거와 같은 수준인 미래는 없는 듯하다. 영원은 지금, 즉 과거의 영역으로 보인다. 임박한 새천년으로의 진입을 모두가 요란하게 기대하고 있지만, 인류가 그 전체 기간 동안 어떤 삶의 질을 누리며 살 것인가 하는 주제는 공적 대화에서 아주 작은 부분만 차지한다. 우리의 상상력에 열려 있는 '실제 시간'은 21세기의 첫 20년에서 40년 정도로 보인다. 시간은 물론 인간의 관념이다. 하지만 20세기 후반인 지금(이전 세기와 달리) 시간을 조직하고 활용하고 시간에 대해 숙고하는 인류를 수용할 미래는 없는 듯하다. 시간의 행로는 인류가 더 이상 존재하지 않고 존재하고 싶어 하지 않는 소실점을 향해 좁아지고 있는 듯하다. 이 축소된, 이미 시들어버린 미래에 대한 욕망은 특이하다. 마구잡이로 돌발하는 아마겟돈에 대한 믿음, 아포칼립스를 향한 끈질긴 염원 등은 어떤 탄도처럼 여겨졌던 역사를 종종 가로막기는 했지만, 점점 더 길어지고 있는 것은 다름 아닌 과거이다. 17세기에 지구는 기원전 4000년경 기원했다고 여겨졌고, 18세기에는 지구의 나이가 16만 8천 년이라고 생각했다. 19세기에는 지구에 '무한한' 과거가 있었다고 생각했으며, 찰스 다윈은 어느 한 지역의 나이가 3억 년이 넘는다고 추측했다. 이런 마당에 앙리 베르그송이 말한 "미래를 갉아먹고 전진할수록 불어나는 과거"의 이미지를 받아들이지 않을 이유가 보이지 않는다.

기이하게도 발전, 진보, 변화가 그 주목할 만한 특징인 현대 서구에서 영속하는 미래에 대한 확신이 가장 미미하다.

파라오들은 끝 모르는 시간에 대비해 무덤을 빽빽하게 채웠다. 신실한 자들은 성당을 완성하는 데 기꺼이 한 세기를 보냈다. 그러나 지금은, 적어도 1945년 이후에는 '종말 없는 세계'가 주는 위안은 논란의 대상이 되었고, 2000년에 접근하는 지금 우리의 의식 속에, 혹은 그 곁에 4000년, 5000년, 20000년이 없는 것은 분명하다.

무한한 것, 언제나 상상 가능한 것, 분석과 모험, 창조의 대상이 되는 것은 과거의 시간인 듯하다. 심지어 우리가 살고 있는 시대를 규정하는 말들도 과거를 가리키는 접두사를 달고 있다. 포스트모더니즘, 포스트구조주의, 포스트식민시대, 포스트냉전 등등. 이 시대의 예언들은 일이 벌어지고 난 후에야(포스트) 뒤를 돌아본다. 물론 모든 지식은 그 선행하는 것들의 이해를 요구한다. 그럼에도 먼 미래로의 상상력을 동원한 탐험이 얼마나 많은 경우 오로지, 그리고 단순히 현재를 과거로 재창조하거나 변경하려는 시도였는지 생각하면 놀랍다. 이 모든 돌아보기는 기술의 미래 덕분에 가능해지기는 했어도 인류의 미래에 어떤 위로도 제공하지 못한다. 과거를 향한 시선이 던져지고 있는 단상의 주변에는 암울하고 혐오스러운 지형이 펼쳐져 있다.

정보통신기술의 파괴적인 개입 때문에 우리의 시간 관념이 바뀌었을 수도 있다. 템포가 좀 더 일정하고 우리의 심장박동에 가까웠던 지나간 나날, 시간이 무엇이든 돈은 아니었던 시절에 대한 그리움이 커지는지도 모른다. H. G. 웰스가 보았던 미래상이—물결이 일지 않는 고인 물—우리를 압도했고, 지나가버린 영원으로의 도피를 재촉했는지도 모른다.

이런 과거로의 돌진에는, 그리고 과거의 탐험, 수정, 해체가 주는 행복에는 그럴 만한 이유가 여럿 있다. 하나는 문화의 세속화와 상관이 있다. 세속화된 문화 속에서 메시아는 올 리 없고, 내세는 의학적으로 어떤 근거도 없다고 여겨지며, '불멸의 영혼' 개념은 믿을 수 없을 뿐만 아니라 지적 영역, 교양의 영역에서 점점 불가해한 것이 되었다. 영원한 생명에 대해 지금처럼 의심 많은 시대에 열정적이고 깊은 종교적 믿음은 최선의 경우 무지, 최악의 경우 난폭한 불관용과 연관 지어진다. '역사 속 삶이 영원 속 삶을 대체'할 때 부활한 삶이나 환생한 삶의 부재 속에서 눈은 한 인간의 생물학적 수명에 익숙해진다. 인간을 다가올 모든 시간 속으로 영원히 내맡기는 '영원한 생명'이 없으면 미래는 발견 가능한 공간, 우주 공간이 되고, 이것은 사실상 더 많은 과거 시간의 발견이다. 지나간 수십억 년 시간의 발견이다. 수십억 년 '전'의 시간이다. '전'의 시간은 우리 앞에서 타래처럼 풀리고 그 기원은 헤아릴 수 없는 것으로 남는다.

무한한 과거를 선호하는 또 다른 이유는 물론 핵 시대에 들어선 지 50년, 시간의 종말이(시간 속 인류의 삶의 종말이) 아주 현실적인 가능성이었고, 여전히 그럴지 모르기 때문이다. 생존할 수 없다고 믿는 종의 미래를 상상할 이유가 없었던 것이다. 그래서 이미 보내버린 시간에 대한 집착이 점점 더 매력적으로 다가왔다. 심리적으로도 불가피했다. 냉전과 함께 찾아온 미래의 끔찍한 상실은 그 후에도 별 변화가 없었고(온갖 군축, 동결, 비핵화 조약에도) 지하로 들어갔을 뿐이다. 우리는 지구의 긴 미래를 강조하는 데 조심스럽다. 그런 생각이 사치이며 현시대의 문제를 미루고 밀어내려는 해로운 행위라는 경고가 나온다. 개종자들에게 사후의 보상을 언급함으로써 현재의 가난을 잊게 만든다는 비난을 받는 선교사들이 있었듯이, 그런 비난이 두려운 우리는 심각하게 축소된 미래를 받아들이는 것인지도 모른다.

나는 오늘날의 모든 담론이 꾸준히 과거 지향적이고 미래에 무심하다는 인상을 주고 싶지는 않다. 사회과학과 자연과학은 아주 오랜 미래의 세월 동안 우리에게 영향을 미칠 온갖 약속과 경로로 가득하다. 응용과학은 기아를 없애고 통증을 사라지게 하고, 병에 저항성이 있는 사람과 식물을 생산함으로써 개체의 수명을 연장할 준비가 되어 있다. 통신기술은 지구의 거의 모든 사람이 서로 '상호작용'함으로써 그 과정에서 즐거움을 느낄 수 있게, 심지어 배움을 얻게 도와준다. 우리는 인류의 환경을 급격히 변화시키는 지형과 전 세계적 기후 변화에 대한 경고를 받고 있다. 불균형하게 분배된 자원이 인류 생존에 미치는 후과에 대해, 과분배된 인류가 자연 자원에 미치는 영향에 대한 경고를 받고 있다. 우리는 약속에 투자하고 때로는 경고에 따라 이성적으로 행동한다. 그러나 약속은 윤리적 갈등을 일으키고 우리가 맹목적으로 신을 대신하고 있다는 공포심을 일으켜 우리를 괴롭힌다. 한편 경고는 어떻게, 무엇을, 왜 해야 하는지에 대한 우리의 불안을 점점 더 키워간다. 우리의 주의를 끄는 데 성공하는 예언들은 두둑한 은행 잔고나 선정적인 사진들이 뒷받침되어 논의를 이끌어내거나, 시정 조치의 윤곽을 그려낼 수 있는 것들로서, 우리는 그것들을 바탕으로 어떤 전쟁, 정치적 실패, 혹은 환경 위기가 견딜 만한지 아닌지 결정할 수 있다. 어떤 질병, 어떤 자연재해, 어떤 제도, 어떤 식물, 어떤 동물, 새, 혹은 물고기가 우리의 관심을 가장 필요로 하는지 결정할 수 있다. 물론 심각한 문제들인 건 맞다. 이런 약속과 경고와 관련해 주목할 점은 여러 가지 제품, 건강 증진에 따른 개인 시간의 연장, 그리고 그 제품과 서비스를 소비하기 위한 돈과 여유라는 형태로 나타나는 자원의 증가를 제외하면 미래에는 이렇다 할 게 없다는 사실이다.

더 길고 더 건강한 삶을 살면서 우리는 어떤 생각에 잠기게 될까? 이런 '발전'의 혜택을 받을 자격이 누구의 유전자에 있는지 판단할 때 우리가 얼마나 효율적이었는지? 사람들이 앞으로 20년에서 40년만 고민하고 싶어 한다는 사실은 놀랍지 않다. 미래의 미래를 헤아려보는 일은 정신이 어떻게 그 건강을 점점 위협하는 도덕적 맥락 속에서 살아갈 수 있을지에 대한 강력한 통찰력을 필요로 한다. 미래 세대를 적어도 대성당 같은 숲과 반짝이는 물범만큼 중요한 생명체로 인식하는 것이 필요하다. 미래 세대에 대해 생각할 때 약 한 세기 후 가문의 후손, 집단의 안정성, 젠더, 성별, 인종, 종교를 생각하는 데서 그치지 말아야 한다. 우리의 혈통이 지구 시간으로 2천 년, 1만 2천 년 더 이어지는 것이 확실하다고 가정했을 때 어떻게 반응할지 생각해보아야 한다. 인간 삶의 길이만이 아닌 질에 대해 생각해보아야 한다. 전략적 능력만이 아닌 지적인 삶의 질에 대해, 그때그때 연민을 가질 능력만이 아닌 도덕적 삶의 의무에 대해 생각해보아야 한다.

정치 영역에서 미래는 이미 명백하게 재앙이다. 정치 담론은 미래에 대해 언급할 때 '우리' 자녀들을 상정하고, 아니면 신앙심을 발휘해서 '우리' 손자손녀들까지 상정하고 미래가 그들에게 물려주거나 보장해줄 수 있는 어떤 것임을 강조한다. 나는 '우리'라는 대명사를 눈여겨보아야 한다고 생각한다. 우리는 그냥 자녀들이 아니라 '우리' 자녀들을 위해 힘을 내자는 부탁을 받는다. '우리 자녀들'은 우리의 관심을 두 세대나 다섯 세대 정도까지 연장한다. 그냥 '자녀들'은 더 크고 넓고 밝은 가능성이 있는 시대를 향한 몸짓이며, 정치가 시야에서 가리고자 하는 바로 그것이다. 반대로 정치적 언어는 지난 시절의 미화가 온통 지배하고 있다. 전쟁, 그리고 제3세계에 대한 난도질이 만연했던 1920년대에 덕지덕지 매력을 바르고 거기서 힘을 그러모으자고 한다. 경제 침체와 전 세계적 파업의 시절이었으며, 결핍이 지극히 보편적이어서 차마 똑바로 떠올리기조차 힘든 1930년대에 소박함, 시골스러운 평온을 갖다 붙인다. 정의로운 1940년대에는 '선한 전쟁'에서 승리했다고 하지만 수백 수천만의 죄 없는 사람들은 '선'이 도대체 무슨 뜻인지 궁금해하며 죽어갔다. 특히 사랑받는 1950년대는 자발적인 질서, 민족 화합의 시대로 호도하지만 실은 터무니없는 정치적 민족적 박해의 시대였다. 이쯤에서 우리는 정치적 언어의 민첩성이 놀랍다는 사실, 놀라우며 수치를 모른다는 사실을 깨닫게 된다. 1950년대를 모범 애국자들이 살았던 모범 시대로 떠받들지만, 동시에 그 시대를 살았던 애국자들에게 축소된, 열등한, 혹은 값비싼 보건 의료, 껍데기뿐인 연금을 제공하고 자살이나 노숙을 선택하도록 내팽개친다.

더 길고 더 건강한 삶을 살면서 우리는 어떤 생각에 잠기게 될까? 너희의 안락은 다른 아이들이 그걸 빼앗기고 거부당한 덕분이지만 아무래도 상관없다고 우리 아이들을 얼마나 훌륭하게 설득했는지? 모범 시민으로 살아온 대가로 수모와 가난을 겪는 데 동의하도록 노인층을 얼마나 잘 설득했는지?

문화 분석의 영역에서는 멀리 뻗은 미래가 없을 뿐 아니라 역사 자체가 종결되었다. 오스발트 슈펭글러가 쓴《서구의 몰락》같은 책의 현대판이 온 땅에서 분출하고 있다. 그러나 오늘날의 세계에 능가할 수 없는 "미래로의 의지"가 있다는 슈펭글러의 확신은 빠져 있다. 에릭 홉스봄에 따르면 "산사태"는 1973년에 시작됐다. 종말의 시작을 1960년대 이후로 두는 데는 대체로 동의한다. 1960년대를 죽이는 일, 그 시대를 일탈, 무절제, 마약, 불복종이 무르익은 이국적 병폐로 만드는 일은 그 시대의 중심 특징을—해방과 관용, 예리한 정치적 지각, 그리고 공유 사회와 공동

책임 사회에 대한 의식을—덮어버리는 데 목적이 있다. 우리는 오늘날의 모든 문제가 1960년대의 잘못이라고 설득당하고 있다. 현대 미국 문화가 심각한 파손 상태이며, 취약한 생명 유지 장치를 지키기 위해 우리의 모든 에너지를 쏟아야 한다는 것이 오늘날의 홍보 전략이다.

선택적으로 체질한 과거 시간의 알곡을 통해 본 미래는 희석되고 단순화되며 30년 만기 국고채의 지급 기한으로 제한된다. 그래서 우리는 내부로 향한다. 초급 독본에 나오는 든든하고 서로 보호해주는 이상적인 가족에 대한 꿈을 붙잡고 놓지 않는다. 작지만 법의 축복을 받았고 19세기 '위대한 유산'이 지탱하는 가족. 우리는 마법으로 향한다. 야만인들이 어슬렁거리며 오가는 관문에 대한 불안을, 언어가 남의 입으로 들어가는 데 대한 불안을 돌리고 가라앉히고자 외계인, 가상의 적, 마귀, 가짜 '원인'을 소환한다. 권위가 이방인의 손에 들어가는 데 대한 불안. 문명이 중립 기어로 나아가다가 서서히 비참하고 무력하게 정지에 이르는 데 대한 불안. 목소리가 가장 요란한 자들은 이미 미래에 대한 공포 속에 사는 사람들을 부추겨 문화를 군사적 관점에서—문화를 전쟁의 원인이자 표현으로—논하게 만든다. 우리는 일상의 창조적 복합적 요소들을 줄이고 문화적 학살을 행하라는 요청을 받고 있다. 공교육에 히스테리 반응을 보이고, 보호가 아닌 폐지를 주장하라는 요청을 받는다. 인격적으로 완성된 미래의 축소판, 단기 완성판, 최고경영자판을 받아들여야 한다는 유혹을 받는다. 그런데 우리의 일상이 비극으로 점철되었고 좌절과 결핍으로 덮였을지 몰라도, 우리에게는 정치문화계의 식자층과 수익 우선의 미디어가 의존하는 인간성 말살과 경시에 맞서 치열하게 저항할 능력도 있다.

예를 들어 우리는 폭력에 대한, 우리 자신이나 이웃의 폭력적 성향에 대한 우려로 강경증이나 조증이 올 지경이다. 그 우려를 악화시키는 것은 흥미를 목적으로 설계된 난폭한 이미지일 수도 있고, 폭력성을 분석한다면서 누군가를 희생양으로 삼는 행위일 수도 있다. TV 화면발을 잘 받는 목사의 치명적인 미소일 수도 있고, 무해한 오두막이나 목가적인 별장 안에 앉아 사냥감을 기다리는 사람들로 가장한 무기 제조사들일 수도 있다. 무엇이 되었든 우리는 급성장하는 교정 시설 산업의 먹이가 되고 있는 중죄인들처럼 어쨌든 투옥되어 있다. 이를 가능하게 한 것은 완벽한 상품, 즉 총기의 확산이다. 완벽한 상품이라 말하는 이유는 이렇다. 무기 산업의 관점에서 총기 마케팅은 방어적인 성격, 남성성을 강조하지만, 상품의 진짜 가치는 총알 하나가 되었든 다이너마이트 수천 톤이 되었든 미사일 한 부대가 되었든, 그것이 즉각 자멸하며 그 즉시 새로운 수요를 만들어낸다는 점이다. 그 과정에서 사라진 목숨은 사실 부차적 결과일 뿐이다.

더 길고 더 건강한 삶을 살면서 우리는 어떤 생각에 잠기게 될까? 자포자기와 테스토스테론에 의한 합리화가 어떻게 미래를 절취하도록 내버려두었는지? 승인된, 미화된, 정당화된, 상품화된 폭력이 어떻게 우리를 막다른 길에 처하도록 내버려두었는지? 우리가 어떻게 컴퓨터 게임에서 힌트를 얻어 취약하고 불운한 사람들을 제거하는 만큼 점수나 표를 주어 사회적 불평등을 해결하려고 했는지? 어떻게 피에 굶주린 사형 제도를 기반으로 해서 정부 요직들을 따냈는지? 1910년 사회과학을 개조해서 '선천적' 폭력성을 인정하고 태어나는 순간부터 감옥에 가둘 수 있게 함으로써 어떻게 자금과 관심을 얻었는지? 2030년 이후에 대해 생각할 때 상상력이 비틀거리는 것은 놀랍지 않다. 그 무렵 우리 다음 세대는 우리가 괴물이었다고 생각할 것이다.

만약 과학의 언어가 더 윤리적인 삶이 아닌 더 긴 수명만을 주장한다면, 만약 정치 의제가 재앙 같은 남의 가족들에 맞선, 몇 안 되는 우리 가족을 보호하기 위한 제노포비아적 의제라면, 만약 종교의 언어가 종교 없는 사람들에 대한 경멸로 의심받는다면, 만약 세속적 언어가 신성한 것에 대한 경외심에 굴레를 씌운다면, 만약 시장의 언어가 단지 탐욕을 부추기기 위한 구실이라면, 만약 지식의 미래가 지혜가 아닌 '업그레이드'라면, 우리는 어디서 인류의 미래를 찾을 수 있을까?

나는 때 지난 관념이 되어버린 진보의 징후를 찾는 데는 관심이 없다. 진보는 단일한 공산주의 국가의 파괴된 미래와 함께 사라졌다. 자유롭고 무제한적이며 진보적인 자본주의의 벗겨진 가면과 함께 사라졌다. 자본주의가 요구하는 고의적인 빈민화와 함께 사라졌다. 음경 중심적인 '국가주의'에 대한 믿음과 함께 사라졌다. 실상 독일이 첫 처형실을 가동했을 때 이미 사라진 뒤였다. 남아프리카공화국이 아파르트헤이트를 합법화하고 피를 흡수하기에는 너무 엷은 먼지 속에서 아이들에게 총을 난사했을 때 이미 사라진 뒤였다. 이웃 나라의 공동묘지 위로 국경을 그린 수많은 나라들의 역사 속에서 이미 사라진 뒤였다. 시민들의 뼈에서 흘러나온 영양분으로 정원과 초원을 비옥하게 했을 때, 여성들과 아이들의 등골 위로 건축물을 올렸을 때. 정말 나는 진보에는 아무 흥미도 없다. 나는 시간의 미래에 관심이 있다.

예술은 시간적이기 때문에 그리고 내 관심 분야가 이쪽이기 때문에 나의 시선은 손쉽게 문학 전반, 특히 소설로 향한다. 나는 문학이 더 이상 인정받는 지식 체계 내에서 중요한 자리를 차지하지 않는다는 사실을 알고 있다. 문학이 사회 토론의 가장자리로 밀려났으며, 과학경제 담론에서 최소한의 역할을 하거나 순전히 겉치레라는 것을 알고 있다. 그러나 바로 이 지점에서, 이 형태의 중심에서 진지한 윤리적 토론과 탐구가 이루어지고 있다. 이 축소된 기대라는 위기에 대해 서사는 무엇을 말해주고 있는가?

당신의 인생과 맞서 싸우라고 외치는 이디스 워튼을 찾아 나서볼 수 있을 것이다. 주인을 에워싸고 집어삼키는 오래된 성에 오싹함을 느끼는(《과거의 의미 The Sense of the Past》) 헨리 제임스를 찾아 나설 수 있을 것이다. 하찮을지언정 핵 이후 시대의 인간의 목소리를 상상하는 윌리엄 포크너를, 현재 시제로 질문을 던지며 새로이 시야에 들어온(보이는) 미래에 대해 장난기 어린 미소와도 같은 전망을 알리는 랠프 엘리슨을, 제임스 볼드윈의 강렬한 솔직함과 차표 값은 완불되었으며 차는 출발했다는 변치 않는 믿음을. 이 목소리들을 뒤따르고 대체했다고 할 수 있는 것은 우리 인간의 조건에 대한 또 다른 종류의 반응이었다. 과거를 향한 오늘날의 탐구는 비상하게 관념적이고 구조적인 혁신을 낳았다.

19세기와 20세기 초반 문학에서 상당히 일관되게 몰두했던, 미래에 대한 기대가 주는 흥분이라는 주제는 최근 움베르토 에코의 놀라운 책 《전날의 섬》에서 재현되었다. 제목이 내가 하고자 하는 말을 대신 해주고 있다. 이 소설의 서사 구조는 기발하게도 주인공을 17세기에 두어 미래의 가능성들로 우리를 매혹하고 있다. 우리가 이미 오래전에 벌어졌다고 알고 있는 일에 대해 듣게 되는 데서 견디기 힘든 즐거움이 온다. 저자가 말해주듯 이 비상한 소설은 "재발견된 필사본이 담긴 팔림프세스트[11]"이다. 소설의 구성과 해석을 통해 우리는 이미 기록된 역사를 따라 나아간다. 20세기 후반의 힘있고 재능 있는 수많은 작가들은 인간의 조건에 초점을 맞출 때, 종종 과거를 되풀이하여 말함으로써 현재를 가장 예리하게 들여다볼 수 있음을 깨달았다. 그들이 우리에게 남긴 이미지들은 많은 가르침을 준다.

첫 소설에서 우리를 가차 없이 현재에 붙잡아둔 페터 회는 《덴마크 꿈의 역사The History of Danish Dreams》에서 퇴보가 진보가 되는 일종의 시간 여행으로(에코의 시간 여행과 연관성은 있지만 비슷하지 않은) 방향을 전환한다.

페터 회는 이 소설의 끝에 이렇게 쓰고 있다.

내가 끈질기게 가족의 역사를 쓴다면 그것은 불가피하기 때문이다. 우리 가족 그리고 덴마크의 모든 가족이 2백 년 동안 위반하고 순응하고 찔러보고 그 밑에 깔려 꿈틀댔던 이 법과 규제는 지금 사실상 거품처럼 사라질 상태에 있다…… 앞으로는 미래가 놓여 있지만 나는 이 미래를 칼 라우리츠처럼 총대를 겨누고 바라보기를 거부한다. 안나처럼 돋보기를 통해 보는 것도 거부한다. 나는 똑바로 바라보고 싶다. 하지만 아무것도

---

11 필요 없어진 내용을 지우고 덧쓴 양피지.

하지 않으면 마주 볼 미래가 없으리라는 것은 분명하다. 인생에는 확실한 게 없지만 다가올 재난과 쇠퇴에 걸면 손해는 보지 않는다. 그래서 도움을 청하고 싶은 것이다…… 그래서 과거에 호소한 것이다……

종종 드는 생각은 내가 나의 기대만을 보았지, 타인의 기대를 실제로 본 적이 한 번도 없을 수 있다는 것이다. 우리가 목격한 것은 우리 자신밖에 없다는 생각은 세상 가장 고독한 생각이다. 하지만 지금은 그렇게 생각하기에는 너무 늦었고 무엇이라도 해야 한다. 그리고 무엇을 하든 먼저 20세기의 그림을 그려야 한다.

21세기가 아닌 20세기의 그림을 그리는 것이 이 소설에서는 미래를 위한 일이 된다.

윌리엄 개스[12]는 훌륭한 작품《터널》에서 나치 독일이 영원히 오점을 남긴 멀지 않은 과거에 대해 뛰어난 사색을 지속한다. 화자 주인공은 독일 파시즘에 대한 "안전하고" 도덕적으로 모호한 역사를 담은《히틀러 시대 독일의 죄와 결백》이라는 책을 완성하지만 서문을 쓰지 못한다. 이 마비는 너무 오래 경직된 상태로 이어져 화자는 자신의 과거 그리고 그 과거가 자신의 역사 연구 대상과 가진 공모 관계를, "마음의 파시즘"을 살펴보기 시작한다. 개스는 가슴 아픈 상실의 이미지와 함께 소설을 끝맺는다.

---

12    미국 소설가이자 비평가.

꽃봉오리가 꽃으로 피지 않고 싹트기 전 어떤 과거로 되돌아갔다고 상상해보라. 꽃가루가 암술을 향해 부는 바람을 거슬러 올라갔다고. 죽음이 정반대의 상황에 놓였다고 상상해보라. 죽음이 시작을 강요받았고 거꾸로 자식을 낳아야 했다면. 그래서 첫 숨과 함께 허파가 불어나는 것이 아니라 페달이 무거운 발에 눌리듯 허파가 짓밟혔다면. 그리고…… 병사들 사이에서는 반란이 일었고, 삶은 현재 시간이라는 텅 빈 똑딱임 대신 과거로 가기를 택했다면…… 나는…… 시도는 했다. 어릴 때 나는 역사를 위해 시를 버렸다.

아무튼 기가 막힌 여정이다. 먼저 땅을 기고 그다음에 오물 속에서 헤엄치고. 내 배관 속으로 지나가면서 그 안의 구더기를 만나고. 그리고 깨닫고. 내가. 온 세상의 밑에 있었다는 것. 어릴 때 나는 하수도 같은 거짓말을 했다. 간혹 친구처럼 지내던 아이들에게 하수도에 들어갔다고 이야기했다. 어둠의 영역으로 들어갔다고. 거대한 공간과 끝없는 동굴로 이루어진 수많은 방을 보았고, 두더지 털과 거미줄로 옷을 해 입은 마법사가 지키는 신비의 웅덩이, 싸구려 잡화점에서 파는 것이 분명한 보석으로 넘치는 궤짝들, 금화 가득한 방들을 보았다고. 그러다 갑자기 옷감이 썩어 찢어진 것처럼 들쭉날쭉한 입구로 새로운 태양이 비추고, 건강한 꽃으로 가득 찬 초원, 색연필 빛깔의 냇물, 아, 우리 안에 펼쳐진 광활한 에덴이……

그동안은 불만 없이 살아가자. 완장 찬 팔도 높이 뻗지 않고. 더 이상 귀청을 때리는 악단도 서치라이트로 밝힌 하늘도 없이. 아니면 강물처럼 불어날까? 글쎄. 불어나는 게 현명한가?

총통처럼 귓가에 리볼버를. 아니면 슬픔 곁에 내 마음을 내려놓자.

이것은 종말에 대한 뻔한 반사 작용이 아니며, 마치 네스호의 괴물 환각처럼 세기의 안개 속에서 표면을 뚫고 나온다. 이것은 추모이며 진혼곡, 시간의 미래를 접어 넣는 일이다.

이렇게 가장 흥미진진한 장소와 목소리에는 일종의 구조 행위가 이루어지는, 미래를 구축하고 발견하고 상상하기 위한 발굴이 이루어지는 시간 저장실로의 여정이 있다. 물론 나는 강요되었든 진정성이 있든 행복한 결말을 권장하고 그것만을 신성시하는 것은 아니다. 구제 혹은 경고가 목적인 암울한 결말을 신성시하는 것도 아니다. 나는 책의 은유를 쥐고 있는 손이 펼쳐졌느냐 오므려졌느냐에 주의를 돌리고 싶다.

토니 케이드 밤버라는 《소금 먹는 사람The Salt Eaters》이라는 뛰어난 소설의 문을 열며 충격적인 질문을 던진다.

"정말 낫고 싶은 게 맞아요?"

정말 낫고 싶은 게 맞아요? 이 진지한 물음에서 흘러나오는 치유는 현시대의 겁먹은 데메테르로 하여금 자신과 자기 공동체의 심연을 매 순간 측정하고 탐지하게 만들고 과거를 다시 생각하고 다시 살아보게 만든다. 단지 그 질문에 대답하기 위해서다. 밤버라의 성공적인 발굴은 다음과 같이 묘사된다.

벨마로 하여금 오븐에 들어가게 만든 것은…… 벨마를 기다리고 있는 앞으로의 일에 비하면 아무것도 아니었다…… 물론 벨마는 투쟁할 터였다. 투사였으니까. 말이나 음표, 숫자 혹은 그 뿌리가 땅속 깊이 박힌 다른 체계들로 설명할 수 없는 것은 물론 거부할 터였다…… 벨마는 다음 시험이 살을 베거나 가스를 삼키거나 하는 것보다 더 참혹한 행위로 이어질지 몰랐다……

간이 의자에 앉아 부드럽게 몸을 돌리는 환자는 곧 소리를 지르거나 웃음을 터뜨리거나 노래를 부를 것처럼 머리를 뒤로 젖히고 있다. 미니의 손은 이제 할 일을 다했다. 그것은 분명하다. 티 없고 투명한 백색과 황색의 광채가 한 아름 폭으로 벨마를 에워싸고 빛을 발한다. 벨마의 두 눈은 먼저 미니를 에워싼 공기를 훑어보고 자기 두 손을 살펴본다. 쭉 뻗어 빛나는 손가락. 미니가 할 일을 다한 손을 거두고 무릎 위에 놓는 순간 벨마는 안정된 두 다리로 일어서고 간이 의자 위로 숄을, 터진 고치를 벗어 던진다.


살만 루슈디의 최근작《무어의 마지막 한숨》은 서사가 죽음이 임박한 침상에서 혹은 묘지에서 끝날 것임을 암시한다. 정말로 그렇다. 화자이자 주인공인 모레이스 조고이비는 벽에 자신의 글을 못 박기 위한 흥미진진한 여정에 우리를 데리고 나선다. 이 글은 그가 "평생을 날마다 해온 침묵의 노래"의 결과다. 네 세대에 걸친 가족과 나라의 역사를 외우고 적고 기록한 결과다. 지독한 사랑, 초월적인 증오, 한계를 모르는 야망, 구원받지 못하는 나태, 이해를 뛰어넘는 충심, 상상을 뛰어넘는 술수의 역사다. 이 상상계의 모든 걸음, 모든 섬이 마침내 우리의 시야 안으로 넘어온 뒤

끝맺음은 다음과 같다.

묘지의 뻣뻣한 잔디는 높고 뾰족하게 자랐으며, 이 묘비 위에 앉은 나는 마치 잔디의 누런 끄트머리를 타고 앉은 기분이다. 어떤 짐도 짊어지지 않은 채 무게 없이, 기적적으로 구부러지지 않는 빽빽한 잎새 다발이 지탱하는 가운데 나는 부양하고 있다. 시간이 얼마 남지 않았다. 숨도 얼마 남지 않았다. 거꾸로 흘러가는 고대 세계의 세월처럼. 0으로 가는 초읽기는 상당히 진전되었다. 나는 이 순례길에 오르기 위해 마지막 남은 힘을 써버렸다……

묘비의 상단에는 풍화된 세 글자가 있다. 손가락이 글자를 읽어준다. R I P(Rest in Peace 고이 잠드소서). 좋다. 나는 잠들 것이고 편안하길 바랄 것이다. 세상은 복귀의 순간을 기다리며 잠들어 있는 자들로 가득하다…… 어딘가 뒤얽힌 가시덤불 안에서 유리관 속에 잠든 미녀가 왕자의 입맞춤을 기다린다. 보라, 여기 내 술병이 있다. 나는 포도주를 몇 모금 마시고 이 시대의 립 밴 윙클[13]처럼 글자가 새겨진 비석 위에 누울 것이다. R I P 세 글자 아래 머리를 누일 것이며, 어려운 시기에 잠드는 가문의 오랜 전통에 따라 눈을 감을 것이다. 그리고 더 나은 시대에 회복된 모습으로 기뻐하며 다시 깨어나길 바랄 것이다.

---

13  미국 작가 워싱턴 어빙의 단편소설 제목이자 그 소설의 주인공을 가리킨다. 소설의 내용은 립 밴 윙클이 20년 동안 산중에서 잠을 자다 깨어보니 세상이 온통 변해버렸다는 이야기다.

편안한 잠은 두 번 강조되지만 희망도 마찬가지다. 회복과 기쁨, 그리고 무엇보다 '더 나은 시대'에 대한 희망이다.

1991년 벤 오크리는 《굶주린 길》에서 너무 생생하여 전체 서사보다 더 중요하게 다루어지는 꿈에 대한 묘사로 소설을 끝맺는다.

> 방 안의 공기는 차분했다. 어떤 동요도 없었다. 그[아버지]의 존재감이 우리의 밤 공간을 보호했다. 공기를 침범하거나 지붕을 내리누르거나 물건 사이를 거니는 그 어떤 형체도 없었다. 공기는 깨끗하고 넉넉했다. 잠 속에서 나는 두려움 없이 떠다닐 수 있는 열린 공간을 찾았다⋯⋯ 달콤함이 두려움을 녹였다. 나는 시간이 두렵지 않았다.
> 그리고 또 아침이 왔다⋯⋯
> 꿈은 인생 최고의 순간일 수도 있다.

1993년 오크리는 《환희의 노래 Song of Enchantment》에서 눈을 뜬 이 아이의 이야기를 계속하면서 미래에 좀 더 뚜렷하게 손짓한다. "언젠가 우리는 눈앞의 산봉우리를 볼지도 모른다⋯⋯ 언젠가 우리는 신비한 운명의 일곱 봉우리를 볼지도 모른다. 언젠가 우리는 이 혼란 너머에 언제나 새로운 태양빛과 평온이 있음을 깨달을지 모른다."

그가 말하는 산봉우리의 의미는 책의 서두에 나온다.

> 우리는 눈앞의 일곱 봉우리를 보지 못했다. 언제나 우리 앞에

있다는 사실을 깨닫지 못했다. 산은 언제나 우리를 부르며 해야 할 일이 많다는 것을, 이루어야 할 꿈이, 되찾아야 할 기쁨이, 지켜야 할 태어나기 전의 약속들이, 부활해야 할 아름다움이, 체화해야 할 사랑이 많다는 것을 일깨워주고 있었다.

그 어느 것도 영영 끝나지 않는다는 것, 고난은 결코 진정으로 종료되지 않는다는 것, 우리는 때때로 우리의 삶을 다시 꿈꾸어야 한다는 것, 인생은 더 많은 빛을 만들어내기 위해 쓰일 수 있다는 것. 이것을 산은 암시했다. 우리는 눈치채지 못했다.

이 문장 속에 담긴 기대는 생생하고 "땅끝까지 버티며 나아가 세상의 역사를 바꾸는 위대한 행위"의 가능성을 고집한다.

레슬리 마몬 실코는 《죽은 자의 책력Almanac of the Dead》에서 정복자들이 신대륙 해안에 등장하기 수 세기 전부터 오늘날까지 수천 년에 걸친 역사를 털고 난도질한다. 이 소설은 과거 시간의 초월뿐만 아니라 미래 시간의 초월을, 진정 끝이 없는 시간을 기반으로 하고 있다. 서사의 마지막 이미지는 "사람의 무리가 오게 될 방향인 남쪽을 가리키고 있는" 뱀의 신령이다. 동사의 미래 시제가 방향과 엮여 있는데, 이 방향은 우리가 인정하는 대부분의 도래의 방향과 달리 남쪽이다. 또한 장벽과 울타리, 무장한 경호 인력, 입에 거품을 문 히스테리가 바로 이 순간 모이고 있는 곳 또한 바로 남쪽이라는 사실도 무시할 수 없다.

치유된 여성이 뚫고 나오는 고치, 시간에서 공포를 앗아가는 꿈, 더 나은 시절을 위한 비석에서의 희망, 운명의 일곱 봉우리가 있는 혼란 너머의 시간, 남쪽에서 올 사람의 무리를 기다리는 뱀의 신령. 과거로 난 길을 따라가는 이런 종결부의 이미지들을 보면, 일부 저자들이 존재하지 않는 미래에 대한 팽배한 관념에 동의하지 않는다는 결론을 감히 내려볼 수 있다. 미래가 있을뿐더러 있어야 한다고 고집하고 있으며, 그들에게 또 우리에게 역사는 다시 시작하고 있다고 결론지을 수 있다.

나는 현대 소설에서 일시적인 희망의 징후를, 고집스러운 낙관주의를 캐내려는 것이 아니다. 나는 내가, 처참하지만 그럼에도 미래를 향해 손짓하는, 경험에 바탕한 근거 있는 통찰력을 감지하고 있다고 믿는다. 나는 또한 이런 통찰력이 부상하고 있는 환경에 주목한다. 바로 인종과 젠더가 의미를 갖는, 식민지 환경, 난민의 환경, 사냥당하는 이의 환경이다.

여기서는 또한 서로 다른 방향으로 갈라져나가는 상상계들의 흥미로운 흔적을 찾아볼 수 있다. 더 이상 존재하지 않는 시간에 대한 슬픔, 거꾸로 가는 시간—과거만 있는 시간—의 통렬함에 대한 슬픔, '빌린 시간'으로 살아가는 시간에 대한 슬픔이 있는 상상계가 있는가 하면, 끝없는 미래가 있는 시간에 대한 커지는 기대가 있는 상상계도 있다. 역사에서 시간의 감각이나 시간의 정화 효과를 찾는 작품도 있고, 예술에서 회복의 조짐을 찾는 작품도 있다.

소리굽쇠처럼 민감한 문학은 우리가 살고 있는 세상의 빛과 그림자를 뜬눈으로 목격하고 있다.

그러나 문학 세계 너머에는 또 다른 세상이 있다. 관점이 사뭇 다른 논평의 세상이다. 정면을 향한 얼굴에 가면을 쓰고 미래는 시간 낭비라고 애써 당부하는 야누스의 머리다. 과거만큼 내구성이 있고 멀리 뻗어 있는 미래, 가장자리로 밀려난 사람들이 빚어갈 미래, 무의미한 잉여 존재로 무시됐던 사람들, 악마의 겉옷을 뒤집어써야 했던 사람들이 만들어갈 미래라는 현실. 아마도 이런 미래에 대한 생각이 오늘날의 예언자들을 떨게 했을 수 있다. 현재의 불안정이 어떤 지워짐이 아닌 어떤 꿈틀거림이 아닐까 두려운 것이다. 역사가 죽지 않았을 뿐만 아니라 이제야 구속되지 않은 첫 숨을 쉬려는 중이 아닐까 두려운 것이다. 곧바로 30년, 50년 안에 되지는 않을 것이다. 그런 막대한 들숨은 시간이 걸리기 때문이다. 하지만 올 것이다. 그렇다면 우리는 문학의 사색에 주의를 기울여야 한다. 윌리엄 개스가 옳다. 우리 안에는 "광활한 에덴이 펼쳐져" 있다. 시간에는 미래가 있다. 과거보다 길고 무한히 더 쾌적하다. 인류 모두에게.

1996년 3월 25일, 미국 워싱턴에서 열린
제25회 제퍼슨 인문학 강연.

2부

# 입에 담지 않은 차마 못할 말

# 제임스 볼드윈이 남긴
# 세 가지 선물

지미, 당신에 대해 생각하고 느낄 게 너무나 많습니다. 난감한 점은 당신의 삶이 한마디로 요약되지 않는다는 사실입니다. 언제나 그랬습니다. 대신 당신의 삶은 사색하게 만들지요. 여기 남겨진 사람들과 마찬가지로 내가 당신을 잘 아는 줄 알았습니다. 그러나 이제 압니다. 당신 곁에서 나는 나에 대해 알게 되었습니다. 그것이 당신의 예술과 우정이 준 놀라운 선물입니다. 당신은 우리에게 우리 자신을 주었습니다. 그리고 그에 대해 생각해보고 우리를 소중히 여길 수 있도록 했습니다. 우리는 동생의 노래를 듣고 '새로운 경탄'을 보내는 홀 몬태나[1]처럼 그가 부르는 노래가 우리임을, 그가 '바로 우리'라는 것을 알게 되었습니다.

---

1    제임스 볼드윈의 소설 《내 머리 바로 위에(Just Above My Head)》의 등장인물.

나는 당신으로부터 어떤 명령도 듣지 못했지만 당신의 요구는, 당신이 내민 도전 과제는 강요는 없었지만 오해의 여지도 없었습니다. 당신은 내게 최고의 상태에서 작업하고 생각하라고, 도덕적 기반 위에 서되 그 기반은 자비로 뒷받침되어야 한다고, "세계는 네 앞에 있고 네가 들어갔을 때 그 상태 그대로 받아들이지 않아도, 내버려두지 않아도 된다"고 했습니다.

당신이 있으면 언제나 크리스마스 같았습니다. 크리스마스 이야기에 나오듯 당신은 적어도 세 가지 선물을 잊지 않고 가져왔습니다. 당신이 내게 준 언어 속에서 나는 살 수 있었습니다. 너무 완벽한 선물이라서 마치 내가 만들어낸 언어 같았습니다. 나는 당신이 말하고 기록한 생각들을 상당히 오래 곱씹어서 그게 내 것이라 믿었습니다. 당신의 눈으로 세상을 본 지 너무 오래되다 보니 그 명철하고 명철한 시각이 내 것이라 믿었습니다. 지금 여기에서도 내가 무엇을 느끼고 있고 그것을 어떻게 설명해야 할지 당신에게 물어야 합니다. 그래서 당신에게 진 빚을 스스로 일깨우고 감사하기 위해 당신이 쓴 글 6,895페이지를 (또다시) 하나하나 읽었습니다.

당신처럼 언어를 소유하고 그 안에 거주했던 사람은 내게는 또 없습니다. 당신은 미국 영어를 진솔하게 만들었고 진정으로 국제적으로 만들었습니다. 그 비밀을 드러내고 재형성하여 실로 현대적인 문답으로, 심상적이고 인간적인 것으로 만들었습니다. 언어에서 안락함과 거짓된 평안, 거짓된 순결, 회피와 가식을 걷어냈습니다. 그리고 기만은 명쾌함으로, 살이 올라 물렁한 거짓은 지향성이 있는 날렵한 힘으로 대체했습니다. 지적 위선, 그리고 당신이 "분통 터지는 이기주의"라고 부른 것 대신 꾸밈없는 진실을 주었습니다. 당신은 볼품없는 진부함을 올곧은 우아함으로 바꾸어놓았습니다. 당신은 금지된 영역으로 들어가 식민지를 해방시키고 "그 어수룩함이라는 보석을 빼앗고" 흑인들을 위해 문을 열었습니다. 그래서 우리는 당신을 따라 그곳으로 들어갈 수 있었고, 점령할 수 있었으며, 우리의 복잡한 열망에 맞게 재구축할 수 있었습니다. 허영이 아니라 섬세하고 까다롭고 요구 사항이 많은 우리의 아름다움, 우리의 비극적이고 끈질긴 앎, 우리의 살아 있는 현실, 우리의 반듯하고 고전적인 상상력에 맞게 말이죠. 그러는 내내 우리가 "우리를 단 한 번도 인정하지 않았던 언어에 의해 규정되는 것을" 거부했습니다. 당신의 손에서 언어는 멋진 모습을 되찾았습니다. 당신의 손에서 우리는 언어의 본모습을 보았습니다. 비정하지도 피투성이도 아닌, 그럼에도 살아 있는 언어의 본모습을.

어떤 사람들은 이에 분통을 터뜨렸습니다. 당신이 내민 투시 거울을 통해 자신의 빈약한 상상력을 본 사람들은 거울을 공격했습니다. 자신들이 줄 세우고 등급을 매길 수 있는 파편으로 만들고자 했습니다. 당신과 그들의 영상이 갇혀 있지만 치솟을 준비가된 모습으로 남아 있는 깨진 조각들을 무시해보려고 했습니다. 당신은 결국 예술가이고 이곳에서 예술가에게 직업 활동이란 금지되어 있으니까요. 예술가에게 허락된 것은 오직 상업적 '히트작'이니까요. 하지만 당신의 텍스트를 품에 넣고 당신의 언어에 귀를 기울여야겠다고 마음먹은 무수한 사람들은 그 몸짓만으로도 스스로가 고귀해지고 가리개를 벗을 수 있었습니다. 문명을 알게 되었습니다.

　두 번째 선물은 우리에게도 나누어준 당신의 용기였습니다. 어느 마을에 들어가 외지인으로 살더라도 사람들 간의 거리를 좁히고 온 세상과 친밀해질 수 있다는 용기였습니다. 그 용기 덕분에 우리 각자가 그 경험에 대해 개인적인 깨우침을 얻을 수 있었습니다. 당신은 낯설고 적대적이고 새하얀 지형을 우리 것으로 만들 용기를 주었습니다. "이 세상이(역사라는 의미였습니다) 더 이상 하얗지 않고 다시는 하얗게 되지 않으리라"는 사실을 당신이 발견한 덕분입니다. 당신의 용기는 삶을 삶의 배 속에서, 그 배 속으로부터 살고 그 가장자리 너머에서도 살 용기였습니다. 그것이 무엇이었는지 보고 말할 용기. 악을 알아보고 확인하되 두려워하거나 공포에 우두커니 서 있지 않을 용기. 냉혹한 지성과 맺어진 깊디깊은 연민에서 나오는 용기입니다. 그 연민이 얼마나 깊었으면 우리를 멸시했던 사람들이 "과거의 노예들이 부여하는 도덕적 권위가 필요한 사람들, 노예들이야말로 그들을 알고 어쩌면 그들을 상관하는 유일한 사람들"이라고 당신은 알고자 하는 누구든 설득할 수 있었습니다. 그 난공불락의 머리와 마음의 결합, 지성과 열정의 결합의 표현은 위태로운 지형 속에서 우리를 이끌어주었습니다. 케이프타운에서 폴란드, 웨이크로스에서 더블린에 이르기까지 모든 반란, 반체제 인사, 혁명가, 실천하는 예술가가 외우고 있는 이 말도 우리를 이끌어주었습니다. "사람은 사회에 저항하겠다는 선택을 가볍게 하지 않는다. 누구나 동포와 편히 지내길 원하지 그들로부터 조롱당하고 혐오받고 싶지 않다. 한편 사람들의 조롱, 심지어 혐오가 너무 맹목적이어서 애처로운 수준이 있다.

스스로를 가두며 자기 파멸을 고집하는 사람들을 지켜보는 일은 끔찍하다."

세 번째 선물은 헤아리기 어려웠고 받는 것은 더 어려웠습니다. 당신의 다정함입니다. 얼마나 섬세한지 오래갈 수 없을 것 같았지만 오래 남았고 나를 감싸 안았습니다. 분노 속에서 나를 톡톡 두드렸습니다. 배 속에 있는 티시의 아기처럼 말입니다.[2] "번잡한 곳에서 들려오는 속삭임처럼 포착하기 힘든, 거미줄처럼 가볍고 확실한 어떤 것이 갈비뼈 아래를 때리고 내 심장에 충격과 놀라움을 안긴다…… 아기는 그 굉장한 물의 장막 속에서 처음으로 자세를 바꾸며 제 존재를 선언하고 나를 소유한다. 바로 그 순간 내게 말한다. 더 나빠질 수 있는 것은 더 좋아질 수 있다고…… 그때까지는—영원히—다 내게 달려 있다고." 당신의 다정함, 연약함은 모든 것을 묻고 모든 것을 기대했으며, 현실 속 아서왕의 멀린처럼 우리에게 아기를 낳을 수단과 방법을 제공했습니다. 그래서 나도 당신 곁에서는 좀 더 바르게 행동하고 더 현명하고 더 유능했는지 모릅니다. 당신이 아낌없이 주는 사랑을 받을 자격이 있고 싶었고, 당신이 목격한 고통을 나 또한 목격할 수 있도록 흔들리지 않길 바랐고, 당신의 마음을 아프게 한 것을 견딜 수 있도록 강해지고 싶었습니다. 당신의 미소에 나의 미소를 얹을 수 있도록 너그러워지고 싶었고, 당신의 웃음 속에 뛰어들 수 있도록 무모해지고 싶었습니다. 우리의 기쁨과 웃음은 단지 괜찮을 뿐 아니라

---

2    제임스 볼드윈의 소설 《빌스트리트가 말할 수 있다면》의 주인공은 티시와 포니인데, 티시는 포니의 아이를 임신한 채로 포니의 무죄를 입증하기 위해 고통스러운 시간을 보낸다.

필요했으니까요.

알고 있었지요? 내가 얼마나 당신의 언어와 그 언어를 만든 정신이 필요했는지. 야생을 길들이는 당신의 용기에 내가 얼마나 의지했는지. 당신은 결코 나에게 상처 주지 않으리라는 확신이 나를 얼마나 강하게 만들었는지. 알고 있었지요? 내가 당신의 사랑을 얼마나 사랑했는지. 당신은 알았을 테지요. 그렇다면 당신을 떠나보내는 게 재앙은 아닙니다. 축제입니다. 당신은 말했습니다. "우리는 이미 값을 치르고 왕관을 샀다." "이제 남은 일은 왕관을 쓰는 것뿐"이라고요.

맞아요, 지미. 당신이 우리에게 왕관을 씌워주었습니다.

1987년 12월 8일, 미국 뉴욕 세인트 존 더 디바인 대성당에서 거행된
제임스 볼드윈 추도식에서.

134

# 치누아 아체베에게 진 최고의 빚

이 자리에서 치누아 아체베Chinua Achebe 선생님에 대해 이야기할 수 있어서 매우 기쁩니다. 선생님 앞에서는 한 번도 한 적 없는 이야기입니다. 저는 선생님에게 빚을 졌습니다. 최고의 빚이지요. 큰 빚이고 상환 일정도 없고 이자도 없습니다.

저는 1965년에 아프리카 문학을 읽기 시작했습니다. 게걸스럽게 먹어치웠다고 할 수 있습니다. 이전에는 접근할 방법이 없었지만, 그 무렵 뉴욕에서 아프리카 하우스라는 서점을 발견했습니다. 아프리카 하우스에는《트랜지션Transition》《블랙 오르페우스 Black Orpheus》같은 문예지 과월호가 있었고, 아프리카 대륙 전역의 작가들이 쓴 작품이 있었습니다. 아모스 투투올라Amos Tutuola, 아이 크웨이 아르마Ayi Kwei Armah, 에제키엘 음팔렐레Ezekiel Mphahlele, 제임스 응구기James Ngugi, 베시 헤드Bessie Head, 크리스티나 아마

아타 아이두Christina Ama Ata Aidoo, 몽고 베티Mongo Beti, 레오폴 세다르 상고르Léopold Sédar Senghor, 카마라 라예Camara Laye, 우스만 셈벤Ousmane Sembène, 월레 소잉카Wole Soyinka, 존 페퍼 클라크John Pepper Clark 등의 작가들은 폭발적인 충격을 주었습니다. 아프리카 문학이 도리스 레싱과 조지프 콘래드에 국한되지 않았음을 확인하고 아연실색한 저는 이 문학을 선집으로 만드는 데 도움을 줄 두 연구자를 찾게 되었습니다. 당시 아프리카 문학은 미국 학교에서 가르치는 과목이 아니었습니다. 이른바 세계 문학 강좌에서도 명성이나 존재감이 없었습니다. 하지만 저는 이 문학의 기쁨과 중요성과 힘을 편집자였던 저 자신의 작업으로 끌어오기로 마음먹었습니다. 1972년 출간된《아프리카 현대 문학Contemporary African Literature》은 이 사랑의 시작이었습니다.

하지만 더 지대하고 개인적인 결과물이라면, 바로 치누아 아체베의 소설이 제가 작가 인생을 시작하는 데 끼친 영향입니다. 저는《트랜지션》에 실린 아프리카 문학을 규정하는 어려움에 대한 아체베의 글을 읽었고, 이와 관련해서 아프리카계 미국인 작가들이 겪는 문제에 대해 알고 있었습니다. 그 글에서 아체베는 언어의 선택과 처리라는 문제가 특정 민족과 문화의 문학을 규정하는 것에 대한, 그리고 그것이 주변화된 작가들에게 주는 울림에 대한 제임스 볼드윈의 말을 인용합니다. 볼드윈은 이렇게 말했습니다. "내가 영어와 씨름해야 했던 이유는 이 언어가 나의 경험을 반영하지 못했기 때문이다…… 아마도…… 나는 한 번도 이 언어를 사용하려 하지 않았고, 다만 모방하는 법만 배웠을 뿐이다. 그렇다면 그럴 기력만 찾을 수 있다면, 이 언어가 나의 경험이라는 짐을 지도록 언어를, 나를 시험해볼 수 있을 것이다." 하지만 이론으로 규정하는 것과 그 이론을 실행에 옮기는 것은 다릅니다. 아체베의 이른바 '답변'은 그의 작품이었습니다. 아체베는(카마라 라예와 베시 헤드 등과 함께) 제게 완벽한 교육이 되어주었습니다. 제 심각한 고민의 대상이었던 시선을(습관적으로 흑인 아닌 독자를 상정하고 자기를 의식하는 글쓰기는 아프리카계 미국인 문학의 대부분을 뒤덮고 위협하고 있었습니다) 해체하는 법을 가르쳐주었습니다. 저 자신의 상상력을 확장하고 그 깊이를 재기 위해 유럽 중심적 시선을 거두거나 다듬는 법을 알게 되었습니다. 이런 가르침이 다 치누아 아체베 덕분이었습니다.《모든 것이 산산이 부서지다》에는 논증 아닌 예시가 담겨 있었습니다.《더 이상 평안은 없다》《사바나의 개미 언덕》에는 진정성과 힘, 아름다움의 골짜기가 그득했습니다. 무엇보다 아체베의 작품이 제 예술적 지성을 해방시켰습니다. 저는 원주민 안내자의 도움 없이도 저 자신의 환경으로 복귀하고 그 안에 다시 거주할 능력을 갖게 되었습니다.

1965년에 저는 빚을 진 게 아니었습니다. 선물을 받은 것입니다.

2000년 9월 22일,
아프리카 아메리카 인스티튜트 상 시상식에서.

# 킹 목사는 내게 실망했을까

최근 아버지 마틴 루서 킹 주니어에 관한 어느 행사를 위해 여러 사람의 회고를 모으고 있던 마틴 루서 킹 3세가 제게도 연락을 주었습니다. 그의 물음 중 하나는 그다지 새롭지는 않았으며 어떤 주관적인 반응을 이끌어내기 위한 것이었습니다. 물음은 이랬습니다. "아버지와 대화를 나눈다면 무엇을 묻고 싶으세요?" 그러자 전혀 설명할 수 없는 이유로 가슴이 철렁했고, 저는 전화기에 대고 절규하다시피 했습니다.

"아, 실망하지는 않으셨겠지요. 실망하셨을까요? 기뻐하실 만한 게 뭔가는 있겠죠."

저는 목소리를 가다듬으며 제게 점차 명백해지고 있는 한 가지 사실을 내색하지 않으려 애썼습니다. 정말로 하고 싶은 말은 이것이었습니다.

"제게 실망하지는 않으셨기를."

이어서 저는 마틴 루서 킹 주니어에게 하고 싶은 질문을 다듬어서 전달했고, 소외된 사람들의 현 상황에 대한 제 생각은 잠시 접어두었습니다. 이긴 것도 많지만 크게 지기도 여러 차례. 높이 도약도 했지만 질척이는 좌절로 천천히 빠져들고 있는 상황에 대한 생각은 접어두었습니다.

그러면서도 계속 궁금했습니다. 마틴 루서 킹 주니어는 제게 실망했을까요? 엉뚱한 생각이었지요 저는 킹 목사를 한 번도 만난 적이 없기 때문입니다. 그에 대한 제 기억은 인쇄물 속에 있거나 전자 기록물, 다른 사람들의 서사를 통해 얻은 것입니다. 그럼에도 저는 킹 목사에 대한 어떤 개인적 책임을 느꼈습니다. 그것이 그의 능력이었습니다. 저는 얼마 후 제 반응이 킹 목사라는 복잡한 개인이 아닌 좀 더 영구한 어떤 것에 대한 것임을 깨달았습니다. 목사, 학자, 나약한 한 인간에 대한 반응이 아니었습니다. 정치적 전략가, 웅변가, 위험을 무릅쓴 뛰어난 활동가에 대한 반응이 아니었습니다. 저는 킹 목사의 사명에 반응하고 있었습니다. 킹 목사의 말에 따르면, 그것은 담대한 믿음이었습니다. 우주적 비가를 고쳐 쓰고 살을 붙여 형제애의 찬가로 만들 수 있다는 희망이었습니다.

킹 목사는 우리가 생각하는 것보다 우리가 더 훌륭하다고 믿었고, 우리에게 버리지 말아야 할 도덕적 기반이 있으며, 넘지 말아야 할 시민 행동의 선이 있다고 확신했습니다. 우리에게 공익을 위해 기꺼이 포기할 수 있는 것이 있으며, 다른 사람의 불행을 딛고 선 편안한 삶은 다른 어느 나라보다 특히 이 나라가 모욕적으로 느끼는 혐오스러운 현상이라고 믿었습니다.

킹 목사가 이 세상에 살았기 때문에 세상이 더 좋아졌고 훌륭해졌다는 것을 압니다. 제 불안은 개인적인 것이었습니다. 나는 더 나아졌는가? 더 훌륭해졌는가? 내가 상상의 세상 속에 산 덕택에? 킹 목사는 나에게 실망했을까? 답은 중요하지 않습니다. 그러나 이 물음은 꽤 중요하고, 바로 이것이 마틴 루서 킹 주니어의 유산입니다. 킹 목사는 사회적 해악을 완화하는 데서 개인적 책임감을 느끼는 행위를 지당하고 습관적이고 불가항력의 행위로 만들었습니다. 제가 킹 목사에게 보내는 헌사는 진정 선물과 같았던 그의 삶에 제가 느끼는 깊은 사의입니다.

1998년 3월 3일,
뉴욕에서 열린 《타임》 75주년 행사에서.

# 인종의 의미

작가로 살기 시작한 지 얼마 되지 않았을 때 저는 어떤 자주성sovereignty을 찾아 나섰습니다. 하지만 제가 소설을 쓸 때 취할 수 있었던 어떤 권위와도 같은 자주성을 소설 밖 어디에서도 실제로 발견하지는 못했습니다. 유일하게 소설을 쓸 때만 철저한 일관성을 느꼈고 구속에서 완전히 벗어났다고 느낄 수 있었습니다. 나에게 통제권이 있으며 내가 의미에 점점 더 가까이 다가가고 있다는 허상, 환상이 글을 쓰는 과정 속에 있었습니다. 만회의 기쁨, 발원의 매혹이 있었습니다.(아직도 그렇습니다.) 하지만 지난 29년 상당 기간 동안 저는 알고 있었습니다. 그런 기쁨과 유혹은 작업을 하고 작업의 신비를 제정하기legislate 위해 의도적으로 만들어진 경향이 없지 않다는 것을요. 하지만 언어가 어떻게 해방하는 동시에 속박하는지 그것은 날이 갈수록 명확해졌습니다. 제 상상력이 어떤 모험을 시도하든 제 귀로부터 멀지 않은 곳에서 열쇠를 딸랑이는 간수는 바로 인종이었습니다.

저는 인종이 아무 상관 없는 세계에서 살아본 적이 없고 여러분도 마찬가지입니다. 그런 세상, 인종적 위계에서 자유로운 세상을 우리는 종종 꿈의 세상으로 상상하거나 묘사합니다. 그런 세상이 찾아올 가능성이 아주 적기 때문에 에덴과 같은 유토피아로 그리는 것입니다. 마틴 루서 킹 주니어의 희망적인 언어에서 도리스 레싱의《네 개의 문이 있는 도시》[3]에 이르기까지, 성 아우구스티누스에서 진 투머[4]의 '미국인'에 이르기까지, 인종으로부터 자유로운 세상은 이상적이고 새천년의 것이며 메시아가 함께하는 경우에만, 혹은 자연보호구역처럼 구획된 땅 안에서만 가능한 조건으로 상정되곤 했습니다.

그러나 이 강연을 위해, 그리고 제가 지금 작업 중인 몇 가지 프로젝트를 위해 저는 인종이 아무 상관없는 세계를 생각할 때 테마파크, 혹은 이루어지지 않았고 영원히 이루어지지 않을 꿈, 혹은 방이 여러 개인 아버지의 가옥house을 떠올리지 않는 편을 택했습니다. 대신 집home을 떠올립니다. 세 가지 이유가 있습니다.

첫째, 가옥과 집이라는 비유의 철저한 구분은 제가 인종 구조에 대해 좀 더 명확하게 사유할 수 있게 해줍니다. 둘째, 의미를 갖지 않는 인종이라는 관념을 그리움과 열망으로부터 떨어뜨려 놓습니다. 불가능한 미래나 돌이킬 수 없으며 아마도 존재하지 않

---

3    '폭력의 아이들' 연작의 다섯 번째 소설로, 종말을 앞둔 가상 세계를 그리고 있다.
4    아프리카계 미국인 소설가이자 시인. 인종을 초월하는 미국적 정체성을 그렸다. 주요작으로《사탕수수》가 있다.

앗을 과거로부터 떨어뜨리고, 관리할 수 있고 다룰 수 있는 인간 활동으로 가져다 놓습니다. 셋째, 언어에서 인종적 구조물들이 가진 힘을 제거하는 일이 제가 할 수 있는 작업이기 때문입니다. 저는 궁극의 해방 이론이 나타나 실천 과제를 그려주고 작업의 시작을 도울 때까지 기다릴 수 없습니다. 또한 인종 문제와 집의 문제는 제 작업에서 우선시되고 있으며, 두 가지 모두 어떤 방식으로든 자주성을 향한 탐구의 동력이 되었고, 제가 자주성의 가면을 알아본 후 그 탐구를 포기하게 한 것 역시 이 두 가지였기 때문입니다.

이미 그리고 늘 인종이 먼저 거론되는 작가인 저는 처음부터 생각했습니다. 제가 주인의 목소리를, 그리고 그 목소리가 가진 백인 아버지의 전지적 권능을 재현할 수 없으며, 재현하지도 않겠다고 말입니다. 또한 그 목소리를 그 주인의 아양 떠는 정부, 혹은 주인의 맞수의 목소리로 대체하지 않기로 했습니다. 이 두 가지 위치 모두(정부이든 맞수이든) 저를 주인의 영역, 주인의 경기장에 묶어두는 것 같았고, 지배권을 다투는 게임에서 제게 주인 가옥의 규칙을 따르라는 것 같았기 때문입니다. 제가 인종이라는 가옥에 살아야 한다면 다시 짓는 게 중요했습니다. 저를 가두는 창문 없는 감옥이 아니라, 벽이 두껍고 뚫리지 않으며 어떤 소리도 밖으로 흘러나가지 않는 컨테이너가 아니라, 터가 안정적이면서도 창문과 문이 넉넉한 열린 가옥이어야 했습니다. 가능하다면 이 가옥을 완전히 뒤바꾸는 것이 필수였습니다. 인종주의가 심한 상처를 입히지 않는 궁전으로 개조하고 싶은 마음도 있었습니다. 공존이 주체성에 대한 착각을 일으키는 방에 웅크려 있고 싶었습니다. 때로는 이 인종의 가옥을 마치 비계처럼 만들어 여러 정해진 현장을 다니며 잔치를 벌이고자 했습니다. 이런 권위, 반들반들한 위로, 만회의 가능성, 자유를 글쓰기는 약속하는 듯했습니다. 그러나 모든 자유가 그렇듯(특히 훔친 것이라면), 그 자유는 위험을 내포하고 있었습니다. 내가 내 집을 몰수당하지 않고, 인종의 가옥을 다시 장식하고, 다시 설계하고, 심지어 다시 지을 수 있을까? 순전히 의지로 날조된 이 자유가 마찬가지로 날조된 '집 없음homelessness'을 요구할까? 내게 한 번도 주어진 적 없으며, 한 번도 알 수 없을 집에 대한 그리움이 평생 발작처럼 찾아오는 처지로 나를 몰아넣을까? 아니면 견딜 수 없는 경계심을, 인종적 구조의 원위치와 자기 검열적인 연을 맺기를 요구할까? 다시 말해 아무리 지성을 갈고닦아 그것을 전복하려 해도 (그럴수록 특히) 나는 (언제나) 생명을 위협하는 이념에 묶여 있지 않을까?

수많은 사람을 사로잡은 이런 물음은 제 모든 작품을 괴롭혔습니다. 어떻게 자유로운 동시에 자리 잡고 살 수 있을까? 인종차별적인 가옥을 특정 인종의 집으로, 그러나 인종차별적이지 않은 집으로 바꿀 수 있을까? 어떻게 인종이 두드러지면서도 그 치명적인 점착을 제거할까? 이 물음들은 관념, 언어, 궤적, 거소, 점유에 대한 것이며, 저는 이 물음들과 치열하고 발작적이며 끊임없이 진화하는(제 생각에는) 싸움을 해왔지만, 그것들은 제 사유 속에 미학적으로 정치적으로 해결되지 않은 채 남아 있습니다. 솔직히 저는 보다 나은 이해가 필요한 상당 부분에서 독자들이 문학적 그리고 문학 외적으로 해석해주길 바랍니다. 그러나 제 여러 문학적 유람과 제가 활용하는 가옥/집의 대립은 앞으로 이틀 동안 토의될 여러 문제와 관련 있다고 생각합니다. 인종에 대한 담론 속에 뒹굴고 있는 많은 문제가 합법성, 정통성, 공동체, 소속감과 관련 있고, 사실상 집 혹은 가정에 대한 문제이기 때문입니다. 지적 가정, 영적 가정, 가족이나 공동체가 이루는 가정, 가정 파괴 속 강요된 노동과 추방된 노동, 대대로 지켜온 가정의 변동과 그 안에서의 소외. 추방에 대한 반응, 세계화, 디아스포라, 이민, 혼혈성, 우발성, 개입, 동화, 배제에 대한 논의에서 드러나는 집 없는 삶의 참해, 쾌락과 필요에 대한 반응으로서의 창작. 소외된 몸, 법이 지배하는 몸, 집으로서의 몸. 지형이 어떻든 이 모든 지층에서 인종은 중요한 의미를 가지는 문제들을 확대합니다.

《빌러비드》를 출간한 뒤 의미심장한 일이 있었습니다. 이로 인해 저는 출간 과정을 돌이켜보게 되었습니다. 이것은 이 학회에서 지도로 그려지게 될 영역을 확대해서 보여줄 것입니다. 인종을 지시하는 동시에 논리적으로 타당한 심상을 가진 서사 언어를 만드는 일에 내포된 어려움과 관련이 있습니다.

《빌러비드》의 마지막 문장을 원문 그대로 읽은 제 친구가 있습니다. 사실 이 문장은 제목의, 인물의, 비명碑銘의 부활인 마지막 단어를 고려하면 마지막에서 두 번째 문장입니다. 아무튼 출간된 책에 나오는 문장은 "분명 입맞춤을 요구하는 아우성은 아닌 Certainly no clamor for a kiss"으로, 원래 이 책을 끝맺는 문장이 아니었습니다. 친구는 바뀐 문장을 보고 깜짝 놀랐습니다. 저는 편집자가 그 부분의 수정을 제안했지만, 어떻게 수정할지 구체적으로 설명하지는 않았다고 말했습니다. 친구는 편집자가 어떻게 감히 수정을 제안할 수 있냐며 욕을 퍼부었습니다. 그리고 제가 제안을 수용한 것은 말할 것도 없고, 그런 제안을 어떻게 고려할 수 있느냐고 화를 냈습니다. 저는 왜 수정했는지 설명하려고 애썼지만 결국 원문의 의미에 대한 고민에 빠졌습니다. 아니, 원 문장의 마지막 단어가 저에게 어떤 의미였는지 고민하게 되었습니다. 그 단어에 도달하기까지 아주 오래 걸렸다는 점, 그것이 완벽한 마지막 단어라고 생각했다는 점을 떠올렸습니다. 비석에 새긴 글자와 쉽지 않은 줄거리에서부터 몸과 그 부위들을, 가족과 이웃을…… 그리고 국가의 역사를 다시 이어 붙이는 과정 re-membering 을 거치는 인물들의 고투에 이르기까지 모든 것을 연결하는 단어라고 생각했습니다. 그리고 그 마지막 문장이 그 기억함 remembering 을 반영하고, 그 필요성을 드러내고, 책의 시작에서 끝까지 이어지는 다리를, 그리고 그 뒤에 올 책으로 이어지는 다리를 제공한다고 생각했습니다. 제가 수정된 그 마지막 단어의 중요성에 대해 말할수록 친구의 화는 점점 더 커졌습니다. 그럼에도 저는 편집자의 지적에 고려할 만한 점이 있었다고 말했습니다. 편집자는 제가 고른 단어가 너무 극적이고 연극조여서 다른 단어로 책을 마무리하면 좋지 않을까 생각했습니다. 저는 처음에는 동의하지 않았습니다. 아주 단순하고 흔한 단어였습니다. 하지만 그 이전 문장이 만드는 맥락 안에서 편집자는 그 단어가 마치 아픈 손가락처럼 도드라진다고 생각했습니다. 실제로 그런 표현을 썼던 것도 같습니다.

그래서 저는 한참 동안 받아들이지 않았습니다. 교정이 끝날 무렵이었다는 점을 고려하면 꽤 길었지요. 아니, 원고 마감의 마지막 단계였나 봅니다. 아무튼 저는 편집자와 헤어진 뒤 생각에 잠겼습니다. 원래 썼던 대로 놔둘지 바꿀지 매일 생각했습니다.

결국 더 나은 단어를, 같은 의미를 만들어내는 단어를 찾아본 뒤에 결정하기로 했습니다.

몇 주 동안 저는 만족스러운 단어를 찾지 못했습니다. 그래도 뭐라도 찾고자 열심이었습니다. 원래 선택한 단어가 절대적으로 옳았다고 해도 그렇게 튄다면, 텍스트의 의미를 완성하지 않고 탈락시킨다면, 무언가 잘못됐다는 생각이 저를 사로잡았기 때문입니다. 그래서 같은 의미를 가진 다른 단어로, 동의어로 대체하는 단순한 문제가 아니었습니다. 원래 있던 단어가 적합한지 결정하는 문제도 아니었습니다. 원래 썼던 마지막 단어가 적절하다는 확신을 얻기 위해 상당 부분을 다시 써야 할 수도 있었습니다.

결국 적절하지 않다는 판단이 들었습니다. 같은 역할을 하지만 신비감이 덜한 단어가 있다는 결정에 이르렀습니다. 그 단어가 '입맞춤kiss'이었습니다.

친구와 이야기를 하던 저는 그 단어가 마음에 들지 않는다는 사실을 깨달았습니다. '입맞춤'은 너무 얕은 깊이에서 유효했기 때문입니다. '입맞춤'이 유효한 깊이에서 탐구하고 발견하고 있는 소설의 요소나 속성은 이 소설의 중요한 특성이 아니었습니다. 아닙니다. 중요한 특성은 사랑이나 육체적 욕망의 충족이 아닙니다. 그 특성은 바로 사랑에 선행되고, 사랑을 뒤따르고, 사랑의 근거가 되고, 사랑을 빚고, 사랑이 복종하는 필요였습니다. 여기서 필요는 일종의 연결, 인정, 아직 다 표하지 못한 경의의 변제에 대한 필요였습니다.

그 원래 단어가 그렇게 잘못 이해되고 그렇게 심히 잘못된 방향으로 불안하게 보였다면, 그 단어로 이어지는 부분들이 명확하지 못했기 때문이라고 믿고 싶었습니다. 저는 저작권이 소멸된 작품 수정에 대한 연구들을 최근 읽으면서 책이 다시 읽힐 뿐만 아니라 다시 쓰이기도 한다는 점에 대해 생각해봤습니다. 이런 활동은 작가의 망설임 때문에, 그리고 작가와 편집자가 주고받는 과정에서 원래의 언어 안에서 이루어지기도 하지만, 번역을 통해 이루어지기도 한다는 것을 생각해보았습니다. 자유로운 해석이 개선하기도 손상하기도 하는 것에 대해, 그리고 제가 느낀 경계심에 대해 생각해보았습니다. 진지하게 받아들여지지 않을 위험이 늘 존재하기 때문입니다. 작품이 초급 입문서로 환원될 위험이 있고, 언어에 담긴 정치사상, 다른 언어에 담긴 정치사상이 작가 자신의 정치사상을 억누를 위험이 있기 때문입니다.

미국 영어를 다룰 때 제가 신경 쓴 점은 표준 영어를 가져다가 그것을 방언으로 꾸미거나 칠하는 것이 아니라, 축적된 기만, 무분별, 무지, 마비, 순수한 악의를 깎아내서 특정 종류의 인식을 가능하게 할 뿐 아니라 불가피하게 만드는 것이었습니다. 저는 원래의 단어가 이를 달성했다고 생각했고, 곧이어 그러지 못했다고 확신하게 되었으며, 지금은 바꾼 것을 후회합니다. 단어 하나를 찾고 그 단어의 의미를 다른 어떤 의미도 대신할 수 없다고 확신하는 과정은 비상한 투쟁입니다. 그런데 찾았다가 다시 잃어버리는 것은 돌이켜보면 격분이 치미는 일입니다. 하지만 그게 그렇게 심각한 일일까요? 결정적 위치에 있다고는 해도 한 단어 때문에 책이 와해될 수 있을까요? 아마도 그렇지는 않을 겁니다. 하지만 그럴 수도 있습니다. 그 책을 쓸 때 인종적 구체성, 그리고 비유의 논리적 일관성에 도달하려고 했다면 말입니다. 이 경우 저는 후자에 안주했습니다. 인종적 울림이 있는 동시에 비유적으로도 타당한 단어를 포기하고 후자만을 충족하는 단어를 택했습니다. 수정하기 전의 마지막 단어가 명백히 단절적인 단어였고, 아픈 손가락이었으며, 인종에 대한 이국적 환상을 지시할 때를 제외하면 언어적으로 호환되지 않는 두 기능을 합치는 거슬리는 의미였기 때문입니다.

사실 편집자가 옳았습니다. 원래의 단어는 '잘못된' 단어였습니다. 하지만 제 친구도 옳았습니다. '잘못된' 단어가 이 경우 유일한 단어였습니다. 보시다시피 인종의 가옥 밖에서 행위의 주체성을 주장하던 저는 익숙한(좀 더 편안한) 마당 안에서 무릎을 꿇게 된 것입니다.

이 후회의 경험으로 저는 우리 모두가 인종적 구조들에 대해 가지고 있을지 모르는 미묘하지만 만연한 집착을 다시 생각해볼 필요가 있다고 느꼈습니다. 인종의 가옥을 다시 설계해서 사는 것, 그리고 그것을 다양성 혹은 다문화성이라는 잘못되었을지언정 도전적인 표현으로 부르는 것이, 그것을 집으로 부르는 것이어떤 의미이며 무엇을 필요로 하는지 생각해야 합니다. 가장 뛰어난 이론적 연구가 그 가옥의 시뮬라크르에 매달리는 데 힘을 쏟고있다는 것을 생각해야 합니다. 그 가옥에서의 도피 혹은 자발적추방이 이루어졌을 때 어떤 위험이 등장하는지 생각해야 합니다.

저는 이제 현실도피라는 비난, 혹은 인종을 초월하려는 헛된노력이나 과소평가하려는 사악한 노력을 부추긴다는 비난을 받을 위험이 있습니다. 제 발언이 그리고 제가 현재 하고 있는 작업이 그런 식으로 완전히 오해받는다면 아주 걱정스러울 것입니다.

제가 하고자 결심한 것은 손에 잡히지 않는 미래라고 강조되는 것을 길들이는 일입니다. 공상과학 밖에서는 정치적 언어로 표현되고 영구히 실현되지 않을 꿈처럼 여겨지는 것을 구체화하는 일입니다. 저의 싸움은 단편적이고 물론 매우 느립니다. 논증을 성공적으로 전개하려고 할 때와 달리 이야기를 할 때는 독자가 발견에 가담해야 하기 때문입니다. 그리고 그 어려움을 완화해줄 그림조차 없습니다.

다양한 소설 속에서 제가 모험 삼아 시도한 것은 관통할 수 없어 보이는, 인종의 영향을 받은, 인종으로 응고된 주제의 탐험이었습니다. 첫 소설 《가장 푸른 눈》에서는 인종주의를 개인적 사회적 정신이상의 원인, 후과 그리고 발현으로 보았고, 《술라》에서는 인종적 맥락에 넣었을 때 놀라운 의미를 획득했던 젠더 문화, 정체성의 날조에 몰두했습니다. 《솔로몬의 노래》와 《타르 베이비》에서는 공동체와 개별성에 대한 로망에 인종이 끼치는 영향에, 《빌러비드》에서는 인종의 안경을 끼고 바라본 육체와 정신, 주체와 객체, 과거와 현재의 대립이 무너지고 매끄럽게 연결될 때 역사 서술의 가능성에 관심이 있었습니다. 《재즈》에서는 인종적 가옥에 대한 대답으로 현대성을 발견하고자 했습니다. 인종적 가옥의 사방을 에워싼 보호벽, 전지적 특성, 통제권의 점유를 폭파하려는 시도였습니다. 그리고 《파라다이스》에서 인종적 시선을 먼저 강조하고, 그다음 아주 위태롭게 만들 생각입니다.

《재즈》에서 다이너마이트의 도화선은 화자의 목소리 아래에서 불이 붙었습니다. 그 목소리는 알고 있다고, 속속들이 알고 있다고 의심할 수 없는 권위를 주장하면서 시작할 수 있는 목소리였습니다. "나 저 여자 알아⋯⋯." 그리고 자신의 인간성과 결핍에 대한 행복한 통찰로 끝나는 목소리였습니다.

현재 진행하고 있는 작업에서는 인종에 특화되어 있으면서 인종에서 자유로운 언어가 서사 속에서 가능한 동시에 의미 있는지 알아보고 싶습니다. 인종적 파편이 깨끗하게 정리된 현장에 머물고 거길 거닐고 싶습니다. 인종이 의미 있는 동시에 무의미한 곳. "나를 위해 이미 만들어진 아늑하면서도 뻥 뚫린 곳. 영영 닫을 필요 없는 문, 빛과 선명한 가을 낙엽은 들지만 비는 들지 않는 기울어진 전망. 하늘이 맑으면 달빛을 볼 수 있고 언제든 별을 볼 수 있는 곳. 그리고 저 멀리 아래로는 의지할 수 있는 반역이라는 강." 저는 자유가 주는 위험이나 그 일시적이고 숨 가쁜 취약성을 상상하기보다 경계 없음에서 오는 구체적인 전율을 상상하고 싶습니다. 야외에서 느낄 수 있는 안전의 일종을 말입니다. "잠이 오지 않는 여인은 언제든 침대에서 일어나 어깨에 숄을 걸치고 달빛을 받으며 계단에 앉아 있을 수 있다. 기분에 따라 마당으로 나가 걸을 수도 있다. 등불도 없지만 두려움도 없다. 도로변에서 들려오는 쉭, 탁탁 하는 소리도 여인을 공포에 떨게 할 수 없다. 어디서 나는 소리든 무언가가 여인에게 접근하는 소리는 아니기 때문이다. 90마일 안에서 여인을 먹이로 보는 것은 없다. 여인은 원하는 만큼 느리게 거닐 수 있다. 음식 준비, 전쟁, 가족 일을 생각할 수도 있고 눈을 들어 별을 바라보며 아무 생각 하지 않을 수도 있다. 등불도 없고 두려움도 없이 여인은 갈 길을 갈 수 있다. 저 앞집에서 빛이 흘러나오고 배가 아파 칭얼거리는 아이의 울음이 들려온다면 여인은 그 집으로 다가가 조용히 아이를 달래는 여인을 부를 수도 있을 것이다. 두 사람은 번갈아가며 아기의 배를 쓰다듬거나 아기를 흔들거나 아기에게 소다수를 먹일 수도 있을 것이다. 아기가 조용해지면 두 사람은 잠시 휴식하며 잡담을 나누고 다른 사람들이 깨지 않게 낮은 소리로 키드득거릴 수도 있을 것이다. 여인은 이제 한결 개운한 기분으로 집으로 돌아가 잠을 청할 수 있을 것이다. 아니면 가던 방향으로 계속 길을 갈 수도 있을 것이다…… 한참을 걸어서 마을의 경계 밖으로 나갈 수도 있을 것이다. 변두리의 그 무엇도 여인을 먹이로 보지 않을 것이다."

오늘날 세계에서 가장 비대한 사건은 기술이 아니라 인구의 대대적인 이동입니다. 시작은 세계 역사상 가장 규모가 큰 인류의 강제 이동, 즉 노예제도였습니다. 이 이동의 결과는 뒤이은 모든 전쟁을 결정했고, 여기에는 현재 모든 대륙에서 벌어지고 있는 전쟁도 포함됩니다. 오늘날의 세계가 하는 일은 인류의 끊임없는 이동을 단속하고 관련 정책을 만들고 관리하려는 시도입니다. 시민권의 원뜻이기도 한 국민으로서의 신분을 부각하는 것에는 국외 추방자, 난민, 해외 파견 근로자, 이민자, 이민, 살 곳을 빼앗긴 사람들, 도망치는 사람들, 포위된 사람들이 있습니다. 집에 대한 굶주림은 세계주의, 초국가주의, 국가주의, 국가 분열, 자주성의 허구에 대한 담론 속 주요 비유 안에 묻혀 있습니다. 그러나 집에 대한 이러한 꿈들은 종종 그것을 규정하고 발생시킨 인종적 가옥만큼이나 인종적입니다. 인종적이지 않을 때는 앞서 말했듯 결코 본질이 아닌 풍경이고 집이 아닌 유토피아입니다.

저는 인종적 구성물들이 버팀목과 나사를, 기술과 껍데기를 드러내지 않을 수 없는 (이론적) 공터를 만들어가고 있는 여기 있는, 그리고 다른 모든 연구자 여러분께 빚을 지고 있으며 찬사를 보냅니다. 덕분에 정치적 행동, 지적 사유, 문화적 생산물이 나올 수 있습니다.

서구 헤게모니의 수호자들은 침범을 감지하고 있으며, 지배나 위계 없이 인종을 상상하려는 가능성을 이미 '야만'으로 설명하고 규정하고 명명했습니다. '네 개의 문이 있는 도시'를 파괴하는 일이며 역사의 종말이라고 했습니다. 다시 말해 쓰레기, 오물, 이미 손상된 경험, 무가치한 미래라는 것입니다. 만약 이론 작업의 정치적 결과에 또다시 재앙이라는 이름이 붙었다면, 인종화된 공동체를 재정비하기 위해, 세계의 비인종화를 해독하기 위한 비메시아적 언어를 개발하는 일은 더욱 시급합니다. 지식의 슬럼화도 아니고 이기적인 물화도 아닌, 새로운 인식론을 개발하는 일은 더욱 시급합니다. 여러분은 인종적 가옥이 정통성과 내부자성의 강조가 제공하는 이익을 갈취하지 않고, 그것이 자체의 기표적인 몸짓에 빠지도록 내버려두지도 않는 비평 작업을 위한 공간을 짜고 있습니다. 만약 우리가 이루고자 애쓰는 집의 세계가 이미 인종적 가옥에서 쓰레기로 묘사되었다면, 이 학문적 노력에 의해 우리의 관심이 향하는 작업은 단지 흥미로운 것을 넘어 우리의 목숨을 구할 수도 있습니다.

우리의 주된 작업 공간이자 우리가 종종 모이는 이런 캠퍼스는 계속 낯선 땅으로 남지 않을 것입니다. 우리는 더 이상 그 고정된 경계 안에서 여러 인종적 공동체 사이를 통역사이자 원주민 안내자로서 오가지 않을 것입니다. 난간을 사이에 두고 집 없는 사람들을 관망하는, 심지어 초대하는 분리된 성채 수준에 머무르는 캠퍼스도 오래가지 않을 것입니다. 우리는 시장에서 주인의 변덕과 시장 가격에 따라 경매에 나오고, 매매되고, 침묵을 강요당하고, 심히 불리한 조건에 처하지만, 이 또한 오래가지 않을 것입니다.

인종 연구가 캠퍼스 밖의 인증 집단으로부터 받는 불신이 정당한 경우는 학자들이 그들 자신의 집을 그려내지 못했을 때에 한합니다. 그들이 하는 귀중한 작업이 다른 어느 곳에서도 가능하지 않다는 사실을 당당하게 깨닫거나 인정하지 못했을 때, 대립하는 세계를 동시에 딛고 서는 일도 아니고 어느 한 세계에서 도피하는 일도 아닌 학문 활동을 상상하지 못했을 때에 한합니다. W. E. B. 듀보이스[5]의 생각은 전략이지 예언이나 치료제가 아닙니다. 외부, 내부라는 이중 의식을 뛰어넘어 이 새로운 공간은 외부의 내향성을 간주합니다. 그리고 장벽 없는 안전을 상상합니다. 이 속에서 우리는 제3의 세계, 세계라고 해도 될지 모르겠지만 "이미 나를 위해 준비된, 아늑한 동시에 뻥 뚫린, 문을 영영 닫을 필요가 없는" 세계를 그릴 수 있습니다.

바로 집입니다.

1994년 4월 28일, 미국 프린스턴 대학교에서 열린
인종 문제 학회 기조연설.

---

5　미국 흑인 운동 지도자. 흑인 해방을 위한 잡지 《크라이시스》를 편집했다.

# 흑인의 의미

나는 꽤 오랫동안 문학사가들과 평론가들 사이에서 통상적으로 받아들여지는 몇 가지 가정과 그 사이에서 '지식'으로 배포되는 것의 유효성, 혹은 취약성에 대해 생각해왔다. 이 '지식'은 전통 미국 정전正典 문학이 400년간 이어온 아프리카인, 그리고 아프리카계 미국인 존재로부터 자유로우며, 그것에 의해 형성되거나 형태를 갖추지 않았다고 주장한다. 정체政體, 헌법 그리고 문화사 전체를 형성한 이 존재가 그 문화 속 문학의 기원과 발전에 그 어떤 중요한 위치도 의미도 차지하지 않는다고 가정한다. 뿐만 아니라 우리의 국민 문학이 특유의 '미국적 특성'을 발하는데, 그것이 이 존재와 구분되고 이 존재에 영향 받지 않았다고 가정한다. 문학 연구자들 사이에 어떤 암묵적 동의가 있는 것으로 보인다. 미국 문학이 명백히 백인 남성의 시각과 재능, 힘의 영역이었으므로 그 시각과 재능, 힘이 미국 내 흑인 존재로부터 떨어져 있고 그것과 어떤 관계도 없다는 생각에 동의하는 것이다. 그러나 흑인은 이름난 그 어떤 미국 작가보다 먼저 미국에 거주했으며, 이 나라의 문학에 아마도 가장 은밀하고 급진적이고 파장이 큰 힘을 가한 세력일 것이다.

이런 흑인 존재에 대한 고찰은 우리 국민 문학을 어떤 방식으로든 이해하는 데 핵심이며 문학적 상상력의 변두리로 밀려나서는 안 된다. 미국 문학이 그 자체로 일관적인 독립체로 구별될 수 있는 것은 바로 이 안정하지 않은, 안정을 흔드는 인구 집단 덕분이며, 이 집단과의 연관성 덕분이다. 나는 미국 문학에서 칭송하는 주요 주제가—개인주의, 남성성, 사회 참여와 역사적 고립 간의 갈등—심각하고 애매한 도덕적 문제를 제기하는 게 아니라, 사실상 어둡고 지속적인 징후로서의 아프리카적Africanistic 존재에 대한 반응이 아닌지 궁금해지기 시작했다. 새로 생긴 국가가 그 중심에 있는 인종적 부정직과 도덕적 취약을 다루기 위해 이용한 암호화된 언어와 의도적인 제약은 20세기까지 그 문학 속에 지속되었다. 실재든 허상이든 아프리카적 존재는 작가들이 미국적 특성을 인식하는 데 결정적 역할을 했다. 그리고 이것은 눈에 보인다. 의미심장하고 강조된 생략을 통해, 놀랄 만한 모순을 통해, 아주 미묘한 갈등을 통해, 작품 속에 거주하는 이 존재의 흔적과 몸체들을 통해 나타난다.

이 호기심은 여전히 비공식 연구지만, 내가 미국식 아프리카니즘American Africanism이라고 부르는 연구로 이어졌다. 백인 아닌 아프리카적 존재가 미국에서 구축된 다양한 방식, 그리고 이 날조된 존재가 창조적으로 활용된 방식에 대한 탐구다. 여기서 말하는 '아프리카니즘'은 아프리카 사람들이 표상하게 된 명시적이고 함축적인 흑인성blackness을 일컬을 뿐만 아니라, 유럽 중심의 시각에서 이들을 특징지을 때 드러나는 전방위적 시각, 전제, 해석 그리고 오해를 의미한다. 이 비유 체계를 활용할 때 따르는 무절제함을 인지하는 것이 중요하다. 문학 담론을 무력화하는 바이러스로서, 미국 교육이 선호하는 유럽 중심의 전통에서 아프리카니즘은 계층, 성적 방종, 억압, 권력 형성과 행사, 윤리, 책임의 문제들에 대해 말하고, 이 문제들을 단속하는 수단이 되었다. 팔레트 위 특정 색의 범위를 악마화하고 물화하는 간단하고 편리한 방식을 통해 미국식 아프리카니즘은 말하는 동시에 말하지 않고, 새기는 동시에 지우고, 도피하는 동시에 참여하고, 연기하는 동시에 행동으로 옮기고, 역사화하는 동시에 시간을 초월할 수 있게 한다. 혼돈과 문명을, 욕망과 두려움을 사유하는 방식을 제공하고 자유의 문제점과 축복을 시험하기 위한 장치를 제공한다.

아프리카니즘이 문학적 상상력 속에서 무엇이 되었고, 어떻게 기능했는지는 아주 중요한 관심사다. 문학적 '흑인성'을 면밀히 살펴봄으로써 문학적 '백인성whiteness'의 본질과 심지어 기원을 발견할 수 있을지 모르기 때문이다. 백인성의 용도가 무엇인지? 백인성을 창조하고 발전시키는 과정이 '미국적'이라고 칭해지는 특성의 구축에서 어떤 역할을 하는지? 여기에 대한 탐구가 혹여 완성된다면, 미국 문학의 일관된 해석에 접근할 수 있을지 모른다. 그러나 그런 해석은 적어도 지금은 내게 완전히 열려 있지 않다. 나는 문학비평이 이 문제에 대해 신중히 무관심하기 때문이라고 의심한다.

　이 넓고 흥미로운 분야에 대한 비평적 자료가 부족한 이유 하나는 아마도 인종 문제에 관한 한 역사적으로 침묵과 회피가 문학 담론을 지배했기 때문일 것이다. 회피는 또 하나의 대체 언어를 낳았고, 여기서 문제들은 암호화되었으며, 열린 토론이 불가능하게 되었다. 상황은 인종 담론으로 흘러 들어오는 불안감에 의해 악화된다. 그리고 인종을 무시하는 것이 품위 있고 개방적이고 심지어 관대한 습관이라 여겨진다는 사실 때문에 상황은 더 복잡해진다. 주목함으로써 이미 설득력이 없어진 차이를 부각한다는 생각, 오히려 침묵을 통한 불가시성 유지가 흑인 집단이 지배적인 문화 집단 속에 투명하게 참여하도록 허용한다는 생각 때문이다. 이 논리에 따라 좋은 교육을 받은 본능은 주목하지 말자고 주장하고 성숙한 담론을 미리 차단한다. 바로 이런 문학적 학술적 도덕관이(문학비평에서는 매끄럽게 기능하지만 다른 분야에서는 설득력 있는 주장을 전개하지도 못하고 인정받지도 못하는) 한때 극도로 좋은 평을 받았던 미국 작가들의 유통기한을 앞당겼고, 그들 작품에 담긴 놀라운 통찰로의 접근을 막은 것이다.

　문학 담론에 이런 장식적 진공 상태가 있는 또 다른 이유는 인종주의를 비대칭적으로 생각하는 습관 때문이다. 오로지 피해자에 끼치는 영향의 관점에서 생각하기 때문이다. 인종주의와 그것이 그 대상에 끼치는 끔찍한 영향에 대해서는 많은 시간과 지성을 투자해 연구가 이루어졌다. 연구 결과는 인종주의를 방지하는 여러 규제를 입법하기 위한 일정치 않지만 끊임없는 노력으로 이어졌다. 또한 인종주의 자체의 기원을 분석하려는 매우 강력하고 설득력 있는 시도도 있었다. 이 시도는 인종주의가 모든 사회 지형의 불가피하고 영구적인 부분이라는 가정을 반박했다. 나는 이런 탐구를 비하하려는 것이 결코 아니다. 바로 이런 연구 덕분에 인종주의 담론에 약간의 진보라도 있었던 것이다. 하지만 이 탄탄한 연구가 마찬가지로 중요한 연구와 나란히 있는 것을 보고 싶다. 바로 인종주의가 인종주의를 지속하는 사람들에게 끼치는 영향에 대한 연구다. 인종주의가 그 주체에게 끼치는 영향을 우리가 얼마나 무시하고 분석하지 않고 있는지 생각하면, 거기 담긴 통렬한 의미에 놀라움을 감출 수 없다. 노예들의 생각, 상상력, 행동을 들여다보는 연구는 가치가 있다. 인종적 이상주의가 주인의 생각과 상상력, 행동에 어떤 영향을 끼쳤는지 진지하게 지적 검토를 해보는 일 역시 마찬가지로 가치가 있다.

국민 문학은 작가들과 마찬가지로 주어진 것을 가지고 최선을 다한다. 그러나 결국 국민들이 무슨 생각을 하고 있는지 서술하고 기술하게 되는 듯하다. 대체로 미국 문학은 '새로운 백인' 구축을 관심사로 삼고 있다. 그 관심사의 본질을 탐구하는 데 무관심한 문학비평에 환멸을 느낀다고 해서 내게 최후의 수단이 없는 것은 아니다. 바로 작가 그 자신이다.

작가는 예술가 중에 가장 예민하고 가장 지적으로 무법적이며 가장 표현적이고 가장 철저하게 탐구한다. 자아 아닌 것을 상상하고 낯선 것을 익숙하게 만들고 익숙한 것을 신비롭게 하는 작가의 능력은 모두 작가의 힘을 시험한다. 작가가 사용하는 언어와(심상적 구조적 서사적 언어) 이 언어가 의미를 드러내는 사회적 역사적 맥락은 그 힘과 그 힘의 한계를 간접적으로, 그리고 직접적으로 보여준다. 그래서 나는 미국에서 아프리카니즘이 만들어진 과정과 끼친 영향력에 대해 좀 더 명확하게 알고자 미국 문학의 창작자들을 살펴본다.

아프리카적인 타자를 상상하려고 할 때 문학적 발언은 어떻게 스스로를 재배열할까? 이 만남을 배려하기 위해 설계된 신호, 암호, 문예 전략은 무엇일까? 다시 말해 무슨 일이 일어나는 걸까? 아프리카인과 아프리카계 미국인의 포용이 텍스트에, 텍스트를 위해 무엇을 해줄 수 있을까? 독자로서 나는 언제나 아무 일도 '일어나지' 않는다고 단정해왔다. 아프리카인과 그 후손은 문학 속에서 어떤 의미 있는 방식으로 **존재하는** 것이 아니라고 생각했다. **존재한다면** 장식이라고, 솜씨 좋은 작가의 기교를 전시하기 위해서라고 생각했다. 작가가 아프리카 작가가 아니라면 그 작가의 작품에 등장하는 아프리카적 인물, 서사 혹은 방언이 그 작품의 배경이 되는 '정상적'이고 비인종적인, 실체 없는 백인 세계를 보여줄 뿐 그 이상일 수 없다고 생각했다. 내가 말하는 미국 작품 중에 흑인을 **위해** 쓰인 작품은 분명히 없다. 《톰 아저씨의 오두막》이 톰 아저씨에게 읽히거나 톰 아저씨를 설득하기 위해 쓴 것이 아닌 것처럼. 그런데 작가의 입장에서 책을 읽는 사람으로서 나는 당연한 것을 깨달았다. 꿈의 주체는 꿈을 꾸는 사람이라는 것이다. 아프리카적 인물의 구축은 자기 반성적이었다. 자기에 대한 놀라운 사색이었다. 작가의 의식 속에(그리고 다른 의식 속에) 사는 두려움과 욕망의 강력한 탐구, 그리움, 공포, 당혹감, 수치심, 아량의 충격적인 폭로였다.

작가의 입장에서 텍스트를 읽으니 더 깊이 진입할 수 있었다.

마치 어항을 바라보고 있는 기분이었다. 금빛 비늘이 미끄러지고 튀어 오르는 모습, 푸른 꼬리, 아가미 뒤로 기울어지는 희고 굵은 선, 바닥에 있는 성채, 성을 에워싼 자갈, 아주 작고 섬세한 푸른 잎, 잔잔하기 그지없는 물, 점점이 떠다니는 먹이와 배설물, 표면 으로 올라가는 평화로운 공기 방울들. 그러다 갑자기 어항 그 자 체가 보인다. 투명해서 보이지 않지만 그 안의 질서 있는 삶이 더 큰 세상에 존재할 수 있도록 해주는 어항. 다시 말해 나는 어떻게 책을 쓰는지, 어떻게 언어가 도래하는지에 대한 나의 지식, 작가 들이 작품의 특정 면면을 어떻게 그리고 왜 포기하거나 떠맡는지 에 대한 나의 감각에 의존하기 시작했다. 언어와의 고투가 작가에 게 어떤 것을 요구하는지, 작가가 창작 활동의 불가피하고 필연적 부산물인 뜻밖의 발견을 어떻게 받아들이는지에 대한 나의 이해 에 의존하기 시작했다. 그 결과, 미국인은 자신에 대해 말할 때 아 프리카적 존재의 때로는 우화적인, 때로는 비유적인, 그러나 언제 나 꽉 막힌 표상을 통해 말하고, 그 표상 안에서 말하는 자명한 방 식을 택한다는 사실이 명확해졌다.

젊은 미국은 미래와 자유를 향해, 세계 어디에도 유례없다고 여겨진 높은 수준의 인간 존엄을 향해 충만한 의식을 가지고 나 아감으로써 이름을 떨쳤다. 그토록 사랑받는 '아메리칸 드림'이라 는 말에는 '보편적' 열망의 전통이 통째로 들어가 있다. 다양한 학 술 분야와 예술에서 속속들이 살펴보고 있는 이민자의 꿈이 그런 관심을 받을 자격이 없다는 것은 아니지만, 이들이 어디로 서둘러 가는지 만큼 어디로부터 도망치는지를 아는 것도 중요하다. 만약 신세계가 꿈을 먹여주었다면 식욕을 돋운 구세계의 현실은 어떠했던 걸까? 그리고 그 현실은 어떻게 새 현실의 형성을 어루만지고 사로잡았을까?

구세계에서 신세계로의 도피는 일반적으로 억압, 그리고 자유와 가능성의 제약으로부터의 도피로 받아들여진다. 그런데 일부에게는 방종으로부터의 도피이기도 했다. 용인하기 힘들 정도로 관대하고 죄가 많고 질서가 없다고 여겨진 사회로부터의 도피였다. 그러나 종교적인 이유가 아닌 다른 이유로 도피하는 사람들의 경우 구속과 제약이 길을 재촉하게 만들었다. 구세계는 이민자들에게 가난, 감옥, 사회로부터의 추방, 그리고 적지 않은 경우 죽음을 제공했다. 물론 또 다른 이민자 집단도 있었다. 조국에 반해서가 아닌 조국을 위해 식민지 개척의 모험을 추구한 사람들이었다. 또 현금을 찾아온 상인도 물론 있었다.

이 모든 사람은 일종의 '백지 상태'에서 시작하는 데서 매력을 느꼈다. 말하자면 다시 태어날 일생일대의 기회였을 뿐만 아니라, 새로운 옷을 입은 채로 태어날 기회였다. 신세계는 이들이 뒤로하고 떠나는 구속, 불만, 소란에 비해서 훨씬 밝게 빛나는 무한한 미래의 가능성을 제공했다. 진정으로 전망 좋은 전망을 약속했다. 운과 끈기가 있다면 자유를 발견할 수 있었고, 인간들에게 신의 법칙을 드러내 보일 수 있었고, 군주처럼 부자가 될 수 있었다. 자유를 향한 열망에 선행하는 것은 억압이다. 신의 법칙에 대한 갈망은 인간의 방종과 부패에 대한 혐오에서 나온다. 부의 매력은 가난과 굶주림, 빚에 예속되어 있다.

위험을 무릅쓸 이유는 이 밖에도 많았다. 무릎을 꿇는 습관은 명령을 내리는 짜릿한 기분으로 대체되었다. 힘, 자신의 운명에 대한 통제력은 계층과 계급, 교활한 억압 앞에서 느꼈던 무력감을 대체했다. 규율을 강요당하고 징벌을 받는 입장에서 규율을 강요하고 벌을 내리는 입장으로 움직일 수 있었다. 사회에서 추방되는 입장에서 사회 계층을 결정하는 사람이 될 수 있었다. 쓸모없고 구속적이고 혐오스러운 과거에서 벗어나 일종의 과거 없음으로 들어갈 수 있었다. 기록되기를 기다리는 빈 종이가 될 수 있었다. 여기에는 많은 내용을 기록할 수 있었다. 고귀한 충동은 법으로 만들어졌고 국민적 전통의 일부로 수용되었지만, 거부하고 거부당한 고향이 가르치고 다듬은 저열한 충동도 마찬가지였다.

이 젊은 국가가 생산한 문학에도 이런 두려움과 힘, 희망이 기록되었다. 젊은 미국의 문학을 읽을 때 '아메리칸 드림'에 대한 오늘날의 생각과 얼마나 대조적인지, 이 말 속에 모호하게 혼합된 희망과 현실주의, 물질주의, 약속의 부재가 얼마나 두드러지는지 깨닫지 않기란 힘들다. 자신들의 '새로움'을, 잠재력과 자유와 순수성을 중요하게 여겼던 사람들의 작품치고 건국 시기 초기 문학이 얼마나 음침하고, 얼마나 괴로움에 빠져 있고, 얼마나 공포에 질려 있고, 얼마나 시달림을 당하고 있는지 생각하면 놀랍다.

이 시달림을 수식하는 낱말과 꼬리표가 있다. '고딕 형식' '낭만주의' '설교조' '청교도적' 등이다. 이 시달림은 물론 떠나온 세계의 문학에서도 찾을 수 있다. 그러나 19세기 미국의 정신과 고딕 낭만주의 간의 강한 유사성에 대해서는 당연히 상당한 견해가 이미 있다. 유럽의 도덕적 사회적 무질서에 불쾌감을 느끼고 발작적 욕망과 거부 반응에 넋을 잃은 젊은 국가가 시민들과 그들의 아버지 세대가 도망쳐온 악마성의 표상을 저들의 문학에서 재현하는 데 재능을 쏟은 것은 놀랍지 않다. 어쨌든 과거의 실수와 옛 불행의 교훈에서 도움을 받는 방법은 그걸 기록하는 것이다. 반복하지 않기 위한 일종의 예방 접종이다.

이 미국 특유의 예방법은 로망[6]이라는 형태를 띠었다. 유럽에서 이미 오래전에 빛이 바랜 이 양식은 젊은 미국이 소중히 여기는 표현 방식으로 남았다. 미국 낭만주의의 무엇이 그토록 매혹적이었기에 미국인들은 이 전장에서 저들의 악령과 싸우고 악령과 대화하고 악령을 상상했던 걸까?

로망이 역사를 회피하는 수단이며 가까운 과거를 회피하려는 사람들에게 매혹적이었을 것이라는 의견도 있다. 하지만 작가들이 경험한 아주 현실적이고 아주 시급한 역사적 세력들, 그리고 그 세력들 안에 내재된 모순과의 정면충돌을 로망이라는 형식 안에서 발견하는 주장이 더 설득력이 있다고 생각한다. 유럽 문화의 음영으로부터 수입된 불안의 탐구로서 로망은 어떤 매우 구체적이고 마땅히 인간적인 미국인의 두려움을 때로는 안전하고 때로는 위태롭게 포용할 수 있게 해주었다. 버림받는 데, 실패하는 데, 힘을 잃는 데 대한 두려움, 경계 없음에 대한, 굴레에 매이지 않고 웅크린 채 덤벼들 기회를 보는 자연에 대한 두려움, 이른바 문명 부재에 대한 두려움, 외로움에 대한 두려움, 외적 침범과 내적 침범에 대한 두려움. 다시 말해 그들이 가장 탐했던 인간의 자유가 주는 공포. 로망은 작가들에게 더 많은 것을 제공했다. 비좁지 않

---

6    중세 유럽의 통속 소설을 말하지만 근대에 이르러 그 성격의 변화를 겪었다.

은 광활한 역사적 화폭을, 탈출구가 아닌 확장성을 제공했다. 도덕적 고찰과 우화적 창작을 위한 기반을, 폭력, 지독한 허구, 공포를 상상할 수 있는 기반을 제공했다. 여기서 가장 중대하고 압도적인 요소는 어둠, 그리고 그에 딸린 모든 함축적인 의미였다.

허먼 멜빌이 "어둠의 힘power of blackness"이라고 말했던 것에서 자유로운 로망은 없으며, 이미 흑인 집단이 있던 나라에서는 더욱 그렇다. 상상력은 역사적, 도덕적, 형이상학적, 사회적으로 떨쳐낼 수 없었던 여러 공포, 딜레마, 분열을 흑인 집단을 통해서 강조할 수 있었다. 이 노예 집단은 매혹적이고 파악하기 어려운 인간 자유, 추방된 자의 공포와 실패에 대한 불안감, 무력감, 한계 없는 자연, 타고난 고독, 내적 침범, 악, 죄, 탐욕 등을 사색할 수 있는 방안이 되는 듯했다. 다시 말해 인간의 잠재력과 권리를 제외한 모든 관점에서 인간의 자유에 대해 사유할 수 있게 해주었다.

그럼에도 이 나라의 기반이 된 건국 원칙이었던 인간의 권리는 필연적으로, 특별히 아프리카니즘에 매여 있었다. 그 역사와 기원은 또 하나의 유혹적인 개념, 즉 인종의 위계와 영구적인 동맹 관계에 있다. 올랜도 패터슨[7]이 말했듯 계몽주의가 노예제도를 수용한 것은 놀랄 일이 아니다. 수용하지 못했다면 그것이 놀랄 일이다. 자유의 개념은 진공 상태에서 출현하지 않았다. 그 무엇도 노예제도만큼 자유를 부각시킨 것은 없다. 사실상 자유를 만들었다고 해야 할지 모른다.

---

7    미국 사회학자. 자메이카 태생으로 미국 인종 문제와 개발사회학 연구로 유명하다.

이런 식으로 구축한 흑인성과 노예 상태에는 자유 없는not-free 누군가뿐만 아니라 나 아닌not-me 누군가의 관념이 있다. 그 결과는 상상력이 뛰어놀 수 있는 놀이터였다. 내적 공포를 잠재우고 외적 착취를 합리화할 집단적 필요에서 나온 것이 미국 특유의 아프리카니즘이다. 어둠, 타자성, 경계심, 욕망으로 만들어진 혼합물이다.(유럽식 아프리카니즘도 있으며, 식민지 문학 속에 그 상대와 함께 나타난다.)

나는 군림을 당한, 구속된, 억압된, 억제된 암흑의 이미지가 미국 문학에서 어떻게 아프리카적 인물로 대상화되었는지 살펴보고자 한다. 그 인물의 임무가—거울처럼 비추는 임무, 체화하는 임무, 엑소시즘의 임무가—어떻게 국민 문학 전반에서 요구되고 전시되었는지, 그리고 그것이 어떻게 국민 문학을 구별하는 특성을 제공했는지 보고자 한다.

앞서 나는 문화 정체성이 그 나라의 문학에 의해 형성되고 근거가 마련된다고 말했다. 그리고 미국 문학의 '머릿속'에는 미국인을 새로운 백인으로 보는 자의식 강한, 그러나 심히 문제적인 관념이 구축되어 있다고 했다. 그런 새로운 미국인, 즉 "미국의 학자"[8]를 향한 랠프 월도 에머슨의 부름도 그 개념의 구축이 의도적이며 차이를 분명히 해야 할 의식적인 필요에서 왔음을 보여준다. 그러나 에머슨의 부름을 수용했든 거부했든 여기 반응했던 작가들은 차이를 분명히 하기 위한 기준을 오로지 유럽에서 찾았던

---

8    1837년 에머슨이 하버드 대학교 초청으로 한 강연으로, 유럽 문화 전통에서 벗어나 미국 고유의 문화 정체성 확립을 강조했다.

것은 아니다. 매우 극적인 차이가 바로 발치에 있었다. 작가들은 인종적 차이를 통해 구체화된 정체성을, 이미 존재하는 정체성이든 아주 빠르게 형성되고 있는 정체성이든, 칭송하거나 개탄할 수 있었다. 인종적 차이는 값어치가 높은 이해관계에 따라 정체성을 정리하고 분리하고 통합하기 위한 기호와 상징, 방편의 방대한 보고를 제공했다.

버나드 베일린[9]은 미국인이 되어가는 과정에 있었던 유럽 이주민들에 대한 비상한 연구를 우리에게 선사했다.《서쪽으로 향한 여행자들Voyagers to the West》에 수록된 이야기 하나가 특히 적절하다. 지금까지 설명한 미국적 인물의 주요 특성을 좀 더 명확하게 강조하기 위해 이 책을 다소 길게 인용해보고자 한다.

> 편지와 일기를 통해 본 윌리엄 던바는 실존 인물이라기보다는 허구 같다…… 그는 20대 초반 미시시피 황무지에 갑자기 나타나 커다란 땅덩어리를 차지하고는 카리브해로 사라졌다가 '야생'의 노예 한 무리를 데리고 돌아와 그들의 노동만으로 숲과 황야뿐인 곳에 농장을 만들었다…… 그는…… 단순하지 않았고…… 기이한 방향으로 흐를 수 있는 긴장으로 가득한, 두 인종의 거친 세계에 속해 있었다. 이 황무지의 농장주는 과학과 탐사에 대해 제퍼슨과 편지를 주고받기도 한 과학자이기도 했고 언어학, 인류학, 유체정역학, 천문학, 기후학 등의 연구로 미국철학학회에 기여한 미시시피 농장주였다. 그의 지리학 탐

---

9    미국 역사학자로 초기 미국사 전공이며 하버드 대학교 명예교수를 지냈다.

사는 널리 알려진 간행물을 통해 소개되기도 했다…… 미시시피주 초기의 농장주들 사이에서는 이국적인 인물로 알려진 그는…… 그 날 것의, 반 야생의 세계에 유럽 문화의 세련미를 들여왔다. 샹들리에나 값비싼 양탄자가 아닌 책, 최고급 측량 설비 그리고 최신 과학 기구 등이었다.

던바는…… 어린 시절 가정교사와 공부했고 이후 애버딘에 있는 대학교에서 수학했는데 여기서 수학, 천문학, 인문학에 대한 그의 관심이 성숙하게 자리 잡았다. 던바가 고향으로 돌아온 뒤에 그리고 이후 런던으로 자리를 옮긴 뒤에 젊은 지식인들과 어울릴 적에 어떤 영향을 받았기에, 무엇에 이끌렸기에 대도시를 떠나 서쪽으로 향하는 긴 여정의 첫 단계에 올랐는지는 알 수 없다. 그러나 동기가 어떠했든 1771년 4월 겨우 스물두 살에 던바는 필라델피아에 모습을 드러냈다…….

스코틀랜드 계몽 운동과 런던의 세련된 문명의 산물이었던 던바는 늘 품위를 앞세웠다. 5년 전만 해도 과학적 문제들에 대하여, '조너선 스위프트가 말하는 지복'에 대하여, '고결하고 행복한 삶'에 대하여, '인류가 서로 사랑해야 한다는 주님의 명령'에 대하여 편지를 주고받았던, 책을 좋아하는 젊은 **문인**이자 과학자였던 그는 자신을 위해 일하는 사람들의 고통에 기이하게 무감각했다. 1776년 7월 그는 미국 식민지가 영국으로부터 독립한 것에 대해 기록하는 대신 자신의 농장 노예들이 해방을 공모한 정황을 진압한 데 대해 썼다…….

스코틀랜드 출신 과학자이자 교양인이었던 젊은 **학자** 던바는 가학적인 사람은 아니었다. 던바의 농장은 당시 기준에서는 온건한 체제였다. 노예들에게 적당한 옷과 음식을 제공했고, 던바는 심한 벌을 내리려다가도 종종 마음을 바꾸었다. 그러나 문화의 원천으로부터 4천 마일 떨어진 영국 문명의 가장 먼 변두리에서 물리적 생존 자체가 일상적 투쟁이었으며 무자비한 착취가 삶의 방식이었고 무질서, 폭력, 인간 타락이 비일비재했던 곳에서 던바는 성공적인 적응을 통해 승리를 거두었다. 무한히 진취적이고 기략이 풍부했던 던바는 개척지의 거친 삶으로 인해 세련된 감각이 둔해지면서 과거에 몰랐던, 다른 사람들의 삶에 대한 절대적인 통제력에서 흘러나오는 힘인 권위와 자주성의 감각을 자기 안에 느끼며 뚜렷하게 새로운 사람으로, 경계지의 신사로, 날 것의, 반 야생의 세계의 자산가로 떠올랐다.

이 초상의 몇 가지 요소들에 주목해보자. 윌리엄 던바에 대한 이 서사에 뚜렷이 나타나는 쌍을 이루는 요소들과 상호 의존하는 요소들을 보자. 먼저 계몽주의와 노예제도 정립, 인간의 권리와 인간의 예속 간의 역사적 연결이 있다. 둘째, 던바의 학력과 그가 신세계에서 추구한 사업 간의 관계가 있다. 던바는 아주 고상한 교육을 받았고 신학과 과학의 최신 연구에 대해 배웠다. 두 분야가 서로 책임지도록 혹은 서로 지지하도록 하려는 노력이었을지 모른다. 그는 "스코틀랜드 계몽 운동"뿐만 아니라 "런던의 세련된 문명"의 산물이다. 스위프트를 읽었고 "서로 사랑하라"는 기독교의 가르침에 대해 논했으며, 노예들의 고통에 "기이하게" 무감각했다고 그려진다. 1776년 7월 12일, 던바는 농장에서 노예들의 반란이 있은 뒤 느낀 놀라움과 실망감을 기록에 남긴다. "얼마나 놀랐을지 상상해보라. 이런 배은망덕으로 되돌아온다면 선의와 좋은 대우가 무슨 소용인가." 베일린은 계속해서 이렇게 쓴다. "노예들의 행동에 의아함을 떨치지 못했던 던바는…… 도망친 노예 둘을 붙잡아 '다섯 차례에 걸쳐 매번 500번의 채찍질을 맞게 하고 발목에 쇠사슬과 통나무를 고정해서 끌고 다니게' 했다." 나는 이것이 새롭고 백인이고 남성인 미국인이 만들어지는 과정을 간명하게 보여준다고 생각한다. 적어도 네 가지의 바람직한 결과로 이어지는 형성 과정으로, 네 가지 결과 모두 베일린이 던바의 인격을 요약할 때 언급되며, 던바가 "자기 안에" 느끼는 것에 자리하고 있다. 다시 인용해보겠다. "과거에 몰랐던, 다른 사람들의 삶에 대한 절대적인 통제력에서 흘러나오는 힘인 권위와 자주성의 감각을 느끼며 뚜렷하게 새로운 사람으로, 경계지의 신사로, 날 것의, 반 야생의 세계의 자산가로 떠올랐다." 전에 몰랐던 힘, 해방감을 느낀 것이다. 그러면 '전에 알았던' 것은 무엇일까? 훌륭한 교육, 런던의 세련된 문명, 신학과 과학 사상. 이 가운데 어떤 것도 던바에게 미시시피 농장주의 삶이 준 권위와 자주성을 주지 못했다고 짐작할 수 있다. 던바의 "감각"은 "흘러나오는 힘"이다. 의지에 따른 지배 행위나 신중하고 계산된 선택이 아닌 마치 일종의 천연자원처럼 이미 존재하는 것, 그가 "다른 사람들의 삶에 대한 절대적인 통제력"을 가질 수 있는 위치에 놓이자마자 쏟아질 채비를 하는 나이아가라 폭포. 그 위치로 움직인 뒤에 던바는 새로운 사람, 구별된 사람, 다른 사람이 된다. 런던에서 어느 계급에 속했든 신세계에서는 교양 있는 남성, 신사다. 더 교양 있고 더 남성적이다. 이 변화의 현장이 날 것 안에 있기 때문이다. 배경에 야생이 있기 때문이다.

자주성, 새로움, 차이, 권위, 절대적 힘. 이런 것들은 미국 문학의 주요 주제이자 관심사이며, 각각은 만들어진 아프리카니즘의 복합적인 자각과 활용에 의해 가능해지고 형성되며 활성화된다. 날 것이자 야생의 것으로서 배치된 이 아프리카니즘은 미국적 정체성의 구체화를 위한 무대와 장을 제공했다.

자주성, 즉 자유는 크나큰 지지와 존경을 받는 '개인주의'로 바꾸어 말할 수 있다. 새로움은 '결백함'으로, 특수성은 차이, 그리고 차이를 유지하는 전략으로 바꾸어 말할 수 있다. 권위는 정복을 일삼는 낭만적 '영웅주의'와 '남자다움'이 되고, 다른 이들의 삶에 대한 절대적인 권력 행사와 연관된 여러 가지 문제를 제기한다. 이 네 가지는 궁극적으로 다섯 번째 것으로 가능해진다. "날 것의, 반 야생의 세계"로 여겨진 자연적이고 정신적인 지형에 대립하는 방식으로, 혹은 거기에 작용하는 방식으로, 혹은 그 안에서 부름을 받고 행동으로 옮겨진 절대적 권력이다.

왜 '날 것'이고 '반 야생'일까? 백인이 아닌 원주민 집단이 살고 있기 때문일까? 그럴지도 모른다. 하지만 분명한 것은 멀지 않은 곳에 구속된, 자유롭지 못한, 반란을 일으키지만 유용하기도 한 흑인 집단이 있기 때문일 것이다. 바로 이 집단을 기준으로 던바와 모든 백인 남성은 특권적이며 특권을 제공하는 차이를 측정할 수 있다.

개인주의는 종국에는 고독하고 소외된 반항자라는 미국인의 원형으로 이어진다. 미국인들이 도대체 무엇으로부터 소외된 것인지 묻지 않을 수 없다. 미국인들은 무엇으로부터 결백하다고 그토록 주장하는 것일까? 무엇과의 차이를 강조하는 것일까? 그리고 절대적인 힘은 누구를 대상으로 행사되고, 누구로부터 제한되며, 누구에게 분배되는 것일까?

이런 질문들에 대한 대답은 자아를 강화하는 강력한 아프리카적 집단의 존재에 있다. 새로운 백인 남성은 이제 야만이 '저 바깥'에 있다고 자신을 설득할 수 있다. 벌로 내린 채찍질은(다섯 차례에 걸쳐 500번씩이니 총 2,500번) 자신의 야만이 아니다. 자유를 향해 반복되는 위험한 탈출은 흑인들의 비합리성을 확인시켜주는 "의아한" 행동이다. 조너선 스위프트의 지복과 규칙적 폭력이 있는 삶의 혼합은 문명이다. 감각이 충분히 무뎌지면 날 것은 외부적인 것으로 남을 수 있다.

이런 모순은 미국 문학의 수많은 페이지를 벌채하며 길을 낸다. 어떻게 그러지 않을 수 있었겠는가? 도미니크 라카프라[10]가 일깨워주듯 "'고전' 소설들은 공통의 맥락이(가령 이데올로기) 가지는 영향력에 의해 재구성될 뿐만 아니라 비판적인 방식으로, 때로는 잠재적 변화를 일으키는 방식으로 그 영향력을 재구성하고 적어도 부분적으로 해결"한다.

초기 미국 작가의 여정이 이루어지는 상상과 역사의 지형은 상당 부분 인종적 타자의 존재에 의해 형성되고 결정되었다. 미국 정체성에 인종이 무의미하다고 고집하는 반론은 그 자체로 큰 의미를 가진다. 세계는 그렇게 주장한다고 해서 인종이 없거나 인종

---

10    미국을 대표하는 역사 이론가이자 포스트모던 역사학의 주창자.

화되지 않은 세계로 변하지 않는다. 문학 담론에서 인종 없음을 강조하는 행위 자체가 인종적인 행위다. 흑인 손가락에 수사적 산성 물질을 뿌리면 지문이 없어질지 몰라도 손을 없앨 수는 없다. 게다가 그 난폭하고 이기적인 삭제의 행위 중에 산성 물질을 뿌리는 사람의 손과 손가락, 지문은 어떻게 될까? 산성 물질로부터 자유로울까? 문학은 그렇지 않다고 말한다.

노골적이든 암묵적이든 아프리카적 존재는 의미심장하고 강력하고 불가피한 방식으로 미국 문학의 질감과 형태의 근거가 된다. 눈에 보이게 때로는 보이지 않게 사유에 개입하는 어떤 힘으로서 문학적 상상력을 위해 봉사하는 어둡고 지속적인 존재다. 그래서 미국적 텍스트가 아프리카적 존재나 인물, 서사, 방언에 '대한' 텍스트가 아닐 때도, 아니 그럴 때 특히 아프리카니즘의 그림자는 암시된 채, 표시된 채 경계로서 맴돌고 있다. 이민자 집단이 (그리고 이민자 문학의 상당 부분이) 거주 집단에 대비되는 방식으로 저들의 '미국적 특성'을 이해한 것은 우연도 아니고 실수도 아니다. 사실상 인종은 오늘날 '미국적 특성'의 구축에 없으면 안 될 은유로 기능하고 있어서 우리가 더 능숙하게 해독할 수 있는 유사과학적이고 계급적인 낡은 인종주의의 역학에 필적할 정도다.

미국화라는 과정 전체를 처리하고 인종의 성분을 감추는 수단으로서 아프리카적 존재는 합중국에 없으면 안 되는 것일지 모른다. 20세기 말인 지금도 '미국인'이라는 말에는 인종과의 연관성이 깊이 숨어 있다. '캐나다인' 혹은 '영국인'이라는 말은 그렇지 않다. 누군가를 '남아프리카 사람'이라고 한다면 주어지는 정보는 적다. 의미를 명확하게 하기 위해 수식어를 붙여 '백인' '흑인' '유색' 남아프리카인이라고 해야 한다. 미국에서는 정반대다. '미국인'은 백인을 의미하고 아프리카적 사람들은 민족적 배경을 가리키는 말과 하이픈을 더해서 이 말을 자신에게 적용 가능하게 만드느라 애쓴다. 미국인들에게는 내부에 귀족 계층이 없어서 그들로부터 국민적 덕목의 정체를 빼앗거나 그들과 대비되는 정체를 규정할 방법이 없었고, 귀족의 방종과 사치에 대한 탐욕은 이어졌다. 미국은 던바와 같은 방식으로, 허구적이고 날조된 아프리카니즘에 대한 자기반성의 사색을 통해 혐오와 선망 사이에서 타협을 이루었다. 던바에게 그리고 일반 미국 작가에게 이 아프리카적 타자는 육체, 정신, 혼돈, 친절, 사랑에 대해 사유하는 수단이 되었다. 제약이 없는 상태와 제약이 있는 상태를 겪어볼 기회, 자유와 침략 행위에 대한 사색의 기회, 윤리와 도덕 탐구의 기회, 사회 계약의 의무를 지킬 기회, 종교의 십자가를 지고 권력의 영향을 끝까지 지켜볼 기회를 제공했다.

국민 문학의 발전에서 아프리카적 인물의 대두를 포착하고 기록하는 행위는 우리 문학의 역사와 비평에 논리적 일관성을 부여하기 위한 흥미진진할뿐더러 시급한 작업이다. 지적인 독립을 향한 에머슨의 호소는 마치 작가들에게 원주민의 부엌에서 얻은 영양분으로 채울 수 있는 빈 접시를 제공하는 것 같았다. 언어는 물론 영어일 수밖에 없었지만, 언어의 내용은, 그 주제는 구세계를 향한 동경을 수사적으로 거부하고 과거를 부패하고 변명의 여지가 없는 것으로 규정하는 범위 내에서 의도적으로 고집스럽게 비영국적이고 반유럽적이어야 했다.

미국적 인물의 형성과 국민 문학의 생산에 관한 연구 목록에는 여러 항목이 포함됐다. 이 목록에 더해야 할 중요한 항목은 명백히 미국인이 아닌 명백한 타자, 아프리카적 존재가 되어야 한다.

차이를 분명히 해야 할 필요는 구세계뿐만 아니라 신세계 내에 존재했던 차이에서도 기인했다. 신세계의 특징 하나는 자유로울 권리에 대한 주장, 두 번째는 민주주의 실험의 중심에 있는 자유롭지 못한 사람들의 존재였다. 즉, 일부 미국인이 아닌 사람들의 정치적 지적 활동에 민주주의의 치명적인 부재가 있었고 그 부재의 메아리, 그림자, 침묵, 그리고 말 없는 영향력이 있었다. 미국인이 아닌 사람을 구별 짓는 특징은 노예로서의 지위, 사회적 지위 그리고 피부색이었다. 만약 이 피부색이 아니었다면 노예로서의 지위는 다양한 방법으로 자멸했을 것이라 생각해볼 수 있다. 노예는 세계사의 다른 수많은 노예와 달리 지나치게 눈에 띄었다. 게다가 무엇보다 이 색의 '의미'가 가지는 긴 역사를 물려받았다. 이 노예 집단이 눈에 띄는 피부색을 가졌다는 게 다가 아니다. 이 색이 어떤 '의미'를 가졌다는 것이 중요하다. 이 '의미'는 학자들이 명명하고 전개한 것으로, 적어도 18세기부터 다양한 혹은 동일한 학자들이 인간의 자연사 그리고 빼앗을 수 없는 권리, 즉 인간의 자유에 대해 연구를 시작한 순간부터 주어진 의미다.

만약 아프리카 사람들이 눈이 세 개였거나 귀가 하나였다고 치자. 숫자는 적지만 정복에 성공한 유럽의 침략자들과 이런 차이점이 있었다면, 그 차이점 역시 어떤 '의미'를 가졌을 것이다. 어쨌든 색에 가치와 의미를 부여하는 행동의 주관성에 20세기가 끝나가는 지금 문제 제기를 할 수는 없다. 이 논의의 목적은 '시각적으로 표현된 관념과 발화된 언어'의 관계에 있다. 그리고 이것은 미국 문학에서 드러나는 주어진 지식received knowledge의 사회적 정치적 본질로 이어진다.

지식은 아무리 평범하고 실용적일지라도 언어적 심상과 문화적 행위를 만들어낸다. 모든 예술가는 문화에 반응한다. 문화를 명확하게 하거나 설명하거나 안정시키거나 번역하거나 변형하거나 비평한다. 특히 새로운 국가를 세우는 시점에 문학 발전에 참여하는 작가들의 경우는 더욱 그렇다. 노예 집단에 깊이 의존하는 자유공화국이라는 모순에 내재된 '문제'에 대한 개인적 반응, 공식적이고 '정치적' 반응이 무엇이든 19세기 작가들은 이 흑인의 존재를 염두에 두고 있었다. 더 중요한 것은 그들이 이 쉽지 않은 존재에 대한 그들 자신의 시각을 적잖이 열정적인 방식으로 다루었다는 점이다.

이 노예 집단에 대한 자각은 작가들의 사적 교류에만 국한되지 않았다. 노예 서사는 19세기 출판 산업에 붐을 일으켰다. 노예제도와 자유에 대한 논의는 언론을, 정당과 선출된 정부의 유세 활동과 정책을 가득 채웠다. 고립되지 않고서야 나라에서 가장 폭발적인 논란이 일고 있는 문제에 대해 모를 수 없었다. 수익, 경제, 노동, 진보, 여성참정권, 기독교, 개척지, 새로운 주 형성, 새로운 땅 취득, 교육, 운수(화물과 여객), 주거 지구, 도심 지구, 군대 등 나라의 관심사가 되는 거의 모든 것에 대해 이야기할 때, 아프리카인과 그들 후손의 존재를 어떻게 그 담론의 중심에 두거나 규정의 중심에 두거나 언급하지 않을 수 있었겠는가?

그럴 수 없었다. 그런 일이 일어나지도 않았다. 대신 노예의 존재를 은폐하기 위해 고안된 어휘를 사용해서 이야기하려는 노력이 종종 있었다. 늘 성공적이지는 않았다. 게다가 여러 작가들은 결코 의도적으로 은폐하려고 하지 않았다. 그러나 결과물은 아프리카인과 그 후손들을 **대신해서** 혹은 그들에 대해서 이야기하는 주인의 서사였다. 법을 만드는 사람의 서사가 아프리카적 인물의 답변과 공존할 수는 없었다.

노예제 반대론자에게 감동을 주고 노예제 찬성론자의 마음을 돌려놓기도 했던 노예 서사는 그 인기가 어떠했든 여러 면에서 화자를 자유롭게 만들었지만, 주인 서사를 파괴하지는 못했다. 주인 서사는 여러 변화를 허용하고 수차례 다듬는 과정을 통해 온전하게 남을 수 있었다. 당시 분위기는 주제로부터의 침묵, 그리고 주제에 대한 침묵이었다. 어떤 침묵은 깨지기도 하고, 어떤 침묵은 단속하는 서사를 용인하고 거길 벗어나지 않은 작가들에 의해 유지되었다. 나의 관심은 침묵을 유지하기 위한, 그리고 깨기 위한 전략에 있다. 젊은 미국의 초기 작가들은 어떻게 아프리카적 존재, 인물과 교류했고 그것을 상상하고 활용하고 창조했을까? 이런 전략은 어떤 방식으로 미국 문학을 설명해줄 수 있을까? 이런 경로를 발굴하는 과정은 어떻게 미국 문학에 들어 있는 것과 그것이 들어 있는 방식에 대한 좀 더 신선하고 심오한 분석으로 이어질 수 있을까?

로망이라는 장르의 한 사례인 동시에 비평이기도 한 대표적인 미국 소설을 예를 들어보자. 우리가 《허클베리 핀의 모험》에 대한 우리의 해석을 보완하고 확장하고, 이 소설이 개척지로의 모험, 강의 신, 근본적인 미국의 순수성 등에 관한 감상에 찬 묘약이라는 해석에 사로잡히지 않는다면, 우리가 남북전쟁 이전의 미국에 대한 이 소설의 전투적 비평을 우리의 해석에 포함하고 그로써 그 중심에 있는 아프리카적 존재의 영향에 대해 논하기를 꺼리는 전통적인 해석으로 인해 빚어지는 문제들을 환히 조명한다면, 이 소설은 전혀 다른, 무언가 더 충만한 소설로 느껴진다. 우리는 이 소설이 계층과 인종에 대한 비평을 담고 있다는 것을 어떤 수준에서는 알고 있다. 그 비평은 유머와 모험 그리고 천진난만함의 조합으로 은폐되거나 강화된다.

마크 트웨인의 독자들은 이 소설의 전투적이고 논쟁적인 특성을 무시하고 명민한 순수함에 대한 찬양에 집중하면서, 이 소설이 옹호하는 징후로서의 인종적 태도에 대해 점잖게 난처함을 표시한다. 초기의 비판, 그리고 《허클베리 핀의 모험》을 위대한 소설로 정전화한 1950년대의 재평가는 이 소설이 표출하는 사회적 불만을 놓치거나 무시했는데, 이 작품이 그 사회와 문화의 사상적 전제를 그대로 받아들인 것으로 보였기 때문이다. 어떤 지위도 없는 아이의(외톨이, 주변인, 자기가 혐오하고 결코 선망하지 않는 중산층 사회로부터 이미 '타자화'된 아이의) 목소리로 이야기했고, 아이의 시선이 지배하고 있기 때문이다. 그리고 이 소설이 희극, 풍자, 허풍이라는 가면을 썼기 때문이다.

어리지만 세상 물정에 밝은 순수한 소년이며 부르주아적 욕구와 분노, 무력감에 오염되지 않은 순결한 허클베리에게 마크 트웨인은 노예제도와 미래의 중산층에 대한 비평, 에덴의 상실에 대한 저항, 모순적으로 들리는 '사회적 개인'이 되는 일의 어려움을 대입했다. 그러나 허클베리의 분투는 깜둥이nigger 짐을 통해서 이루어진다. 자신이 누구이며 무엇인지에 대한 허클베리의 고민에서 그 "깜둥이"라는 말은 결코 분리되어서는 안 된다. 더 정확히 말하자면 분리되지 않는다. 미국의 대표적(심지어 '세계적') 소설로서 《허클베리 핀의 모험》이 얼마나 위대한지, 혹은 위대함에 가까운지에 대한 주요 논란은 노예제도와 자유 간의 상호의존성, 허클베리의 성장과 그 속에서 짐의 유용성에 대한 면밀한 검토를 거부하기 때문에 논란이 되는 것이다. 트웨인이 자유가 주어진 영토로의 여정과 탐험을 계속 이어가지 못했다는 점 역시 면밀히 다루어지지 않는다.

비평적으로 논란이 되는 부분은 이 소설의 이른바 운명적 결말의 붕괴에 초점이 맞춰져 있다. 이 결말이 톰 소여를 원래 톰이 있어야 할 자리였던 무대의 중심으로 가져오는 훌륭한 기교를 보여준다는 주장도 있다. 로망의 위험과 한계를 훌륭하게 다루었다고도 한다. 짐과 허클베리에게 값진 가르침을 주었으며, 우리와 그들이 이에 감사해야 한다고도 한다. 작가가 한참을 결말짓지 못하다가 진저리를 내며 도로 아이의 시점으로 돌아가는 슬프고 혼란스러운 결말이라고도 한다. 그러나 강조되어야 할 사실은 소설의 제약 안에서 허클베리가 짐 없이 도덕적 인간으로 성숙하는 일은 불가능하다는 점이다. 따라서 짐을 자유롭게 놓아주는 것, 그가 오하이오강 입구를 놓치지 않고 자유가 허락된 영토로 가도록 도와주는 것에서 이 책의 전제는 버림받게 된다.

허클베리도 트웨인도 짐이 자유의 몸이 된 가상의 상태를 받아들일 수 없다. 그렇게 하면 편견이 뿌리부터 흔들리게 된다. 따라서 '운명적' 결말은 필수다. 그리고 자유롭지 못한 아프리카적

인물의 탈출을 복잡하게 보류하게 된다. 개인주의의 진통을 완화하는 노예제도라는 망령, 다른 사람의 삶에 대한 절대 권력의 잣대 없이, 흑인 노예라는 상징적인, 뚜렷한, 일깨워주는, 변이하는 존재 없이, 자유는 허클베리에게도 텍스트 안에서도 어떤 의미도 없기 때문이다. 이 소설은 그 구조적 형태의 모든 지점에서 노예의 몸과 인격을 다루고 모든 균열에서 시간을 두고 노예를 살펴본다. 노예의 말하는 방식이 어떠했는지, 노예가 어떤 감정의—합법적이든 금지된 것이든—희생물이 되었는지, 어떤 고통을 감내할 수 있었는지, 참을성에 한계가 있었다면 어디까지였는지, 용서와 자비, 사랑의 가능성이 있었는지 등을 들여다본다.

이 소설에서 놀라운 점 두 가지가 있다. 흑인 짐이 백인 주인들에 대해 보여주는 무한한 듯한 사랑과 자비, 그리고 백인들이 주장하는 대로 그들이 더 우월하고 더 어른스럽다고 가정하는 짐의 모습이다. 짐을 이처럼 가시적인 타자로 표현한 것은 용서와 사랑에 대한 백인의 열망이라고 볼 수 있는데, 이 열망은 흑인이 자신의 열등함을(노예가 아닌 흑인으로서의 열등함) 깨닫고 자신을 멸시했다고 여겨져야 성립하는 열망이다. 소설 속 짐처럼 나를 억압하는 자들이 나를 괴롭히고 모욕하도록 내버려두는 모습으로, 그리고 그 괴롭힘과 모욕을 무한한 사랑으로 보답하는 모습으로 그려져야 성립한다. 허클베리와 톰이 짐에게 가하는 모욕은 기괴하고 끝이 없으며, 어리석고 마음을 무너뜨린다. 그리고 이것은 우리가 짐을 어른이자 정 많은 아버지, 섬세한 사람으로 경험한 뒤에 온다. 만약 짐이 허클베리가 친구로 삼은 백인 전과자였다면 지금과 같은 결말은 상상할 수도 쓸 수도 없다. 그 백인이 도덕적 판단이 가능한 성인으로 드러난 뒤에 두 아이가 백인의 삶을(그의 계층과 학력이 어떻든, 그가 도망자든 아니든) 그토록 고통스럽게 가지고 노는 것은 불가능했을 테니 말이다. 짐이 노예라는 사실은 '놀이와 보류'를 가능하게 하고, 또한 그것이 서술되는 양식과 방법을 통해 노예제도가 자유의 (실제적) 성취에서 가지는 중요성을 보여준다. 짐은 고집이 없고 정이 많으며 비합리적이고 열정적이고 의존적이며 말주변이 없어 보인다.(짐과 허클베리가 나누는 길고 다정한, 독자가 알 수 없는 이야기들은 예외다. 무슨 얘기를 한 거야, 허클베리?) 우리의 주의를 끌어야 할 점은 짐이 어떤 사람으로 보이느냐가 아니라 트웨인, 허클베리, 그리고 특히 톰이 짐으로부터 무엇을 필요로 하느냐가 되어야 한다.《허클베리 핀의 모험》은 진정 '위대'할지 모른다. 그 구조가 마지막에 이르러 독자를 몹시 괴롭게 한다는 점이, 정면 토론을 강요한다는 점이 백인이 누리는 자유의 기생적 성질을 모방하고 설명하고 있기 때문이다.

아프리카니즘이 형이상학적 필요를 가지게 되었다는 나의 주장은 그것이 사상적 필요를 잃었다는 의미로 해석되어서는 안 된다. 열등함을 암시하고 차이를 줄 세움으로써 권력 탈취를 합리화하는 행위에서 부당한 이득을 챙기려는 시도가 여전히 많다. 계층 갈등, 분노, 무기력을 다양한 인종적 형상 속에 숨겨 민주주의적 평등을 향한 꿈이 지속되고 있음을 보이고 국민적 위안을 얻으려는 시도가 여전히 많다. '개인주의'와 '자유'에 대한 달콤한 추억이라는 열매가 열리는 나무가 자유의 정반대 역할을 하도록 강요된 흑인 집단이라면, 앞으로도 여전히 많은 과즙이 나올 것이다. '개인성'은 그 배경이 정형화되고 강요된 의존일 때 앞으로 나올 수 있고 신뢰를 얻을 수 있다. '자유'는(움직일 자유, 돈을 벌 자유, 배울 자유, 강력한 중심과 협력할 자유, 세상을 서술할 자유) 구속되고 자유롭지 못하고 경제적으로 억압되고 주변화되고 침묵을 강요당하는 사람들과 나란히 있을 때 더 깊이 만끽할 수 있다. 인종주의에 대한 사상적 의존은 여전히 그대로다.

백인이 흑인 집단의 처지와 상관없이 도덕과 윤리의 문제, 정신의 우월성과 몸의 취약성 문제, 진보와 현대성의 득과 실에 대해 생각해본 적이 없겠느냐고 말하는 사람도 있을 것이다. 흑인 집단의 처지가 이런 문제에 대한 숙고에 영향을 끼쳤다는 기록이 어디 있느냐고 묻는 사람도 있을 것이다.

이 질문에 대한 나의 대답은 또 다른 질문이다. 흑인에 대한 언급이 존재하지 않는다고 말할 수 있는 공공 담론이 어디 있는가? 이 나라의 가장 힘겨운 투쟁의 모든 순간 속에 흑인이 있다. 흑인 존재는 헌법 제정의 이면에 있을 뿐만 아니라 재산 없는 시민, 여성, 그리고 문맹에게 시민 권리를 주기 위한 투쟁에도 있다. 무상 공교육 제도 설립에도, 입법 기관에서 대표자들의 균형을 잡는 과정에도, 법체계에도, 정의에 대한 법적 정의에도 있다. 신학 담론에도, 은행들의 정관에도, 명백한 운명이라는 사상에도, 이민자가 미국 시민으로 받아들여지는 순간을 동반하는 서사에도 흑인 존재가 있다.

미국 문학은 그 역사와 마찬가지로 인종 차이에 대한 생물학적, 사상적, 형이상학적 관념의 변화를 보여주고 반영한다. 그러나 문학에는 추가 관심사이자 주제가 있다. 바로 사적인 상상력이 그것이 거주하는 외부 세계와 가지는 교류이다. 문학은 비유의 언어로 아프리카적 존재에 대한 사회 인식을 재배치하고 변형한다. 민스트럴쇼[11]에서 백인 얼굴에 칠해진 한 겹의 검은색은 백인을 법으로부터 자유롭게 했다. 백인 배우들이 블랙페이스 분장을 통해 금기시된 주제에 접근했듯, 미국 작가들도 상상 속 아프리카적 인물을 이용하여 미국 문화의 금기를 강조하고 창조적 연기로 표현해낼 수 있었다.

암호화됐든 함축적이든, 간접적이든 노골적이든, 아프리카적 존재에 대한 언어적 반응은 텍스트를 복잡하게 만들고 때로는 완전히 반박하기도 한다. 에덴과 에덴에서의 추방, 그리고 자비의 가능성에 대한 사색을 위한 우화적인 먹이로 기능할 수 있다. 역설과 모호성을 제공하고 생략과 반복, 불화, 양극성, 물화, 폭력을 드러낸다. 다시 말해 아프리카적 존재가 텍스트에 부여하는 생명력은 우리에게 흔히 제시되는 순화된 생명력에 비해 더 깊고 더 풍부하며 더 복잡하다. 만약 문학비평이 계속해서 이런 텍스트를 윤색하고, 그 팽팽하고 반사성 높은 표면 아래에 있는 복잡성과 힘을 무력화한다면, 정말 애석한 일이다. 비평이 너무 예의 바르거나 두려운 나머지 코앞에서 불화를 일으키는 어둠을 보지 못한다면, 애석한 일이다.

1990년 영국 케임브리지 대학교 '클라크 렉처',
1992년 미국 하버드 대학교 '매시 렉처'에서.

11    19세기 중후반 백인이 흑인의 삶을 희화한 코미디쇼로, 배우들이 얼굴을 검게 분장했다.

# 노예 집단과 흑인 집단

1988년, 영화감독 제임스 캐머런이 여기 밀워키에 미국 홀로코스트 박물관을 열었을 때 한 인터뷰어가 제게 물었습니다. 노예로 태어난 가족의 삶을 탐구하는 소설을 출간한 직후였는데, 질문자는 제게 입에 담긴 힘든 미국 역사의 한 부분을 굳이 힘주어 말할 필요가 있는지, 그럴 이유가 있는지 물었습니다. 근 300년간 이어진 국제 무역에서 몸과 정신, 재능, 자식, 노동력이 돈과 교환되었지만, 그 돈을 한 푼도 가지지 못했고 그 과정에서 살아남거나 또는 살아남지 못했던 남성과 여성, 그리고 아이들. 그들을 기억할 필요가 있느냐고 물은 것입니다. 안 좋은 기억을 피하거나 승화시켜야 한다는 주장이 거세고 일각에서는 이것이 진보적이며 건전하다고 여겨지는 마당에, 왜 시간이 덮어두었던 흉터, 켈로이드를, 한 나라 안에서 일어났던 전쟁과 전투를 굳이 들추냐는 질문이었습니다. 노예 집단은 죽고 없어지지 않았느냐, 흑인 집단은 살아 있지 않으냐, 걷고 말하고 일하고 번식하고 있을뿐더러 번성하고 있으며 시민으로서 완전한 혜택과 권리, 노동의 열매를 즐기고 있지 않으냐, 아무리 훌륭한 책이로서니 흑인 집단이 그 기저에 있는 노예 집단을 가리고자, 심지어 없애고자 내버려둔 여러 겹의 흉터 조직을 벗겨내는 책을 써서 무슨 도움이 되겠느냐 묻는 것 같았습니다.

저는 개인적인 차원에서 답변했습니다. 소설을 마무리 짓고 느꼈던 일종의 피로감에서 나온 답변이었습니다. 일종의 언짢음에서. 일종의 슬픔에서.

이렇게 말했습니다.

"노예에 대해서 생각하거나 생각하지 않거나, 노예의 존재를 소환하거나 부재를 기억하기 위해서 우리가, 제가 갈 수 있는 곳은 없어요. 무사히 여정을 마쳤거나 마치지 못했던 노예들을 떠올릴 수 있는 곳은 없어요. 적당한 기념비나 패, 화환도 없고, 기념 장벽이나 공원, 고층 건물의 로비도 없어요. 300피트 높이의 탑도 없습니다. 길가의 작은 벤치도 없어요. 머리글자가 새겨진 나무 한 그루도 없습니다. 그게 찰스턴이 됐든, 서배너, 뉴욕, 프로비던스, 나아가 미시시피 강가가 되었든 말입니다."

"워싱턴에 사는 한 남자에 대해 어디서 들은 이야기인데 이 남자는 버스에 사람들을 태우고 도시 내 기념물들을 구경시켜주는 일을 합니다. 이 남자는 흑인에 대한 기념물이 단 하나도 없다고 불만을 토로했습니다. 제가 왜 이것을 중요하게 여기는지 설명할 수는 없지만 정말 중요하다고 생각합니다. 기억을 환기시키는 것 같아요. 그뿐 아닙니다. 흑인들을 위한 것만도 아니에요. 백인들이 최고의 모습을 보여주었을 당시, 그럴 위험을 감수할 의무가 없고 침묵하는 쪽을 택할 수 있었음에도 어떤 위험을 감수했을 당시의 명료한 도덕성을 기념할 수 있습니다. 그런데 그런 기념물도 없어요." 예외적으로 조엘 일라이어스 스핀간, 올리버 하워드 장군, 스펠맨 등 백인의 도움이나 관대함을 기리는 기관명은 있습니다.

"머릿속에 어떤 구상이 있어서 하는 말은 아닙니다. 어떤 사람이나, 심지어 예술 형태를 생각해본 적도 없어요. 다만 어떤 영구적인 장소에 대한 굶주림이 있어요. 산을 깎아내고 거기 거대한 얼굴을 새길 필요도 없습니다. 작은 장소, 쉴 수 있는 곳이어도 괜찮아요. 나무 한 그루라도 괜찮습니다. 자유의 여신상이 필요한 것은 아닙니다."

눈치채셨겠지만 이 답변을 할 당시 저는 상당한 상실감을 느끼고 있었습니다.

제가 '노예 집단slavebody'이라는 말을 써서 '흑인 집단black-body'과 구분할 때는 노예제도와 인종차별주의가 서로 다른 현상이라는 것을 강조하기 위해서입니다. 노예제도가 반드시(혹은 통상적으로) 인종차별주의에서 기원하는 것은 아닙니다. 사람을 매매하고 소유하는 것은 오래된 상업 행위입니다. 이 강당에 있는 사람 중에 선조가, 혹은 민족의 일원이 노예가 아니었던 사람은 없을 것입니다. 기독교인이라면 같은 기독교인 중에 노예가 있었습니다. 유대인이라면 같은 유대인 중에 노예가 있었습니다. 무슬림이라면 무슬림 중에도 예속된 사람이 있었습니다. 조상이 유럽인이라면 동유럽의 농노제 아래 살았거나, 잉글랜드 봉건제 아래서, 혹은 바이킹 유럽에서, 서고트 왕국의 스페인에서, 15~16세기 베니스, 제노바, 피렌체에서 소작인으로 살았을 것입니다. 의도적으로 구축된 노예 사회였던 고대 로마와 고대 그리스의 인구 대다수도 노예였습니다. 중세 가나, 송가이 제국의 말리, 다호메이 왕국, 아샨티 왕국도 그러했습니다. 노예제도는 이슬람 세계에 없으면 안 되는 요소였고, 동방에서는 매우 체계적이었습니다. 한반도에서는 천 년이 지속됐습니다. 우리는 모두가 이 제도에 연루되어 있습니다. 신세계의 침략자들은 무임금 혹은 강제 노동에 의존한 기존의, 혹은 동시대 사회를 본뜬 경제를 구축했습니다. 원주민을 예속시키려 했고 이용 가능하고 능력 있고 생존 가능하다면 어떤 이방의 집단이라도 수입했을 것입니다. 아프리카에서 온 이방인들이 여기에 적합했습니다. 고도로 조직화된 아프리카의 왕국들은 유럽인들에게 인력을 제공할 수 있었습니다. 영리하고 강인했으며 적응력이 뛰어난 능력 있는 사람들이었습니다. 창조적이며 영적이고 아이들에게 깊은 관심이 있었으므로 생존력도 높았습니다.

노예제도의 기원도 그렇지만 그 결과가 반드시 인종차별인 것도 아닙니다. 신세계 노예제도의 '특이한' 점은 그것이 존재했다는 사실이 아니라 끈질긴 인종차별로 전환됐다는 점입니다. 예속 상태의 삶과 연관된 불명예가 후손들을 반드시 비난의 대상, 악마적인 존재, 박해받는 존재로 만드는 것은 아닙니다. 그렇게 만드는 것은 인종차별주의입니다. 신세계의 노예제도는 노예들의 인종이 눈에 아주 잘 띄었다는 점에서 예외적이었습니다. 다른 특징도 있었지만 주로 피부색 때문에 이후 세대가 비노예 인구에 편입되기 힘들었습니다. 과거의 노예 지위를 숨기거나 위장하거나 벗어날 방법이 없는 것이나 마찬가지였습니다. 뚜렷한 가시성이 과거의 노예와 비노예 사이의 구분을 강화했고(비록 역사는 이 구분을 거부하지만) 인종적 위계를 뒷받침했기 때문입니다. 따라서 노예 집단과 연관된 불명예는 해방된 흑인 집단에 대한 멸시로 매끄럽다고 할 수 있을 만큼 쉽게 움직였습니다. 미학과 과학의 결합, 초월적인 백인성으로의 움직임이 나타난 계몽주의 시대가 그 사이에 자리했기 때문입니다. 이 인종차별주의 속에서 노예 집단은 사라졌지만 흑인 집단은 남았고 빈민의 동의어로, 범죄의 동의어로, 공공 정책의 쟁점으로 변했습니다. 경제, 교육, 주택 문제, 종교, 보건 의료, 오락 문화, 사법 체계, 복지, 노동 정책에 관한 담론에서, 즉 우리를 계속 어리둥절하게 만드는 거의 모든 국가적 토론의 장에서 흑인 집단은 방 안의 코끼리, 기계 속의 유령, 협상의 주제가 아니면 대상이기 때문입니다.

이 박물관의 여러 프로젝트에는 엄청난 힘이 있습니다. 먼저 기념하는 힘입니다. 특정 사건, 인물, 인구 집단을 기념하려는 충동이 생길 때가 있습니다. 벌어진 일이 마침내 이해 가능하게 되었을 때, 혹은 그 일이 시민적 혹은 개인적 자부심의 솔직한 발현일 때, 무덤과 궁전이 지어지고, 꽃이 가득 쌓이며, 동상이 세워지고, 기록관, 병원, 공원, 박물관이 건설됩니다. 이 과정에서 시간은 매우 중요한 요소이기 때문에 사건에 참여했던 대부분의 사람들은 그 기념물을 보지 못합니다. 하지만 무임금 노동에 심하게 의존했던 16, 17, 18세기에 걸친 이 나라의 성장은 난해하고 예외적입니다. 그 기간이 길고 노예제도에 의존했기 때문에 예외적이고 나라의 문화적, 경제적, 그리고 지적 발전과 뒤얽힌 관계에 있기 때문에 난해합니다. 바로 이 점이 기억되어야 합니다. 이 프로젝트가 가진 또 다른 힘은 여기에 있습니다. 끝없이 유연하고 어디서나 적응하며 끈질기게 변화무쌍한 현대적 인종차별주의에 대한 각성을 촉구하는 힘입니다. 노예 집단이 재구성되어 흑인 집단 내에 자리 잡게 되는, 미국식 인종 청소의 한 형태인 이 현대적 인종차별주의는 기괴할 만큼 많은 흑인 남녀를 빈틈없이 감옥으로 몰아넣고, 거기서 그들은 다시 한 번 무임금 노동력이 됩니다. 다시 한 번 수익을 위해 감금됩니다. 결코 오해 없길 바랍니다. 교정 시설의 민영화는 납세자의 짐을 덜어주는 것이 목적이 아닙니다. 파산 지경의 지역 사회에 수입원을 제공하는 것, 그리고 무엇보다 기업에 무임금 노동이 가능한 투옥된 인구 집단을 제공하는 것이 목적입니다.

이 박물관의 프로젝트가 가지는 세 번째 힘은 아마도 가장 중요한 힘일 것이며, 가장 보람 있는 것일 텐데요, 바로 공화국 역사의 발전과 성공의 면면을 흑백의 시선으로 바라본다는 점입니다. 제가 느끼는 바로는 이렇습니다. 우리를 분리하고 분열하고 왜곡하려는 모든 상업적 정치적 전략에도 젊은이들은 인종차별주의가 삶에 끼치는 통제력이 진정으로 지긋지긋한 듯 보입니다. 예술 사회는 인종차별주의의 제약에 지쳐 반항하고 있습니다. 인종차별주의의 분열적인 경제적 장악력에 자신이 얼마나 뒤얽혀 있고 억압당하고 있는지 깨우친 저소득 인구는 이를 증오합니다. 끈질기게 매달리는 인종차별주의를 두려워하지 않는 학자들은 이를 해체하고 있습니다. 우리는 실체 없는 과거, 오염된 정치, 언론의 조작을 정확성, 다른 시각, 다른 서사로 대체하는 데 좀 더 부지런해지고 있습니다.

만연한 편견과 시각적 비하를 모든 수준에서 목격한 아프리카계 미국인 작가들의 전시가 열리고 있는 지금 이 자리에 나올 수 있게 되어 기쁩니다. 이들의 예술, 취향, 재능을 통해 우리는 아프리카계 미국인을 개인으로, 소중하고 이해받은 대상으로 볼 수 있습니다. 이 작가들의 위력, 생기를 불어넣는 힘, 인간성, 기쁨, 의지의 발현을 감상하는 것만으로도 우리는 인종주의의 촉수를 충분히 막을 수 있을 것입니다. 근거와 배움이 결여된 그 끊임없이 유독한 접촉으로부터 우리 자신을 충분히 보호할 수 있을 것입니다. 이 지역 사회의 헌신이 충분하듯이 말입니다. 그렇게 생각하시죠? 감사합니다.

2000년 8월 25일,
미국 흑인 홀로코스트 박물관에서의 연설.

# 할렘 온 마이 마인드

문화적 기억의 저장고로서, 혹은 지역 사회 통합의 원천으로서 박물관의 위치, 힘, 목적에 대한 오늘날의 논의는 매우 중요합니다. 이는 박물관에 대한 논의에서 결코 빠질 수 없습니다. 루브르 박물관만 해도 역사적으로 급진주의자들의 공격을 겪었고, 한때 열정적인 구원의 손길이 필요했지만, 존경받는 본보기, 그리고 없어서는 안 될 보편 개관 박물관universal survey museum의 사례로 살아남았습니다. 닐 해리스는 이렇게 썼습니다. "박물관의 크기, 부, 내부적 배치와 건축뿐만 아니라 박물관 전시물의 필연적인 탈맥락화는 19세기에 적개심을 불러일으켰고, 20세기 초반에도 물론 마찬가지였다. 일부 비판적인 사람들은 20세기 초의 무지막지한 사원들에 '품위를 차린 재앙'이라는 꼬리표를 붙였다. 전시물이 '미노타우로스의 미로'처럼 배치되었다고 했으며, 박물관의 정책은 사회적 문제와 동떨어져 있고 무관심하다고 비난했다. 일부 교육자들은 박물관들이 동시대의 필요와 관심에 부응하는 데 실패했다고 노발대발했으며, 또 어떤 사람들은 대규모 수집 행위를 자본주의의 독사과라고 부르며 힐난했다." 해리스는 또 이렇게 덧붙입니다. "박물관은 인종주의, 수정주의, 패권주의, 엘리트주의, 정치적 올바름으로 치우치고 돈만 밝히는 탐욕스럽고 이기적인 곳이라는 오명을 얻었다." 그렇다면 박물관들은 도대체 왜 이른바 '붐'을 일으키고 있는 것일까요? 왜 후원의 기반은 점점 넓어지고, '블록버스터' 전시에서 발생하는 상품과 서비스의 판매와 함께 수입은 늘어나며, 왜 여러 후원자와 자금원은 누가 더 박물관에 후한지 서로 위상을 겨루는 걸까요? 변화는 이미 일어나고 있으며 '이방인이 이미 고향에 와 있다'는 사실의 인정이 그런 변화의 중요한 일부입니다. 오늘날 박물관들의 사명은 이런 이방인들의 주장을 고려하는 것입니다.

큐레이터와 예술가, 감독, 예술 비평가, 역사가들은 이런 고민들이 얼마나 시급한지 새삼 깨닫고 있습니다. 이들의 글이 온갖 간행물을 채우고 있으며, 전통적인 박물관 이사회에서는 전시 구성과 내용을 재고하고 있습니다. 최근 등장한 박물관들은 새 청중, 혹은 저들의 목소리를 대변해주길 원하는 소수 청중의 요구를 수용하는 방식으로 소장고를 갖추어가고 있습니다.

미국에서도 한때 이런 의사 반영 요구가 있었는데, 그 경위를 보면 논의 대상이 되고 있는 여러 취약점과 가능성 모두 잘 표현된 한 장의 지도를 만날 수 있습니다.

1960년대 뉴욕 예술계는 새로운 시각으로(추상표현주의, 팝

아트) 들끓고 있었고, 뉴욕 메트로폴리탄 미술관은 새 관장 토머스 P. F. 호빙을 맞이했습니다. 중세 학자 출신으로 뉴욕시 공원 관리국장을 역임한 호빙은 침체기에 접어들었던 미술관에 적극적으로 새로운 프로젝트를 도입했습니다. 그 가운데 하나는 할렘의 문화를 반영하도록 설계한 전시였습니다. 할렘은 뉴욕시에 있는 아프리카계 미국인들의 동네로 여기서 배출된 작가와 시인, 화가, 음악가, 그리고 나이트클럽 문화로 유명합니다. 1968년 〈할렘 온 마이 마인드Harlem on My Mind〉 전시 계획이 발표되고, 1969년 1월 메트로폴리탄 미술관에서 전시가 개막했습니다. 15개 전시관에 걸쳐 할렘의 역사, 정체성, 문화적 전통이 사진과 벽화, 슬라이드, 영화, 다큐멘터리 영상, 음악, 기념품 등을 통해 그려졌습니다. 뉴욕주 예술위원회 위원장이었던 앨런 셔너의 격려와 지도 아래 호빙과 셔너는 이 전시를 '종합 민족 문화 전시'라고 이름 붙이고 1900년부터 1968년까지의 할렘을 다루었습니다. 천장에 사진을 붙이거나 사진을 벽화로 만드는 방식, 음향과 텔레비전을 이용하는 등 당시 급진적으로 여겨졌던 전시 기술을 도입한 이 전시는 셔너가 앞서 참여했던 다른 전시와 상당히 유사했습니다. 바로 유대인 박물관의 〈로워 이스트 사이드: 미국인의 삶으로 나아가는 관문The Lower East Side: Portal to America Life〉이라는 전시였는데, 미국 이민자들에게 보내는 일종의 찬가였습니다. 할렘 전시에 여러 분야와 후원 단체들이 큰 흥미를 보였지만, 전시가 열리기도 전에 불만을 늘어놓는 사람도 많았습니다. 할렘 사람들의 조언과 충고가 외면받고 있다는 비난, 흑인들이 '쇼윈도 장식'으로 이용되고 있다는 비난이었습니다. 하지만 전시의 대단원에 이르자 더 시끄러워졌고 더욱 큰 증오에 찬 분노가 터져나왔는데, 흑인 지역 사회뿐만 아니라 다양한 집단에서 폭넓게, 심지어 메트로폴리탄 미술관의 관리자와 기부자로부터 나왔습니다. 힐턴 크레이머와 같은 보수적 예술 평론가는 이런 전시를 미술관에서 해서는 안 된다고 말했습니다. "〈할렘 온 마이 마인드〉 전시를 기획함으로써 호빙은 최초로 메트로폴리탄을 정치화했으며, 무엇보다 이 미술관이 우리의 예술 유산을 역사의 변덕스러운 잠식 행위로부터 지키는 임무에 봉헌된 기관으로서 진정성을 유지할 수 있을지 의구심이 생긴다." 유대인, 아일랜드인, 히스패닉 집단은 전시 목록에 포함된 캔디스 밴 엘리슨의 서문이 명백히 인종차별적인 비방을 담고 있다고 생각했습니다. 엘리슨은 이렇게 썼습니다. "심리적으로 흑인들은 반유대인 정서를 통해 처음으로 다수에 포함되는 경험을 할 수 있다. 유대인 혐오라는 국가적 차별에 동참함으로써 비로소 더 완전한 미국인이 되는 경험을 하게 되는 것이다." 명백히 인종차별적인 비방입니다. 호빙 자신도 흑인 하인들을 "명랑한 가정부" "뚱한 흑인 기사" 등으로 칭하며 동정적인 태도를 드러내거나 인종 간의 동등한 관계는 "터무니없다"고 말해서 욕을 먹었습니다. 셔너 역시 "할렘은 [흑인 문화의] 수도이며 백인의 도덕 관습과 가치는 보편적이지 않다"는 주장으로 비난을 받았습니다. 대중의 인기를 노린 호빙의 의도로 인해 극심한 계층 갈등이 드러났습니다. 논란은 물론 1960년대의 소란스러운 분위기로 인해 고조되었지만, 호빙의 혼합 미디어 전시의 문제점은 오늘날에도 여전히 의미를 가집니다. 예술가, 정치가, 학자, 언론인들은 이 전시의 지적 미학적 전제가 모욕이자 문화에 대한 공격이라며 심각한

이의를 제기했습니다. 불만은 이러했습니다. 선정 위원회에 아프리카계 미국인을 대표하는 인물이 없었습니다. 거의 철저히 사진에만, 그것도 주로 제임스 반 데르 지의 작품에만 의존했고, 화가와 조각가들을 의도적으로 제외했습니다. 미술관은 '개별' 전시를 약속했지만 이루어지지 않았습니다. 전시 주제는 예술보다는 오락에 가까웠습니다. 할렘 125번가에 카메라를 세우고 미술관 방문객을 위해, 마치 동물원처럼 폐쇄회로 영상을 제공함으로써 백인의 관음증을 충족하는 또 하나의 사례였습니다. 노먼 루이스, 제이컵 로런스, 로메어 비어든, 클리프 조지프, 엘리자베스 캐틀릿, 레이먼드 선더스 등의 중견 및 신인 예술가들의 배제는 전시 반대 운동으로 이어졌고, 로이 드 카바라는 자기 작품을 전시에서 빼기로 했으며, 로메어 비어든은 위원회를 그만두었습니다. 이런 예술가들의 전적인 참여가 없는 상황에서 전시의 초점은 흑인의 범죄적이고 가난하고 오로지 관능적인 삶을 감상적이고 과장되게 표현하는 데 맞추어져 관객을 오도했습니다. 뿐만 아니라 박식한 학자나 예술가가 아닌 아프리카계 미국인 고등학생에게 전시목록의 서문을 맡긴 것은 한층 더 나아간 모욕으로 여겨졌습니다. 셔너가 지은 전시의 제목 역시 이미 날 서 있던 감정에 기름을 끼얹었습니다. 어빙 벌린의 노래에서 빌려온 이 제목은 셔너의 행태를 그대로 답습합니다. 백인 남성이 할렘 문화에 대해서 아는 척, 권위를 가진 척 쓴 가사 속에서는 파리에 있는 흑인 쇼걸이(아마 정부이기도 한) 도시의 흑인들 사이에서 누리던 "천했던", 즉 방탕했던 삶을 그리워합니다.

　"천했던 날들이 그리워 / 내 파를레부parlez-vous도 허울뿐이겠지 / 머릿속엔 할렘 생각뿐."

지역 사회의 현역 예술가가 빠지고 이사회의 의사 결정에도 참여할 수 없었으므로, 심지어 전시 목록의 서문을 예술학자에게 맡기지도 않은 데다 할렘의 풍요로운 시민 생활에 대한 어떤 언급도 없었으므로, 지역 사회에서 할렘의 진정한 문화적 중요성, 의미, 다양성이라고 믿었던 것들은 오만한 태도에 의해 철저히 외면당했습니다. 많은 사람들에게 〈할렘 온 마이 마인드〉는 근본적으로 가장 명망 있는 보편 개관 박물관에 속하는 미술관에서 열리는 민속지학 전시로 보였습니다. 그래서 미술관에 민속지학 전시가 있어서는 안 된다고 생각하는 사람들을 분노하게 만드는 동시에 아프리카계 미국인의 작품이 전시되길 바랐던 사람들을 답답하게 만들었습니다. 여러 비난과 불만의 핵심은 메트로폴리탄 미술관이 흑인 문화를 '이방의' 것으로 다루었다는 점, 이방인의 작업 생산물을 먼저 전용한 다음 이후에 선택적으로 칭송했다는 점이었습니다. 호기심 많은 자들을 위한 배양 접시처럼 말입니다.

그러나 〈할렘 온 마이 마인드〉 전시는 결과적으로 기회로 이어졌습니다. 불평하던 '소수자' 중에는 할렘의 시민들과 아프리카계 미국인 예술가만 있는 것이 아니었습니다. 겉으로는 특정 집단을 위한 것처럼 보이는 전시에 의해 해당 집단이 실은 침묵을 강요당하는 경험은 여러 곳에서 되풀이되고 있으며, 문화의 위계질서에 확고한 이의와 반론이 제기되고 있습니다. 지역 사회는 더 이상 박물관 활동의 수동적인 수용자로 남는 것을 반기지 않습니다. 아프리카계 미국인들의 예술을 집중 전시하는 할렘의 스튜디오 미술관은 이 논란의 결과와 직접적으로 연관된 성공담에 속합니다. 뉴욕과 기타 지역에서 민족 문화 박물관들이 급증한 현상도 마찬가지입니다. 뿐만 아니라 전시가 막을 내린 지 1년이 채 되기도 전에 흑인 문화 긴급 연대를 조직해 〈할렘 온 마이 마인드〉 전시 반대 운동을 했던 흑인 예술가들은(노먼 루이스, 로메어 비어든, 레이먼드 선더스, 비비언 브라운, 클리프 조지프 등) 휘트니 미술관 관계자들과 흑인 예술가에게 차별적인 미술관 정책을 두고 협상을 시작했습니다. 1971년 이 단체는 휘트니 미술관의 전시 〈미국 흑인 현대 미술 작가들〉에 대한 보이콧을 주도했는데, 미술관 운영에 흑인들의 참여도가 낮기 때문이었습니다. 큐레이터 로버트 M. 도티의 선택을 받아 전시에 참여하기로 예정되어 있었던 작가 75명 가운데 15명이 작품을 철수했고, 아니나 다를까 작품을 철수하지 않은 작가들에 대한 비평은 작품 자체가 아닌 작품에 대한 흑인들의 정치적 반응에 집중되어 있었습니다.

뉴욕 구겐하임 미술관의 1996년 개괄 전시 〈20세기 추상 미술: 완전한 모험, 자유, 절제〉는 어떤 유색 인종 작가도 포함하지 않았습니다. 〈할렘 온 마이 마인드〉 이후 28년 가까이 지난 시점에서 미국 주요 미술관이 아프리카계 미국인 화가와 조각가의 작품을 주요 전시에서 배제했고, 그럼으로써 다시 한 번 인종과 정치, 미학에 대해 물음을 던진 것입니다. 그러나 비평의 방향은 달라졌습니다. 미술관에 던지는 물음은 같았습니다. 흑인 시각예술의 영역은 구상 미술인지 추상 미술인지? 하지만 작가들 자신과 일부 비평가들은 인종적으로 규정된 예술이 제한적인지 묻기 시작했으며, 이 물음 자체가 문제가 아닌지 물었습니다. 무엇보다 흑인 시각예술가의 전시에 대한 비평이 작품 자체에 대한 논의보다는 정치 논의에 머무르는 상황이었기 때문입니다. 미술관에서는 흑인 작가들의 시각예술 작품을 미학적으로 어떻게 평가했을까요? 클리프 조지프는 한 인터뷰에서 용기를 내어 답했습니다. "흑인 예술이 그 자체로 존재한다고 말하기는 힘들 것 같습니다. 하지만 예술에 흑인의 경험은 존재합니다. 모든 문화에는 그 문화의 예술가들이 작품 속에 담는 특유의 경험들이 있지요."

오늘날의 수많은 젊은 흑인 예술가들은 클리프 조지프의 생각에 동의하고, 작품을 작가의 인종에 따라 규정하는 행위가 숨막힌다고, 심지어 경멸이라고 생각합니다. 그것 자체가 문제라고 생각합니다. 점점 더 많은 작가들이 자신의 작품이 미학적 관점에서만 평가되기를 바랍니다. 흑인 문화라는 표제어 아래 분류되지 않아도 아프리카계 미국인의 작품으로 보일 것인지 궁금해합니다. 만약 작가들의 피부색이 드러나지 않아도 작품에서 인종적 혹은 정치적 내용을 찾으려 들까요? 이런 물음을 비롯한 여러 의문점은 신진 작가들 사이에서 '포스트블랙postblack'이라는 용어를 낳았습니다. 인종 정체성을 나타내는 동시에 기존의 경계를 거부하는 용어입니다.

〈할렘 온 마이 마인드〉 전시에 대한 서사와 그 결과는 이방인의 고향이라는 문제와 관련해서 박물관의 사명이 무엇인지에 대한 오늘날의 논의의 중심에 있습니다. 지금까지 들어온 소식은 대체로 좋습니다. 구겐하임은 미국의 유색 인종 추상 화가와 조각가들을 조명하는 데 실패했지만, 다른 기회들은 쓸모없이 낭비되지 않았습니다. 할렘의 스튜디오 미술관에서 최근 열린 켈리 존스의 전시 〈에너지/실험: 흑인 예술가와 추상 미술 1964-1980〉은 구겐하임의 추상 개관 전시에서 흑인이 배제된 데 대한 강력한 응답입니다. 〈할렘 온 마이 마인드〉 전시가 1969년 막을 내린 뒤 새로운 세대의 큐레이터, 학자, 예술사 연구자들이 시각예술 미술관, 그리고 자료 및 문화 박물관의 관념을 더 깊고 넓게 정의하고 있습니다. 1968년 메트로폴리탄 미술관에서는 민속지학이 예술을 대체했습니다. 민속지학과 예술은 그때까지 대체로 구분되었습니다. 그러나 1990년대에는 예술과 민속지학이라는 학문 분야가 수렴하는 방향으로 발달하기 시작했으며, 세계 예술사 등의 분야가 점점 많은 주목을 받아가고 있고, 또 논란을 일으키고 있습니다. 프레드 윌슨이 볼티모어 현대 박물관에서 기획한 1992년 전시 〈박물관 캐기〉에는 메릴랜드주 역사 연구회의 작업도 포함되어 있었습니다. 윌슨은 연구회의 작업을 면밀히 조사함으로써 미국 역사 초기에 백인 예술가들이 그린 그림과 초상화에서 미국 흑인들의 생활에 대한 새로운 정보를 찾았습니다. 그리고 연구회의 작업을 재구성해서 흑인들의 이야기를 들려주었습니다. 박물관과 큐레이터의 결정이 미학뿐만 아니라 사상의 영향을 받는다는 것, 그리고 그런 결정이 권력의 맥락 속에서 이루어진다는 것이 점점 더 명백해졌습니다. 이브 르 퓌르Yves Le Fur는 21세기 미술관이 "비서구 예술이 현대 예술의 기준에 따라 평가되는" 문화적인 장소로 남아서는 안 된다는 주장을 펼치고 있는데, 일리 있는 주장이라고 생각합니다.

유럽의 '순수 예술'과 이방인의 '용구나 공예품' 사이에는 고고학이(죽은 문화권에서 공예품과 미술품을 발굴하여 유럽의 박물관으로 나르는) 있습니다. 이 구도를 재구성하고 재맥락화하고 있는 일부 학자들은 민족과 문화를 진실되게 보여준다고 주장하는—근본적으로 아프리카적인 것, 혹은 유럽적인 것이 무엇인지 규정하려고 시도하는—전시가 주류의 가치와 특권을 재생산하는 패권주의적 행위라는 입장을 받아들입니다.

다행히도 논의는 지속되고 있습니다. 예술 생산의 역사에 대해, 특정 문화에 한정된 미의식이라는 문제에 대해, 기성 기관에서 이방인을 조명하지 않는 관행과 예술 대학의 교육 내용에 대해, 비서구 민족 예술의 '고향'의 확대에 대해, 그리고 도시 외곽 및 농촌 지역의 독립된 현대 미술 소장고에 대해.

박물관과 미술관은 예술가의 고향입니다. 예술사, 문화사 속에서 예술가의 집이며 국가 정체성이 형성되고 재창조되는 곳이기도 합니다. 이런 예술 시설들은 박물관 안에 있는 것들뿐만 아니라 밖에 있는 것들 간의 관계에 점점 더 집중하고 있습니다. 지난 세월의 '이방인'은 점점 더 우리 모두의 고향을 풍요롭게 하고 있습니다.

2006년 11월 15일.
프랑스 루브르 박물관에서의 연설.

# 포크너의 시선

이제 어떻게 해야 할까요. 갈피를 잡을 수가 없습니다. 한편으로는 다른 작가들과 마찬가지로 저도 여러분께 모든 걸 일단 설명하고 여러분이 아무 문제없이 죽 읽을 수 있게 돕고 싶습니다. 다른 방법은 여기 올라와 서둘러 낭독한 다음 서둘러 내려가는 것입니다. 그러면 어떤 해석의 틀도 제공할 필요가 없으니까요. 이 원고를 이전에도 서너 번 낭독한 적이 있는데 그때마다 읽는 과정에서 무언가를 배웠습니다. 다른 책을 쓸 때는 한 번도 이런 과정을 거치지 않았습니다. 그래서 미시시피주 옥스퍼드로 와서 '포크너와 여성'에 대한 학회 강연을 해달라고 초청받았을 때 저는 거절했습니다. 강연을 준비할 정신이 없었기 때문입니다. 집필 중인 책에 깊이 몰입해 있었고 어떤 방해도 받고 싶지 않았습니다. 그러자 학회에서는 제가 이토록 몰두하고 있는 원고의 일부를 낭독해달라고 부탁했습니다. 학회에 참여해서 그 계기로 남부문화연구소와 실질적인 교류를 이어나갈 수도 있고, 미시시피주에서 말 그대로 '하룻밤 묵을 수'도 있는 기회였습니다. 그래서 일단은 완결되지 않았을 뿐만 아니라 집필 중인 원고를 낭독하는 점 사과드립니다. 하지만 미시시피 대학교 캠퍼스를 정말 방문하고 싶었기 때문에 어쩔 수 없었습니다. 낭독이 끝나고 관객 여러분이 어떤 잔잔한 만족감을 얻어갈 수 있기를 바랍니다. 제가 망설이는 또 한 가지 이유가 있는데 제가 읽는 부분이 책에 들어가지 않을 수 있기 때문입니다. 작업 중인 원고는 수시로 변하거든요.

　'포크너와 여성'에 대해 논의하기 위해 모인 여러분들 앞인 만큼 저 또한 1956년 포크너에 대해 아주 많은 생각을 했다고 덧붙이고 싶습니다. 당시 코넬 대학교에서 포크너에 대한 논문을 쓰고 있었어요. 한 작가를 자세하게 들여다보면, 그 후로 그 에너지가 다른 형태로 분해되어 사라지기까지 그 작가를 다시 읽기가 힘들어집니다. 하지만 원고를 읽기 전에 이 말은 하지 않을 수 없습니다. 저는 포크너에 대한 학문적 관심뿐 아니라 독자로서 그에게 매우, 매우 사적인 면에서 엄청난 영향을 받았습니다.

　읽어드릴 원고의 제목은《빌러비드》입니다. 이렇게 시작합니다. (원고를 낭독하고 관객 질문을 받음.)


**모리슨**　질문이 있다면 답변을 하고 싶습니다. 자리에서 일어나시면 제가 어느 분인지 확인하고 질문을 받겠습니다. 최선을 다해볼게요.

**질문**　포크너로 논문을 쓰셨다고 하셨는데 작가로서 어떤 영향을 받으셨는지요?

**모리슨** 포크너가 제 작품에 영향을 끼쳤다고는 하기 어렵습니다. 저는 전형적인 작가들과 마찬가지로 제가 아주 독창적이라고 확신하고 있으며 다른 사람의 영향을 받은 글이 나오면 재빨리 버리려고 합니다. 하지만 1950년대 그리고 물론 그 이후에도 독자로서(아까 1956년이라고 한 것은 그때 논문을 쓰고 있었기 때문입니다) 포크너를 집중해서 읽었습니다. 제 반응은 당시 다른 학생들과 크게 다르지 않았습니다. 포크너에게는 어떤 힘과 용기가 있지요. 작가의 용기, 특별한 용기가 있습니다. 제가 포크너가 다룬 모든 주제에 관심을 갖고 깊이 감명한 이유는 저에게 이 나라에 대해, 그리고 역사책에 나오지 않지만 예술을 통해 드러난 이 나라의 과거에 대해 더 알고자 하는 열망이 있었기 때문입니다. 때로는 역사가 거부하는 일을 예술과 소설이 해낼 수 있습니다. 역사는 과거를 인간 중심으로 볼 수 있지만 아주 합리적이고 타당한 이유에서 종종 그것을 거부하기도 합니다. 하지만 몇몇 작가는 한 시대의 탐사를 통해 그 시대를 분명히 드러냈고, 포크너는 그 탐사의 정점에 있었습니다. 그리고 포크너에게는 제가 '시선'이라고 말할 수밖에 없는 어떤 것이 있었습니다. 포크너의 시선은 달랐습니다. 저는 포크너의 글쓰기에 담긴 그 눈길, 일종의 응시, 고개를 돌리기 거부하는 접근 방식을 대단하다고 생각했습니다. 당시 1950~60년대에 저는 한 번도 책을 써야겠다고 생각한 적이 없습니다. 그러다 쓰기 시작했고 제가 글을 쓴다는 사실에 스스로도 놀랐습니다. 그리고 글을 쓰는 이유가 작가답지 않다는 것도 알고 있었습니다. 제 작품과 포크너 작품 사이에 밀접한 연결은 없다고 생각합니다. 작가들은 문학 인생에서 아주 비상하고 인상적인 방식으로 중요한 순간들을 경험합니다. 저한테는 그런 순간이 네댓 번 있었고 그걸 경험하게 해준 작가들이 모든 사람의 기준에 맞는 필독서 작가라면 좋겠지만 다 그렇지는 않습니다. 어떤 책은 기술적으로 형편없음에도 아주 훌륭합니다. 너무 좋아서 기술적일 수가 없습니다. 포크너의 경우에는 언제나 무언가가 표면화됩니다. 게다가 포크너는 정말 대단한 방식으로 분노를 자극합니다. 다 좋기만 한 건 아니었어요. 헌신적 애정을 불러일으키는 특성만큼 중요했던 성질이 바로 격분하게 만드는 성질이었습니다. 요점은 포크너에 대해 결코 무관심할 수 없었다는 점입니다.

**질문** 술라라는 인물이 어떻게 만들어졌는지 이야기해주실 수 있나요?

**모리슨** 술라는 여느 인물처럼, 다 그렇지는 않지만, 완전한 모습으로, 거의 완성된 상태로 순식간에 이름과 함께 나타났어요. 엄청 친밀하게 느껴졌어요. 술라가 누구인지 분명히 알았지만 만들어가는 데 어려움은 있었습니다. 무슨 말인가 하면 술라를 매혹적인 동시에 얄미운 사람으로 만드는 게 힘들었어요. 모두를 화나게 하고 불안하게 만드는 사람이지만 매력적이지 않다는 생각이 들 정도로 혐오스러워서는 안 됐습니다. 이걸 조율하는 게 어려웠는데 평범한 사람들도 가질 수 있는 성격적 특성을 그려내고 싶었기 때문이에요. 사회에서 외면받는 모험가를 만들고 싶었는데, 일확천금을 찾아 나서는 그런 모험가가 아니라 여성이 모험가가 될 수 있는 방식, 그러니까 상상력을 가지고 모험하는 방식을 그려내고 싶었습니다. 그런 사람들은 언제나 인상적이고 대체로 매력적이지요. 아무튼 술라는 골칫덩어리입니다.《술라》를 끝내고 난 뒤에는 술라가 그리웠습니다. 등장인물이 실제 인물보다 더 실제처럼 느껴지고 그리운 기분이 들 때가 있습니다.

**질문** 작업 중인 원고를 읽는 게 작가에게 도움이 된다고 말씀하셨는데요, 어떻게 도움이 되는지 설명해주실 수 있나요?

**모리슨** 새로운 점을 발견하기 위해 제가 쓴 원고를 다시 읽는 일은 여전히 새롭습니다. 저는 글을 쓰면서 다른 독자나 청자를 상상하지 않습니다. 절대로. 저도 독자이자 청자입니다. 아주 훌륭한 독자라고 생각합니다. 아주 잘 읽습니다. 다시 말해 어떤 일이 벌어지고 있는지 잘 압니다. 처음에는 제가 잘 읽는 만큼 잘 쓰고 싶었습니다. 하지만 저는 쓰기만 하는 것이 아니라 읽기도 합니다. 쓴 것을 훑어본다는 뜻이 아닙니다. 작가인 저와 페이지 위에 놓인 글 사이의 거리를 유지할 수 있다는 뜻입니다. 어떤 사람은 이게 저절로 되고 어떤 사람은 배워야 합니다. 어떤 사람은 되지 않습니다. 결과물을 보면 알 수 있는데, 자신의 작품을 읽어봤다면 그렇게 놔둘 리가 없겠지요. 중요한 과정은 퇴고입니다. 아주 긴 읽기 과정이고, 자신을 아주 비판적이고 까다로우며 쉽게 마음을 주지 않는 독자, 텍스트에 깊이 참여할 수 있는 지성이 있는 독자라고 생각해야 합니다. 책이 다 끝난 뒤 제가 더 이상 할 수 있는 게 없을 때 그 책을 읽는 것은 좋아하지 않습니다. 저 자신과 자신 사이에, 즉 작가로서 자신과 독자로서 자신 사이에 무언가 벌어질 수 있도록 쓰려고 애씁니다. 어떤 경우에는 관객에게 낭독하지 않고 책을 끝내도 만족스럽습니다. 하지만 어떤 경우에는, 특히 지금 이 원고의 경우는 색다르기 때문에, 독자로서 제가 느끼는 것으로 불충분하다는 생각이 들고, 말하자면 좀 더 큰 표본이 필요한 것이죠. 가능성이 무한하기 때문입니다. 저는 누가 가르쳐주는 글쓰기 기법에는 관심이 없습니다. 의미의 다양한 빛깔, 평가가 아닌 여기저기 찍힌 방점을 말하는 것입니다. 제가 발견하고 싶은 것은 그런 것입니다. 제가 남의 책만큼 제 책을 잘 평가할 수 있든 없든 그것은 중요하지 않습니다. 그래서 저는 이 원고의 일부를 읽어달라는 요청에 재빨리 응하곤 합니다. 저의 다른 책들은 집필이 거의 다 끝날 때까지 출판 계약을 논의하지 않았습니다. 다른 사람에게 매인다는 느낌을 원치 않았습니다. 이 책의 경우에는 아주 일찍 계약을 진행했습니다. 그래서 원고를 읽는 건 출판사로부터 이 글을 되찾아오는 일이라고 할 수 있습니다. 제 것이 되어야 하고, 쓰지 않든 태워버리든 지금처럼 쓰든 제 결정이 되어야 합니다. 아무튼 제가 독자인 겁니다. 과거에는 망설여질 때면, 문제가 있을 때면 책 속 어떤 구절이든 낱말이든 무엇이 됐든 책 속 인물에게 물어보곤 했습니다. 그냥 불러내서 물어보는 것입니다. 이것저것 말이죠. 완전히 실현된 인물이고 이름을 안다면 대체로 아주 협조적입니다. 이름을 모른다면 별말이 없습니다.

**질문** 소설에 나오는 신화나 설화에 대해 이야기해주실 수 있나요?

**모리슨** 이상하게 들릴 수 있겠지만 과거가 미래보다 더 무한합니다. 시간적으로는 그렇지 않더라도 데이터 양의 측면에서는 분명히 그렇습니다. 그래서 한 걸음 뒤로 갈수록 하나의 세상이, 또 하나의 세상이 있습니다. 과거는 무한합니다. 미래도 그럴지 모르지만 과거는 그렇습니다. 엄청나게 많은 전설이 다 과거에 대한 것만은 아닙니다. 현시대를 어떻게 살아야 할지 가르쳐주기도 하며 미래에 대한 실마리를 던지기도 합니다. 그래서 저에게 전설은 결코 한 번도 단순한 적이 없었습니다. 저는 음악이든 이야기든 그림이든 도처의 흑인 예술에서 강렬하게 나타나는 신화적 특성을 글에 담으려고 노력합니다. 흑인 문학이라고 할 수 있으려면 그러한 특성이 있어야 한다고 생각했습니다. 흑인에 대해 쓰는 것으로 충분하지 않았습니다. 누구든 그렇게 쓸 수 있기 때문입니다. 하지만 작품을 의문의 여지 없이 흑인 문학으로 만드는 것이 작가로서 제게 중요했습니다. 그러기 위해 옛이야기를 출발점으로 삼아야 했습니다. 예를 들어 《빌러비드》는 노예 마거릿 가너의 이야기로 출발합니다. 가너는 농장에서 탈출한 직후 아이들과 함께 붙잡혔습니다. 그리고 아이들을 살 수 없는, 견딜 수 없는 삶으로 돌려보내는 대신 죽이는 쪽을, 죽이려고 시도하는 쪽을 택했습니다. 하지만 죽이지 못했고 노예 폐지론자들은 가너의 사건을 크게 문제 삼았습니다. 이 이야기를 포함해서 다른 몇 가지는 아주 오랫동안 절 괴롭혔습니다. 제 자식을 자신의 일부라고 할 수 없는 노예 여성을 상상할 수 있나요? 너무 사랑해서 죽일 수 있는 여성을? 너무 사랑해서 사랑하는 것이 더럽혀지는 것을 견디지 못하는 사람의 용기, 자책, 자기 처벌, 자기 파괴를 상상할 수 있나요? 자녀가 더럽혀지기보다 죽는 게 낫다는 마음. 그 자녀가 나의 일부라는 마음. 나의 가장 탁월한 부분이라는 마음. 자녀는 가녀의 가장 탁월한 부분이었습니다. 때문에 자녀가 차라리 존재하지 않는 게 낫겠다는 생각은 함부로 내린 것이 아니었습니다. 자녀를 되찾고자 한 행동은 순전히 가녀의 결정이었습니다. 그 점은 이 사건에서 아주 작지만 책을 쓰기 시작했을 때 제 머릿속을 떠나지 않았습니다. 그래서 이 경우에는 역사적 사실에서 시작해 신화와 합쳤습니다. 그 반대가 아니었습니다.

**질문** 처음 글을 쓰기 시작했을 때는 작가가 되겠다는 생각이 없었다고 하셨습니다. 어떤 의미인지요?

**모리슨** 당시 저와 어울리지 않는 곳에서 지내고 있었고 거기 오래 있을 생각이 아니었기 때문에 그곳을 더 좋게 만들고 싶다는 생각이 없었습니다. 누굴 만나고 싶지도 않았고 좋아하는 사람도 없었고 저를 좋아하는 사람도 없었습니다. 그래도 상관없다고 생각했습니다. 외로웠습니다. 불행했지요. 아이들은 어렸습니다. 그래서 이야기를 쓰기 시작했습니다. 그전에도 저녁 자투리 시간에 짧은 이야기를 쓴 적이 있었습니다.(아이들은 잘 훈련시키면 일곱 시에 재울 수 있습니다. 새벽 네 시에 일어나기는 해도 어쨌든 일곱 시에는 잠이 듭니다.) 아이들을 재우고 글을 쓰는 게 좋았습니다. 글쓰기에 대해 생각하는 게 좋았습니다. 머릿속에서 무질서한 어떤 것을 가져다 질서 있게 만드는 게 좋았어요. 또 사람들, 저와 여러분, 흑인 소녀들에 대한 무관심이 엄청나다는 걸 깨달았습니다. 마치 이들이 어떤 생명도 없이 단지 누군가의 의식 주변부에만 존재하는 것처럼 느껴졌습니다. 일단 쓰기 시작하자 글쓰기가 세상에서 가장 중요한 일처럼 느껴졌습니다. 첫 책은 아주 오래 걸렸어요. 작은 책 하나에 거의 5년이 걸렸으니까요. 하지만 매우 즐겼기 때문에 조금씩 쓰고 거기에 대해 생각하고 그랬습니다. 당시 저는 교과서 편집자였습니다. 작가가 되려는 생각도 없었고 해고가 두려워 책을 쓴다고 아무한테도 말하지 않았습니다. 아마 알려졌다면 해고됐을 겁니다. 바로 해고하지는 않았겠지만 제가 글을 쓰기를 원하지는 않았습니다. 아무튼 배신을 당한 듯 굴었습니다. 편집자가 하는 일은 책을 구하는 것이지 생산하는 것이 아닙니다. 출판사와 저자들 사이에는 약한 대립 관계가 있는데 아마 장점으로 작용할 거라고 생각합니다. 하지만 그래서 조용히 썼어요. 무엇 때문에 썼는지는 모르겠습니다. 이야기를 끝마치고 즐겁게 읽고 싶다는 생각을 했던 것 같습니다. 그런데 그 과정 때문에 다시 써야겠다고 생각했습니다. 그런 방식으로 살고 싶다고 생각했습니다. 그 책을 쓰는 동안은 아주 일관된 기분이었습니다. 그래도 저 자신을 작가라고 부르지는 않았습니다. 세 번째 책《솔로몬의 노래》를 쓰고 마침내 '이게 제 일'이라고 말했습니다. 부끄럽지만 스스로 그렇게 말한 것이 아니라 다른 사람으로 인해 말할 수 있었습니다. 책 세 권을 쓴 뒤에야《솔로몬의 노래》를 끝낸 뒤에야 저는 '이게 내가 하는 **유일한** 일인지 모른다'고 생각했습니다. 그 전에는 제가 편집자이**지만** 책도 쓴다, 학생을 가르치**지만** 책도 쓴다고 생각했습니다. 제가 작가라고 말한 적이 없습니다. 한 번도요. 여러분이 생각하는 그런 이유에서만은 아닙니다. 작가들은 정말로 진심으로 자신에게 성취를 허락하려고 애써야 합니다. 아주 어려운 일이지요. 여성이라면 더욱 그렇습니다. 글을 쓰면서도 허락해야 합니다. 매일 글을 쓰고 책을 보내면서도 허락해야 합니다. 어떤 작가들은 어머니가 작가인데도 다른 사람과, 그러니까 남성이나 편집자, 친구와 긴 과정을 겪고 나서야 비로소 '좋아, 괜찮아'라고 말할 수 있게 됩니다. 공동체가 괜찮다고, 남편이 괜찮다고, 자녀들이 괜찮다고 합니다. 엄마가 괜찮다고 합니다. 결국 모두가 괜찮다고 하면 괜찮은 것이 됩니다. 제 경우도 그랬습니다. 세 번째 책을 쓰고 난 뒤 마침내 말할 수 있는 순간이 왔습니다. 그래서 여권을 들고 입국 심사를 받을 때 "무슨 일 하세요?"라고 물어오면 또박또박 대답합니다. 작가라고요.

1986년 미시시피 대학교에서의 강연.

# 거트루드 스타인의 차별화 전략

어디선가 읽은 적이 있는데, 혼돈에는 두 가지 반응이 있다고 한다. 바로 이름 붙이기와 폭력이다. 이름 붙이기는 소위 이름 없는, 혹은 이름을 빼앗긴 사람들이나 땅이 있으면 손쉽게 이루어질 수 있다. 그러지 않으면 강제로 이름을 바꾸는 데 만족해야 한다. 폭력은 혼돈—길들지 않은 것, 사나운 것, 야만적인 것—에 대한 불가피한 동시에 유익한 반응으로 여겨진다. 땅을 정복한다고 할 때 정복은 땅을 재형성하고 움직이고 밀고 자름으로써 통제할 때 비로소 시행되고, 이것이 정복의 목적이다. 이것은 산업의 진보, 문화적 진보의 의무로도 여겨진다. 혼돈에 대한 이 후자의 반응은 불행하게도 땅, 경계, 천연자원에만 국한되지 않는다. 산업의 진보를 가져오기 위해서는 그 땅에 사는 사람들에게 폭력을 가해야 한다. 그들은 저항할 테고 혼돈의 일부로서 무질서하게 굴 것이기 때문이다. 통제가 성공적으로 이루어졌을 때는 새롭고 파괴적인 형태의 위계질서가 도입되기도 하고, 그러지 못했을 때는 대량학살이 시도되기도 한다.

혼돈에 대한 세 번째 반응은 어디서 읽은 적은 없지만 고요이다. 고요는 경외심 속에, 명상 속에 있는 것이다. 고요는 또한 수동성과 어안이 벙벙한 상태에도 있다. 초기의 미국인들은 세 가지 모두를 고려했을 수 있다. 이름 붙이기, 폭력, 고요. 고요는 분명히 에머슨, 소로 그리고 호손의 관찰자적인 특성에서 표면화된다. 청교도 정신에서도 흔적을 찾을 수 있다. 그러나 아메리카 대륙의 원주민과 달리, 그리고 아프리카에서 아메리카 대륙으로 끌려온 인구의 대부분과 달리 미국인들의 고요는 실용주의가 버텨주고, 심지어 완화해주고 있었다. 후손을 위해, 과거와 단절된 먼 미래를 위해 준비하는 측면도 미국적 고요에는 있었다. 부의 미덕을 신이 주신 풍요로 보는 관점도 있었고, 이런 부는 축적하지 않는 것이 죄악이었다. 이런 고도로 물질주의적인 '고요'는 사제, 종교적인 이민자들이 주로 실천했고, 산업화 이전의 사회들의 철학, '필요한 것만 가져가고 땅은 원래대로 내버려두라'는 철학과 상당히 대조적이었다. 공적, 사적 책임에 대한 기독교 관념에서 몇 가지 더 흥미로운 요소가 있다면, 바로 검약과 경외 간의 절충, 종교적 위안과 자연 개척 간의 절충, 육체적 억압과 정신적 풍요, 신성한 것과 세속적인 것 간의 절충이다. 이런 절충은 혼돈에 대한 세 가지 반응, 이름 붙이기, 폭력, 고요 간에 존재하는 긴장 속에 끈질기게 남아 있다. 그러나 미국 이주민의 대부분은 겁에 질린 광신도와는 거리가 멀었고 플리머스 바위[12]에 내렸던 사람들, 나라에 대한 충정, 편리한 상품화를 앞세우고 향수 어린 망상에 사로잡힌 상냥하지만 음울한 무리도 아니었다. 약 16퍼센트는 그랬을지 몰라도 여전히 84퍼센트가 인구 조사 서류의 '기타' 항목에 해당된다. 그 16퍼센트 사이에서도 이미 모호해진 청교도 정신과 방관적 고요함이 산업화의 여파로 완전히 사라지는 데 오래 걸리지 않았다. 노예, 계약 노예, 죄수, 채무자의 형태로 제공된 무료 노동, 빚, 굶주림, 심지어 죽음을 피해 도망쳐온 가난한 이민자들이 제공하는 값싼 노동이 넉넉한 덕분이었다. 마크 트웨인은 시골 마을의 삶, 언어, 유머에 높은 값어치를 부여하고 미시시피강, 19세기 미국의 골목길과 도로에 대한 전원적 그리움을 불러일으켰지만, 자신은 이익 창출을 위한 사업 등에 투자했고 결국 막심한 피해를 보기도 했다. 그리고 등장인물들이 금을 찾아 헤매거나 꾀를 써서 돈을 벌도록 만들고 이것을 즐긴 것이 분명하다. 뿐만 아니라 과묵한 초월주의 학자 랠프 월도 에머슨은 캘리포니아 골드러시에 대해 이렇게 썼다. "어떤 부도덕한 수단을 썼는가는 중요하지 않다. 골드러시는 서부에 사람들을 이주시키고 서부를 **문명화하는** 작용을 했다." 강조 표시는 내가 넣은 것이다.

물론 허먼 멜빌은 자연의 힘을 반영하거나 자연의 힘을 관통하며 꽃 피우던 자본주의에 대한 맞소송에 집착하고 있었다.《모비 딕》〈빌리 버드〉〈하얀 재킷〉 그리고 〈베니토 세레노〉를 포함해 많은 작품이 "'죄 없고' 순진한 노동자가 느끼는 경제적 억압

---

12    플리머스 바위는 영국 청교도들이 미국으로 건너갈 때 타고 간 메이플라워호가 정박했던 곳이다.

을 다룬다. 이 모든 작품이 지구의 3분의 2를 차지하고 있고 혼돈을 상징하는 바다라는 맥락 속에 있으며, 세 가지 반응 모두를 명확하게 보여주고 있는 것 같다. 이름 붙이기(기록하기, 지도 만들기, 설명하기), 폭력(정복, 포경, 노예선, 해군 함대 등), 그리고 고요(자기성찰, 배 위에서 다른 할 일 없이 보초를 서는 동안 가장 자기반성적인 구절이 나온다). 에드거 앨런 포는 폭력과 이름 붙이기로 혼돈에 반응했다. 폭력은 저주받은 사람, 죽어가는 사람, 살인자의 머릿속에 대해 그가 보인 관심에, 이름 붙이기는 그의 고집스러운 '과학적' 각주들, 논평, 역사적 지리적 정보의 배열에 있다. 그러나 혼돈에 대해 고민하는 이런 작가들에게, 사실상 모든 미국인들에게 주어진 한 가지 추가 요소가 있었다. 자연, '처녀' 상태의 서부, 가까이에 있는 죽음 등은 모두 의미가 있었지만, 미국 역사에 특수하고 특별한 형태를 부여한 것은 국내의 혼돈, 만들어낸 혼란, 비문명적이고 야만적이며 영원하고 시간에 구애받지 않는다고 여겨진 '타자'였다. 이 '타자'는 앞서 제시된 바 있듯이 아프리카적 존재였다. 미국 식민주의자들과 그 후손은 이 유용하고 통제 가능한 '혼돈'에 반응할 수 있었고 반응했다. 이름 붙이기와 폭력으로, 그리고 훨씬 뒤에는 잠정적으로, 신중하게, 망설이면서 어느 정도 실용주의적인 고요로 반응했다. 지배에 대한 이런 고민이 드러나고 비유적으로 그려진 작가들의 문학으로 우리는 다시금 눈을 돌려본다. 그 속에서 고요는(가령 멜빌의 경우) 비밀에 대해, 혼돈이 직접 새긴 메시지에 대해 사유하고자 명명을 거부하는 데서 찾아볼 수 있다. 폭력, 정복, 착취를 거부하고 대신 이 존재가 무엇으로부터 만들어졌고 만들어질 수 있었는지 대면하고 파고들고 발견하는 데 있다.

　바로 이 맥락에서 거트루드 스타인을 해석하고자 한다. 스타인은 이 타자 내면의 삶을 헌신적으로 탐구했고, 여기서 불간섭이라는 문제가 불거졌으며, 스타인의 탐구는 이 문제의 희생양이 되었다. 일반적으로 스타인이 선구자로 여겨지는 '모더니즘'은 여러 형태를 가지고 있다. 우리가 만약 모더니즘의 가장 일관된 한 가지 특성을 형태의 통합으로—경계의 풀림, 변경의 부재, 매체 결합, 장르 혼합, 젠더와 전통적 역할의 재정의, 새로운 분야나 기존 분야를 위해 다양한 분야나 한때 구별되었던 분야를 활용하는 경향, 예술에서 다양한 시대와 양식을 섞는 경향으로—본다면, 모더니즘을 향한 미국 문학의 여정이 어떤 특수한 방식으로 이루어졌는지 따라가볼 수 있다. 미국에서 통합과 '자연적'인 경계로 여겨졌던 것들의 혼합이자 해체의 가장 첫 조짐, 공포 어린 신호는 인종적 통합이었다. 가장 잘 기록되었고, 가장 큰 경계심을 일으켰으며, 가장 많은 관련 법이 만들어졌고, 금지된, 미지의, 위험천만한 영역으로의 가장 매력적인 모험이었다. 어둠, 불법, 부정으로의 타락, 익숙한 것과의 자극적이고 충격적인 단절을 상징했기 때문이다.

　문학에 의한 모더니즘의 포용에 대해 말하자면, 이것은 모더니즘을 향한 시각예술의 움직임에도 해당하는데, 이 여정은 상당 부분 인종적 '타자'의 존재라는 상상의 지형에서 이루어졌고 이루어지고 있다. 노골적이든 암묵적이든 이 존재는 미국 문학의 형태에 중대하고 강력하고 불가피한 영향을 끼쳤다. 문학적 상상력이 손만 뻗으면 닿을 수 있었던 이 존재는 때로는 눈에 보이게, 때로는 보이지 않게 개입하는 어떤 힘이었다. 그래서 심지어 미국 문학의 텍스트가 아프리카적 존재에 '대한' 텍스트가 아닐 경우에도, 그럴 경우 특히, 그 그림자는 거기에, 어떤 암시나 신호, 경계의 설정 속에 맴돌고 있다. 이민자들이 그들의 '미국적 특성'을 흑인 주민에 상반되는 어떤 것으로 이해한 것은, 그리고 여전히 그렇게 하고 있는 것은 우연도 실수도 아니다. 실제로 인종은 너무 비유적인 것이 되었고 비유로서 미국적 특성에 더욱 필수적인 요소가 되었기 때문에 우리가 익숙한 유사과학적, 계급에 기반한 인종주의에 필적할 정도다. 비유로서 이 아프리카적 존재는 미국에는 없어도 되는 어떤 것이다. 20세기 현재 미국인이 남들과 다름을 나타낼 수 있는 방법은, 미국인이 캐나다 사람이나 남미 사람, 영국 사람과 다른 미국인일 수 있으려면 백인 미국인이어야 하고, 그 구별은 언제나 의지할 수 있는 어둠에 기반하고 있다. '미국인'이라는 말에는 인종과의 연관성이 깊게 자리하고 있다.(누군가를 남아프리카 사람이라고 하는 것은 큰 의미가 없다고 한다. 남아프리카에 사는 '백인' 혹은 '흑인'이라고 수식해주어야 한다. 미국에서는 정반대다. '미국인'은 백인이라는 뜻이고 아프리카 출신 사람들은 이 말을 스스로에게 적용하기 위해 하이픈을 더하고 민족적 배경을 명시하며 애를 쓴다.) 미국에는 약탈을 일삼는 방탕한 귀족 계급이 없어서 미국인들은 그런 귀족의 방종을 시기하며 그들의 정체성을 박탈할 수가 없었다. 따라서 그 시기심과 박탈에 대한 욕구를 가공의 아프리카니즘에 대한 자기의식적, 자기반성적 사유 안에서 통합한 것으로 보인다.

문학에서 '모더니즘'을 상징하게 된 작가들의 지적, 상상 속 모험에 이 편리한 아프리카적 타자는 몸이 되기도 하고 정신이 되기도 했으며, 혼돈, 친절과 사랑, 자제력 없음, 자제력 있음, 자유에 대한 사색, 침략 행위의 문제점, 윤리와 도덕에 대한 탐구, 사회적 계약에 따르는 의무, 종교의 십자가, 그리고 권력의 파급 효과가 되기도 했다. 이 영향에서 벗어난 미국인 작가들은 나라를 떠난 것일 뿐 다 벗어나지는 못했다.

일부 예리한 평론계의 관찰자들은 미국식 개인주의가 '타자'의 가능성이나 '타자'가 머물 자리를 배제한다고 믿는다. 그리고 성차별주의의 경우 의미 있는 타자를 지우고 존재하지 않는 것으로 만들어버린다고 생각한다. 나는 그 정반대가 아닐까 생각해본다. 안전하게 묶인 자아를 바깥 멀리 위치시키는 데서 개인주의가 나온다는 것이 나의 생각이다. 비본질적인 젠더, 비본질적이고 외부적인 그림자를 신중하게 구상하고 날조하지 않는 한 내부는 없고, 안정적이며, 공고한 개인적 자아도 없다는 생각이다. 둘은 연결되어 있지만 연결부는 자아의, 몸의 바깥 경계다. 이것은 백인 남성의 경우 틀림없는 사실이다. 그리고 미국인의 정의는 남과 다른 백인 남성이고, 성공한 미국인은 남과 다르고 힘 있는 백인 남성이므로, 이 장치가 작동하려면 흑인성, 여성성, 낯설게 만드는 전략, 그리고 억압이 필요하다. 버나드 베일린은 이런 전형적인 자기 영속적, 자기규정 과정을 보여주는 가장 간결하고 흥미진진한 초상을 제공하고 있다. 《서쪽으로 향한 여행자들》이라는 놀라운 책은 여러 이민자와 이주민의 삶을 되짚어보는데, 특히 윌리엄 던바에 대한 자세한 기록이 있다.

던바의 초상에서 얻을 수 있는 놀라운 결론은 이 특정한 미국인의 성공적인 형성이 네 가지 결과물을 낳았다는 것이다. 자주성, 권위, 새로움과 다름, 그리고 절대 권력이다. 19세기와 20세기에 와서 이런 혜택은 개인주의, 다름, 그리고 권력 행사라는 의미를 갖게 된다. 이것이 미국 문학의 주요 특징이기도 하다는 사실은 놀랍지 않다. 새로움과 다름. 개인주의. 영웅적 힘. 이런 말들은 적어도 2차 세계대전까지는 다음과 같은 의미를 가진다. 19세기의 '새로움'은 20세기에 와서 '결백함'이 된다. '다름'은 현대성을 보증한다. '개인주의', 즉 론 레인저[13]를 숭배하는 교단은, 고독하고 소외된 반항자(그럼에도 여전히 결백한)와 떨어져 생각할 수 없고, 여기서 깊이 들어가지는 않겠지만 톤토에 대해서도 흥미로운 여담의 여지가 있다. 나는 론Lone 레인저가 항상 톤토와 함께 다니는데 왜 고독한lone 레인저인지 항상 궁금했다. 이제 와서 보니 이 관계의 인종적이고 비유적인 특성을 고려할 때 론 레인저가 고독할 수 있는 이유는 톤토가 있다는 바로 그 사실 때문이다. 톤토가 없으면 그냥 '레인저'일 것이다. 영웅적 힘은 전쟁이 끝나면 권력 사용과 남용의 문제로 이어진다. 미국 문학의 이런 특징은 모두, 내 생각에는, 만들어진 아프리카니즘을 정체성 확립을 위한 운동장이나 경기장으로 복합적으로 인식하고 활용하는 데서 온다. 미국은 도대체 무엇에 대해 고집스럽게 결백을 주장하는지 궁금하지 않을 수 없다. 미국 모더니즘과 활발하게 활동하는 아프리카계 미국인 창작자들의 존재는 어떤 관계가 있는가? (누군가 지적한 바에 따르면, 영화 업계는 새로운 기술이나 영역을 보여주거

---

13    미국 서부극 주인공으로 아메리카 원주민 톤토와 함께 다니며 악한들을 처벌한다.

나 보여주고 싶을 때 흑인 등장인물이나 서사, 흑인 언어를 활용한다. 최초의 장편 유성 영화는《재즈 싱어》다. 최초의 극장가 인기작은《국가의 탄생》, 최초의 TV 시트콤은《에이머스와 앤디》다. 그리고 정확하지 않을지 몰라도 최초의 다큐멘터리는《북극의 나누크》다. 게다가 '모더니즘' 영화감독의 의미심장한 영화음악들이 미국에서 '흑인 음악'이라고 불리는 음악이었음을 누구도 부인하지 않을 것이다.) 요점으로 되돌아가자면, 궁극적인 질문은 개인의 소외가 지속적인, 그러나 기만적으로 유지되고 있는 뚜렷한 다원성 속에 사는 '백인' 자아로부터의 소외가 아니면 무엇이냐는 것이다. 이 마지막 질문은 권력 소유, 권력으로부터의 배제, 권력 분배를 초점으로 하고 있다.

나는 거트루드 스타인이 모더니즘의 패러다임 혹은 선구자임을 언급한 바 있다. 이제 스타인의 가장 존경받는 작품 가운데 하나를 살펴보면서 스타인이 얼마나 흥미로운 방식으로 문학적 아메리카니즘을 드러냈는지 설명하고, 이것이 스타인의 혁신, 새로움, 개인주의의 표현과 어떻게 연관되는지, 그리고 성적 권력, 계급적, 인종적 특권에 대한 스타인의 인식과 어떤 연관성을 가지는지 따져보고자 한다.

거트루드 스타인이《세 여자의 인생 The Three Lives》에서 그리는 세 여자의 인생은 명확히 불평등하다. 저자에 의해 불평등하게 다루어지기도 하고, 앞으로 설명하겠지만 여러 다른 방식으로도 불평등하다. 이 작품을(세 개의 이야기를 장편 혹은 중편 소설로 묶은) 구성하는 세 여자 중에서 한 여자의 이야기는 71페이지를 차지하고, 또 한 여자의 이야기는 40페이지를 차지한다. 그런데 또 다른 여자에 대한 가장 중심적인 중간 이야기는 첫 번째 이야기의 두 배, 마지막 이야기의 거의 네 배에 이르는 공간을 차지한다. 세 여자에게 각각 불공평하게 분배된 이런 공간은 더욱 큰 차이를 드러내는 불평등에 의해 두드러진다. 첫 번째 부분의 제목은 '선한 애나', 마지막 부분은 '상냥한 레나'다. 그러나 가장 중심적이고 중간에 놓여 있으며 가장 긴 부분에는 수식어가 없다. 그냥 '멀랭사'다. 기억하겠지만 멀랭사는 흑인 여성이다.(스타인에 따르면 니그로다.) 두 사람 사이에 끼어 있는 멀랭사의 이야기는 틀 속에 있는 듯, 속박되어 있는 듯하다. 마치 멀랭사의 다름을 잘 통제하면서도 전면으로 끌어내고 강조하려는 것 같다. 멀랭사와 멀랭사의 좌우에 있는 두 여성 간의 놀라운 차이로 들어가기 전에 먼저 유사점을 밝혀야 할 것 같다. 하지만 이런 유사점은 멀랭사의 다름, 그리고 스타인이 멀랭사에게 부여한 차이를 더 부각시키고 있는 듯하다. 이 텍스트를 구성하는 세 여성은 모두 하인이다. 모두 끝에는 죽음을 맞는다. 모두 남성에 의해, 혹은 남성 지배적인 사회에 의해 어떤 방식으로든 학대를 당한다. 모두가 절망적 빈곤과 합당한 빈곤 사이의 경계에 있다. 그리고 세 사람 모두 어떤 나라에서 태어났지만 유사점은 바로 여기서 끝난다. 두 백인 여성은 국적이 있다. 일단 독일인이지만 이민자이기에 원하면 독일계 미국인이라는 범주에 들 수 있다. 오직 멀랭사만 미국에서 태어났으나 국적은 명시되지 않는다. 멀랭사는 니그로이기 때문에 노예해방 이후 40년이 지난 1909년에도 조국이, 국적이 없다. 멀랭사가 미국인이라는 설명은 어디에도 없고 화자도 그런 사실을 명시하지 않는다.

스타인에게 멀랭사는 특별한 니그로다. 인정할 만한 니그로

다. 피부색이 옅은 편이기 때문이다. 여기 적지 않은 의미가 있는 이유는 멀랭사의 이야기가 멀랭사와 아주 가까운 친구 로즈와의 비교로 시작하기 때문이다. 로즈는 반복해서(고집스럽게) 아주 까만 피부를 가진 것으로 그려진다. "무뚝뚝하고 어린애 같고 비겁하고 새카만 로지는 투덜거리고 야단을 피우고 울부짖으며 혐오감을 일으키고 뭘 모르는 짐승처럼 굴었다." 이 한 뭉치의 수식어에는 1980년 이전의 소설들이 아프리카적 인물을 묘사할 때 대부분 함축적 의미 속에, 심지어 노골적인 언어 속에 집어넣은 모든 것이 들어 있었다. 미신적인 집착, 환유법을 통한 축소, 대화와 공감을 차단하기 위해 사람을 동물 취급하던 습관, 그리고 간소화된 고정관념 등이었다. "로즈 존슨은 새카맣고 키가 크고 체격이 좋으며 무뚝뚝하고 아둔하고 아이 같은, 보기 좋은 니그로 여자였다." "로즈 존슨은 새카만 니그로 여자였**지만** 백인들 손에 친자식처럼 컸다."(강조 표시는 내가 넣은 것) 곧바로 눈에 띄는 점은 스타인이 이 백인들을 묘사하거나 누군지 밝히지 않는다는 것이다. 착했는지 교육받았는지 가난했는지 아둔했는지 심술궂었는지 모른다. 백인이라는 것으로 충분하고 어떤 종류의 백인이었던 간에 **백인이므로** 그들로부터 배운 게 있는 로즈 또한 특권적 위치에 놓인다는 전제가 있는 것으로 보인다. 실제로 로즈는 이 사실을 인정할 뿐만 아니라 감사히 여긴다. 반면 피부가 밝은 편인 멀랭사는 "인내심 많고 고분고분하고 상냥하며 지칠 줄 모른다"고 묘사된다. 또한 "연갈색 피부를 가진 우아하고 지적인 니그로 여자"로 "로즈처럼 백인이 키우지는 않았지만 **절반은 진짜 백인의 피로 빚어진**"(강조 표시는 내가 넣음) 여자였다. 요점은 명백하고도 남는다.

로즈는 백인 손에 자라는 복을 누렸지만 멀랭사는 더 높은 자격, 즉 피로 얻은 자격을 주장할 수 있는 것이다. 여기에는 약간의 부주의함이 없지 않은데 이후 멀랭사의 아버지가 "새카맣고" "잔인한" 것으로, 어머니가 "상냥해 보이고 기품 있으며 유쾌한, 연노란 흑인 여자"였던 것으로 나오기 때문이다. 그래서 "절반은 백인"이라는 꼬리표는 말이 안 된다. 스타인은 멀랭사를 "섬세하고 지적이고 매력적인, 절반은 백인인 소녀"로 칭하지만, 당시의 인종주의적 유전학에 따르면 절반이 백인이려면 한쪽 부모가 백인이어야 했다. 나는 이 후자의 가능성이 작가에게 너무 복잡한 난관을 제시했다고 생각한다. 어떻게 백인 어머니가(아버지는 새카만 피부를 가졌기 때문에) 흑인 아버지와 인연을 맺었는지 설명해야 하기 때문이다. 멀랭사의 백인 연인이 추후 멀랭사의 파멸에서 맡은 중추 역할을 살펴보는 것만으로 실로 충분하고, 굳이 또 다른 혼혈 관계의 악영향을 살펴볼 필요는 없을 것이다.

스타인이 이런 인종주의적 과실을 거듭하고 언어적 지름길을 택한 사실을 괜히 반복해서 말하는 것이 아니다. 내가 강조하고 싶은 점은 스타인이 특정 결론에 다다르기 위해서는 이런 과실과 지름길에 꼭 의지해야 하기 때문에, 그가 독자의 신뢰를 상실할 것을 감수하고 인종주의적 세부 묘사에서 눈에 띄는 실수를 하거나 제멋대로 구는 텍스트를 통제하지 못한다는 것이다. 가령 로즈 존슨에 대해서 거듭 어린애 같고 부도덕하다고 말한다. 그렇지만 로즈는 멀랭사의 친구들 가운데 유일하게 성인으로서 책임을 다한다. 결혼도 하고 집도 있으며 관용을 베풀기도 한다. 스타인은 로즈가 아둔하다고 말하지만 이를 극화하는 데 실패한다. 우리는 어디에서도 로즈가 아둔하게 행동했다는 증거를 찾지 못한다. 그리고 멀랭사는 대단한 백인 핏줄을 가졌지만 거리에서, 항구에서, 조차장에서 대부분의 시간을 보낸다. 핏줄에 대한 이런 집착에 어떤 논리가 있는지 묻지 않을 수 없다. 스타인이 굳이 언급하지 않는 이런 비도덕성을 부추기는 것은 멀랭사의 흑인 피가 아니라 '백인' 피일지도 모른다.

마찬가지로 재미있는 것은 멀랭사 이야기에 나오는 아프리카계 미국인들의 역할이다. 즉, 아버지, 남편, 아버지의 친구, 그리고 멀랭사의 연인에게 주어진 자리다. 스타인을 칭찬하자면, 백인과 흑인 남성 사이에 선과 악이 공평하게 분배되어 있다. 스타인을 비판하자면, 어떤 남성을 다루든 민족적 고정관념에 심히 의존한다. 아일랜드인에 대한 편견, 독일인에 대한 편견, 그리고 앞서 언급한 핏줄에 대한 강한 집착이 뚜렷이 보여주는 기존의 통념들. 두 해 동안 의학 대학을 다닌 사람에게서 이런 유사과학이 나온다니 놀라울 따름이다. 아무튼 스타인은 아프리카적 인물들에 특수성을 부여하는 책임을 저버리고 피부색이 제공하는 손쉬운 환유적 축소라는 도구, 그리고 거기 딸린 간소화된 고정관념으로 인물들을 '설명'하고 '정당화'한다. 그러나 이런 전략은 다시금 스타인을 몹시 심각한 모순에 빠지게 하고 독자의 신뢰는 사라져버린다. 가령 멀랭사의 아버지는 거듭 딸에게 '잔인하고 거칠게' 구는 것으로 그려지는데, 처음에는 집에 불규칙적으로 찾아오는 손님이었다가 나중에는 집을 떠나고 소설에서도 아주 사라져버린다. 그가 잔인하고 거칠다는 사실을 뒷받침하는 것은 그가 '검고' '남성적'이라는 사실뿐이다. 이 검고 남성적이고 잔인하고 거친 사람이 어떤 행위를 했는지 살펴보자. 아버지는 딸에게 집적대는 딸의 남자 친구로부터 딸을 지키고 이 때문에 싸움에 휘말린다. 아마도 이런 모순 때문에 그가 텍스트에서 간편하게 사라지는 것일지 모른다. 아버지가 떠나지 않았다면 치열한 보호자/구원자를 둔 멜랭사는 남자들과 그토록 심한 문제를 겪지 않았을 것이다.

그러나 가장 주목할 점은 아프리카적 인물들을 흑인으로서 어떻게 거듭 차별화했는지가 아니라 그들이 애초에 포함된 이유일 것이다. 나는 멜랭사의 이야기가 스타인을 위해 아주 특별한 목적을 수행했다고 믿는다. 이 이야기에 들어 있는 아프리카니즘은 스타인이 안전하게 금지된 영역으로 들어가는 수단, 그리고 거기서 불법적이고 무법적인 것들에 방점을 찍고, 남성이 있든 없든 여성 사이의 관계에 대해 반추해보는 수단이 된다. 이 소설에 나오는 세 여자 중 오직 멜랭사의 이야기에서만 성적 학습과 성적 관계가 서사의 중심이고 인물들의 운명을 가른다. 제아무리 거트루드 스타인이라도 1909년에 백인 여성의 성적 활동에 대한 노골적인 사실들을 논하는 것은 상상조차 하지 못했을 수 있다. 아무리 낮은 계층의 백인이어도 그랬을 것이다. 애나와 레나의 관능/성을 비교해보면, 멜랭사의 삶과 다르다는 것을 알 수 있다. 두 사람은 정숙하고 정혼 상대가 있으며 가부장제의 요구에 철저히 순종한다. 다른 미국인 작가들과 마찬가지로, 특히 우리가 모더니즘과 연관시키는 작가들과 마찬가지로 스타인 역시 실험 대상이 아프리카적일 경우 성적인 서사를 실험해도 괜찮다고, 소화하기 낫겠다고 느꼈을 것이다. 흑인 하녀를 상대로 지속적으로 실험한 뒤 다양한 산부인과 도구들의 모범을 제시한 프랑스 의사와 마찬가지로, 거트루드 스타인은 금지된 영역에서 자신의 '새로움'을 전개하는 데 안전함과 편안함을 느낀다. 수술대에 오른 몸이 저항이나 제약 없이 스스로를 내놓은 듯했기 때문이다. 불법적이고 부정하고 위험하고 새로운 것을 명시하기 위해 마음껏 활용하도록 주어진 대상이기 때문이다. 블랙페이스를 하고 아프리카적 페르소나를 통해서(페르소나로서) 이야기할 때 엄청난 관중을 모을 수 있었던 백인 배우들처럼 작가들도 입에 담을 수 없는 것, 노골적인 성, 정치적으로 전복적인 내용에 대해 말할 수 있었다.

그렇다면 이런 새롭고 부정한 주제는 어떤 것이었을까?

적어도 세 가지가 있었다. (1) 여성이 서로의 보호를 위해서가 아니라 서로가 제공하는 지식이라는 자원을 위해 형성하는 끈끈한 유대, (2) 성, 자유, 지식의 삼각 형태로 나타나는 현대 여성의 신념, (3) 미국인이라는 관념을 구축하기 위한 아프리카적 존재에 대한 의존이었다. 멀랭사와 제인 사이에, 그리고 멀랭사와 로즈 사이에는(피부색이 다름에도) 진정한, 심지어 절박한 사랑이 있다. 이 친구들이 멀랭사에게 보여주는 용인과 지혜는 멀랭사가 남자 친구들, 흑인 의사들, 혹은 흑인 도박꾼들로부터 배우는 것보다 훨씬 우월하다. 《세 여자의 인생》에서 모든 여성은 슬픈 결말을 맞이하는데, 단 한 명 멀랭사만이 죽기 전에 쓸모 있는, 어쩌면 현대적인 배움을 얻는 듯하다. 아프리카적 존재와 마주했던 스타인이 문학에 남긴 중요한 기여는 그가 이 만남에, 당대의 어떤 주류 작가도 허락하지 않았던 복합성과 현대성을 부여했다는 것이다. 백인 핏줄과 흑인 핏줄에 대한 스타인의 가정은 전통적 인종차별주의를 벗어나지 못하지만, 스타인은 이 주제에 흥미로운 변주를 더한다. 멜랭사는 '참을 수 없는' 아버지가 준 흑인성이라는 성질을(성질이라고 해도 될지 모르겠지만) 소중하게 여긴다. 그리고 멜랭사에게 자살하지 말라고 충고하는 '새카만' 로즈를 도덕적 기준이 매우 높은 '보통'의 기혼자로 그린다. 로즈가 "흑인들의 단순하고 난잡한 부도덕함"을 가졌다는 스타인의 고집과 상반된다.

그러나 스타인의 탐구에서 핵심은 여성의 자유, 그리고 성과 지식의 관계에 대한 물음이다. 이 탐구에서 우리는 다시 한 번 스타인이 차이를 두는 것을 볼 수 있다. 《세 여자의 인생》은 삶의 통제권과 의미를 찾으려 애쓰는 무성적인 과년한 여자 '선한 애나'의 인생을 고민하는 데서 시작하여, 아프리카적 여성 멜랭사의 인격과 몸을 통해 성적 이해(스타인이 '지혜'라고 부르는)를 탐구하는 방향으로 이어진다. 그리고 여성 경험의 절정으로 간주된 '상냥한 레나'의 결혼과 출산에서 끝을 맺는다. 스타인이 성적인 부분을 살펴보기 위해 흑인 여성을 선택했다는 것은 은밀한 성을 표현하고 그것을 다룰 수 있게 허용하는 아프리카니즘의 용도를 시사하고 극화한다.

스타인이 텍스트 전반에서 대체로 농담조로 말하고 있고, 남들의 입을 통해서 단호한 의견을 말하기도 하며, 드러내놓고 익살을 부리거나 어떤 구절에서는 심지어 풍자적이지만, 우리는 이 여자들의 진정한 삶을 들여다보는 스타인의 상당히 급진적인 시선을 기꺼이 따라간다. 그러나 한 사람(멜랭사)의 생애에서만 다른 두 사람의 생애에서 보았던 성적 억압이 사라질 뿐만 아니라, 억압의 거부가 멜랭사와 스타인이 풀어야 할 핵심 주제가 된다. 흑인 여성만이 성적 이해에 대해 고민할 수 있고, 무엇보다 중요한 것은 작가가 멀랭사의 장난스러운 연애를, 멀랭사가 홀로 항구와 기차역으로 가 남자들을 보는 것을, 멀랭사의 문란한 성생활을, 이 모든 것을 지혜를 향한 열망이라고 부른다는 것이다. '새카만' 로즈에게는 문란하다는 꼬리표가 붙지만, 절반은 백인인 멀랭사는 지식을 탐구한다고 한다. 동일해 보이는 행동에 상이한 꼬리표를 붙이는 이런 거리 두기는 탐구하는 사람의 피부색이 다르다는 단순한 이유로 은밀히 한 종류의 호기심을 치켜세우고 다른 종류는 비하하는 기능을 한다. 그 밖에도 백인 하녀와 흑인 여성이 비교될 때 여러 차이점이 눈에 띈다. 애나와 레나는 성에 대한 호기심이 없다. 선한 애나는 결혼이나 사랑의 가능성조차 염두에 두지 않는다. 애나의 '로맨스' 상대는 가까웠던 최초의 친구 렌트먼 부인이다. 상냥한 레나는 너무 겁에 질려 있고 무디고 호기심이 없어서 스타인은 레나와 레나의 남편 허먼 사이에 일어나는 합법적인 성관계에 대해 깊이 생각할 필요가 없다. 레나는 그저 아이 넷을 낳고 마지막 아이와 함께 죽으며, 남편은 조용하고 불만 없는, 그 자신이 돌봄을 주는 사람으로 남는다. 멀랭사만이 용기가 있고, 흑인 아버지의 매혹적인 힘을 느끼며, 연갈색 피부를 가진 엄마의 나약함을 느끼고, 수동적인 엄마와 자신을 동일시해서는 어떤 존경도 받을 수 없으리라는 것을 감지한다. 멀랭사는 마음껏 거리를 누비거나 골목 어귀에 서 있거나 흑인 남성들이 일하고 있는 철로와 항구를 방문하며, 그들과 대담성을 겨루고 신랄한 말을 주고받고 놀리고 도망치고 말대꾸한다. 이성 간의 성애를 살펴보고 강조하고 의심하는 것은 멀랭사의 권위 있는 목소리다. 이 목소리는 이상적 결혼과 연애에 대한 중산층의 시각에 도전장을 던지고, 남녀 간의 만남이라는 전장에 전사로서 투사로서 과감하게 입장한다. 성적 지식의 가치를 탐구하기 위해 스타인이 부도덕하고 문란하다고 규정한 새카만 로즈가 아니라, 절반은 백인이고 대학 교육을 받은 멀랭사를 택한 것은 아주 흥미롭다. 그토록 대담무쌍한 스타인이었지만, 차마 새카만 흑인 여성의 몸 위에서 이 매우 은밀한 문제들을 탐구할 수는 없었던 것이다. 허구일지언정 그러한 연상 작용에 따르는 위험이 부담스러웠던 것이다. 로즈를 향한 스타인의 멸시는 느껴지지만, 제인의 헤픈 행동은 멀랭사와 마찬가지로 모호하게 그려지며 명백히 고상하고 냉소적인 언어로 표현된다. 제인 하든은 "산전수전 다 겪은 여자였다. 힘을 가지고 있었고 힘 쓰는 것을 좋아했다. 백인 피가 많았고 그래서 더 잘 볼 수 있었다…… 속에는 힘찬 백인의 피가 있었고 배짱과 끈기, 활기찬 용기가 있었다." 인종에 대한 스타인의 암호화된 가치관은 분명하다. 스타인은 명쾌함, 힘, 활기찬 용기를 주는 백인의 피를 자신과 동일시하지만, 성적 표현은 별개의 핏줄에서 흐르는 것으로 보이는 비백인의 피로 해결하고자 한다. 백인의 피가 포괄적으로 전달할 수 있는 힘, 지성 등에 대한 주장이 얼마나 터무니없는지 강조해주는 것은 숨 돌릴 새도 없이 심지어 같은 단락에서 완전한 백인들의 수동적이고 어리석은 행위 등등이 나타난다는 점이다. 과학적 인종주의의 어리석음에 굴복한 사람에게 반대의 논리는—《세 여자의 인생》에서 '활기찬 용기'와 '끈기'를 제공하는 것은 흑인의 피라는 논리—차마 입에 담지 못할 사실이었을 것이다. 이 책에 나타나는 위계와 주장은 모순을 동반하기 때문에 긴장을 유발하고 독자의 불신을 낳는다. 가령 아프리카적 여성은 속속들이 헤프고 부도덕하게 그려지지만, 레나의 친구이자 레나의 작은 세상 속에서 중요한 역할을 하는 L 부인은 산파라는 직업을 가지고 있으며, 특히 어려움에 처한 여자들의 출산을 돕는다. 그러다 어느 시점에서 사악한 의사 애인과 함께 낙태를 돕기까지 한다. 왜 이런 곤경에 처한 백인 여성은 흑인 자매들과 달리 부도덕하고 헤프다고 여겨지지 않는지 묻게 된다. 이 일화들은 L 부인의 너그러움과 실력을 가리키는 데서 대충 마무리된다. L 부인이 돌보는 산모들의 부도덕성에 길게 머물지 않는다. 피부 탓에 '문란하다'고 여겨지는 일도 없으며, 심지어 항구에서 세상을 사는 지혜를 탐구하고 있었다는 식의 설명도 없다.

내가 주목하고 싶은 마지막 시각은 내가 이 글의 시작과 함께 제시한 것이다. 이 시각에 따르면, 아프리카적 존재를 상상하는 일의 상당 부분은 미국인이라는 개념을 구축할 때, 신중하고 일관적으로, 미국성에 대한 선결 조건으로서 백인성을 주장하고 발전시키는 데 탁월한 사람으로 구축하는 일과 상관이 있다.

《세 여자의 인생》의 중심에는 두 여성 이민자와 미국에서 태어난 시민임에도 국적이 주어지지 않는 한 흑인 여성이 있다. '선한 애나' 이야기에 나오는 비중이 크지 않은 어떤 인물이 어머니의 고향 독일을 방문하고 애나의 촌스러운 행실을 보았을 때 여자는 사촌 애나가 "검둥이보다 나은 게 없다"고 말한다. 《미국인의 형성The Making of Americans》이라는 작업에 푹 빠져 있었던 스타인은 문학 속에서 미국인의 본보기를 제대로 제시해주었다. (1) 언어적이고 육체적인 장벽을 쌓고 (2) 핏줄, 피부색, 감정을 차별화하고 (3) 이민자들과 상반되는 위치에 두면 (4) 보라! 이렇게 진정한 미국인이 나오는 것이다!

두 이민자 사이에 끼어 있는 멀랭사는—제약을 가하는 정숙한 백인 여성의 손에 의해 공격성과 힘이 제지된—과감하지만 신뢰를 얻지 못한다. 마음껏 탐험하지만 피부색에 구속되고 왼쪽과 오른쪽에 있는, 전경이 되고 배경이 되는, 멀랭사의 시작이자 끝인, 멀랭사를 앞서고 뒤서는 두 백인 여성 사이에 갇힌다. 이 형식과 내부 구조는 진의를 드러내고 있다. 미국적 특성에 영향을 주는 모든 요소는 이 여성들을 통해 나타난다. 노동, 계급, 구세계와의 관계, 비유럽적인 새로운 문화를 형성하는 일, 자유를 규정하는 일, 속박의 회피, 기회와 권력의 추구, 억압을 가할 대상을 선정하는 일. 이런 고려 사항은 미국인들이 어떻게 국민 정체성을 선정하고 선택하고 구축했는지에 대한 고민에서 분리할 수 없다. 그 과정에서 선정되지 않은, 선택되지 않은 잔재는 축적된, 구축된 미국인만큼 의미심장하다. 미국인의 정의에 핵심적인 여러 탐구 과정 가운데 가장 강력한 것은 정서적, 역사적, 도덕적 문제와 대면하고 권력, 특권, 자유, 평등에 관한 진지한 물음과 지적으로 씨름하기 위한 연구실 속 실험으로서의 아프리카적인 인물에 대한 반추이다. 미국을 구성하고 만든 것들의 결합과 유착이 이른바 새로운 민족 형성 속에 있는 아프리카니즘 없이는 불가능했다고 생각해볼 수 있지 않을까? 그리고 그런 형성 과정은 여성과 흑인에 의한 민주와 평등의 요구에 어떤 영향을 미쳤을까? 백인 민주주의와 흑인 억압이라는 두 대립하는 전제에 내재한 모순이 문학에 깊이 반영되어 그 핵심에 흔적을 남기고 차별화하고 있는 것은 아닐까?

두 이민자가 마치 샴쌍둥이처럼 멀랭사와 문학적으로 **연결되**
어 있듯이, 미국인들 또한 그 등골에 있는 아프리카적 존재와 연
결되어 있고 그로 인해 규정된다.

1990년 11월 14일, 미국 조지아 대학교
'차터 렉처 시리즈: 미국식 아프리카니즘 연구' 일부.

# 학계의 속삭임

1980년대 후반 나는 미국 흑인 문학을 연구하는 학계 내부에서 학생들과 이 연구의 대가들이 낮은 목소리로 나누는 대화에 불편함을 느끼기 시작했다. 대화는 해당 분야의 진정한 목적에 대한 내부적인 동의로 보였다. 낮은 목소리로 이루어진 이런 대화에 내가 느낀 불편함은 학술 분야로서 미국 흑인 문학의 정당성을 공격하고 매수하는 또 다른 노골적인 대화로 인해 더 악화되었다. 이 은밀한 대화와 노골적인 대화 모두 정전 형성 논의의 동력이 되었다.

1980년대 나는 당시 형성되고 있던 논의—정체성 정치와 정체성 없음의 정치, 이른바 '보편성' 정치의 대립—에 내가 느끼고 있는 불안을 상세히 따져보고 싶지 않았다. 다른 데 정신을 팔고 싶지 않았고, 아프리카계 미국인 예술가와 학자가 꼭 지켜야 한다고 믿는 그 오래되고 음울한 일상에 빠지고 싶지 않았다. 바로 존재할 권리를 주장하는 일상, 영원히 주장하는 일상이었다. 아주 지루한 싸움이었고 충분히 되풀이되었으며 너무 많은 힘을 빼는 싸움이라 이런 일상에 빠지면 예술가와 학자는 진정한 작업, 자신의 작품을 다듬고 제 할 일을 하는 작업을 위한 어떤 시간과 힘도 남겨둘 수 없었다. 나는 투우사의 붉은 망토가 휘날리는 모습을 보고 싶지 않았다. 그 망토는 도발하도록, 그로써 한 세력이 제힘을 깨우치지 못하도록 설계된 망토였다. 나는 이미 인종의 영향을 받은 언어로 인종차별적이지 않으면서도 인종적 특수성이 있는 문학을 만드는 데 집중하고 있었다. 게다가 독자는 인종적 위계질서의 전제들과 마주하기를 강요받은 사람들이었다. 나는 어떤 것도 입증하거나 반증할 필요가 없는 것처럼, 마치 비인종적 세상이 이미 존재하는 것처럼 쓰기로 했다. 인종을 초월하거나 어떤 사기성 짙은 '보편성'을 추구하는 대신—보편성은 '비흑인'을 의미하게 된 어떤 암호와도 같다—나 자신의 상상력의 자유를 주장하기로 했다. 나는 인종이 아무 의미 없는 세상에 살아본 적이 없고 누구나 그렇기 때문이다. 그런 세상은, 인종적 위계가 없는 세상은 대개 에덴동산이나 유토피아 같은 꿈의 지형으로 상상되거나 그려진다. 가능성이 그만큼 요원하다는 것이다. 희망의 언어는 그런 세상을 이상적인 세상으로, 구세주가 강림해야 가능한 세상, 야생환경 보전 공원처럼 보호된 구역 안에 있는 세상, 인종과 계급보다 사냥 실력이 중요한 포크너의 상상 속 숲에 있는 세상으로 그려낸다. 이미, 그리고 언제나 특정 인종으로 분류되는 작가인 나는 백인 아버지의 전지적 법률을 바탕으로 하는 주인의 목소리를 재현할 수 없겠다, 그러지 않겠다고 생각했다. 나는 심상적이고 비유적인 언어의(그리고 구문의) 조작, 변이, 통제를 통해 문학이라고 부를 만한 것을 만드는 방법을 알아내고 싶었다. 그 문학은 내게 주어진 인종적 언어가 상상력에 가하는 제약에서 자유로워야 했다. 물론, 단지 인종 비하의 표현이나 별명, 고정관념을 피하려고 했다는 말이 아니다. 나는 먼저 인종적 언어의 전략을 파악한 다음, 그 전략을 이용하고 펼쳐 반대의 효과를 내고자 했다. 그게으르고 거저 얻은 힘을 비활성화하고 반대의 힘을 불러내고자 했으며, 인종화된 사회가 우리에게 입힐 수 있고 입히고 있는 구속복으로부터 내가 만들고 기록하고 설명하고 변모시킬 수 있는 것들을 해방하고자 했다. 나는 백인의 시선 밖에서 쓰기를 고집했다. 백인의 시선에 대항하는 것이 아니라 인간성을—작가들은 언제나 인간성을 강조하라고 요구받는다—상정할 수 있는 공간에서 쓰고자 했다. 인종 지배에 몰두하는 세상에서 그 세상을 지탱하는 언어의 전략을 사용하지 않고 그 세상에 대해 쓰는 것은 작가가 할 수 있는 가장 시급하고 보람 있고 도전할 만한 작업이라고 여겼다. 앞서 말했듯 인종적 지배나 위계가 없는 세상은 문학에서 불가능한 에덴, 닿을 수 없는 유토피아로 그려지기도 하지만, 그런 세상이 '야만' '역사의 종말' '미래의 상실'이라는 주장도 있었다. 그런 세상이 쓰레기 같은 미래를 맞이할 수밖에 없는 운명이라는 주장, 이미 손상된 무가치한 경험이라는 선언도 있었다. 다시 말해 대재앙이라는 것이다. 순진무구하거나 부패한 사람들로 이루어진 존스타운[14]처럼 무지, 살인, 광기로 끝날 수밖에 없다는 것이다.

당시 내가 편집증 초기였는지도 모르겠다. 그 원인은 대학에서 인종차별에 대해 강연해달라는 요청이 이상할 정도로 쇄도했기 때문이다. 심지어 아주 비겁한 인종차별 사건들이 벌어진 캠퍼스에서도 강연을 요청했다. 나는 단지 이런 요청에 전제된 사실이 성가셨던 게 아니라, 내가 전혀 알고 있지 못한 분야에 대해(이 밖에도 모르는 분야는 많지만) 해명해달라는 요청에 화가 났다. 물론 나도 인종차별 피해자가 되어본 적이 있다. 그렇지만 도대체 왜 피해자에게 자신을 괴롭히는 사람에 대해 설명하라는 건지 궁금했다. 괴롭히는 이유를 잘 아는 사람에게 묻는 것이 가장 좋지 않은가?(강간 피해자가 강간범을 달래는 방법을 가장 잘 알고 있을까?) 내 생각에 인종차별 문제는 먼저 그것의 원인이 된 특권적 지위에 있고 그것의 안팎 사정을 가장 잘 아는 사람들이 다루어야 한다. 내 시간을 그런 데(치유하고 아픔을 느끼는 데) 할애하라는 요청은 나를 지나치게 불편하게 만들었을지 몰라도 어쩐지 미국 흑인 문학 연구에 대한 인식과 연결되는 듯했다. 일부 영역에서 미국 흑인 문학 연구는(고등학교와 몇몇 대학교 교과 과정, 강의 계획표, 문학 선집, 다양한 서론, 머리말, 후기와 서문에 드러나 있듯) 생존자가 환자인 동시에 의사임을 가정하는 특수한 병리 연구를 통해 이웃 사랑과 관용을 가르치는 행위로 인식되고 있었다. 그리고 이런 영역에서 바로 앞서 말한 낮은 목소리의 담론이 이루어지고 있었다.

미국 흑인 예술과 문학 학도들 간의 만남은 그 무엇보다 순수한 의도에서 이런 숨은 의미를 생성하게 되었다.(《가장 푸른 눈》

14    짐 존스라는 미국 사이비 교주가 만든 정착지로 교인들의 집단 자살 교사로 끝이 났다.

이 초등학교 교재로 채택되었다가 금지된 일에서 잘 나타난다.) 이 두 가지 메시지가—병리 현상에 대한 설명으로서 미국 흑인 예술, 그리고 인종차별로 인한 발진을 완화하기 위한 진통제로서 미국 흑인 예술—어떻게 형성되었고 왜 형성되었는지 이해하기는 쉬웠다. 먼저 미국 내에서 흑인의 역사는 잔인했고, 그 결과는 여전히 현대인의 삶을 흔들고 채운다. 그 잔인성을 탐구하고 인정하는 일은 그 역사 속 흑인 존재의 해석을 오로지 흑인만의 병리 현상으로 보는 관점으로 이어질 수 있었고 실제로도 그랬다. 흑인이 문제라는 관념으로 이어질 수 있고 실제로 그랬다.(리처드 라이트, 랠프 엘리슨, 제임스 볼드윈, 조라 닐 허스턴에 이르기까지 모든 흑인 작가는 '흑인 문제'에 대해 의견을 말해야 했고, 심지어 필리스 휘틀리와 노예 서사의 작가들은 글을 쓸 수 있다는 사실을 입증해야 했다.) 우리 문제를 해결하는 것은 우리 일이었다.

　　미국 흑인 문화 연구를 백인 인종차별의 초기 증상에 대한 예방 접종으로 보는 해석의 반대편에는 미국 흑인 문화 연구가 인종차별에 대해 자연 면역력을 가졌다고 보는 시각이 있다. 흑인의 삶을 공동체에 유익한 보물, 공헌, 유용한 재래식 기제로 넘치는 풍요의 뿔로 보는 시각, 그리고 이런 사회적 기제가 그것을 에워싼 인종 사회에 순수한 대안으로 작용한다고 보는 시각이다. 이 해석은 아프리카계 미국인 대부분의 생각을 잘 포착하고 있다. 그들의 실제 삶, 자양분을 주는 삶, 내적 삶이 다른 어딘가에 있다는 생각, 삶을 일그러뜨리는 역사의 바깥에 있다는 생각이다. 그리고 그 삶에 아무리 장애물이 많아도 선택의 여지가 있었다면, 분명 그 삶을 택했을 것이라는 생각이다. 이 생각에 따르면, 여러(대

236

부분일지도 모른다) 아프리카계 미국인들이 백인 미국인이 가지는 표면적 특권과 자유에 높은 가치를 매기지만, 자리를 바꾸어 백인 미국인처럼 되길 원치는 않을 것이다.

그러나 이런 값지고 훌륭한 특수성의 강조를 이기적이고 방어적인 부인의 한 형태라고 보는 시각도 늘 존재했다. 나약한 자의 전형적인 '자부심 충만한' 수사법이라는 것이다. 역사가 결정적인 요소가 아니고 안정, 아름다움, 창조성, 탁월함이 흑인 삶의 실제 특성이라는 입장을 취하는 것은 흑인 문화 연구에 애써 고상한 지위를 부여하려는 숨은 의도를 가진 강령이며(심지어 연구를 더럽히는 일), 흑인 문화 연구는 그 강령을 수행하기 위해 허리가 부러진다는 시각이었다.

다음의 입장들, 즉 (1) 환자에 대한 검진이자 진단으로서의 미국 흑인 문화 (2) 불관용에 대한 예방 접종으로서의 미국 흑인 문화 (3) 문화적 건전함과 아름다움에 대한 고집스러운 기념이자 인정으로서의(교류나 삼투압 등을 통해 다른 문화를 치유할 수도 있는) 미국 흑인 문화라는 입장은 서로 충돌했고 거기서 나온 잔해에 문학 그 자체는 종종 묻히고 말았다. 나는 그 문학 세계에 참여하고 있고 그 안에 살고 있는 작가로서 내 작업이 또 다른 종류의 어린 심부름꾼이 된 기분이 들었다. 초대받지 못한 파티에서 다른 손님들을 위해 문을 열어주는 문지기가 된 기분이었다.

이것이 1980년대 후반의 내 생각이었다. 하지만 나는 방어하느라 창조적 활동에서 정신을 빼앗기지 않겠다고 결심했고, 나의 작업이 사회적 치유를 돕고 쓰이는 데 침묵했다. 그런데 또 다른 문제가 있었다. 나는 작업에 대한 설명이 아닌 작업 자체에 매달리는 작가의 역할을 잘 이해했고 심지어 선호했다. 미국 흑인 문학이라는 주제에 대해 내가 하고 싶은 말은 전부 다 내가 쓴 책 속에 있다고 믿었다. 그 비평에 참여하는 일은 내가 작업에서 끌어내려던 작용과 정반대였다. 나는 내 작업이, 내가 드러내거나 그 옷깃에 부착한 그 어떤 꼬리표나 딱지, 최종적 의미도 없이 당도하기를 바랐다. 누구든 갖고 싶은 사람이 소유할 수 있기를 바랐다. 성실하고 진지한 학자들이 연구를 위해 대화나 인터뷰를 요청해오면 왠지 부적절하다고 여겼다. 1, 2차 문헌에서 이미 도출된 결론을 결속하기 위한 저널리즘적 접착제를 찾는 듯 보였다. 뿐만 아니라 나의 책에 대한 내 생각에 진정으로 관심 있는 사람은 없었다. 그들은 내 책에 대한 저들의 생각에 관심이 더 많았고 그 생각이 자연스럽고 옳다고 여겼다. 내가 대화의 일부가 된 이유는 확인을 해주기 위해서였거나 심지어 틀리기 위해서였다. 내가 쓴 것을 내가 이해하지 못했기 때문이었다. 고백하건대 내가 이런 인터뷰를 진지하게 받아들이는 데 오랜 시간이 걸렸다. 내가 그 인터뷰를 학문이 아닌 저널리즘과 부당하게 연관시켰기 때문이다.

그러던 나는 마침내 문제와 직면하지 않을 수 없었다. 미국 흑인 문학비평과 교육 발전에 대한 나의 지대한 관심과 그 비평에 오로지 법정 조언자로서 관여하겠다는 나의 태도는 상충했다. 문제 중심에 있는 물음이 내 작업 중심에 있는 물음과 동일하다는 것을 깨달은 이후였다. 미국 흑인 문학 연구에 대한 다양한 접근법이 어떻든(흑인 문학을 병리 현상으로 보든, 흑인 문학이 관용, 칭송의 대상이 되는 특수성, 삭제된 특수성을 가졌다고 보든, 작가가 작품을 설명하는 사람으로서 가장 적합하다고 보든, 전혀 적합하지 않다고 보든,

법정 조언자가 되는 게 좋다고 보든, 내 경우처럼 마지못해 설명도 하고 조언도 하는 게 좋다고 보든) 거기 스며들어 있는 물음은 '무엇이 미국 흑인 문학인가?'라는 물음이었다. 그것은 '마침' 흑인인 미국인들의 글일까? 흑인 문학은 겉으로 드러나고 영향을 주는 문화적 특성을 갖고 있을까? 그리고 이 문학이 멕시코시티나 런던, 이스탄불에서 형성되었어도 그 특성은 겉으로 드러나고 영향을 줄까? 그렇다면 그 특수성은 다른 모든 특수성에 비해 특수할까?

아프리카계 미국인이 쓴 작품이라고 해서 '두말없이' 저절로 강력한 흑인 존재에 의해 포섭되는 것은 아니다. 미국 흑인 문학의 상당 부분에 흑인성으로부터의 도피가 드러난다. 흑인성과의 대결이 있기도 하다. 흔히 말하듯 감쪽같이 속이는 경우도 있다. 내가 비평 담론에 참여하려면, 멜라닌과 글의 주제 말고 어떤 것이 나를 미국 흑인 작가로 만드는지 명확히 해야 했다. 나는 이 탐구가 끝나는 어떤 본질적인 순간에 도달하기를, 그게 가능하다고 해도 바라지는 않았다. 그렇지만 이 탐구를 진지하게 여기고 진지하게 추구하는 사람들의 탐구 대상이 되고 싶었다. 그래서 오직 예술가로서 혹은 오직 비평가로서 논의에 참여하기보다 예술가이자 비평가로서 참여했다. 이 이중적인 위치가 미국 흑인 연구의 유효성, 필요성, 방향에 대한 논의를 확장하고 심화할 수 있다고 믿었다. 이미 그런 연구를 재맥락화하는 작업이 상당히 진척되어 있었고, 그런 연구가 인문학에 끼친 영향이 재배열되고 있었다. 그러나 나의 관심은 흑인 학자들과 예술가들이 무얼 하고 있는지 검토하는 데서 다른 어떤 곳으로 옮겨갔다. 나는 미국 흑인 연구가 다시 분리될 가능성이 있다는 것이 마음에 들지 않았다. 학문을 보호된 땅으로 몰고 들어가 거기서 그 고유성, 예외성, 급진적 혹은 심지어 전통적 특성들을 심문하는 것, 그리고 그 강력한 특수성으로 인해 그것이 독자적인 분류sui generis로 구분되는 것이 불편했다. 나는 미국 흑인 문화 연구가 스스로 자기에 국한될 수 있지만 그럴 필요는 없다고 생각했다. 이 프로젝트가 이른바 인종 문제와 같다고 생각했기 때문이다. 이 프로젝트는 도심 외곽에서, 혹은 대학 캠퍼스 변두리에서, 지적 사유의 가장자리에서 번성하거나 고군분투하는 마을이 아니었고, 정치 구조 말단에서 박동하는 이국적이고 인류학적으로 흥미로운 소수 민족도 아니었다. 이 나라 중심의 중심에 있었고 지금도 그렇다. 그 어떤 정책 결정도 그 한가운데 있는 흑인 의제를 배제하고 이해할 수 없다. 심지어 언급되지 않더라도, 아니 특히 언급되지 않았을 때 그러했다. 주택 정책, 교육, 군사, 경제, 선거, 시민권, 교정 시설, 대출 규제, 보건 의료 등에서 한결같이 진짜 문제는 흑인들을 어떻게 할 것이냐 하는 문제였고, 흑인은 가난한 시민의 대체어가 되었다. 인종적 구조물의 영향을 받지 않는 분야는 매우 적었다. 법, 과학, 신학, 의학, 의료 윤리, 심리학, 인류학, 역사학 모두 연루되어 있었다. 게다가 흑인에 대한 언급이 나오지 않는 공공 담론은 없었다. 내가《어둠 속의 유희Playing in the Dark》에서 썼듯 "이 나라의 가장 힘겨운 투쟁들 속에 한결같이 존재"한다. 헌법 제정부터 선거인단 구성, "재산 없는 시민, 여성 그리고 문맹들에게 시민 권리를 주는 투쟁에도 있고, 무료 공교육 제도 설립에도, 입법 기관에서 대표자들의 균형을 잡는 과정에도, 법체계에도, 정의에 대한 법적 정의에도" 있다. "은행들의 정관에도, 명백한 운명이라는 사상에도,

모든 이민자가 미국 시민의 공동체로 받아들여지는 순간을 동반하는 서사에도 흑인 존재가" 있다. 나는 어떤 한 장의 인종 카드[15]란 없음을 확신했다. 인종 카드는 한 벌이 있었다. 각각의 카드는 기존에 생각했던 것보다 훨씬 더 넓은 지형에서 작용하고 있었고, 그 영향은 국민적 문화 속에 메아리치고 있었다. 이 탐구의 결과는 열두 차례 강연 시리즈로 귀결되었고, 그 가운데 세 강연은《어둠 속의 유희》라는 책이 되었다. 책에서 나는 이 프로젝트의 규모와 복잡성을 강조하고자 했다. 미국 흑인 문화 연구는 문화 생산이 이루어지는 거대한 영역을 동서를 막론하고 심문함으로써 다양한 분야를 활성화하고 확장할 수 있다. 그것이 교육의 목표다. 더 많은 지식으로 접근 가능하게 하는 것이다. 우리가—학생, 교원, 행정가, 예술가, 부모—교육을 위해, (사상적 과학이나 인종차별적 과학이 아니라) 부패하지 않은 과학을 위해, 견실한 사회 역사를 위해, (통제 전략의 인류학이 아니라) 비정치적인 인류학을 위해, (예술 칭송이 아닌) 예술의 진정성을 위해 치열하게 싸워야 할 때가 올지도 모른다.

대학이 지적 자유라는 특권을 위해 싸워야 할 때가 실로 도래할지도 모른다.

2004년 3월 10일,
미국 존스홉킨스 대학교에서 발표.

---

15    어떤 사안의 논의에서 인종적 측면을 부각하는 행위를 의미한다.

# 입에 담지 않은 차마 못할 말

처음에 나는 이 글의 제목을 '정전 먹이Canon Fodder'로 할까 싶었다. 이 말이 오늘날 정전에 관한 일부 논의에서 드러나고 있는 일종의 조건반사를 떠올리게 하기 때문이다. 또 두 단어가 일으키는 충돌과 소용돌이가 좋았다. 처음에는 고등학교를 다니다가 베트남 전쟁터로 떠난 수많은 젊은이들이—흑인 혹은 '소수 민족', 빈민, 노동 계급—생각났다. 전쟁을 반대하는 사람들은 그들이 '먹이'가 되었다고 생각했다. 실제로 베트남으로 떠난 많은 사람들, 그리고 돌아온 많은 사람들은 '먹이'라는 말의 뜻, '가축에게 주는 거친 먹을거리'라는 뜻에 알맞은 대우를 받았다. 그렇지만 이 글의 주제에 관해 생각할 때 더 적합한 뜻은 '쉽게 이용할 수 있고 가치가 덜하다고 여겨지는 사람'인 것 같다. 그들은 전쟁 기계를 먹이기 위한 날 것의 사료였다. 또 '대포cannon'와 '정전

canon' 사이의 말장난도 떠올랐다. 전자는 '대롱' '줄기' '줄기 같은' '갈대' 등을 지칭하는 말에서 왔고, 후자의 어원 중에는 '막대'가 있어서 '법전' '일체의 규칙' '잣대'를 의미하게 되었다. 두 단어가 서로 마주 볼 때 법전을 겨눈(혹은 법전이 겨누는) 대포 이미지가 떠오른다. '공인된 일체의 텍스트'를 선포하는 권력의 포성이 그려진다. 정전을 수호하는 대포랄까. 그리고 어원에 어떤 연관성도 없지만 나는 '먹이fodder'에서 '아버지father'가 들렸고, 대포와 정전이라는 말에서도 아버지가 느껴져 '아버지의 먹이'를 떠올렸다. 이 아버지는 무엇을 먹고 살까? 쉽게 이용할 수 있고 가치가 덜한 사람/텍스트를 먹고 산다. 하지만 마음을 바꾸어(이미 많은 사람이 '정전 먹이'라는 말을 썼기 때문에) 왜 지금의 제목이 낫겠다고 결정했는지 설명하려고 한다.

나는 어떤 텍스트가 문학의 정전에 포함되는지, 포함되어야 하는지와 관련해서 화려하게 늘어선 최근의 매우 우려스러운 물음들을 살펴보고, 미국 문학에서 학살이나 물화物化 없이도 아프리카계 미국인의 존재를 논할 수 있는 방식을 제안하고자 한다. 이런 방식의 관점은 독방에 감금되었던 어느 한 민족의 문학을 날아오르게 할 수 있을지 모른다. 기존 지식에 따르면, 미국 문학은 멕시코계 미국인 문학이 아니다. 아프리카계 미국인, 아시아계 미국인, 아메리카 원주민 문학도 아니다. 그들의 문학과 미국 문학은 어떤 식으로든 구분되고, 이런 분리는 최근의 문학사적 노력, 교과 과정이나 문학 선집 재구성에도 불구하고, 그것을 없애자는 주장이든 놔두자는 주장이든 정전에 대한 다양한 토론에서 큰 부분을 차지한다. 이런 토론에서 언급되는 용어는 정전에 관한 과거의 토론에서 사용된 것과 크게 다르지 않다. 문학적 가치, 인문학적 가치에 대한 어휘, 미적 기준에 대한 어휘, 가치 체계에서 자유로운 해석 또는 사회와 결부된 해석에 관한 어휘가 반복된다. 그러나 오늘날의 토론 전장에서는 특히 백인 남성이 만들고 정의한 그 가치 체계가 그 밖의 사람들의 주장과 대립하고 있다. 그 정의가 영원하고 보편적이고 초월적인 패러다임을 반영하는지, 아니면 일시적이고 정치적이고 문화적으로 특수한 강령을 감추는 가면을 구성하는지에 대한 논의다.

이 특정한 논의의 역사는 부분적으로 남녀(흑인과 백인) 페미니스트들의 연구가 기존 문학 담론에 가한 성공적인 공세, 여전히 지속되고 있는 그 공세 속에 위치한다. '백인 남성white male'이라는 등식의 '남성male' 부분을 공격하는 이들은 이미 치열하게 싸우고 있으며, 아무도 문학 전반과 그 비평이 1965년으로 돌아갈 수 있다고 생각하지 않는다. 당시의 비평은 백인 남성의 생각과 작품, 분석 전략의 보호 구역이었다.

그러나 이 글은 백인 남성이라는 등식에서 '백인'이 차지하는 부분에 집중한다. '백인'과 '인종' 같은 말이 문학에 대한 진지한 논의로 들어올 수 있다는 점이 아주 다행스럽다. 여전히 이 말들은 신속하게 무장하라고 명하고 명령에 대한 복종 역시 신속하기는 해도, 그 사용이 금지되어 있지는 않다. 900년 묵은 학계가 '수준을 유지'하기 위해 수십 년간 악전고투하고 있는데, 그 진정성을 의심하거나 학계의 자칭 이타적 선의를 믿지 않는 것은 무례해 보일 수 있다.[16] 하지만 '질quality'의 논의라는 것이 그 자체로 엄청난 분노를 일으키고 모든 사람이 언제나 보편적으로 동의하는 일이 거의 없는 주제임을 알면서 위대성을 따지는 유일한 기준이 '질'이라고 고집하면 무슨 소용인가? 국가를 위해 이 용어를 전용할 목적인가? 위대성을 분배하거나 부여하지 않을 위치에 서기 위함인가? 우리가 할 수 있는 일은 '질'을 위한 분투, 그리고 '질'의 승리가 우리에게 드러났을 때 알아보고 인정하고 칭송하는 일이며, 지배 문화나 젠더만이 그 판단을 내릴 수 있고 양질의 것을 알아보거나 만들 수 있다는 생각을 버리는 것이다.

서구 문화의 우월성을 주장하는 사람들은 서구 문명이 다른 문명의 잣대로 충분히 평가받고 모자람 없는 것으로 나타났을 때만, 그리고 서구 문명이 그것을 선행한 문화들로부터 물려받은 것들을 인정할 때만 그렇게 주장할 자격이 있다.

가령 그리스 비극을 읽는 데서 내가 언제나 느꼈던 만족감의 상당 부분은 아프리카계 미국인 공동체 구조와의 유사성(노래와 합창의 기능, 공동체의 요구와 개인의 오만 사이의 영웅적 고투), 그리고 아프리카 종교와 철학과의 유사성에 있다. 다시 말해 그리스 비극이 나에게 양질의 것으로 느껴진 이유는 내가 그 안에서 지적으로 내 집 같은 편안함을 느꼈기 때문이다. 그러나 내 '집'이 낯선 사람들은 그렇게 느낄 수조차 없을 수 있고, 그렇다고 해서 거기서 아주 재미를 찾지 못하리라는 법도 없다. 요점은 그리스 비극이라는 형식이 다양한 애정을 불러일으키는 이유가 그것이 훌륭하기 때문이지 거기에 담긴 문명이 무결하고 다른 문명보

---

16   "Race," Writing, and Difference, ed. Henry Louis Gates (Chicago: University of Chicago Press, 1986) 참조.—저자

다 우월하기 때문이 아니라는 것이다.

　어느 동네에서는 점점 잠 못 이루는 밤이 늘고 있을 것이다. 정전에 관한 논의의 특정한 측면, 즉 '인종' 측면으로 인해 전통 '인문학자'들과 일부 포스트모더니즘 이론가들이 진저리를 치고 있다. 당연하다. 논의가 이루어지고 있는 학문, 예술 활동 영역에서 그동안 '인종' 언급이 불가피했거나 아주 정교하게 공들여 위장해야 했기 때문이다. 만약 '인종'이 야기하는 모든 문제가 진지하게 받아들여진다면, 서구 문명의 근본은 재고되어야 할 것이다. 따라서 '인종'에 대한 언급이 함축적이든 노골적이든 이 말은 여전히 사실상 입에 담을 수 없고, 이것은 이 말에 수반되는 온갖 변명, '특별한 용도'에 대한 사전 고지, 신중하게 구획된 정의들에서 잘 드러난다.[17] 이 말을 인용 부호 안에 넣은 나의 정중한 태도도 마찬가지다. 갑자기(이 논의의 목적을 위해 일단 그렇다고 하자) '인종'은 존재하지 않게 되었다. 300년 동안 미국 흑인은 '인종'이 인간을 구별하는 데 딱히 쓸모 있는 요인이 아니라고 주장했다. 그 3세기 동안 신학, 역사학, 자연과학을 비롯한 모든 학문 분야에서는 '인종'이 인간 발달에서 결정적인 요소라고 주장했다. 그런데 흑인이 문화적 측면에서 한 인종을 구축했다고, 한 인종이 되었다고 깨달았을 때, 그리고 거기에 특수하고 존중할 만한 차이가 있다는 것을 발견했을 때, 갑자기 의미 있는 '인종'이란 생물학적으로 문화적으로 없으며, 진정으로 지적인 대화는 인종을 염두에

---

17　여러 사례가 있지만, They Came Before Columbus, The African Presence in Ancient America by Ivan Van Sertima (New York: Random House, 1976), xvi-xvii 참조.—저자

둘 수 없다는 주장이 나왔다. '인종'과 문화의 관계를 이해하려고 애쓰는 나는 곧잘 항복하고 싶은 마음이 든다. 그러나 자기 편의를 위해 '인종'의 위계를 꾸며낸 사람들이 그 목적이 다했다고 해서 손쉽게 그것을 없애게 두면 안 될 것 같았다. 문화는 **존재하며,** 젠더와 '인종'은 그 문화에 영향을 주기도 받기도 한다. 미국 흑인 문화는 존재하고 이것이 서구 문화에 어떻게 반응했는지도 명확하지만(그리고 더 명확해지고 있지만), 이 문화가 서구 문화를 형성한 사례와 그 수단에 대한 인식과 이해는 형편없다.

나는 미국 흑인 문학의 존재, 그리고 미국 흑인 문화에 대한 각성이 미국 내 문학 연구를 소생시키고 그 연구의 수준을 높일 수 있는 길에 대해 말하고 싶다. 먼저 정전에 관한 논의가 서구 문학비평에서 진전되어온 맥락을 살펴보는 게 이 글의 목적에 부합할 것이다.

나는 오늘날의 불안감이 오로지 취향이나 관련성, 혹은 예측 불가능하지만 불가피한 인식 변화를 반영하는 문학 공동체 내의 주기적인, 심지어 순환적인 논쟁에 기인한다고 생각하지 않는다. 가령 윌리엄 딘 하웰스를 향한 열의와 공식적인 지지가 식은 일, 비평의 법정에서 마크 트웨인의 합법화가 측심연測深鉛처럼 올라갔다가 내려갔다가 한 일(그의 이름이 정말 수심을 관측하는 사람이 외치는 용어에서 왔든 아니든), 심지어 에밀리 디킨슨이 느리게, 뒤늦게, 그러나 꾸준히 주목과 헌신적인 애정을 받아 오늘날 그를 향한 경의가 영원히 떨어지지 않을 정점에 오른 일 등의 변화와는 다르다. 이런 사례들은 예술가 개인의 발견이자 재평가였다. 중요하지만 불안정을 야기하지는 않는다. 이런 변화의 수용은 간단했다. 제기된 물음이 간단했기 때문이다. 미국 문학에서 빛나는 고차원의 문학 예술은 백 점에 그칠까? 아니면 백여섯 점? 한두 점이 명망을 잃으면 현관에 기다리고 있는 다른 한두 점이 들어갈 자리가 생기는 걸까? 마치 미래의 남편이 울릴 종소리를 기다리는 소녀들처럼? 미래의 남편만이 안정과 합법성을 약속하고, 오직 그만이 평단에서의 오랜 수명을 선물할 수 있다는 듯? 흥미로운 물음이지만 이미 말했듯 불안정을 야기하지는 않는다.

　지금 감지되는 학계의 불면이, 가령 미국 문학의 정통성이 도래했던 19세기 중반의 변화처럼 훨씬 더 급진적인 변화의 결과도 아니다. 그보다 훨씬 더 전에, 이제는 옛 과거 속으로 점점 더 멀어지고 있는 격변의 시기에는 신학과 라틴어가 마찬가지로 엄밀한 고전과 그리스어 연구로 대체되었고, 그 이후에는 기이할 정도로 거만하고 무례하다고 여겨진 제안이 나왔다. 영국 문학도 귀족계층의 교육 과정이 될 수 있는 학문이며, 단지 교훈적인 먹이가 아니라 노동 계급을 위해 설계되었다는 제안이었다.(초서협회는 초서가 죽은 지 400년 후인 1848년에 설립되었다.) 그런 변화와는 다르다. 오늘날의 논쟁은 왠지 특이하고 좀 더 첨예한 것 같다. 방어하는 측은 좀 더 격렬하게 입장을 밝히고(체감하고) 있으며, 공격하는 측 역시 더욱 세차고 집요하다. 그리고 방어와 공격 모두 학계에서 넘쳐 흘러 대중을 위한 매체까지 퍼졌다. 왜? 정전에 속하는 작품의 교체, 혹은 정전의 확대에 대한 저항은 알고 보면 놀랍지도 부당하지도 않다. 정전화의 목적이 바로 여기에 있기 때문이다.(정전이 과연 필요하느냐는 물음은 솔직하지 못한 것 같다. 필요하든 아니든 항상 있기 때문이다. 정전은 전문 비평 집단의 이익을 위해 필요하기 때문이다.) 어떤 작품이 어째서 연구할 만한 가치가 있느냐는 물음에 예민하게 반응하는 일은 응당 평론가와 교육자 그리고 작가의 몫이다. 놀라운 건 오늘날의 논쟁이 정전에 속하는 작품 교체나 정전에 포함된 장르 확대에 대한 것이 아니라는 점이다. 놀라운 것은 저항을 동반한 악의에 찬 광기, 그리고 무엇보다 방어용 무기의 질이다. 총기는 매우 크고 방아쇠를 당기는 손가락은 재빠르다. 그러나 나는 불길을 지키려는 자들의 작동 방식에 문제가 있다고 확신한다. 자칫하면 총잡이 카우보이 학자들의 손이 날아갈 수 있고 과녁을 못 맞출 수도 있을뿐더러 그 갈등의 주제가 (신성한 텍스트가) 전투에서 희생되고 불구가 된다. 정전의 먹이가 정전을 죽일 수도 있다. 적어도 나는 아이스킬로스나 윌리엄 셰익스피어, 헨리 제임스, 마크 트웨인, 너새니얼 호손, 허먼 멜빌 등 없이는 살고 싶지 않다. 정전을 신성시하지 않고도 정전의 해석을 고양할 방법이 분명히 존재할 것이다.

밀란 쿤데라가 《소설의 기술》에서 소설의 역사적 영토를 밝히면서 "소설이 유럽의 산물"이며 "소설의 가치를 따지기 위한 유일한 맥락은 유럽 소설 역사에 있다"고 말했을 때 《뉴요커》의 한 서평 기자는 뻣뻣하게 굴었다. 소설에 대한 쿤데라의 "개인적 생각은 너무 유럽 중심적이어서 미국 독자들에게는 낯설고 심지어 그릇된 것으로 여겨질 수 있다……《소설의 기술》은 가끔(그러나 고약한) 문화적 자만의 냄새를 풍기고, 쿤데라의 논의가 우리가 모르는 편이 나았을 그의 인성을 드러낸다고 느끼게 된다…… 오늘날 이런 작가가 되기까지 이 체코 소설가는 유럽인으로서 자신의 정체성을 재발견해야 했다. 하지만 그 정체성이 애초에 발견되

지 못했다면? 브로흐, 카프카, 무질을 포함한 온갖 작가들이 그가
받은 교육의 일부가 아니었거나 일부였다 해도 이국적이고 낯선
존재로 여겨졌다면?《소설의 기술》에서 쿤데라가 보여준 열의에
찬 논의가 우리 미국 독자를 불편하게 하는 이유는 쿤데라가 그
저 집어 들면 되는 선험적인 '소설의 관념'에서 우리가 배제된다
는 기분에 방어적 태도를 취하게 되기 때문이다.(그가 소설의 역사
를 보충 설명할 때 신대륙의 문화 속 영웅을 좀 더 언급했더라면.) 미국
소설가들은 자기 안에서 문화적 가치를 발견하지 않는다. 창조해
낸다."[18]

　　테런스 래퍼티는 자신의 정전으로부터 미국 작가들을(윌리엄
포크너를 제외한) 지워버린 쿤데라의 시각을 그의 '자부심' 탓으로
돌리고, 이 자부심을 쿤데라의 창조 작업에서 분리하며, 쿤데라의
평에 담긴 '엄청난 자신감', 유럽인의 감성을 배웠고 유럽인이 되
는 선택을 할 수 있었던 망명자의 자신감과 연결 짓는다.

　　나는 래퍼티의 논평이 신선하다고 생각했다. 단어 몇 개만 바
꾸면 래퍼티의 의견과 정당한 불쾌감은 아프리카계 미국인 작가
들이 '선험적인 소설의 관념'에서 배제된 그들 자신에게 적용할
수 있다. 오늘날의 난기류는 정전의 융통성에 대한 것도 아니고,
서구 여러 나라에서 정전이 가지는 범위에 대한 것도 아니며, 바
로 정전의 혼종miscegenation에 대한 것이다. 이 단어는 여기서 뚜렷
한 의미를 가진다. 비유적으로 선택된 것이 아니다. 이 논의의 한
가지 강력한 요소는 유럽 중심적인 요새에 대한 제3세계, 혹은 이

---

18　　Terrence Rafferty, "Articles of Faith," New Yorker, May 16, 1988, 110-18.—저자

른바 소수 문학의 침범이다. 제3세계 문화라는 주제가 거론되면, 가령 스칸디나비아 문화라는 주제와는 달리, 현재 지배적인 평형 상태에 대한 잠재적 위협, 그리고 암묵적 비판 역시 거론된다고 여겨진다. 17세기부터 20세기에 이르기까지 그 침범에 저항하는 논증은 예측 가능한 순서로 진행되었다. (1) 아프리카계 미국인 (혹은 제3세계) 예술이란 없다, (2) 존재하지만 열등하다, (3) 존재하며 서구 예술의 '보편' 기준에 부합하면 우월하다, (4) '예술'이라기보다 광맥, 풍요로운 광맥이며, 서구 혹은 유럽 중심적인 세공사가 그것을 '자연' 상태에서 미학적으로 복잡한 형태로 다듬을 수 있다.

과거의 좀 더 광범위한, 그러나 시사하는 바가 적지 않은, 아주 주효했던 학문적 싸움에 대해 몇 마디 더 하는 게 이해하는 데 도움이 될 것이다. 그렇게 생각하는 이유는 오늘날 진행 중인 논의의 몇 가지 측면을 더 명백하게 밝힐 수 있고, 그 기원을 찾는 데 도움을 줄 수 있기 때문이다. 나는 앞에서 고전 연구와 그리스어 연구가 시작되었을 때, 정전 구성에 급진적 변동이 찾아왔다고 말한 바 있다. 정전이 스콜라 철학에서 인문주의로 우회한 것은 단지 급진적인 데서 그친 게 아니라 아마도(이렇게 말해도 될까?) 야만으로 여겨졌을 것이다. 그리고 약 70년에 걸쳐 완성되었다. 문명의 요람이자 본보기인 이집트를 지워버리고 고대 그리스로 대체하는 데 70년이 걸린 것이다. 이 과정에서의 성취는 고대 그리스가 제 기원을 잃고 그 자체로 기원이 되었다는 점이다. 다양한 분야의(역사학, 인류학, 민족식물학 등) 학자들이 문화 간 교류에 대한 연구를 내놓았으며, 이 연구들은 다양한 수준의 호응을 얻었다. 고대 아메리카에 살았던 아프리카인들에 대한 이반 반 세르티마Ivan Van Sertima의 연구가 실린《그들은 콜럼버스보다 먼저 왔다They Came Before Columbus》출간에 얽힌 흥미로운 역사가 떠오른다. 에드워드 사이드의《오리엔탈리즘》도 떠오르고, 무엇보다 중국 역사를 공부한 언어학자 마틴 버널이 떠오른다. 버널은 스스로 고대 문명학의 경계를 침범한 것에 불과하다고 말하지만《블랙 아테나》에서 이 분야에 대한 놀라운 탐구 결과를 보여준다. 버널에 따르면, 고대 그리스 역사를 보는 두 가지 '모델'이 있다. 아리아 모델은 고대 그리스를 아리아인의 문화 혹은 유럽의 일부로 본다. 고대 모델은 고대 그리스를 레반트 지방에 속하는 것으로, 이집트와 셈족 문화에 흡수된 것으로 본다. 버널은 이렇게 쓰고 있다. "아리아 모델을 폐기하고 수정된 고대 모델로 대체하자는 나의 주장이 옳다면, '서구 문명'의 근본 바탕을 재고할 필요가 생길 뿐만 아니라 인종차별주의와 '대륙적 쇼비니즘'이 우리의 모든 역사 기술학에 침투했음을 인정해야 한다. 고대 모델은 그 설득력에 어떤 심각한 '내적' 결함이나 약점이 없었다. 외부적인 이유로 폐기된 것이다. 18세기와 19세기 낭만주의자들과 인종차별주의자들은 유럽의 정점일 뿐만 아니라 유럽의 순수한 어린 시절로 여겨졌던 고대 그리스가 유럽 원주민, 그리고 유럽을 식민지로 삼은 아프리카인과 셈족이 혼합된 결과라는 사실을 차마 인정할 수 없었던 것이다. 따라서 고대 모델은 폐기되어야 했고 좀 더 받아들이기 쉬운 무언가로 대체되어야 했다."[19]

　　마틴 버널이 제시하는 무게 있는 증거와 눈부신 논리적 통찰에 설득당하지 않기란 힘들다. 버널의 분석에서 가장 인상적인 점은 고대 그리스가 **날조된** 과정과 그 날조의 **동기**였다. 후자(동기)는 순수성과 진보의 개념과 관련 있었다. 전자(과정)에 요구된 것은 오독, 정해진 결론에 맞춘, 출처가 확실한 원전의 부분적인 채택, 그리고 침묵이었다. 기독교 신학이 이스라엘(레반트)을 전용한 것도 그 과정이었고, 예사롭지 않은 카를 뮐러의 19세기 작업도 그러했다. 이 작업은 고대 그리스인들이 그들이 받은 영향과 그들의 기원에 대해 남긴 기록을 '이집토마니아Egyptomania' 즉 이집트 문화를 '우러러보는' 경향으로 취급했고, "이집트인과 기타 비유럽 '야만인'이 더 우월한 문화를 가지고 있으며 그리스가 거기서 엄청난 영향을 받았다는 '환상'"[20] 에서 이런 경향이 드러난다고 했다. 이어서 계몽주의에 대한 낭만주의의 반응, 그리고 페니키아인들에 대한 퇴행적 반감도 같은 선상이었다. "초기 그리스에 페니키아 문명이 광범위한 영향을 끼쳤음에도 이 전통을 부인하도록 만든 실질적인 힘은 바로 종교적 반유대주의가 아닌 인종적 반유대주의의 대두였다. 페니키아인들이 유대 민족과 문화적으로 아주 가깝다는 인식이 원인이었고 이는 틀린 사실은 아니었다."[21]

버널의 글에서 이처럼 지나치게 긴 부분을 인용한 이유는 **동기**가 역사 연구에서 다루어지는 일이 흔치 않은데 버널의 연구가 이를 찾아내고 분명히 서술하고 있으며 회피하지 않기 때문이다.

---

19    Martin Bernal, *Black Athena: The Afroasiatic Roots of Classical Civilization*, vol. 1, *The Fabrication of Ancient Greece 1785-1985* (New Brunswick, NJ: Rutgers University Press, 1987), 2; (블랙 아테나 1 (서양 고전 문명의 아프리카·아시아적 뿌리): 날조된 고대 그리스, 1785-1985, 오흥식 역, 소나무)—저자

20    Ibid., 310.—저자

21    Ibid., 337.—저자

그리고 학자들이 미국 문학 속 아프리카계 미국인 존재에 관심을 갖고 그것을 평가하는 과정과 동기에 대한 내 생각을 다듬는 데 도움이 되었기 때문이다.

정전을 구축하는 행위는 제국을 구축하는 행위다. 정전을 방어하는 행위는 민족을 수호하는 행위다. 정전에 관한 논쟁은 그 지형과 성격과 범위가 어떻든(비평에 대한 논쟁이든, 역사, 지식의 역사, 언어의 정의, 미학적 원칙의 보편성, 예술사회학, 인문주의적 상상력에 대한 논쟁이든) 문화의 충돌이다. 그리고 여기에는 모든 이해 당사자들의 이익이 걸려 있다.

이처럼 도발적이고 건강하고 폭발적인 혼전 속에서 놀랍도록 심오한 작업이 이루어지고 있다. 그러나 일부 논란은 고작 인신공격으로, 작가 자신의 개인 습관에 대한 근거 없는 추측으로, 또한 허울만 좋거나 어처구니없는 정치적 논쟁으로(균형을 흔드는 세력은 단지 정치적 의도만을 가지고 있다고 여겨진다. 기득권층은 자신이 정치적이라고 생각하지 않는다. 마치 '비정치적'이라는 말이 수식어일 뿐 무엇보다 명백한 정치적 입장이 아니라는 듯. 그러나 정치적 이데올로기에는 그 이데올로기를 불변하고 자연스럽고 '결백'한 것으로 보이게 하는 기능이 있다), 해당 담론의 정치적 이해관계를 중화하고 위장하도록 설계된 비판적 고찰의 은밀한 표명으로 이어졌다. 그러나 관련 연구와 분석은 대체로 이전에는 입에 담을 수 없던 것을 입에 담을 수 있게 만들었고, 인문학을 다시 한 번 사태 파악을 돕는 학문으로 만들어주었다. 문화는 묵살되었든 홀로 떠들든, 억압되었든 억압하든, 가지고 있는 언어와 이미지에서 의미를 추구한다.

침묵은 깨지고 있고, 잃어버린 것들도 발견되고 있으며, 적어도 두 세대에 걸친 학자들이 권력 기구로부터 받은 주어진 지식 received knowledge을 풀어헤치고 있다. 그중에서도 주목할 만한 학자들은 프랑스와 영국의 식민 문학 연구, 미국 노예 서사에 관한 연구, 그리고 미국 흑인 문학 전통의 윤곽을 그리는 연구에 몰두하는 사람들이다.

아프리카계 미국인 예술가들의 존재가 '발견된' 만큼, 진지한 학문 활동이 목격자를 침묵시키고 미국 문화 내 그들의 위상과 기여도를 지우는 데서 벗어난 만큼, 더 이상 우리를 상상하고 우리를 위해 상상하는 데서 그칠 수 없다. 이미 우리는 늘 우리를 상상해왔다. 우리는 이자크 디네센의 '자연의 일부'가 아니며, 조지프 콘래드의 말 못하는 사람들이 아니다. 우리는 우리 자신의 서사 주인공이고, 우리 자신의 경험을 목격하고 우리 자신의 경험에 참여하며, 우리와 접촉하는 사람들의 경험에, 결코 우연이 아닌 방식으로 참여한다. 우리는 사실 '타자'가 아니다. 우리는 선택지다. 우리가 창작한 문학, 우리에 대한 창작 문학을 읽는다는 것은 자아의 중심을 들여다보겠다는 선택이며, 그 중심을 우리 모두가 가장 익숙하게 여기는 '인종 없는raceless' 중심과 비교해보는 기회를 가지는 일이다.

———

미국 흑인 문학 해석에 대한 최근의 접근법들은 꽤 먼 길을 왔다. 이 접근법들은 17세기부터 미국 흑인 문학의 자율성을 효과적으로 차단해온, 앞서 언급된 여러 논증도(실은 논증이 아니라 태도지만) 다루고 있다. 미국 흑인 예술이 존재하지 않다는 주장은 미국 흑인 문학에 대한 오늘날의 비판적 분석 덕분에, 최근 폭증한 미국 흑인 문학의 복간 및 재발견 덕분에 묻혔고, 이런 노력은 기존의 정전을 확장해서 미국 흑인 작가의 고전을 그 양식과 연대에 따라 적절히 포함하는 방향으로, 그리고 이런 텍스트를 해석하고 사유하는 전략을 고안하는 방향으로 꾸준히 흘러가고 있다.

미국 흑인 예술을 묵살하기 위한 두 번째 주장, 즉 '미국 흑인 예술은 존재하지만 열등하다'는 주장 역시 면밀한 해석과 작품을 탄생시킨 문화에 대한 신중한 연구를 통해 반박되었고, 한때 엄밀한 분석으로 여겼지만 더 이상 그렇지 못한 꼬리표들은 여전히 반박의 대상이 되고 있다. 즉, 흑인 문학이 모방적이고, 과도하고, 선정적이고, (단지) 흉내를 낼 뿐이고, 지적이지 못하지만 대체로 '감동적'이고, '열정적'이고, '자연주의적'이고, 사회학적으로 '많은 것을 시사한다'는 등의 꼬리표가 여기에 속한다. 이런 꼬리표들은 칭찬으로 비하로 여겨질 수도 있고, 만약 타당하면 타당하다고 증명할 수 있으면 다행이지만 대개는 엄밀한 분석 작업이 너무 어렵다고 느껴질 때, 비평가의 시야가 작품에서 요구되는 범위보다 좁을 때, 게으르게 쉽게 갖다 붙이는 유명 상표 같은 것이다. 이 게으른 꼬리표에 맞서기 위해 고안된 전략은 최신 문학 이론을 미국 흑인 문학에 적용하는 것인데, 이렇게 하면 정전 밖의 텍스트가 현존하고 있고 형성 중인 비평 담론에 포함될 수 있다.

세 번째 주장, 즉 '아프리카계 미국인 예술은 존재하지만 서구 예술의 보편적 기준에 부합했을 때만 우월하다'는 주장은 작가와 평론가 둘 다 가장 매혹적으로 여기는 형태의 분석을 이끌어낸다. 비교는 중요한 지식 형태이며 아첨이기 때문이다. 그럼에도 여기에는 두 가지 위험이 있다. (1) 한 문화의 특수성을 여왕의 치마폭 안으로 모으는 행위는 헤게모니를 강화하고 유지하기 위해 고안되고 구성된 중화neutralization 행위이며, (2) 문학을 고작 여왕의 반응이나 거부에 국한하고 한정하는 행위, 즉 유럽 중심주의적 기준을 얼마나 참고하느냐에 따라, 사회학적 정확도에 따라, 정치적 올바름에 따라, 혹은 전혀 정치적이지 않다는 발뺌에 따라 판단하는 행위는 문학을 불구로 만들고 창작이라는 진지한 작업을 얕보는 행위다. 미국 흑인 문학을 바라보는 이러한 반응 중심적 시각은 다음(네 번째) 주장의 씨앗을 품고 있다. 미국 흑인 예술이 가치 있다면, 그것이 마치 광맥처럼 '날 것'이고 '풍요롭기' 때문이고 광맥과 마찬가지로 서구 지성에 의한 제련이 필요하는 주장이다. 미국 흑인 문학에서 서구 영향력을 찾거나 거기에 서구 영향력을 가하는 행위는 가치가 있지만, 그 유일한 목적이 그 영향력이 가해진 곳에만 가치를 부여하기 위함이라면 사악한 행위다.

내가 느끼는 불편함은 이런 접근법이 작품에 끼칠 수 있는 영향에서 기인한다. 이런 접근법은 입양 서류를 발행하기 위해 작품을 시작부터 고아로 만드는 결과로 이어질 수 있다. 담론을 정전 내 다양성 확대에 대한 지지로, 혹은 이미 성전으로 여겨지는 작품 곁에서, 손이 미치는 범위에서 일종의 무해한 공존에 대한 지지로, 혹은 둘 다로 한정시킬 수 있다. 그러나 담론이 작품 고유의 창작된 특성을 무시하게 내버려두면 두 결과 모두 재빠르게 또 다른 종류의 입 틀어막기가 될 수 있다. 너무 많은 물음이 표면화하며 파문을 일으킨다. 이런 비평은 작품 자체의 캔버스에 대해

서는 어떻게 생각했는가? 물감과 액자, 액자 없음, 그 안의 공간에
대해서는? 이런 비평은 허용된 주제가 나열된 또 다른 목록일까?
허용된 취급 방식의 목록? 더 많은 자기 검열이자 문화의, 젠더의,
언어 특수성의 더 많은 배제일까? 이런 연구에 혹시 다른 용도가
있는 것일까? 권력을 전진시키거나 균열을 찾기 위함일까? 엘리
트주의적 이해관계에 저항하고 평등주의적 겸양에 권위를 부여
하기 위함일까? 아니면 단지 읽기 가능한 창작물readable product에
순위와 등급을 매겨 쓰기 가능한 창작 행위writeable production와 구
분하기 위함일까? 이런 접근법은 저자가 주어진 선입견과 싸우고
대립하는 방식을 드러내는가? 나아가 작품의 재료에 대한 집착
이나 불용을 재고할 수 있는 다른 조건을 생성하기도 하는가? 중
요한 것은 평론가가 텍스트를 핑계로 자신의 지배 우위와 권력을
주장하지 않는 것이다. 그리고 텍스트에 자신의 직업상의 불안감
을 투영해서 난기류를 지어내지 않는 것이다. 이미 말했듯 "텍스
트는 열의를 다해야 할 문제지 그 구실로 삼아서는 안 된다."

적어도 세 가지 연구 방향은 반작용이 아니고, 단순한 다원론
도 아니며, 미국 흑인 문학을 사회학 강당의 입구를 지켜 선 친절
한 문지기로 보는 더욱 단순한 시각도 아닌 듯하다. 그러나 세 가
지 모두 경계심을 요구한다.

하나는 미국 흑인 문학을 진정으로 수용하는 문학 이론의 개
발이다. 이 이론은 미국 흑인 문화와 역사, 그리고 작품이 주변 세
상을 헤쳐나가기 위해 이용하는 예술적 전략을 바탕으로 삼아야
한다.

둘째는 '입에 담지 않은 차마 못할 말unspeakable things unspoken'

을 찾아 미국 정전을, 미국 문학의 시작인 19세기 작품들을 검토하고 재해석하는 것이다. 아프리카계 미국인의 존재가 얼마나 많은 미국 문학 속 선택, 언어, 구조, 그러니까 미국 문학의 의미에 어떤 영향을 주었는지 살펴보는 것이다. 다시 말해 기계 안의 유령을 찾아 나서는 일이다.

셋째는 이 존재를 찾아 현대 문학이나 비정전 문학을 검토하는 것이다. 주류 문학으로 분류되는 작품이든 소수 문학으로 분류되는 작품이든 상관없다. 나는 미국 흑인 서사와 인물, 방언이 현대 '백인' 문학에서 쓰이는 방식, 백인 문학에 가져오는 울림, 구조적 변동에 언제나 놀라움을 느낀다. 그리고 미국 흑인 문학 자체에서도 특수성에 대한, 본질에 대한 물음은 매우 중요하다. 어떤 작품을 '흑인' 작품이라고 할 수 있는가? 문화적(혹은 인종적) 특수성의 물음으로 진입하는 가장 가치 있고도 가장 위험한 방법은 언어를—단속되지 않은 언어, 반역적 언어, 대립적 언어, 교묘한 언어, 창의적 언어, 분열적 언어, 가면을 쓴 언어, 가면을 벗기는 언어를—통하는 방법이다. 이런 식의 침투는 가장 신중한 연구를 필요로 할 것이다. 그로 인해 아프리카계 미국인의 존재가 현대성에 끼친 영향이 명백히 드러나고, 더 이상 잘 숨겨진 비밀이 아니게 될 것이다.

나는 잠시 둘째와 셋째 연구 방향을 짚고 넘어가고자 한다. 보이지 않는다고 꼭 '거기 없다'는 것은 아니라는 데 아마 동의할 것이다. 허공은 비어 있을 수 있지만 진공 상태는 아니다. 게다가 어떤 부재는 너무 강조되고 너무 야단스럽고 너무 계획적이어서 이목을 끌며, 의도와 목적을 가지고 우리를 사로잡는다. 특정한 사람들이 거주할 수 없어서 더 두드러지는 동네와 같다. 미국 문학 전반을 보고 저절로 드는 생각이 있다. '왜 아프리카계 미국인인 나의 존재가 여기 없는가?'라는 질문이 틀린 질문이라는 생각이다. 별로 흥미로운 탐구 주제도 아니다. 기가 막히게 흥미로운 질문은 이것이다. '저자나 평론가가 나를 나의 존재로 흘러넘치는 사회로부터 지우기 위해 어떤 지적 위업을 성취해야 했으며, 그 성취가 작품에 끼치는 영향은 무엇인가?' 지식으로부터 도피하기 위한 전략은 무엇인가? 의도적인 망각의 전략은 무엇인가? 1차 세계대전에 참전한 군인이 참호 안에서 연어 낚시를 생각하게 만드는 당연한 충동에 대한 탐구를 하자는 것이 아니다. 그런 목적 있는 '돌아서기', 의도적인 현실도피, 혹은 초월은 압박에 직면한 상황에서 목숨을 살려줄지 모른다. 내가 제안하는 탐구는 이런 것이다. 가령 1915년 객석에 앉아 연극 〈영 아메리카Young America〉를 관찰하고 지켜본 뒤에 그 요점이 결코 표면화하지 않는 방식으로 이 연극과 연출가, 줄거리, 출연진을 재구성하는 게 어떻게 가능한지 묻는 것이다. 왜냐고 묻는 것이 아니다. 어떻게 가능하냐고 묻는 것이다. 1840년 토크빌[22]이 "현실과 진실 속에서 이상을 그려낼 그 무엇도 찾지 못한 시인들은 상상의 영역으로 도피할 것"이라고 예측한 지[23] 10년 뒤 1850년 노예제도의 정점에서, 그리고 노예 반대 운동이 막 싹틀 때 미국 작가들은 로망romance이라는 형

---

22  19세기 프랑스 정치가이자 역사가. 전통적 자유주의의 대표적 사상가로 《구제도와 프랑스혁명》《미국의 민주주의》 등을 썼다.

23  Michael Paul Rogin, Subversive Genealogy: The Politics and Art of Herman Melville (Berkeley: University of California Press, 1985), 15 참조.—저자

식을 선택했다. 이 로망 어딘가에 텍스트가 피해서 도망친 존재의 그림자가 있을 것이다. 이 그림자는 어디선가 작품을 고양시키고, 어디선가 혼란을 가져오고, 어디선가 소설적 창작을 요구할 것이며, 어떤 것은 해방시키고, 어떤 것은 불구로 만들 것이다.

도피의 목적을 이루어줄 장치(혹은 무기고)는 핍진성보다는 낭만주의일 수 있다. 초라하게 위장되고 수상쩍은 허가를 받은 '도덕적 고양'보다는 신비평주의New Criticism일 수 있다. 모더니즘의 본질이라고 여겨지기도 하는 '복잡한 회피의 연속', '예술적 진화'의 인지, 아이러니와 풍자의 배양, '문학적 언어'를 향한 향수, 사회적으로 구속된 텍스트성보다는 수사적으로 제약 없는 텍스트성, 그리고 텍스트성을 아예 취소하는 것일 수 있다. 이런 비평 전략은 역사 세계를 특정 문화적 정치적 목적에 맞게 재구성할 목적에 봉사할 수 있다.(꼭 그래야만 하는 것은 아니다.) 이런 전략은 상당수 창의력 뛰어난 작품을 만들어냈다. 낭만주의가 어떤 용도에 쓰이든 그 기원이 얼마나 수상쩍든 논의의 여지 없이 훌륭한 작품을 생산해냈다. 다른 경우 이런 전략은 작품과 그 비평 모두를 마비시키는 데 성공했다. 또 다른 전략은 작가의 지성, 감성, 작법을 사실상 업신여기는 쪽으로 이어졌다. 이론에 대한 고민을 '종파 간의 권력 싸움'으로 전락시켰고, 저자와 함께 텍스트를 구축해가며 읽는 대신 저자 없는 읽기, 저자가 있을 수 없는 읽기를 시도한다.

다시 말해서 비평 과정은 일부 훌륭한 작품을 훌륭한 작품이라고 인정했고, 지난날의 논의들로 접근하는 수단은 최근 들어 변경되었다. 오늘날의 과제는 물음을 던지는 데 있다. 가령 19세기 흑인성으로부터의 도피는 주류 미국 문학에서 성공적인가? 아름다운가? 예술적 문제를 제기하는가? 텍스트가 그 자체의 '보편성' 선언에 의해 와해되는가? 기계 안의 유령은 존재하는가? 기계의 작용을 왜곡하기도 하고 기계가 돌아가게 만들 수도 있는, 소환하지 않았지만 그럼에도 활동하는 존재가 있는가? 식민지 문학 평론가들은 식민지 문학을 아프리카, 인도, 그리고 기타 제3세계 국가의 문학과 비교하면서 이런 질문들을 일관되게 던지고 있다. 미국 문학에도 이런 식의 비평이 도움이 될 것이다. 문학에서 서구의 유럽 중심적 태도가 '보편'일뿐더러 '인종과 상관없다'고 옹호하는 행위가 그 문학의 전두엽을 절제하는 결과로 이어졌고, 예술과 예술가 모두에게 손상을 입혔을 수 있다고 생각하면 쓸쓸해진다. 몸통을 왕좌에 앉히고 꼼짝 못하도록, 말하자면 가택 연금에 처하기 위해 다리를 수술로 절단한 꼴이다. 물론 현시대 작가들이 그들 자신의 의식적 작가 세계에서 '타자'라고 여겨지는 집단에 대한 주관적 평가를 의도적으로 배제하는 것일 수도 있다. 백인 남성 작가는 종종 자신의 문학을 정치적 세계 안에 건설하거나 자리 잡게 만드는 흥미로운 활동을 삼가고 거부한다. 그러나 19세기 작가들은 그런 생각조차 하지 못했을 것이다. 젊은 미국의 주류 작가들은 저들이 몸담은 경쟁이 국가 간의 경쟁이고 문화 간의 경쟁임을 알았지만, 그 상대가 구세계라고만 생각했지 자기표현 능력과 지적 사유 능력을 빼앗긴, D. H. 로런스에 따르면 "창조 전의uncreate" 오래된 인류(아메리카 원주민이든 아프리카인이든)라고는 결코 생각지 못했다. 초기 미국 작가들은 글을 쓸 수 없거나 다루는 데 무관심하다고 여겨진 민족이나 국민과 경쟁한다는 것을 상상할 수 없었다. 그들에 대해서 쓸 수는 있었지만 그들이 '맞받아쓸' 위험은 결코 없었다. 그들에게 말을 건넬 때 '말대꾸'를 걱정하지 않은 것과 마찬가지였다. 심지어 그들을 관찰하고 한참 동안 시선을 떼지 않아도 반대로 관찰당하거나 그들의 시선과 판단에 노출될 위험이 없었다. 그러다 가끔 시선과 판단에 노출된다면 그것은 정치적 필요에 의한 것이지 예술에 한해서는 관련이 없었다. 아니, 그게 젊은 미국의 생각이었다. 1848년 에드거 앨런 포는 내가 《황금 풍뎅이The Gold-Bug》를 읽고, 우리 할아버지의 말을 가능한 한 나귀의 울음에 가깝게 표현하려는 그의 노력을 언젠가 지켜보리라고 결코 상상하지 못했을 것이다. 그가 얼마나 애를 썼으면 주피터의 말 "I knows(알아요)"를 "I nose"라고 표기한 작가의 땀방울이 어리석음이 눈에 보일 지경이다. (나이 든 미국이 유아기의 미국과 늘 구분 가능한 것은 아니다. 1843년의 에드거 앨런 포를 용서할 수는 있지만, 1986년의 케네스 린²⁴은 깨달았어야 한다. 어떤 어린 아메리카 원주민은 린이 쓴 헤밍웨이 전기를 읽고 자신이 이 존경받는 학자에 의해 "인디언 여자squaw"라고 지칭되었음을 알게 될 것이다. 일부 젊은 남성들은 그의 학문적 가정에 아무렇지 않게 포함되어 있는 "인디언 남자buck" 혹은 "잡종half-breed"이라는 말을 읽고 진저리칠 것이다.)

　그러나 이런 혼잣말에도 불구하고, 아니면 이런 혼잣말 때문에 초기 미국 문학에는 거대하고 장식적인 정해진 부재가 있고, 여기에 교훈이 있다는 것을 나는 인정한다. 미국 문학의 정전이

---

24　미국 작가이자 역사가로 어니스트 헤밍웨이, 마크 트웨인 등에 대한 전기 연구로 유명하다.

'자연적으로' 혹은 '불가피하게' '백인'의 것이 된 듯하지만 사실 열심히 그렇게 만든 것이다. 젊은 미국 문학에서 이 매우 중요한 존재의 결여는 텍스트가 아닌 끈질긴 학문 활동의 열매다. 아마 이 작가들 일부는 현재 가택 연금 상태에 있지만, 우리가 깨달은 것보다 훨씬 더 많은 말을 하고 싶었을지 모른다. 정치성을 초월하거나 흑인성을 탈피하기보다 그것을 알아듣기 쉽고 접근 가능하면서도 예술적 방식의 담론으로 바꾸어가고 있었을지 모른다. 그 변화의 전략을 묻지 않음으로써 이런 가능성을 무시하는 것은 작가의 권리를 빼앗고 텍스트를 축소하고 문학의 상당 부분에서 미학적 역사적 논리를 삭제하는 행위로서, 문화적(백인 남성 문화적) 순수성을 위한 터무니없는 지출이며 낭비라고 생각한다. 입에 담지 않은 차마 못할 말들을 찾아 미국 건국 초기의 문학을 재검토하면, 그 텍스트의 더 깊고 더 새로운 의미, 더 깊고 더 새로운 힘, 더 깊고 더 새로운 중요성을 드러낼 수 있을지 모른다.

그런 작가 중에서도 특히 단단한 자물쇠를 채우는 게 거의 불가능한 작가가 허먼 멜빌이다.

몇몇 빈틈없는 학자들 가운데 마이클 로긴Michael Rogin은 멜빌의 사회의식이 작품에 얼마나 깊이 짜여 들어가 있는지 가장 철저하게 연구한 학자다. 로긴은 멜빌이 미국 노예제도와 미국의 자유를 연관 지어 한쪽이 다른 쪽을 강화했음을 밝혔다고 강조한다. 그리고 그것이 멜빌의 가족, 환경, 그리고 무엇보다 당시 격렬하고 포괄적인 갈등이었던 노예제도에 끼친 영향에 대한 증거를 제시한다. 로긴은 멜빌의 장인이자 판사였던 레뮤얼 쇼가 내린 판결이 '탈주노예법Fugitive Slave Law' 제정으로 이어졌다고 말한다. "쇼의 판결이 멜빌의 이야기의 클라이맥스에 영향을 끼쳤다는 다른 여러 증거를 《모비 딕》에서 찾아볼 수 있다. 멜빌은 에이해브와 흰고래의 마지막 대결을 1851년 상반기에 머릿속으로 그렸다. 마지막 몇 장은 6월 뉴욕 여행에서 돌아온 뒤 썼을 가능성이 크다.(쇼 판사의 판결은 1851년 4월에 내려졌다.) 뉴욕의 노예 반대 운동 지도자였던 윌리엄 수어드와 존 밴 뷰런이 탈주노예법이 적용된 심즈 사건 판결에 저항하는 공개서한을 쓰자 《뉴욕 헤럴드》가 응답했다. '노예제도에 반대하는 선동가'들에 대한 공격은 이렇게 시작했다. '고래를 보았는가? 몸부림치는 거대한 고래를 보았는가?'"[25]

로긴은 또한 고래의 "자연 상태에서의 탄생"에서 상품으로서의 최종 목적에 이르기까지 그 시간의 기록을 따라간다.[26] 로긴의 논증의 중심에 있는 생각은 《모비 딕》에서 멜빌이 고래를 선택한 데 우화 같은 이유, 고집스러운 정치적 이유가 있다는 것이다. 그러나 로긴의 시간 기록에서 다른 모든 고래를 초월하는 고래, 자연, 모험, 정치, 상품을 넘어서서 추상화되는 고래가 있다. 이 추상적 개념은 무엇인가? 이 '사악한 관념'은 무엇인가? 다양한 해석이 있었다. 에이해브가 캘훈[27]이거나 대니얼 웹스터[28]의 역할을 맡은 국가에 대한 우화라는 해석도 있고, 자본주의와 부패, 신과 인간, 개인과 운명에 대한 우화라는 해석도 있다. 그리고 가장 흔

25    Ibid., 107 and 142.—저자
26    Ibid., 112.—저자
27    노예제도를 옹호했던 미국의 전 부통령.
28    미국의 전 국무장관.

한 해석은 흰고래의 우화적 의미가 무자비하고 무관심한 자연이며, 에이해브는 그 자연에 맞서는 광인이라는 해석이다.

그러나 멜빌은 자신을 타이피Typee[29]라고 부르고 검둥이라고 서명했으며 자신을 《모비 딕》의 화자인 이슈메일과 동일시했다. 그리고 《모비 딕》을 쓰기 전에 이미 여러 책에서 다양한 낙원을 침범하는 선교 활동을 비판했다. 그런 멜빌이 만들어낸 주요 인물 에이해브에 대해 다시 한 번 살펴볼 필요가 있다.

에이해브는 포경선의 여정이 가진 상업적 가치, 그 목적을 더 이상 고려하지 않고 관념을 쫓아 파괴하려고 한다. 에이해브의 의도, 즉 복수, "달랠 수 없는 대담하고 초자연적인 복수"는 우리가 그를 잃어버린 다리나 얼굴 흉터 때문에 괴로워하는 사람으로 보지 않을 때 비로소 위엄을 얻고 원숙한 상태에 이른다. 흰고래와 마주한 뒤 겪은 고열과 회복 과정이 아무리 심각했고 큰 교란을 가져왔어도, 이 복수심을 아무리 '남성적'으로 해석해도 그 복수심에 담긴 허영은 청소년의 허영이라고 할 만큼 미숙하다. 그러나 이 고래가 남성적인 공격성으로 다스릴 수 없는 맹목적이고 무관심한 자연을 상징하는 데 그치지 않는다면, 우리가 명사만큼 형용사에 집중한다면, 미국에서 백인성이 이데올로기가 된 순간에 대한 멜빌의 인식이 그가 드러내고자 했던 '진실'일 가능성을 고려해볼 수 있다. 그리고 만약 흰고래가 인종적 이데올로기라면 에이해브가 이로 인해 잃게 된 것은 자신의 다리, 가족과 사회, 그리고

---

29    남태평양 마르키즈제도에 사는 주민들의 말에서 따온 이름으로 멜빌의 첫 소설 제목이기도 하다.

세상 속에서 자신의 위치다. 인종차별주의는 인종차별주의자와 피해자 모두에게 자아의 심각한 분열이라는 정신적 외상을 유발하고, 나에게는 언제나 정신 질환의 원인(증상이 아닌)으로 여겨졌다. 기이하게도 정신과에서는 이런 데 전혀 관심이 없다. 그렇다면 에이해브는 자신이 거부한 문명이라는 관념과 자신이 소멸시켜야 하는 야만의 관념 사이를 항해해야 한다. 둘은 공존할 수 없기 때문이다. 전자는 후자를 바탕으로 하고 있다. 이 복잡다단함 속의 무서운 사실은 야만의 관념이 선교 활동의 관점에서 보는 야만이 아니라는 사실이다. 야만적인 것은 바로 백인의 인종주의적 이데올로기다. 만약 19세기 미국 남성이 노예제도 폐지나 인종차별적 제도와 법의 완화를 주장한 것이 아니라 비인간적인 관념으로서 백인성 개념 자체와 싸우기로 마음먹었다면, 그는 실로 매우 외롭고 매우 절박하고 매우 불운했을 것이다. 광기야말로 그런 대담한 행위를 묘사하는 데 적절하고 유일한 표현일 것이며, "나를 끌고 가고 있어he heaves me"가 그 집착의 가장 간결하고 적절한 표현일 것이다.

멜빌이 흑백에 대한 어떤 단순하고 천진한 교훈을 남기려 했다거나 백인을 악마화했다고 주장하는 것이 아니다. 그렇지 않다. 나는 멜빌이 자신의 시대, 자신의 나라에서 가장 완전하게 그 모습을 드러냈던 비상하고 유례없는 관념의 철학적 형이상학적 비일관성에 압도되었다고 제안하는 것이며, 그 관념이 바로 이데올로기로 성공적으로 정립된 백인성이었다고 말하는 것이다.

포경선 피쿼드호에서 피부색이 다양하고 대체로 이방인으로 이루어진 프롤레타리아 계급은 상품을 생산하기 위해 노동하지만, 곧 에이해브의 좀 더 중요한 지적 탐험을 위해 이 노동을 멈추고 우회와 전향의 길을 간다. 우리는 상품으로서의 고래를 떠나 비유로서 고래를 마주한다. 이런 해석을 통해 이 책의 가장 유명한 두 장이 완전히 새로운 방식으로 빛을 발한다. 먼저 9장 '설교'에서는 매플 신부가 요나의 시련을 흥미진진하게 들려주는데, 요나의 구원 목적에 강세가 주어진다. 요나가 고래의 배 속에서 구원받은 이유는 단 한 가지, "거짓의 목전에서 진실을 설파하기" 위함이고 그뿐이다. 그러자 보상인 "기쁨"이 주어진다. 이것은 에이해브의 고독한 궁핍을 뚜렷이 상기시킨다.

> 기쁨은…… 이 땅의 거만한 신들과 제독들에 맞서 냉혹한 자아를 드러낼 수 있는…… 사람의 것…… 기쁨은 이 저열하고 배신으로 가득한 세상이라는 배가 밑으로 가라앉았을 때 강인한 팔로 버티고 있을 수 있는 사람의 것입니다. 기쁨은 진실 안에서 어떤 자비도 보이지 않으며 모든 **죄를**, 의원과 판사의 옷자락 안에서 잡아 뽑아야 할지언정 죽이고 태우고 파괴하는 사람의 것입니다. 최고의 기쁨은 어떤 법이나 주인도 인정하지 않고 다만 주님만을 인정하며 오로지 **천국에 대해서만 애국심을** 가지는 사람의 것입니다. (볼드체는 내가 넣음.)

이 설교가 다가올 일에 대한 예언이라는 사실을 부인하는 사람은 없다고 생각되지만, 무조건 파괴해야 하는 죄의 성격에 주목하는 사람도 드물다. 자연이 죄? 잘 들어맞지 않는다. 자본주의? 그럴 수도 있다. 자본주의는 탐욕을 부추겼고 가차 없이 부패로 이어졌지만, 멜빌이 아마 자본주의 그 자체를 죄로 여기지는 않았을 것이다. 죄는 신세계 사람이 손댈 수 있는 한계를 벗어난 도덕적 위반을 가리키는 것으로 보인다. 인종적 우월성의 개념이 여기 매끄럽게 들어맞는다. 이 말들을("모든 죄를 파괴하는" "천국에 대해서만 애국심을 가지는") 읽으면서 그 안에서 또 다른 에이해브를 보지 않기는 힘들다. 어른의 옷차림을 한 청소년, 광적이고 자기중심적이며 V. L. 패링턴이 바라본 멜빌처럼 "이국의 식물" 같은 에이해브가 아니다. 심지어 인종적 제도를 바로잡고 균형, 타협을 추구하고자 하는 도덕적으로 문제없는 자유주의의 목소리도 아니다. 또 다른 에이해브다. 그가 아는 세상을 집어삼키고 있던 괴물에 덤빌 만큼 영웅적이었던 유일한 백인 남성 미국인으로서의 에이해브다.

42장 '고래의 순백색' 역시 이런 해석을 통해 새로이 조명된다. 멜빌은 말할 수 없는 무언가를 말하려는 자신의 필사적인 노력이 어떤 의미를 가지는지 이 장에서 지적한다. "이해할 수 있는 형태로 설명하는 것이 거의 불가능하다. 나를 경악하게 한 것은 무엇보다 그 고래의 순백색이었다. 하지만 어떻게 설명할 수 있겠는가. 그러나 어렴풋하게라도 마구잡이로라도 설명해야 하며 그러지 않으면 여기까지의 기록이 **다 수포로 돌아갈 수 있다**." 42장의 어휘는 너그럽고 아름다운 순백의 이미지와 사악하고 충격적인 순백의 이미지를 아우른다. 형언할 수 없는 것을 해체하며 그는 결론짓는다. "따라서…… 백색으로 아무리 위대하고 우아한 것을 상징하든 그것의 가장 심오하게 **이상화된 의미**는 어떤 기이한 망령을 영혼 앞으로 불러낸다는 사실을 누구도 부인할 수 없다."

나는 "이상화된 의미idealized significance"에 중점을 두어 멜빌이 백인 아닌 이상화된 백인성을 탐구하고 있다는 사실을 강조하고 명확하게(이미 충분히 명확하지만) 하고 싶다. 이다음에 멜빌은 독자들에게 "우리를 우리가 찾고 있는 숨은 원인으로 이끌어줄 어떤 우연한 단서를 발견하고자 하는 바람"이 있다고 말한 뒤에 못 박아 이야기하려고 한다. "숨은 원인"으로 향하는 열쇠를 제공하고자 한다. 그러고자 하는 멜빌의 고투는 엄청나다. 하지만 그렇게 하지 못한다. 우리도 할 수 없다. 그러나 비유적이지 않은 언어로 멜빌은 문제를 푸는 데 필요한 상상력이라는 도구에 대해 이야기한다. "미묘함은 미묘함에 끌리고 상상력 없이는 누구도 이 공간으로 다른 이를 따라 들어올 수 없다." 여기에 대한 멜빌의 마지막 관측에는 멜빌 자신의 정신적 외상이 스며들어 있다. "이 가시적(유색의) 세계는 사랑에서 나왔고, 보이지 않는(백색) 영역은 두려움에서 나왔다." 백인성을 특권적이고 '자연' 상태로 볼 필요성, 그리고 백인성의 날조는 진정 두려움에서 나온 것이다.

로긴은 이렇게 쓰고 있다. "노예제도는 멜빌이 당대의 지배적 의식으로부터 고립되어 있었다는 사실을 확인시켜주었고, 이 사실은《모비 딕》을 통해 뚜렷이 드러난다." 나는 이 점에는 동의하지 않고 노예제도에 대한 멜빌의 반감과 혐오감을 공유하는 사람이 많았을 것이라고 생각한다. 그가 아는 여러 백인 미국인이 노예제도를 불쾌하게 여겼고 여기에 대해 언론에 글을 쓰기도 했으며 연설했고 입법했다. 그리고 폐지 운동에 적극적으로 참여했다. 노예제도에 대한 태도만으로 멜빌이 거의 자폐적 분리 상태에 처하지는 않았을 것이다. 단지 흑인에게 백인과 똑같은 대우를 받을 자격이 있다고 확신했거나 자본주의가 위험하다고 확신했다면, 동의할 사람은 많았고 멜빌은 혼자가 아니었을 것이다. 그러나 백인들이 이룬 진보 그 자체, 인종적 우월성이라는 관념 그 자체, 인류 진화의 사다리에서 백인성이 차지하는 특권적 위치를 의심하고 그 우월성의 부정직하고 자기 파괴적인 철학을 사유하는 것, "의원과 판사들의 옷자락에서 잡아 뽑아"서 "판사 자신을 피고석으로" 끌고 들어가는 것, 이것은 위험하고 고독하고 급진적인 작업이었다. 당시에는 특히 그랬다. 지금도 다르지 않다. "천국에 대해서만 애국심"을 가지는 사람이 되는 것은 젊은 미국 작가에게, 포경선 선장에게 결코 보잘것없는 야망이 아니다.

《모비 딕》은 복잡하고 무질서하며 심오하며 끌어당기는 텍스트이고, 이 텍스트가 가진 여러 의미 중에서도 이 "입에 담을 수 없는" 의미가 "숨은 원인"이고 "거짓의 목전에서" 설파하는 "진실"이라고 생각된다. 오늘날까지 자신이 택한 주제를 가지고 이처럼 분투한 소설가는 없다. 오늘날까지 정전 텍스트에 대한 문학평론은 이 관점을, 미국 전통 문학을 특징짓고 규정한 아프리카계 미국인 존재를 회피해왔다. 내가 언급한 부분은 멜빌의 텍스트가 놀라운 통찰력을 내놓고 유령이 기계를 작동시키는 방식에 대해 유익한 실마리를 던진 사례들의 겨우 일부에 불과하다.

멜빌뿐만 아니라 다른 저자들의 작품에서도 이 존재를 찾기 위해, 또는 이 존재를 논하거나 부인하기 위해 동원된 작가적 전략을 찾아볼수록 그 흥미와 힘이 배가한다. 에드거 앨런 포도 그런 식으로 읽어낼 수 있다. 너새니얼 호손, 마크 트웨인도 그렇고, 20세기 작가 중에는 윌라 캐더, 어니스트 헤밍웨이, F. 스콧 피츠제럴드, T. S. 엘리엇, 플래너리 오코너, 윌리엄 포크너 외에도 많다. 미국 정전 문학은 제발 그런 관심을 쏟아주기를 바라고 있다.

초기 미국 문학이 흑인성을 부인하는 방식으로 자기를 규정하고 위험을 감수한 사례들에 대한 설득력 있는 분석을 마련하는 작업은 매우 유익할 것이다. 초기 미국 문학의 언어적 몸짓이 존재하지 않는다고 가정된 존재에 대해 은연중에 본격적으로 서술함으로써(정체성을 암시함으로써) 어떻게 삭제된 것과의 친밀한 관계를 입증하는지에 대한 분석이 필요하다. 미국 흑인 문학의 비평적 탐구는 이를 가능하게 할 것이다.

앞서 말했듯 미국 흑인 문학 속에서 서구의 영향력을 찾거나 흑인 문학에 서구 영향력을 가하는 행위는 가치를 부여하는 과정이 자기를 신성시하기 위한 과정이 되지 않는 한에서 의미가 있다. 따라서 병행해야 하는 작업이 있다. 이것은 앞서 말한 세 번째 연구 방향과 관련이 있다. 아프리카계 미국인 존재가 작품의 구조, 언어 습관, 작품 속에서 벌어지는 활동에 끼친 영향을 살펴보기 위해 현대 문학을(정전과 비정전 문학 모두) 검토하는 것이다. 두번째 경우와 마찬가지로 이 비평 과정에서도 작품 속에 아프리카계 미국인 존재가 있다는 사실을 작품의 성취와 동일 선상에 두려는 해로운 의도를 버려야 한다. 작품이 다른 문화에 민감하게 반응한다고 더 나아지지 않고, 그 민감성으로 인해 자동적으로 결함을 갖지도 않는다. 요점은 분명히 하는 것이지 적극적 참여가 아니다. 그리고 아프리카계 미국인이 쓴 작품이라고 해서 '두말없이' 자동적으로 미국 흑인이라는 존재에 의해 강제로 포섭되지 않는다. 아프리카계 미국인 문학의 상당 부분에도 흑인성으로부터의 명백한 도피가 있다. 또 어떤 문학에는 흑인성과의 대결이 있고, 또 이른바 '감쪽같이' 속이는 경우도 있다.

———

바로 이 부분, 미국 흑인 문화가 현대 미국 문학에 끼치는 영향에 대해 이제 이야기하고자 한다. 나는 아프리카계 미국인이 쓴 작품이(흑인 아닌 사람들이 쓴 작품과 마찬가지로) 미국 흑인의 존재에 다양한 방식으로 반응할 수 있다고 앞서 말했다. 그렇다면 흑인 작가의 예술이 무엇이냐는 질문은 다소 시급하다. 흑인 작가에게 흑인이라는 수식어는 사실의 진술이기보다 탐색의 대상이다. 다시 말해 멜라닌과 작품의 주제를 제외하고 나를 흑인 작가로 만드는 것은 과연 무엇인가? 나의 배경을 떠나 내 작품 안에서 어떤 일이 벌어지기에 나는 미국 흑인 문화의 특수성과 내 작품이 명백히 분리되기 불가능하다고 생각하는 것일까?

이 연구에 내 작품을 인용하는 것을 양해해주길 부탁한다. 훌륭한 본보기라서가 아니라 내가 가장 잘 알기 때문에 사용하는 것이다. 내가 무엇을 했고, 왜 그렇게 했으며, 그런 질문이 나에게 얼마나 핵심적인지 알기 때문이다. 쓰기는 **종국에는** 언어 행위, 언어의 실천이다. 그러나 **처음에는** 발견하고자 하는 의지에서 나오는 노력이다.

이제 나는 내가 언어를 활성화하고 언어가 나를 활성화하는 방식에 대해 이야기할 것이다. 내가 쓴 책들의 첫 문장만을 살펴보고 왜 그런 선택을 했는지 탐구하는 과정을 통해 앞서 밝힌 주장이 더 명백해지기를 바란다.

《가장 푸른 눈》은 이렇게 시작한다. "다들 쉬쉬하지만 1941년 가을에는 금잔화가 보이지 않았다." 이 문장은 그 뒤에 나온 여러 책을 여는 문장들처럼 간단하고 복잡하지 않다. 내가 쓴 모든 책을 여는 문장 가운데 두 개의 문장에만 종속절이 있다. 나머지 세 문장은 단문이며 그중 두 문장은 주어, 동사, 수식어를 제외하고 아무것도 없다. 화려하지 않다. 사전을 찾아봐야 하는 단어도 없다. 평범하고 일상적인 말들이다. 그러나 나는 이 단순함이 아둔함이 아니라 에둘러 가기 위한 저의를 가진 단순함이길 원했다. 그리고 각각의 낱말을 선택하는 과정이—의미가 적절한 말을 고르고, 문장 속 다른 말과의 관계를 고려하고, 원치 않는 울림이 있는 말을 배제하고, 정해진 사실과 정해지지 않은 사실을 고려하고, 거의 다 주어진 사실과 주워 담아야 하는 사실을 고려하며 선택하는 과정이—스스로를 과장되게 연출하지 않기를, 스스로 무대를 세우지 않기를, 세운다면 그 무대가 눈에 띄지 않기를 바랐다. 무대를 세우지 않는 것이 이처럼 중요했기에 첫 소설 《가장 푸른 눈》에서는 책 전체 요약문을 첫 페이지에 실었다.(초판에서는 이 요약문 전체가 표지에 실렸다.)

첫 문장의 첫 어구 "다들 쉬쉬하지만"은 여러 면에서 매력적이었다. 먼저, 어릴 때 어른들 말에 곧잘 귀를 기울였던 내게 익숙한 말이었다. 흑인 여성이 서로 대화를 나누거나 이야기나 일화를 들려주거나 무리, 가족, 동네의 누군가 혹은 어떤 사건에 대해 잡담할 때 곧잘 쓰는 익숙한 말이었다. 모의를 꾀할 때 쓰는 말이기도 하다. "쉿, 다른 사람에게는 말하지 마" "이건 누구도 알아서는 안 돼" 등. 우리 사이의 비밀이고 우리로부터 숨겨진 비밀이다. 우리는 모의에 가담한 동시에 모의에서 배제되어 있고 모의는 폭로되는 동시에 유지된다. 어떤 의미에서 이 책을 쓰는 행위가 정확히 그랬다. 사적인 비밀의 공개적 폭로였다. 그 입장의 이중성을 완전히 이해하기 위해서는 책을 집필했던 1965년에서 1969년 당시 목전의 정치적 분위기를 떠올려야 한다. 흑인들의 삶에 엄청난 사회적 격변이 있던 시절이었다. 책 출간(집필이 아니라)이 공개적 폭로에 해당됐고, 집필은 비밀을 풀어내는 과정이었다. '우리'가 공유하고 있던 비밀, 우리가 우리로부터, 그리고 공동체 밖의 세상이 우리로부터 숨긴 비밀이었다.

"다들 쉬쉬하지만"은 이 경우 수사적 표현이지만 명백히 입말이기 때문에 선택받았다. 이 말은 특정한 세계와 그 분위기에 대해 말하고 그에 말을 걸고 있다. 뿐만 아니라 '뒷담' 아래서 나누는 이야기 같은 분위기를 풍기고, 금지된 험담 나누기, 흥미진진한 발각의 순간을 떠오르게 하는 데서 그치지 않는다. 이 '속삭임'은 말을 전달하는 사람이 내부에 있으며, 다른 사람들이 모르는 무언가를 알고 있고, 이 특권적 지식을 너그럽게 베풀고자 한다는 추측을(독자들 입장에서) 하게 한다. 내가 노렸던 친밀감, 독자와 페이지 간의 친밀감은 여기서 곧바로 시작될 수 있다. 잘하면 비밀을 알 수 있을 것이고, 못해도 엿들을 수 있기 때문이다. 당시 첫 소설을 쓰고 있던 나는 갑작스러운 친숙함, 즉각적인 친밀감이 매우 결정적이라고 생각했다. 나는 독자가 '이 책을 읽으려면 뭘 해야 하고 뭘 포기해야 하지? 어떤 방어물이 필요하고 어떤 거리를 유지해야 하지?' 고민할 시간이 없길 바랐다. 왜냐하면 나는 이것이 전혀 모르는 게 나을 수도 있는 끔찍한 이야기임을 알고 있었기 때문이다.(그러나 독자는 두 번째 문장을 읽기 전까지 그걸 알 수 없다.)

그러면 곧 공개될 엄청난 비밀은 무엇인가? 우리가(독자와 내가) 알게 된 속사정은 무엇인가? 식물적 이변이다. 어쩌면 오염일 수 있다. 자연 질서의 어떤 생략일 수도 있다. 금잔화가 없는 9월, 가을이다. 선명하고 흔하고 추위에도 강한 끈질긴 금잔화가 없다. 언제? 1941년. 1941년은 중요한 해(미국이 2차 세계대전에 참전한 해)이기 때문에 전쟁이 선포되기 직전인 1941년의 '가을'은 '비밀스러운 공간'을 암시한다. 가을이라는 계절이 있는 온대 지방이고 이 계절에는 금잔화가 만개해야 정상이지만, 미국이 2차 세계대전에 참전하기 몇 달 전인 이때 어떤 섬뜩한 사실이 새어 나오려 한다. 다음 문장은 이 말을 하는 사람, 비밀을 알고 있는 사람이 집 앞에 혹은 뒷마당에 앉아 흑인 여성 어른을 흉내 내고 있는 어린아이임을 명백히 한다. 첫 문장은 이 충격적인 정보를 어른스럽게 전달하려는 노력에서 나온 것이다. 어린아이의 시점에서 정보의 우선순위는 어른이 생각하는 우선순위와 다르다. "우리는……피콜라가 피콜라 아버지의 아이를 가져서 금잔화가 자라지 않는다고 생각했다"는 꽃을 앞으로 가져오고 그 배경에 곧 끔찍한 결실로 이어질 금지된, 충격적인, 이해할 수 없는 성관계를 배치한다. 앞에 놓인 '사소한' 정보와 배경에 놓인 충격적인 사실이 시점을 밝혀주지만 독자는 멈칫하게 된다. 아이들의 목소리를 믿어도 되는지, 아이들의 말이 어른의 말보다 더 믿을 만한지 고민하게 된다. 독자는 이로써 고통스러운 사실들을 너무 일찍 직면하지 않아도 된다. 그러는 동시에 그 사실을 알고 싶다는 욕망을 갖게 된다. 나는 여성이 침해당하는 이 이야기를 피해자의 관점에서 혹은 피해자가 될 가능성이 있는 사람의 관점에서, 그러니까 소녀들 자신의 관점에서 이야기하는 것이 신선할 수 있다고 생각했다. 누구도 이들에게 묻지 않았기 때문이다.(1965년에는 더욱 그랬다.) 그리고 피해자에게 그 폭력을 혹은 그 맥락을 이해할 어휘가 없었기 때문에 고지식하고 나약한 소녀의 친구들이 첫 문장에서처럼 다 알고 있는 척 어른스럽게 굴면서 피해자를 위해 돌아보는 형식이 되어야 한다고 생각했다. 그리고 그 사건이 반영된 그들 자신의 삶 이야기로 침묵을 채워야 한다고 생각했다. 따라서 책의 시작에 있는 일격은 공유된 비밀보다 더 큰 어떤 것을, 깨어진 침묵을, 채워진 빈자리를, 마침내 입에 담긴 차마 말 못할 일을 공표한다. 그리고 어느 한 계절 식물이 드러낸 사소한 이상 현상과 흑인 소녀의 하찮은 파멸을 연결 짓는다. 물론 '사소하고' '하찮다'는 것은 바깥세상의 시선을 나타낸다. 소녀들에게는 두 가지 현상 모두 아는 것을 뿌리째 흔드는 사실들의 집합이고, 소녀들은 어린 시절 그 일이 벌어졌던 일 년 내내(그리고 그 후로도) 이해하려고 애쓰지만 그러지 못한다. 소녀들이 할 수 있는 일은 이해의 문제를 아마도 어른일 독자들에게, 속사정에 귀 기울인 사람들에게 넘겨주는 것이다. 그렇게 하면 최소한 이 문제적 물음의 무게가 좀 더 큰 집단으로 나누어지고 사적인 일의 공개적 폭로가 정당화된다. 독자가 첫 문장에서 공표된 모의에 참여한다면 이 책은 결말과 함께 시작한다고 할 수 있다. 결말은 '본성'의 붕괴에 대한 고찰로서 그것을 개인의 비극으로 이어지는 사회적 붕괴로 보며, 독자 역시 텍스트 안에 거주하는 집단의 일부로 여기에 연루된다.

그러나 문제가, 해결되지 않은 문제가 소설 중심부에 있다. 내가 지은 부서진 세계는(피콜라에게 벌어지고 있는 일에 덧붙여 지은 세계)—아이들이 느끼는 계절이 지탱하고 있는 세계, 백인 가족에 대한 어색하고 딱딱한 초급 독본에 일일이 논평하는 세계— 현 상태로서는 그 중심에 있는 침묵을 효과적으로 다루지 못한다. 그 침묵은 피콜라의 '비존재'라는 공백이다. 그 공백에는 모양이 주어져야 했다. 큰 울림이나 외침이 남긴 빈 공간처럼. 나에게는 그런 세련된 기술이 없었고, 피콜라 주변의 목소리도 솜씨 좋게 처리할 수 없었다. 피콜라는 환각 상태에서 자신을 보기 전까지 자신을 **보지** 못한다. 그리고 피콜라의 환각은 책 바깥에서는 대화 거리가 되지만 읽기 과정에서는 제대로 작동하지 않는다.

뿐만 아니라 나는 뛰어난 여성적 표현력을 추구했지만(《술라》에서 또다시 표면화된 어려움) 대체로 달성하지 못했고, 여성 인물을 만드는 데서 만족해야 했다. 첫 문장의 기저에 있는 여성적 의미를("다들 쉬쉬하지만"에서 느껴지는, 아연실색하여 열심히 소문을 퍼뜨리는 여성들) 작품 전체로 끌고 나가지 못했다. 난장판을 만든 나의 고투는 폴린 브리들러브에 관한 부분에서 가장 명백하게 드러나는데, 여기서 나는 두 목소리에 의지해야 했다. 폴린의 목소리와 다그치는 화자의 목소리. 그러나 둘 다 극히 불만족스럽다. 이제 와서 보니 흥미롭게도 언어를 여성적 양식으로 뒤집는 것이 가장 어려우리라 생각했던 부분이 가장 쉬웠다. 바로 백인 남성에 의한 촐리의 '강간'을 제 딸의 강간과 연결하는 부분이었다. 이 가장 남성적인 공격 행위는 나의 언어 속에서 여성화되고, '수동적'

이 되며, 강간에 일반적으로 부여되는(한때 부여됐던) '불명예의 매력'이 제거되면서 그 역겨움이 더 정확하게 드러난다는 것이 내 생각이다.

여기까지 내가 말하고 싶었던 요점을 정리하자면, 나의 언어 선택(말하는 사람의 언어, 듣는 사람의 언어, 일상의 언어), 흑인 문화에 내재된 암호에 의존해 풍부한 이해를 도우려고 했던 나의 노력, 즉각적인 모의 관계와 친밀감을(거리 두기나 설명적 구조 없이) 형성하려고 했던 나의 노력, 뿐만 아니라 침묵을 빚는 동시에 깨려고 했던 나의 시도(실패한)는 미국 흑인 문화의 다층성과 풍요를 그 문화에 어울리는 언어로 변모시키려는 시도(많은 경우 불만족스러운)였다.

《술라》에서는 첫머리의 두 문장에 초점을 맞추어야 한다. 출간된 책의 첫 문장은 내가 의도한 문장이 아니기 때문이다. 원래 이 책은 이렇게 시작했다. "2차 세계대전을 제외하면 그 무엇도 결코 전국 자살의 날에 지장을 주지 못했다." 약간의 도움 덕분에 나는 이것이 진실하지 못한 시작임을 깨달았다. 이를 악물고 '인 메디아스 레스in medias res'(사건들의 한가운데)로 뛰어드는 시작을 시도했지만 한가운데에 있어야 할 사건들이 없었기 때문이다. 이 문장 안에 든 특수성과 울림이 자리한 암묵적인 세계가 존재하지 않았다. 더 중요한 이유가 있다면 이 소설은 나의 두 번째 소설이었고, 나는 다시 흑인 공동체에 사는 사람들에 대해 쓰고 있었으며, 이 공동체는 단지 전면에 나와 있는 것이 아니라 소설을 완전히 지배하고 있었다. 그리고 또다시 전면에 나와 있을 뿐 아니라 지배적인 흑인 여성에 대한 소설이었다. 1988년이었다면 지금

《술라》의 첫머리를 여는 문장과 짧은 도입부가 필요하지 않았을 것이다.(필요하다고 생각지 않았을 것이다.) 독자와 흑인이 주제가 되는 텍스트 사이에 있는 문턱이 안전하고 따뜻한 로비가 되어야 한다고 당시처럼 나를 설득하지 않았을 것이다. 나는 그 로비를 완전히 철거하는 편을 선호했다.《가장 푸른 눈》과 내가 쓴 다른 책들과 달리《술라》에만 이런 '입구'가 있다. 다른 책들은 '소개'를 거부한다. 이 매혹적이고 안전한 항구를, 신성한 것과 저속한 것, 공적인 것과 사적인 것, 저들과 우리 사이의 경계선을 거부한다. 독자의 축소된 기대에, 혹은 흑인이 주제인 텍스트로 독자가 가지고 들어오는 정서적 짐으로 인해 고조된 경계심에 부응하기를 결과적으로 거부한다.(《술라》를 1969년에 쓰기 시작했다는 점을 짚고 넘어가야 할 것이다. 당시 첫 번째 소설이 교정 단계에 있었고, 정치적 움직임이 격렬하던 시절이었다.)

내가 원래 의도했던 책의 시작이 오직 내 머릿속에서만 효과가 있다고 확신하게 된 나는 다른 시작을 만들어야 했고, 새로운 시작은 작품으로 하여금 무릎을 꿇도록 강요하지 않으면서 작품에 나타나는 무법적인 특성을 보충 설명해야 했다. 그러니까 과제는 문을 만드는 것이었다. 표지를 열자마자 텍스트가 활짝 열리게 하는 대신(아니면《가장 푸른 눈》의 경우처럼 첫 페이지에, 급기야 초판 표지에 전체 '줄거리'를 넣음으로써 표지를 열기는커녕 손을 대지 않고도 책이 모든 것을 드러내게 하는 대신) 이 책에서 나는 문을 놓고 문 손잡이를 돌리고 네다섯 페이지에 걸쳐 손짓을 할 생각이었다. 그 동안 어떤 인물도 소개하지 않으리라 결심했다. 그 로비에는 아무도 없을 예정이었다. 그럼에도 섀드랙과 술라에 대해 언급하며 환영문을 다소 서투르게 끝냈다. 독자에게 누구를 눈여겨봐야 할지 노골적으로 알려주는 낡은 소설 작법에 비겁하게(여전히 그렇게 생각한다) 항복한 것이다. 그러나 마침내 완성된 도입부 대부분은 공동체에 대한 것, 그 공동체의 전망이었다. 안에서 본 전망이 아니라(이 부분은 문에 해당했으니) 낯선 이의 시점에서 본 전망이었다. 일이 있어서 마침 방문하게 된, 거기 살지 않는 게 분명한 '골짜기 사람'의 시선이었다. 그 사람에게 이 모든 것은 아주 낯설고 심지어 이국적으로 보일 수 있다. 내가 이 도입부 대부분을 왜 그토록 싫어하는지 짐작할 수 있을 것이다. 그럼에도 첫 문장에 상실을 가리키는 말을 넣고자 했다. "여기 마을이 있었다. 이제는 없다." 이것은 세계 최악의 문장은 아닐지 몰라도 연극계에서 말하듯 '먹히지'는 않는다.

다시 쓴 첫 문장은 이렇다. "메달리언 시티 골프장을 만드느라 나이트세이드nightshade와 블랙베리blackberry 밭을 뿌리째 파헤친 그곳에는 한때 마을이 있었다." 원래 계획에서 벗어나 나는 동아리 밖에 있는 독자를 동아리 안으로 데리고 들어온다. 이름 없는 것을 특수한 것으로, "그곳"을 "마을"로 바꾸고 있으며, 낯선 사람의 눈으로 보기 위해 낯선 사람을 먼저 데리고 들어오고 있다. "그곳"과 "마을" 사이에 이제 특수성과 차이를 끼워 넣어야 한다. 향수, 과거, 과거를 향한 향수를 넣어야 한다. 거기 가해진 폭력과 그 폭력의 결과를 넣어야 한다.(그 네 페이지를 쓰는 데 석 달이 걸렸다. 밤마다 쓰다 보니 여름이 다 갔다.) 향수는 "한때"의 울림 속에 있다. 과거와 과거에 대한 그리움은 "마을"의 함축적 의미에 암시되어 있다. 폭력은 무언가를 뿌리째 파헤치는 행위에 숨어 있다. 그것은 다시 자라지 않을 것이며 자라지 못할 것이다. 폭력으로 인해 파괴된 것은 잡초로, 도시 '개발'을 위해 제거하지 않을 수 없는 쓰레기로 인식된다. 파괴의 주체는 모호하지만 제거된 것들을 구분하지 않고 구분할 수 없으며 구분할 여유가 없는 사람들로, 그것이 일종의 '쓰레기'인지 아닌지 상관하지 않는다. 두 가지 식물 모두 어둠을, '검정black'과 '밤night'을 이름 속에 가지고 있다. 하나는 특이한 식물이고(나이트셰이드), 어둠을 뜻하는 말을 두 개 포함한다. '밤night'과 '그림자shade'. 다른 식물은(블랙베리) 흔하다. 익숙한 식물과 이국적인 식물이다. 무해한 식물과 위험한 식물이다. 한쪽은 영양가 있는 열매를 맺고, 다른 쪽은 유독한 열매를 준다. 그러나 둘 다 거기서 번성했다. **그곳이 마을이었을 적에.** 두 식물 모두 이제 사라지고 없고, 뒤따르는 설명은 다른 특수한 것들, 골프장의 여파로 사라진 흑인 공동체에 대한 설명이다. "골프장"은 이 맥락에서 골프장과 관계없는 것들을 상기시킨다. 집이나 공장, 심지어 공원도 관계없고, 물론 거기 사는 주민들도 관계없다. 골프장은 과거 주민들이 나타날 가능성이 거의 없는 잘 가꾸어진 장소다.

잠시 그 두 열매를 다시 짚어보자.(그 언어가 떠오르는 데 걸린 시간을 설명하고 싶다.) 나는 언제나 술라를 전형적 흑인, 형이상학적 흑인으로 생각했다. 이것은 멜라닌을 의미하는 것도, 부족에 대한 무조건적 충성심을 의미하는 것도 아니다. 술라는 신세계 흑인이고, 신세계 여성으로서 선택의 여지가 없는 데서 선택지를 끌어내고, 새로운 것에 창의적으로 반응한다. 즉흥적이다. 과감하고 해롭고 상상력이 풍부하고 현대적이고 집에 매여 있지 않다. 추방되었고 남을 단속하지 않는다. 억눌리지 않았으며 억누를 수 없다. 그리고 위험하게 여성적이다. 넬과의 마지막 대화에서 술라는 자신을 특별한 흑인 여성이라고, 선택권을 가진 여성이라고 말한다. 마치 삼나무처럼.(프로이트의 꿈의 지형을 무시하는 건 아니지만, 나는 언제나 나무를 여성적 존재로 생각했다.) 어쨌든 술라의 두 겹의 흑인성, **선택된** 흑인성과 **생물학적** 흑인성은 나이트셰이드에 포함된 두 어둠의 말이 드러내고 있고, 이 덩굴식물의 특이한 성격에서도 나타난다. 다양한 품종의 나이트셰이드 중에는 '마법사' 나이트셰이드도 있고, 처음에는 쓰지만 나중에 달콤한 '달콤쏩쓸한' 나이트셰이드도 있다. 나이트셰이드는 마녀의 주술에 대항할 수 있다고도 여겨졌다. 이 모든 상징적 의미의 집합은 술라에게 아주 적절해 보였다. 그리고 "블랙베리밭"도 마찬가지로 넬에게 적절했다. 영양가가 있지만 한번 뿌리를 내리고 열매를 맺기 시작하면 가꾸거나 길러야 할 필요가 없다. 적당히 달콤하지만 가시로 뒤덮여 있다. 넬의 성장 과정은 털과 끈으로 만들어진, 가까스로 그 모양을 지탱하고 있던 공이 폭발적으로 해체되면서(에바가 넬의 자기 보호용 가시를 제거했을 때) 시작된다. 이 덕분에 넬은 술라가 고집했던 복합적이고 모순적이고 회피적이고 독립적이고 유연한 현대성과 다시 만날 수 있게 된다. 이 현대성은 전쟁 이전 내려진 정의들을 뒤집고, 재즈의 시대(미국 흑인 예술과 문화에 의해 **규정된** 시대)를 불러오며, 자기규정을 위해 새로운 지성을 필요로 한다.

내가 처음 네 페이지에 걸쳐 펼쳐놓은 무대는 다시 보면 부끄럽지만 여기서 공들여 설명하는 이유는 주류 '백인' 문화를 고려하고 거기 반응하는 동시에 흑인 문화에 대해서, 흑인 문화를 위해서, 그리고 흑인 문화 안에서 글을 쓴다는 사실을 알리기 위해 택하지 않을 수 없는 전략을 드러내고 있기 때문이다. '골짜기 사람'이 영토를 안내하도록 하는 것이 나의 타협이었다. 이 작업이 효과가 있었는지는 모르지만 내가 원한 작업은 아니었다.

　새드랙의 이야기로 시작했다면 미소 띤 환영 인사 없이 독자를 즉시 그의 상처와 흉터와 마주 보게 만들었을 것이다. 내가 선호한(원래의) 시작은 그 무엇보다 낭비적이었던 이 자본주의 전쟁으로 인해 특히 흑인들이 겪게 된 충격적인 박탈의 경험을 더욱 강조하는 시작이었다. 그 시작은 이 전쟁에서 온전하게 살아남겠다는, 금지되었을지언정 창의적인 결심을 부각했을 것이다. 박탈의 경험을 극복하는 두 극단적인 방식에서 술라는(여성적) 가용성을 택하고, 새드랙은(남성적) 고착을 택하는데, 이것은 흑인 서사에 흔히 나타나는 주제다. 바뀐 도입부에서 나는 상업적 '진보'로 인한 마을의 쇠퇴 속에 차별과 박해를 일삼는 인종 억압이라는 창조신을 되살렸지만, 공동체의 안정과 창의성에('골짜기 사람'의 존재가 암시하는 음악, 춤, 공예, 종교, 아이러니, 재치) 대한 언급을 통해 마을 사람들이 겪고 있는 고통을 굴절시키고 껴안는다. 새드랙의 조직적이고 공개적인 광기보다 부드러운 포용이다. 방해를 일삼고 기억을 깨우는 새드랙의 존재는 공동체의 단합을 돕지만(한동안) 술라는 이에 도전장을 던진다.

　"노스캐롤라이나 상호생명보험에서 일하는 보험 중개인은 오후 세 시 머시를 출발해 슈피리어호 반대편으로 비행하기로 약속했다."

　이 선언과도 같은 문장은 언론 기사 형식을 우스꽝스럽게 흉내 내고 있다. 조금만 고치면 시골 지역 신문 기사의 도입부가 될 수도 있다. 지역에서마저 관심이 적은 일상적인 사건을 전하는 어조지만, 나는 이 문장에 들어 있는 정보를 《솔로몬의 노래》가 중심으로 삼고 그것을 원점으로 퍼져나가기를(보험 판매원이 약속을 지키는 순간 벌어지는 광경이 그렇듯) 바랐다.

보험사는 실제 존재하는 보험사로, 흑인이 소유하고 있고 흑인 고객에 의존하는 유명 회사이며, 회사명에 '생명'과 '상호'가 들어 있다. 그 사이의 관계를 가능하게 하는 필요 성분으로 '중개인'이 있다. 이 문장은 또한 노스캐롤라이나에서 슈피리어로 움직이는데, 둘 다 지리적 위치지만 노스캐롤라이나(남부)에서 슈피리어Superior호(북부)로의 이동이 어떤 '우월한superior 상태'로의 진보를 의미하지 않을까 하는 교묘한 암시가 들어 있다. 물론 실제로도 그렇다. 그 밖에 의미심장한 단어는 소설의 중심이 되는 '비행', 그리고 그가 비행을 시작하기로 한 장소 '머시'[30]다. 둘 다 서사의 심장에서 박동하고 있다. 보험 중개인은 어디로 비행하려는 걸까? 슈피리어 호수의 반대편은 물론 캐나다이다. 피난처를 원했던 흑인들의 탈출로는 역사적으로 캐나다에서 끝을 맺었다. 또 다른 의미심장한 단어인 '머시'는 꾸밈음이다. 서사 속에 거주하는 사람들의 솔직한, 그러나 한 사람을 제외하고 입에 담지 못한 소망이다. 어떤 이는 자비를 베풀고 어떤 이는 영원히 얻지 못한다. 적어도 한 사람은 손녀가 죽었을 때 즉흥적으로 내뱉은 설교에서 자비라는 말을 텍스트이자 외침으로 삼는다. 책 말미에서 자

30    '자비'라는 뜻.

비는 그것을 받을 자격이 가장 부족한 등장인물인 기타를 건드리고 그에게서 등을 돌렸다가 그에게 다시 돌아온다. 자비는 기타를 감동시켜 그가 자비를 마지막 선물로 건넬 수 있게 한다. 우리는 해가에게 자비가 주어지기를 바란다. 메이컨 데드 시니어에게 자비는 주어지지 않고 그도 자비를 찾지 않는다. 그의 아내는 그로부터 자비를 요구하는 법을 배운다. 또한 병원 이름이 머시에서 '노 머시'로 바뀐 것에서 볼 수 있듯이 자비는 결코 백인의 세계로부터 올 수 없는 것이다. 오직 안에서만 주고받을 수 있다. 서사의 중심은 비행이지만 도약의 발판은 자비다.

그러나 모든 문장이 그렇듯 이 문장도 동사에서, '약속했다'에서 방향을 튼다. 보험 중개인은 비행하겠다고 선포하거나 발표하거나 위협하지 않는다. 약속한다. 마치 타인과의 계약을 성실하게 이행하려는 듯하다. 깨진 약속, 지켜진 약속, 구속하거나 상처 입히는 의리와 인연을 가려내는 어려움이 중개인의 행위와 변화하는 관계들 사이를 움직인다. 그래서 제목에 있는 솔로몬의 비행과 마찬가지로 중개인의 비행은 피난처를 향한 비행이지만(캐나다, 자유, 고향, 혹은 환대하는 죽은 자들의 무리를 향한), 그리고 실패의 가능성, 위험의 확실성을 수반하지만, 변화를, 대안의 길을, 현상 유지의 중단을 지향하고 있다. 이 행위를 단순하고 절박한 행위라고 이해하거나, 결실, 의미 있는 몸짓, 반성 없는 인생의 결말이라고 이해해서는 안 된다. 자기 사람들과의 좀 더 깊은 계약에 대한 복종이라고 이해해야 한다. 그들이 계약의 모든 세부사항을 이해하든 말든 중개인은 책임을 다한다. 중개인의 행위에 대한 사람들 반응에는 어떤 연민, 약간의 뉘우침, 늘어나는 존경심("그럴 용기가 있을 줄은 몰랐다"), 그리고 그들을 버리기보다 포용하려 했던 몸짓에 대한 인정이 있다. 그가 남긴 쪽지는 용서를 구한다. 지나가는 누구든 볼 수 있도록 가벼운 부탁처럼 문에 붙여두었지만 광고는 아니다. 더 이상 힘쓸 수 없었던 사람의 거의 기독교적인 사랑과 겸손의 선언이다.

작품에는 몇 가지 다른 비행이 나오고 그 동기가 각각 다르다. 솔로몬의 비행은 가장 신비하고 가장 극적이며 밀크맨에게는 가장 큰 만족을 준다. 그리고 남겨진 사람들에게는 가장 문제적이다. 밀크맨의 비행은 의리(중개인의), 그리고 방종과 이기심(솔로몬의)의 두 요소를 묶어 세 번째 요소를 만들어낸다. 그는 '상호' '생명'의 '중개'를 암시하는 충성심과 모험의 결합을 마지막에 제안하고, 이것은 그를 에워싼 산속에서 메아리친다. 이것은 또 항복과 지배, 수용과 통제의 결합이며, 궁극적 고립을 통한 집단에의 헌신이다. 기타는 이 결합을 알아보고 자신이 얼마나 길을 잃었는지 충분히 깨닫고 무기를 내려놓는다.

첫머리에 나오는 언론 기사 형식, 그 익숙하고 낡은 위엄이 가진 리듬을 끌고 가는 것은 지극한 평범함으로 굽이치는 세부사항들의 누적이다. 단순한 낱말, 복잡하지 않은 문장 구조, 일관적인 과소평가, 몹시 청각적인 구문. 그러나 일상적인 언어, 그 구어적인 특성, 지방색, 재치, 그리고 때로는 우화적인 특성은 기대를 무너뜨리고 판단을 더 이상 보류할 수 없을 때 판단을 위장한다. 첫 장면에 나오는 빨강, 하양, 파랑의 구도는 서사의 바탕이 될 국가적 캔버스/깃발을 제공하고, 이 흑인들의 삶은 이것을 배경 삼아 봐야 하지만, 배경은 이 소설이 풀어나갈 과제를 압도해서는 안 된다. 이 색 조합은 의도를 드러내지 않은 채 밀크맨의 탄생을 예고하고 유년 시절을 보호한다. 밀크맨은 자신이 찾고 있던 황금이 파일럿의 노란 오렌지이며 상자 귀걸이의 반짝이는 금속이라는 것을 발견하기 전에 먼저 그 색의 조합을(파랑 뷰익, 백일몽 속의 빨간 튤립, 누이들의 흰 양말, 리본, 장갑) 뚫고 나와야 한다.

내가 이런 식으로 채워가고 있는 공백은 내가 그렇게 계획했기 때문에 채울 수 있는 것이며, 아마 다른 의미로도 채워질 수 있을 것이다. 그 또한 미리 계획된 것이다. 요점은 이 공백으로 독자의 사색이, 독자가 만들어낸, 기억한, 혹은 잘못 이해한 앎knowing-ness이 들어가야 한다는 것이다. 독자는 화자가 되어 공동체가 묻는 물음들을 묻게 되고, 독자와 '목소리'는 모두 군중 사이에, 군중 속에 특별한 친밀감과 관계를 자랑하며 서 있게 되지만, 군중에 비해 특수한 정보를 더 많이 가지고 있지는 않다. 우리 모두를(독자와 소설 속에 사는 사람들, 화자의 목소리를) 동일한 토대에 세우는 이 평등이 반영하는 것은 비행과 자비의 힘, 그리고 흑인들의 귀중하고 창의적이면서도 현실적인 시선, 사람이나 물건을 신화화하되 신성시하지 않는(않았던) 시선이다. '노래' 자체에도 전설적인 솔로몬의 기적적이고 영웅적인 비행에 대한 태연한 평가가 담겨 있고, 중개인의 비행에 대한 상냥하지만 재미있다는 듯한 반응, 마치 합창 공동체 같은 반응에도 태연한 시선이 숨어 있다. 남성성을 향한 여정이라는 원형 신화에 대한 나 자신의 짓궂은 웃음소리도(미국 흑인의 언어로) 낮게(그러나 들리게) 깔려 있다. 인물들이 서구의 우화 뒤로 숨을 때는 언제나 깊은 위험에 처했을 때지만, 아프리카 신화 역시 오염되어 있다. 발전을 외면하고 재건을 외면하는, 스스로 태어난 파일럿은 솔로몬의 비행에 감동하지 않는다. 그리고 밀크맨이 가문의 전설을 취한 뒤 새로운 모습으로 고향으로 돌아와 이를 파일럿에게 알리려고 할 때, 파일럿은 밀크맨을 때려눕힌다. 밀크맨이 하고자 하는 말들을 다 듣고 난 뒤 파일럿의 관심은 오직 자식으로서 가지는 관심이다. "아빠?…… 그 뼈가 아빠였다고?" 그리고 노래를 해달라는 파일럿의 소원은 죽는 순간 위안이 필요했기 때문이지 역사에 대한, 그 누구에 대한 순종적 굴복이 아니다.

《타르 베이비》의 첫 문장 "그는 그가 안전하다고 믿었다"는 고친 문장이다. 원래는 "안전하다고 생각했다"였는데, '생각했다'는 내가 독자의 머릿속에 심고 싶었던 의심을, 그가 정말 안전한지 아닌지에 대한 의심을 담고 있지 않았기 때문에 버렸다. 처음에 '생각했다'가 떠올랐던 이유는 우리 부모님과 조부모님이 간밤에 꾼 꿈에 대해 이야기할 때 이 말을 썼기 때문이다. '꿈꿨다' 혹은 '어떻게 보였다'가 아니라, 심지어 '본 것 같다' '한 것 같다'도 아니라, '생각했다'고 말했다. 이 말로 인해 꿈과 서사적 거리가 유지되었고(꿈은 '실제'가 아니니까) 꿈에 힘을(꿈을 '꾸기'보다 '생각하는' 행위가 더 큰 통제력을 암시하므로) 부여했다. 그러나 '생각했다'를 쓰면 인물의 자기 확신이 줄어드는 것 같았고, 내가 독자들에게 암시하고 싶은 불신도 줄어들었다. '믿었다'라면 제대로 작동할 것 같았다. 그리고 그 믿는 사람은 곧 꿈의 세계로 들어서게 되고, 자신에게 통제력이 있다고 궁극적으로 스스로를 설득하게 된다. 그는 믿었다. 그는 확신하게 되었다. '믿었다'는 인물이 가진 확신은 보여주지만 독자를 안심시키지는 못한다. 내가 만약 독자로 하여금 이 사람의 관점을 믿도록 만들고 싶었다면 '안전했다'라고 썼을 것이다. 아니면 '마침내 안전해졌다'라고 썼을 것이다. 안전을 바라보는 시선에 이런 불안감을 담는 것이 중요했는데 안전 그 자체가, 안전을 찾는 것, 만드는 것, 잃는 것이 이 소설에 있는 각각의 인물들의 욕망이기 때문이다.

기억할지 모르겠지만 나는 어떤 옛이야기, 어떤 설화의 신비를 푸는 데 관심이 있었다. 그 이야기도 안전과 위험에 관한 이야기다. 전자를 확보하고 후자를 알아보고 피하는 데 필요한 능력에 대한 이야기이기도 하다. 물론 그 옛이야기를 다시 들려주는 데는 관심이 없었다. 해볼 만할 수도 있겠지만 4년간 몰두할 만큼 흥미로운 일은 아니다. 나는 다른 곳에서 이렇게 말한 적이 있다. 타르 베이비 설화를 파고드는 것은 애완동물의 해부학적 구조를 알아보기 위해 동물을 쓰다듬는 것이지 그 신비를 방해하거나 왜곡하려는 것은 아니다. 설화는 자연적 혹은 사회적 현상을 설명하려는 우화로 시작되었을 수 있다. 예술에서는 동시대 문제들에서 한 걸음 물러나기 위해 사용했을 수 있다. 그러나 옛이야기에는 그것을 전달하는 사람들이, 그것을 반복하고 재형성하고 재구성하고 재해석하는 사람들이 끝없이 부활시키는 허구가 담겨 있다. 내가 이해하기로 타르 베이비 설화는 가면에 대한 이야기였다. 숨겨야 할 것을 가리는 가면이 아니라 가면이 어떻게 살아 움직이고 삶을 장악하고 가면과 그것이 가린 것 사이의 긴장을 활용하는지에 대한 이야기였다. 주인공 선에게 가장 효과적인 가면은 가면을 쓰지 않는 것이다. 다른 사람들은 가면이라는 구조물을 조심스럽고 섬세하게 다루지만, 가면은 저대로의 생명이 있고 만나는 사람들과 충돌한다. 이 소설은 여윈 질감을, 가면 조각물처럼 낡고 오래된 구조를 가져야 할 것 같았다. 과장된, 숨 쉬는 가면이 그것이 대체한 전형적인 삶의 반대편에 놓여야 했다. 그러므로 첫 문장과 마지막 문장은, 마치 가면의 외부 평면이 내부의 오목한 평면과 일치하듯 일치해야 했다. 따라서 "그는 그가 안전하다고 믿었다He believed he was safe"는 "쏜살같이 쌩쌩. 쏜살같이 쌩쌩. 쏜살같이 쏜살같이 쌩쌩Lickety-split. Lickety-split. Lickety-lickety-lickety-split"과 쌍둥이가 되어야 했다. 이 종결부는 (1) 타르 베이비 설화의 마지막 문장이고 (2) 등장인물의 행위이며 (3) 의심스러운 시작과 연결되는 불확실한 결말이며 (4) 운율적으로도 쌍둥이 자매를 보완하고(앞 문장은 uu/uu/, 마지막 문장은 uuu/uuu/)[31] (5) 안전하고 싶다는 꿈, 그리고 매우 빠르게 뛰어가는 모습이라는 모순되는 두 이미지 사이에 광활하고 놀라운 공간을 펼쳐놓는다. 그 사이에는 화해에 이른 세상 전체가 있다. 이 가면을 쓴 동시에 가면을 벗은, 신비감을 가진 동시에 환멸을 불러오는, 상처 입은 동시에 상처 입히는 세상은 타르 베이비 신화에 대해 주어진(여전히 그러한) 다양한 해석(서구적 해석과 미국 흑인 문화의 해석) 위에서, 다양한 해석에 의해 펼쳐진다. 붙잡기도 하고 내몰기도 하는 역사의 사이를 무사히 날아가는 일은 그 역사와의 창조적 만남을 통해 가능하다. 이 만남에서 무엇도 안전하지 않고 안전해서도 안 된다. 안전은 권력의 태아인 동시에 권력으로부터의 보호다. 미국 흑인 문화에서 가면과 신화가 수행하는 역할이 이 사실을 우리에게 일깨워주고 있다.

31    여기서 u는 강세가 없는 음절, /는 강세가 있는 음절을 말한다.

"124에는 한이 서려 있었다. 아기의 독으로 가득한 한이."

숫자를 풀어쓴 것도 아닌 번호로《빌러비드》를 시작한 데는 이 집에 거리나 도시의 정체성과 다른 정체성을 주려는 의도가 있었다. '스위트 홈' 같은 농장 이름이 지어진 방식과 동일한 방식으로, 그러나 명사나 '고유'명사가 아닌 번호로 집의 이름을 짓고자 했다. 번호는 형용사로 수식할 수 없고 아늑하거나 웅장한 체하지도 않는다. 거만한 열망을 가진 야심가나 농장 건설자처럼 고향과 똑같은 아름다운 집을 짓고 즉석에서 역사와 전설을 지어내려 하지도 않는다. 여기서 번호는 주소를 나타낸다. 주소는 물론 그 어떤 것도 소유해본 적 없었던 노예들에게 충분히 마음 설레는 전망이다. 그리고 번호는 단어와 달리 수식어를 가질 수 없지만 나는 '한이 서려 있었다'라는 수식어를 준다.(124번지를 수식하는 말은 이 밖에도 두 개 더 있다.) 그렇게 이 주소는 개성을 갖지만 개성을 부여하려는 억지 욕구가 아닌 그 자체의 활동에 의해 개성을 갖는다.

또한 이 맥락에서 번호는 말해지고 들리는 효과를 준다. 책을 읽으며 단어를 기대하지 번호를 말하거나 들을 생각을 하지는 않기 때문이다. 소설의 소리는 불협화음일 때도 있고 조화로울 때도 있지만 언제나 귀 안에서 들려오는 소리, 혹은 귀로 들을 수 있는 한계를 살짝 넘은 소리여야 하고, 텍스트에 음악적 강세를 주어야 한다. 때로는 여기에 음악보다 말이 더 효과적이다. 그래서 두 번째 문장은 문장이 아니다. 원칙대로라면, 문법적으로는, 첫 문장의 종속절이어야 하는 어구다. 그렇지만 그렇게 했다면("124에는 아기의 독으로 가득한 한이 서려 있었다124 was spiteful, full of a baby's venom 혹은 124 was full of a baby's venom") '가득'에 강세가 오지 않았을 것이다.(/uu/u/u 쉬고 uuuu/u.)

이 단순하고 선언적이며 권위를 가진, 곧바로 이해하기는 어려운 문장을 독자 앞에 내놓는 행위에 어떤 위험이 있든 독자가 얼마나 동요하든, 나는 그 위험을 감수하기로 결심했다. 내가 굳게 고집한 이 '인 메디아스 레스' 식의 도입부는 과도하게 부담스럽기 때문에 갑작스럽고 그렇게 느껴져야 마땅하다. 여기에는 정보를 주는 원주민이 없다. 독자는 홱 잡아끌려 완전히 낯선 환경으로 던져진다. 내가 원하는 것은 이것이 독자와 책 속에 사는 사람들이 공유할 수 있을지 모르는 경험의 첫 획이 되는 것이다. 노예가 홱 잡아끌려 어떤 준비나 방어를 할 기회도 없이 여기서 저기로 마구 옮겨졌듯 말이다. 현관도 문도 입구도 없었다. 배에서 오를 때 쓰는 널빤지라면(아주 짧은) 몰라도. 잡아끌려, 납치되어 들어가는 이 집은 한이 서린 집이다가 시끄러운 집이다가 조용한 집이 된다. 노예선 안에서 들리는 소리도 그랬을지 모른다. 124가 집을 의미한다는 것이 명백해지려면 몇 단어를 더 읽어야 한다. (초고에서는 "**집 안의** 여자들은 알고 있었다"가 그냥 "여자들은 알고 있었다"였다. 열일곱 줄이나 읽어야 '집'이 나왔다.) 그리고 좀 더 읽어 내려가면 왜 한이 서려 있는지, 왜 한의 원천이 되는지 알 수 있다. 이즈음 되면 순식간에는 아니더라도, 통제할 수 없는 어떤 것이 있으나 이해 불가한 것은 아니라는 사실이 명백해진다. '여자들'과 '아이들'도 다룰 수 있는 어떤 것이기 때문이다. 완전히 모습을 드러낸 귀신의 존재는 서사에 중요한 의무를 지우는 요소인 동시에 일종의 눈속임이다. 그 목적은 독자로 하여금 믿기 힘든 유령의 성격을 궁금해하게 만들어서 믿기 힘든 정치적 현실을 적절히 소화하도록 만드는 것이다.

소설의 잠재의식이나 이면의 삶은 독자와 팔을 엮고 독자가 소설을 제 것으로 만들도록 도움을 줄 가능성이 가장 높다. 독자는 첫 문장에서 다음 문장으로, 그리고 또 다음 문장으로, 또 다음 문장으로 가지 않을 수 없기 때문이다. 나는《술라》에서 친절한 관측대를 짓고(낯선 이들 사이에) 관측대에 사람도 배치했으며, 《솔로몬의 노래》에서 고향 신문의 친숙함을 제공했고,《타르 베이비》에서 시점에 대한 불신을 계산에 넣었지만, 그런 방법은 여기서 적당하지 않다. 여기서 나는 인물들과 같은 곳에 던져진 데서 오는 강력한 혼란을 원했다. 독자가 갑작스럽게, '저자'가 줄수 있는 어떤 위안이나 도움도 없이, 상상력, 지성, 그리고 필연성만이 주어진 여정에 오르길 원했다.《솔로몬의 노래》의 회화적인 언어는《빌러비드》에서 나에게 쓸모가 없었다. 그 안에는 어떤 색깔도 없다시피 하다. 색깔이 언급될 때는 너무 극명하고 많은 주목을 받아서 날 것에 다름없다. 그 색의 역사를 모른 채 처음 접하는 색깔 같다.《타르 베이비》에서처럼 이미 주어진 구조물도 없다.《술라》에서처럼 서구의 연대표를 갖고 놀지도 않는다.《가장 푸른 눈》에서처럼 책 속 삶의 담론과 '현실' 삶의 담론이 교류하지도 않고 인쇄된 텍스트 단위가 흑인 아이들이 느끼는 계절적 시간 단위와 부딪히지 않는다. 집이 모여 있는 단지도 없고, 동네도 없고, 조형물도, 페인트도, 시간도, 특히 시간이 없다. 기억에는, 선사의 기억에는 시간이 없기 때문이다. 단지 약간의 음악이 있고, 서로가 있으며, 걸려 있는 일의 시급함만이 있다. 그들에게는 이것뿐이었다. 그 일을 위해 언어가 할 일은 비켜주는 것이었다.

내가 언어를 어떻게 실천하고 있는지에 관한 이 설명은 내 작업의 근거가 되고 위치를 잡아줄 수 있는 미국 흑인 문화의 면면들을 내가 어떻게 탐구하는지, 그리고 그 면면들에 어떻게 의도적으로 약점을 노출하는지 보여준다. 텍스트 안으로 들어온 사람들이 쓴 글을 읽고 귀를 기울이면 내가 한 작업이 효과가 있었음을, 놈모nommo[32]신이 잘 소환되었음을 알 수 있을 때가 있다. 텍스트에 저항하는 사람들에게서는 간혹 흥미롭기도 한 그 고투를 제외하면 배울 게 없다. 텍스트로 들어오는 평론가들에 대한 나의 기대와 감사는 매우 크다. 무엇뿐만 아니라 어떻게에 대해서 이야기하는 사람, 작품뿐만 아니라 작동에 대해서 이야기하는 사람, 미국 흑인 문학 연구를 이웃 사랑과 관용에 대한 집중 강좌로 생각하지 않고, 안아줘야 하는 아기, 가르쳐주거나 혼내거나 심지어 매를 때려야 하는 어린이로 생각하지 않고, 앞으로 해나갈 작업이 많은 예술 형태에 대한 진지한 연구, 자체의 문화적 원천과 선구자에 의해—정전이든 아니든—이미 정당화된 예술 형태에 대한 연구라고 생각하는 사람에게 나는 많은 빚을 지고 있다.

작가로서 정전에 대한 나의 생각은 간단하다. 50년 혹은 100년 혹은 그보다 오랜 세월 뒤에 세상은 작가의 작품을 그 아름다움이나 통찰력이나 힘 때문에 즐길 수도 있고 작품의 공허함과 가식을 비난할 수도 있다. 작품을 폐기할 수도 있다. 50년, 100년

---

32  아프리카 도곤족 신화에 등장하는 놈모는 이 맥락에서 말이 가진 생성의 힘을 의미하는 것으로 보인다.

후에 평론가는(정전을 구축한 사람으로서) 영리한 연구와 비판적 탐구력을 칭송받을 수 있다. 아니면 무지와 서투르게 위장된 권력 행사로 인해 비웃음을 살 수 있다. 그리고 버려질 수 있다. 양쪽 모두 명성을 날릴 수도 있고 쇠락할 수도 있다. 어쨌든 미래를 생각하면 평론가든 작가든 글을 쓰는 사람은 다 죽을 각오를 하고 있는 것이다.

1988년 10월 7일, 미국 미시간 대학교에서 열린
'인류의 가치에 대한 태너 렉처스 시리즈' 강연.

3부

# 이방인의 고향

# 9월의 망자여

누군가는 신의 말을, 누군가는 위로의 노래를 뒤에 남은 사람들에게 보낸다. 나는 지금 용기를 낼 수 있다면 망자에게, 9월의 망자에게 직접 이야기하고 싶다. 이 행성의 모든 대륙에서, 아시아, 유럽, 아프리카, 아메리카 대륙에서 태어난 조상의 후손들에게. 킬트를, 오비를, 사리를, 겔레를, 넓적한 밀짚모자를, 야물커를, 염소 가죽을, 나막신을, 깃털을, 머릿수건을 착용했던 조상의 후손들에게. 하지만 나는 한마디도 하지 않을 것이다. 내가 민족, 전쟁, 지도자, 지배당하는 자들과 지배 불가능한 자들에 대해 알고 있는 모든 것을, 내가 무기와 내막에 대해 수상히 여기는 모든 것을 제쳐놓을 수 있기 전까지는. 나는 먼저 혀를 새롭게 하리라. 악을 판단하기 위해 빚어진 문장들을 내팽개치리라. 그것이 제멋대로 행한 악이었든 계산한 악이었든, 폭발적이었든 소리 없이 불길했든, 부른 배에서 나왔든 굶주림에서 나왔든, 복수심에서 나왔든 넘어지기 전에 일어서고 싶은 단순한 충동에서 나왔든. 나의 언어에서 과장법을 청산하고, 사악함의 정도를 분석하려는 의욕을, 동종의 것들을 줄 세우고 그 사이에서 지위를 계산하려는 의욕을 청산하리라.

꺾이고 죽은 자들에게 말을 건네는 일은 피로 가득한 입으로는 너무 어렵다. 불순한 생각으로 하기에는 너무 성스러운 행위다. 망자는 자유롭고 절대적이다. 맹렬한 공격으로 유혹할 수 없다.

9월의 망자여, 그대에게 말을 하려면 나는 친밀한 척 가장하지 않아야 하고 카메라를 위해 때마침 윤을 낸 과열된 심장을 불러와서는 안 된다. 나는 차분해야 하고 명쾌해야 한다. 내게 어떤 할 말도 없음을 내내 잊지 말아야 한다. 그대를 눌러 그대와 하나가 된 강철보다 더 단단한 말은 없다. 고대의 입자가 된 그대보다 더 오래되고 더 기품 있는 경전은 없다.

게다가 내게는 줄 것도 없다. 이 몸짓밖에 없다. 그대와 나의 인간다움 사이에 던져진 이 실밖에는 없다. **나는 그대를 내 품에 안고 그대의 영혼이 육신의 상자를 버릴 때 그대가 그랬듯, 영원의 지혜를 알고 싶다.** 어두운 애도의 종소리를 뚫고 마음껏 내달리는 해방이라는 선물을 알고 싶다.

2001년 9월 13일, 미국 프린스턴 대학교에서 열린
9·11 테러 희생자 추도식에서 발표한 시.

# 이방인의 고향

19세기 노예 거래가 절정일 때를 제외하고 20세기 말에서 21세기 초에 걸친 인류의 대이동은 그 어느 때보다 활발합니다. 근로자와 지식인, 피난민이 이동하고 군대가 대양과 대륙을 건너고 이민자들이 세관이며 밀입국로를 통하는 와중에 다양한 무역의 언어, 정치적 개입, 박해, 망명, 폭력, 가난의 언어가 발화됩니다. 전 세계 인구의 재분배가(자발적이든 비자발적이든) 국가와 이사회 회의실, 동네와 거리에서 주된 의제라는 사실은 분명합니다. 이 움직임을 통제하려는 정치적 작전은 쫓겨난 이들을 감시하는 데서 그치지 않습니다. 이런 대탈출의 상당수는 식민지 사람들이 지배자의 자리로 이동하는 여정으로 설명할 수 있기도 하고(마치 노예가 농장을 버리고 농장주의 저택으로 향하듯) 더 흔한 경우 전쟁 난민의 도피가 여기에 해당됩니다. 하지만 경영 및 외교 계급을 세계화의 전초 기지로 이동시키고 이식하는 일, 그리고 군사 부대와 기지를 신규 배치하는 일 역시 입법을 통해 인류의 끝없는 흐름을 통제하기 위한 시도의 상당 부분을 차지합니다.

대이동이라는 현상은 불가피하게 국경으로, 구멍이 많은 장소로, 고향이라는 관념이 이방인들에 의해 위협받는 취약한 곳으로 관심을 모읍니다. 제가 볼 때 국경, 즉 관문의 주위를 맴도는 경계심을 지피는 것에는 (1) 세계화의 위협 및 약속, (2) 우리 자신의 이질성에 대한 불편함, 즉 빠르게 와해되는 우리 자신의 소속감이 있습니다.

먼저 세계화부터 논의해봅시다. 우리가 현재 알고 있는바 세계화는 19세기식 '대영 제국의 지배' 형태가 아닙니다. 물론 탈식민시대의 격변은 한 국가가 수많은 다른 국가를 지배했던 때를 닮았고 그때를 떠오르게 합니다. 세계화는 또 옛 국제주의의 '세계 노동자 단결'이라는 의제와도 거리가 멉니다. 물론 국제주의는 AFL - CIO(미국노동총연맹 - 산별노조협의회) 회장이 노조위원장들로 이루어진 최고협의회에서 썼던 말이기는 합니다. 또 세계주의는 1950년대를 휘젓고 매혹했으며 결국 유엔을 낳은 서사였던 '하나의 세계'를 위한 전후의 욕구도 아닙니다. 또 1960년대와 1970년대의 '보편주의'도, 그것이 세계 평화에 대한 호소였든 문화적 패권주의에 대한 고집이었든 간에 아닙니다. '제국' '국제주의' '하나의 세계' '보편'은 모두 역사적 경향의 범주라기보다는 갈망으로 보입니다. 전 지구를 한 울타리에 몰아넣어 단결에 가까운, 어느 정도 통제된 상태로 만들고자 하는 갈망, 이 행성 위 인류의 숙명이 여러 민족의 사상으로 이루어진 단일한 성좌에서 흘러나온다고 생각하려는 갈망입니다. 세계주의도 그 이전 것들만큼의 염원과 갈망이 있습니다. 세계주의도 스스로를 역사적 진보주의 사상으로, 목적이 있고 향상과 통합을 가져오는 유토피아적 사상으로 인지합니다. 좁게 정의하면 세계주의는 다국적 기업의 요구에 따라 형성된 정치적 중립 환경에서 자본의 즉각적 이동, 정보와 상품의 신속한 분배를 의미하도록 규정되었습니다. 하지만 세계주의가 폭넓게 무엇을 내포하는지 본다면 순수하게만 볼 수는 없습니다. 세계주의는 제재를 당하는 국가들을 악마화하고, 반군 지도자들의 위험성을 축소, 그들과 협상하는 행위를 내포할 뿐만 아니라 다국적 경제, 자본, 노동의 무게 아래 민족국가의 붕괴, 서구의 문화적 경제적 우위를 의미합니다. 선진국과 개발도상국의 미국화도 의미합니다. 이것은 타문화에 대한 미국 문화의 침투, 그리고 제3세계 문화를 패션, 영화 배경, 음식 문화로 서구에서 마케팅하는 현상을 아우릅니다.

세계화는 명백한 운명manifest destiny[1] 사상, 국제주의 등이 그러했듯 열렬히 환영받으며 우리의 상상력 속에서 새로운 수준의 위엄을 뽐내기에 이르렀습니다. 세계주의는 자유 수호를 주장하기도 하지만 무엇보다 차고 넘치게 베풉니다. 나눌 것이 많기 때문입니다. 범위로 보나(다수의 변경邊境을 가로지르는 넓은 범위), 숫자로 보나(세계주의에 영향받고 거기에 종사하는 인구수), 창출되는 부로 보나(자원 채취가 가능한 무한한 벌판, 무한한 서비스 제공) 차고 넘칩니다. 그럼에도 세계주의는 메시아에 가깝다고 칭송받는 동

1    1840년대 미국의 영토 확장을 정당화하기 위해 만들어진 개념.

시에 위험한 디스토피아를 초래하는 악으로 비난받습니다. 세계주의는 국경과 국가적 인프라, 지역 행정절차, 인터넷 검열, 관세, 법, 언어를 무시합니다. 주변부와 그곳에 사는 주변인을 무시합니다. 모든 것을 빨아들이는 막강한 특성은 삭제를 가속화하고 마케팅을 위해 차이와 특이성의 평준화를 가속화합니다. 다양성을 혐오합니다. 세계화가 지나가면 구별이 불가능해지고 소수 언어, 소수 문화가 지워질 것이라고 상상해볼 수 있습니다. 세계화가 휩쓸고 지나간 자리의 주요 언어와 주요 문화 역시 돌이킬 수 없이 약화될 것이라고 끔찍한 추정도 해볼 수 있을 것입니다. 이런 무시무시한 결과가 다 실현되지 않을 수도 있지만 때이른 문화적 죽음에 대한 이런 긴급한 경고의 발동은 더 나은 삶에 대한 세계주의의 약속을 무력화합니다.

세계주의가 가져오는 다른 위험에는 공적public 영역의 왜곡과 사적private 영역의 붕괴가 있습니다. 우리는 무엇이 공적인지 판단할 때 전적으로는 아니지만 주로 미디어에 의존합니다. 행정적 정치적 필요성과 시장의 요구에 따라, 그리고 이제 안보 영역의 요구에 따라 우리는 한때 사적이라고 여겼던 정보의 대부분을 넘겨주어야 합니다. 공적인 영역과 사적인 영역 사이의 다공성 경계porous divide에 대한 불안은 부분적으로 용어의 무분별한 적용에 기인하는 게 틀림없습니다. 교도소의 사유화privatization가 여기에 해당됩니다. 이것은 공공시설을 사기업이 통제하는 것입니다. 공립학교의 사유화도 있습니다. 한편 사생활은 토크쇼에서 자진해서 포기할 수 있는 것이기도 하고 연예인, 즉 '공인'의 사생활이나 사생활권 침해 사건에서 사생활은 법정에서 협상의 대상이 됩니다. 공공에 열린 사적 공간도(아트리움, 정원 등) 있습니다. 사적 사용만을 허용하는 공공 공간도(특정 주거 지역 내 공원, 놀이터, 해수욕장) 있습니다. 공공이 우리의 사적, 내적 삶을 '가지고 노는' 거울 현상도 있습니다. 가정집 인테리어는 가게의 진열장처럼('수집품'으로 선반을 꽉꽉 채우는 등) 보이고 가게의 진열장은 가정집 인테리어를 흉내 냅니다. 젊은 층이 화면이 보여주는 대로 행동한다는 말도 있고 화면이 젊은 층의 관심사와 행동을 따라 하고 반영하는 것이지 만들어내는 게 아니라고도 합니다. 공적 삶과 사적 삶을 사는 공간이 모두 내부와 외부, 안과 밖으로 구별 불가능해진 만큼 이 두 영역은 편재하는 모호성, 고향에 대한 관념의 동요로 압축됩니다.

저는 바로 이 동요가 두 번째 문제, 바로 우리가 자신의 이질성에 대해 느끼는 불안감, 소속감이 빠르게 닳아 없어지는 데서 오는 불안감에 영향을 미친다고 생각합니다. 우리는 무엇에 가장 충직할까요? 가족, 언어 집단, 문화, 국가, 젠더? 종교, 인종? 만약 이 가운데 어떤 것에도 의미를 두지 않는다면 우리는 도시적일까요, 국제적일까요, 아니면 단지 외로운 사람일까요? 다시 말해 우리는 어디에 속하는지 어떻게 결정할까요? 어떻게 소속감을 확인할까요? 다르게 말하면 이방인으로 산다는 것은 어디서부터 문제일까요?

저는 가나의 한 작가가 1950년대에 쓴 소설을 이야기하면서 이 딜레마에 접근해보고자 합니다. 즉 우리가 민족주의, 국적, 인종, 사상의 정의와 씨름할 때, 소속을 찾아가는 과정에서 겪는 이른바 문화의 충돌과 씨름할 때, 변경을, 실재적, 메타포적, 심리적 경계를 신성시하도록 만들 수 있는 안팎의 모호성이라는 딜레마를 해결해보고자 합니다.

아프리카인 그리고 아프리카계 미국인 작가들만이 이런 문제에 부딪히는 것은 아니지만 아주 오랫동안 아주 특이한 방식으로 이 문제와 마주해온 게 사실입니다. 바로 고향을 고향으로 여기지 못하는 문제, 자신이 소속된 곳에서 망명자로 살아가는 문제입니다.

이 소설을 논하기에 앞서 제가 아프리카 문학을 읽기 전에 어떤 일이 있었으며, 오늘날 이방foreign을 정의할 때 생기는 문제 속으로 어떻게 여정을 떠나게 되었는지 설명하고 싶습니다.

주일마다 속에 벨벳이 깔린 헌금 그릇이 긴 신도석을 따라 전달됐습니다. 가장 마지막에 있는 헌금 그릇이 제일 작았고 비어 있기가 쉬웠습니다. 그 위치와 크기는 1930년대 거의 모든 것에서 찾아볼 수 있었던 의무적이나 한정된 기대감을 상징하고 있었습니다. 그 안에 뿌려진 헌금은 언제나 지폐가 아닌 동전이었는데, 대체로 어린이들이 낸 것으로 아프리카 구원에 꼭 필요한 자선 활동에 쓰일 1센트 혹은 5센트였습니다. '아프리카'라는 이름은 아름답게 들리지만, 연이어 떠오르는 복잡한 감정들로 인해 그 이름은 산산조각 흩어지곤 했습니다. 굶주리고 있는 중국과 달리 아프리카는 우리 것인 동시에 저들의 것이었습니다. 우리와 밀접하게 연결되어 있는 동시에 몹시 낯선 이방이었습니다. 우리는 우리가 부족한 게 많은 이 광막한 고향의 일원이라 알고 있었지만, 이 땅을 본 적도 없고 보고 싶지도 않으며, 이 땅에 사는 사람들과 우리는 서로 무지와 경멸이라는 민감한 관계를 유지하고 있었습니다. 우리가 공유하는 수동적이고 상처 입은 타자성이라는 신화는 교과서, 영화, 만화, 그리고 어린아이라면 누구나 좋아하는 고약한 놀림이 만들어냈습니다.

훗날 아프리카를 배경으로 한 소설을 읽기 시작했을 때 저는 깨달았습니다. 어떤 예외도 없이 각각의 서사가 신도석 사이로 떠다니던 벨벳 헌금 그릇을 동반했던 바로 그 신화를 부연하거나 발전시킨 것이었습니다. 조이스 캐리, 엘스페스 헉슬리, 헨리 라이더 해거드에게 아프리카는 선교회 모금 활동이 암시하던 바로 그 아프리카, 빛이 절실한 어두운 대륙이었습니다. 기독교의 빛, 문명과 발전의 빛. 단순한 선의가 켤 수 있는 자선의 빛을 필요로 하고 있었습니다. 아프리카에 대한 이런 관점은 줄곧 복잡하고 밀접한 관계를 가정하는 동시에 직접적인 소외를 용인했습니다. 이방인의 소유권이 현지 주민을 배제하는 문제, 원어민이 고향에서 쫓겨나는 문제, 토착민이 고향에서 망명자로 살아가는 문제를 포함한 이런 수수께끼 같은 문제들은 서사에 초현실적 광채를 더했고, 소설가들이 상상력을 마음껏 가지고 놀아 형이상학적으로 텅빈 아프리카를 그리도록 부추겼습니다. 한두 경우를 제외하면 문학 속 아프리카는 관광객과 이방인에게 마르지 않는 놀이터였습니다. 조지프 콘래드, 이자크 디네센, 솔 벨로, 어니스트 헤밍웨이의 작품 속 주인공들은 미개한 아프리카에 대해 틀에 박힌 서구적 시각을 갖고 있든 그에 저항하든, 아프리카 대륙이 그 헌금 그릇처럼 텅 비었으며, 상상력이 거기 떨어뜨릴 구리 엽전과 은화를 기다리는 그릇이라고 여겼습니다. 서구의 방앗간을 위한 곡물, 순종적이고 말없는 아프리카, 편리하게 텅 비어 있는 아프리카는 폭넓은 문학적 혹은 사상적 요구를, 혹은 둘 다를 뒷받침할 수 있었습니다. 어떤 업적 혹은 도약이든 배경이 되어줄 수 있었고, 어떤 이방인의 고민이든 거기 사로잡혀줄 수도 있었습니다. 무시무시하고 해로운 형태를 취함으로써 서양인으로 하여금 악을 숙고하게 할 수 있었고 높은 사람 앞에 무릎 꿇고 초보적인 가르침을 받을 수도 있었습니다. 이렇게 문학적 혹은 상상의 여정을 시작한 사람들에게 아프리카와의 접촉은 삶의 원시적이고, 발달에 유익한, 초기 상태를 경험할 수 있는 짜릿한 기회를 제공했습니다. 그 경험의 결과는 자아의 발견이었고 유럽의 아프리카 소유권을 정당화하는 계기였습니다. 자아의 발견을 촉발한 아프리카 문화의 실제 정보를 수집할 책임은 면제되었고요. 이 문학적 아프리카는 얼마나 관대했는지 아주 약간의 지리적 특징, 상당한 기후 정보, 몇 가지 관습과 일화만 있으면 더 지혜로운, 혹은 더 우수에 찬, 혹은 완전한 조화에 이른 자신의 초상을 그릴 화폭이 마련되었습니다. 1950년대까지 출간된 서구 소설에서 아프리카는 그 자체로 카뮈의《이방인》, 깨달음을 얻을 기회를 제공하지만 자신의 불가지성은 그대로 유지하는 존재였습니다. 말로[2]가 언급했듯 "어린아이가 찬란한 상상의 나래를 펼치게 도운 하얀 조각"이었고 어린 시절부터 지도에 "강과 호수와 이름이 채워지면서 더 이상 달콤한 신비의 공백이 아닌…… 암흑의 공간이 되어버린" 곳이었습니다. 조금이나마 알 수 있는 사실들은 불가사의하거나 혐오감을 주거나 철저히 상반되는 것이었습니다. 상상 속 아프리카는 헤아

---

2    조지프 콘래드의《암흑의 핵심》의 화자.

릴 수 없는 것들로 채워진 풍요의 뿔로서 《베오울프》의 괴수 그렌델처럼 설명 불가능했습니다. 따라서 문학에서 수많은 모순된 메타포를 주워 모을 수 있습니다. 인류 기원의 장소인 아프리카는 아주 오래되었지만 식민 지배하에서는 갓난아기 같습니다. 언제나 나올 준비를 하고 있지만 모든 산파를 당황시키는 일종의 늙은 태아입니다. 모든 장편소설에서, 모든 단편소설에서 아프리카는 시종 결백한 동시에 타락하고, 야만적인 동시에 순수하며, 비이성적인 동시에 지혜롭습니다.

이처럼 인종주의가 만연한 문학적 맥락에서 카마라 라예의 《왕의 시선Le Regard du Roi》과의 만남은 충격이었습니다. 빛을 전달하기 위해 혹은 찾기 위해 이야기책 아프리카의 암흑 속으로 떠나는 진부한 여정이 새로이 재구성됩니다. 소설은 세련되고 전적으로 아프리카적 이미지즘의 어휘를 소환하여 서구와 논증적 협상을 개시할 뿐만 아니라 지배자가 원주민에게 부과하는 집 없는 삶의 이미지를―조이스 캐리의 《미스터 존슨》에 나오는 무질서, 엘스페스 헉슬리의 《티카의 불꽃 나무》에 나오는 냄새에 대한 집착, 헨리 라이더 해거드나 조지프 콘래드, 아니 거의 모든 기행 문학에 등장하는 알몸의 의미에 대한 유럽인의 강박을―잘 활용합니다.

카마라 라예의 서사는 요약하면 이렇습니다. 유럽인 클래런스는 콕 집어 말할 수 없는 이유로 아프리카를 찾습니다. 아프리카에서 도박으로 파산하고 백인 동포들에게 큰 빚을 지게 된 클래런스는 더러운 여인숙의 원주민들 사이에 숨어 지냅니다. 이미 식민지 이주자들의 호텔에서 쫓겨났고 아프리카인의 여인숙에서도 쫓겨날 위험에 처한 클래런스는 한 푼도 없는 신세를 면하기 위해서는 왕을 위해 복무하는 방법밖에 없다고 생각합니다. 그러나 여러 마을 사람들이 굳게 뭉쳐 막아서자 클래런스는 왕에게 다가갈 수 없게 되고, 왕 밑에서 일하기로 한 클래런스의 다짐은 비웃음을 삽니다. 짓궂은 청소년 둘과 한 교활한 걸인만이 클래런스를 돕기로 약속합니다. 클래런스는 이들의 인도를 받아 왕의 행차가 예정된 남쪽으로 이동합니다. 순례자의 길과 크게 다르지 않은 이 여정을 통해 작가는 유럽과 아프리카의 유사한 정서를 추적하고 풍자합니다.

아프리카에 대한 상투적 비유는 낯선 이방에 대한 인식을 그대로 복제하고 있습니다. (1) 위협적이고 (2) 타락했으며 (3) 불가해하다는 인식입니다. 카마라 라예가 이런 인식을 능란하게 다루는 솜씨에 매료되지 않을 수 없습니다.

(1) 위협적이라는 인식. 주인공 클래런스는 두려움에 얼이 빠진 상태입니다. "숲은 포도주 산업에 전적으로 기여하고 있고" 들판에서는 "농사를 짓고" 있으며 거기 사는 사람들은 "예의 바른 환영 인사"를 하지만 클래런스에게는 오직 불통, "공통의 적의"만이 보입니다. 풍경에서 드러나는 질서와 명확성은 머릿속의 위협적인 정글과 대립을 이룹니다.

(2) 타락했다는 인식. 타락한 장본인은 클래런스로 서구인들이 '토착화'라고 상상하는 행위, 남성성을 위험에 처하게 하는 "불결하고 신물 나는 나약함"의 참상을 낱낱이 드러냅니다. 클래런스가 지속적인 동거를 공공연히 즐기고 그 상황에 여성적으로 순종하는 모습은 그 자신의 욕구와 고의적인 무지를 반영합니다. 흑백

혼혈의 물라토 아이들이 마을에 속속 태어나지만 지역의 유일한 백인 클래런스는 아이들이 어디서 왔는지 계속 궁금해합니다. 하렘의 종마로 팔려왔다는 당연한 사실을 믿기를 거부하는 것입니다.

(3) 불가해하다는 인식. 카마라 라예의 아프리카는 어둡지 않습니다. 빛이 가득합니다. 숲의 촉촉한 초록빛, 집과 흙의 루비처럼 붉은빛, 하늘의 "견딜 수 없는 감청색 광채", 심지어 물고기 여인들의 비늘마저도 "죽어가는 달빛의 옷자락처럼 반짝였다"고 합니다. 사악하기도 무해하기도 한 아프리카인들의 동기와 정서는 인간과 인간 사이에 좁힐 수 없는 차이가 있다는 믿음을 잠시 보류하기만 해도 이해할 수 있습니다.

이 소설은 집을 빼앗고 원주민의 정당성을 박탈하고 자기 소속을 뒤집는 이방인의 불구의 어법을 일일이 파헤치면서 홀로, 일자리도, 권위도, 자산도, 심지어 성姓도 없이 아프리카로 이주하는 백인을 경험할 수 있게 합니다. 그러나 이런 자에게는 제3세계에서 언제나 쓸모 있는, 오직 그곳에서만 쓸모가 있는 자산이 하나 있습니다. 자신이 백인이기 때문에, 이유는 설명할 수 없지만, 한 번도 보지 못한 왕의 조언자가 될 수 있다고, 그것도 잘 알지도 못하는 나라에서, 이해하지도 못하고 이해하고 싶지도 않은 사람들 사이에서 그럴 수 있다고 이 자는 말합니다. 권위 있는 자리를 향한 원정, 제 나라 사람들의 경멸을 피하기 위한 원정은 살을 지지는 재교육의 과정이 됩니다. 이 아프리카 사람들이 지능이라고 여기는 것은 선입견이 아닌 섬세한 감각이고 볼 수 있는 능력, 짐작으로 헤아릴 수 있는 능력과 기꺼이 그렇게 하려는 마음입니다. 자신의 안위나 생존과 관련된 것 외에 그 무엇도 납득하기 위해 노력하지 않는 유럽인의 행태는 결국 멸망을 가져옵니다. 마침내 통찰이 스며들 때 그는 파멸에 이르렀음을 느낍니다. 이 허구적 탐사는 유럽의 지원, 보호, 혹은 명령 없이 아프리카를 경험하는 서구인이 인종을 박탈당하는 과정을 보여줍니다. 주변인이 되고 무시당하고 불필요한 존재로 여겨지는 기분, 이름이 결코 불리지 않는 기분, 역사도 대표자도 박탈당한 기분, 지배 가문과 약삭빠른 기업가와 지방 정권에 의해 팔리거나 노동력을 착취당하는 기분이 어떤지 재발견하거나 상상하게 합니다.

이 불편한 만남을 통해 우리는 전 지구를 가로지르는 사람들의 발걸음으로 인한 여러 압박이 불안정을 야기하는 현상황을 어떻게 받아들일지 배울 수 있을 것입니다. 세계화의 압박은 우리로 하여금 다른 문화 혹은 언어에 매달리거나 그 문화를 불신하게 할 수도 있고, 시대의 유행에 따라 악의 순위를 매기게 할 수도 있으며, 입법하고, 추방하고, 순응하고, 숙청하고, 망령과 환상에 충성하게 만들 수 있습니다. 무엇보다 이런 압박은 우리로 하여금 우리 안의 이방인을 부정하고 인류의 공통점에 결사 저항하게 만들 수 있습니다.

여러 시련 끝에 카마라 라예의 서구인은 천천히 깨닫습니다. 클래런스는 마침내 왕을 만나고 싶다는 바람을 이루게 됩니다. 그러나 그때 클래런스와 클래런스의 목적은 이미 달라져 있습니다. 클래런스는 지역민들의 충고를 거스른 채 알몸으로 왕좌를 향해 기어갑니다. 그가 마침내 황금을 두른 한 소년에 지나지 않는 왕을 보았을 때 "안에 있던 끔찍한 공허함", 그가 드러내지 않으려 애썼던 공허함이 왕의 시선 앞에 드러납니다. 이러한 드러냄이, 두려움으로 인해 벗지 못했던 문화적 갑옷의 와해가, 이런 전례 없는 용기가 클래런스의 구원, 행복, 자유의 시작입니다. 소년 왕의 품에서 왕의 어린 심장박동을 느끼는 클래런스에게 왕은 진정한 소속을 의미하는 지극히 아름다운 말, 그를 인류의 일원으로 환영하는 말을 속삭입니다. "내가 널 기다리고 있었는데 정녕 몰랐느냐?"

2002년 5월 27일, 캐나다 토론토 대학교 특강 프로그램
'알렉산더 강연 시리즈'에서.

# 인종을 드러내기 전에

언론의 방대함과 편재성으로 인해 우리의 상호의존성은 쉽게 그늘에 가려지곤 합니다. 언론 종사자들과 그 밖에 있는 사람들 사이의 상호의존성 말입니다. 제가 알기로 '자유로운' 언론에 비견할 만한 다른 조직은 없습니다. '자유로운' 언론이라고 따옴표를 붙여 강조하기는 했지만, 이 애매한 수식어가 붙어도 되는지 안 되는지 역시 언론 내에서 수년간 깊은 고민이었습니다. 그런 고민이 불가능한 구조였다면 논의의 대상조차 되지 못했을 테지요.

하지만 듣기 좋은 말만 하면서 여러분의 시간을 낭비하기 위해, 민주주의 자유의 압도적인 위엄을 드러내는 언론의 초상을 보다 찬란하게 그리고자 여기 온 것은 아닙니다. 여러분은 실생활 속 경험과 그 경험의 서사적 시각적 표현을 중재하는 언론의 역할에 심각한 문제가 있다고 생각하고 있습니다. 이에 대한 제 의견을 말씀드리고자 합니다.

　가장 가혹하게 비판하는 사람들은 언론 미디어가 "구경거리로 가득한 폐쇄회로 세계를 구성하며, 이 세계의 유일한 목적은 화려한 구경거리인 언론 그 자체"라고 말합니다. 정치인이 자신의 활동에 대한 판단과 지지를 오직 기득권층에 맡기는 것처럼, 언론은 기자들에게 언론의 책임을 설명하고 개탄하게 합니다. 이를 비판하는 사람들은 기자들이 그들 스스로 만들었으며 이해관계에 따라 지속하지 않으면 안 되는 구경거리 속에서 마치 독립적인 전문가처럼 구는 데 경악합니다. 비판에 따르면, 기자들은 대중의 삶에서 지나치게 동떨어져 오직 여론조사로만 대중의 뜻을 엿볼 수 있음에도 여전히 대중을 위해 발언한다고 생각하며, '예전보다는 나아졌다'거나 '덮을 수 있는 사안이 아니다' '우리는 양쪽 다 취재하고 있다'처럼 앞뒤가 안 맞지만 효과적인 방어선을 치고 비판에 맞섭니다.

　저는 이처럼 광범위한 비난을 받아들일 수는 없지만, 우리를 품 안에 붙잡아두려는 언론이 유발하는 폐소공포는 종종 영원히 사라지지 않을 어떤 음모처럼 느껴집니다. 물론 더 많은 선택지와 다양한 통로, 즉 특정 소비자층을 겨냥하여 거기 맞게 설계되는 잡지들이 있고, 끝없이 많은 케이블 채널이 있지만, 영원하고 영원히 다시 채워지는 찰나들에 의해 목이 조여오는 듯한 공포는 실재합니다. 대중이 공공 담론에 어떤 방식으로도 참여하지 못할 수 있다는 두려움 역시 실재합니다. 후자의 공포, 즉 공공 토론이 단절될 수 있다는 공포가 더 실감 나는 이유는 언론의 체계적 왜곡에 시기적절하고 효과적인 방식으로 답변할 방법이 없기 때문이고, '공공'의 정의가 이미 너무 급변했기 때문입니다. 갈 곳 없는 사람들의 노숙과 범죄는 이미 새롭게 규정되었고 새로운 의미로 받아들여지고 있기 때문에, '공공장소'는 점점 법을 지키는 사람과 직장이 있는 사람, 아니면 그렇게 보이는 사람에게만 열려 있는 보호 구역처럼 여겨집니다. 집 없음homelessness은 거리 없음streetlessness으로, 즉 빈곤층에게 집이 없는 것이 아니라 집 있는 사람들이 거리를 빼앗긴 것처럼 새로이 규정되었습니다. 그리고 범죄는 주로 흑인이 저지르는 것으로 해석됩니다. 이런 해석은 전혀 새롭지 않습니다. 그러나 각각의 해석은 공공장소에 영향을 미치는 만큼 공공 담론에 영향을 미칩니다.

'공공'이라는 용어가 사회의 일부분만을 위해 통제된 공간으로 전용된다면, '빈곤층'이 제 이익을 대변할 어떤 정당도 가지지 못한다면, 공공을 위한 봉사라는 개념도, 즉 여러분의 일인 '자유로운' 언론의 의미도 달라진다는 사실은, 관심 있는 사람이라면 누구나 똑똑히 알 수 있습니다. 지금까지 그래왔습니다. 소수자, 농업 종사자, 노동자, 여성 등의 공공 이익은 종종 일상적인 정치 언어에서 '특별 이익'이 되곤 했습니다. '우리 국민'은 '저들 국민'이 되곤 했습니다.

강연을 시작하고 얼마 되지도 않아 '공공' '범죄' '노숙' '실업'(즉 빈곤) 등을 언급하는 이유는 이런 말들이 인종에 대한 저의 의견으로 이어지기 때문입니다. 제가 볼 때 인종이 다루어지는 방식은 언론이 여전히 이 나라의 상당히 폭넓은 사람들 사이에 전반적인 긴장, 분노, 그리고 지적 피로를 불러일으키고 있다는 사실을 보여줍니다.

316

두 가지 질문을 던지고 시작하겠습니다. 먼저, 지면과 방송 뉴스에서 인종을 밝히는 것이 꼭 그렇게 중요할까요? 둘째, 인종을 밝히는 것이 꼭 필요하다면 왜 인종을 강조하는 순간 오히려 인종이 가려지고 왜곡되곤 할까요?

처음에는 아프리카계 미국인들도 우리 존재와 우리 관점이 드러나길 원했기 때문에 인종을 밝혀달라고 요구했고 심지어 고집했습니다. 이러한 요구의 밑바탕에는 우리에게도 주류와 다른 관점이 있다는 전제, 그리고 미국에서 살고 있는 우리의 삶이 언론에서 보여주는 전설적인 삶과 분명히 구분된다는 전제가 있었습니다. 어떤 차이가 있든 공통점이 있든 간에, 아프리카계 미국인의 관점이 주류 관점 아래 묻히고 당연시되어서는 안 된다는 것이지요. 이 모든 것은 이론적으로는 다 좋고 괜찮아 보였지만, 현실에서는 전혀 다른 현상이 벌어졌습니다. 두 가지 방식의 '타자화'가 그것입니다. (1) 대중의 머릿속에서 이미 해체되고 있는 아주 낡은 편견일지라도 그 편견을 강화하기 위해 인종을 부호처럼 사용하는 방식, (2) 인종적 차이가 어떤 의미도 없는 상황에서 인종적 차이를 고집스럽게 강조하는 방식입니다. 예를 들면 지난 6월 《뉴욕 타임스》의 어느 기자는 플로리다주 이민자들에 관한 기사에서 정확한 정보를 전하는 동시에 인종을 과장해서 연출하는 이중의 과제를 안고 영웅적인 고투를 벌였습니다. 기사의 제목은 '라틴 아메리카 이민자의 증가, 흑인 분노 또한 상승'이었습니다. 이 제목에서 '흑인'이 빈곤층이나 노동 빈곤층, 경제적 취약 계층을 의미하는 암호가 아니면 무엇이란 말인가요? 제목에서 말하는 라틴 아메리카계 이민자 역시 가난하고 직장이나 집 없는 사람들이라고 추정해볼 수 있을 것입니다. 그런데 그건 잘못된 추정입니다. 해당 기사의 라틴 아메리카계 이민자들은 카스트로를 피해 쿠바 출신 중산층이 많은 도시로 도피해온 쿠바 사람들이기 때문입니다. 그래서 아이티 이민자들과 달리 이들 앞에는 이들을 환영하는 사회적 혜택이 펼쳐져 있습니다. 하지만 이민자들이 어디서 왔든 누구나 일자리와 집을 두고 그들과 경쟁할 수 있습니다. 문제는 이것입니다. 왜 흑인이라고 콕 집어 말한 것일까요? 왜 마이애미 사람들 혹은 '지역민'이라고 하지 않았을까요?('라틴 아메리카 이민자의 증가, 지역민들의 분노 또한 상승'이라고 하면 되지 않을까요?) 하지만 군인인 경우를 제외하고 흑인은 한 번도 미국 시민인 적이 없었습니다. 왜일까요? 언론의 말 속에서 우리는 지역민이나 일반 시민이 아니기 때문입니다. 우리는 재정적 안정성이 떨어지는 사람이고 반응이 격한 사람입니다.(우려가 아니라 '분노'라고 표현한 걸 보세요.) 독자가 이 암호 체계에 대해 알고 있다면, 제목에 '지역민'(경제적으로 취약한 미국 시민)이라고 썼을 때 마이애미의 백인 노동 빈곤층을 떠올릴 수도 있습니다. 하지만 암호 체계에 익숙한 기자는 곧바로 '지역민'이라는 단어를 배제합니다. 흑인 대 다른 모든 사람이라는 암호화된 함축 속에 생생하고 요긴하며 자극적인 이야깃거리가 있다고 배웠기 때문입니다. 출판할 수 있는 말 중에 '빈곤층'을 의미하면서 '인종'을 암시하지 않는 건 없습니다. 따라서 흑인 시민의 이익을 대변한다는 위장 아래 기존의 편견이 담긴 대립 구도가 유지되고, 그 과정에서 쓸모 있는 정보가 버려집니다.

이 글은 기자에게 온갖 어려움을 안기게 됩니다. 스페인어를 구사하는 마이애미 이주민이 영어를 구사하는 주민에게 끼치는 영향이 이 기사의 본래 요점이고 요점이어야만 합니다. 하지만 그 영향을 설명하기 위해 이 기자가 언어를 얼마나 비틀어야 하는지 보세요. 기사에는 이런 꼬리표들이 등장합니다. "두 피부색 모두의 쿠바인들" "라틴 아메리카계가 아닌 백인들" "라틴 아메리카계가 아닌 흑인들" "지역에서 나고 자란, 영어를 구사하는 흑인들" "라틴 아메리카계 백인들" "아이티 및 기타 카리브해 국가에서 온 흑인들". "라틴 아메리카계가 아닌 흑인"은 누구일까요? 아프리카인? 아닙니다. "아이티 및 기타 카리브해 국가에서 온 흑인들"은 누구일까요? 쿠바인? 아닙니다. 만약 차이를 나타내기 위해 국적과 언어를 밝혔다면, 기사가 얼마나 명확했을지 생각해보세요. 영어를 잘 구사하지 못하는 이주민들의 물결이 일자리를 빼앗아가는 데 대한 미국인들의 우려를 잘 보여주었을 겁니다. 하지만 명확성이 피부색에 밀려났고, 언어보다 인종이 우위를 점했습니다. 그 결과 인종적 정체성 외에 모든 것이 불명확해졌습니다. '백인들의 도피성 이주를 초래한 이민의 여러 형태', 이 제목에서는 중산층 흑인들이 따돌림당하고 있지요.

또 다른 예로, 아프리카계 미국인이나 유대교 미국인과 역사적으로 아무 관계가 없는 카리브해 국가 출신 주민들이 주로 살던 크라운 하이츠에서 일어난 폭동 사건처럼, 같은 피부색을 가진 사람들 사이에서 국적 차이가 정보 가치를 가지는 경우에도 그 구분은 검은 피부색이라는 일반화된 개념 아래 하나로 묶였습니다.

인종의 강조는 정말 심각한 혼란으로 이어집니다. 한 아이티 조종사가 마이애미로 가는 항공기를 공중 납치한 사건 당시 한

CNN 기자는 아이티말을 하는 사람을 찾아야 조종사에게 도움을 줄 수 있을 거라며 깊은 우려를 표했습니다. 조종사가 프랑스어를 한다는 생각조차 하지 못한 것입니다.

이제 제가 앞서 던진 질문에 이어 한 가지 질문을 더 하겠습니다. 흑인을 드러내는 것이 어떤 면에서 중요하다면, 흑인이 어떻게 드러나는지 왜 그렇게 드러나는지 물어야 합니다. 언론이 **누구의** 관점을 대변하든—백인이든 흑인이든 둘 다든 둘 다 아니든—상품화된 행복이 있는 거짓 세상을 환기하거나 적이 무엇이며 누구인지에 대한 일치된 의견을 환기하지 않고, 대변하도록 어떻게 요구할 수 있을까요? '적'은 곧잘 말 많고 산만한, 막연한 흑인 범죄자 혹은 화가 나 있는 무력한 빈곤층으로(이 또한 흑인) 그려지기 때문입니다.

물론 인종적 편견을 성공적으로 제거한 사례들도 있고, 인종 문제에 관한 아주 훌륭하고 좋은 보도도 있지만(줄루족에 대한 헌터 골트 기자의 보도), 흑인이 어떻게 그려지는지, 그리고 인종적 편견이 들어간 표현이 대중에 얼마나 불안정한 영향을 끼칠 수 있는지 논의하려면 그 기원을 찾아보는 것이 좋습니다. 인종적 편견은 역사적이지만 절대적이거나 불가피하거나 불변의 것이 아니기 때문입니다. 이 편견에는 시작이 있고 생애가 있고 학문적 역사가 있으며 끝도 있을 수 있습니다. 흔히 말하듯이 인종주의가 대중에게 전 국민적으로 확산된 것은 언론의 책임은 아니고(19세기 신문들이 연루되었다고 할 수는 있지만) 극장, 오락 문화를 통해서입니다. 민스트럴쇼[3] 말입니다. 이들의 순회공연은 모든 계급, 지역, 도시, 마을, 농장을 찾아갔습니다. 명백한 기능은 오락이었지만 덜 명백한 기능은 사회적 문제의 은폐 혹은 폭로였습니다. 기억해야 할 점은 민스트럴쇼에 등장하는 흑인이 흑인의 진정한 모습과 어떤 상관도 없었다는 것입니다. 순전히 백인이 구축한 흑인이었습니다. 민스트럴이 되고 싶은 흑인 배우들은 무대에서 쫓겨나거나 검은 얼굴 위로 또 블랙페이스 분장[4]을 해야 했습니다. 오직 백인이 블랙페이스 분장을 하고 흑인을 가면으로 삼아야 의미가 있는 공연 형태였습니다. 백인은 흑인 가면으로 공공장소에서 불법적이고, 도리에 어긋나고, 선동적인, 그리고 성적으로 노골적인 말들을 할 수 있었습니다. 간단히 말해 일종의 공공 포르노그래피였고, 주요 주제는 성적 반란, 성적 방종, 가난, 범죄였습니다. 간단히 말해 공적 담론 이면에 숨은 백인의 공포와 이중성이 이미 법의 밖에 있고, 그러므로 유용하다고 여겨진 흑인의 입을 통해 뚜렷이 밝힌 것입니다. 이런 방식으로 흑인 가면은 발언의 자유를 가능하게 했고 사회적, 전 국민적 대화의 장을 조성했습니다. 백인에 한해서 말입니다. 다른 한편으로 가면은 드러내기보다 숨긴 것이 더 많습니다. 흑인의 인간성, 관점, 지성에 대한 진실을 숨겼고, 더 중요하게는 사회 갈등의 원인을 흑인 주민들에게 전가함으로써 그 진정한 원인을 숨겼습니다. 민스트럴쇼의 성장, 변천, 그리고 소멸에 대해 자세히 들어갈 필요도 없이(소멸이라기보다 새로운 자리로 옮겨 증진됐다고 하는 게 맞는데, 영화가 그렇죠), 이

---

3   민스트럴은 중세 음유 시인을 일컫는 말이지만 여기서는 19세기 중후반 미국 대중 음악극 배우를 말한다. 민스트럴쇼에서 백인 배우들은 얼굴을 검게 칠하고 흑인의 삶을 희화화했다.

4   백인 배우가 흑인 흉내를 내기 위해 얼굴은 검게, 입술은 크고 빨갛게 칠하는 과장된 분장.

전략은 여전히 유용하며 그 잔여물도 도처에 있다고 말하는 걸로 충분할 듯합니다. 글을 모르는 백인 대중은 (민스트럴을 통해) 흑인이 다름을 의미하는 구경거리라고 배웠고, 글을 아는 대중은 언론에 의해 이 생각을 깊이 내재했습니다. 민스트럴쇼는 그 당시에도, 그 이후로도 계속 백인 빈곤층의 이익을 정치적으로 대변할 필요가 없도록 근본적 무지를 날조된 오류로 변환하는 하나의 방법이었습니다. 백인 빈곤층의 이익은 진지하게 고려할 필요가 없고 수사적으로 지지하기만 하면 된다는 태도를 반영했습니다. 제가 말하려는 것은, 아프리카계 미국인이 여전히 그런 방식으로 백인 빈곤층을 사라지게 하고 모든 계급과 지역을 통합시켜 진정한 갈등의 경계를 지우는 데 이용되고 있다는 사실입니다.

　　노예제도를 정당화하는 논리는 통념이 되었고, 한 인종 전체가 범죄자 취급을 당하게 되었습니다. 이런 취급은 공화국의 역사만큼이나 오래됐고, 노예들에게 강요된 법외의 신분, 그리고 예속 상태에 따르는 불명예에서 기인합니다. 오늘날의 형태는 그 잔여물로서 피부색은 마치 점등 신호처럼 범죄성을 간주합니다. 그렇지 않다고 주장하는 사람, 흑인이 그 수에 비례하지 않게 많은 범죄를 저지르고 있다고 주장하는 사람은 무언가를 놓치고 있는 것입니다. 바로 흑인에 대한 사법 체계와 언론의 비양심적이고 비도덕적이며 위험한 대우를 놓치고 있는 것입니다. 비양심적이라고 하는 이유는 인종차별적인 허위 정보를 퍼뜨리기 때문입니다. '백인에 대한 백인 범죄'라는 말이 이치에 맞지 않는다면, '흑인에 대한 흑인 범죄'도 맞지 않습니다. 이 말은 어떤 의미도 없고 어떤 쓸모도 없으며, 단지 흑인을 이국적인 존재로 만듭니다. 흑인이 서로에게 가하는 폭력을 어떤 19세기 인류학의 인종차별적 시선으로 구분하려는 시도입니다. '어둠의 대륙'을 난폭하며, 텅 비어 있으며, 사람이 살지 않는(사람이 자연의 일부로 취급되는) 곳으로, 콘래드의 《암흑의 핵심》에서처럼 백인이 자아실현, 자아발견, 그리고 약탈을 위해 쉽게 들어갈 수 있었던 곳으로 보는 시선입니다. 북아일랜드에서 벌어지고 있는 일은 백인에 대한 백인 범죄인가요? 보스니아는요? 2차 세계대전은요? 이런 허상 속에서, 강간 피해를 주장한 여성 가운데 제가 알기로 처음 신문과 TV에 얼굴이 보도된 여성이 흑인 미성년자였다는 사실은 놀랍지 않을 것입니다. 저도 놀라지 않았습니다. 왜냐고요? 성범죄를 당했다고 주장하거나 성범죄에 저항하는 흑인 여성에게는 어떤 명예도 사생활 보호도 허락되지 않기 때문입니다. 최근 클래런스 토머스와 관련해서 실시된 상원 청문회를 봐도 이 사실을 알 수 있습니다.[5]

이런 취급이 비윤리적인 이유는 훼손에서 기인하기 때문입니다. 선정성과 판매 부수를 위해 정확성, 정보, 심지어 진실의 훼손이 일어납니다. 이런 취급이 위험한 이유는 백인과 흑인의 현실과 어떠한 상관도 없기 때문입니다. 오로지 세상을 미혹하기 위함입니다. 세상을 이해할 수 없는 곳으로 보이게 만들고 실질적인 문제들을, 즉 범죄 행위의 유혹과 그 수단을 줄이는 문제, '우리 국민'이 아닌 '저들 국민'을 고용하고 교육하는 문제, 국내 무기 수를 줄이는 문제, 지역 보건 문제 등을 해결할 수 없게 만듭니다.

---

5    클래런스 토머스는 1991년 미국 대법원 대법관으로 임명될 당시 과거 성희롱 발언이 논란이 되었으나 부인했다.

일상생활의 미혹이 완성되면, 뉴스에는 어떤 새로운 것도, 동시대를 반영하는 것도 없게 됩니다. 최신 소식마저도 낡고 피폐하고 마치 깃털펜처럼 비현실적이게 느껴질 것입니다. 뉴스는 결핍을 보전하기 위해 미래에 뒤처질 것이며, 재화 부족(가난)을 논의할 가치가 있는 유일한 절망으로 만들 것입니다. 가난과 범죄성을 흑인에게 전가할 수 있다면, 만족이라는 허상과 사냥의 스릴은 대중을 얌전하고 순종적으로 만들 수 있을지 모릅니다. 하지만 언제까지요? 언제까지 뉴스가 절망을 모면하기 위한 일시 방편, 상품을 위한 진열대로 기능할 수 있을까요? 신문을 펼쳤을 때 뉴스가 그야말로 벼랑 끝으로 내몰렸고, 진짜 주제인 광고의 가장자리를 수놓고 있는 것을 보면 아주 답답합니다.

미디어라는 구경거리는 의견 일치를 가공하는 데 대한 관심을 끄고, 양자를 넘어 **다자와의 토론**을 벌여야 합니다. 진실 아닌 것을 강화하고 사야 할 물건을 평가하는 데 대한 관심을 버려야 합니다. 관심을 버리지 않으면 장사는 될지 몰라도 이미 폐업한 것이나 다름없습니다. 구경거리가 가장 좁은 의미에서 '공공'이 되면, 즉 누구나 매수 가능하게 되면, 세상은 그것을 살 수 있지만 그 대가를 지불할 여유가 없게 됩니다.

지금까지 저는 여러분이 마치 단일한 유기체인 양, 사람의 의사결정 영역 밖에서 어떤 불변하는 자연법칙에 의해 생기고 자란 것처럼 말했습니다. 실상은 여러분은 사람이고, 인간으로 사는 데 이해가 걸려 있는 개인입니다. 공익을 위한 마음, 안정적인 민주주의에 대한 희망이 있고 편견도 있으며, 이런 것들은 밖으로 스며 나와 여러분이 쓸 수 있는 도구의 형태를 결정하기도 합니다.

이사회, 주주, 편집부장은 수익을 창출하고 수익을 유지하고 수익을 증가시키려는 사람들입니다. 쉽지 않을 것입니다. 하지만 여러분의 업계가 사회적으로 무의미해진다면 존속할 수 없습니다.

인종차별, 성차별을 하지 않는 언론, 교육적인 언론도 그렇지 않은 언론만큼 수익을 낼 수 있을 거라고 저는 생각합니다. 어려운 문제를 해명하는 것이 그것을 감추고 축소하는 일만큼 즐거움을 주리라 생각합니다. 하지만 그런 언론이 수익을 내려면 의지만으로 되지 않습니다. 상상력, 개입, 명확한 책임과 책무에 대한 의식이 필요합니다. 여러분이 없으면 우리끼리 컴퓨터에서 날 것의 데이터를 불러낼 수 있습니다. 우리끼리 그 데이터를 가공하고, 서로 논의하고, 질의하고, 토론하고, 틀린 결론도 내고, 맞는 결론도 낼 수 있을 것입니다. 다시 말해 공공의 공간을 재구성하고 그 안에서 공공의 대화를 재구성할 수 있습니다. 제가 가르치는 학생들 세대는(그렇게 말할 것 같으면 제 아들들도) 늘상 그렇게 합니다.

하지만 정보의 고속도로가 돌아가게 만드는 것이 인터넷의 검색 서비스든, 네트워크 노드든, 게시판 서비스든, 넥서스든, 그와 상관없이 사회가 할 수 없지만 언론이 언어로 할 수 있는 것이 있습니다. 전에도 한 적이 있습니다. 우리를 참여민주주의로 더 가까이 데려가주길 바랍니다. 거짓 경험과 살아 있는 경험을 구별할 수 있도록, 마주침과 참여, 테마와 현실을 구별할 수 있도록 도와주길 바랍니다. 21세기에 인간으로 산다는 것이 무슨 의미인지 우리 모두가 알아낼 수 있도록 도와주길 바랍니다.

1994년 4월 27일. 미국 샌프란시스코에서 열린
미국신문협회 학회 연설.

# 도덕적 주민

《미국 역사 통계: 식민시대 – 1957》를 보면 표제어 '쌀rice' 다음에, 그리고 '타르tar'와 '테레빈유turpentine' 직전에 인간human이 있다. 쌀은 파운드로 계량되어 있고, 피치, 타르, 테레빈유는 배럴당 무게로 되어 있다. 하지만 인간을 파운드나 톤, 배럴당 무게로 환산할 수 있는 방법이 없었다. 그래서 머릿수를 셌다. 이 책은 온갖 흥미로운 정보로 가득한데 'Z 시리즈 281 – 303'도 그렇다. 이 시리즈는 1619~1773년 사이 미국의 인간 수출 및 수입 현황을 시간순으로, 그리고 목적지별로 기록하고 있다. 표의 정확도를 보장하기 위하여 모든 노력을 기울인 것으로 보인다. 열을 이룬 가지런한 숫자들 아래 달린 각주는 때때로 누락된 정보가 있는 점에 대해 사과하는 것처럼 보인다. 인구조사국은 마치 이렇게 말하고 있는 것 같다. '좀 더 온전한 기록이 없는 점 사과드립니다. 아시

다시피 당시 우리 나라는 막 정리되어 가는 중이었고, 다소 비효율적인 상태였습니다.'

책장 곳곳에서 합리적이고 신사적인 여러 주장을 접할 수 있다. 그러나 그 합리성은 조금도 힘을 발휘하지 못하는데, 언어 자체가 그 의미의 무게 아래 금이 가고 있기 때문이다. 가령 표제어 '노예Slaves' 아래 각주 3번은 참고 자료의 모호성을 이렇게 해명하고 있다. "출처에 따르면, 인디언 노예도 72명이 있었다. 노예 231명이 죽고 103명은 수출을 위해 유치되었다." '죽었다' '유치되었다'는 쌀이나 타르, 테레빈유를 논할 때 결코 쓸 수 없는 이상하고 난폭한 말이다. 각주 5번은 이런 기록의 예의 바른 정확성을 그 무엇보다 냉정하게 드러낸다. "실제로 도착한 니그로 숫자가 아닌 발송된 숫자." 발송된 숫자와 도착한 숫자가 달랐다는 것이다. 생각은 답이 없는 첫 번째 의문으로 먼저 달려간다. 몇 명이? 몇 명이 발송됐는가? 몇 명이 도착하지 못했는가? 그런 뒤 생각은 다음 물음으로 미끄러지듯 나아간다. 다른 모든 의문을 시들게 만드는 가장 중요한 물음이다. 누가? 누가 마지막 머릿수 셈에서 빠졌는가? 무릎에 나무 모양의 흉터가 있는 17세 소녀였는가? 그렇다면 그 소녀의 이름은?

진정으로 인간적인 사회를 상상하고 그로써 실현하는 것이 왜 이렇게 어려운지, 그 해답이 자연과학에 있는지 사회과학에 있는지 심지어 순문학에 있는지 나는 알 수 없다. 분명한 사실은 《미국 역사 통계》가 과거와 현재의 학문의 윤곽을 닮았다는 것이다. 인간을 상품과 동일시하고 뭉뚱그려 알파벳순으로 줄 세운다. 심지어 이런 행위를 설명하는 언어 자체가 그 무겁고 낯선 책무 아래 구부러지고 부러짐에도. 이 점잖은 영혼들, 인구조사국의 성실한 공무원들은 사실을 날조하지 않는다. 기록할 뿐이다. 그러나 그들의 작업물에 반영된 결함은 창의적이고 인간적인 학문과 인간적인 사회의 실현을 방해한다. 창의적이고 인간적인 학문이란 인간적인 결정을 내릴 수 있는, 그리고 그런 결정을 내리는 사회 구성원을 만들어내는 데 목적이 있을 것이다. 그런 학문은 수 세대에 걸쳐 학생들에게 도움받을 자격이 있는 빈곤층과 자격이 없는 빈곤층을 구분하되, 쌀과 인간은 구분하지 말라고 가르치지 않는다. 버릴 수 있는 목숨과 버릴 수 없는 목숨을 구분하되, 노예와 테레빈유는 구분하지 말라고 가르치지 않는다. 누가 번성하고 누가 시들지 구분하되, 배럴당 무게와 한 인간의 거룩함을 구분하지 말라고 가르치지 않는다.

물론 목록이란 이런 것이다. 마대에 담긴 쌀이 부채 모양으로 터져 나오는 모습을 보여주지 않는다. 테레빈유 배럴이 천둥 같은 소리와 함께 널빤지 위를 굴러 내려오는 모습도, 무릎에 나무 모양의 흉터가 있는, 그리고 이름이 있는 17세 소녀도 보여주지 않는다. 역사는 백분위수이고, 위인들의 사상이고, 시대의 서술이다. 소녀가 바다에서 죽은 까닭은, 혹은 배 이름이 예수인 노예선의 깊이 6미터가 넘는 오물 구덩이에서 죽은 까닭은, 소녀의 시대가 그러했기 때문이라는 사실을 소녀는 알았을까? 어떤 위인들이 소녀의 운명을 국가 성장, 또는 확장, 또는 명백한 운명 사상, 또는 신세계의 식민지화라고 정했기 때문이라는 사실을 알고 있었을까? 위인과 다른 생각을 말하기란 거북하지만, 어쨌든 톨스토이는 틀렸다. 왕은 역사의 노예가 아니다. 역사가 왕의 노예다.

이런 위력적인 결정들을 탄생시킨 모체는 때로는 인종차별주의, 때로는 계급주의, 때로는 성차별주의라고 불린다. 물론 이 모두가 정확한 용어지만, 오해를 불러일으키기도 한다. 그 원천은 투영할 수 있는, '타자'가 되어볼 수 있는, 그 남자 혹은 그 여자를 상상해볼 수 있는 능력의 처참한 결여에 있다. 지적 결함, 상상력의 부족이며, 야만적인 무지뿐만 아니라 그야말로 비웃음이 나오는 호기심의 결여도 드러낸다. 물론 역사학자들은 쌀을 한 톨 한 톨 다룰 수 없다. 대량으로 다루어야 한다. 그러나 그러한 학문에 지나치게 의존한 나머지 인간관계도 같은 방식으로 다루어서는 안 된다. 알고 보면, 지성이 있음을 알려주는 가장 뚜렷한 신호는 구분, 세세한 구분을 할 수 있는 능력이다. 분자의 차이를, 세포의 차이를 쉽게 구분할 수 있는 능력을 보고 지성이 있다고 판단한다. 보르도 와인 1957년산과 1968년산의 차이, 연자줏빛과 연보랏빛의 차이, '비틀어 빼앗다wrest'와 '비집고 열다pry'의 차이, 쉬어서 굳은 우유와 버터밀크의 차이, 샤넬 No.5와 샤넬 No.19의 차이를 구분하는 능력을 보고 지성을 판단한다. 그렇다면 한 인종을 한 가지 성격으로만 계속 보는 건 막대한 무지이며, 매우 둔감한 인식, 피폐한 상상력으로, 모든 개개인의 그 어떤 은근한 특색, 그 어떤 미묘한 다름, 그 어떤 차이도 이런 생각을 돌파할 순 없다. 다만 커다란 차이는 예외다. 누가 번성하고 누가 시들지, 누가 국가의 도움을 받을 자격이 있거나 없는지 등의 차이가 그렇다. 이것은 왜 1977년의 우리가 1776년과 별다름 없는 지적 소양을 갖고 있었는지 설명해줄 수 있을 것이다. 지성이 얼마나 마비되었으면 1905년 한 백인 교수는 W. E. B. 듀보이스에게 "유색인도 눈

물을 흘리냐"고 물었다. 또 그 마비 수준이 얼마나 심각하면 '유전
자'가 특정 인종의 지성에 미치는 영향에 대한 연구가 실시될 정
도였는데, 실험 대상이 얼마나 다양한 사람들로 이루어졌는지 쥐
를 대상으로 비슷한 실험을 했다면 그 연구는 처음부터 낭패를
보았을 것이다.

교육이 돈을 더 많이 버는 법이 아닌 그 밖의 어떤 것을 가르
쳐준다면(가능할지 모르겠지만), 그건 지적인 문제 해결 능력, 그
리고 인간이 상호 건설적인 방식으로 관계하는 법이어야 할 것이
다. 그러나 여러 교육 기관과 가장 저명한 학자들조차 주요 관심
사 중에서 인간 사이의 협력과 상호 건설적인 목표의 달성을 고
작 네 번째 혹은 다섯 번째로 삼았다. 관심사로 삼지 않은 경우도
많았다. 못 믿겠다면 이 나라의 역사를 보기만 하면 된다.

정복자가 제 눈에 보이는 대로 역사를 쓴다고 그를 탓할 수
는 없고, 그가 자기 관점에 따라 인간사를 해석하고 인간사의 여
러 양상을 발견한다고 해서 탓할 수 없다. 하지만 그 관점이 무엇
인지 인정조차 하지 않는다면, 잘못을 물을 수 있다. 그런 의미에
서 우리의 정복자들이(선조들이), 미국의 선각자들, 권력자들이 실
제로 어떤 말을 했는지 살펴보면 유용할 것 같다.

### 앤드루 잭슨[6] 1833년 12월 3일

"인디언은 현상태에 긍정적인 변화를 가져오는 데 필수적인
지성, 성실성, 도덕 습관이 없으며 개선의 욕구도 없다. 우월한

---

6    미국 7대 대통령.

타종족 사이에 자리 잡고 있으면서도 열등한 이유를 고민해보지도 않고 제어하려는 노력도 없다면, 상황의 변화에 좌지우지되다가 머지않아 사라질 것이다."

### 시어도어 루스벨트[7] (오언 위스터에게 보내는 편지), 1901년

"[흑인] 대다수가 인종적으로 백인에 비해 철저히 열등하다는 데 전적으로 동의합니다.

민망하지만 인디언에 대해서도 서구의 관점에 동의한다는 것을 인정해야겠습니다. 선한 인디언은 죽은 인디언이라고까지는 생각하지 않지만, 열에 아홉은 그렇다고 믿고, 나머지 열 번째에 대해서 그다지 깊이 알아보고 싶지 않군요. 평균의 인디언보다 가장 악랄한 카우보이가 더 도덕적이지요."

### 율리시스 S. 그랜트 장군[8]

수신자: 웹스터 장군

테네시주 라그랜지

1862년 11월 10일

"모든 곳에서 유대인의 남행 기차 탑승을 불허하는 명령을, 운행 중인 모든 차장에게 전달하십시오. 북으로의 이동은 허용하고 권장됩니다. 유대인은 몹시 피곤한 골칫거리이므로 테네시 군관구에서 깡그리 몰아내야 합니다."[9]

---

7    미국 26대 대통령.
8    미국 18대 대통령.

미시시피주 홀리스프링스

1862년 12월 8일

일반 명령

"식량이 부족한 상황이므로 모든 목화 투기업자, 유대인, 그 밖에 나라의 어려운 시기를 틈타 장사로 돈 버는 것 말고는 다른 정직한 생계 수단이 없는 부랑자들은……"

**샘휴스턴, 미국 상원에서, 1848년**

"이 거대한 대륙의 남쪽 끝에 전부 앵글로색슨이 고루 퍼져야 합니다……. 멕시코인은 인디언보다 나을 게 없고, 그들의 땅을 빼앗지 않을 이유가 없습니다."

《프리먼스 저널》, 1848년 3월 4일

"우리의 목적은 개신교가 쇠퇴했고 힘이 없으며 괴저에 걸려 마땅히 죽어가고 있다는 사실, 그리고 그것이 가톨릭교의 진리와 직면하는 최후의 순간이 왔음을 의식하고 있다는 사실을 다시금 보여주는 것입니다."

**리처드 파이크, 보스턴, 1854년**

"가톨릭교는 늘 그래왔듯 편협하고 박해를 일삼는, 그리고 미신적인 종교입니다. 악행의 일람표에 가톨릭교가 저지르지 않

---

9   미국 남북전쟁 당시 남부의 그랜트 장군은 목화 투기업자, 유대인 등을 대상으로 즉시 남부를 떠날 것을 명령했다.

은 범죄란 없습니다. 가톨릭교가 인류에 행하지 않은 죄악은 없으며, 가톨릭교가 인가하지 않은 신성 모독은 없습니다. 필요할 때면 언제든 근엄하게 맹세한 믿음을 깨는 데 결코 망설임이 없었던 세력입니다. 어떤 양심도 없는 세력입니다. 여론의 통제를 외면하는 세력입니다. 기독교 국가들 사이로 불쑥 내민 머리는 수백만 살인자의 잔혹함을 뚝뚝 흘리고 있으며, 천 년의 타락으로 인해 초췌합니다. 늘 야심만만하고, 피비린내를 풍기며, 거짓을 말합니다."

《뉴욕 트리뷴》, 1854
"중국인은 상상을 초월하는 수준으로 미개하고 불결하며 상스럽다. 수준 높은 가족 관계나 사회적 관계도 맺지 않고, 천성이 탐욕스럽고 음란하며, 여자들은 죄다 가장 노골적인 수준의 창부다."

**윌리엄 셔먼 장군**
"우리는 수Sioux족을 대할 때 진정한 복수심을 가져야 하며 남자, 여자, 어린이까지 몰살해야 합니다. 그러지 않으면 이 문제를 뿌리 뽑을 수 없습니다. 올해 더 많이 죽일수록 다음 전쟁에서 죽일 숫자가 줄어듭니다. 인디언을 보면 볼수록 더욱 확신이 듭니다. 깡그리 죽이거나 빈민층을 벗어나지 못하게 해야 합니다."

**벤저민 프랭클린**[10]

"왜 아프리카의 아들을 아메리카에 심어 키워야 합니까? 모든 검은 피부와 갈색 피부를 배제하고 사랑스러운 흰 피부, 붉은 피부를 양성할 이처럼 좋은 기회가 있는 아메리카에?"

**윌리엄 버드**[11]**의 일기장, 버지니아주, 1710~1712**

1709/2/8: 제니와 유진을 채찍질.

1709/4/17: 애너카를 채찍질.

1709/5/13: 버드 부인을 채찍질.

1709/3/23: 몰을 채찍질.

1709/6/10: 유진[어린이]이 도망쳐서 채찍질. 재갈 물림.

1709/9/3: 제니를 채찍질.

1709/9/16: 제니를 채찍질.

1709/9/19: 애너마를 채찍질.

1709/11/30: 유진과 제니를 채찍질.

1709/12/16: 어제 종일 빈둥거린 유진을 채찍질. (4월에는 공무의 일부로 '대역죄로 기소된' 노예의 수사를 돕느라 바빴음. 두 명이 교수형을 당함.)

1710/7/1: 니그로 여자가 재갈을 문 채 또 도망감.

1710/7/8: 니그로 여자를 찾아 결박했으나 밤새 또 도망감.

1710/7/15: 아내가 내 의사와 상관없이 어린 제니에게 뜨거운

---

10   미국 건국 당시 정치인.

11   미국 작가이자 18세기 버지니아주 대농장주.

다리미로 화상을 입게 함.

1710/8/22: 어린 제니와 심하게 말다툼을 한 뒤 너무 많이 때려서 미안한 마음이 듦.

1710/8/31: 유진과 재니를 때림.

1710/10/8: 노예 세 명을 채찍질.

1710/11/6: 니그로 여자가 또 도망침.


이 일기를 출간한 편집자들은 윌리엄 버드를 "버지니아에서 가장 세련되고 근사한 신사…… 노예들을 혹사하는 잔인한 자들을 통렬히 비난하는 편지를 보내기도 했던 너그러운 주인"이라고 했다.

이것이 이 사회에서 우리가 물려받은 언어, 시각, 기억이다. 저들은 다른 말도 하고 다른 행동도 했으며, 그 가운데 일부는 선했다. 하지만 저런 말도 했고, 무엇보다도 저런 마음이었다.

우리의 과거는 황량하다. 미래는 암울하다. 하지만 나는 합리적이지 못하다. 합리적인 사람은 환경에 적응한다. 비합리적인 사람은 적응하지 않는다. 따라서 모든 진보는 비합리적인 사람에게 달려 있다. 나는 나의 환경에 적응하지 않는 편을 선호한다. 나는 '나'라는 감옥을 거부하고, '우리'라는 열린 공간을 선택한다.

이런 과거를 가진 우리는 인간적인 사회의 가능성에 대해 낙관적일 수 없다. 인간적인 사회에서는 인간적인 의사결정이 교육자들의 주된 목표이며, 목표는 점점 더 구체화되는 상상을 통해 실현된다. 낙관적일 수는 없지만 똑똑히 알 수는 있다. 적을 확인할 수 있다. 무엇이 편리한지보다 무엇이 옳은지 스스로 묻는 데서 시작하면 된다. 열병과 질병의 차이를 아는 데서, 인종차별주의와 탐욕의 차이를 아는 데서 시작하면 된다. 똑똑히 알 수 있고 주의할 수 있다. 정신과 영혼의 구속을 피하고, 우리의 의지와 우리와 함께 사는 이들의 의지가 구속당하지 않도록 주의를 기울일 수 있다. 저급한 목표와 저급한 사상을 용납하지 않도록 주의를 기울일 수 있다.

우리는 인간이다. 세 살짜리도 알 수 있는 것을 이미 깨달았어야 하는 인간이다. "수십억이 태어나고 죽는 이 모든 일이 얼마나 못마땅하고 서투른지" 깨달았어야 한다. 우리는 쌀이 아니라 인간이다. "뒤집힌 딱정벌레를 제대로 놓아주는 사람만큼 자비로운 신을 아직 만나지 못했다. 사마귀처럼 못된 행동을 하는 민족은 세상에 없다." 지구상의 도덕적인 주민은 바로 우리다. 이 사실에 부응하기 위한 노력은 충분치 못했지만, 그렇다고 이 사실을 부정하는 것은 스스로를 감옥에 가두는 것이다. 물론 잔혹성도 있다. 잔혹성은 불가사의한 수수께끼다. 그러나 세상을 길고 무자비한 게임으로 본다면, 우리는 또 다른 수수께끼를 만나게 된다. 아름다움, 빛이라는 수수께끼, 해골에 앉아 노래하는 카나리아라는 수수께끼……. 모든 시대와 모든 피부색의 인류가 미혹되지 않는 한…… 기품이라는 것, 아름다움이라는 것, 조화라는 것은 존재할 것이다. 그리고 우리는 이 모든 것을 아낌없이 그냥 가져갈 수 있다.

1976년 10월 29~30일, 미국 펜실베이니아 대학교에서 열린 미국 건국 200주년 심포지엄 '인도적 사회의 본질'에서 제임스 볼드윈의 글 '상호 이해와 인종 화합의 근거를 찾아서(In Search of a Basis for Mutual Understanding and Racial Harmony)'에 대한 응답으로 발표.

# 누가 이방인인가

　작년에 한 동료가 어릴 때 어디서 학교를 다녔냐고 물었습니다. 저는 오하이오주 로레인이라고 대답했습니다. 그러자 동료가 다시 물었습니다. 그때는 학교에서 인종 분리 정책이 폐지된 후였어요? 저는 이렇게 말했습니다. 네? 1930년대와 1940년대에는 인종 분리 정책이 없었는데 어떻게 폐지될 수가 있나요. 게다가 우리 동네에는 고등학교가 한 개, 중학교가 네 개였어요. 곧이어 저는 제 동료 역시 '인종 분리 정책 폐지'라는 말이 온 사방에서 활개를 칠 무렵 이미 마흔 정도의 나이였음을 떠올렸습니다. 물론 저는 시간을 앞당겨 살고 있었고, 국내 다른 모든 지역이 제가 자란 마을처럼 일찍부터 인구 구성이 다양했던 것도 물론 아니었습니다. 로레인을 떠나 워싱턴, 텍사스, 이타카 그리고 뉴욕에 살게 되기 전까지 저는 모든 곳이 크기를 제외하고 로레인과 크게 다르지 않으리라 생각했습니다. 아주 터무니없는 생각이었습니다. 아무튼 동료의 질문은 제가 살던 오하이오주 지역을, 고향에 대한 기억을 다시 떠올리게 했습니다. 이 지역은(로레인, 엘리리아, 오벌린) 제가 살았을 당시와 많이 달라졌지만 어떤 점에서 그건 크게 상관없습니다. 고향은 추억이고 그 추억을 공유하는 동반자 혹은 친구이기 때문입니다. 그러나 개인의 고향에 얽힌 추억, 그 장소, 거기 사람들과 마찬가지로 중요한 것은 바로 고향이라는 관념 그 자체입니다. 우리가 말하는 '고향home'은 어떤 의미일까요?

21세기는 공유 가능한 세상의 가능성, 혹은 붕괴에 의해 운명이 좌우되기 때문에 이 질문은 실질적으로 중요합니다. 문화적 분리냐 혹은 문화적 통합이냐, 혹은 둘 다냐 하는 질문은 모든 정부의 핵심에 있고, 체제와 문화가 사람들을 이주하게(자의든 타의든) 만드는 방식에 대한 우리 인식에 영향을 미치는 동시에 추방, 회복, 피포위 심리[12] 강화 등과 관련된 복잡한 문제를 제기합니다. 개인은 나를 소외시키는 타자의 악마화 과정에 어떻게 저항하거나 동참할까요? 악마화 과정은 이방인의 지리적 피난처를 그 나라의 외국인 혐오로 오염시킬 수 있습니다. 이주민을 환영하고 경제적 이유로 노예를 수입해서는 그 자녀들을 오늘날 '죽지도 살지도 않은 자'로 만듭니다. 그게 아니면 원주민 인구 전체를, 수백 년, 수천 년 역사를 가진 원주민마저도 자기 땅에서 혐오당하는 이방인으로 전락시킵니다. 그게 아니면 성서에나 나올 법한 홍수가 도시를 파괴하는데도 그 시민이 잉여 흑인이기 때문에 혹은

---

12    적에게 둘러싸여 있다는 강박관념.

빈곤층이기 때문에 교통수단, 물, 음식, 도움을 제공하지 않고 스스로 헤엄치든, 물속을 힘겹게 걷든, 악취가 나는 물속, 다락, 병원, 교도소, 대로변, 구금 시설에서 죽든 가만히 지켜보기만 하는 정부처럼 특권적 무관심을 유지합니다.[13] 이것이 바로 지속적인 악마화의 후과입니다. 이것이 바로 그 치욕스러운 수확물입니다.

국경에 있는 사람들, 국경 너머에 있는 사람들, 국경을 오가는 사람들이 불가피하게 이주하는 사례가 전혀 새롭지 않다는 것만은 분명합니다. 낯선 영역으로의(정신적이든 지리적이든) 강요된 혹은 자발적 이주는 우리가 아는 세상 모든 곳곳의 역사에서 지울 수 없는 사실입니다. 아프리카인들의 중국과 오스트레일리아로의 여정. 로마, 오스만제국, 유럽 사람들의 군사적 개입. 수많은 정권, 왕국, 공화국의 욕구를 채우기 위한 상인들의 습격. 베니스에서 버지니아, 리버풀에서 홍콩에 이르기까지. 이 모든 사람들은 부와 예술을 발견해 다른 영역으로 전달했습니다. 그리고 이 모든 사람들의 피는 이방의 흙을 물들이기도 하고 정복당한 이들의 핏줄로 이식되기도 했습니다. 그리고 그들이 지나간 자리에서 정복당한 이들의 언어와 정복한 이들의 언어는 서로에 대한 비난으로 넘쳤습니다.

정치적 경제적 동맹 관계가 바뀌고 민족국가들의 경계가 눈깜짝할 사이 다시 그어지면서 다수의 이주를 부추기기도 저지하기도 합니다. 노예 거래가 절정에 이르렀을 때를 제외하고 현시

---

13    2005년 미국 뉴올리언스가 허리케인 카트리나로 피해 입었을 당시 확인된 사망자만
      1,833명이다.

기 인류의 대이동은 그 어느 때보다 활발합니다. 근로자와 지식인, 피난민, 상인, 이민자, 군대가 대양과 대륙을 건너고 세관이며 밀입국로를 통해 분배되는 가운데 다양한 무역의 언어, 군사적 개입, 정치적 박해, 망명, 폭력, 가난, 죽음, 치욕의 언어가 발화됩니다. 자발적이든 비자발적이든 전 세계 인구의 이동이 국가와 이 사회 회의실, 동네와 거리에서 주된 의제라는 사실은 분명합니다. 이 움직임을 통제하려는 정치 작전은 쫓겨난 이들을 감시하는 데서 그치지 않습니다. 경영 및 외교 계급을 세계화의 전초 기지로 이동시키고 이식하는 일, 그리고 군사 부대와 기지를 배치하는 일역시 입법을 통해 인류의 끝없는 흐름을 통제하기 위한 시도의 상당 부분을 차지합니다. 사람들이 이처럼 쏟아져 나오는 현상은 국적 개념을 더 거추장스럽게 만들고 공적 사적 공간에 대한 우리의 인식을 바꾸었습니다. 그로 인한 긴장은 민족 정체성을 밝히는 여러 줄줄이 연결된 수식어에서 나타납니다. 언론 보도에서도 국적보다는 출신지가 더 많은 것을 설명해주며 사람들은 '어디 출신의 독일 시민' 혹은 '어디 출신의 영국 시민'이라고 일컬어집니다. 한편 이와 동시에 새로운 세계주의, 일종의 다층화된 문화적 국적이 각광받고 있습니다. 민족의 이동은 고향 개념을 점화하고 붕괴시켰으며, 정체성의 핵심을 국적 규정을 넘어 이질성의 해명으로 확장시켰습니다. 누가 이방인인가? 이 질문은 우리로 하여금 '차이' 안에 도사린 고조된 위협을 의식하게 만듭니다. 우리는 외부인에 맞서 현지인을 두둔할 때 이 질문이 제기되는 것을 봅니다. 나의 소속감이 나를 불안하게 할 때(내 고향의 이방인이 바로 나?), 안전한 거리가 아닌 원치 않는 가까움이 나를 불안하게 할 때도 이렇게 질문합니다. 우리 시대를 규정하는 가장 결정적인 특징은 아마도 장벽과 무기가 중세에 그랬듯 전면에 당당히 등장했다는 사실입니다. 다공성 국경porous borders[14]은 일부 지역에서는 위협, 그리고 분명한 혼란의 지대로 여겨지고 이것이 사실이든 상상에 지나지 않든 강제적 분리 정책이 그 해법으로 상정됩니다. 장벽과 탄약은 효과가 있습니다. 잠시 동안은요. 그러나 장기적으로는 크게 실패하게 마련이며 묘비 없는 소박한 집단 무덤을 채운 시신들은 문명의 역사 전반에 유령처럼 출몰합니다.

이질성을 노골적이고 폭력적으로 활용하는 데서 오는 또 다른 후과, 즉 민족 청소에 대해 생각해볼까요. 누그러지지 않고 후회할 줄도 모르는 권력을 가진 국가들에 의해 동물, 벌레, 혹은 오염 물질의 지위로 격하된 수백만 명의 사람들이 마주한 비운을 언급하지 않는다면, 이 논의는 단지 성의 없는 데서 그치지 않고 무의미해집니다. 그 권력은 누가 이방인인지, 그들이 고향에서 혹은 고향에서 멀리 떨어진 곳에서 살지 죽을지 결정합니다. 저는 앞서 '적'의 추방과 학살의 기록이 역사의 기록만큼 오래되었다고 말한 바 있습니다. 하지만 지난 세기와 이번 세기에는 영혼을 말살하는 새로운 무언가가 있습니다. 그 어떤 시대에도 우리는 '우리가 아닌' 사람들에 대한 이처럼 수많은 공격을 목격하지 못했습니다. 우리가 지켜본바 지난 2년 동안 미국 정치의 가장 핵심 질문은 이것입니다. '과연 누가 미국인이고, 미국적인 것이란 과연

---

14    국경 간의 경계가 좁아지는 것을 말하는데, 이로 인해 불법적으로 국경을 가로지르는 일이 많아져 많은 문제를 야기하고 있다.

무엇인가?'

　대량학살의 역사, 대량학살의 정의와 적용을 연구한 사람들로부터 제가 배운 사실로 미루어보자면 반복되는 양상이 있습니다. 정통성과 정체성을 확립하려는 민족국가나 정부는 '타집단'의 파멸을 통해 자기를 실현할 수 있다고 여기며, 그러기 위해 결의한 것처럼 보입니다. 유럽의 왕들이 합병에 몰두하고 있을 때 그들은 학살을 아프리카, 남아메리카, 아시아 등에서 실행할 수 있었습니다. 자칭 공화국이었던 오스트레일리아와 미국은 원주민을 깡그리 전멸시키고 그들의 땅을 강탈하고 나서야 새로운 민주주의 국가를 만들 수 있었습니다. 공산주의 붕괴로 인해 만들어진 새로운 혹은 재탄생한 한 줌의 국가들은 공동체들을 '청소'함으로써 국가 권력을 견주었습니다. 종교가 다르기 때문이든 인종, 문화가 다르기 때문이든 표적으로 삼은 뒤에는 먼저 악마화하고, 그다음 추방하거나 학살할 이유를 찾았습니다. 표면적인 안보를 위해서든, 헤게모니 혹은 단지 땅을 빼앗기 위해서든 이방인이 국가의 이른바 병적인 문제들의 총합이라는 생각이 만들어졌습니다. 학자들이 옳다면 우리는 이런 국가의 지도자들이 권력을 장악하기 위해 설계한, 점점 더 비논리적인 전쟁의 파도를 보게 될 것입니다. 법은 이들을 멈출 수 없고 신도 멈출 수 없습니다. 개입은 단지 자극만 할 뿐입니다.

2009년 4월 23일,
미국 오벌린 대학교 학위수여식 연설.

# 여성, 인종 그리고 기억

1868년, 한 45세 여성이 미국 상원에 3년 치의 체불 임금을 요구했다. 이 여성은 남북전쟁 당시 고용되어 세 가지 일을 했다. 간호사, 요리사, 그리고 "부하 몇 명을 둔 지휘관"으로 일했다. 이 나라 수도에서 일하는 남성들이 돈과 성, 인종과 계층이 대책 없이 뒤얽힌 이 문제를 판단하는 데 30년이 걸렸다. 이 여성의 첫 요청이 있은 지 115년이 지난 지금 이 여성의 요구에 담긴 노골적인 문제들의 배합은 여전히 혼란과 분노, 두려움, 무지, 악의를 섞은 마녀의 비약祕藥에 다름없다. 이 여성이 19세기 퇴역 군인으로서 벌인 체불 임금 투쟁은 20세기 페미니즘의 화급한 물음이기도 하다. 여성이 남성처럼 되거나 남성의 지배를 받는 시민이 되지 않고 인간으로 인정받고 존중될 수 있는가?

이유가 다양하고 복잡하기 때문에 최종 답안은 아직 나오지 않았지만, 성차별을 세계에서 가장 오래된 계층 억압으로 유지해온 여러 세력에 우리가(여성이) 의식적으로, 또 무의식적으로 동조해왔다는 사실이 가장 큰 이유라는 쓸쓸한 결론에 도달하지 않을 수 없다. 이런 우연한, 혹은 의도적인 배신은 여성의 현 상태를 분명히 표현하고자 하는 모든 여성의 목구멍에 가시처럼 걸려 있고, 제거하지 않는 한 가시는 계속 목을 불편하게 하다가 얼마 안가 미국 최초의 성공적인 무혈 혁명일 수 있는 운동을 침묵에 빠뜨릴지 모른다.

여성들 사이에 자기 파괴적인 행위가 만연하다는 사실은 잘 알려져 있지만, 명확하지 않은 것은 우리가 왜 쇠사슬을 고집하느냐는 것이다. 성차별은 남성의 전유물이 아니므로 이러한 전복 행위를 설명하기 위해 심리, 학교 교육, 신학이 종종 연구 대상이 된다. 억압하는 주체에서 그 원인을 찾기 위해서다. 하지만 가장 효과적이고 믿을 수 있는 방해 공작원은 어떤 명령도 필요로 하지 않는 여성이다.

미국 여성은 세 가지 범주로 나눌 수 있다. 페미니스트, 반페미니스트, 그리고 중립적 인도주의자다. 형편없는 구분이기는 하지만 각 집단은 적어도 한 집단에 대해 어느 정도 적의를 보이며, 각 집단에는 상대 집단 내에서 복음을 전파하는 일에 몰두하는 하위 집단이 있다.

페미니스트를 자처하는 사람들은 의식 수준을 충분히 끌어올려 여성 인권을 위해 적극적으로 활동하는 사람들이며 아주 오랫동안 존재해왔다. 페미니즘은 성적 억압만큼 오래됐다. 우리 나라에서 여성 해방은 흑인 해방이 갈아놓은 흙 위에서 가장 훌륭히 꽃을 피웠다. 19세기 중반의 노예제 폐지 운동은 서프러제트, 즉 여성 참정권 운동가들을 낳았다. 20세기 중반의 흑인 인권 운동은 여성 해방 운동을 낳았다. 두 운동 모두 흑인 남성의 요란한 지지를 받았지만(특기할 만한 백인 남성은 없었다) 두 운동 모두 흑인 인권을 버리고 인종 문제에서 탈피하는 것을 불가피하고 필수적인 발전 단계로 인식했다. 오로지 성차별 문제에 집중할 기회로 보았던 것이다. 탈피가 이루어질 때마다 분열의 첫 단계가 시작됐고, 파편화된 집단과 자기 파괴의 미래를 예고했다.

현대 페미니스트들 사이에서 이 첫 번째 분열은 재빨리 두 번째로 이어졌고, 거기서 두 주요 집단이 탄생했다. 격렬한 성적 억압을 자본주의 탓으로 돌린 사회주의 페미니스트와 남성 탓으로 돌린 급진적 페미니스트였다. 사회주의 페미니즘과 급진적 페미니즘의 분노는 둘 다 성차별의 원인을 향하고 있지만, 적을 뒤쫓는 과정에서 정서적 폭력의 상당 부분이 피해자 쪽으로 쏟아진다. 적을 어떻게 규정하든(남성, 혹은 '제도'로 규정하든) 두 진영 모두 여성의—자매간, 모녀간, 친구나 직장 동료 간의—서로에 대한 적의를 중화할 필요성을 인식한다. 이들은 여성들 사이의 배신이 소수 집단의 자기혐오와 결혼 시장에서의 치열한 경쟁에서 나오는 잔여물이라고 생각한다. 사실이야 어떻든 고양된 의식과 억압된 의식이 공존하는 데서 종종 폭발적이고 상호 파괴적인 갈등이 발생한다. 앤드리아 드워킨이 휴스턴에서 낙태 반대주의 여성과 대화를 시도한 이야기에는 극명한 공포가 서려 있다.[15] 시몬 드 보부아르가 어머니와의 대립 관계에 대해 남긴 기록에는 그야말로 비소가 들어 있다. 경험 많은 페미니스트들 사이에서도 방해 공작이 벌어져 심각한 위협을 가한다. 캘리포니아에 있는 아담한 페미니스트 공동체 서점(우먼스 플레이스)에서는 분리주의자들이 문을 걸어 잠그고 통합주의자들을 들여 보내주지 않는 사태가 벌어졌고 결국 법정까지 갔다.

페미니스트는 남성의 가장 큰 지지를 받고 있는 반페미니스트가 항상 임신을 하고 있거나 모유를 먹이는 상태라고 가정한다. 반페미니스트는 정치, 경제, 문화 제도가 남성을 성실하게 만들지는 못해도 난봉꾼은 되지 않도록 관리한다면 그 제도를 기꺼이 받아들인다. 페미니스트의 공산주의와 무신론을 비난하는 반페미니스트는 남성의 가장이자 아버지로서의 역할이 문명 사회의 정점에 있다고 생각한다. 남성에게 아버지나 남편 이외의 역할을 찾아주는 일이 여전히 심각한 인류학적 문제라는 사실은 개의치 않는 듯하다. 문제는 '자연'이 여성의 역할을 손쉽게 정의하는 반면, 남성의 역할은 '사회'가 규정해야 한다는 점이다. 아버지로서 아이들을 부양하는 임무 이외에 남성이 어떤 쓸모가 있는지 알아내려면, 연구자는 '문명'과 그 안의 남성 지배적인 지위에 대한 조사를 실시해야 한다. 아버지라는 역할이 남성을 충분히 만족시키지 못하므로 남성은 자신을 행동가, 지도자, 발명가로 생각한다. 하지만 가사와 육아에서 자유로운 여성에게도 행동하고 지도하고 발명하는 역할이 기대된다는 사실을 이해하는 데 대단한 지성이 필요하지는 않다. 이런 방향으로의 급진적 변화는 반페미니

---

15  아마도 급진적 페미니스트 드워킨이 1977년 휴스턴에서 열린 전국여성대회에서 보수파 여성을 인터뷰한 일을 말하는 듯하다.

스트에게 근심, 심하게는 공포를 불러일으킬 수 있다. 반페미니스트는 여성이 남성과 비슷한 활동을 하는 것에 절대적으로 반대하지는 않는다. 다만 그것이 이차적인 자유, 혹은 전혀 자유가 아니라고 생각하며 애써서 쟁취한 보호주의를 빼앗을 수 있는 부담스러운 요구 사항이라고 생각한다. 그래서 평등한 권리를 위한 헌법 개정안Equal Rights Amendment, 무조건적인 임신중지 등 온갖 페미니즘의 목표에 진저리를 치는 것이다.

불가지론자 혹은 중립적 인도주의자들은 세 집단 중 가장 큰 집단일 것이며, 페미니스트와 반페미니스트 양쪽 모두 수를 늘리기 위해 이 집단을 유혹하지만, 이들은 양쪽으로부터 경멸과 불신을 얻기도 한다. 페미니스트는 이들을 방해자, 혹은 기회주의자로 본다. 페미니즘의 성과에서 득을 보지만 어떤 기여도 하지 않으며, 심지어 그 성과를 얕잡아본다는 것이다. 학계에도 이런 여성이 있는데 자신의 종신 교수직이 페미니즘의 노력의 일부로 얻어졌으며, 자신이 여성의 힘을 보여주고 있다는 것도 알지만 '단순한' 여성주의 학자는 아니라고 재빨리 선을 긋는다.("전 밀턴을 가르치고 있어요.") 반페미니스트는 이들이 겁쟁이이며, 보호주의가 달면 삼키고 쓰면 노골적으로 뱉으며 부당 이익을 취한다고 생각한다. 가사와 육아, 성적 자유에 대해 페미니스트와 동일한 주장을 하지만 그만큼의 책임은 짊어지지 않는다. 모든 에너지는 육체적 매력을 가꾸는 경쟁적인 풍조에 쏟아붓는다. 1950년대의 핀업걸과 똑같은 방식으로 자신을 꾸미고 홍보한다. 남성이 구제 불능이라며 불평을 늘어놓지만, 남성이라는 연결 고리 없이는 자신도 다른 여성도 불완전하다고 생각한다. 중립적인 여성은 급진적 페미니스트의 과도하고 공격적인 태도를 부끄럽게 여기고, 그들을 매력 없으며 남성처럼 생각하는 아마존으로 치부한다. 반페미니스트도 얕잡아본다. 말투가 우습다고 여기며 무지한 종교적 광신자이거나 단지 노예 근성이 충만하다고 본다. 우파나 좌파로 전향한 사람들은 중립적 인도주의자의 '합리적인' 중립 상태를 반역 행위로 본다.

세 집단에게 전장은 넓고 무기는 많다. 이런 분열은 씁쓸하지만 실질적인 문제들로 인해—인간 생리와 편협한 사고에 대한 해결되지 않은 중요한 질문들이 있기 때문에—쉽게 없어지지 않는다.

생리적 속박은 그것이 축복이든 저주이든 실재한다. 어떤 성향을 가진 여성이든(급진적이든, 반페미니스트이든, 중립적이든) 질이나 자궁을 끊임없이 매매나 교환의 수단으로 삼도록 강요받는다. '비자발적인' 어머니로서 자궁을 교환 수단으로 삼는다는 것은, 그 기관이 제조할 수 있는 상품, 즉 자녀를 위해 한 계층으로서 보호를 요구한다는 의미다. '자발적인' 어머니에게 자궁은 그 활동을 멈추게 할 권리를 요구하기 위한 기반이 된다. 첩, 성매매 여성, 주부, 포르노 '배우'로서 여성은 질의 금전적 가치에 관여하고 옳든 그르든 세상이 정해준 가치를 받아들이는 데 익숙해져야 한다. 여성의 생계는 언제나 성과 연결되어왔으므로 처녀이든, 정부, 아내, 매춘부이든 정절을 지키는 것은 남성이 아닌 여성의 일이다. '침대에서 그리고 혼인에서 남성과 맺는 관계는 전통적으로 정상적인 여성성으로 가기 위한 통행권'이다. 또한 자신의 절개를 자랑하고 남성의 절개를 유지하는 것도 여성의 책임이다. 이런 정절이라는 짐은 성의 경제학과 맞물려 이성애자 여성을 레즈비언과 직접적인 갈등 관계에 놓는다.

동성애자 혹은 여성으로 정체화한 여성women-identified women[16]은 남성과 남성 지배를 개인적 삶과 성생활로부터 제거하려고 노력하며 레즈비어니즘이 여성의 잠재력을 총발동시킬 유일한 방법이라고 생각한다. 이들 다수가 젠더가 완전히 사라진 세상을 기다린다. 하지만 남성과 어느 정도의 접촉, 적어도 병에 담긴 정자와의 접촉 없이 미래의 레즈비언이 어디서 올 것이냐는 물음에는 여전히 답을 하지 못하고 있다. 지금으로서는 섹스 없는 임신 출산 방법들에서 비롯된 명랑한 낙관주의를 남성 과학자들과 공유하지 않을 수 없는 입장이다. 그러나 젠더가 없는 태평성대를 향한 꿈은 여성 동성애자들만 꾸는 것이 아니고, 이는 점점 늘고 있는 여성 SF 작가들이 말해주고 있다. 젠더 바리케이드의 문제가 너무 크기 때문에 여성 작가들은 SF로 생리적 제약을 뛰어넘은 초월적인 우주를 창조하고 있는 것이다.

여성들 사이에서 분열을 일으키는 두 번째 문제는 끈질긴 남성 우월주의, 그리고 그것이 소속 진영과 상관없이 모든 여성의 삶에 미치는 심각한 영향이다. 남성은 여전히 이 사회의 과학, 정치, 노동 목표를 결정한다. 생식 분야에서의 과학적 조작은 장단이 심하게 뒤섞인 결과를 낳았다. 남성인 스티븐 펑커스 박사가 "가난에 찌든 빈민가와 밀림에서, 그리고 누구보다 무지한 사람들 사이에서 유용하게 쓰일 단순하고 저렴하며 안전한 피임 수단"

---

16    '레즈비언 페미니스트 선언'이라고 불리기도 하는 선언문의 제목이기도 하다.

을 개발할 수 있도록 아이디어를 내고 자금을 조달한 사람은 마거릿 생어라는 여성이었다. 중요하고 결정적인 사실은 이 연구의 대상이 특정되어 있었다는 것으로, 여성이 모든 산아 제한 캠페인에 대해 가진 의구심에는 충분한 근거가 있음이 입증됐다. 그러나 본래의 의도와 달리 경구 피임약은 1960년 이후로 모든 피부색의 여성 해방을 가능하게 한 주된 요소로 밝혀졌다. 그런데 출생률과 산모 사망률의 급진적인 감소보다 피임 도구로 인한 생식 관련 사망의 충격적인 증가가 더 우세했다. 출산을 막는 피임약은 여성을 죽이고 있지만 산아 제한 캠페인은 제도적으로 계층적, 인종적 함의를 갖고 있으므로, 여성이 마침내 여성 자신과 밀림 속 자매들의 출산율을 통제할 수 있게 되어도 위험이 줄어든다는 보장은 없다. 그러나 페미니스트들은 곧잘 유색 인종 아기들이 목소리 큰 욕구 불만의 성인으로 자라나는 장면을 환기하며 저들의 관점을 설파하려고 애쓴다.

일부 진보적 입법이 이루어지고 여성 정치인 수가 늘고 있지만, 그리고 여성 유권자 수도 늘고 있지만, 누구도 정치가 남성에 의해 남성을 위해 이루어진다는 사실에 의문을 제기하지 않는다. 정치를 하는 여성 중에 왜 보수 정치인이 그렇게 많은지 아무도 묻지 않는다. 정치계의 여성 영웅에 대한 열망이 너무 강한 나머지 반동적인 여성 지도자에 대한 변명은 좌파에게 고이 맡겨져 있다. 그러나 이런 변명은 좌파 여성과 우파 자매들 간의 불화를 숨기지 못한다. 교내 인종 분리 폐지, 임신중지권, 교내 종교 문제 등 특정 문제를 중심으로 하는 모든 발언대에서 이것을 목격할 수 있다.

남성은 인력 시장에서 엄격한 통제력을 발휘한다. 가사에서 해방된 여성이 자유방임형이나 기업형 자본주의 체제 속에서 명백히 넘쳐나는 지금 더욱 그렇다. 일은 너무 적고 직무 능력은 넘친다. 일은 너무 적고 일할 사람은 너무 많다. 청소년, 소수 민족, 여성, 막 은퇴한 사람들, 농업 종사자, 공장 근로자, 그리고 직무 훈련을 받은 장애인 등은 수시로 변화하는 인력 요구를 충당할 수 있는 예비 인력에 속한다. 온 사방의 사무실과 공장에서 들끓고 있는 일자리와 커리어를 위한 치열한 투쟁은 이 수요 공급 체계에 내재되어 있다. 여성은 종속적인 위치로 인해 그중에서 가장 쉽게 처분이 가능한 근로자들이다.

인간 생리와 편협한 사고는 여성의 오랜 적이다. 여성은 이미 오래전부터 이 두 가지를 성차별을 뿌리 뽑기 위한 표적으로 삼아왔다. 좀 더 최근 들어서는 보다 유해한 현상이 보이는데, 바로 운동 전체에 해를 끼치는 방해 공작을 하는 여성의 증가다. 상호 파괴적인 갈등, 막다른 목표, 사소한 명분들은 여성 운동을 갈가리 찢었고, 운동은 그 시작에 있었던 진지한 정치 혁명으로부터 벗어나 거의 알아볼 수조차 없이 축소됐다. 왜 낙태 찬반 문제는 여성을 스스로의 적으로 만들었을까? 왜 성매매자는 포르노그래피와 싸우는 여성을 무익한 훼방꾼이라고 생각할까? 왜 흑인과 기타 소수 민족 여성은 백인 페미니즘 지도자들을 그렇게 쉽게 배척하는 걸까? 왜 여성은 밖에서는 연대해야 한다고 외치면서도 임신한 어시스턴트를 임신했다는 이유로 해고하며, 여성 학장과 위원장 임명에 반대표를 던지고, 가정부를 소유물 취급하고, 다른 학부모의 흑인 자녀들을 탓하는 걸까? 이런 분쟁이 계속되는 한 운동은 최악의 경우 여성에 의한 여성혐오라는 내부 붕괴에 위험하게 근접하거나, 최선의 경우에도 막다른 목표나 사소한 명분이 좌절감 속에서 무질서하게 뒤엉키는 상태에 머물 것이다. 그리고 이것은 남성의 가장 저열한 기대를 충족할 것이다. 여성으로 이루어진 조직은 결국 여성 진흙탕 레슬링처럼 흥미진진하고 무의미한 머리채 싸움으로 끝날 것이라는 기대 말이다.

존엄하고 책임 있는 여성해방운동은 어떻게 하면 부흥할 수 있을까? 어떻게 여성의 한탄으로 전락하지 않고 전진할 수 있을까? 여성 운동에 바쳐지는 필사의 노력, 열변, 호소를 잘 들여다보면 우리는 또 다른 메시지를 포착할 수 있을 것이다. 여성의 한탄에 스며들어 있는 메시지, 바로 남성성, 혹은 남성다움은 우월한 관념이라는 메시지다. 남성이 누구보다 남성성에 어울리지 않는다고 믿는 급진적 페미니스트에게도 남성이 그냥 더 낫다고 믿는 '총체적' 여성에게도 남성성의 개념은 여전히 모험, 진정성, 지성, 자유, 그리고 무엇보다 권력을 내포하고 있다. '인간의 척도는 남성이다'라는 관찰은 현대적 맥락에서 곧잘 무시되곤 하지만, 남성성은 분명히 성인의 삶(개인의 삶)의 척도이다. 그 증거는 도처에 있다. 남성성은 남성을 기쁘게 하기 위해 태어났다고 믿는 여성뿐만 아니라 남성이 차지하고 있는 것들을 빼앗고 싶어 하는 여성의 바람에 영향을 미친다. 능력 있고 똑똑하고 강인하고 세심하고 정의로우며 합리적이라고 여겨지고 싶은 여성의 욕망에도 불을 붙인다. 남성만의 영역으로 여겨지던 면밀한 지성은 한 번도 남성에게 국한된 적은 없지만 언제나 남성적인 특성으로 여겨졌다. 생식 통제권을 신에게 넘기는 행위는 사실은 남성에게 넘기는 행위이다. 생식 통제권을 요구하는 행위는 남성 주권을 빼앗고, 남성성이 당연하게 여기는 것, 즉 지배권을 얻으려는 행위이다.

여성성의 정의를 하나의 염색체에 국한시키기보다, 또는 다른 하나의 염색체를 떠받들기보다, 정의를 확장하여 둘 다 흡수하면 안 될까? 우리는 둘 다 가지고 있다. 아이를 원하거나 필요로 하지 않는다고 해서 남을 돌보려는 성향을 버려야 하는 것은 아니다. 오히려 그 성향을 이용해서 페미니즘에 새로운 의미를 부여하면 어떨까? 여성 숭배와도 다르고 남성에 대한 경탄과도 다른 의미를? 진실을 말하자면, 남성은 우월한 젠더가 아니다. 여성도 아니다. 하지만 남성성이라는 개념은 남성, 여성 모두가 떠받든다. 따라서 문제는 이것이다. 남성성이 더 선호할 만하다는 데 암묵적으로 동의하는 행위는 그 '남성'이 남자이든, 남자처럼 생각하는 여자이든, 남성의 지배를 받는 여성이든, 남성 우월주의에 대한 암묵적인 수용이다. 그리고 남성 우월주의는 생식기가 없으면 존재할 수 없다. 모든 성차별 문화에는 각각의 사회생식기적 구조socio-genital formation가 있는데, 미국에서 그 구조는 인종차별주의이고 계층 간의 위계질서이다. 두 가지 모두가 절단되면 남성 우월주의는 무너지고, 여성들 사이의 다툼의 바다는 마를 것이다.

남성 우월주의 내의 인종주의적 요소가 성차별보다 부차적인 듯 가장하는 것은, 다시 말해 성차별을 완전히 없앨 기회를 회피하는 것이다. 19세기 노예폐지론자들이 회피했듯이 20세기 페미니즘도 이를 무시했다. 이 문제와 직면하는 것을 끈질기게 거부한다면, 남성 우월주의를 지탱할 뿐만 아니라 한쪽으로는 4,000만 여성, 반대쪽으로는 6,000만 여성과의 전선을 구축하게 된다.

남성이 규정하고 남성이 축복한 계층 위계를 받아들이는 것 역시 운동의 숨통을 막고, 우리를 열매 없는 전쟁에 갇혀 있게 하며, 우리는 그 속에서 각각 방해 공작 여성이 된다.

　　인종과 계층의 탄압에 가담하는 행위는 여성이 쉽게 빠질 수 있는 자기 파괴적 행위이다. 바로 그 탄압에서 여성에게 파괴적인 거짓 통념들이 나왔기 때문이다. 그중 하나는 악한 가모장에 대한 통념으로, 얼마나 널리 퍼졌으면 가모장제를 흑인 병리 현상의 원인으로 보는 대니얼 패트릭 모이니핸[17]의 결론은 백인뿐만 아니라 흑인 남녀의 글 속에서도 되풀이된다. 그러나 사실상 남성이 유일한 부양자인 가정은 전체 가정의 16퍼센트밖에 되지 않는다.(정부들은 가정에 '우두머리'가 있어야 한다고 고집하고, 그것이 남자가 아닐 경우 경각심을 가진다.) 흑인 남성이 흑인 여성에 의해 '여성화'되었다는 주장을 뒷받침하는 그 어떤 근거도 흑인의 삶에서 찾아볼 수 없고, 모든 근거가 백인 남성의 억압을 흑인을 나약하게 만드는 힘으로 지목하고 있다. 그럼에도 왜곡은 무성하다. 이탈리아인, 유대인, 히스패닉, 백인 앵글로색슨 개신교도는 위협적인 가모장을 다스리는 과정에서의 성공담 혹은 실패담을 통해 각 집단의 문제점을 부분적으로 설명하고 있다.

　　여성에게 파괴적인 또 다른 통념은 자유방임형 자본주의와 사회주의에 계층이 없다는 통념이다. 고도의 자본주의 사회에서 여성은 어떤 경제적 자립성도 없고 '아내, 어머니 그리고 주부로서 남성에 의해 결정되는 불확실한 운명'에 의존한다. 생산 활동

17　　미국 민주당 상원의원이자 사회학자.

과의 관계에 따라 계층이 구별되는 마르크스주의 사회에서는 가족 단위에도 내부적 계층이 있고(남성이 우두머리), '임금을 받지 않는 사람', 즉 주부의 생산을 적절히 설명하려는 어떤 시도도 허용하지 않는다.

계층화는 재화와 지위를 위한 싸움을 더 날카롭고 정치적으로 만든다. 계층 불평등은 흑인과 백인 여성 간의 차이, 가난한 여성과 부유한 여성, 늙은 여성과 젊은 여성, 복지 혜택을 받는 미혼모와 직장이 있는 미혼모 간의 차이를 악화시키고, 그 밖에도 온갖 다른 갈등을 발생시킨다. 남성이 꾸며낸 인식 차이—누가 일할지, 누가 더 나은 교육을 받을지, 누가 자궁을 통제하고 질을 통제할지, 누가 감옥에 갈지, 누가 어디 살지를 결정하는 차이—속에서 여성 간의 싸움을 부추긴다.

순진하고 무지하거나 이기적인 여성이 기꺼이 계층적 불이익의 영향을 무시하고, 남성이 규정한 국가의 이익과 일치하는 역할을 수행하려 할 때, 반동적 정치, 즉 느리고 은근한 형태의 자매살인이 만들어지고 유지된다.

이로부터 우리를 구할 사람은 우리밖에 없다. 그래서 한때 활기찼던 해방운동의 폐허에서 우리는 생명체의 흔적을 찾아 헤맨다. 황무지에서는 세 개의 불빛이 깜박인다. 그 숫자가 점점 줄어들고는 있지만, 일부 페미니스트는 억압적인 법을 바꾸는 별로 생색도 나지 않는 일에 끈질기게 매달린다. 굶주린 여성을 위한 자립 시설, 상호 협조 관계망을 만드는 일도 있다. 그리고 가장 건강한 성과는 예술계와 학계에서 여성이 보여준 휘황찬란한 업적이다. 나는 예술가와 학자들 사이에서 벌어지고 있는 일들이 가장 짜릿하며 가장 극적으로 허를 찌르고 있다고 생각한다. 여성이라는 딱지를 붙여 비하하고 국한하려는 의도는 여전하다.(여류 극작가, 여류 사진가 등은 여러 매체에서 여전히 매년 의무적으로 조명하고 있다.) 하지만 오래가지 않을 것이다. 남성처럼 되거나 남성의 지배를 받지 않고도 인간으로 여겨지고 존중 받기 위한 싸움에서 처음으로 승리의 가능성이 비치고 있다고 할 수도 있을 것이다. 자기 파괴를 지속하기가 어려운 이곳에서, 남성성이라는 개념의 숭배가 사그라드는 이곳에서, 우리와 다른 여성에 대한 지적인 온정이 표면화할 수 있는 이곳에서, 인종주의와 계층 불평등이 상상이나 연구에 도움이 되지 않는 이곳에서, 작품 자체가, 작품을 만드는 과정 자체가 자매 살인뿐만 아니라 형제 살인도 혐오스럽게 만드는 이곳에서.

　흑인이자 여성, 어머니, 딸, 간호사, 요리사, 그리고 "부하 몇 명을 둔 지휘관"이었던 해리엇 터브먼Harriet Tubman[18]이 성차별적이고 극심한 편견과 계급 의식을 가진 백인 남성들로 가득 찬 방에서 체불 임금을 요구한 지 30년 후 임금 지급이 승인되었다. 내가 터브먼의 탄원에 대한 이야기로 이 글을 시작하고 끝낸 것은 통렬한 일화이기 때문이 아니라, 여성 억압의 열쇠는 터브먼의 입장에 대한 반응에서 가장 명백히 나타나기 때문이다. 미국 특유의 인종주의와 성차별주의가 대거 응집된 반응이었다.

　터브먼도 이를 모르지 않았다. 정부에서는 터브먼에게 한 달에 20달러씩 평생 지불하기로 결정을 내렸다. 당시 터브먼은 75

---

18　미국 인권운동가, 남북전쟁 당시 노예폐지론자로 활동했다.

세였다. 연금 지급이 금방 끝나리라 생각했을 것이다. 고집 세기가 나귀 같았던, 아니 여성 같았던 터브먼은 13년을 더 살았다.

1989년 5월 8일,
뉴욕 퀸스 대학교에서 강연.

# 인종주의와 파시즘

최종 해법이 있기 전에 최초의 해법이 있어야 하고 두 번째, 심지어 세 번째도 있어야 함을 기억하자. 최종 해법을 향한 움직임은 도약이 아니다. 한 걸음 한 걸음 차례로 내디뎌야 한다. 아마도 다음과 같을 수 있다.

1. 내부의 적을 구축한다. 주의를 집중시키는 동시에 전환하기 위한 적.
2. 명백하면서 함축적인 비방 및 언어폭력을 허락하고 보장하면서 적을 고립시키고 악마화시킨다. 인신공격을 적에 대한 정당한 공세로 인정하고 실시한다.
3. 수익성이 높고 권력이 생기며 효과적이라는 이유로 악마화 과정을 기꺼이 강화할 의지가 있는 정보 작성 및 배포

자를 구하고 육성한다.

4. 모든 형태의 예술을 울타리 안에 가둔다. 악마화 혹은 신성화의 과정을 문제시하거나 불안하게 만드는 자들을 감시하거나 망신 주거나 쫓아낸다.

5. 이 구축된 적의 모든 대변자 혹은 동조자들을 헐뜯고 타도한다.

6. 적들 가운데서 몰수 과정에 동의하고 이를 순화할 수 있는 협력자를 꾀어낸다.

7. 학술적, 대중적 매체를 통해 적에게 병적인 문제가 있는 것으로 만든다. 가령, 과학적 인종차별주의 및 특정 인종의 우월성이라는 거짓을 재활용하여 병적인 문제를 자연법칙에 따른 것으로 설명한다.

8. 적을 유죄로 간주한다. 이어서 적을—누구보다도 적의 남성들을, 그리고 무조건 적의 자녀들을—수감할 넓은 장소의 건설을 준비하고 예산을 책정하며 합리화한다.

9. 몰지각과 무관심에 대한 보상으로 기념비적 오락물과 약간의 기쁨, 아주 작은 유혹들을 이용한다. 텔레비전에서 몇 분, 언론에 몇 줄. 약간의 거짓 성공. 권력과 영향력이 있다는 착각. 약간의 재미, 약간의 멋, 약간의 중요성.

10. 반드시 유지해야 할 것은 침묵.


1995년 인종차별주의는 새로운 옷을 입고 새 부츠를 장만할지 모르지만, 인종차별주의도 그 악마 같은 쌍둥이 형제인 파시즘도 새롭지는 않으며 그 어떤 것도 새로 만들어낼 수 없다. 그 자신의 건강을 뒷받침하는 환경을, 공포를, 부인을, 그리고 피해자가 싸울 의지를 잃어버리는 분위기를 재생산할 수 있을 뿐이다.

국가 문제에 파시즘의 해법을 적용하는 데 관심 있는 세력들은 어느 한 정당에만 있는 것이 아니고 어느 한 정파에만 있는 것도 아니다. 민주당의 역사가 어떤 오점도 없는 평등주의 역사는 아니다. 자유주의자들이 지배를 옹호하는 의제에서 아주 자유로운 것도 아니다. 공화당에는 노예폐지론자도 백인우월론자도 있다. 보수층, 중도층, 진보층. 우파, 좌파, 극좌파, 극우파. 종교, 비종교, 사회주의. 우리는 이런 펩시콜라, 코카콜라 같은 꼬리표가 눈앞을 가리게 놔두어서는 안 된다. 어떤 정치 구조라도 파시즘이라는 바이러스의 숙주가 될 수 있으며, 사실상 어떤 선진국이라도 파시즘에 알맞은 집이 되어줄 수 있을 만큼 파시즘은 천재적이다. 파시즘은 사상인 척하지만 사실은 마케팅일 뿐이다. 권력을 위한 마케팅.

파시즘을 제대로 알아보려면 숙청을 필요로 하는지, 숙청을 위해 어떤 전략을 구사하는지, 그리고 순수하게 민주적인 의제에 공포가 있는지 알아보면 된다. 모든 공적 서비스를 사적 기업 활동으로, 모든 비영리 조직을 영리 조직으로 전환하려는 의지, 그래서 정부 행정과 사업 행위 간의 좁지만 보호적인 간격을 사라지게 하려는 의지를 통해서도 알아볼 수 있다. 파시즘은 시민을 세금 납부자로 바꾸어 개개인이 공공의 선이라고 하는 것만 봐도 화가 치민다. 이웃을 소비자로 바꾸어 인간으로서 우리의 가치가 우리의 인간성, 우리의 자비, 우리의 관용이 아닌 우리가 가진 것에 있도록 만든다. 아이 키우기를 허둥대기로 바꾸어 우리가 우리 자녀의 이익에 반하는 투표를 하게 만든다. 자녀의 의료와 교육에 반하는 투표, 자녀가 무기로 인해 위험해지는 투표를 하게 만든다. 그리고 이 변화를 가져오는 과정에서 완벽한 자본가를 만들어낸다. 제품을 위해(운동화, 재킷, 자동차를 위해) 인간을 죽일 의지가 있는 자, 혹은 제품 통제권을 위해(석유, 마약, 과일, 금을 위해) 대대손손을 죽일 의지가 있는 자를 만들어낸다.

우리의 공포가 모두 시리즈물이 되고, 창의성이 비난을 받고, 생각이 '시장화'되고, 권리가 팔려나가고, 지성이 슬로건으로 압축되고, 힘이 축소되고, 사생활이 경매에 부쳐지면, 삶의 연극성, 오락적 가치, 상품성이 완비되면, 우리는 국가가 아닌 각 업계가 합작하여 만든 기업에 살게 되고 어두침침한 화면을 통해 볼 수 있는 모습을 제외하고는 우리 자신의 모습을 전혀 알아보지 못할 것이다.

1995년 3월 3일, 미국 하워드 대학교 강연
'최초의 해법'에서 발췌.

# 부의 대가, 돌봄의 비용

　오늘은 우리 모두에게 영향을 미치고, 많은 경우 괴로움을 주는 주제에 대해 이야기하고자 합니다. 이 주제는 졸업생들뿐만 아니라 모든 대학 캠퍼스, 지역 사회, 사실상 온 세상을 따라다닙니다. 도발적이고 불확실한 시대를 사는 학생 여러분에게 이야기하기 꽤 적절한 주제라는 생각이 듭니다.

　바로 돈입니다.

　우리에게 이미 가지고 있는 것을 지키고 유지할, 그리고 어쩌면 증가시킬 의무가 있든, 아니면 단지 생산적이고 비교적 편안한 삶을 살기 위해 빚을 줄여야 할 필요가 있든, 아니면 우리의 목표가 가능한 한 많이 버는 것이든, 우리 입장이 어떻든 돈은 우리 모두의 삶의 숨길 수 없는 정부情婦 같은 존재입니다. 그리고 모든 정부와 마찬가지로, 나를 이미 유혹했다면 했지 머릿속에서 아주 지워버릴 수는 없습니다. 누구도 신문을 보면서, TV 방송을 보면서, 혹은 정치 토론을 보면서 부wealth라는 주제에 잠식되지 않을 수 없습니다. 이민 문제에 대한 담론, 의료 제도 시행, 사회보장 제도, 취업 기회 등 사실상 모든 개인 문제와 정부 정책이 돈을 중심으로 얽히고설켜 있습니다. 국가, 정권, 미디어, 입법은 모두 부의 접근성, 움직임, 소멸과 관련된 부의 서사에 젖어 있고 압도되어 있습니다. 부의 부재와 잘못된 관리가 심한 경우 어떻게 국가를 무너뜨리고 어떻게 왜곡하고 조종하는지, 부가 어떻게 국가를 안전하게 유지하는지. 긴축을 택할지 부양을 택할지. 전쟁을 택할지 평화를 택할지. 나태한 삶을 택할지 생산적인 삶을 택할지.

여기서 연구하는 학문은, 즉 예술, 과학, 역사, 경제, 의학, 법학은 많은 경우 돈에 의해 구속당하거나 해방됩니다. 이들 학문의 목적이 돈이 아닌 지식, 그리고 지식이 선한 삶에 주는 혜택이라는 사실에도 말입니다. 예술가들은 돈에 초연한 듯 가장하며 진실을 밝히고 드러내고 싶어 합니다. 과학자들은 세상이 어떻게 작동하는지 발견하고 싶어 하지만 자금줄에 제한받거나 뒷받침을 받습니다. 프로젝트와 연구 활동을 위해 자금이 필요한 역사학자와 경제학자도 마찬가지입니다. 의학은 목숨을 살리거나 삶을 살 만한 것으로 만들지만, 다른 누군가의 부 없이는 할 수 없습니다.

이 모든 것은 뻔한 사실입니다만, 우리가 깜빡 잊을 수도 있으니 그러지 않도록 부의 대가, 부의 역사를 다시 풀어내볼까 합니다. 부 축적의 시작은 피투성이였으며 극히 잔혹했고, 늘 반드시 전쟁을 수반했습니다. 사실상 그 어떤 제국도 상상을 초월하는 폭력 없이는 존재할 수 없었습니다. 스페인 제국은 남아메리카에서 대량학살을 감행하고 사람들을 노예로 만들어 금을 훔쳐왔고, 그 덕분에 붕괴와 멸망을 피할 수 있었습니다. 로마는 땅과 그 땅의 재물, 그리고 노예 인력을 손에 넣음으로써 제국이 되었고, 수 세기 동안 제국을 유지할 수 있었습니다. 더 많은 전쟁과 침략을 통해 아프리카는 자원을 강탈당했고, 이는 반대로 수많은 국가를 지탱하고 강화했습니다. 가령 고무는 벨기에 왕 레오폴드가 사실상 사유화했던 국가에서 채취되었습니다.(그래서 합의에 의해 벨기에령 콩고라는 이름이 생겼습니다.) 설탕, 차, 향신료, 물, 기름, 아편, 영토, 식량, 광물은 모두 영국, 네덜란드, 미국 같은 나라의 권력을 지탱했습니다. 여기 미국에서는 아메리카들소 수백만 마리를 죽여 소로 대체했는데, 그러기 위해서 아메리칸 원주민을 대량학살했습니다. 농업 국가였던 미국이 재빨리 산업 시대로 들어설 수 있었던 것은 노예를 수입한 덕분입니다. 중국의 제국들은 무수한 승려들을 죽여 승려들이 사원과 불상을 장식하기 위해 썼던 금은을 빼앗았습니다. 이 모든 약탈 행위는 전쟁을 통해 이루어졌는데, 전쟁은 승패와 상관없이 그 자체로 부를 창출하는 산업입니다.

역사적으로 부의 대가는 피와 살육, 죽음, 절망이었습니다.

하지만 그 대가와 더불어 17세기 후반에서 18세기 초반 사이 무언가 흥미롭고 결정적인 일이 벌어지기 시작했습니다. '노블레스 오블리주'는 관대함이 고결한 가치일 뿐만 아니라 귀족에게 이익이 되는 일이며, 종교적 믿음과도 부합할지 모른다는 암시를 주며 귀족을 진정시켰습니다. 그리고 부가 그 자체의 존재의 구실이 될 수 없다는 신념으로 변형되었습니다. 미다스 효과, 개츠비 유전자에는 어떤 도덕적 결함이 있다고 여기게 되었고, 더 많이 가진 사람이 더 훌륭한 사람이라는 생각이, 허영심을 채우기 위한 사업을 마치 대중의 삶의 고양을 위한 진심 어린 봉사로 포장하는 것이 수치스럽다고 여기게 된 것입니다.

미국에서 이런 변화는 세법으로 이어졌고, 어떤 경우에는 노동자의 파업과 조직화로 이어져 더욱 좋은 결과를 낳았습니다. 중국인 인력 노예를 이용해 대륙 횡단 철도를 건설하는 대신, 끊임없이 점점 더 많은 노예를 사들여(상당히 많은 노예가 빠르게 죽어나갔기에 어쩔 수 없이 교체) 럼주에 쓸 설탕을 생산하는 대신, 우리는 참혹한 만행 없이도 전기와 도로, 공공 병원, 대학 등을 가지는 방법을 찾아냈습니다.

시민들은 돌봄의 비용이 그럴 만한 가치가 있었음을 깨닫기 시작했습니다. 재단, 정부 지원, 개인의 아낌없는 기부, 봉사 기관은 기하급수적으로 늘어 시민들의 삶을 개선했습니다. 이 대학의 설립을 통해서 여러분도 알 수 있듯이 주요 기관을 짓고 궁핍한 사람들을 돌보고 공공을 위한 예술과 도서를 소장하기 위한 여러 기금은 돌봄의 비용이 당연하게 전제되는 수많은 사업의 일부입니다. 물론 이런 비용이 가져온 결과는 다양합니다. 비용이 부족한 경우도 있고 부정한 데 쓰인 경우도 있습니다. 그러나 기본적인 봉사 시설이 존재하지 않는 상황은 상상도 할 수 없게 되었습니다. 한 기관의 의제, 혹은 한 학자의 연구 목적의 핏줄 속으로 자비를 불러들이는 일은 생산적이고 문명적이고 윤리적이고 인도주의적인 데서 그치지 않습니다. 인간을 인간답게 만드는 일입니다.

비용이 어떻든 돌봄을 지속하겠다는 이런 강력한 의지는 오늘날 부의 기원만큼 잔인한 힘에 의해 위협받고 있습니다. 그 힘은 바로 국경에 있는 사람들, 국경 너머의 사람들, 국경을 가로지르는 사람들의 불가피한 이동입니다. 오늘날 이런 이동은 그 어느 때보다 활발하며 많은 비용을 유발합니다. 이동에 맞서 방어하기 위해, 이동을 돕기 위해, 제한하기 위해, 보호하기 위해, 통제하고 지원하기 위해 비용이 들어갑니다. 근로자와 지식인, 기관들, 피난민, 상인, 이민자, 외교관, 군대가 대양과 대륙을 건너고, 세관이며 밀입국로를 지나는 가운데 다양한 무역의 언어, 군사적 개입, 정치적 박해, 구호, 망명, 폭력, 가난, 죽음, 치욕의 언어가 발화됩니다. 자발적이든 비자발적이든 전 세계 인구의 이동이 국가와 이 사회 회의실, 지역 사회와 거리에서 가장 시급한 의제라는 사실은 분명합니다. 이 움직임을 통제하려는 정치 작전은 쫓겨난 이들을 감시하는 데서 그치지 않습니다. 경영 및 외교 계급을 세계화의 전초 기지로 이동시키고 이식하는 일, 군사 부대와 기지를 신규 배치하는 일 역시 입법을 통해 인류의 끝없는 흐름을 통제하기 위한 시도의 상당 부분을 차지합니다. 사람들이 이처럼 쏟아져 나오는 현상은 국적 개념을 더 거추장스럽게 만들고 공적, 사적 공간에 대한 우리의 인식을, 장벽과 경계에 대한 인식을 바꾸었습니다. 우리의 시대를 규정하는 특징은 아마도 장벽과 무기가 전면에 당당히 등장했다는 사실일 겁니다. 중세에 그랬듯 말이죠. 다공성 국경은 일부 지역에서는 위협이 존재하는 지대로 여겨지고, 실제로 혼란의 장소가 되었습니다.

이 모든 일이 벌어지는 동시에 기술은 국가와 국민 간의 거리를 좁히고 있습니다. 기술은 상대가 세상 어디에 있든 대화하고 지원하고, 혹은 선동할 수 있게 만들었습니다. 그럼에도 추방의 두려움, 국적을 잃을 수 있다는 두려움은 여전합니다. 이는 민족 정체성을 밝히는 줄줄이 연결된 수식어에서 나타납니다. 언론 보도나 문서에서 출생지는 국적보다 더 많은 것을 말해줍니다. 사람들은 '터키 출신 독일인' 혹은 '아프리카계 영국 시민' 등으로 정체성이 구별되고, 무슬림이라는 사실은(적어도 서구에서는) 출생 국가에 앞섭니다. 동시에 새로운 세계주의, 어떤 다층화된 문화적 국적이 세련되고 우아한 것으로 각광받고 있습니다. '차이'라는 고조된 위협의 존재는 명확합니다. 외부인에 대한 지역민의 방어 태세에서, 안전한 거리가 보장되지 않는 원치 않는 접촉에 대한 방어 태세에서 그 위협을 볼 수 있습니다.

집 없는 사람들이 수상한 이방인으로 남아 있을 때, 가난하고 겁에 질린 자들이 제 소유의 땅이 아닌 포위된, 쓰레기 널린 천막 도시에 모여 있을 때, '정체성'이 자아의 본질이 될 때, 정치적 전략의 구축이 거듭 필요해집니다. 무능력과 비이성이 도리를 억압하고 '낮은' 삶을 사는 사람들을 자꾸 위험으로 내몰 때, 돌봄의 비용이 급격히 상승할 것이라고 예상할 수 있습니다. 문명을 아낀 다면 감수해야 하는 비용입니다.

부의 윤리는 시민의 의무를 역설합니다. 우리가 그 의무를 다할 때, 우리는 우리 각자의 선의가 아니라 타인에 대한 우리의 의존성을 드러내게 됩니다. 여러분은, 우리 모두는 데이터를 자료로, 지식으로, 그리고 바라건대 지혜로 변환하려고 애씁니다. 그모든 과정에서 우리는 타인에게 빚을 집니다. 우리의 언어도 타인에게 진 빚이고, 우리의 역사도, 예술도, 생존도, 사는 동네, 가족과 동료, 사회적 관습을 거부하거나 지지할 능력도 타인에게 진 빚입니다. 이 모든 것을 우리는 타인으로부터 배웠습니다. 홀로인 사람은 없습니다. 우리 모두 타인에게 기대고 있고, 우리 중 어떤 사람은 삶 그 자체가 타인에게 달려 있습니다. 바로 이 후자 때문에 저는 이 강연의 대가로 받게 될 후한 사례금을 국경없는의사회와 나누려고 합니다. 노벨상을 수상하기도 한 이 단체가 무릅쓰는 위험, 이들이 제공하는 직접적인 의료 지원, 그리고 세계에서 가장 위험한 곳에서 가장 심하게 부서진 사람들을 위해 봉사하겠다는 이들의 결심 때문입니다.

이 캠퍼스와 그리고 캠퍼스 밖의 세상은 여러분에게 크고 까다로우며 막중한 기회를 제공할 것입니다. 여러분에겐 틀림없이 이전 세대보다 훨씬 더 많은 능력이 있습니다. 더 똑똑하기 때문은 아닙니다.(그럴지도 모르지만.) 선배들에게 부족했던 도구가 있기 때문도 아닙니다. 시간이 있기 때문입니다. 시간은 여러분의 편이며 놀라운 미래를 만들 기회입니다. 음미하길 바랍니다. 사용하길 바랍니다. 신나게 즐기길 바랍니다.

저는 작가이고 예술계에 대한 제 믿음은 강하지만 이 믿음은 비이성적이거나 순진하지 않습니다. 예술은 우리로 하여금 대가를 넘어선 여행, 비용을 넘어선 여행을 떠나 세상을 있는 그대로의 모습으로, 그래야 마땅한 모습으로 목격하도록 권유합니다. 예술은 우리에게 아름다움을 알고 그 무엇보다 비극적인 상황에서도 아름다움을 이끌어내도록 권유합니다. 예술은 우리가 여기 속해 있음을 상기시켜줍니다. 우리가 봉사하면 우리는 버틸 수 있다고 말합니다. 예술에 대한 저의 믿음은 다른 어떤 담론에 대한 제 존경에도 뒤지지 않습니다. 예술이 대중과 나누는 대화, 예술의 다양한 장르 간의 대화는 깊이 보살피는 마음이 어떤 것인지, 완전한 인간으로 산다는 게 무슨 뜻인지 이해하는 데 매우 결정적입니다. 저는 믿습니다.

2013년 5월 9일. 미국 밴더빌트 대학교
니컬스 총장상 수상 소감.

# 오류와의 전쟁

국제앰네스티로부터 연설을 부탁받는 순간 기쁨을 감추지 못하고 수락했습니다. 마음 깊이 존경하는 인도주의 활동가 여러 분들로 이루어진 아주 특별한 청중 앞에서 말을 할 기회라니 두 번 생각할 필요가 없었습니다. 이 영광스러운 제안에 저는 기쁜 동시에 책임을 느꼈고, 비교적 수월하게 의미 있는 연설 주제를 찾을 수 있으리라 생각했습니다. 그런데 몇 달이 흐르고 제가 처음 가졌던 열의가 경솔하지 않았는지 깊은 의구심이 들기 시작했습니다. 뉴스에서 불타는 혼돈, 수많은 사망자, 날조된 굶주림, 무장 해제된 국가와의 불필요한 전쟁 등에 대한 소식을 접하고 어안이 벙벙해진 저는 그야말로 할 말이 없었습니다. 어이가 없어 갑자기 말문이 막혔습니다. 아무것도 할 수 없었습니다. 여러 국회와 힘없는 의회들이 별일 없다는 듯 무심하게 일을 처리하는 그 사무적인 모습이 저를 그렇게 만들었습니다. 주류 언론의 무책임과 선정주의, 긴요한 문제에 대한 묘한 침묵, 저널리즘을 가장한 홍보가 결국 제 자신의 말할 수 없는, 불운하고 무력한 생각들을 엉망으로 만들어버렸습니다.

물론 이 행사에 명백하게 어울리는 주제도 떠올랐습니다. 국제앰네스티에 보내는 감사와 칭송을 나열하는 방법이 있겠지요. 국제앰네스티의 폭넓고도 깊은 회복력은 놀랍지만, 결국 칭송을 보낼 때가 아님을 깨달았습니다. 저는 지금이 자축할 때가 아니라고 생각했습니다. 물론 그럴 여유가 없는 건 아닙니다. 국제앰네스티가 세운 기록을, 잊힌 사람들의 삶에 미치는 영향을, 강자들의 화려한 겉치레를 성공적으로 먹칠한 점을 떠올릴 때 경탄할 여유가 없지는 않습니다.

중립적이고 고결한 간섭주의자이며, 민족이나 정당, 사적 이해관계나 대중의 피로에 영향을 받지 않는 국제앰네스티는 인도적 목표를 이루는 데 국가와 장벽, 국경이 무의미하고 오히려 기구 운영에 방해가 된다고 주장하며, 책임이 누구에게 있는지 묻습니다. 근시안적인 정부가 입장을 해명해도 받아들이지 않습니다.

저도 수백만 다른 사람들처럼 노여워할 수 있겠지만 그걸로는 안 됩니다. 분노는 그 쓸모가 제한적이고 심각한 문제를 안고 있습니다. 우리의 이성을 차단하고, 건설적 행동을 어리석은 연극으로 뒤바꿉니다. 뿐만 아니라 정부들의 때로는 투명하고 때로는 은근한 거짓과 허위, 드러나도 문제없을 만큼 교묘한 위선은 우리를 피곤하고 어지럽게 만듭니다.

우리는 정의가 곧 복수를 의미하는 세상에 살고 있습니다. 사익이 공공 정책을 좌우하는 세상에 살고 있습니다. 용감한 자들과 죽은 자들이 세포 하나하나, 뼈 한 조각 한 조각 얻어낸 기본 인권이라는 몸이 '온통 전쟁, 언제나 전쟁'의 이글거리는 열기 속에 시들고, 영원한 전쟁과 마주한 상황에서 인도주의적인 해법에 대한 존중, 심지어 관심마저 줄어든 세상에 살고 있습니다. '세상 어떤 국가의 안보보다 미국의 편의가 앞선다'는 신념이 마침내 도전받고 있음에도, 인권과 인도주의적 해법은 꾸준히 그 신념의 명령에 의해 짓밟히고 있습니다.

지금 이 나라에서 무슨 일이 일어나고 있는지 잠시 설명해보겠습니다.

DNA 실험실에서 저지른 명백한 오류들로 인해 텍사스주에서 수천 건의 사형 집행 계획에 대한 재검토가 요구되는 가운데, 사형 찬성론자들은 점점 더 굳게 버티고 있습니다.

'깨끗한 공기 법'을 대체하기 위한 이른바 '깨끗한 하늘 법'은 정확히 반대의 효과를 냅니다. 기업과 광산 업계, 공장들은 이제 지난 정권이 만들어놓은 모든 환경보호 규제들을 무시하거나 미룰 수 있으며, '호흡에 의한 사망'을 황금으로 바꿀 수 있습니다.

헌법적 권리는 빈곤해지거나 소멸할 운명에 처했습니다. 현재 미국에서 가장 큰 문제지만 거의 언급되지 않는 사실은 유권자들이 곧 투표권을 빼앗길 수도 있다는 것입니다. '미국의 투표를 돕자Help America Vote'라는 2002년 법안에 따르면, 새로운 투표 기계는 현금지급기나 가게 점원들도 할 수 있는 일, 즉 투표자의 선택이 기록된 종이 확인증을 발급하는 기능을 하지 못합니다. 뿐만 아니라 날쌘 해커라면 누구든지 기계에 접근할 수 있으며, 이

기계의 가장 큰 제조 회사는 본부 사무실에서 결과를 집계(혹은 조종)할 수 있습니다.

조약 파기, 선제 조치, 폐기, 기소 내용도 법적 대리인도 없는 대량 체포. 판사에게 최고 형량을 내리도록 지시하는 법무부. 내부고발자 해고. 엄격한 검열. 이 모든 행위가 적대감, 공포, 탐욕과 악의에 찬 분위기 속에서 이루어지고, 그건 우리가 무너뜨렸다고 믿었던 억압적인 정치 구조를 닮았습니다. 하지만 여러분은 이미 다 알고 있는 사실입니다. 여러분의 활동은 이런 광대극을 기록하고 거기 개입해왔습니다.

지구에서 벌어지고 있는 여러 전쟁 가운데 가장 중요하고 가장 시급한 전쟁이 하나 있습니다. 바로 오류와의 전쟁입니다.

'오류와의 전쟁 War Against Error'은 15, 16세기 제도화된 종교들이 신앙이 다른 사람들을 교정하는 데 들인 노력을 설명하기 위해 생겨난 말입니다. 국교가 당연시되었던 시대와 지역에서 종교에 대한 배신은 곧 국가에 대한 반역이었습니다. 현대 사회는 "신의 이름 아래 살인을 정당화했던 박해의 도구와 지적 전통을 잘 발달된 형태로 물려받았"습니다. 심지어 성 토마스 아퀴나스도 배교자들을 "죽음으로써 세상에서 잘라내야 한다"고 썼습니다. 그러나 중세의 전쟁에서는 믿지 못하거나 신앙이 없는 것 자체가 악하다고 여겨지지는 않았습니다. 악한 행동은 자신의 잘못을 인정하지 않는 행동이었습니다. 인정하지 않으면 죽음밖에 없다는 것이 당시의 교훈이었습니다. 이같이 혹독한 가르침을 주던 까다로운 학교의 문은 여전히 조금 열려 있습니다. 신앙이 없는 자도, 신앙이 있는 자도, 정치인들도, 뿐만 아니라 엔론, 핼리버튼, 월드

콤도[19] 자유롭게, 그리고 경건하게 그 문을 비집어 열고 있습니다.

이 중세 학교가 다시 문을 연 지금 옛 교육 과정은 수정되었습니다. 가르침을 전하는 데 급급한 정권들은 통제력을 잃은 채, 부정행위를 일삼는 학자처럼 편의만을 내세우기도 하고 얼간이처럼 폭력을 택하기도 합니다. 제국근본주의에 대한 강의를 열었다가 신정정치에 대한 토론회를 엽니다. 그리고 국가와 사이비 국가들은 학생들에게 숙청과 인종 청소, 학살을 가르치며, 칼리굴라 황제도 흐뭇하게 여길 권력을 행사하고 있습니다. 졸업 파티에서는 착취가 세계주의라는 매혹적인 의상을 입고 원하는 상대가 누구든 함께 춤을 추고 있습니다. 이에 질세라 기업들은 세계 구석구석에 주저앉아 '민주주의'가 치약 브랜드라도 되는 것처럼 팔고 있는데, 그 특허권은 물론 기업이 독점하고 있습니다.

이제 새로운 오류와의 전쟁을 벌일 때가 왔습니다. 교육받은 무지, 강요된 침묵, 전이하는 거짓말에 대항해 의도적으로 고조된 전투를 벌여야 합니다. 인권 단체들이 날마다 학술지, 보고서, 지침서를 통해, 위험한 곳을 방문하고 억압적인 악의 세력들과 만남을 가지면서 싸우는, 보다 폭넓은 전쟁이 필요합니다. 소외된 사람들을 삼키는 폭력을 저지하기 위해 방대한 자금을 바탕으로 더욱 치열한 전투를 벌여야 합니다.

우리는 1492년 스페인이 유대인을 말끔히 청소한 때로부터 수단이 식량을 차단하고 시민들이 서서히 굶주려 죽는 모습을 만족스럽게 지켜보고 있는 2004년까지 정신적으로 과학적으로 지

---

19   회계 부정으로 유명한 미국의 거대 회사들.

적으로 정서적으로 더 나아가지 못한 것일까요? 1572년 프랑스에서 성 바르톨로메오 축일에 1만 명이 학살당한 때로부터 뉴욕시에서 수천 명이 필라멘트처럼 흩어진 2001년까지, 1692년 세일럼에서 딸과 아내와 어머니가 화형된 때로부터 소년소녀의 몸을 착취하는 성매매 관광객이 온 도시를 가득 채우는 2004년까지, 우리는 조금도 진보하지 못한 것일까요? 만약 그렇다면 우리에게 반짝이는 새 통신용 장난감이, 아름답기 그지없는 목성의 사진이, 세련된 장기 이식 기술력이 있다고 해도, 우리는 과거와 다를 바 없이, 저들이 빼앗지 못한 목숨을 낭비하는 과정을 학습하고 있는 것입니다. 우리는 마법에 도움을 청합니다. 외계인, 적, 악령을 뒤섞어 소환합니다. 이방인들이 드나드는 성문에 대한 불안을, 우리의 언어가 타인들의 입으로 들어가는 데 대한 불안, 권력이 낯선 사람들의 손에 들어가는 데 대한 불안을 회피하고 잠재우기 위한 '원인들'을 소환합니다. 이 구시대 교육 체계의 바람이자 만트라이자 모토는 중립에 놓인 문명, 그러다 서서히 정지에 이르는 문명입니다. 여기에 동의하지 않으면 순진하다고 합니다. 이 세상에는 실제적인 위험이 존재하기 때문입니다. 당연히 그렇지요. 그래서 교정이 필요한 것입니다. 새로운 교육 과정이 필요합니다. 이 교육 과정은 도덕 정신과 자유롭고 풍요로운 영혼이 어떻게 건강에 점점 더 위협적인 맥락 속에서 살아갈 수 있을지에 대한 힘있고 예리한 사유를 포함해야 합니다.

인정이 과하다고 사과할 필요 없습니다. 그 반대가 인정이 메마른 것이라면 말입니다. 인간성 상실의 위험은 더한 인간성으로 맞서야 합니다. 그러지 않으면 에리스 뒤에 순종하며 서 있거나,

네메시스의 외투를 들어주거나, 타나토스의 발아래 무릎 꿇을 수밖에 없습니다.

국제앰네스티가 제 역할을 다해주기를 그 어느 때보다 간절히 당부합니다. 세계가 더 절박한 상황에 처했기 때문입니다. 통치 체제들은 더욱 방해받고 있고 더욱 무관심하고 더욱 산만하고 더욱 무능하며, 창조적인 전략과 자원이 더욱 모자랍니다. 언론은 거래시장에 기꺼이 저당 잡혀 있으며, 어떤 국익도 충성심도 없고 공공을 위해 봉사할 어떤 의무도 없는 기업들에 아첨합니다.

제가 볼 때 이런 사회적 도착을 줄줄이 엮고 있는 것은 바로 심각한 오류입니다. 의심할 여지가 있지만 의심받지 않는 데이터에 있는 오류, 왜곡된 '공식' 보도문, 언론의 검열과 조작에 있는 오류뿐만 아니라, 특히 상상력에 깊이 자리 잡고 있는 결점입니다. 대표적인 사례는 미래의 미래를 상상할 수 없는 능력, 혹은 상상을 꺼리는 태도입니다. 내세가 아닌 미래, 손주들의 미래보다 더 먼 미래에 대해 깊이 생각할 수 없는 능력, 생각을 꺼리는 태도입니다. 심지어 시간 그 자체에도 과거의 길이, 넓이, 흐름, 심지어 과거의 매혹적인 힘과 맞먹을 미래가 없는 것처럼 보입니다. 영원은 지금이고 이는 과거의 영역으로 여겨집니다. 미래는 발견을 기다리는 공간, 우주 공간이며, 이 발견은 사실상 과거 시간의 발견입니다. 수십억 년 전 과거지요. 마구잡이로 발생하는 아마겟돈에 대한 믿음, 아포칼립스에 대한 끈질긴 동경은 미래가 이미 끝이 났다고 말하는 듯합니다.

지속되는 미래에 대한 확신이 가장 부족한 곳은 기이하게도 발전, 진보, 변화가 주목할 만한 특징이었던 서구입니다. 1945년 이후 '종말 없는 세계'는 진지한 논의의 대상이었습니다. 심지어 현재를 규정하는 말들도 과거를 가리키는 접두사를 달고 있습니다. 포스트모더니즘, 포스트구조주의, 포스트식민시대, 포스트냉전 등등. 이 시대의 예언가들은 이미 벌어진 일들을 돌아봅니다.

이 시대의 문제들에 대한 해답을 얻기 위해 과거로 달려가는 이런 행동에는 그럴 만한 이유가 있습니다. 일단 과거의 탐험, 수정, 해체가 주는 행복이 있습니다. 하나는 문화의 세속화와 관련이 있고, 또 다른 이유는 문화가 신정주의theocratization로 기우는 것과 관계가 있습니다. 전자의 경우, 메시아는 없고 내세는 의학적으로 어떤 근거도 없다고 여겨집니다. 후자의 경우, 의미 있는 유일한 삶은 죽은 뒤의 삶입니다. 둘 중 어느 경우든 이 행성에서 인류의 존재를 5억 년 더 유지하는 일은 상상할 수 없습니다. 우리에게 그런 생각이 사치라는 경고가 주어집니다. 미지의 영역이기도 하지만 무엇보다 이 시대의 문제들을 미루고 밀어낸다고 여겨지기 때문입니다. 선교사들이 개종자에게 사후에 받을 보상을 언급함으로써 사는 동안의 가난으로부터 주의를 돌리려 한다고 비난받았듯 말입니다.

저는 오늘날의 모든 담론이 꾸준히 과거지향적이고 미래에 무심하다는 인상을 주고 싶지는 않습니다. 사회과학과 자연과학은 오랜 세월 동안 우리에게 영향을 미칠 온갖 약속과 경고로 가득합니다. 응용과학은 기아를 없애고 통증을 사라지게 하고, 병에 저항성이 있는 사람과 식물을 생산함으로써 개체의 수명을 연장할 준비가 되어 있습니다. 통신 기술은 지구의 거의 모든 사람이 서로 '상호작용' 함으로써 그 과정에서 즐거움을 느낄 수 있게, 심지어 배움을 얻게 도와줍니다. 우리는 인류의 환경을 급격히 변화시키는 지형과 기후의 전 세계적 변화에 대해 경고받고 있습니다. 불균형하게 분배된 자원이 인류 생존에 미치는 후과에 대해서, 과분배된 인류가 자연 자원에 미치는 영향에 대해 경고받고 있습니다. 우리는 약속에 투자하고 때로는 경고에 따라 합리적으로 행동합니다. 그러나 약속은 윤리적 갈등을 일으키고, 우리가 맹목적으로 신을 대신하고 있다는 공포심을 일으켜 우리를 괴롭힙니다. 한편 경고는 어떻게, 무엇을, 왜 해야 하는지에 대한 우리의 불안을 점점 더 키웁니다. 우리의 주의를 끄는 데 성공하는 예언들은 두둑한 은행 잔고나 선정적인 사진들이 뒷받침되어 논의를 이끌어내거나 시정 조치의 윤곽을 그려낼 수 있는 것들로, 우리는 이를 바탕으로 어떤 전쟁, 정치적 실패, 혹은 환경 위기가 견딜 만한지 아닌지 결정하게 되지요. 어떤 질병, 어떤 자연재해, 어떤 제도, 어떤 식물, 어떤 동물, 새, 혹은 물고기가 우리의 관심을 가장 필요로 하는지 결정하게 됩니다. 물론 다 심각한 문제들이기는 합니다. 이런 약속과 경고와 관련해 주목할 점은 여러 가지 제품, 건강 증진에 따른 개인 시간의 연장, 그리고 그 제품과 서비스를 소비하기 위한 돈과 여유라는 형태로 나타나는 자원의 증가를 제외하면, 미래에는 이렇다 할 게 없다는 점입니다. 우리는 인격적으로 완성된 세계 인류의 축소판, 단기 완성판, 최고경영자판을 받아들여야 한다는 유혹에 빠지고 있는 것입니다.

제일 시끄럽게 떠드는 사람들은 이미 하루하루 두려움에 휩싸여 살아가는 사람들에게 미래를 군사적인 관점에서 전쟁의 원인 혹은 발현으로 보라고 부추깁니다. 인류의 과제를 남성성의 경쟁, 여성과 어린이가 가장 불필요한 담보물이 되는 경쟁으로 이해하라고 우리를 을러멥니다.

만약 과학의 언어가 더 윤리적인 삶이 아니라 더 길어진 수명만 주장한다면, 만약 정치적 의제가 남의 가족을 재앙으로 여겨 그에 맞서고, 소수의 자기 가족을 보호하기 위한 이방인에 대한 혐오라면, 만약 종교의 언어가 종교 없는 사람들에 대한 경멸로 의심받는다면, 만약 세속적 언어가 신성함에 대한 경외에 굴레를 씌운다면, 만약 시장의 언어가 단지 탐욕을 부추기기 위한 구실이라면, 만약 지식의 미래가 지혜가 아닌 '업그레이드'라면, 우리는 어디서 인류의 미래를 찾을 수 있을까요? 지구 인류의 삶을 머나먼 미래로 보내려면, 우리가 좋아하는 재난 영화에서와 달리, 우리가 여기 온 이유를 재설정하는 게 합리적이지 않을까요? 고통을 줄이고 진실을 말하고 기준을 높여야 하지 않을까요? 반성을 이끌어내고 상상력을 자극하면서 먼 훗날에 자신의 생애를 거는 예술가처럼 시의성은 잠시 접어두고 생명이 살 가치가 있는 세상에서의 작업을 상상해야 하지 않을까요?

오직 젊은이들만이 전적으로, 순수하게 상상할 수 있을지 모를 미래, 그 미래를 위한 이 새로운 오류와의 전쟁에서 승리한다는 보장은 없습니다. 지각 있게 산다는 건 독창적이고 꽤 힘든 일입니다. 제 학생 하나가(아마 스무 살일 겁니다) 최근 작품 하나를 줬습니다. 거기에 이런 시를 인쇄하고 오려서 붙여놓았더군요.

아무도 이럴 거라고 말해주지 않았지.
순수한 상상력으로만 꿰뚫을 수 있는 문제.

일어나라 작은 영혼들이여.

변화의 의미를 향해 가는 비운의 군대에 합류하라!

싸우자…… 싸우자…… 이길 수 없는 싸움을 벌이자.


이 친구는 준비된 것 같습니다. 우리도 그렇지요?

감사합니다.

2004년 8월 29일, 스코틀랜드 에든버러에서 열린
국제앰네스티 연설.

# 힘이 다한 전사의 말

　세계주의의 이점과 난점을 이해하고자 할 때, 이 용어가 그 역사에 의해 상처 입었다는 것을 먼저 인정해야 합니다. 세계주의는 제국주의나 국제주의, 심지어 보편주의도 아닙니다. 세계주의와 그 이전의 경향을 가르는 중요한 요소는 세계주의의 주목할 만한 속도입니다. 정치적 경제적 동맹 관계가 신속하게 바뀌고 민족국가들의 경계가 눈 깜짝할 사이 다시 그어집니다. 이러한 선 다시 긋기는 많은 사람의 이동을 부추기고 저지합니다. 노예 거래가 절정에 이르렀을 때를 제외하고 현시기 인류의 대이동은 그 어느 때보다 활발합니다. 근로자, 지식인, 피난민, 상인, 이민자, 군대가 대양과 대륙을 건너고, 세관이며 밀입국로를 통해 분배되면서 다양한 무역의 언어, 정치적 개입, 박해, 망명, 폭력의 언어, 가난을 모독하는 언어가 발화됩니다. 자발적이든 비자발적이든 전 세계 인구의 이동이 국가와 이사회 회의실, 동네와 거리에서 주된 의제라는 사실은 분명합니다. 이 움직임을 통제하려는 정치 작전은 쫓겨난 이들을 감시하는 데서 그치지 않습니다. 경영 및 외교 계급을 세계화의 전초 기지로 이동시키고 이식하는 일, 그리고 군사 부대와 기지를 신규 배치하는 일 역시 입법을 통해 인류의 끝없는 흐름을 통제하기 위한 시도의 상당 부분을 차지합니다.

사람들이 이처럼 쏟아져 나오는 현상은 국적 개념을 바꾸고 더 거추장스럽게 만들었습니다. 그로 인한 긴장은 미국에서 민족 정체성을 밝히는 여러 줄줄이 연결된 수식어에서, 국적보다는 출신지가 더 중요하게 다루어지는 언론 보도에서 나타납니다. 사람들은 '○○ 출신의 독일 시민' 혹은 '○○ 출신의 영국 시민'이라고 불립니다. 한편 이와 동시에 새로운 세계주의, 새로운 문화적 국적이 각광받고 있습니다. 세계주의가 점화한 민족의 이동은 고향의 개념을 붕괴하고 **오염**시켰으며, 정체성의 핵심을 국적 규정을 넘어 이질성의 해명으로 확장시켰습니다. 누가 이방인인가? 이 질문은 우리로 하여금 '차이' 안에 도사린 고조된 위협을 의식하게 만듭니다. 그러나 세계 시장의 이해관계는 이 모든 질문을 흡수할 수 있으며 심지어 다중의 차이를 발판 삼아 번성합니다. 차이는 미미하고 특별할수록 더 좋은데 각각의 '차이'가 좀 더 구체적이고 뚜렷한 소비자 집단을 의미하기 때문입니다. 이 시장은 국적의 의미가 아무리 확장되어도, 정체성이 아무리 좁아지고 증식해도, 심지어 전 지구적 전쟁으로 아무리 어지러워져도 끝없이 스스로 재구성할 수 있습니다. 그러나 국적 이면의 것이 화제가 될 때 이 같은 유익한 변형 능력에 관한 대화에는 불편함이 스며듭니다. 세계 경제의 카멜레온 같은 특징은 개별 지역들로 하여금 방어 태세를 갖추게 하고 이질성에 대해 새로 질문하게 합니다. 이 이질성은 거리가 아닌 가까움에 대해 생각해보게 만들고(저 사람이 진정 내 이웃인가?) 우리 자신의 소속감에 대한 깊은 불안을 야기합니다.(저 사람이 우리이고 내가 이방인가?) 이런 질문들은 소속과 고향의 개념을 복잡하게 만들고 공식 언어, 금지된 언어, 규제되지 않은 언어, 보호받는 언어, 그리고 전복의 언어에 대해 여러 지역에서 표출되는 명백한 경계심 속에서 큰 의미를 가집니다.

어떤 사람들은 북아프리카인들이 프랑스어를, 터키 사람들이 독일어를 어떻게 건드렸는지, 혹은 어떻게 건드릴 수 있는지 목격하고 밭은 숨을 들이쉽니다. 스페인어를 읽기, 심지어 말하기조차 거부하는 카탈루냐 사람들도 있습니다. 학교에서 켈트어를 가르쳐야 한다는 고집, 오지브웨[20] 언어에 대한 학술적 연구, 뉴요리칸[21] 시 언어의 진화. 심지어 이른바 에보닉스Ebonics[22]를 체계화하려는 노력도(방향이 잘못 설정된 듯하지만) 존재합니다.

세계주의가 언어 차이를 무시하거나 부추기거나 송두리째 삼켜 그 차이를 넘어설수록 언어를 보호, 혹은 강탈하려는 노력은 더 불타오릅니다. 나의 언어, 나의 꿈에 나오는 언어가 곧 나의 고향이기 때문입니다.

저는 인문학, 특히 문학에서 이런 반목이 비옥한 창조의 토양이 될 수 있고, 그로써 문화와 떠도는 사람들 간의 풍토를 온화하

---

20    아메리카 원주민.
21    뉴욕과 푸에르토리칸의 합성어.
22    흑인의 영어.

게 할 수 있다고 믿습니다. 작가들은 여러 가지 이유로 이 과정에서 핵심 역할을 하는데, 무엇보다 작가가 언어를 가지고 놀기 때문입니다. 작가는 일상어에서, 그 구멍투성이의 어휘에서, 그리고 전자 화면 속 상형문자에서 더 많은 의미, 더 큰 친밀감을 이끌어낼 수 있으며, 더 큰 아름다움을 이끌어낼 수 있습니다. 이는 우연이 아닙니다. 이런 작업은 작가들에게 새롭지 않습니다. 그러나 도전 과제들이 쉽지만은 않습니다. 다수의 지배 언어든 소수의 보호받는 언어든 모든 언어가 세계주의의 무게 아래 휘청이고 있기 때문입니다.

그럼에도 세계주의가 언어에 끼치는 영향은 늘 해롭지만은 않습니다. 심오한 창조성이 필요에 의해 분출되는 기이하고 우연한 상황을 마련할 수도 있습니다. 정보 교환이 거의 모든 지형에서 범람하는 와중에 공적 화법이 이미 극심한 변화를 겪은 한 사례를 들어볼까요. 역사적으로 전쟁의 언어는 숭고했으며 전사戰士의 말에 고무적인 특성을 부여했습니다. 죽은 자를 위한 애도의 언어, 용기와 명예로운 복수의 언어는 유려했습니다. 호메로스와 셰익스피어의 작품 속에, 전설과 정치가의 말 속에 있는 영웅적 언어의 아름다움, 힘에 대적할 수 있는 상대는 종교적 언어밖에 없었고, 두 언어는 종종 섞이곤 했습니다. 그러나 기원전부터 20세기까지 이어진 감동적인 전사의 말의 행렬도 방해를 받았습니다. 이 언어에 대한 불신과 경멸은 1차 세계대전 직후에도 나타났습니다. 어니스트 헤밍웨이나 윌프레드 오언 등의 작가들은 '명예' '영광' '용기' '용맹' 등이 전쟁의 현실을 묘사하기에 얼마나 역부족인지 1914년부터 1918년까지 이어진 살육에 이런 말들을 연관시키는 행위가 얼마나 역겨운지 이야기했습니다.

"나는 언제나 '신성한' '영광스러운' '희생' 등의 말과 '헛된' 이라는 표현이 부끄러웠다. 이런 말은 때로는 빗속에 서 있는 우리 귀에 저 멀리서 어렴풋이 들려왔다…… 나는 신성한 어떤 것도 보지 못했고, 영광스러운 것들에는 영광이 없었으며, 희생은 시카고의 도살장에서 고깃덩이를 사용하지 않은 채 땅에 파묻어 버리는 일 같았다. 참고 들을 수 없는 말들이 많았고 종국에는 장소들의 이름만이 위엄을 지켰다."

그러나 1938년에 일어난 사건들은 그러한 개입을 잠재웠고 2차 세계대전으로 전쟁의 언어는 다시금 능력을 발휘했습니다. 우리가 기억하는 루스벨트, 처칠을 비롯한 정치가들의 매력이 덧칠된 이미지는 어느 정도 그들의 고무적인 연설 덕분이고 전투적 웅변술의 힘을 입증합니다. 그런데 2차 세계대전 이후에 흥미로운 일이 벌어졌습니다. 1950년대 후반과 1960년대에도 전쟁은 물론 계속됐습니다. 더위 속에서 추위 속에서, 북에서 남에서, 크게 작게 계속됐고, 점점 더 무시무시해졌고, 점점 더 가슴을 아프게 했습니다. 너무나 불필요했고, 한없이 죄 없는 민간인들에게 무차별한 형벌을 가하는 전쟁이었기에 슬픔에 무릎 꿇을 수밖에 없었습니다. 그럼에도 최근 전쟁에 관한 언어는 기이하게 축소되었습니다. 전투 담론의 빈약한 설득력은 상업 언론의 요구 수준이 낮았기 때문일 수 있습니다. 언론이 복잡한 문장과 잘 알려지지 않은 비유를 질색하고 언어적 소통보다 시각적 소통을 우위에 두었기 때문일 수 있습니다. 아니면 이 모든 전쟁이 이전 전쟁의, 분노에 끓어오르는 말 못하는 자녀들이라는 사실 때문일 수 있습니다.

이유야 어떻든 전사의 화법은 유아적이 되었습니다. 하찮아졌습니다. 사춘기도 채 오지 않은 시기의 것이 되었습니다. 연설과 공보, 전문가 의견, 에세이의 저변에서는 놀이터에나 어울리는 징징거림이 똑똑히 들려옵니다. "쟤가 먼저 때렸어." "안 때렸거든." "때렸어." "내 꺼야." "아니야." "맞아." "너 싫어." "나도 너 싫어."

이런 쇠퇴, 이런 어설픈 아이들 장난 같은 메아리는 오늘날 가장 수준 높은 전사의 화법에 영향을 미치고 있는데 만화책이나 액션 영화에나 나올 법하지요. "자유를 위해 공격한다!" "세계를 구해야 해!" "휴스턴, 문제가 발생했다." 골치 아픈 정치 경제 문제를 해결하는 데 어리석고 빈약한 장광설이 끼어듭니다. 흥미로운 건 이런 언어가 털썩 주저앉는 바로 그 순간 또 다른 언어가 진화하고 있었다는 사실입니다. 바로 비폭력, 평화로운 저항, 협상의 언어입니다. 간디, 마틴 루서 킹 주니어, 넬슨 만델라, 바츨라프 하벨의 언어입니다. 매혹의 언어, 강력하고 감동적이고 섬세하며 고무적이고 지적이고 복합적인 언어. 전쟁의 후과가 점점 끔찍해질수록 전사의 말은 점점 신뢰할 수 없는 말로, 공황 상태에 빠져 유아적인 말로 변했습니다. 이 변화가 명백해질 무렵 해결과 외교의 언어는 자체의 어법을 발전시켜가고 있었습니다. 인류 지성에 합당한 윤리적 어법, 과거 그 지성을 덮어왔던 나약함, 유화의 구름을 걷어낸 어법이었습니다.

저는 이런 전환이 우연이 아니라고, 전쟁 개념의 근본적인 변화를 나타낸다고 생각합니다. 억압된 민족이든 특권층 민족이든 여러 다양한 민족 간에 공공연한 신념, 전쟁이 마침내 구시대적인 것이 되었다는 신념이 생겼기 때문이라고 생각합니다. 전쟁이 진정 (장기적인) 목표를 달성하는 가장 비효율의 방법이라는 신념입니다. 아무리 돈을 써서 열병식을 한들, 갈채를 강요하고 폭동을 부추기고 집회를(찬반 모두를) 조직하고, 자기 검열, 국가 검열, 선전을 한들, 아무리 큰 이익과 이득을 볼 기회라고 한들, 불의의 역사가 길었다고 한들, 마음속 깊은 곳에서는 전쟁 무기가 정교해질수록 전쟁이라는 관념이 더 낡은 것이 되어가고 있다는 의심이 떠나지 않습니다. 권력을 잡으려는 손짓이 투명할수록, 변명이 신성할수록, 요구가 오만하고 야만적일수록 전쟁의 언어는 더욱 의심 받게 되었습니다. 전쟁을 의견 차이, 추방, 침략, 불의, 초라한 가난의 유일하고 불가피한 해결책이라고 생각하는 지도자들은 처참하게 퇴행적으로 보일 뿐만 아니라 지적으로 모자란 것처럼, 그들이 내뱉는 만화책 속 짙게 인쇄된 대사처럼 어딘가 부족해 보입니다.

입법 기관, 혁명군, 분노가 앞선 자들이 전쟁을 '선포'하지 않고 단지 벌일 뿐인 2002년 현재 제 의견이 이분법적으로 보일 수 있을 것입니다. 하지만 가장 큰 힘이 있고 가장 뛰어난 통찰력, 재능, 기품, 천재성, 그리고 물론 아름다움을 요구하는 언어를 결코 전쟁의 영광을 칭송하는 노래나 투지를 북돋는 성애적인 구호에서 다시 찾을 수 없으리라는 건 분명해 보입니다. 그 대안적 언어의 힘은 피로하고 소모적인 전쟁의 기술에서 나오지 않습니다. 쉽지는 않더라도 찬란한 평화의 기술에서 나옵니다.

2002년 6월 15일.
영국 옥스퍼드 대학교 연설.

# 신데렐라의 의붓언니들

저는 먼저 여러분을 예전으로 데려가볼까 합니다. 대학 시절 전으로 가보지요. 아마 유치원 시절이었을 겁니다. 오래전에 여러분이 처음으로 《신데렐라》를 듣거나 읽거나 아마도 보았을 때로 돌아가보지요. 오늘은 《신데렐라》에 대해 이야기해보고 싶습니다. 《신데렐라》를 떠올리면, 뭔가 문제가 시급하다는 생각이 듭니다. 이 동화가 저를 심란하게 만드는 이유는 근본적으로 한 가정에 대한, 말하자면 하나의 세상에 대한 이야기이고, 이 가정은 여성이 다른 여성을 학대하기 위해 모이고 단합하기 때문입니다. 물론 자리를 비운 아버지도 어렴풋이 존재하고, 발에 광적으로 집착하는 왕자가 때마침 등장하기도 합니다. 하지만 그 둘 중에 이렇다 할 인격이 있는 이는 없습니다. 물론 대리'모'도(요정 대모와 계모) 있습니다. 이들은 신데렐라의 슬픔에 관여하는 동시에 해방과 행복에도 관여합니다. 하지만 저는 의붓언니들에게 관심이 있습니다. 어머니가 다른 소녀를 노예로 삼는 것을 바라보고 모방하면서 자라야 했던 어린 여자아이들은 얼마나 큰 상처를 입었을까요.

이야기가 끝난 뒤 의붓언니들의 운명이 어땠을지 궁금합니다. 최근 각색된 내용과 달리 의붓언니들은 못생기지도 서투르지도 멍청하지도 않았으며 발이 거대하지도 않았으니까요. 그림 형제의 모음집은 이들의 "외모가 아름답고 고왔다"고 묘사하고 있습니다. 등장할 때부터 이들은 아름답고 우아하며 지위가 높고, 명백히 권력을 가진 여성으로 그려집니다. 다른 여성이 난폭하게 억압받고 지배당하는 것을 지켜보고 거기에 동참했던 이 여성들은 다른 아이들을 노예로 삼을 차례가 왔을 때, 혹은 제 어머니를 돌보지 않으면 안 되는 상황이 왔을 때, 덜 잔혹할 수 있을까요?

단지 중세적인 문제는 아닙니다. 상당히 현대적이라 할 수 있어요. 역사적으로 여성의 권력은 다른 여성을 향할 때 '남성적'이라 할 수 있는 방식으로 휘둘러졌습니다. 곧 여러분도 그럴 수 있는 위치에 오를 것입니다. 여러분의 배경이 어떻든지(부유하든 가난하든), 여러분의 가문이 어떤 교육을 받았든지(다섯 세대에 걸쳐 교육을 받았든 한 세대만 받았든), 여러분이 바너드 대학에서 받은 가르침 덕분에 여러분은 의붓언니들과 동일한 경제적 사회적 지위를, 동일한 권력을 갖게 될 것입니다.

같은 여성을 억압하는 데 동참하지 말라고 여러분께 부탁 아닌 당부를 드리고 싶습니다. 자녀를 학대하는 어머니도 여성이며, 기관 아닌 다른 여성이 그들의 손을 잡아야 합니다. 등교 버스에 불을 내는 어머니도 여성이며, 기관 아닌 다른 여성이 손을 멈추라고 말해주어야 합니다. 일터에서 다른 여성의 승진을 방해하는 여성도 여성이고, 다른 여성이 피해자에게 도움을 주어야 합니다. 민원인을 모욕하는 사회복지사도 여성일 수 있으며, 다른 여성 동료가 그들의 분노를 굴절시켜야 합니다.

저는 여성이 다른 여성에게 가하는 폭력에, 직업적 폭력, 경쟁적 폭력, 정서적 폭력에 놀라움을 느낍니다. 여성이 다른 여성을 기꺼이 노예로 삼으려는 데 놀랍니다. 전문직 여성 세계의 전장에서 점점 예의가 사라지는 데 놀랍니다. 누가 번영하고 누가 시들지 결정할 수 있는 위치에 오르는 여성은 바로 여러분이 될 것입니다. 여러분은 도움받을 자격이 있는 빈자와 자격이 없는 빈자를 구분하게 될 것입니다. 어느 목숨의 희생이 불가피하고 어느 목숨이 필수불가결한지 결정하게 될 것입니다. 여러분에게 그런 권력이 생기면 여러분은 자신에게 그럴 권리가 있다고 생각하게 될지 모릅니다. 교육받은 여성에게 이 둘의 구분은 그 무엇보다 중요합니다.

야망을 가지는 만큼 남을 돌보는 감수성에도 관심을 돌리자고 제안합니다. 여러분은 해방을 향하여 가고 있고, 해방의 한 가지 기능은 타인을 해방하는 것입니다. 여러분은 자아실현을 향하여 가고 있고, 그 실현의 결과물은 나만큼 중요한 것이 또 있으며, 그것이 신데렐라, 혹은 나의 의붓자매일 수 있다고 깨닫는 것이어야 합니다.

여러분의 개인 목표 실현을 향한 무지갯빛 여정에서 자신의 안정과 안전만을 생각하지 마십시오. 그 무엇도 안전하지 않습니다. 안전한 것은 원래 없습니다. 성취할 가치가 있는 것은 안전하면 안 된다는 말입니다. 가치가 높은 것이 안전한 경우는 거의 없습니다. 아이를 갖는 것은 안전하지 않습니다. 현재 상태에 문제를 제기하는 일은 안전하지 않습니다. 선례가 없는 일을 택하는 것은 안전하지 않습니다. 오래된 일을 새로운 방식으로 하는 것도 마찬가지입니다. 언제나 누군가 여러분을 멈추려 들 것입니다.

여러분의 가장 높은 야망을 추구하는 과정에서 개인의 안전을 보장하는 일이 여러분의 의붓자매의 안전을 위협하지 않도록 하십시오. 여러분이 가질 자격이 있는 그 권력을 휘두를 때 의붓자매를 노예로 삼는 것을 허용하지 마십시오. 여러분의 힘과 권력이 여러분 안에 있는 남을 돌보고 배려하는 마음에서 나오도록 하십시오.

여성의 권리는 추상 개념이나 대의에 그치고 마는 것이 아닙니다. 개인적인 문제입니다. '우리'의 문제일 뿐만 아니라 나와 너의 문제입니다. 우리 둘의 문제입니다.

1979년 5월 13일,<br>미국 바너드 대학 졸업식 연설.

# 우리는 최선을 다해
# 타자를 상상해야 합니다

 

이런 특별한 자리에서 이야기를 할 수 있게 되어 몹시 기쁩니다. 이 뛰어난 학교에 있는 교원 겸 학자, 교원 겸 행정 전문가, 학부모, 이사회, 그리고 학생들의 공동체에 송찬을 드릴 수 있게 되어 기쁩니다. 여러분을 칭찬합니다. 지난 몇 년간은 분명 쉽지 않았을 것입니다. 졸업생들의 부모님과 친지들께는 축하를 보냅니다. 여러분의 아들딸, 친척이 졸업을 한다는 사실은 뜻깊게 기념할 만한 일입니다. 조용하게 또는 폭죽을 터뜨리면서 오늘 그 사실을 즐기기 바랍니다. 얼마 안 가 졸업생들이 다음 단계로 나아가면 다시 불안해질 수 있으니까요. 여러분이 이미 잘 알고 있는 어른의 세계로 졸업생들은 좀 더 깊이 들어올 것이고, 여러분은 이미 잘 아는 세상이니 물론 걱정되겠지요. 안심하라고 할 수는 없지만 이 사실을 기억하세요. 젊음은 나약하지 않습니다. 젊은이들은 세대를 거듭해서 우리보다 오래 살고, 우리를 대신할뿐더러 우리를 상대로 승리를 거둡니다.

하지만 졸업생 여러분에게는 칭찬과 축하를 보내는 것으로 충분하지 않습니다. 저는 여러분을 도발하고 싶습니다. 이 학교의 교수진과 졸업생들의 명성으로 보아 여러분이 이 학교에서 받은 교육은 무익하지도 무의미하지도 않았을 것으로 짐작합니다. 진지한 배움이었겠지요. 저는 여러분이 이곳에서 보낸 시간만큼 진지한 말씀을 드리고자 합니다.

그러면 세라 로런스 대학교 1988년 졸업생에게 무슨 말을 하면 좋을까요? 제가 마지막으로 이런 연설을 한 것은 아마 1984년일 겁니다. H. G. 웰스가 투영한 상징과 긴장으로 가득한 해였지요. 그때로부터 4년이 지난 지금 졸업하는 학생들에게 과연 어떤 말이 가치가 있을지 솔직히 잘 모르겠습니다.

물론 미래를 이야기해야겠지요. 얼마나 반짝일지에 대해서…… 미래가 존재한다면 말입니다. 만약 시간을 '죽이는' 것이 불가능하다면 말입니다. 불가능하지 않습니다. 우리가 원한다면, 인간이 발명해낸 시간을 상상하거나 기억할 수 있는 사람이 남아 있지 않도록 만들 수 있습니다. 그 부재는, 시간의 부재는, 여러분이 살아오는 내내 실현될 수 있었습니다. 미래가 발로 차기만 하면 끝없이 펼쳐지는 돌돌 말린 카펫 같은 것이었다면, 저는 미래에 대해 이야기했을 것입니다.

책임에 대해서도 당연히 이야기해야겠지요. 알고 보면 제 앞에 있는 여러분은 똑똑하고 성실하고 인정받은 사람들이고, 이제 교육받은 성인으로서 상당히 무게 있는 삶을 짊어지게 됩니다.

그러므로 책임에 대해 언급하지 않을 수 없겠죠? 자기 인생의 짐을 짊어져야 할 필요, 그리고 그에 따르는 위험, 뿐만 아니라 그 과정에서 타인의(아이, 친구, 배우자, 부모, 지인, 심지어 낯선 사람의) 인생의 짐을 짊어질 필요성, 그에 따르는 위험을 언급해야 할 것입니다.

그리고 또 선한 삶, 도덕적 선택에 대해 짚고 넘어가야 하지 않을까요? 선한 삶이 나에게 훨씬 더 좋고 유익할 뿐만 아니라, 그 반대보다 더 흥미진진하고 더 복잡하고 더 힘겹고 덜 예측가능하고 더 아슬아슬하니까요. 악한 삶은 사실 지루한 삶입니다. 선정적일 수는 있지만 재미있지는 않아요. 군중, 특이점, 비명, 요란한 헤드라인이 없다면 관심조차 받지 못하는 저급한 활동입니다. 반면 선한 삶은 아무것도 필요로 하지 않습니다.

게다가 행복을 빼놓을 수 없겠죠. 적절한 비율로 섞으면 행복을 가져온다는, 심지어 보장한다는 그 비법 재료를 어찌 생략할 수 있겠습니까? 약간의 명확성, 용기 조금, 행운 적당량, 그리고 상당한 양의 자존감. 그러면 삶은 풍요롭고, 우리는 사랑받을 것이고, 사랑받을 만할 것입니다.

미래, 책임감, 선한 삶에 대해 이야기하는 것은 저도 좋아합니다만, 마지막, 행복은 그렇지 않습니다. 절 불편하게 만듭니다. 불안하게 만듭니다. 저는 여러분의 행복에 관심이 없습니다. 정말 행복이 그렇게 대단한 것인지도 모르겠습니다. 행복 추구가(성취가 아닙니다) 수정 헌법에 들어가 있다는 것도 잘 압니다. 모든 산업이 여러분이 행복을 알아보고 달성하고 느낄 수 있도록 설계되어 있다는 것도 압니다. 옷이 딱 한 벌 더 있다면. 궁극의 전화기,

최고 설비를 갖춘 보트, 볼품없는 피사체가 영원할 수 있도록 수백 장의 사진을 통해 시간의 초월성을 경험하게 하는 카메라, 가장 신속하게 살을 뺄 수 있는 다이어트법, 설탕과 크림 맛은 나면서 건강에 해롭지 않은 완벽한 아이스크림이 있다면. 드러나지 않을지언정 여러분이 여기서 노력한 진짜 이유도 행복이며, 여러분이 선택한 친구, 여러분이 택하게 될 직업 역시 행복을 목적으로 하고 있다는 걸 알고 있습니다. 여러분이 행복하기를 바랍니다. 분명 그럴 자격이 있습니다. 모두에게 있습니다. 행복이 지속되기를, 혹은 손쉽게, 재빨리, 언제나 찾아오길 바랍니다. 그렇지만 행복에 큰 관심은 없습니다. 여러분의 행복이든, 제 행복이든, 누구의 행복이든요. 더 이상 대가를 지불할 만한 가치가 없다는 생각이 들거든요. 기대에 못 미치는 것 같아요. 무엇보다 가치가 있는 모든 일에 방해가 됩니다. 한때는, 사실 인류 역사 전반에 걸쳐 우리는 행복을 고민하고 행복을 위해 애쓰는 행위가 아주 중요하고 억누를 수 없는 것이라고 생각했습니다. 하지만 지금 행복에 집중하는 행위는 몹시 주체하기 힘든 행위라는 확신에 이르렀습니다. 파산을 맞은 관념이 되었어요. 돈, 물건, 보호, 통제, 속도 등 행복의 어휘는 무시무시합니다.

저는 행복 추구를 대체할 만한 무언가를 찾고자 합니다. 어떤 시급한 것. 세상도 여러분도 이것 없이는 살 수 없는 어떤 것. 추측하건대 여러분은 생각하는 훈련을, 문제 해결에 지적으로 접근하는 훈련을 받았을 것입니다. 여러분이 그렇게 행동하기를 누구나 기대할 것입니다. 그러나 그 선행 단계에 대해 이야기하고 싶습니다. 문제 해결에 앞서는 것에 대해 이야기하고 싶습니다. 낭비적이고 실용적이지 못하며 가망 없으니 해서는 안 된다고 들은 일에 대해 이야기하고 싶습니다. 바로 꿈을 꾸는 일입니다. 잠자는 뇌가 하는 일이 아닌 깨어 있는, 기민한 뇌가 하는 일 말입니다. 갈망이 담긴 게으른 기대가 아닌 적극적이고 방향성이 있는 한낮의 상상 말입니다. 타인의 공간, 다른 누군가의 상황이나 영역에 들어가는 일. 투영이라고 불러도 좋습니다. 꿈을 통해서 자아는 타자가 되는 위험을 감수하지 않고도 타자와 친밀해질 수 있습니다. 지향점이 있는 상상에서 오는 이런 친밀감은 우리의 결정, 대의를 위한 우리의 활동, 우리의 행위에 선행되어야 합니다. 아시다시피 우리가 있는 곳은 엉망진창입니다. 여기서 나가야 합니다. '꿈'이라는 말의 오래된 정의만이 우리를 구원할 것입니다. '상상: 유별나게 생생하고 명확하고 질서 있고 의미 있는 일련의 이미지.' **유별남, 명확성, 질서, 의미, 생생함.** 이런 식의 꿈꾸기는 우리가 단순한 것을 복잡하게 만들거나 복잡한 것을 단순화하지 않도록, 해결하는 대신 더럽히지 않도록, 경외할 것을 망치지 않도록 해줍니다. 민족 지성과 인식을 '민족 의지'라는 구호로 대체하지 않도록 해줍니다. 민족 의지? 어떤 종류의? 교양에 근거한 의지? 근거하지 않은 의지? 고집스러운 남아프리카의 민족 의지? 1940년 독일의 민족 의지? 단지 누군가 반세기 전 만들었다는 이유로 파괴적인 이론에 매달리는 일? 이것은 핵무기 시대의 어마어마한 문제에 만화책에나 나올 법한 해결책을 내놓는 것이나 다름없습니다. 일과 삶이 우리에게 요구하는 문제들을 감히 해결하려 들기 전에 우리는 최선을 다해 타자를 상상해야 합니다.

마땅히 그래야만 하는 모습으로 펼쳐진 세상을 상상해보세요. 생명을 무력화하는 무기로 가득 차지 않은 세상에 살면 어떨지 생각해보세요. 돈을 위해, 권력을 위해, 정보를 위해 무기를 풀고 개발하고 쌓아두지만 여러분의 목숨이나 제 목숨은 안중에도 없는 사람들이 없는 세상. 그 세상에서는 진지하고 학식 있는 사람들이 거의 모든 심각한 문제들에 대해 누굴 죽이자는 해답을 내놓지 않을 겁니다. 마약 거래? 누굴 죽이거나 가둘까? 질병? 누굴 죽도록 내버려두거나 가둘까? 이웃 나라(심지어 먼 나라)가 자치를 한다고? 누굴 학살할까? 기아? 기아로 인한 적정 사망률은? 실업? 노숙자? 굶주림으로 인한 적정 사망률은? 엄마 자격 없는 엄마가 애를 너무 많이 낳는다? 너무 많은 사람이 너무 오래 산다? 심지어 우리의 선의도 살인으로 표현됩니다. 우리는 어린이 구호단체 '피드 더 칠드런Feed the Children'에 수백만 달러를 기부해달라는 부탁을 받습니다. 그러다가 그 어린이들이 열네 살이 되어 우리의 이해관계가 아닌 저들의 이해관계에 따른 요구를 하면 그 아이들의 머리를 날려버리기 위해 수십억 달러를 내야 합니다. 그 아이들의 죽음이 시기적절하지 못하다는 걸까요? 언젠가 어차피 다 죽습니다. 우리도 그렇습니다. 모든 아기와 모든 노인, 모든 구속된 사람들과 권리를 빼앗긴 사람들, 모든 아픈 사람과 일하지 않는 사람도 죽습니다. 우리와 마찬가지로. 우리보다 나중에, 우리보다 먼저, 심지어 우리 때문에 죽을 수도 있지만 어쨌든 언젠가 우리는 다 같은 곳에 있게 됩니다.

만약 이것이 우리의 세련된 사유의 결과, 우리의 탁월한 문제해결 능력의 결과라면, 우리는 한 걸음 물러나 여기 선행되는 과정을 개선해야 합니다. 타자를 꿈꾸고 그려보는 것을 부끄러워하지 않는, 실험적이고 내밀하며 방황하는 한낮의 공상에 잠겨야 합니다.

여러분의 편의, 재미, 안전이 타인의 결핍을 바탕으로 하고 있지 않다면, 어떨지 상상해보세요, 그려보세요. 가능한 일입니다. 우리가 철 지난 패러다임에서 벗어나 꿈이 선행되거나 꿈으로 점철된 사고를 한다면 가능합니다. 가능한 일이며, 지금 꼭 필요한 일입니다. 이유는 이것입니다. 배고픈 이들을 먹이지 않으면 그들이 우리를 먹을 것이며, 먹는 방법은 다양한 동시에 **사나울** 것입니다. 그들은 우리 집, 우리 동네, 우리 도시를 먹어치울 것이며 우리 로비, 집 앞길, 정원, 교차로에서 잠을 잘 것입니다. 세수입도 먹어치울 것인데, 그들을 수용할 교도소, 감방, 병원, 복지관이 충분할 리 없기 때문입니다. 그리고 우리가 가진 행복을 빼앗기 위해 그들은 우리 아이들을 먹어치울 것이며, 충격과 공포에 질린 아이들은 약물이 제공하는 잠에 빠진 삶을 간절히 원할 것입니다. 이 유독하고 난폭한 잠에 새로운 세대의 3분의 2가 창조적 지성을 이미 잃었습니다. 얼마나 잔인한 수면인가 하면 아이들은 기억할까 두려워 깨지 못합니다. 우리를 몰지각한 마비 상태로 몰아넣는 이 잠은 우리 자신의 깨어 있음을 공포의 대상으로 만듭니다.

재산을 보호하거나 포기하지 않으면서 사는 삶은 가능합니다. 하지만 우리의 사유가 꿈으로 물들어 있지 않고서는 결코 그렇게 살 수 없습니다. 지금 꼭 그렇게 해야 하는 이유는, 만약 교육받지 못한 사람에게 최고의 교육을 제공하지 않고, 도움을 주지 않고, 여러분이 교육과 함께 얻은 예의와 존경을 건네지 않는다면, 그들은 스스로를 교육할 것이며, 그들이 가르치고 그들이 배우는 것들은 여러분이 아는 모든 것을 위험에 빠뜨릴 것입니다. 제가 교육이라고 말하는 것은 정신을 절름발이로 만드는 것이 아니라 정신을 해방하는 것을 의미합니다. 독백을 전달하는 것이 아니라 대화에 참여하는 것을 의미합니다. 듣는 것입니다. 그리고 나에게 역사가, 언어가, 시각이, 관념이, 특수성이 있음을 가정하는 것입니다. 내가 알고 있는 사실이 유용할 수 있다고 가정하고, 상대가 알고 있는 사실을 개선하고 확대하고 완성할 수 있다고 가정하는 것입니다. 상대의 기억이 나의 기억에 필수적인 만큼 나의 기억이 상대의 기억에 필수적입니다. 우리는 '쓸모 있는 과거'를 찾아보기 전에 모든 과거를 알아야 합니다. '유산을 되찾기' 이전에 그 유산이 무엇인지 확실히 알아야 합니다. 유산 전체를 알아야 하며 어디서 왔는지 알아야 합니다. 교육의 영역에서 소수자는 없습니다. 소수의 사고가 있을 뿐입니다. 교육이 학비를 요구하되 의미를 요구하지 않는다면, 취직만을 중요시한다면, 아름다움을 정의하고 가꾸는 일, 재화를 분리하는 일, 자기계발이 소수의 특권이 되게 하는 일만 중시한다면, 6학년에서 멈추었어도, 6세기에 멈추었어도 되었을 것입니다. 그때 이미 숙달이 끝났으니까요. 나머지는 보강입니다. 20세기 교육은 인간적인 인류를 만들어내야 합니다. 인간적인 결정이 아닌 편리한 결정을 내리는 사람들을 대대손손 키워내면 안 됩니다.

우리는 인간들 사이에 지독한 증오가 불가피하다고 듣고 또 배웠지만, 정말 그럴까요? 불가피하다고요? 자연적이라고요? 500만 년이 지났는데도? 4,000년이 지났는데도 더 나은 것을 생각하지 못했다고요? 우리 가운데 누가 그렇게 태어났습니까? 누가 그걸 선호합니까? 증오하고 빼앗고 멸시하는 쪽을? 인종차별주의는 학문적 연구의 결과이고, 언제나 그래왔습니다. 중력이나 해양 조류가 아닙니다. 소수의 사상가, 소수의 지도자, 소수의 학자, 그리고 다수의 사업가가 발명해낸 것입니다. 발명을 없던 것으로 할 수도 있고 해체할 수도 있습니다. 없애려면 그것의 부재를 그려보고 그것을 버리는 상상을 해야 합니다. 그리고 선언을 통해 곧바로 버릴 수 없다면, 우리의 자유로운 삶이 거기 달려 있다는 행동을 통해 버려야 합니다. 실제로 거기 달려 있으니까요. 내가 상대를 상대의 인종이나 계층, 종교 때문에 멸시하며 살아간다면, 나는 상대의 노예가 됩니다. 상대가 비슷한 이유에서 나를 증오하며 살아간다면, 상대가 나의 노예이기 때문입니다. 상대의 에너지, 두려움, 지성은 나의 소유입니다. 상대가 어디 살지, 어떻게 살지, 무슨 일을 할지 내가 결정하고 상대의 탁월함도 내가 규정하며 사랑할 수 있는 능력도 내가 제한합니다. 내가 상대의 인생을 형성하게 됩니다. 그것이 증오의 선물입니다. 상대가 나의 소유가 되는 것입니다.

이쯤 되면 여러분은 이런 생각이 들겠지요. 어쩌라는 거죠? 제가 세상을 구원할 수는 없어요? 제 인생은 어떻게 해요? 제가 원해서 여기 온 게 아니에요. 태어나게 해달라고 부탁한 적 없어요. 부탁한 적 없나요? 저는 부탁했다고 말하겠습니다. 여러분은 태어나게 해달라고 부탁했을 뿐만 아니라 살겠다고 고집했습니다. 그래서 여기 있는 것입니다. 다른 이유가 없어요. 여기 있지 않는 방법은 아주 쉬웠어요. 이제 여기까지 왔으니 스스로 자랑스러울 만한 무언가를 해야 하지 않을까요? 여러분의 꿈은 부모가 꾼 게 아닙니다. 여러분이 꾼 거죠. 저는 여러분에게 스스로 꾸기 시작한 꿈을 이어가라고 격려하고 있을 뿐입니다. 꿈은 무책임하지 않습니다. 가장 인간적인 일입니다. 여흥이 아닙니다. 힘든 일입니다. 마틴 루서 킹 주니어가 "나에게는 꿈이 있습니다"라고 했을 때 농담이 아니었습니다. 진지했습니다. 그가 상상하고 그려보고 머릿속에서 만들어냈을 때 비로소 존재하기 시작했습니다. 우리도 꿈을 꾸어야 그 꿈에 마땅한 무게와 범위와 수명을 부여할 수 있습니다. 누군가 세상의 이치가 이러하니 앞으로도 그래야 한다고 말하면 절대 듣지 마세요. 세상은 마땅히 그래야만 하는 방식으로 돌아가야 합니다. 완전 고용은 가능합니다. 미래 인구의 20에서 30퍼센트만을 노동력으로 상정하는 것은 탐욕에 의한 염원이지 경제학의 불가피한 결론이 아닙니다.

모든 공립학교는 쾌적하고 우호적이며 안전한 교육 환경을 만들 수 있습니다. 교사와 학생 그 누구도 지각없는 삶을 바라지 않으며, 이미 좋은 환경이 만들어진 곳도 있습니다.

자기 살인의 욕구는 제거할 수 있습니다. 어떤 중독이나 자살도 자발적이지 않습니다.

적국, 다양한 인종, 다양한 민족은 공존할 수 있습니다. 지난 40년 동안만 해도 저는 원수 같은 적국이 따뜻한 우정으로 서로 돕는 우호국이 되는 것을 보았고, 네 개의 우호국이 적국이 되는 것도 목격했습니다. 꼭 40년이 걸려야 볼 수 있는 것도 아닙니다. 여덟 살 이상이라면, 이미 국가 간의 우정이 얼마나 편의주의적이고 상업적이며, 심지어 변덕스러운지 보았을 것입니다. 권리를 빼앗긴 사람들, 신용을 잃은 사람들, 불운한 사람들을 위해 약속된 재원이 그 재원에서 비롯된 수확물을 거두기도 전에, 입법된 내용이 효과를 발휘하기도 전에(20년도 채 안 되어서?) 흩어져 사라지는 것을 저는 보았습니다. 마치 문제가 있다고 1796년에 미국을 멈춘 것과 다름없습니다.[23] 다리를 절반만 놓고 건너갈 수 없다고 하는 것과 같습니다.

제가, 여러분이 흔들리지 않는 약속을 다시 꿈꾸고, 다시 고민하고, 다시 활성화해야 합니다. 그러지 않으면 국가주의와 인종차별주의가 공고해지는 동안, 해안과 마을들이 분쟁과 갈등의 근원이 되고 그 상태로 남아 있을 동안, 매, 비둘기 할 것 없이 하나같이 이 지구에 남아 있는, 가공되지 않은 부의 원천 위를 맴돌 동안, 총과 황금과 코카인이 곡식, 기술, 의약품을 이기고 세계 무역 1위를 차지할 동안 우리에게는 나누거나 꿈꿀 가치조차 없는 세상만이 남게 됩니다.

우리는 이미 우리 스스로 선택한 삶을 살고 있습니다. 우리가 아는 한 인간만이 이 은하계의 도덕적 주민입니다. 그 장엄한 임무를 맡기 위해 자궁 속에서 그토록 애를 써놓고 왜 이제 와서 내버리려고 합니까? 여러분은 중요한 위치에 서게 될 것입니다. 다른 이들의 삶의 성격과 질을 결정할 수 있는 위치에 서게 될 것입니다. 여러분의 실수는 돌이킬 수 없을지도 모릅니다. 그러므로 여러분이 신뢰를 받는 자리 혹은 권력을 가진 자리에 섰을 때, 생각하기 전에 조금은 꿈을 꾸길 바랍니다. 그래서 누가 살고 누가 그러지 못하는지, 누가 번영하고 누가 그러지 못하는지에 대한 여

---

23    1796년은 미국 초대 대통령 조지 워싱턴의 임기가 만료된 해이다.

러분의 생각과 해법, 방향, 선택이 여러분이 선택한 신성한 목숨만큼의 가치가 있기를 바랍니다. 여러분에게는 방법이 없지 않습니다. 여러분에게는 인정이 없지 않습니다. 그리고 여러분에게는 시간이 있습니다.

1988년 5월 27일.<br>
미국 세라 로런스 대학교 졸업식 연설.

4부

# 기억의 자리

# 기억의 자리

자서전과 회고록 강연에 제가 아주 어울리지 않는 것은 아닙니다. 소설 작가라면 흔히 자신의 작품이 자서전이나 회고록과 거리가 멀다고 생각하겠지만, 제가 이 자리에 있는 게 이상하지는 않다는 것을 지금부터 하려는 이야기를 들어보시면 알 겁니다. 일단 자기 회상(회고록)과 소설 사이의 차이를 부각하고, 유사점에 대해, 두 서술이 서로 포옹하는 지점과 그 포옹이 공생하는 지점에 대해 설명할 수 있습니다.

하지만 무엇보다 제가 여기 있어 마땅한 이유는 제 문학적 혈통의 큰 부분이 자서전에 있기 때문입니다. 이 나라에서 흑인 활자 문학의 시작은(구술 문학의 기원과 달리) 노예 서사입니다. 책으로 엮을 수 있었던 길이의 이런 서사는(자서전, 회상기, 회고록) 100가지가 훨씬 넘고, 흑인 역사학자와 학도들에게 익숙한 텍스트입니다. 올라우다 에퀴아노의 모험 가득한 삶이 담긴 《아프리카인 올라우다 에퀴아노 혹은 구스타부스 바사가 직접 쓴 흥미로운 생애 이야기 The Interesting Narrative of the Life of Olaudah Equiano, or Gustavus Vassa, the African, Written by Himself》(1760)에서 시작하여 해리엇 제이컵스('린다 브렌트')가 설 수도 없는 방에서 7년을 숨어 있었던 기록이 담긴 《노예 소녀가 직접 쓴 생애 이야기 Incidents in the Life of a Slave Girl: Written by Herself》(1861)의 고요한 절박함에 이르기까지. 그리고 프레더릭 더글러스의 《미국 노예 프레더릭 더글러스가 직접 쓴 그의 생애 서사 Narrative of the Life of Frederick Douglass, an American Slave, Written by Himself》(1845)부터 섬세하고 겸손한 헨리 빕의 이야기에 이르기까지 적지 않습니다. 《미국 노예 헨리 빕이 직접 쓴 그의 생애와 모험 이야기 Narrative of the Life and Adventures of Henry Bibb, an American Slave, Written by Himself》(1849)에서 헨리 빕의 목소리는 그 신빙성을 증언하는 자료에 에워싸여('장전되어' 있다고 하는 게 더 정확할지도 모릅니다) 있습니다. 빕은 정규 교육을 받은 기간은 짧지만(3주) "시련과 채찍, 쇠사슬의 학교에서 교육받았다"고 조심스럽게 적고 있습니다. 켄터키주에서 태어난 빕은 결혼을 위해 탈출 계획을 잠시 미루었습니다. 그러나 자신이 노예의 아버지가 되었음을 깨달았을 때, 그리고 아내와 자식들이 짓밟히는 모습을 보았을 때 탈출 준비를 재개했습니다.

형식과 조건이 어떻든 이런 서사는 주로 두 가지를 말하기 위해 기록됐습니다. (1) "이것이 내 삶의 역사다. 개인적이고 특수하며 특별한 사례지만 또한 우리 인종을 대표하는 서사이기도 하다." (2) "나는 다른 사람들에게, 즉 흑인이 아닐 가능성이 큰 독자들에게 우리도 신의 은혜, 그리고 노예제 즉각 폐지를 누릴 자격이 있는 인간이라는 사실을 일깨워주기 위해 이 글을 쓴다." 서사는 명백히 이 두 가지 목적을 지향하고 있었습니다.

에퀴아노의 기록에서 이 목적은 매우 노골적입니다. 1745년 나이저강 근처에서 태어나 열 살 무렵 노예로 붙잡힌 에퀴아노는 대서양을 가로지르는 중간 항로Middle Passage에서 살아남았고, 미국 농장 노예 생활, 캐나다와 지중해에서 참여한 전쟁에서도 살아남았습니다. 로버트 킹이라는 퀘이커교도로부터 항해와 사무를 배웠고, 스물한 살에 자유를 샀습니다. 자유 하인으로 살면서 폭넓게 여행했고 노년은 대체로 영국에서 보냈습니다. 이 책에서 그는 영국인들을 향해 분명하게 말합니다.

"나는 영국 정부가 자유와 정의를 다시 세우는 것을 목격하는 즐거움을 누리고 싶다…… 나는 힘과 지위가 있는 분들이 관심을 주길 기대한다…… 검은 사람들이 기꺼이 포괄적 자유를 누리는 상서로운 시대를 기념하는 날이 오기를, 상상만 해도 기쁜 그날이 오기를 기대한다."

18세기 특유의 절제된 어조로 에퀴아노는 한 가지 목적만을 위해 특수하면서도 대표성 있는 자기 생애를 기록합니다. 그것은 바로 변화를 가져오는 것이었습니다. 실제로 그와 동료 작가들은 변화를 가져왔습니다. 그들의 작업물은 사방에서 불을 지피고 있던 노예제 폐지론자들에게 연료를 제공했습니다.

문학평론가들의 공정한 평가를 받는 일은 한결 더 힘들었습니다. 교회 순교자와 증거자의 글은 거기에 담긴 유창한 메시지와 속죄의 경험 덕분에 널리 읽혔지만, 미국 노예의 자전적 서사는 곧잘 '편향되었고' '자극적이며' '개연성이 떨어진다'는 이유로 멸시받았습니다. 이와 같은 공격은 이런 서사의 저자들이 당연히 최대한 객관적으로 보이도록 극도로 노력했다는 점을 고려하면 특히 이해하기 힘들었습니다. 지나친 화, 격분을 드러내거나 독자를 모욕하여 불쾌하게 만드는 것은 금물이었습니다. 심지어 1966년에도 에퀴아노의 이야기를 편집하고 요약했던 철학자 폴 에드워즈는 그의 서사가 '자극적'이길 거부했다며 치켜세웁니다.

에드워즈는 이렇게 적고 있습니다. "기본적으로 에퀴아노는 독자에게 그 상황 자체가 주는 부담이 아닌 어떤 감정적 부담도 주지 않는다. 그의 언어는 우리의 동정을 받고자 애쓰지 않고 그것이 자연스럽게 적절한 때에 주어지기를 기대한다. 이런 감정적 표현의 조용한 회피가 나타나는 부분들은 이 책의 가장 훌륭한 구절들이기도 하다." 마찬가지로 1836년 《반노예제도 계간지 Quarterly Anti-Slavery Magazine》에 실린 찰스 벨의 《탈주 노예의 생애와 모험》에 대한 서평 역시 벨의 객관성 있는 증언을 칭송합니다. "우리가 이 책에 더욱 환호하는 이유는 당파적인 작품이 아니기 때문이다. 노예제도에 대해 어떤 이론도 꺼내지 않으며 노예해방의 특정한 방식이나 시기도 제안하지 않는다."

흑인 작가들은 독자들에게 노예제도의 해악에 대해 설명하려는 굳은 결심이 있었는데, 동시에 독자가 고결한 정신을 가진 고상한 사람일 것이라고 가정함으로써 독자를 칭송했습니다. 독자들이 훌륭한 본성을 발휘하도록 격려하는 게 목적이었습니다. 작가들은 독자들이 노예제도를 종결하는 데 중요한 역할을 할 수 있다는 사실을 알았습니다. 잔혹함, 시련, 구출에 관한 그들의 이야기는 여러 영역에서 비판적 적대심을, 또 일부 영역에서는 건방진 동정을 불러일으켰음에도 상당한 인기를 누렸습니다. 판매 기록에서 알 수 있듯이 '노예 이야기'에 대한 욕구를 잠재우기 힘든 시기가 있었습니다. 프레더릭 더글러스의 책은 4개월 동안 5천 부 팔렸고, 1847년까지 총 1만 1천 부 팔렸습니다. 에퀴아노의 책은 1789년에서 1850년 사이에 총 36개의 개정판이 나왔습니다. 모지스 로퍼의 책은 1837년부터 1856년까지 총 10개의 개정판이 만들어졌고요. 윌리엄 웰스 브라운의 책은 출간 첫해에 4쇄를 찍었습니다. 솔로먼 노섭의 책은 2년 동안 2만 7천 부 팔렸습니다. 조사이아 헨슨의 책은 5천 부가 예약 판매되었습니다. (일부에서는 이 책이 해리엇 비처 스토의《톰 아저씨의 오두막》의 원형이라고 주장합니다.)

이들은 자신의 삶을 이용해 노예제도의 잔혹성을 드러내고자 했고, 또 다른 동기도 있었습니다. 노예에게 읽고 쓰는 법을 가르치는 일(남부의 여러 주에서는 이것을 심각하게 처벌했습니다) 그리고 노예가 읽고 쓰는 법을 배우는 일이 반드시 허용되도록 만들어야 했습니다. 저자들은 글을 읽고 쓰는 능력이 곧 힘이라는 사실을 알았습니다. 게다가 투표는 읽는 능력과 불가분의 관계에 있었습니다. 읽고 쓰는 능력은 헌법이 거절한 '인간성'을 쟁취하고 증명할 방법이었습니다. 그래서 노예 서사의 제목에 '직접 쓴' 이야기라고 명시되어 있는 것이며, 그 사실을 인증해줄 백인 동조자들의 서문과 머리말을 포함하고 있는 것입니다. 리디아 마리아 차일드 혹은 존 그린리프 휘티어 같은 고명한 반노예제 인사들이 편집자로 나선 기타 서사에는 편집이 그다지 필요치 않았다는 사실을 독자에게 확인시켜주는 서문이 들어 있기도 합니다. 읽고 쓸 줄 아는 노예는 모순이라 여겨진 시절이었습니다.

집필이 이루어지던 당시 분위기가 계몽주의 시대뿐만 아니라 그와 동시에 태어난 쌍둥이 시대, 즉 과학적 인종차별주의 시대를 반영한다는 사실을 기억해야 합니다. 데이비드 흄, 이마누엘 칸트, 토머스 제퍼슨을 비롯한 많은 사람들은 흑인이 지적 존재가 아니라고 결론지었습니다. 프레더릭 더글러스는 그게 사실이 아니라고 생각했고, 제퍼슨이 《버지니아주에 대한 기록Notes on the State of Virginia》에 쓴 내용 "평범한 서술의 수준을 뛰어넘은 생각을 입 밖에 내는 흑인을 한 번도 본 적이 없고, 흑인에게서 초보적인 그림이나 조각 실력도 보지 못했다"는 내용을 반박하는 글을 쓰기도 했습니다. 저는 항상 제퍼슨의 이 말이 메트로폴리탄 미술관의 마이클 C. 록펠러 윙 입구에 새겨져야 한다고 생각했습니다. 헤겔은 1813년 아프리카인에게 어떤 '역사'도 없으며, 아프리카인은 어떤 현대어로도 글을 쓸 수 없다고 말했습니다. 칸트는 흑인 남성의 예리한 관찰에서 나온 의견을 무시하면서 이렇게 말했습니다. "이 사람은 머리에서 발끝까지 시커먼 남자였다. 그의 말이 터무니없다는 분명한 증거였다."

하지만 세계 역사상 그 어떤 노예 사회에서도 자신의 노예 상태에 대해 이처럼 많이, 이처럼 사려 깊게 쓰지 못했습니다. 하지만 환경이 목적과 형식을 결정했습니다. 노예 서사는 교훈적이고 도덕적이며 명백히 표현적입니다. 어떤 글은 당대의 유행이었던 감상소설의 형식을 취하고 있습니다. 그러나 글이 얼마나 유려하고 형식이 어떻든 대중의 취향 때문에 작가들은 좀 더 비참한 세부 경험들에 대해 지나치게 길거나 상세하게 이야기할 수 없었습니다. 특히 폭력 사건이나 지저분한 사건, 혹은 어떤 '과도한' 사건에 이르면, 작가는 당시의 문학 관례 속으로 몸을 피했습니다. "나는 설명하기 힘든 혼란스러운 상태에 빠졌다."(에퀴아노) "이제 고생스러운 밭일에 대해서는 이 정도까지 하고…… 내가 어린 시절 고향 집에서 겪었던 노예 생활의 그나마 덜 혐오적인 부분으로 관심을 돌려보자."(더글러스) "나는 그 공포스러운 억압 체계의 숨은 참상을 자세히 그려냄으로써 독자들을 괴롭히고 싶지 않다…… 노예제도라는 지옥의 어둡고 요란한 동굴로 깊이 하강하는 것은 이 글의 목적이 아니다."(헨리 박스 브라운)

작가들은 거듭해서 서사를 서둘러 마무리하면서 '설명하기에 너무나도 끔찍한 이 일은 덮어두고 넘어가자'는 식으로 말합니다. 상황을, 그것을 완화할 수 있는 위치에 있는 사람들의 입맛에 맞게 성형하는 과정에서 작가들은 수많은 것에 대해 침묵했고, 그 밖의 다른 수많은 것들은 '잊었습니다'. 어떤 일을 기록할지 신중하게 선별했고 선별된 일들은 신중하게 표현되었습니다. 리디아 마리아 차일드는 '린다 브렌트'가 겪은 성적 학대를 다룬 책의 서문에서 이런 문제를 밝혔습니다. "나는 이 글을 공개함으로써 많은 사람으로부터 도를 넘었다는 비난을 받으리라는 사실을 잘 안다. 이 지적이고 심하게 상처 입은 여성의 경험은, 누군가는 민감한 주제라고, 누군가는 음란한 주제라고 여기는 범주에 속하기 때문이다. 노예제도의 이 특수한 부분은 지금까지 장막에 가려졌다. 하지만 대중은 그 괴물 같은 모습을 알아야 하고 나는 장막을 걷고 그 모습을 드러내는 책임을 기꺼이 떠맡겠다."

그러나 무엇보다 중요한 것은―적어도 제게는―노예들의 내면세계에 대한 언급이 없었다는 사실입니다.

20세기 마지막 분기에, 노예해방 이후 100년이 겨우 지난 시점에서 글을 쓰는 작가로서, 흑인이자 여성인 작가로서 제가 글을 쓰는 과정은 매우 다릅니다. 제 일은 '너무나도 끔찍한' 일에 덮인 장막을 찢는 것입니다. 이 과정은 흑인이라면, 아니 어떤 소수자 범주에 들어가는 사람이라면 누구에게든 아주 중요합니다. 역사적으로 우리는 설령 우리가 그 주제인 경우에도 우리에 대한 담론에 참여하도록 초대받는 일이 드물었기 때문입니다.

그러므로 그 장막을 걷어내는 일에는 몇 가지가 요구됩니다. 무엇보다 저는 제 자신의 기억을 믿어야 합니다. 또한 타인의 기억에 많이 의존해야 합니다. 그래서 기억은 제가 무엇을 쓰고 어떻게 시작하고 무엇을 중요하게 여기는지 관련해서 큰 비중을 차지합니다. 조라 닐 허스턴은 이렇게 말했습니다. "죽은 듯 보이는 차가운 돌덩어리 같은, 나를 만든 재료에서 나온 내부의 기억이 나에게 있다." 제 작업의 속 흙은 이런 "내부의 기억"입니다. 그러나 기억과 회상만으로 기록되지 않은 내면세계로 완전히 접근할 수는 없습니다. 상상하는 행위만이 저를 도울 수 있습니다.

글쓰기가 사유와 발견, 선택, 질서, 의미라면, 또한 경외와 존경, 신비, 마법이기도 합니다. 마지막 네 가지를 생략하고 싶은 사람도 있겠지만 저는 지금 글을 쓰고 있는 이 환경에, 조상들이 실제로 살았던 환경에 충실하는 것을 매우 엄중하게 여깁니다. 그 환경에 대한 배신이―내면세계의 부재, 노예 자신들의 기록에서 내면세계를 의도적으로 잘라낸 일―바로 우리 없이 진행되는 담론의 문제점입니다. 제가 그 내면세계에 접근하는 방식은 저를 추동하는 힘이며 오늘 이 강연의 내용이기도 한데, 이 방식은 제 소설 쓰기를 자전적 글쓰기 전략과 구별해주기도 하고 자전적 글쓰기 전략을 포용하기도 합니다. 일종의 문학고고학입니다. 어떤 정보와 약간의 추측을 바탕으로 현장으로 가서 어떤 유적이 있는지 보고 그 유적이 암시하는 세계를 재건합니다. 이것이 소설이 되는 이유는 그 상상의 성격 때문입니다. 제가 하는 상상은 회상뿐만 아니라 이미지, 즉 유적을 바탕으로 일종의 진실을 도출하는 행위입니다. 물론 '이미지'는 '상징'을 의미하지 않습니다. 단순히 '그림'을, 그리고 그 그림에 따라오는 느낌을 의미합니다.

허구의 글은 그 개념부터 사실과 구분됩니다. 아마도 상상력, 창조력의 산물일 것이며 '실제로 무슨 일이 일어났는지', 실제로 어디서 일어났는지, 언제 일어났는지 생략해도 되는 자유를 가집니다. 상당 부분 검증할 수 있는 내용일지 몰라도 어떤 내용도 공식적으로 검증되어야 할 필요성은 없습니다. 반면 전기 작가 혹은 문학평론가의 연구는 허구 속 사건이 공식적으로 검증 가능한 사실을 기반하고 있을 때 우리에게 믿음을 줍니다. '아, 여기서 가져왔구나'를 연구하는 학파로서 상상의 성격이 아닌, 상상의 원천의 신뢰성을 발굴함으로써 연구의 신뢰성을 구축합니다.

대부분의 사람은 제가 하는 작업이 소설 중에서도 환상적, 신화적, 마법적, 혹은 믿기 힘든 영역에 속한다고 생각합니다. 저는 그런 꼬리표가 불편합니다. 저는 저의 가장 엄중한 책임이 (마법을 말할지언정) 거짓을 말하지 않는 데 있다고 생각합니다. '진실은 허구보다 괴상하다'는 진부한 표현은 일리가 있습니다. 진실이 허구보다 진실하다고 말하지 않고, 더 괴상하다고, 괴이하다고 하기 때문입니다. 더 지나치고 더 흥미로울지 몰라도 중요한 것은 임의적이라는 사실입니다. 그러나 허구의 글은 임의적이지 않습니다.

그래서 제게 결정적인 구분은 사실과 허구와의 구분이 아니라 사실과 진실 간의 구분입니다. 사실은 인간의 지성 없이 존재할 수 있지만 진실은 그럴 수 없기 때문입니다. 그래서 제가 자신의 내면세계에 대해 쓰지 않은 사람들에 대해(그렇다고 내면세계가 없었다는 의미는 아닙니다) 진실을 찾고 드러내려면, 노예 서사가 남겨놓은 빈칸을 채우려면, 그토록 흔했던 장막을 가르고 제가 들은 이야기들을 표현하려면, 가장 생산적이고 가장 믿음직한 접근 방식은 텍스트에서 이미지로 가는 것이 아닌 이미지에서 텍스트로 가는 회상을 통하는 방식입니다.

시몬 드 보부아르는 《아주 편안한 죽음》에서 이렇게 말합니다. "왜 엄마의 죽음이 그토록 충격적이었는지 모르겠다." 보부아르는 장례식에서 신부가 어머니의 이름을 불렀을 때에 대해 이렇게 말합니다. "감정이 목을 죄어왔다…… '프랑수아즈 드 보부아르'라는 말은 엄마를 살아나게 했다. 엄마의 생애, 탄생부터 결혼, 남편과 일찍 사별한 여인의 삶, 무덤에 이르기까지를 요약했다. 아주 드물게 호명되었던 수줍은 여성, 프랑수아즈 드 보부아르는 중요한 사람이 되었다." 이 책은 시몬 드 보부아르 자신의 슬픔과 그 슬픔이 묻혀 있던 이미지의 탐구입니다.

시몬 드 보부아르와 달리 프레더릭 더글러스는 그에게 아마도 가장 극심한 상실감을 주었을 할머니의 죽음에 반 페이지 정도를 할애하면서 독자의 인내를 구합니다. 그리고 "나에게 굉장히 중요한 사건이니 너무 깊이 들어간다고 지루해하지 않기를 바란다"는 취지로 말하며 사과합니다. 그 죽음이나 그 이미지, 의미를 탐구하려는 시도는 하지 않습니다. 더글러스는 서사를 최대한 사실에 가깝게 유지했고 주관적 추측의 여지는 남겨두지 않습니다. 반면 제임스 볼드윈은 《토박이 아들의 기록Notes of a Native Son》에서 아버지의 생애와 부자 간의 관계에 대해 이렇게 기록합니다. "내가 의미가 없다고 규정했던 아버지의 모든 글과 노래가 아버지가 돌아가시자 마치 빈 병처럼 나의 인생이 줄 의미를 담기 위해 기다리고 있었다." 이어서 볼드윈의 텍스트가 그 병을 채웁니다. 시몬 드 보부아르처럼 그는 사건에서 그것이 남긴 이미지로 이동했습니다. 제가 가는 길은 그 반대입니다. 이미지가 먼저 오고 제게 '기억'의 내용을 말해줍니다.

　아버지가 돌아가셨을 때 제 기분이 어땠는지 말할 수는 없습니다. 하지만 《솔로몬의 노래》를 쓰면서 아버지나 아버지만의 내면세계는 아니지만 아버지가 몸담았던 세상과 거기 사는 사람들의 사적인 세계, 내면세계를 상상할 수는 있었습니다. 그리고 (돌아가시기 전이었기 때문에 불편한 몸으로) 침대에서 자꾸만 뒤척이는 할머니께 책을 읽어드릴 때 제 기분이 어땠는지 말할 수는 없지만 할머니가 살았던 세상을 재건하려고 시도해볼 수는 있었습니다. 그리고 저는 종종 제가 할머니보다 더 많이 아는 것은 아닐까, 할아버지나 증조할머니가 알았던 것보다 더 많이 아는 것은 아닐까 의심한 적이 있습니다. 하지만 제가 그들보다 현명하지 못하다는 것도 압니다. 그리고 그분들의 시각을 얕보고 제가 더 많이 안다고 자신에게 입증하려고 시도할 때마다, 그분들의 내면세계를 저 자신의 세계에 미루어 짐작하려고 할 때마다 저는 그분들의 세계가 저의 세계에 비해 얼마나 풍요로운지 깨닫고 매번 꿈쩍하지 못합니다. 할머니에 대해 이야기하는 프레더릭 더글러스처럼, 아버지에 대해 이야기하는 제임스 볼드윈처럼, 그리고 어머니에 대해 말하는 시몬 드 보부아르처럼 이분들은 제가 제 안으로 들어갈 수 있게 해줍니다. 저 자신의 내면세계로 입장을 허용합니다. 그분들의 주변을 떠도는 이미지들, 말하자면 고고학 발굴 현장의 유물들이 먼저 표면화되고 그 유물은 얼마나 강렬하고 얼마나 흥미로운지 저는 그것들이 한 세상의 재구축으로, 글로 남지 않은 내면세계의 탐구로, 그리고 일종의 진실의 깨달음으로 가는 길임을 깨닫습니다.

그래서 저의 연구는 그 성격상, 어렴풋이 떠오르는 형상이나 방구석, 목소리처럼 형언하기 힘들고 유연한 것에서 시작합니다. 두 번째 소설《술라》를 쓰기 시작한 이유는 한 여자의 사진과 그 여자의 이름을 말하는 소리에 대한 생각을 떨칠 수 없었기 때문입니다. 여자의 이름은 해나였고 아마 어머니의 친구였을 겁니다. 자주 본 기억은 없지만 그 여자 주변의 빛깔은 기억납니다. 보라색의 일종이었습니다. 보라색이 주변을 가득 채웠습니다. 그리고 눈은 반쯤 감긴 듯한 눈이었습니다. 가장 또렷이 기억나는 것은 그 이름이 발화된 방식이었습니다. 여자들은 '해나 피스'라고 말하면서 해나 피스에 대해 다들 알고 있는 비밀이 있다는 듯 의미심장한 미소를 지었습니다. 적어도 제 앞에서는 그 비밀을 이야기하지 않았지만 이름을 말하는 방식에 그 비밀이 담겨 있는 것 같았습니다. 해나 피스가 어떤 잘못을 저질렀지만 여자들은 그래도 해나 피스를 좋게 보고 있는 것 같다고 저는 짐작했습니다.

여자들과 해나 피스의 관계, 여자들이 해나에 대해서 이야기한 방식, 그리고 해나의 이름을 강조했던 방식은 저로 하여금 여자들 간의 우정에 대해 생각해보게 했습니다. 여자들은 어떤 잘못을 서로 용서할까? 여자들의 세계에서 용서할 수 없는 잘못은 무엇일까? 저는 더 이상 해나 피스가 궁금하지 않고 그가 누구였는지, 무슨 잘못을 했는지, 왜 웃고 미소 지었는지 엄마한테 묻지 않습니다. 엄마한테 이런 걸 물으면 언제나 실망스러운 대답이, 평범하기 그지없는 정보가 돌아오기 때문입니다. 반면 저는 소설을 시작할 때 제가 다룰 유적과 이미지가 온전한 모습이길 바랍니다. 사실은 나중에 밝혀도 됩니다. 이런 식으로 하면 두 개의 세상을, 실제 세상과 가능한 세상을 탐구할 수 있습니다.

제가 오늘 보여드리고 싶은 것은 그림에서 의미로, 그리고 텍스트로 이미지를 따라가보는 과정입니다. 이 여정은 지금 쓰고 있는 소설 《빌러비드》에 실려 있습니다.

제가 쓰고자 하는 것은 어떤 특정한 장면이고 제게 보이는 것은 옥수수입니다. 옥수수가 '보인다'는 것이 갑자기 눈앞에 둥둥 떠 있다는 것은 아닙니다. 자꾸만 떠오른다는 것입니다. '이 옥수수가 다 뭘 하고 있는 거지?'라고 고민하면서 옥수수가 무얼 하고 있는지 발견하게 됩니다.

오하이오주 로레인에 있는 어린 시절 고향 집이 떠오릅니다. 부모님은 집에서 좀 떨어진 곳에 텃밭을 갖고 계셨는데 우리 두 자매가 어릴 때 밭에 오는 걸 꺼리셨습니다. 우리는 부모님이 키우고 싶었던 것과 키우고 싶지 않았던 것을 구분할 능력이 없었기 때문에 훨씬 커서야 괭이질을 하고 잡초를 뽑을 수 있었습니다.

저는 부모님이 함께 멀어져가는 모습을 떠올립니다. 두 분의 등이 보이고 손에 든 물건이 보입니다. 농기구와 큼지막한 바구니인 듯합니다. 때로는 손을 잡은 채로 저로부터 멀어져서 텃밭 한곳으로 갑니다. 가려면 철길을 하나 건너야 합니다.

저는 엄마와 아빠가 불규칙한 시간에 잠을 주무신다는 것도 알고 있습니다. 아버지는 여러 가지 일을 하고 밤에 일하기도 합니다. 그래서 부모님이 낮잠을 주무시는 시간은 우리 자매가 정말 좋아하는 시간인데, 아무도 집안일을 시키거나 지시를 내리거나 잔소리를 하지 않기 때문입니다. 뿐만 아니라 부모님이 낮잠을 아주 즐긴다는 사실을 저도 어렴풋이 느낍니다. 낮잠을 자고 난 뒤에 부모님은 아주 기운차 보입니다.

여름이 무르익으면 옥수수를 먹을 수 있는 시기가 옵니다. 옥수수만은 저도 다른 식물과 구별할 수 있고 제가 가장 좋아하는 수확물입니다. 다른 채소는 어떤 어린아이도 좋아하지 않는 콜라드, 오크라 등 뻣뻣하고 억센 채소인데 지금이라면 매우 환영입니다. 하지만 어릴 때는 옥수수가 좋았습니다. 달콤하고, 다 같이 앉아서 먹는 것이고, 손으로 먹을 수 있고, 따끈따끈하고, 식어도 맛있고, 이웃도 와 있고, 삼촌들도 와 있고, 편안하고 좋습니다.

옥수수 이미지와 그것을 둘러싼 감정과 분위기는 제가 지금 마무리하고 있는 원고에서 강렬하게 나타납니다.

작가들은 수천 가지 방법으로 텍스트와 텍스트 근저의 의미에 도달합니다. 새로이 시작할 때마다 어떻게 귀중한 생각을 알아볼지, 그 생각을 동반하고 드러내고 표현해줄 결을 어떻게 가장 잘 그려넣을지 깨달아갑니다. 이런 과정은 제게 한없이 흥미롭습니다. 20년간 편집자 생활을 하면서 언제나 어느 신중한 평론가보다 제가 작가들을 더 잘 이해한다고 생각했습니다. 여러 단계를 거치는 원고를 검토하면서 작가들의 작업 과정을 지켜봤고, 작가들의 머릿속이 어떻게 돌아가는지, 어떤 것이 손쉽고 어떤 것이 시간이 걸리고 문제에 대한 '해법'이 어디서 나오는지 등을 알게 되었기 때문입니다. 반면 평론가는 결과물인 책에 의존할 수밖에 없습니다.

그럼에도 저의 경우 그런 과정은 작업에서 가장 덜 중요한 부분이었습니다. 작가의 기록이 얼마나 '허구적'이든, 얼마나 꾸며낸 것이든, 상상하는 행위는 언제나 기억과 결부되어 있기 때문입니다. 아시다시피 미시시피강에는 군데군데 직선으로 만든 구간이 있습니다. 강을 직선화해서 주택과 주거 가능한 농지를 만들 공간을 확보한 것인데, 이곳으로 종종 강이 범람합니다. '범람'이라는 말을 쓰기는 하지만 사실 범람하는 것이 아닙니다. 기억하는 것입니다. 원래 있던 자리를 기억하는 것입니다. 모든 물은 완벽한 기억력을 가지고 있고 언제나 제자리로 돌아가려 애씁니다. 작가들도 마찬가지입니다. 어디에 있었는지, 어떤 계곡을 흘렀는지, 강둑이 어땠는지 기억하고 거기 있던 빛을 기억하며 본래의 자리로 돌아가는 길도 기억합니다. 정서적 기억입니다. 어떻게 보였는지 뿐만 아니라 신경과 피부가 느낀 것도 기억합니다. 터져 나오는 상상력이 우리의 '범람'입니다.

개인적 회상과 더불어 제가 하는 작업의 모체는 노예들의 자전적 서사를 연장하고 채우고 보완하고자 하는 바람입니다. 하지만 모체일 뿐입니다. 그 모든 작업의 결과물은 다른 여러 관심사에 의해 좌우되며, 그 가운데 무시할 수 없는 것이 바로 소설 자체의 진정성입니다. 그럼에도 물처럼 저는 제가 '직선'이 되기 전에 있던 자리를 기억합니다.

《진실 만들기: 회고록을 쓰는 기술(Inventing the Truth: The Art and Craft of Memoir)》에서 발췌.

# 낙원을 어떻게 불러올 수 있을까

이 글의 일부는 내가 한 번도 쓰지 않은 일지 혹은 노트에 들어갈 하루치 혹은 여러 날의 내용을 대체한다고 볼 수 있다. 나도 많이 읽어봤지만 그런 작가들의 노트에는 추후에 쓸 작품을 위한 아이디어, 다양한 장면의 밑그림, 관찰, 고민 등이 담겨 있다. 그러나 무엇보다 작가가 진행 중인 작업에서 마주하는 문제와 해법을 뒷받침하는 생각들이 있다.

나는 여러 가지 이유에서 그런 노트를 쓰지 않는데, 첫째 그럴 여유가 없기 때문이고, 둘째 사유의 형태 때문이다. 나의 사유는 대체로 엉켜 있고 꿰뚫기 불가능해 보이는 불편, 마음을 괴롭히는 이미지와 연결된 불안에 대한 반응이라는 형태로 나타난다.(이미지는 물질세계에서 눈에 보이는 어떤 것일 수도 있고 아닐 수도 있다.) 사유가 어떤 사건이나 발언, 인상의 주변을 맴돌 때도 있는데, 먼저 호기심을 자극할 만큼 특이하고 계속 떠오를 만큼 불가사의한 것이어야 한다. 《가장 푸른 눈》의 경우 어린 시절 친구와 나눈 대화에서 시작됐는데, 나는 여러 해에 걸쳐 종종 이 대화를 떠올리며 걱정하곤 했다. 《술라》는 마을 어느 한 여자에 대해 엄마와 엄마 친구들이 보인 서로 상반된, 적어도 나에게는 그렇게 느껴졌던 반응에서 시작했다. 또 다른 작업은 여성에게 적용 불가능한 남성 신화에 관한 강렬한 심상주의 작품으로, 그 신화의 진실이 여성에게 끼치는 영향이 무시되는 문제도 다루었다. 이렇게 이미지나 발언, 인상을 파고들면 여러 의문이 표면화된다. 내 어린 시절 친구가 기도하는 바가 이루어졌다면? 엄마와 엄마 친구들은 무얼 칭송하고 무얼 못마땅하게 여기고 있는 걸까? 타르 베이비의 진짜 계략은 무엇일까? 마거릿 가너[1]는 왜 조금도 죄책감이 없고 그 죄책감의 결여는 이웃 사람들과 가족들에게 어떤 영향을 끼치는가? 분명하고 심지어 게으른 이런 물음들은 살살 달래고 가볍게 찌르면 좀 더 미묘한 물음으로 이어졌다. 어떤 테마나 소설 주제를 찾기 위해 이런 것들을 곰곰이 따져보는 것은 아니다. 단지 궁금할 뿐이다. 이런 궁금증은 방황으로 이어지지만 언젠가 사라진다. 그러나 때때로 이 방황 속에서 좀 더 커다란 물음이 제기된다. 내가 그것을, 내 생각을 적지 않는 이유는 적었을 때 거기 마땅하지 않은 비중이 부여될 수 있기 때문이다. 추가적인 탐구가 책이 될 가치가 있다는 확신을 가지려면, 그 문제가 나를 추격하거나 나를 추격한다는 느낌을 받아야 한다. 그런 일이

---

1    마거릿 가너는 딸을 죽인 탈주 노예로 《빌러비드》의 모티프가 된 실존 인물이다.

일어나면 곧이어 어떤 장면, 혹은 약간의 말들이 내 앞에 당도한다. 매만지고 싶을 만큼 흥미로운 물음이라면 그 즉시 허구적인 구조를 빚어 따라가볼 수 있는데, 그러지 않고 밑그림을 그리거나 기록한다는 것은 귀중한 시간 낭비라는 생각이 든다. 만약 그 물음이 내 생각만큼 오래 견디지 못하거나 비옥하지 않다면 언제든 버리면 된다. 그래서 노란 메모패드를 꺼내 일단 어떻게 되는지 본다.

지금 하고 있는 소설 작업도 같은 순서를 따랐다. 내게 떠오른 몇 가지 이미지가 차는지 기우는지, 열매를 맺는지 함몰하는지 기다려보는 것이다. 한 이미지는 어느 흑인 감리교 성공회 교회 앞 계단에 서 있는 부인들의 이미지였다. 20세기 초의 화려한 복식을 하고 세 줄로 선 부인들은 마치 학교나 친목 단체에서 단체 사진을 찍을 때처럼 늘어서 있다. 매우 아름다운 모습이고 지켜보는 눈들에도 부러움이 가득하다는 걸 알 수 있다. 또 다른 이미지도 여성의 이미지다. 아니, 소녀들이다. 이 소녀들은 수녀복을 입은 수련 수녀들로 체포하러 온 경찰을 피해 달아나고 있다. 두 여성 무리 모두 교회와 관련되어 있다. 앞의 무리는 소환될 필요 없이 표면으로 올라온 이미지로 거의 그림처럼 느껴진다. 둘째 무리는 어느 마을 사람들 사이에 퍼진 믿기 힘든 소문에서 나왔다.

약 200페이지를 쓴 뒤 나는 이 글이 차는 것이 아니라 기울고 있음을 확신한다. 이 작업이 불가능한 작업이라는 것도 분명히 알고 있다. 내가 쓴 모든 소설은 첫 두 편을 제외하고 모두 똑같이 실행 불가능하다고 느꼈는데, 나는 여전히 작업을 해나갈수록 작업이 더 어렵게 느껴지고 더 불가능한 과제로 여겨지는 데서 놀라움을 느낀다. 지금 같은 경우에는 낙원에 관한 서사, 지구에서 낙원을 만드는 일에 관한 서사, 낙원의 가능성, 다양한 차원, 지속성, 심지어 낙원이 가진 매력에 관한 서사를 서부 어느 흑인 마을에서 재창조하려고 하고 있다. 소설의 시대적 배경은 1908년부터 1976년이고 해방 노예와 그 후손들로 이루어진 마을 인구의 과거 때문에 나는 인물들이 비축해둔 믿음, 그들의 자유에 대한 생각, 신성한 것에 대한 인식, 그리고 그들의 상상력, 심지어 조직력, 행정력에 과도하게 의존하지 않을 수 없다. 19세기에 의도적으로 그리고 신중하게 빚어진 공동체들은 다 그런 것은 아니지만, 대체로 지구력이나 지도력, 기회보다는 뿌리 깊고 전적으로 공유된 신앙체계가 그 공동체의 성공에 훨씬 더 결정적인 역할을 했기 때문이다. 실제로 믿음 체계—종교적 믿음 체계—에 대한 신념은 지구력을 발휘하게 만들고 지도력을 키워주었으며 붙잡아야 할 기회를 드러내주었다. 해방된 남녀 노예에게 번영, 소유권, 안전, 자기 결정력은 실현 가능하고 욕망을 불러일으키는 목표였지만, 도시를 세우기 위해 미지의 영역으로 향한 그들의 위태로운 여정에 생기를 불어넣는 데는 욕망 이상의 것이 필요했다. 아프리카계 미국인들에 대한 역사가 그들의 집단과 개인 생활에서, 그들의 정치 예술 활동에서 종교의 역할을 좁게 정의하거나 무시한다면, 그 역사는 불완전할 뿐만 아니라 기만적일 수 있다. 따라서 나는 그들의 시민적 경제적 욕구가 어떻게 그들의 종교 원칙에 반응하는지 보여주어야 할 뿐 아니라, 어떻게 그들의 일상생활이 이 원칙과 복잡하게 얽혀 있는지 보여주어야 했다. 만만찮은 문제였다. 아프리카계 미국인 96퍼센트가 하느님을 믿는다는 1994년 설문 결과가 옳다면, 믿지 않는 4퍼센트는 아마도 최근의 현상일 것이다. 노예나 해방 노예 집단에서는 있을 수 없는 사람들이다. 그렇다면 19세기 아프리카계 미국인의 독실한 신앙심은 당연하다고 가정해야 하며, 허구든 회고록이든 이 사실을 무시한 텍스트는 거의 없다. 그러나 지금은 1996년이고, 이 사실을 고려한 허구적 재현을 위한 해법은 이주와 시민권을 위한 여정이 그려진 기존의 캔버스에 종교적 신앙심을 덧입히는 것도, 흔들리지 않는 믿음을 가진 인물에게 존경의 인사를 보내는 것도 아닐 것이다. 오히려 종교적 믿음이 서사의 중심이 되는 작품을 구축하는 것이다.

여기서 낙원의 첫 번째 문제에 봉착한다. 포스트모더니즘 소설에서 표현력 뛰어난 종교적 언어를 어떻게 설득력 있게 효과적으로 그려낼 수 있느냐는 문제다. 이때 모호한 평등주의나 20세기 말의 어떤 환경적 유심론, 혹은 여신의 몸을 숭상하는 모더니즘·페미니즘 논리, 혹은 모든 생명의 타고난 신성함에 대한 느슨하고 무차별적인 확신, 혹은 현시대의 좀 더 경직되고 독재화된 종교 분파의 성서적 정치적 교조주의에 굴복하지 않아야 한다. 이 가운데 어떤 것도 19세기 아프리카계 미국인과 그 자녀들의 일상 습관을 보여주지 못하며, 포스트모더니즘적 서술 전략에 적합하지 않다. 두 번째 문제는 첫 번째 문제의 일부다. 매우 세속화된 현재의 '과학적' 세계 안에서 어떻게 그 세계 사람들에게 심오하고 감동적인 신앙을 설득력 있게 서술할 수 있을 것인가? 즉 어떻게 낙원을 다시 상상해내는가? (무엇 때문에 다시 상상해내느냐는 물음이 곧이어 떠오른다. 최고의 천재들이 이미 오래전에 능가할 수 없고 능가되지 않은 언어로 낙원을 묘사했기 때문이다. 이 질문은 잠시 후에 다루겠다.) 지금은 내게 무엇이 문제인지 규정하고, 왜 그런 문제가 생겼는지 설명하겠다.

낙원은 더 이상 상상 가능하지 않다. 아니, 낙원에 대해 과도한 상상이 있었다. 이 두 가지는 결국 같은 것이다. 그 결과 낙원은 익숙하고 흔하고 심지어 사소한 것이 되었다. 역사적으로 시와 산문에서 낙원 이미지는 웅장하지만 접근 가능하고, 일상적이지 않지만 상상을 통해 파악할 수 있는 것으로 우리가 그것을 인식할 수 있었기 때문에 매혹적이었다. 우리는 왠지 그 풍경들을 '기억하고 있는' 듯했다. 밀턴은 다음과 같은 곳에 대해 이야기한다. "가장 보기 좋은 열매를 가득 맺은 가장 훌륭한 나무들 / 황금빛 꽃과 열매들이 한꺼번에 / ……유약을 바른 듯 화사한 색깔과 한데 섞여" 있는 곳, "고유한 향기"가 있고, "사파이어 샘에서 나온 잔물결 이는 시내는 / 동방의 진주와 황금 모래 위에 뒹굴며", "넥타르를 흘려보내고 온 식물을 찾아가며 / 낙원에 어울리는 꽃을 먹이고……", "언덕과 골짜기, 들판에 흥건하게 쏟아진 자연의 선물", "무성한 나무가 향기로운 수지와 향유를 흘리는 숲 / 다른 나무에는 황금 껍질이 번쩍이는 열매가 / 사랑스럽게 매달려 있는 / ……헤스페리데스의 설화 그대로 / ……맛도 좋은 / 그 사이에는 풀밭이나 완만한 구릉 / 그리고 연한 목초를 뜯는 가축 떼", "다채로운 빛깔의 꽃, 가시 없는 장미"가 있는 곳, "시원하고 깊은 동굴 / 그 위를 덮은 덩굴은 / 보라색 포도를 맺으며 가만히 울창하게 기어가는" 곳이다.

20세기 말인 지금 우리는 이처럼 축복받은 곳을 경계선 그어진 부동산으로, 부자가 소유하고 손님과 관광객이 구경하고 방문하는 곳으로 인식한다. 아니면 다양한 미디어가 나머지 우리에게 판매하는 상품과 약속에 거듭 전시되는 곳으로 인식한다. 낙원에 대한 상상은 과도하다. 사실상, 혹은 거의 확실히 평범하고 특이할 것 없는 욕망이고, 손에 넣기 쉬운 어떤 것이다. 1996년에 낙원이 어떻게 이해되고 있는지 보기 위해 물질적 낙원의 특징 — 아름다움, 풍요, 휴식, 배타성, 영원성 — 을 검토해보자.

아름다움은 물론 우리가 이미 알고 있는 것과 같지만 더 깊고 세련된 형태다. 아니면 우리가 한 번도 제대로 표현되는 것을 보지 못한 그런 아름다움이다. 금은보화가 있고 축복이 넘치는 너그러운 자연이다. 그러나 상상을 초월한 아름다움은 아니다.

무절제와 그로 인한 탐욕의 세계에서 풍요는 저속하다고 할 만한 낙원의 특징이다. 이 세계가 자원을 가진 자들에게 몰아주고 가지지 못한 자들로 하여금 가진 자들의 소유물 사이에서 수확물을 거두게 하는 세계이기 때문이다. 기울어진 자원의 세계, 빼앗긴 사람들 앞에서 부가 패씸하게 수치를 모르고 주저앉거나 어슬렁거리거나 우쭐대는 세계에서는 유토피아로서의 풍요와 충족이라는 관념 자체가 우리를 진저리치게 만들어야 마땅하다. 풍요는 낙원의 상태에 주어질 것이 아니라 평범하고 일상적이며 인간적인 삶에 주어져야 한다.

휴식, 즉 음식이나 사치라는 보상을 위해 일하거나 싸우는 것의 불필요성은 오늘날 그 가치가 떨어지고 있다. 죽지 않고도 죽는 특별한 종류의 죽음을 의미하는, 일종의 욕망의 부재다.

그러나 배타성은 여전히 매력적이고 심지어 강력한 흥미를 불러일으키는 낙원의 특성이다. 특정한 사람들, 즉 자격 없는 사람들은 거기 없기 때문이다. 경계는 확실히 지켜진다. 감시견, 출입문, 경비인이 있어서 거주자들의 자격을 검증한다. 중세의 요새나 해자 같은 이런 고립된 영역은 다시금 속속 생겨나고 있고, 가난한 사람들을 감싸 안을 도시를 상상하는 것은 가능하지도 바람직하지도 않은 것처럼 여겨진다. 배타성은 좋은 가문에서 태어난 사람들만이 가질 수 있는 꿈이 아니라 점점 중산층에게도 인기를 얻고 있는 해법이다. '거리'는 자격 없는 사람과 위험한 사람들이 살고 있는 곳으로 여겨진다. 젊은이들을 거리에서 쫓아내고 다 그들을 위한 것이라고 말한다. 그러나 공공장소를 두고 마치 사적장소인 듯 다툰다. 공원, 해변, 백화점, 길모퉁이를 즐길 권리는 누구에게 있는가? '공공'이라는 말 자체도 논란을 일으킨다. 따라서 배타적 지형으로서 낙원은 현대 사회에 매우 실질적인 매력으로 다가온다.

영원성은 다시 죽는 고통을 피해가고 세속적 과학적 논리를 거부하므로 아마도 가장 큰 매력을 가질 것이다. 또한 더 길고 건강한 생애를 위해 소요되는 의학적 과학적 자원은 우리의 욕망이 영원한 사후 세계가 아닌 이 땅에서의 영원한 삶을 향하고 있음을 상기하게 한다. 여기 있는 이것이 다라는 생각이 깔려 있다. 그래서 천국이 아닌 이 땅에서 이룰 수 있는 과제로서 낙원에는 심각한 지적 시각적 제한이 있다. '나와 우리만 영원히'라는 특징 이외에 더 이상 그려낼 만한 가치가 없다.

하지만 이것은 부당한 지적일 수 있다. 천국보다 지옥에 얼마나 많은 관심이 주어지는지 깨닫지 않기란 어렵다. 단테의 《지옥》은 언제나 《천국》을 이긴다. 밀턴이 훌륭하게 그려낸 낙원 이전의 세상인 혼돈은 그의 낙원보다 훨씬 더 완전하게 실현되어 있다. 통찰력 뛰어난 안티테제의 언어는 테제의 언어가 따라가기 힘든 극치의 언어적 열의를 보여주곤 한다. 지옥의 참상을 그린 이미지가 12, 15, 17세기에 지독하게 혐오적이어야 했던 여러 가지 이유가 있다. 지옥을 피해야 할 이유가 적나라해야 했으며 지옥 같은 일상에 비해 지옥에서의 영원이 얼마나 더 끔찍한지 보여주어야 할 필요성이 있었기 때문이다. 그 필요성은 우리 시대에 들어와 사라지지 않았고 오히려 더 커졌다. 지옥까지는 아니더라도 악행 그리고 몰염치에 대한 감각이 결여된 현대인의 인생에 경악하는 책들이 쏟아져 나오고 있다.

명백한 반낙원적 경험에 대한 우리의 무관심, 무언, 무감각에 대한 그런 충고가 가져오는 우울감을 어떻게 설명해야 할지 난감하다. 악이 만연하다는 사실은 당연히 잘 알려졌지만 그것을 가득 채운 공포는 어쩐지 없어졌다. 악은 우리를 두렵게 하지 않는다. 단지 오락일 뿐이다. 우리는 왜 악의 가능성에 겁을 집어먹고 허둥지둥 선을 향하지 않는가? 사후 세계는 어떤 형태로든 우리의 복잡하고 섬세한 현대적 지성이 사유하기에는 너무 단순한가? 아니면 낙원보다는 악이야말로 끊임없이 일신되고 채워지는 의상이 필요한 걸까? 문학적 의상이? 지옥은 언제나 화려한 분위기, 떠들썩한 뉴스, 턱시도, 잔꾀, 오싹하거나 유혹적인 가면과 어울렸다. 지옥은 우리의 관심을 끌고 우리를 간지럽히고 우리의 재치, 상상력, 에너지, 최고치의 능력을 빼앗아가기 위해 피와 점액, 요란한 소리가 필요한 것인지 모른다. 그렇다면 낙원은 그것의 부재가 된다. 이미 인식된, 이미 알아볼 수 있는 지형으로 가득 찬,

가장자리가 없고, 그러므로 허무한 결핍이 된다. 그늘과 열매를 줄 거대한 나무, 풀밭, 궁전, 귀금속, 보석, 가축. 악과 싸우고 자격 없는 사람들을 상대로 전쟁을 벌이지 않으면 거주자는 할 일이 없게 된다. 배타성이 없고 경계가 없고 누구에게나 열려 있고 공포가 없고 숙적이 없는 낙원은 낙원이 아니다.

이런 조건에서 문학적 문제는 현시대의 언어를 동력으로 삼아 낙원의 지적 복잡성을 드러내는 것일 뿐만 아니라 상상력을 사로잡는 언어를 드러내는 것, 토착적 혹은 정신병적인 삶에 대한 법정 조언으로서의 언어가 아니라 건전하고 지적인 삶 그 자체로서의 언어를 드러내는 것이다. 내가 만약 이 작업 속의 매우 종교적인 집단을 제대로 다루고 그들을 위해 증언하려면, 그리고 이 소외되고 영감을 주지도 받지도 못하는 시대에—경멸의 대상이자 이해 불가한 근본주의, 선한 의도를 가진 세련된 자유주의, 텔레비전 전도사를 통한 마케팅, 군사주의적 인종차별과 공포애 phobophilia에 이르기까지 모든 것이 종교로 여겨지는 시대에—그들 마음 깊이 뿌리 박힌 도덕 체계에 감흥을 일게 하려면 심각한 문제들을 해결해야 한다.

역사적으로 종교의 언어는(여기서 나는 기독교를 염두에 두고 있지만 경전을 기반으로 하는 모든 종교에 해당하리라 거의 확신한다) 성경이나 성서에 의존하고 거기서 힘과 아름다움, 난공불락의 견고성을 획득한다. 오늘날의 종교 언어는, 즉 번역된 성서를 다시 '대중적'이고 '일상적'인 언어로 번역하려고 시도하는 말과 글은 그것이 노래나 일화 그리고 적당한 수사적 장식 요소일 때 가장 효과적인 듯하다. 성경의 전통 언어를 현대화하려는 이유가 우리의 조상을 감동시켰던 언어에 무관심하고 반응을 보이지 않는 세대에게 손을 내밀고 신앙을 전하려는 노력이라는 사실은 나도 알고 있다. 미디어와 통상의 언어에 의해 형성된 담론에 익숙하고, 관련 이미지가 텍스트를 설명해주기를 기대하는 구성원들의 관심을 얻기 위해 경쟁한다는 것은 쉽지 않은 일이다. 그래서 대안의 화법으로 변화하는 상황에 맞추는 것도 합리적으로 보인다. 그런 노력이 성공했다는 증거를 댈 수는 없지만 하느님의 언어를 '현대화'하는 데 적지 않은 보상이 따를 것이라고 의심해본다. 그렇지 않다면 그런 시도가 이토록 넘쳐날 리 없다.

종교의 마케팅에는 새로운 전략, 새로운 매력, 그리고 깊은 생각이 필요 없는 즉각적인 관련성이 요구된다. 따라서 현대의 언어는 개종을 유도하고 견진성사를 받은 사람들이 신앙을 유지하게 하는 데는 성공적이지만 효용이 높은 쪽으로 자금을 집중하기 위해서는 어쩔 수 없이 가장 이해가 쉬운 공통 기준 앞에 무릎을 꿇고 그 미묘함과 신비를 파산 신고할 수밖에 없다. 그럼에도 원래의 언어에 비해 너무 형편없는 대체물로 보이는데, 모호함과 깊이, 도덕적 권위를 버렸을뿐더러 그 언어적 기술이 해방 아닌 강화를 위한 것이기 때문이다.

훌륭한 설교가 없다고, 매우 지적인 에세이, 계시적인 시, 감동적인 찬양, 혹은 세련된 논증이 없다고 말하는 것이 아니다. 물론 있다. 창의력과 치유력, 순수한 지적 능력이 놀랄 만큼 뛰어난 개인적인 언어가 없다고, 기도문이 없다고 말하는 것이 아니다. 그러나 그런 수사적 형태는 긴 산문 소설에 적합하지 않다. 현대 소설에서는 킹 제임스 성경의 암시나 인용을 자양분으로 삼지 않는 종교적 언어를 찾아볼 수 없다. 현대 언어와 성경의 언어를 의도적으로, 그리고 성공적으로 결합하는 허구의 서사로는 리언 포러스트의 소설과 레이놀즈 프라이스의 단편들이 있다.

나는 이렇게 자문한다. 종교를 강조하는 산문 서사를 쓰되 성경의 언어에서 완전히 혹은 대체로 벗어날 수 없을까? 신앙의 경험과 여정에 대한 이야기를, 여러 책에 의존할 수 없었던 초기 신자들이 느꼈듯 신선하고 언어적으로 부담 없는 이야기로 만들 수 없을까?

내가 이 과제를, 이 의무를 택한 것은 부분적으로는 문학 속에 있는 종교적 언어의 타락에 경계심을 느꼈기 때문이다. 상투적 표현으로 가득한 묘사, 냉담한 태도, 마케팅 어휘를 연료로 쓰겠다는 고집, 철학적 명료성을 대중 심리학의 언어로 대체하는 현상, 가부장적 승리주의, 도덕적으로 치우친 독재적 실천, 내용보다 기적에 의존해 거저 얻은 공연성performability에 기뻐하는 현상, 스스로에 대한 낮은 평가.

소설가는 어떻게 하면 축복을 성과 탐닉을 배제한 언어로 표현할 수 있을까? 소설가는 풍요의 땅에서 복권 당첨의 소비자적 기쁨을 빌려오지 않고, 어떻게 하면 받을 자격이 없고 무한한 사랑을, '모든 이해를 넘어서는' 사랑을 그려낼 수 있을까? 테마파크 시대에 어떻게 낙원을 불러올 수 있을까?

불행히도 답은 나는 아직 할 수 없다는 것이다.

대신 이런 유의미하고 전통적인 열망과 갈등을 구체화하기 위한 다른 방법, 다른 전략을 택했다. 찬가를 부르거나 환희의, 과장된 등등의 말을 쓰기보다 결과를 드러내는 방법을 썼다.

이 시점에서 나는 이야기를 통해서만 대답할 수 있는 물음에
답변하기 위해 늘 택하는 방법을 택하기로 한다. 바로 이야기를
시작하는 것이다.

　　"그들은 먼저 백인 소녀부터 쏜다. 나머지는 느긋하게 해결하
면 된다."

1996년 5월 10일, 미국 시카고 대학교 특강 시리즈
'무디 렉처'에서.

# 그렌델, 악에 대한 물음

이제부터 제가 인용하고자 하는 문학 작품이, 이를 번역한 사람의 말처럼 "오늘의 현실에 대한 우리의 이해와 다르지 않다"는 데 여러분도 동의하기를 바랍니다. 그리고 중세의 감성과 현대의 감성을 잇는 연결선에서 우리 시대를 평가하는 바탕이 될 수 있는 비옥한 토양을 찾길 바랍니다.

이야기 하나를 하려 합니다. 먼저 지식을 구축하는 가장 효과적인 방법이 서사이기 때문이며, 다음으로 제가 이야기를 하는 사람이기 때문입니다. 글 쓰는 일은 제게 다른 무엇보다 버거운 요구를 합니다. 언어를 탐구하는 일은 다른 작가의 글을 탐구하든 직접 만들어내든 하나의 사명입니다. 문학 안으로 들어가는 일은 탈출하기 위한 방법도 아니고 평안을 찾는 확실한 길도 아닙니다. 당대의 세상과 몸담은 사회의 문제들과 끊임없이, 때로는 격렬하게, 언제나 공격적으로 교전하는 일이었습니다. 그러니 제가 아주 오래됐지만 결코 멀지 않은 출처로부터 텍스트를 가져왔다고 해서 여러분이 놀라지는 않겠지요. 이야기는 이렇습니다. 이야기를 듣는 동안 여러분은 오늘날의 다양한 군사적 갈등, 극심한 격변들과 관련된 사건, 화법, 행위들이 떠오를 수도 있습니다.

옛날 옛적에 유례없이 잔인하고 누구보다 식탐 많은, 사람을 먹는 괴수가 살았습니다. 이 괴수는 대개 밤에 덮쳐왔으며 주로 한 왕국의 사람들을 먹는 데 집중했는데, 단지 그러기로 마음먹었기 때문이지 사실 원한다면 어디서든 누구든 잡아먹을 수 있었습니다. 이름은 그렌델이었습니다. 그렌델은 십수 년 동안 스칸디나비아의 가축, 무사와 시민을 갈기갈기 찢고 씹고 삼키며 살았습니다.

그렌델의 공격 대상이었던 왕국의 지도자는 널따란 방이 있는 성에서 왕비, 가족, 친구, 호위병, 조언자, 그리고 영웅들로 이루어진 대군을 거느리고 살았습니다. 매일 밤 왕이 잠자리에 들면 호위병과 전사들은 성과 성의 거주자들을 파멸로부터 구하기 위해 망을 보았고, 밤마다 찾아오는 적을 필사적으로 죽이려 했습니다. 그리고 매일 밤 그렌델은 마치 끝없이 열매를 맺는 나무에서 잘 익은 버찌를 따 먹듯 그들을 잡아먹었습니다. 왕국은 슬픔에 빠져 허우적댔습니다. 죽은 자에 대한 한탄으로, 과거에 대한 후회로, 미래에 대한 두려움으로 인해 갈기갈기 찢겼습니다. 그들은 전설 속 핀 왕과 그 아들들과 같은 처지에 빠졌습니다. "의무라는 거대한 바퀴에 매여 있는 이들은 용맹과 충성을 서약해야 하며 전사의 영예를 추구해야 한다. 작은 나라는 군주를 중심으로 단결되어 있고 큰 나라는 작은 나라를 약탈하고 위협한다. 군주가 죽고 방어가 무너지면 적이 공격하고 죽은 이를 위한 복수심이 산 자의 윤리가 된다. 유혈 사태는 더 많은 유혈을 낳고 바퀴는 계속 굴러간다. 대대손손 같은 길을 걷고 또 걷고 또 걷는다."

하지만 왕국 사람들이 궁금하게 또는 걱정스럽게 여기지 않은 게 있었습니다. 바로 그렌델이 누구이며, 왜 그들을 식단에 올렸느냐는 것입니다. 이야기의 어디에서도 이것을 묻지 않습니다. 이유는 간단합니다. 악에는 아버지가 없기 때문입니다. 악은 초자연적이며 불가사의합니다. 그렌델은 본성의 지시에 따릅니다. 그 본성은 이질적인 정신, 비인간적인 위력입니다. 그렌델은 나를 혐오하는 자, 내가 죽기만을 원하는 것이 아니라 나를 영양분으로 삼고자 하는 자의 정수입니다. 나의 죽음은 나를 죽인 자에게 음식이든 땅이든 재물이든 물이든 그 무엇이든 이익을 제공합니다. 대학살이나 인종 청소, 대량 살인, 혹은 이익을 위해 개인을 공격하는 행위와 비슷합니다. 그렇지만 그렌델의 행위에는 이유가 없습니다. 누구도 그렌델을 공격하거나 불쾌하게 하지 않았고, 그렌델의 영역을 침범하거나 영토를 빼앗거나 물건을 훔치지 않았습니다. 아무도 그렌델에게 먼저 화를 내지 않았습니다. 그렌델은 물론 자기방어나 복수를 하려는 게 아니었습니다. 사실 아무도 그렌델의 정체를 몰랐습니다. 그렌델은 덴마크 사람들에게 화가 나지 않았습니다. 덴마크를 지배하거나 자원을 약탈하거나 덴마크의 여성을 겁탈하지 않았습니다. 그래서 설득할 수 없었습니다. 뇌물을 줄 수도 협상을 할 수도 애원할 수도 거래를 할 수도 없었습니다. 인간은 아무리 부패하고 이기적이고 무지해도 설득할 수 있고 가르칠 수 있고 재교육할 수 있으며, 무엇보다 헤아릴 수 있

438

습니다. 인간은 광기를 일컫는 말을 갖고 있고, 악을 설명할 수 있으며, 침입하는 사람, 법을 어겼다고 여겨지는 사람에 대한 보복 체계를 갖고 있습니다. 하지만 그렌델은 이해를 넘어선, 헤아릴 수 없는 존재였습니다. 생각도 없고 알아들을 수 있는 말도 하지 않는 궁극의 괴수였습니다. 상상 속의 그렌델, 말 속의 그렌델은 추하게 생겼습니다. 털이 많고 몸은 겹겹이 접혀 있고 냄새는 고 약하며 네 발로 다니는 것이 가장 쉽고 편합니다. 하지만 발톱, 상어의 이빨이 없었대도, 그렌델이 아름다웠대도 여전히 끔찍했을 것입니다. 그렌델의 존재 자체가 세상에 대한 모욕이었습니다.

물론 곧이어 베오울프라는 용감하고 유능한 영웅이 왕국에서 이 해악을 몰아내겠다고 나섭니다. 베오울프와 그가 이끄는 특수 전사들의 무리는 왕국으로 들어와 목적을 밝히고 열띤 환영을 받습니다. 첫날 밤 전사들의 힘과 용기를 북돋우기 위한 축제가 벌어진 직후 전쟁이 치러지고 베오울프는 승리합니다. 아니, 그렇게 보입니다. 그렌델은 나타나자마자 전사 한 명을 해치웠지만 베오울프에게 팔을 뜯기고 피를 철철 흘리더니 신음과 함께 다리를 절뚝이며 어기적어기적 어미가 있는 집으로 돌아가 죽습니다.

그렇습니다. 어미. 앞서 악에는 아버지가 없다고 말했는데, 그렌델에게 어미가 있다는 사실은 놀랍지 않습니다. 설화와 서사시의 전통에서 악과 파괴를 낳는 존재는 여성입니다. 괴수는 결국 태어나는 것입니다. 게다가 그렌델의 어미는 자식보다 더 혐오스럽고 악에 더 큰 '책임'이 있는 것으로 드러납니다. 이브, 판도라, 롯의 아내, 트로이의 헬레네도 그랬습니다. 밀턴의 지옥 입구에 앉아 있는 여성적 존재도 마찬가지였습니다. 이 존재가 낳은 사나운 개들은 서로를 잡아먹었고, 개들은 자꾸만 어미의 자궁에서 나온 새로운 새끼들로 대체되었습니다. 꽤 흥미롭게도 그렌델의 어미는 이름이 없고 말을 할 수 없습니다.(이 이미지를 따라가보고 싶지만 다음으로 미뤄야겠습니다.) 아무튼 이 말 없고 혐오스러운 여성적 존재는 어미이고, 자식과 달리 살인의 동기가 있습니다. 그래서 즉시 자식의 복수를 위해 나섭니다. 어미는 왕궁으로 가서 승리감에 취한 전사들을 가로막은 뒤 전사들을 만신창이로 만들어 주머니에 담습니다. 어미의 복수는 베오울프로 하여금 두 번째, 훨씬 더 단호한 공격을 하게 만듭니다. 베오울프는 이번에는 그렌델의 영역과 집을 공격하기로 마음먹습니다. 악령들로 가득한 물을 헤엄쳐 건넌 베오울프는 사로잡힙니다. 결국 어떤 무기도 없이 어미의 굴 속에서 맨손으로 싸우게 됩니다. 용감하게 싸우지만 쉽지 않습니다. 그러다 갑자기, 그리고 다행히 어미가 갖고 있는 칼을 손에 넣습니다. 어미 자신의 무기로 어미의 목을 벤 다음 죽어 있는 그렌델의 목도 벱니다. 그러자 재미있는 일이 벌어집니다. 희생자의 피가 칼을 녹입니다. 전통적으로 이것은 괴물의 피가 너무 지독해서 철도 녹인다는 의미로 해석되는데, 한 손에 그렌델 어미의 머리, 다른 손에 쓸모없어진 칼자루를 쥐고 선 베오울프의 이미지는 좀 더 다층의 해석을 부추깁니다. 폭력에 폭력으로 맞서는 것은 선과 악, 옳고 그름을 떠나 그 자체로 너무 지독한 나머지 복수의 칼이 지쳐, 혹은 수치스러워 스스로 무너진다는 해석도 가능합니다.

《베오울프》는 선이 악을 무찌르는 전형적인 서사시입니다. 상상할 수 없는 잔혹성에 무력으로 맞서는 이야기입니다. 용기,

희생, 명예, 자부심, 보상으로 내려지는 영예와 재물, 이 모든 것은 이 흥미진진한 중세 이야기 속에서 한 바퀴 빙 돌아 원점으로 돌아옵니다. 이런 영웅 서사 속에서 영광은 찾기 힘들지 않습니다. 선과 악의 세력은 명백하고 노골적으로 드러나 있으며, 악에 대한 선의 승리는 마땅하고 정당하며 달콤합니다. 베오울프는 이렇게 말합니다. "사랑하는 사람의 죽음을 애도하는 것보다 원수를 갚는 게 언제나 낫습니다 / ……그러니 일어서십시오, 전하, 지금 당장 / 괴물 어미를 뒤따라가시지요 / 장담컨대 도망치지 못합니다 / 땅속 굴로도 땅 위 숲으로도 / 바다 밑으로도. 어디로도 도망치지 못합니다."

하지만 현대 사회는 순수하고 동기 없는 악의 개념도, 경건하고 결백한 선의 개념도 불편하게 여기므로 현대 작가와 연구자들은 더 깊이 파고듭니다.

현시대 작가 존 가드너의 소설 《그렌델》은 이 영웅 서사의 필연적이지만 편협한 결론에 도전장을 내밉니다. 괴수의 시점에서 이야기를 풀어놓는 이 역작은 우리가 지금도 벌이고 있는 끊이지 않는 전 지구적 전쟁을 파악하려는 오늘날의 논의에서 쉬쉬하고 있는 주제에 매우 근접하는 지적 예술적 작업입니다. 소설은 서사시에서는 묻지 않는 질문을 합니다. 그렌델은 누구인가? 작가는 우리에게 그렌델의 머릿속으로 들어가 악이 명백히 불가해하고 제멋대로이며 해독 불가능하다는 가정을 시험해보기를 권합니다. 그렌델을 화자로 삼아 그렌델의 시점에서 바라보는 가드너는 그가 서사시 속 인물과 다르다고, 그가 생각이 없지도 않고 괴수도 아니라고 단번에 규정합니다. 독자가 그렌델을 만날 때 그는 다름 아닌 진짜 짐승들에 대해 생각하는 중입니다. 소설 도입부에서 그렌델은 숫양을 보면서 이렇게 생각합니다. "내 뇌가 저 숫양의 것처럼 뿔 밑동으로 꽉 막혀 있다고 생각지 마라." "이 짐승들은 왜 조금도 존엄하게 행동하지 못하는가?"

가드너의 소설도 원작과 동일한 줄거리와 인물을 포함하고, 비슷한 묘사와 습관에 기대고 있습니다. 가령 여성 인물 중에서는 왕비만 이름이 있습니다. 그렌델의 어미에게 이름이 있다고 해도 어미가 말을 할 수 없는 만큼 이름도 입에 오르지 않습니다. 시인 셰이머스 히니는 자신이 번역한 《베오울프》의 서문에서 밖에서 안으로 향하는 악의 움직임, 세상 변두리에서 성안으로 향하는 움직임을 강조하고, 시의 눈부신 예술성에, '아름다운 언어적 기교'에 집중합니다. 반면 가드너는 악의 화신의 감정과 지각 있는 내면세계를 꿰뚫어보려 노력하고, 세계의 무질서를 정리하고 이질적인 역사를 끌어모아 의미를 만드는 시인을 중시합니다. 가드너의 소설에서 그렌델은 과거를 알거나 기억하지 못하는 숫양과 자신을 구분합니다. 그렌델은 처음부터 증오로 가득 차 있고, 그것을 자랑스러워 하지도 수치스러워 하지도 않습니다. 자신의 공격을 받고도 살아남은 사람들을 매우 경멸합니다. 전사들이 죽은 자들을 묻는 광경을 다음과 같이 묘사합니다. "언덕바지에서 장송곡만큼 느린 삽질이 시작된다. 흙무더기를 만들고 그 위로 내가 서두르느라 챙기지 못한 팔이나 다리나 머리를 화장할 장작을 쌓는다. 한편 망가진 왕궁에서 건설 수리공들이 망치질을 하고 문을 교체한다…… 일개미처럼 부지런하고 생각이 없다. 다만 지치지 않는 독단으로 철못이나 철판을 더하는 등 사소하고 어리석은 변화들을 가져올 뿐이다." 이 경멸은 세상 전체를 향하기도 합니다. "나는 세상이 아무것도 아님을 깨달았다. 우연하고 잔혹한 적개심으로 이루어진 기계적 혼돈이고, 우리는 어리석게 우리의 희망과 공포를 억지로 거기에 끼워 맞춘다. 나는 결국 절대적으로 나만이 홀로 존재한다는 것을 깨달았다. 모든 나머지는 단지 나를 밀어붙이고 내가 밀어붙이는 것임을 알았다. 내가 아닌 모든 것이 나를 맹목적으로 밀어붙이는 만큼 나도 맹목적으로. 나는 온 우주를 만들어낸다. 눈을 깜빡이면서."

그러나 소설의 근본 주제는 그렌델의 가능성에 있습니다. 먼저 만들어지고 다듬어진 예술적 언어와의(소음, 신음, 외침, 허풍이 아닌 언어와의) 만남에 있고, 둘째는 수 세기 동안 지켜온 산더미 같은 황금 위에 앉은 용과의 대화에 있습니다. 우선 '빚는 자Shaper'라는 이름을 가진 시인과의 만남은 그렌델에게 변모의 유일한 가능성을 제공합니다. 그렌델은 빚는 자의 노래가 온통 거짓말과 환상으로 가득하다는 것을 압니다. 인간들 사이의 전투를 세심하게 지켜본 그렌델은 그 전투가 시인이 빚어낸 영광과 거리가 멀다는 것을 압니다. 그럼에도 빚는 자의 언어에 굴복하는데 변모시키는 힘, 고양하는 힘, 저열한 행위를 멈추게 하는 힘이 있기 때문입니다. 그렌델은 시인의 능력을 이렇게 설명합니다. "그는 세상을 다시 빚는 자이다…… 이름이 말해주고 있듯이. 그는 분별력 없는 세상을 기이한 시선으로 바라보고 마른 나뭇가지를 황금으로 바꾼다." 이 빚어지고 고양되고 형태 잡힌 언어로 인해 그렌델은 아름다움을 생각할 수 있고 사랑을 자각하고 연민을 느끼고 자비를 갈구하고 수치를 경험할 수 있게 됩니다. 빚는 자의 상상력 덕분에 그는 삶의 질이 삶의 의미와 일치할 수 있다고 여기게 됩니다. 다시 말해 그는 완전한 인간의 삶에 대한 절박한 욕망을 키우게 됩니다. "내 가슴은 흐로드가르 왕의 선의로 밝았고, 피에 굶주린 내 삶에 대한 슬픔으로 무거웠다." 선의와 빛에 대한 이런 생각에 압도된 그렌델은 울며불며 왕궁을 찾아가 용서를 구합니다. 공동체가 지독한 외로움을 다독여주길 간절히 바랐던 것이지요. "나는 무거운 짐을 진 채 비틀거리며 밖으로 나가 왕궁을 향하여 외쳤다. '자비를! 평화를!' 하프 연주자가 연주를 멈추었고 사람들이 비명을 질렀다…… 술 취한 자들이 전투용 도끼를 들고 덤볐다. 나는 무릎을 꿇고 외쳤다. '친구여! 친구여!' 그들은 개처럼 짖으며 나를 난도질했다." 그래서 그렌델은 깊은 증오의 황무지 속으로 다시 들어갑니다. 그럼에도 여전히 혼란에 빠진 채 '눈물과 경멸의 울부짖음' 사이에서 어찌 해야 할 바를 모릅니다. 그는 용을 찾아가 자신만의 우주적 질문을 던집니다. 나는 왜 여기 존재하는가? 신은 무엇인가? 세계란 무엇인가?

용의 냉소와 신랄한 지적, 무관심으로 가득했던, 길고 매우 흥미로웠던 논쟁 끝에 그렌델은 용으로부터 한마디 충고를 듣습니다. "황금을 잔뜩 구해서 그 위에 앉아 있으라." 고귀한 언어가 고귀한 행동을 야기할지 모른다고(하찮고 헛된 언어가 하찮고 헛된 행동을 야기하듯) 생각하는 그렌델과 인간이 어리석고 진부하고 무의미하다고 생각하며 '자유 의지와 개입'을 부인하는 용, 그 사이 바로 그 자리에 공적인 세계와 지적인 세계가 머물고 흔들리고 구르는 평면이 놓여 있습니다. 그렌델의 딜레마는 우리의 딜레마이기도 합니다. 그것은 빛는 자와 용을 잇는 고리입니다. 성 아우구스티누스와 니체 간의 고리, 예술과 과학 간의 고리, 구약과 신약, 칼과 쟁기날 간의 고리입니다. 사유를 위한 공간이며 사유하는 행위입니다. 마치 자력을 가진 듯한 이 공간은 우리를 반응에서 사유로 끌어당깁니다. 쉬운 답을 거부합니다. 위기 상황에서 가능한 유일한 행동이기 때문에 나오는 폭력도 거부합니다.

그렌델이 원했던 절대적인 답, 그리고 용이 제시했던 냉소적인 물음은 교육이라는 과제를 희석하고 오도할 수 있습니다. 경쟁을 숭배하는 이 나라는, 미디어가 위기를 기회 삼아 정보를 뿌리는 이 나라는, 동질성과 특수성, 다양성과 단합이 국가적 이상으로 여겨지는 이 나라는, 폭력으로부터 움츠러드는 동시에 폭력을 포용하라고 요구하고 있습니다. 반드시 승리하는 것과 이웃을 돌보는 것 사이에서 망설이라고, 낯선 것에 대한 공포와 익숙한 것이 주는 위안 사이에서, 스칸디나비아 사람들의 피의 반목과 돌봄과 공동체를 향한 괴수의 열망 사이에서 망설이라고 요구합니다. 이런 상반된 것들의 당김이 그렌델을 괴롭혔고, 국가, 교육, 개인에 대한 담론을 어렵게 하며 무력하게 만듭니다.

위기는 사건들과 그 사건들을 보는 관점의 충돌로서 이 충돌은 때로는 피투성이이고 명백히 위험하며 언제나 고조된 긴장 상태에 있습니다. 위기 속에는 불확실성, 극적인 분위기, 위협이 소용돌이칩니다. 위기는 전쟁과 마찬가지로 '최종 답변'과 빠르고 결정적인 행동을 요구합니다. 불길을 끄고 피를 쏟게 하고 양심을 달래기 위함입니다.

때로는 빠르고 결정적인 행동에 대한 요구가 너무 격렬해서 온 힘을 모아 임박한 위기라는 위기를 피해야 합니다. 거의 모든 유동적인 상황이나 사회 문제를 군사화하는 현상은 관성에 근접했거나 이미 마비 상태에 이르렀습니다. 뿐만 아니라 좀 더 짜릿하고 강렬한 위기의 표현에 대한 욕구가 커졌습니다.(유사 위기, 가짜 위기를 다루는 수많은 텔레비전 프로그램이 이를 말해주고 있습니다. 이런 방송은 생존이 평범한 삶의 조건인 제3세계 국가 사람들 사이에서 생존을 논합니다.) 이런 욕구는 마비 상태의 무감각과 다르지 않습니다. 사실상 무감각의 생생한 표현입니다. 피 묻은 정복의 이미지를 맛보면 쉽게 진정할 수 없습니다.

미디어가 보여주는 위기에 대해 이처럼 자세히 설명한 것은 갈등과 구분하기 위해서입니다. 갈등은 빚는 자와 용처럼 양립할 수 없는 세력의 충돌입니다. 조정이나 변화, 타협을 필요로 하는 부조화입니다. 갈등은 타당한 대립, 데이터의 정직하지만 상이한 해석, 경쟁적인 이론을 인정합니다. 이런 대립은 군사적으로 해결될 수 있고 그래야만 할 수도 있지만, 학계에서는 그리 하면 안 됩니다. 교육이 이루어지려면 오히려 기꺼이 받아들여져야 합니다. 학계 강당에서의 갈등은 백화점이나 오락실, 전장에서의 갈등과 다릅니다. 오락실에서와 달리 학교 강당에서 갈등은 그것 자체의 재미를 위해 즐기는 비디오 게임이 아니며, 반드시 피해야 하는 결례도 아닙니다. 갈등을 안 좋게 여기는 이유는 우리가 그것을 승패와 연결 짓도록 배웠고, 내가 옳고 내가 최고가 되어야 하는 절박한 필요와 폭력과 연결 짓도록 배웠기 때문입니다. 갈등은 위기나 전쟁, 경쟁을 가리키는 다른 말이 아닙니다. 갈등은 지적 생활의 조건이며 지적 생활의 기쁨이라고 저는 생각합니다. 정신은 자기를 움직여 자기와 씨름하기 위해 존재합니다. 다른 어떤 목적도 없습니다. 몸이 언제나 혹사당한 자신을 스스로 치유하고 살아남을 수 있도록 애쓰는 것처럼 정신도 지식을 갈구합니다. 더 알고자 바삐 움직이지 않는다면 고장 난 것입니다.

정신은 실로 궁전과 같습니다. 대칭을 이루고 터무니없을 만큼 아름다운 그 인식은 또한 꾸며내고, 상상하고, 무엇보다 파고들 수 있기 때문입니다.

저는 존 가드너의 시각이 계속 유효하리라 생각하고 싶습니다. 근거 있는, 빚어진, 논증된 언어가 위기를 바로잡는 손이 될 것이며, 창조적이고 건설적인 갈등이라는 숨 쉴 공기를 제공할 것이며, 우리의 생활을 깨우고 지성에 물결을 일으키리라 생각하고 싶습니다. 민주주의를 지키기 위해서는 마땅히 싸워야 한다는 것을 압니다. 파시즘에는 그럴 가치가 없다는 것도 압니다. 전자를 위한 싸움에서 이기려면 지적으로 싸워야 해야 합니다. 후자를 위한 싸움에는 아무것도 필요하지 않습니다. 그렌델 어미의 무기가, 그리고 승자의 무기가 어미의 피에 파괴될 때까지 협력하고 침묵하고 동의하고 복종하면 그만입니다.

2002년 5월 28일. 캐나다 토론토 대학교 특강 프로그램
'알렉산더 렉처 시리즈'에서.

# 예술가의 일

　　예술가 개인이 겪는 어려움, 그런 인적 자산의 국가적 중요
성, 그리고 미국 국립예술기금의 목표가 이 부분에 관해 무엇을
약속하고 있는지 그 약속의 성격을 설명하는 일은 비교적 쉬울
것입니다. 하지만 마냥 쉽지만은 않은 것이 '예술가 개인'이라는
말 자체가 온갖 낭만적 이미지, 그림, 관념을 떠오르게 만들기 때
문입니다. 속물들에 의해 괴롭힘을 당하며 분투하는 외로운 개
인. 닥치는 대로 살지만 무지와 편견의 장벽을 뚫고 생전에 중요
한 소수의 사람들로부터 인정을 받는 사람. 혹은 예술가에게 어떤
도움도 되지 않는 사후에 명망까지는 아니라도 명성을 얻는 사람.
우리가 어루만지기 좋아하는 그림은 바로 이런 그림이지만, 이것
은 일종의 프로크루스테스의 침대, 지적인 함정입니다. 제거해야
할 어떤 것을 오히려 장려하는 지나치게 매력적인 초상입니다. 우

리는 극심한 가난과 희생, 사후 보상을 예술가의 몫으로 돌리면서 우리의 짧은 침대에 맞추기 위해 예술가 개인의 다리를 자르는 듯합니다. 우리는 분투하는 예술가라는 관념을 너무 좋아한 나머지 예술가가 아닌 그 분투에 특권을 부여합니다. 사실상 고집합니다. 질을 높이는 데 필수적인 요소라고 생각하기도 합니다. 모두 동의하시겠지만 질이 높다는 것은 희귀하고 달성하기 힘들다는 것과 같거나, 그것을 의미/암시합니다. 하지만 때때로 '희귀함'은 '극소수만이 그 가치를 안다'는 의미로 해석되고, '달성하기 힘든 일'은 '고생을 해야 이룰 수 있는 일'이라는 의미를 가집니다.

저는 작품의 질과 예술가 개인에 대한 우리 인식에 어떤 모호함이 있다고 생각합니다. 한편으로 우리는 어떤 것이 희귀하고 그 매력이 소수에게 한정돼 있기 **때문에** 질이 높다고 생각합니다. 예술에서 탁월함을 성취하기가 얼마나 어려운지 우리는 잘 압니다.(물론 우리에게 어려워 보이는 것도 진정한 천재에게는 간단하고 쉬우리라 저는 확신합니다.) 하지만 희귀성으로 질을 따지면서도 우리는 대중의 마음과 정신에 질이 결여되어 있다고 끊임없이 한탄합니다. 문학의 위기에 대해 이야기하고 팝아트를 기분 나쁘게 여기고 불편해합니다. 공항에 놓인 조각품에 대해 말하고, 섬세한 연극이 아닌 선정적인 연극에 당혹스러워하고, 그래야 마땅합니다. 우리 모두는 그저 그런 예술 작품을 지칭하기 위한 말들을 알고 있습니다.

우리가 정말 진심으로 그러는지 궁금할 때도 있습니다. 정말 품격을 알아보는 이들이 적어서 세상이 초라한 걸까요? 사람들이 맥도날드에 앉아 데카르트와 칸트, 리히텐슈타인에 대해 수다를

떠는 세상에 살고 있다면? 《십이야》가 베스트셀러였다면? 우리
는 행복할까요? 아니면 모두가 그 가치를 알고 있으니 별로 훌륭
하지 않다고 생각할까요? 예술가 자신이 평생 구걸을 하지 않았
다면, 죽는 순간까지 구걸하며 각고의 노력으로 가난을 견디지 않
았다면, 그 예술은 별로인 걸까요? 수만 명이 피카소 전시를 보기
위해 줄을 섰지만, 겨우 4~5퍼센트만이 제대로 알고 봤다는 사실
에서 엄청난 위안을 얻는 사람들이 일부 분야에(출판계 및 비공식
적인 자리에) 있는 듯합니다.

첫 소설은 성공하면 안 된다고 합니다. 소수만 읽어야 한다고
합니다. 수익이 나도 안 된다고 합니다. 한정된 수익만 얻어야 합
니다. 첫 소설이 '뜨면' 그 예술성은 의심받습니다. 이런 게임, 이
런 이중적 분위기 속에 놓인 소수 예술가는 자신의 소수성을 버
리고 지배적인 기준에 부합하거나 자기 리듬에 맞춰 춤출 권리를
끝없이 옹호하고, 옹호하고, 또 옹호해야 합니다. 이것이 예술가
개인을 보는 관점, 즉 구걸하는 예술가의 관념에 달라붙은 낭만주
의입니다. 이것은 예술가가 구걸을 멈출 수 없게 만들고, 성공할
경우 죄책감을, 심지어 사죄해야 한다는 마음을 갖게 합니다.

예술가로 사는 데는 늘 내재하는 위험이 있습니다. 실패의 위
험, 오해받을 위험입니다. 하지만 이제는 내재하지 않는 위험도
존재합니다. 새로운 위험이 부과되고 있습니다. 문학 분야에서 특
히 제 관심을 끄는 하나의 위험이 있는데, 말씀드리는 동안 잠시
인내하고 들어주시기 바랍니다. 지금 케임브리지 대학교에서는
무엇보다 흥미로운 갈등이자 공개적인 대결이 벌어지고 있습니
다. 전통적인 평론가들과 포스트모더니즘, 혹은 구조주의 평론가

들 사이의 싸움입니다. 《타임스 문학 부록》에 실리고 있는데, 불꽃이 튀는 매우 즐거운 구경거리이고, 학자들은 전력을 다해 토론하고 있습니다. 정확히 어떤 싸움인지 구체적으로 들어가지는 않겠지만 과하게 단순화시켜 설명하자면, 전통적인 평론가들로 이루어진 핵심 집단이 있습니다. 이들은 '문학과 삶'이라는 실제비평을 통해서 사람들에게 위대한 문학 작품을 읽도록 가르쳐야 한다고 생각합니다. 그리고 영국의 전통적 평론을 공격하고 무시하는 좀 더 새로운 젊은 집단이 있는데, 영국에서는 이들을 '다원주의 비평가Pluralist'라고 합니다. 이 새로운 집단의 평론에 대한 인식은 모호하고 난해하며 제한적이라는 비난을 받습니다.

이 갈등이 흥미로운 이유는 어디에도 작가가 없기 때문입니다. 구조주의, 기호론, 해체주의 지지자들은 작품을 현상으로 인식하고, 비평이나 '읽기'라는 행위에 있어서 핵심으로 보지 않습니다. 신학이나 철학, 기타 분야에서 이루어져야 하는 이런 싸움이 문학에서 일어나는 데는 흥미롭고 응당한 이유가 있습니다. 오늘날 예술과 학문 세계에서 문학은 학자들이 비평의 대상을 만들어내지 않는 유일한 분야입니다. 화학자, 사회과학자, 역사학자, 철학자들은 만들어낸 것을 가르치고 만들어낸 것을 의심하고 만들어낸 것에 변화를 가져옵니다. 오늘날의 문학평론에서 평론가는 만들어낸 비평을 가르칩니다. 학문을 만들어냅니다. 그러나 그 학문의 주제, 즉 텍스트는 논의의 주변부에 있습니다. 누군가 말했듯이, 국어 교사는 늘 벽에 붙여놓을 수 있는 온갖 공식을 가진 수학자들을 부러워하며 칠판에 쓸 수 있는 한 줌의 공식을 갖고 싶을지도 모릅니다. 하지만 평론 그 자체가 예술 형태가 될 경우,—

예술 형태가 아니라는 뜻은 아닙니다—그 원천을 경시하는 경우, 창작자들의 우위에 진짜 위협이 됩니다. 이것은 매우 중요하고, 예술가들도 점차 피부로 느끼고 있습니다. 예술가들 일부는 그 어느 때보다 철저히 평론가들로부터 소외되어 있습니다. 14세기 독일, 11세기 이탈리아에서 가장 위대한 번역가들은 시인이었고, 가장 위대한 평론가들은 작가였습니다. 둘 다였던 것입니다. 지금은 나뉘었습니다. 창작자는 이 길로, 평론가는 저 길로 갑니다.

적어도 문학에서는 무엇을 가르칠지, 심지어 무엇이 책이 될지, 무엇을 가르치기로 결정할지, 예술가 개인이 관리하거나 통제하지 못하기 때문에 예술기금은 그 예술가 개인의 삶에서 비할 데 없는 역할을 하게 됩니다. 예술기금과 같은 기관 덕분에 무엇을 양성할지, 무엇에 가치가 주어져야 할지, 무엇을 지원해야 할지 창작자들이 모여서 결정할 수 있습니다. 대학에서는 그럴 권리가 주어지지 않을지 모릅니다. 출판 업계에서는 당연히 주어지지 않고요. 아마도 창작자를 둘러싸고 존재하는 언론 내에서도 그럴 권리가 없을 것입니다. 그러나 국립예술기금의 위원들과 프로그램이 제공하는 구조 안에 자리한 창작자들의 연합, 형제자매들의 조합에서는 가능합니다. 예술기금은 처음부터 무언가를 탁월하게 해내는 '불행'을 겪은 재능 있는 예술가의 죄의식을 달래줍니다. 예술기금은 큰 소리로, 현금으로 말합니다. "당신이 필요로 하는 걸 주겠습니다. 당신의 초기작은 이르다 할지라도 관심받을 가치가 있을지 모릅니다. 아직 본궤도에 오른 게 아닐지라도, 이 작품이 '획기적인' 작품이 아닐지라도." 또 이렇게 말합니다. "지금 어느 정도 도움을 줄게요. 관객을 확보하는 문제, 배급 문제, 월세와 시간과 공간과 정보를 확보하는 문제는 정해진 운명이 아닙니다. 바꿀 수 없는 것이 아닙니다. 해결할 수 있습니다. 완전히는 아니더라도 완화할 수 있습니다."

예술기금은 위원회와 프로그램을 통해 큰 소리로, 현금으로 말합니다. 당신의 민족적 미감은 거기에 대해 아무것도 모르는 사람에 의해 의심받을 이유가 없다고. 당신의 문화적 차이는 비하의 대상이 아니며, 특히 해당 문화 바깥에 있는 사람들의 비하는 용납되지 않는다고. 노동자 계급 출신이라고 예술성을 전면 발휘할 수 없는 게 아니라고 말합니다. 이 나라는 노동자와 농부, 영세업자, 전과자, 점원, 해적이 세운 나라이기 때문입니다. 우리는 당신이 노동자 계급 출신이라는 사실을 잘 알고 있습니다. 우리가 바로 그 출신이기 때문입니다.

모든 지원 항목 가운데 절반은 바로 이 괴로움, 죄책감, 좌절감에 싸인 종족을, 즉 우리가 무심코 필수적 고통과 분투로 내몬 예술가 개인들을 지원하기 위한 빠른 도움과 길잡이를 제공합니다.

예술가 개인은 본래 의심하는 자, 비판하는 자입니다. 그것이 예술가 개인의 일입니다. 예술가 개인의 의문과 비판이 그 예술가의 작업이며, 예술가는 종종 현상現狀과 갈등을 겪습니다. 하지만 예술가는 달리 어쩔 수가 없습니다. 예술이 진정성을 가지려면 어쩔 수가 없습니다. 예술기금은 예술가의 작업이 낳을지 모르는 논란의 책임을 예술가에게 지우지 않습니다. 안전한 예술을 하는 안전한 예술가가 되도록 장려하는 것은 결코 예술기금의 원칙이 아니며 원칙이어서는 안 되기 때문입니다. 그래서 예술기금은 위험을 감수합니다. 위험을 감수하고 그로써 위험의 필요성, 혁신과 비판의 필요성을 뒷받침하고 정당화합니다. 바로 이런 분위기에서 예술가 개인은 발전합니다.

　1년 전, 제가 문예위원이었을 때가 생각납니다. 작가들이 지원하게 만드는 것이 큰 문제였습니다. 작가들은 지원금을 원하지 않았습니다. 검열받을 거라고 생각했지요. 정부가 책에 대해 왈가왈부하리라 생각했습니다. 어떤 말은 할 수 없을 거라고요. 연구비나 지원금을 받는 것이 일종의 오명이라는 생각이 있었고, 위원회는 집요한 노력으로 겨우 이를 극복할 수 있었습니다. 집요한 노력을 통해 예술기금 위원회는 어린 빈세트 반 고흐에게 테오가 되어주었습니다. 어린 제임스 조이스에게 친구가 되어주었습니다. 엉뚱하고 충격적이고 논란을 몰고 다니는 조지 버나드 쇼를 위해 무대를 준비해주었습니다. 뿐만 아니라 우리는 거만하고 당돌한 조라 닐 허스턴을 위한 식량이자 월세이며 허스턴이 마지막에는 받지 못했던 의료 혜택입니다. 우리는 공연장도 관객도 없었던 스콧 조플린에게 공연장 관객이 되어줄 수 있습니다. 우리가 하는 일은 작은 일이 아닙니다. 예술기금을 지탱하는 네 개의 다리, 아니 다섯 개의 다리 중 하나입니다. 그리고 그 다리가 타격을 입으면, 부러지면, 큰일 납니다. 예술기금은 그 다리가 없으면 설 수 없기 때문입니다.

　이제 아주 개인적인 이야기 하나만 하겠습니다. 저는 늙어서 사회보장연금 없이 살고 싶지 않습니다만, 살 수는 있습니다. 늙어서 건강보험 없이 살고 싶지 않습니다만, 살 수는 있습니다. 견딜 수 있습니다. 저를 지켜줄 거대 규모의 군대가 없다고 생각하고 싶지 않지만, 견딜 수 있습니다. 견딜 수 없는 것은 바로 예술

없는 세상입니다. 여기 온 여러분은 모두 다양한 배경을 가지고 있지만, 저는 예술이 없는 세상에서 살기를 늘 거부했던 사람들 속에서 자랐습니다. 들판에서도 우리는 그렇게 살지 않았고, 사슬에 묶여서도 그렇게 살지 않았습니다. 역사적으로 우리는 모든 것을 빼앗긴 채 살았지만, 우리의 음악 없이, 우리의 예술 없이 살지는 않았습니다. 그리고 우리는 거인을 키웠습니다. 국립예술위원회와 국립예술기금은 보루입니다. 우리는 개인과 예술가가 이 나라에서 생존하고 또 번영할 수 있도록 만들겠습니다.

1981년 2월 14일,
워싱턴 국립예술기금 행사 연설.

# 예술가를 지원하는 문제

누구든 예술 지원에 대해 고민하기 시작하면 단번에 복잡한 장애물에 부딪힌다. 예술가들은 쉽게 단념하지 않는 아주 고약한 습관이 있다. 바로 이 끈기 때문에 우리는 최고의 예술이 어떻게든 이루어진다는, 그리고 그 '최고' 중에서도 가장 '위대한' 예술이 어떻게든 살아남는다는 착각을 하게 된다. 대중은, 심지어 학계에서도 힘있고 아름다운 예술 작품의 행군과 창작이 그 어떤 사회적 또는 개인적 재앙에도 멈추지 않는다는 인식을 갖고 있다.

초서는 흑사병이 한창일 때 썼다.

제임스 조이스는 한 눈이 보이지 않았고, 에드바르 뭉크는 한 눈의 시력이 약했다.

프랑스 작가들은 1940년대 나치 점령 당시 탁월한 글을 썼으며 한 시대를 규정했다.

가장 위대한 작곡가는 귀가 멀고도 계속 곡을 썼다.

예술가들은 광기, 병, 가난, 치욕스러운 정치적 문화적 종교적 유배와 싸우며 작업을 이어갔다.

우리는 예술가들의 슬픔, 슬픔을 이겨내겠다는 일념, 슬픔도 꺾지 못하는 놀라운 의지에 익숙해진 나머지, 그들의 업적이 고뇌에서 비롯된 것이 아니라 고뇌를 이겨내고 이루어졌음을 잊곤 한다.

작년에 나는 재능이 뛰어나고 자리를 잘 잡은 한 예술가와 이야기를 나누었는데, 그는 동료 예술가에게 생계비를 주는 데 거부권을 행사했다고 말했다. 그렇게 돈이 많으면 그 지원자가 흔들릴 것이라고, 그의 예술 작업에 해가 될 것이라고 생각했기 때문이다. 그는 지원자가 "그런 재정적 횡재를 누리기에는 너무 뛰어나다"고 말했다. 정작 나에게 충격을 준 것은 일각에서 이를 전혀 충격으로 여기지 않는다는 사실이었다. 검소한 생활이라는 형태로 나타나는 예술가의 역경에 관심이 주어질 때도 여전히 인식의 문제는 남아 있다. 알맞은 환경이란 무엇이며, 그 환경을 제공하거나 거부할 때 어떤 원칙을 적용해야 하는가?

이것은 언제나 예술 지원이 얼마나 주먹구구여야 하는지의 문제로 이어진다. 예술가의 모험 같은 삶처럼 예술 지원 또한 변덕스럽고 무모해야 할까? 예술가의 삶을 살펴보고 수많은 예술가가 느끼는 고통을 본보기로 삼아 그 고통에 가치를 두거나 심지어 위의 일화에서처럼 예술가를 위해 없는 고통도 만들어내야 할까? 슬픔과 지독한 가난이 예술 후원의 필수 요소가 되어야 할까? 상품성 있는 작업물의 창작을 가능하게 한 제한적인 상황이 수년 뒤에도, 먼 미래에도 그 작품의 시장 가치를 결정하는 공식의 일부가 되는 것이 맞을까? (얼마나 많이, 얼마나 오래 줄 것이냐 만큼 왜 주어야 하는지도 고려해야 할까?)

예술가들은 아무 관심을 주지 않아도 언제나 그 미친 짓을 해왔는데, 무엇이 문제일까? 계몽된 사람들의 자선이 주어질 때는 거기 의지하고, 아닐 때는 다른 데서 도움을 구하면 되지 않을까? 또는 시장에 의지하면 안 될까? 그러니까 시장을 위한 예술을 구상하고 작업이 끝나기 전까지 과녁이 움직이지 않기를 희망하면 안 될까? 그것도 안 되면 정부 지원을 받고, 자신의 작업이 우연히 혹은 평균의 법칙에 따라 그 지원의 현금 가치에 못 미치지만 않기를 기대할 수는 없을까?

예술 지원이 야기하는 물음은 이런 식이다. 그러나 매우 중요한 물음이며, 경제 침체, 심지어 재난, 교활한 정치로 인해 그 중요성이 더욱 커진다. 이 물음에는 대답이 간절히 필요하다. 국가 예술 기관, 교육 기관, 박물관, 재단, 지역 사회와 동네 단체 등에서 활용할 전략이 필요하다. 우리 모두 너나 할 것 없이 잘 알고 있는 사실은 상황이 위급함을 넘어 위험하다는 사실이다.

바보 같은 정치나 전쟁놀이, 혹은 둘 다에 의해 과거의 모든 예술이 몇 분 내에 파괴될 수 있다. 뿐만 아니라 미래의 예술은 예술계 상인과 소비자의 부주의, 변덕, 멸시로 인해 상당 부분 유산될 수 있다. 국가가 내거는 전제 조건들은 예술을 싹 없앨 수도 흔들 수도 있으며, 굳히거나 흐르게도 할 수 있다. 새로운, 떠오르는 예술에 대한 지원이 만조에 이르며 전통적인 기관들에 대한 지원과 맞먹은 적도 있다. 지금처럼 지원에 가뭄이 들 때도 있다. 이런 불확실성은 세대를 아우르는 예술가들에게 타격을 입힐 수 있고, 한 국가에 돌이킬 수 없는 결핍을 가져올 수 있다. 이미 그런 국가들이 있다. 그처럼 되지 않기 위해서는 진정한 지성과 선견지명이 필요하다. 죽은 지 오래된 예술가들의 열정에 의지하는 국가, 그 열정과 참여를 착복하되 동시대 예술가들에게 감히 알아서 하라고 말하는 국가는 되지 않아야 한다. 그 나라에서 도피한 예술가들의 숫자에 의해 규정되는 국가는 되지 말아야 한다. 문명에 대한 판단을 내릴 때, 그 문명이 얼마나 고매한 눈으로 예술을 보는지를 기준으로 삼는 대신, 예술이 얼마나 진지한 눈으로 문명을 보는지를 기준으로 삼는다면, 우리는 바로 지금 계속해서 위험을 경고하고 있는 특정 문제들을 새로이 그리고 힘차게 해결해나갈 수 있다.

예술가에 대한 대중의 인식은 예술계의 인식과 종종 매우 상이해서 서로 대화 나누기 무척 힘들다. 그러나 예술계 전문가와 대중이, 예술가와 관객이 서로 존중하며 교류하기 위해 노력하는 일은 아무리 강조해도 부족하다. 또한 예술가가 탄원자가 아니고, 예술 후원자가 집행인이 아닌 위치에서 서로 대화하도록 장려하는 것도 가능하며, 필요하다. 시민이나 학생에게 표를 사거나 박수를 보내는 것 이상의 역할이 주어지는 광장을 마련할 수도 있다. 예술 속에 시민과 학생을 포함시키고 참여시키는 일은 중요하다. 우리는 예술계 일반을 괴롭히는 문제들, 그리고 후원자, 수여자, 예술가, 교사, 기획자 모두가 골치를 앓는 문제들에 대해 토론을 벌이자고 고집스럽게 주장해야 한다.

토니 모리슨 개인 기록물에서.

# 예술의 습관

아트테이블ARTTABLE[2]은 올해의 수상자 선정으로 찬사를 받아 마땅합니다. 이 상은 그 자체로도 귀중하지만 아트테이블의 선택으로 더욱 광채를 발하게 되었습니다. 토비 루이스Toby Lewis를 수상자로 선정함으로써 아트테이블에도 찬사가 돌아가고, 예술 창작 분야의 수많은 행로를 위한 수상자의 헌신, 수상자가 시각 예술 분야에 쏟은 특별한 정성에도 찬사가 돌아가게 되었습니다.

저는 바로 이 후자, 시각 예술 분야에 대한 정성이 무엇보다 놀랍습니다. 프로그레시브 손해보험사 본사에 있는 수상자의 소장품에서 저는 열정적인 노력의 열매를 직접 보았습니다. 수상자는 일터에 다양하고 강렬하고 아름답고 도발적이며 사려 깊은 시

---

2    시각 예술 분야 여성 지도자를 지원하는 비영리 단체.

각 예술을 배치함으로써 직원들이 하루 종일 방향을 바꿀 때마다 마주치도록 했고, 심오한 비판적 시각 혹은 절박한 애정을 갖고 반응하도록 했습니다. 그리고 그들로 하여금 자신의 일터에서 자신만의 예술을 창조하도록 격려했습니다. 토비 루이스와 피터 루이스가 고집한 친밀감은 두 사람이 이해한 것을 저 또한 이해할 수 있게 해주었습니다. 예술은 단지 오락이나 장식이 아니며 의미를 갖고 있다는 사실, 우리가 그 의미를 헤아리고 싶어 하며 그럴 필요를 느낀다는 사실입니다. 그 의미를 무서워하거나 무시하지도 않고 권위 있는 사람들이 들려준 피상적인 대답을 바탕으로 의미를 구축하지 않습니다. 제가 진실이고 입증 가능하다고 믿는 사실이 눈앞에 드러나 있었습니다. 예술을 행하고 우러러보려는 충동은 아주 오래된 욕구라는 사실입니다. 동굴 벽을 통해서든, 자신의 몸, 성당, 종교의식을 통해서든 우리에게는 우리가 누구이고 어떤 의미를 가지는지 표현하고자 하는 갈망이 있습니다.

예술과 접근성이라는 주제는 수많은 글과 강연에서 다루어졌습니다. 예술가들과 그 지지자들은 모두 '순수' 예술과 '발견된' 예술에 대한 엘리트적 이해와 대중적 이해 간에 심연이 있음을 인정하고 이를 메우거나 헤아리려고 애씁니다. 날이 갈수록 크고 다양해지는 대중에게 예술이 의미가 되게 하는 수단은 많습니다. 재원은 공연을 무료화하거나 개인을 지원하는 등 점점 더 창조적인 방식으로 사용됩니다. 깊은 틈이 남아 있다는 인식은 제한된 가용 재원에 의해, 혹은 단순 명령에 의해 현실처럼 와닿게 된 상상의 지형이 낳은 결과일 수 있습니다. 부조리한, 거의 비도덕적인 인식입니다.

한 젊고 재능이 뛰어난 작가는 제게 이런 이야기를 해주었습니다.

독재 정권 시절 아이티에서는 통통 마쿠트Tonton Macoutes라는 정부 폭력단이 섬을 돌아다니며 반대 세력을, 그리고 평범하고 결백한 사람들을 제멋대로 죽였습니다. 이유가 뭐였든 그들은 사람을 죽인 것으로도 모자라 특별히 잔인한 조치를 내렸는데, 거리나 공원, 문간에 널브러진 시신을 누구도 수습해서는 안 된다는 것이었습니다. 형제나 부모나 자녀, 심지어 이웃이라도 그렇게 했다가는, 즉 죽은 자를 거두고 장례를 치렀다가는 그들도 총에 맞아 죽는다는 것이죠. 정부의 쓰레기 수거차가—버려진 인간과 쓰레기 사이의 관계를 강조하며—시신을 수습할 때까지 시신은 쓰러진 자리에 그대로 널브러져 있었습니다. 이 조치에 시민들이 느낀 공포와 참해, 충격을 상상할 수 있겠지요. 그러던 어느 날 한 교사가 동네 사람들을 불러모아 차고에서 연극을 하자고 제안했습니다. 매일 밤 동네 사람들은 똑같은 연극을 반복했습니다. 폭력단도 그 모습을 보았지만 살인자들은 무해한 사람들이 무해한 연극을 한다고 생각했습니다. 그러나 이 연극은 바로《안티고네》였습니다. 시신을 매장하지 않고 욕보인 행위의 도덕적 운명적 후과를 그린 고대 그리스 비극 말입니다.

착각하지 말라고 그 젊은 작가는 말했습니다. 예술은 치열하다고.

여러분께 들려드리고 싶은 또 다른 일화도 있습니다. 스트라스부르에서 열린 학회에서 저는 어느 북아프리카 나라에서 온 여성 작가를 만났습니다. 그는 제 글을 읽은 적이 있지만 저는 그의 글을 읽은 적이 없었습니다. 화기애애한 대화를 나누던 중 그가 갑자기 제 쪽으로 몸을 숙여 속삭였습니다.

"도와주세요. 도와주셔야 해요."

저는 깜짝 놀랐습니다.

"누굴요? 뭘요?"

제가 물었습니다.

"놈들이 거리 한복판에서 우리에게 총을 쏘고 있어요. 글 쓰는 여자들이요. 우릴 죽이고 있어요."

왜냐고요? 현대 예술을 하는 여성은 정권에 위협적인 존재이기 때문이지요.

이런 일화는 고대의 것이든 현대의 것이든 예술의 치유력과 위험에 대해 말해줍니다.

뿐만 아니라 이 끔찍한 이야기들은 말해줍니다. 수상자 토비 루이스가 평생을 바쳐서 해온 일, 여러분이 오늘 축하하기 위해 모인 일이 결코 사소하지 않다는 사실입니다.

이런 단체의 필요성에 대해서도 몇 마디 할까 합니다. 우리는 정의가 곧 복수를 의미하는 세상에 살고 있습니다. 사익이 공공정책을 좌우하는 세상에 살고 있습니다. 용감한 자들과 죽은 자들이 세포 하나하나, 뼈 한 조각 한 조각 얻어낸 기본 인권이라는 몸이 끊이지 않는 전쟁의 이글대는 열기 속에 시들고, 위대한 예술에 대한 경의와 심지어 열정적인 관심이 점차 줄어 단 하나의 가격표로 축소되는 세상에 살고 있습니다. 우리는 1492년 스페인이 유대인들을 말끔히 청소한 때로부터 수단이 식량을 차단하고 시민들이 서서히 굶주려 죽는 모습을 만족스럽게 지켜보고 있는

2004년까지, 정신적으로 과학적으로 지적으로 정서적으로 더 나아가지 못한 것일까요? 1572년 프랑스에서 성 바르톨로메오 축일에 1만 명이 학살당했던 때로부터 뉴욕시에서 수천 명이 필라멘트처럼 흩어진 2001년까지, 1692년 세일럼에서 딸과 아내와 어머니가 화형당한 때로부터 소년 소녀의 몸을 착취하는 성매매 관광객이 온 도시를 가득 채우는 2007년까지, 우리는 조금도 진보하지 못한 것일까요? 과학과 기술의 진보에도 우리는 마법으로 돌아선 것일까요? 그래서 외계인, 적, 악령을 뒤섞어 소환하는 것일까요? 이방인들이 드나드는 성문에 대한 불안, 우리의 언어가 타인들의 입으로 들어가는 데 대한 불안, 권력이 낯선 사람들의 손에 들어가는 데 대한 불안을 회피하고 잠재우기 위한 '원인들'을 소환하는 것일까요? 문명은 온몸을 마비시키는 폭력 속에서 서서히 정지에 이르는 중입니다. 똑똑히 말합니다. 이 세상에는 실제적인 위험이 존재합니다. 바로 그래서 교정이 필요한 것입니다. 새로운 교육 과정이 필요합니다. 그리고 이 교육 과정은 도덕 정신의 삶과 번성하는 자유로운 영혼이 어떻게 건강에 점점 더 위협적인 맥락 속에서 움직여야 할지에 대한 의미 있고 통찰력 뛰어난 사유를 포함해야 합니다. 하지만 만약 과학의 언어가 더 윤리적인 삶이 아닌 더 긴 수명만을 주장한다면, 만약 정치 의제가 재앙 같은 남의 가족들에 맞선, 몇 안 되는 우리 가족을 보호하기 위한 제노포비아적 의제라면, 만약 종교의 언어가 종교가 없는 사람들에 대한 경멸로 의심받는다면, 만약 세속적 언어가 신성한 것에 대한 경외심에 굴레를 씌운다면, 만약 시장의 언어가 단지 탐욕을 부추기기 위한 구실이라면, 만약 지식의 미래가 지혜가 아닌

'업그레이드'라면, 우리는 어디서 인류의 미래를 찾을 수 있을까요? 지구 인류의 삶을 머나먼 미래로 보내려고 한다면 끊임없이 우리의 관심을 구하는 재난 영화에서와 달리 우리가 여기 온 이유를 재설정하는 게 합리적이지 않을까요? 고통을 줄이고 진실을 말하고 기준을 높여야 하지 않을까요? 우리는 시의성은 잠시 접어두고 반성을 이끌어내고 상상력을 자극하면서 먼 훗날에 자신의 생애를 거는 (아이티나 북아프리카의) 예술가처럼 생명이 살 가치가 있는 세상에서의 작업을 상상해야 할지 모릅니다.

2010년 4월 16일, 뉴욕 아트테이블 시상식에서 공로상을 수상한
토비 루이스 소개 연설.

# 피터 셀러스라는 희귀한 존재

피터 셀러스Peter Sellars 감독은 제게 별다른 소개말을 준비하지 말라고 신신당부했습니다. 단 두 마디면 족하다고 했어요. "와주셔서 감사합니다. 피터 셀러스를 소개합니다."

저는 감히 셀러스 감독의 뜻을 거스르려고 합니다. 피터는 놀랄지 모르지만 저는 '더 높은 권위'에 호소하고자 합니다.

저는 공교롭게도 셀러스 감독의 어머니와 아는 사이입니다. 몇몇 나라에서 몇 번 만났습니다. 한마디로, 사랑스러운 분입니다. 아들을 키운다는 건 어머니에게 참 힘겹고도 기쁜 일입니다. 피터가 태어난 펜실베이니아에서도, 아버지가 만들어준 지휘대에서 베토벤을 지휘한 콜로라도주 덴버에서도, 필립스 앤도버 학교에서도 어머니는 힘겹고 기뻤을 것입니다. 아들이 하버드에서 《코리올레이너스》를 연출하고, 파이 베타 카파Phi Beta Kappa[3]의 열쇠를 받고, 로엡의 미국 레퍼토리 극장의 초청을 받아 연출할 때도, 일본, 중국, 인도에서 공부할 때도, 보스턴 셰익스피어 컴퍼니, 미국 내셔널 시어터, 케네디 센터 연출가로 일하고, 맥아더 상을 탔을 때도 어머니는 힘겹고 또 기뻤을 것입니다. 그렇기 때문에 아들 소개를 좀 더 길게 하면 제게도 큰 기쁨이고 어머니에게도 틀림없이 그러할 것입니다. 그래서 영문학 교수이신 셀러스 선생님에 대한 애정을 담아 저는 선생님의 권위에 머리를 조아리고 선생님 역시 이걸 원하길 바라며, 아드님께서 진지하게 권했던 두 문장에 몇 문장을 덧붙여보려고 합니다.

우리는 때로는 위안을 얻기 위해, 질서와 고요가 있는 피난처를 찾아 예술로 향합니다. 익숙한 아름다움, 심지어 전통적인 아름다움을 찾아 예술로 향합니다. 그 예술이 우리를 데리고 진부한 우리 자신을 지나 또 다른 우리가 살고 있는 깊은 곳으로 가주리라고 확신합니다.

때로는 위험을 찾아 예술로 향하기도 합니다. 낯선 것을 경험하고, 익숙한 세상이 실은 얼마나 신비로운지 문득 깨달아 매혹되기 위해 예술로 향합니다. 부추김을 받기 위해, 당연하게 여겼던 것을 다시 생각해보게 만드는 동요를 느끼기 위해, 보고 듣는 다양한 방식을 배우기 위해 예술로 향합니다. 흥분하기 위해, 감동하기 위해, 불편함을 느끼기 위해.

다행스러운 점은 오늘날 예술가들 사이에서도 피터 셀러스는 희귀한 존재라는 것입니다. 그는 우리에게 그런 선택을 강요하

---

3    미국에서 가장 오래된 명예 학술 사회.

지 않습니다. 우리를 실험 쥐 삼아 빨간 버튼이나 파란 버튼을, 먹이 버튼이나 먹이 없음 버튼을 누르라고 하지 않습니다. 기쁨이나 힘이나 지혜를 둘씩 짝지어놓고 하나만 선택하라고 하지 않습니다. 셸러스의 작품은 언제나 안전과 위험 모두를 보여주었습니다. 익숙한 것들이 있는 피난처, 그리고 낯선 것들이 있는 미지의 지형을 보여주었습니다.

원전 악보와 완결된 희곡에 대한 독실한 헌신을 보여주는 연출, 비상업적인 길이(고맙게도 관객의 집중력, 기억 은행이 집파리보다 낫다고 가정합니다), 그의 충실성, 작품에 대한 존중에서 우리는 위안을 받고 안심합니다.

심오한 예술은 그 기원이 언제든 늘 현대적이라는 피터 셸러스의 뿌리 깊은 확신은, 우리가 시간의 더께를 조금씩 허물고 진실을 드러내는 그의 묘약에 새로이 손댈 수 있게 합니다. 그는 모차르트의《피가로의 결혼》《돈 조반니》《코시 판 투테》, 헨델의《이집트의 줄리어스 시저》, 쿠르트 바일의《일곱 가지 대죄》, 셰익스피어의《베니스의 상인》, 바그너의《반지》, 고골의《감찰관》무엇이든 가리지 않습니다. 예술 작품에 대한 상호 배타적일 수 있는 접근 방식을 합치는 것이 그의 방식입니다. 충실한 동시에 소생시킬 줄 아는 방식, 안전하면서도 위험하게 만드는 방식, 엄밀한 학술적 연구와 기막히게 참신한 무대 예술을 합치는 방식입니다. 놀랄 만큼 통렬한 개인적 해석을 배우의 본능에 대한 지나칠 정도의 신뢰와 합치는 방식입니다. 두 가지 접근 방식을 포용하는 그의 능력 덕분에 우리가 깨닫는 것은 예술이 얼마나 저항할 수 없을 만큼 매력적인가 하는 것입니다. 우리의 정신을 온전하게 만들거나 그렇게 유지할 수 있는 예술의 가능성에 그가 보내는 경의입니다. 예술에 대한, 그리고 우리에 대한 피터 셀러스의 절대적인 애정입니다. 철저한 믿음입니다.

와주셔서 감사합니다. 피터 셀러스를 소개합니다.

1996년 3월 14일, 미국 프린스턴 대학교 '벨냅 렉처'에서
연극감독 피터 셀러스를 소개하며.

# 로메어 비어든의 유산

    로메어 비어든Romare Bearden의 예술, 미국 흑인 예술 담론 전반에 대한 제 관점의 핵심에 다다르기 위해서는 좀 더 거슬러 올라가야 합니다. 여러분이 아닌 저를 위해서라도 거슬러 올라가 맥락을 짚어보아야 합니다.

    1960년대 아프리카계 미국인들 사이에서는 엄청난 일들이 벌어졌습니다. 그 시기 정치 변화의 영역은 자세한, 심지어 철저한 고찰의 대상이 되었습니다. 하지만 미국 흑인 예술에 대해서는 그것이 기원한 시점에서 약간의 특기할 만한 비평이 있었고, 이후 좀 더 다각도의 비평이 이루어졌지만 시각 예술을 미국 흑인 문화의 다른 장르와 연결 지어 연구하는 활동은 아직 잠정적인 단계에 있는 듯합니다.(토요일에 있었던 비어든과 기타 예술, 학술 분야 토론에 참여하지 못했기에 지금부터 제가 할 말들이 유효하지 않을 수도 있습니다만.) 혼합 장르에 대한 분석이 없지는 않지만 '영감' '유사점' '정신' '활기' '강렬함' '연극' '생기' 공유된 문화 가치 등과 같은 용어에 의존하고 있습니다. 이런 모호하고 감상적인 어휘에는 몇 가지 이유가 있습니다. 예술가들은 창작 과정을 숨기기로 악명이 높습니다. 학자로서는 그 분야의 상당한 전문가가 아닌 이상 분야를 가로지르는 연결 고리나 메아리가 있다고 주장하려면 상당한 자신감, 심지어 굳은 믿음이 있어야 합니다. 미학적 영향은 설명하기 매우 힘듭니다.

뿐만 아니라 미국 흑인 문학이나 기타 예술 분야 연구자들의 초기 관심은 정전을 만드는 데, 주류 문화의 관례대로 예술품의 순위를 매기는 데 집중되어 있었습니다. 흑인 비평가들이 역설하던 대체 정전은 몇 가지 목적(민족주의, 혁명의 성공, 문화적 헤게모니)을 갖고 있었습니다. 그중에는 강력한 정치 의제나 문화의 일관된 번영, 혹은 둘 다를 뒷받침하는 미학도 있었습니다. 이런 미학은 '오염된 미국 주류 문화'에 대한 '교정 수단'으로 여겨졌습니다. 흑인 권력 운동의 '자매' 격으로 취급되었습니다. 예술가들의 작품은 민족 형성의 '용도'를 갖도록 권장되었고 그 용도에 따라 순위가 매겨졌습니다. 1960년대 시 평론을 보면 알 수 있듯이 이것이 평론의 목적이라고 생각한 사람들은 어마어마하게 많았습니다. '정통성' 문제는, 즉 흑인의 실생활과 관심사를 반영하느냐는 문제는 아직도 랩, 영화, 소설, 시각 예술 등 거의 모든 미국 흑인 예술을 판단하는 필수 요소입니다.

1960년대에는 창조 에너지가 폭발했지만 비평은 영원한 논쟁거리, 영원히 무의미할 논쟁거리와 줄곧 씨름했습니다. 어쩔 수 없었을지도 모릅니다. 논쟁은 어떻게 흑인 예술가의 예술이 '보편적'일 수 있을지, '인종 초월적'이고 '의제에서 자유로운' '주류' 예술이 될 수 있을지, 그래야만 하는지 물었습니다. 논쟁의 중심에는 작품이 단지 정치적이면 예술이 아니고, 단지 아름답기만 하면 의의가 없다는 암묵적 가정이 있었습니다. 그래서 비평은 작품의 사회학적 정확도 혹은 영감을 불러일으키는 '자구적' 가치 혹은 둘 다에 초점을 맞추었습니다. 대표성과 정통성이 있는 작품은 칭송받았으며, 정신적 고양에 실패한 작품은 무가치한 것으로 여겨졌습니다. 어떤 작품은 투박한 저항이나 선전으로 취급됐습니다. 가깝고 먼 과거의 거의 모든 아프리카계 미국인 작가는—제임스 볼드윈, 조라 닐 허스턴, 랠프 엘리슨, 리처드 라이트, 궨덜린 브룩스, 필리스 휘틀리 등—니그로 예술가 혹은 흑인 예술가로 사는 것이 어떤 의미인지 설명하라는 요구를 받거나 그런 기분이었습니다. 그 요구가 너무 터무니없었기 때문에 예술가들은 그에 답변하지 않을 수 없었습니다.(아마 분노나 짜증을 참으며 답변했을 것입니다.) 로메어 비어든은 1960년대 훨씬 이전부터 작업을 했고, 다양한 장소를 다니며 고전과 현대를 아우르는 주의 깊은 연구에 몰두하고 있었습니다. 비어든이 집으로 삼았던 곳은 남부, 북부, 유럽, 카리브해, 시골 들판, 주택 현관, 도시의 거리, 클럽, 교회 등이었습니다. 그래서 비어든이 자신의 작품에 담긴 인종 혹은 사회 요소에 대해 한 말을 읽었을 때 저는 상당히 기뻤습니다.

"제 의도와는 달리 어떤 경우 해설가들은 제 작품에 사회적 요소가 있다고 믿고 그것을 과도하게 강조해왔습니다. 물론 어떤 인간적인 요소에 대한 제 반응은 명백한 동시에 불가피하지만, 많은 사람이 생각 끝에 제 그림에 담긴 인간적 연민이라고 할 수 있는 것뿐만 아니라 미학적 함의에 관심을 갖게 되었다는 점을 알고 기뻤습니다."

이 가운데 인상적이었던 건 '어떤 인간적인 요소'에 대한 반응이 '명백한 동시에 불가피'하다는 말이었습니다. 예술가가 인간으로서 어떻게 인간적인 것들에 반응하지 않을 수 있는지, 그리고 인간적인 것은 본성상 사회적인 것 아닌지, 비어든은 묻고 있는 것입니다. 비어든은 그림 주제의 인간성을 당연시하는데 흑인 집단의 인간성을 의도적으로 그리고 일관적으로 부정해온 나라에서, 앞서 말했듯, 이것은 그 자체로 급진적인 행위가 됩니다. 비어든은 또한 '미학적 함의'를 언급하며 기뻐합니다. 다시 말해 그가 선택한 색과 형태에, 이미지의 구조적, 구조화된 배치에, 납작한 평면에 쌓아 올린 파편에 미와 정보, 진실과 힘이 담겨 있다는 것입니다. 반복에 그리고 기법 자체에 리듬이 암시되어 있어서 하나의 움직임이 다음에 올 움직임들을 결정하고 돌발성, 즉흥성을 주며, 그렇게 보이도록 한다는 것입니다. 이것이 바로 비어든의 작품을 규정하고 비어든의 작품이 또 다른 장르, 즉 음악과 맺고 있는 관계를 암시하는 데 적절한 설명입니다. 이런 설명은 아주 흥미로운데, 어떤 미학적 관점을 가진 비평이든 전통적으로 하나의 예술 형태 안에 그 탐구를 국한하지 여러 형태 사이를 오가지 않기 때문입니다. 예술가들이 타 분야에서 얼마나 큰 영향을 받는지 고려하면, 작품 자체가 다양한 원천 그리고 다른 분야와의 더 많은 소통을 고집하고 있는데도 전통적 비평과 크게 다르지 않은 접근법이 유지되고 있다는 점이 기이하게 느껴집니다. 동일 장르

내 작가들 사이에서 이루어지는 교차 수정은 충분히 검토된 주제입니다. 하지만 장르 간의 경계가 명확하지 않은 사례들은 그렇지 못합니다.

로메어 비어든의 작품 해석에서 미국 흑인 음악의 영향과 표현은 빼놓을 수 없는 요소이고, 어거스트 윌슨의 감성과 그의 희곡의 관계에서도 그렇습니다. 제 작품에 대한 비평에서도 제 작품이 음악의 영향을 받았고 음악과 정렬되어 있다는 관찰이 나오고 저도 인정합니다. 오늘 저녁에는 서로 다른 분야의 예술가들이 어떻게 서로의 미학을 섞고 격려하고 전달하는지 설명하고자 합니다.

먼저 로메어 비어든의 작품에 영향받은 제 창작 과정에 대해 잠시 이야기해볼까 합니다. 저는 곧잘 비어든 이외의 화가들로부터 아이디어를 얻곤 합니다. 대개 어떤 풍경이나 캔버스 위의 조형 구성으로부터 도움을 받습니다. 하지만 비어든의 작품으로 말하자면, 손에 닿을 듯한 관능, 몸짓의 순수성, 무엇보다 그가 주제로 삼는 대상에 담긴 적극적인, 실물 크기의 인간성이라는 함의가 저를 사로잡습니다. 고정관념의 타파가 너무 시급해서 감상주의에 빠지기 쉬운 상황에서 이 마지막 요소는 작지 않은 성과입니다. 비어든의 작품에 박혀 있는 면도날은 그가 주제로 삼은 대상에 대한 안이하고 자기만족적인 평가를 방지하며 방지해야 마땅합니다. 제가 비어든의 작품에서 가장 좋아하는 요소가 이것입니다. 얕보는 시선이 없다는 사실입니다.

제 창작 과정의 또 한 가지 요소는 텍스트 구성과 관련 있습니다. 제가 일관되게 시도하는 다층적인 과정은 문학보다는 그림을 그리는 행위와 공통점이 많습니다.

서사를 완성하려면, 아니 시작하려고만 해도 세 가지 종류의 정보가 필요합니다. 한 가지 생각과 그 생각을 검토하기 위한 이야기를 결정했으면 구조와 소리, 그리고 여러 가지 색채가 필요합니다. 꼭 그 순서를 지켜야 하는 것은 아닙니다. 텍스트의 소리는 물론 말의 음악적인 특성, 그리고 그 말을 맥락화하기 위해 선택하는 언어와 관련이 있습니다. 다른 글에서 저는 《빌러비드》의 도입부를 선택하게 된 과정에 대해 설명한 적이 있는데, 여기서 되풀이해보겠습니다. 도입부는 이렇습니다. "124에는 한이 서려 있었다. 아기의 독으로 가득한 한이." 저는 제가 필요하다고 느낀 리듬을, 그리고 말해진 텍스트의 느낌을 살리려고 애썼습니다. "책을 읽으며 단어를 읽을 것을 기대하지 번호를 말하거나 들을 생각을 하지는 않기 때문입니다. 소설의 소리는 불협화음일 때도 있고 조화로울 때도 있지만 언제나 귀 안에서 들려오는 소리, 혹은 귀로 들을 수 있는 한계를 살짝 넘은 소리여야 하고 텍스트에 음악적인 강세를 넣어주어야 합니다. 때로는 여기에 음악보다 말이 더 효과적입니다." 그리고 저는 왜 두 번째 문장이 문장이 아닌지 설명하면서 실은 종속절이지만 문장의 지위가 주어진 데는 '가득'에 강세를 넣기 위함이라고 말했습니다. 아기 유령이라는 기묘한 존재를 부각하지 않고 독자가 집 안 사람들과 마찬가지로 유령의 존재를 아무렇지 않게 생각하도록 만들기 위해서였습니다. 놀라운 것은 아기 유령 존재가 아니라 그 힘('가득한')이라는 인상을 주고자 했습니다. 제 작품에서 소리가 가진 결정적인 역할에 대해 장황하게 설명함으로써 저는 어떤 부자연스러운 운문이나 서정성이 아닌 소리, 즉 텍스트의 청각적 속성으로부터 얻을 수 있고 전달될 수 있는 의미에 초점을 맞추고자 했습니다. 블루스나 재즈에 영향을 받은 데서 끝나는 것이 아니라는 말을 하고 싶은 것입니다. 음악 속으로 파고들어 음악에 담긴 의미를 알아내는 것이 중요합니다. 다시 말해 로메어 비어든이 언급했던 '미학적 함의'는 흔히 미학적 분석에서 빠지는 어떤 것을 포함해야 합니다. 대개의 해석은 특정한 기술이 쾌감을, 즉 충격적이거나 감동적이거나 만족스러운 정서 반응을 이끌어내는 데 얼마나 성공적인지 평가합니다.

정보를 중시하는 해석, 작가가 자신의 스타일, 미학을 통해서 전하려는 의미를 중시하는 해석은 드뭅니다. 여러 모더니즘 작가들이(가령 마티스) 채택한 콜라주 기법이 비어든에 의해 새로운 수준으로 나아갔다고 말할 수 있을 것이며 실제로 그렇습니다. 비어든의 콜라주는 그가 그리는 '파편화된' 삶을—앞선 시기의 큐비즘을 거부하는 동시에 발판으로 삼는 평면으로의 개입을—반영한다고 합니다. 또한 콜라주 기법은 아프리카계 미국인의 삶과 반란이 가졌던 모더니즘적 추진력을 대표한다고도 합니다. 미국 흑인 음악의 본질이기도 한 구조와 즉흥성을 모두 충족시키는 기법입니다. 이 기법이 제게 매력적인 이유는 갑작스러운 단절과 기대 밖의 유동성이 '시작과 중간 그리고 끝'이라는 선형적 진행이 해줄 수 없는 방식으로 서사를 향상시키기 때문입니다. 전통적인 시간 순서(그런 다음, 그런 다음)를 버린 제 방식도 그런 모더니즘 경향의 이득을 보기 위함입니다. 그리고 흑인 사회의 다층적 세계에 대해—흑인 사회의 분절된 혹은 파편화된 세계가 아닌, 정신과 상상력의 다층적 세계, 그리고 현실이 실제로 인식되고 경험되는 방식이 가지는 다층성에 대해—이야기하기 위함입니다.

세 번째인 색채는 제가 텍스트를 구축할 때 가장 마지막에 오며 가장 중요하게 내리는 결정에 속합니다. 저는 '예쁘게' 꾸미거나 기쁨을 주기 위해, 혹은 분위기를 잡기 위해 색을 쓰지 않고 서사 안의 주제를 암시하고 규정하기 위해 사용합니다. 색은 직접적으로 혹은 비유적으로 말합니다.《솔로몬의 노래》도입부에 나오는 빨강, 하양, 파랑의 붓놀림은 성조기를 의미하는데, 소설 속 사건들은 독자의 머릿속에 가만히 놓여 있는 이 배경에 대해 여러 가지 논평을 하게 됩니다.《빌러비드》에서 색깔을 배제한 이유도 마찬가지입니다. 인물에게 심오한 의미를 가지게 되기 전에는 어떤 색도 허락하지 않았습니다. 베이비 석스의 색에 대한 갈망, 세서가 색을 눈에 들이고 느끼는 놀라움, 음침한 잿빛 이불에 기운 오렌지색 천 조각이 여기 해당됩니다. 이런 의도적인 색의 배치나 배제, 다양한 의미를 내포한 백색의 신중한 삽입(세서 옆에서 기도를 하는 형상이 입은 마치 신부의 드레스 같은 흰옷,《타르 베이비》에서 파이 테이블을 담당하는 교회 여성들이 입은 옷 색깔), 그리고《파라다이스》의 서로 연관된 장면들에서 색의 조합을 반복해서 사용한 것은 비어든의 선택을 모방하고 있지는 않지만 그의 창작 과정과 방향이 같습니다.

비어든이 미술관에서 널리 전시되어야 하는 이유, 그가 미국 흑인 예술 연구자들의 늘어나는 관심을 받아야 하는 이유는 많습니다. 부분적으로는 정전을 수립해야 하기 때문입니다. 민족적 열망을 만족시킬 최소한의 필요도 있습니다. 비어든의 천재성에 찬사를 보내야 한다는 부수적인 이유도 있습니다. 그러나 미국 흑인 예술의 울림, 협력, 연결, 분야를 넘나드는 원천을 탐구해야 하는 더 중요한 이유는 예술가들 사이에서 울려 퍼지는 미학적 대화 때문입니다. 예술 형태를 분리하고 구획하는 것은 연구, 교육, 기관을 위해서는 편리합니다. 하지만 예술가들이 실제 작업하는 방식을 반영하지는 않습니다. 비어든과 재즈 음악, 재즈 음악가들 사이의 대화는 분명한 시작점입니다. 더 나아가 영향을 인정하는 작가들을 살펴볼 수 있습니다. 연구를 용이하게 만들고자 세워진 경계는 다공성일 뿐만 아니라 유동성 있는 경계라고 저는 생각합니다. 미국 흑인 예술이 단순하지 않은 작업이며 깊은 의미를 담고 있다는 사실을 이해시키려면, 이 유동성의 사례를 발견하는 것은 아주 중요합니다.

비어든은 어느 날 비행기 안에서 제게 뭔가를 보내주겠다고 말한 적이 있습니다. 정말 보내주었습니다. 제 책에 등장하는 한 인물의 아주 특별하고 그야말로 놀라운 초상화였습니다. 1979년 작 파일럿이 아닌 《솔로몬의 노래》 연작의 일부인 파일럿이었을 겁니다. 비어든이 본 것들에 제가 얼마나 놀랐을지 상상해보세요. 제가 파일럿을 만들어냈을 때 보지도 알지도 못했던 것들이었습니다. 비어든이 그린 파일럿의 귀걸이, 모자, 유골이 든 주머니는 낱말에 얽매인 제 묘사를 훌쩍 뛰어넘는 것이었고, 파일럿에게 에너지를 불어넣는 동시에 침묵하게 했습니다. 파일럿의 상징, 과거, 목적의식을 어디 한 번 빼앗아 가보라고 을러메고 있었습니다. 저는 파일럿의 결의, 지혜 그리고 매혹적인 개성을 보았지만 비어든은 파일럿의 맹렬한 기세를 보고 그렸습니다.

얼마 후에 저는 비어든의 수채화를 손에 넣었습니다. 프레저

베이션홀⁴에서 볼 수 있을 법한 연주자들이 강에 띄운 배 앞에 서 있는 그림이었는데, 모두 흰 옷을 입고 있었고 다채로운 전통 띠를 매고 있었습니다. 흑인 재즈 음악가를 그린 그림에서 저는 처음으로 고요를 보았습니다. 음악가들을 그릴 때 흔히 볼 수 있는 활동적이고 열광적이고 자유로운 움직임이 아닌, 그 중심에 있는 고요가 보였습니다. 한마디로 신성하고 관조적이었습니다. 평소에는 가려져 있던 그들 예술의 일면을 보는 것 같았습니다.

그러한 통찰은 실로 희귀합니다. 그것을 단지 즐기기보다 보여주고 강조하고 분석하는 일은 훨씬 더 흥미롭습니다. 로메어 비어든의 유산은 그가 우리에게 준 것이 무엇인지, 미국 흑인 예술이 우리로부터 간절히 원하는 발견이 무엇인지 깊이 생각해보라고 말합니다.

2004년 10월 16일, 미국 컬럼비아 대학교
'로메어 비어든 세계 심포지엄'에서.

---

4    뉴올리언스 재즈 클럽.

# 고독한 상상력과 함께하는 경험

예술 작품은 질서 있는 면과 선으로 충분하지 않다. 무리 지어 있는 아이들을 향해 돌을 던지면 아이들은 허겁지겁 흩어질 것이다. 재배치라는 행위가 이루어진 것이다. 이것이 구성이다. 색과 선, 면이라는 수단을 통해 표현된 이러한 재배치가 예술적 회화적 동기다.

—에드바르드 뭉크

나는 이 인용문을 참 좋아하고 화가들이 자신의 작업에 대해 하는 말도 좋아한다. 작가로서 나의 관심사인 창작의 한 측면을 조명하기 때문이다. 작가적 성장의 내적 부분이(작가의 작업으로부터 뗄 수 없는 동시에 분리된) 순전히 한정적이고 일부에 지나지 않는 일련의 자극과 연결될 뿐만 아니라 기억과도 연관이 있음을 암시하고 있다. 화가는 돌을, 돌의 선과 면, 곡선을 있는 그대로 복제하거나 재해석할 수 있지만 아이들 속에서 어떤 사건을 벌어지게 하는 돌은 기억해야 한다. 사건은 한 번 벌어지고 사라지기 때문이다. 스케치북을 들고 앉은 화가는 그 장면이 어땠는지 기억해야 한다. 무엇보다 그 장면에 수반된 특정한 환경을 기억해야 한다.

그 돌과 흩어진 아이들에 따라오는 것은 온갖 감정과 인상의 은하수다. 그 움직임과 내용은 처음에는 제멋대로이고 심지어 앞뒤가 맞지 않는 것처럼 보일 수도 있다.

공적 생활과 학자적 삶에서 너무 많은 것이 우리로 하여금 파묻힌 자극들로 이루어진 환경을 진지하게 고려하지 못하게 만들기 때문에 자극과 그 은하를 찾으러 나서기가, 그것들이 나타났을 때 그 가치를 알아보기가 대개의 경우 몹시 힘들다. 나에게 기억은 언제나 신선하다. 기억되는 대상이 이미 끝나고 없는 지난 일이라도.

기억은(능동적으로 기억하는 행위는) 의도적인 창작의 일종이다. 과거에 정말 어땠는지 알아보려는 노력이 아니다. 그것은 조사다. 기억의 목적은 그 대상이 나타난 방식과 그런 방식으로 나타난 이유를 곱씹는 데 있다.

나는 한때 해나 피스라는 여성을 알았다. '알았다'고는 하지만 이처럼 틀린 말도 없다. 아마도 네 살이었을 때 내가 살던 마을에 해나 피스라는 여자가 있었다. 지금 어디 사는지도 모르고(살아 있는지도 모르고) 누구의 친척이었는지도 모른다. 우리를 찾아온 지인도 아니었다. 이날까지도 사진 속 해나 피스가 어떤 모습일지 설명할 수 없고, 내가 있는 방으로 걸어 들어와도 알아볼 수 없을 것이다. 하지만 해나 피스에 대한 기억이 있고 그 기억은 이렇다. 피부색이 생각난다. 광택 없는 피부였다. 보랏빛에 휩싸인 듯한. 그리고 눈을 게슴츠레하게 뜨고 있었다. 무뚝뚝하지만 악의는 없는 것 같은 분위기를 풍겼다. 무엇보다도 이름을 기억한다. 아니, 사람들이 이름을 입에 올린 방식이 기억난다. 해나도 아니고 미스 피스도 아니었다. 언제나 해나 피스였다. 그뿐이 아니었다. 숨겨진 어떤 것, 경외심 같은 것도 있었고 무엇보다 용서가 있었다. 사람들은(남녀 할 것 없이) 해나 피스의 이름을 말할 때 해나 피스의 무언가를 용서했다.

이게 별 게 아니라는 것은 안다. 반쯤 감은 눈, 적의 없음, 라일락 분가루를 칠한 피부. 하지만 어떤 인물을 떠오르게 만들기에는 충분했다. 더 많은 사실을 알았다면 오히려 허구적인 인물을 만들어내지 못했을 수 있다. 내게 쓸모 있었던 것, 결정적이었던 것은 해나 피스 자신이 아닌 해나 피스에 대한 기억을 따라갈 때 동반되었던 감정의 은하수였다. (나는 지인이나 친구, 심지어 적을 허구의 인물로 '사용하는' 사람들의 능력, 심지어 그러고자 하는 욕구에 놀라곤 한다. 실존하는 인물은 나에게 발효 효모가 없는 인물이거나 쓸모없는 부분이 너무 많은 인물이다. 이미 다 된 빵, 다 구워진 빵이다.)

이런 조각이(오직 조각만이) 창작을 시작하게 해준다. 그리고 이 조각들이 뭉쳐 부분이 되는 과정이(그리고 조각과 부분의 차이를 깨닫는 과정이) 창작이다. 그래서 기억은 기억된 조각이 얼마나 작든 나의 존경과 관심과 신뢰를 요구한다.

내가 기억이라는 계략에(기억이 창작을 하는 작가에게 계략으로 기능하는 것이 사실이다) 과하게 기대는 이유는 두 가지다. 첫째 어떤 창작 과정을 점화하기 때문이고, 나 자신의 문화적 근원에 대한 진실을 알기 위해 문학이나 타인의 사회학에 기댈 수 없기 때문이다. 또한 나의 관심사가 사회학으로 빠지는 것을 막아주기도 한다. 비평의 언어로 흑인 문학을 논하는 것은 무조건 사회학이지 예술 비평인 경우가 거의 없으므로 처음부터 그런 관점을 작업에서 털어내는 게 중요하다.

해나 피스에 대한 기억에서 내가 주목한 것은 내가 흑인으로 보낸 어린 시절이 아니라 해나 피스가 받은 손쉬운 용서였다. 나의 어머니가 한때 알았던 여성의 어렴풋한 모습과 맞물려 내 기억에 떠오른 그 '손쉬운 용서'가 바로《술라》의 주제다.《술라》의 여성들은 서로를 용서한다. 아니 용서하는 법을 배운다. 이 은하가 뚜렷해지자 다른 조각들을 압도했다. 다음 단계는 여성들 사이에 용서할 것이 무엇인지 발견하는 단계였다. 이야기 형식으로 여성의 용서에 대해 말해야 했기 때문에 이를 묻고 답을 꾸며내야 했다. 우리가 용서하는 일들은 흔히 중대한 실수와 극심한 악행이지만 나의 관심사는 용서의 대상이 아닌 여성들 사이의 용서, 즉 여성들 간의 우정의 성격과 특성이었다. 우정에서 얼마나 참아주는가는 우정의 정서적 가치에 달려 있다. 그러나《술라》는 단지 여성 간의 우정이 아닌 흑인 여성 간의 우정에 대한 이야기다. 흑인이라는 수식어가 부과하는 예술적 책임에 대해서는 잠시 후에 설명하고자 한다.

나는 독자가 내 소설을 읽고 텍스트를 서사나 문학이 아닌 것으로 경험하는 데 능동적으로 참여하길 원한다. 독자가 텍스트를 문학으로 경험하는 것을 허락하지 않으면, 독자는 한정된 영역 안에서 정보와 거리를 두고 정보를 냉담하게 수용하는 데 어려움을 느끼게 된다. 아주 훌륭한 그림을 볼 때, 보는 경험은 그 행위를 통해 축적된 정보보다 심도가 있다. 좋은 음악을 들을 때도 마찬가지라고 생각한다. 그림이나 음악 작품의 문학적 가치가 한정되어 있듯 문학의 문학적 가치도 한정되어 있다. 나는 이따금 16세기 영국에서 희곡을 썼다면, 예수 탄생 전 그리스에서 시를 썼다면, 혹은 서기 1000년 종교 서사를 썼다면 얼마나 즐거웠을지 상상해본다. 당시 문학은 필요였고 작가의 상상력을 제한하거나 축소할 비평적 역사를 갖지 못했다. 독자의 문학적 연상 작용, 문학적 경험에 의존하지 않아도 된다면 얼마나 멋질까. 그 경험은 독자의 상상력뿐만 아니라 작가의 상상력을 빈곤하게 만들기 때문이다. 내가 쓰는 글이 단지 문학적이기만 한 글이 되지 않는 것이 중요하다. 나는 작품에서 특정한 문학적 자세를 취하지 않도록 극도로 조심하면서 자신을 단속한다. 유명한 이름을 들먹이거나 도서 목록을 제시하거나 다른 문학을 언급하는 것을 아마 너무하다 싶을 정도로 피한다. 간접적으로만 언급하거나 기록된 설화에 기반한 경우에만 언급한다. 작품에 옛이야기나 설화를 넣을 때는 인물의 생각이나 행위를 뚜렷한 신호로 알리거나 아이러니 혹은 유머를 제공할 수 있도록 적절한 이야기를 고른다.

밀크맨은 세상에서 가장 늙은 흑인 할머니, 힘없는 사람들을 돌보는 데 생애를 바친 어머니들의 어머니를 만나기에 앞서 유럽의 옛이야기 '헨젤과 그레텔'을 떠올리며 집으로 들어간다. 부모로부터 버림받고 숲에 남겨진 아이들과 그 아이들을 잡아 먹으려고 하는 마녀의 이야기다. 이 시점에서 밀크맨이 느끼는 혼란, 그의 인종적 문화적 무지와 혼란을 알리는 신호이기도 하다. 해가의 침대가 골디록스가 선택한 침대로 그려진 것 또한 눈에 띌 것이다. 해가가 골디록스처럼 머리카락에 집착하기도 하지만 남의 집에 무단으로 침입하고 물건을 탐하고 남의 소유권이나 공간을 유념하지 않으며 정서적으로 이기적인 동시에 혼란을 느끼고 있기 때문이다.

내가 이처럼 다른 작품에 대한 언급을 의도적으로 피하려는 따분한 습관을 굳히게 된 이유는 그런 언급이 가식적인 태도로 이어지기도 하고, 그런 언급이 부여하는 신용을 내가 거부하기 때문이기도 하지만, 무엇보다 내가 쓰고자 하는 종류의 문학에, 그 문학의 목적에, 그리고 내가 흥미롭게 여기는 특정 문화 규칙에 부합하지 않기 때문이다. 내가 좋아하는 작가들이 다른 작품을 언급할 때 나는 굉장한 깨달음을 얻기도 하고 어떤 위안을 얻기도 하는데, 나는 독자에게 그런 위안을 주고 싶지 않다. 독자의 반응이 글을 모르거나 문자가 없었던 시대의 사람과 동일 선상에서 이루어지기를 원한다. 익숙함이 주는 편안함을 빼앗고 색다른 편안함을, 고독한 상상력과 함께하는 경험을 주고 싶다.

소설가로서 나의 시작은 바로 이런 불편과 불안을 만드는 데 상당히 집중되어 있었다. 독자가 다른 지식 체계에 의존하도록 고집하기 위해서였다. 1965년 나의 첫 시도는 미약했을지 몰라도 1984년에 이른 지금 이런 창작 과정은 여전히 나의 흥미를 끈다. 기억을 믿고 거기서 주제와 구조를 추리는 과정이다. 《가장 푸른 눈》의 첫 조각을 제공한 것은 나와 비슷한 나이의 아이가 파란 눈을 갖고 싶어서 기도한다고 말했을 때 내가 느끼고 본 것에 대한 회상이었다. 그다음에 나는 조각과 부분을 구별하려고 애썼다.(사람 몸을 예로 들면 몸의 한 조각은 몸의 한 부분과 다르다.)

조각에서 부분을 만들어내기 시작하면서 나는 그 부분들이 연결되지 않는 편이, 관련성을 가지되 접촉하지 않는 편이 낫겠다고 생각했다. 한 줄로 서기보다 원을 그리기를 원했다. 기도에 대한 이 이야기는 부서지고 쪼개진 생애의 결과인 부서지고 분열된 인식에 대한 이야기였기 때문이다. 결국 소설은 기억을 따라온 은하수처럼 서로의 주위를 도는 여러 부분의 결합이 되었다. 기억이 조각과 파편으로 남는다는 점은 나를 애태운다. 우리는 너무 많은 경우 전부를 갖고 싶어 하기 때문이다. 우리는 꿈에서 깨면 모든 것을 기억하고 싶어 한다. 하지만 우리가 기억하는 파편이 꿈에서 가장 중요한 조각일 수 있고 아마 그럴 것이다. 전통적으로 소설은 장과 부로 나뉘지만 내가 글을 쓸 때 이것은 크게 도움 되지 않는다. 개요도 마찬가지다.(디자이너를 위해, 그리고 책에 대해 이야기할 때 편의를 위해 허용하기는 한다. 주로 맨 마지막에 정해진다.)

내 기억이 표면으로 떠오르는 방식에는 유희와 임의성이 있을지 몰라도 작품을 구성하는 방식에는 없다. 특히 서사 속에서 사건이 전개되는 방식에서 유희와 임의성을 재현하고 싶은 경우 그렇다. 형식은 이야기가 표현하고자 하는 생각을 정확하게 전달한다. 전통적이기 그지없는 방식이지만 이미지의 원천은 전통적인 소설 재료나 독자가 아니다. 쪼개진 거울의 시각 이미지, 혹은 파란 눈 속에 보이는 갈라진 거울의 통로는 《가장 푸른 눈》에서 형식인 동시에 맥락이다.

서사는 지식이 체계화되는 한 방식이다. 나는 언제나 서사가 지식을 전달하고 전달받는 가장 중요한 방식이라고 생각했다. 지금은 확신이 좀 줄었지만 서사에 대한 욕구가 줄었던 적이 한 번도 없었다는 사실을 감안하면 그 욕구는 시나이산에서, 골고다에서, 펜스 평야 한복판에서 그랬던 것처럼 여전히 매섭다고 할 수 있다. 소설가들이 서사를 포기하거나 서사가 철 지난 모방적 형식이라고 해서 싫증을 낼 때도 역사가, 기자, 공연 예술가들이 그 틈을 메운다. 그럼에도 서사만으로 충분하지 않고, 결코 충분하지 않았다. 캔버스나 동굴 벽에 그려진 사물이 결코 단순한 모방이 아니었듯 말이다.

내가 독자에게 할 수 있는 약속은 독자와 내가 미리 합의한 이미 정립된 현실(문학적 현실이든 역사적 현실이든)을 드러내지 않겠다는 것이다. 나는 그런 종류의 권위를 취하거나 행사하고 싶지 않다. 많은 사람이 그것을 안전하고 안심할 수 있는 방식이라고 생각하지만 나는 독자를 얕보는 일이라고 생각한다. 나의 전문 영역이 흑인 문화이고 흑인 문화의 예술적 요구가 있기 때문에 나는 얕보거나 통제하거나 군림할 수 없다. 내가 이해하는 제3세계적 우주론에서 현실은 서구 문화의 문학 선배들이 이미 구성해놓은 현실이 아니다.

내 작품이 서구의 주어진 현실과 다른 현실에 대항하려면 서구에서 불신하는 정보를 중심에 놓고 활성화해야 한다. 사실이 아니거나 쓸모가 없거나 인종적 가치가 없어서 불신하는 것이 아닌, 불신하는 사람들이 가진 정보이기 때문에 '설화' '소문' '마법' '감상'으로 폄훼되는 정보를 말한다.

나의 작품이 흑인 미국 문화의 예술적 전통을 충실하게 반영하려면 먼저 흑인 예술 형식의 특징을 의식적으로 사용해야 하고 문자로 옮겨야 한다. 그것은 즉 교창交唱, antiphony, 공동체적 성격, 기능, 즉흥성, 특수한 역할을 수행하는 관객, 전통과 공동체적 가치를 받들고 개인이 집단의 제약을 초월하거나 저항할 기회를 제공하는 비판적 목소리다.

　　이런 규칙을 지키려면 텍스트는, 즉흥성과 관객의 참여를 감안할 때, 권위적 주체가 되면 안 되고 지도가 되어야 한다. 독자(관객)가 이야기에 참여할 수 있는 길을 내주어야 한다. 저항과 전통을 모두 비판하려면 언어는 지시하는 언어인 동시에 가리는 언어가 되어야 하고, 두 언어 간의 긴장이 자유와 힘을 준다. 내 작품이 집단 속에서(말하자면 마을 속에서) 기능하자면 과거로부터 쓸모 있는 것과 버려야 할 것을 찾아내 증언하고 밝혀야 한다. 현재에 대비하고 버티는 일을 가능하게 해야 한다. 문제와 모순을 회피하기보다 관찰함으로써 그렇게 해야 한다. 사회적 문제를 해결하려 하지 말고 반드시 명확히 하기 위해 노력해야 한다.

　　《타르 베이비》를 예로 들어 이런 점들을 설명하기에 앞서 먼저 말해두고 싶은 것이 있다. 흑인 작가들 중에는 서구 문학을 유산으로 물려받았을 뿐만 아니라 아주 잘 활용해서 두 문화 모두를 조명했던 탁월하고 힘있고 지적이고 재능 있는 작가들이 있다. 나는 그 작가들의 작품이나 시각에 반대하지도 거기에 무관심하지도 않다. 오히려 다른 문화권의 문학 세계를 즐기듯 한다. 어떤 관점이 타당하거나 '올바른지' 묻기보다 내 관점과 그들의 관점에 어떤 차이가 있는지 물어야 한다. 흑인 문학이 무엇이고 무엇이어야 하는지 획일적으로 규정한다면 그보다 싫은 일은 없을 것이다. 나는 단지 돌이킬 수 없고 부정할 수 없이 흑인적인 문학 작품을 쓰고 싶었다. 등장인물이 흑인이거나 내가 흑인이어서가 아니라 흑인 예술에서 인정받고 승인된 원칙을 창조 과제로 삼았고, 자격 증명으로 삼았기 때문에 흑인적인 작품을 쓰고자 했다.

《타르 베이비》를 쓸 때 기억한다는 것은 이야기된 것을 회상한다는 의미였다. 나는 현대적 혹은 서구적으로 이야기된 이야기를 읽는 것은 거부하고 불편했거나 단지 인상적이었던 조각들을 골라냈다. 두려움, 타르, 전통 예절을 지키지 않은 타르 베이비에 (인사에 대답하지 않음) 대한 토끼의 분노. 타르 베이비가 왜 만들어졌고 어떤 목적을 가지는지, 농부는 무얼 지키려고 했는지, 토끼가 왜 타르 베이비 인형에게 관심을 가질 것이라고 생각했는지. 농부가 알고 있었던 것은 무엇이며 농부의 큰 실수는 무엇이었는지. 타르 베이비는 왜 농부에게 협조하고 농부가 지키고자 하는 것을 지켜주고 보호받고자 하는지. 농부의 일이 왜 토끼의 일보다 더 중요한지. 농부는 왜 찔레나무밭이 충분한 징벌이라고 생각하는지, 토끼에게, 타르 베이비에게, 농부에게 찔레나무밭이 무얼 의미하는지.

'창작'이란 위의 조각들을 부분으로 엮는다는 의미였다. 먼저 타르를 한 부분으로 삼아 거기에 초점을 맞추었다. 타르가 무엇이고 어디서 오는지, 신성한 용도와 세속적인 용도는 무엇인지. 그리고 그 용도에 대한 고려는 주된 모티프로 이어졌다. 역사가 없는 땅과 역사가 있는 땅. 그리고 그 주제가 다음과 같은 과정을 통해 구조로 옮겨졌다.

1. 바다에서(땅보다 먼저 있었던) 나오기는 책의 시작이자 끝이다. 선은 시작과 끝에서 모두 바다에서 모습을 드러내는데 이 부분은 첫 장이나 마지막 장에 포함되지 않는다.

2. 바다에서 솟은 땅과 현대인에 의한 땅의 정복. 어부와 구름이 본 그 정복. 정복당한 생명체들에게 가해진 고통.

3. 땅에서 집 안으로의 이동. 집 안의 방, 피난처로서 집의 품질. 먹기, 잠자리, 목욕하기, 쉬기 등의 활동에 따른 각 방의 용도.

4. 땅이 침해당한 방식으로 똑같이 침해되는 집. 질서를 위해 설계된 집 안에서 반복되는 땅의 혼돈. 침해의 원인은 바다의 자궁에서 암모니아 냄새와 함께 태어난 한 남자.

5. 뒤따르는 갈등은 타르의 활용에 내재된 역사가 없는(원시의) 힘과 역사적인(혹은 사회적인) 힘과의 갈등.

6. 그 갈등은 나아가 두 가지 종류의 혼돈, 즉 문명의 혼돈과 자연의 혼돈 간의 갈등이 됨.

7. 그리하여 깨우침은 곧 비밀의 폭로. 한두 명을 제외하고 모두에게 비밀이 있다. 저지른 행위에 대한 비밀(마거릿과 선의 경우), 입에 담지 않았지만 동기가 된 비밀스러운 생각(밸러리언과 제이딘의 경우). 그리고 가장 깊고 오래된 비밀. 우리가 다른 생명을 보듯 다른 생명도 우리를 본다는 것.

1982년 3월 31일, 미국 포덤 대학교 특강 프로그램
'개넌 렉처'에서.

# 그 모든 것에 작별을

　　몇 년 전 어느 TV 프로그램에서 인터뷰 의뢰가 들어왔을 때 나는 인터뷰에서 인종에 관해 질문하거나 인종을 주제로 삼지 않는 것이 가능할지 물었다. 그런 자발적인 제약이 주어진다면 그만큼 흥미로운 다른 주제들이 나와서 흔치 않은 방송 내용이 만들어질 것 같았기 때문이다. 그러한 매체에서 그러한 주제에 대해 말할 때 불가피하게 꺼내지 않을 수 없는 진부한 의견들로부터 자유로울 수 있을 것 같았다. 이 최초의 실험에서 나는 작가로서 내 삶을 구성하는 것에 대한 나의 시각을 말할 수 있을 것 같았다. 그게 아니면 가르치는 일과 글쓰기의 관계, 편집하는 일과 가르치는 일의 관계, 어머니로서 느끼는 기쁨과 좌절이 나의 글에 어떤 영향을 미쳤는지, 글을 느슨하게 만들었는지, 제한했는지. 구전되는 노예 서사를 글로 옮기는 데서 오는 문제점에 대한 나의 생각,

미국 작가에게 주어진 방언, 표준어, 거리 언어, 시적 언어의 흥미로운 혼합, 제러드 맨리 홉킨스와 진 투머가 내게 끼친 중요한 영향. 한때 미국 문학에서 낭만적이고 감성적으로 그려졌던 가난이 어떻게 19세기로 돌아가 질병과 범죄, 죄악의 상징이 되었는지. 노예 폐지론자 제임스 매큔 스미스와 게릿 스미스의 서신과 관련된 나의 작업 등. 이 모든 주제 혹은 주제의 단편은 나의 의식 세계와 작품 세계와 관련이 있었다. 인터뷰는 동의했지만 막상 만났을 때, 녹화가 시작되기 몇 분 전 생각을 바꾸었다. 인종적 관점이 포기하기에는 너무 흥미로운 관점이라고 했다. 나는 내가 나누고 싶었던 대화에 다른 사람들도 관심을 가질지 전혀 확신할 수 없었다. 아마도 흥미를 끌지 못했을 것이다. 인터뷰어의 판단은 진부했지만 정확했다. 인종적 차이는 돈이 되는 화제였다. 그러나 내가 말하고자 하는 것은 인터뷰어나 관중이나 나의 인종적 측면에만 관심을 가졌다는 것이다. 실망감과 불쾌감에 젖은 나는 미디어에 맞추어 각색된 인종적 대화를 위한 나의 이야기 꾸러미를 끄집어냈다. 아프리카인의 손녀의 증손녀, 노예의 손녀의 손녀, 소작농의 증손녀, 이주 노동자의 손녀, 아메리칸 드림의 수혜자로서 나에 대해 이야기하면서 결국 매우 힘없고 장황하고 흥미롭지 못한 대화를 정신 없이 이어나갔다.

내게는 내가 말하거나 쓰는 모든 문장이 단지 저항으로 혹은 단순히 지지 운동으로 여겨지지 않는 환경이 간절하다. 이 갈망은 결코 인종적 특징의 제거 혹은 '인종 초월'이라는 용어에 대한 지지 표명으로 곡해되어서는 안 된다. 인종주의 정치의 영향력이 약해지고 있는 사례로 받아들여져서도 안 된다. 좀 더 세분화된 인종 식별 언어가 보다 두드러졌던 2000년도 미국 인구 조사만 봐도, 사형 집행에 일시 정지 권고가 내려진 사례들에 가벼운 호기심만 가져도, 지난 대통령 선거 당시 아프리카계 미국인들이 겪은 가혹한 권리 박탈에 모호한 인식만 있어도, 인종차별 및 인종 프로파일링 사건의 기록적인 수치만 보아도, 이런 인종주의적 정책의 다양한 진로 가운데 어떤 것을 보아도 인종주의 정치가 무해하다는 결론으로 이어질 수 없다. 나는 피부색이 눈에 보이지 않는 인종 중립적 환경을 예견하거나 원하지 않는다. 그것은 19세기에 희망했던 것이다. 이제는 너무 늦었다. 인종이 의미를 갖는 우리 문화는 존재할뿐더러 번성하고 있다. 바이러스처럼 번성하느냐 아니면 풍요로운 가능성이라는 수확물로 번성하느냐 그것이 문제다.

처음부터 나는 오로지 미국 흑인 문화의 여러 양상에 관심을 가진 흑인 여성 작가의 정체성을 고집하며 그 영역을 내 것으로 삼았다. 내가 이런 명백한 주장을 한 것은 모든 독자에게 내 작품에 담긴 미국 흑인 문화의 가시성과 필요성을 강조하고, 그로써 내가 배운 비평적 어휘보다 폭넓은 어휘가 발달되기를 장려하기 위함이었다. 나는 이 어휘가 귀중한 자원이 기다리고 있는 주변부로 뻗어가기를 바랐고, 그 결과 중앙을 차지하고 있는 것을 폐기하는 대신 재구성하기를 바랐다. 이것이 문화 사이의, 문화 안에서의 대화를 풍요롭게 하는 방식 같았다. 나는 임시 혹은 명예 백인 작가의 역할을 맡고 싶지 않았다. 피부색은 검지만 거기에 큰 의미 없는 작가, '마침 흑인이기도 한' 작가라는 꼬리표를 의미 없게 만들고 싶었다. 내 작업은 흑인적인 주제가 언어 습관에 어떤 영향을 끼치고 있으며 끼칠 수 있는지 발견하는 것이 목적이었다. 나는 적어도 두 가지 수준에서 존재할 수 있는 언어를 추구했다. 뚜렷한 인종 정체성을, 이미 암호화된 인종 담론 안에서 기능하는 비인종 정체성과 나란히 두고자 했다. 하지만 나는 매니페스토에는 별 소질이 없었으므로 나의 시도는 마치 줄타기 같았고, 이런 균형 잡기는 어떤 독자는 혼란스럽게 만들고, 어떤 독자는 기쁘게 만들었으며, 어떤 독자는 실망시켰다. 그러나 충분한 숫자의 독자에게 자극이 되었기 때문에 내 작품이 헛되지 않았음을 알 수 있었다. 이로 인해 나는 미국 흑인 문화가 다른 문화와 친밀하게 교류하고 다른 문화에 반응하면서 나온 구조와 기술을 이용하는 전략을 시도하게 되었다.

문화적 특수성과 예술적 범위의 요구 사이에서 평형을 추구하려는 노력은 나에게는 문제라기보다 조건이다. 고민거리이기보다 도전 과제다. 난민 수용소이기보다 피난처다. 이방의 나라가 아니라 고향 땅이다. 그 영역에 몸담고 그 영역을 매만지는 일은 다른 무엇보다 신나는 일이었다. 물론 미국 흑인 작가들은 필리스 휘틀리[5]가 노예제도의 도움을 받았다는 취지의 말을 한 순간부터 이 논의에 대해—정치냐 예술이냐, 인종이냐 미학이냐, 둘 다냐—고민하고 글을 썼으며 이 논의와 씨름하고 입장을 취했다. 진 투머는 미국인이라는 인종을 지어냄으로써 족쇄에서 벗어나려고 했다. 제임스 랭스턴 휴스, 조라 닐 허스턴, 제임스 볼드윈, 랠프 엘리슨, 리처드 라이트, 미국 흑인 학자, 그리고 수많은 흑인

---

5    미국 흑인 시인. 《해방의 시학》이라는 시집을 썼다.

인권 운동 이후의 작가들이 이 주제에 의견을 밝혔다. 그리고 19세기 이후 미국 내 모든 이민자 집단 작가들 또한 이 관심사에 날카로운 논의를 이어왔다. 헨리 제임스에서 이창래까지, 윌리엄 포크너에서 맥신 홍 킹스턴까지, 아이작 바셰비스 싱어에서 프랭크 매코트까지, 허먼 멜빌에서 폴라 마샬에 이르기까지. 그럼에도 가장 큰 소리로, 가장 집요하게 '아웃사이더'라고 인식된 지위에 발언하도록 요구받은 집단이 있다면 미국 흑인 예술가들일 것이다. 나에게 은연중에 때로는 노골적으로 던져지는 '당신은 흑인 작가인가 미국인 작가인가'라는 물음은 나에게 '예술을 정치화하려는 것인가'라고 묻는 듯하다. '당신은 흑인 작가인가 보편적 작가인가'라는 의미도 된다. 두 가지가 양립할 수 없다는 의미를 내포하고 있다. 인종에 대한 인식은 정치로부터 도무지 뗄 수 없는 것으로 보인다. 백인들이 먼저 강요한, 마지못한 결합의 산물인데 미국 흑인 예술가들은(공적 영역이나 학계에서) 이 결합의 결과로 일어나는 일을 다룬 죄로 비난을 받고 뭇매를 맞는다. 백인 평론계에 대고 끝없이 '이것은 나의 인종 정치가 아니라 당신네들 것이다'라고 외칠 수밖에 없는 것이다. 그런 사고방식과 벌이는 싸움은 언제나 소모적이고 타격이 큰데, 다툼을 일으킨 사람들이 참여하지 않고 관찰만 하기 때문이다. 문화적 특수성의 요구를 정체성 정치나 정전에 대한 공격, 혹은 특수한 탄원, 혹은 다른 위협의 제스처로 오해하기 때문이다. 그리고 이 싸움에 가장 열심인 사람들은 이미 거기서 이득을 본 사람들이기 마련이다.

나는 정치냐 예술이냐, 인종이냐 미학이냐를 따지는 이 논의에 처음 접근할 때 마치 연금술사처럼 했다. 찌꺼기 금속을 황금으로 만들어줄 재료의 혼합 비율을 찾아 헤맨 것이다. 그러나 그런 조제법은 없다. 그래서 내 작업은 역사적으로 인종이 의미를 가졌던 세계를 그것을 바라보는 예술적 시선에서 뗄 수 없게 만드는 일이 되었으며, 그 과정에서 두 가지 모두를 해체하는 해석을 부추기는 것이 되었다. 다시 말해 나는 작가의 권리와 영역에 대한 소유권을 주장했다. 저널리즘적인 역사를 비유적인 역사로 끊어내기 위해, 수사적인 역사를 심상적인 역사로 누르기 위해, 세계를 읽고 또 오독하기 위해, 쓰고 또 쓴 것을 지우기 위해, 침묵과 발언의 자유를 행사하기 위해. 다시 말해 모든 작가들이 열망하는 것을 하고자 했다. 내 작품이 예술 대 정치 논쟁을 무력화하길 바랐다. 미학과 윤리의 결합을 성사시키고 싶었다.

나는 인종을 가리키는 동시에 무효화하고, 인종의 함의를 인정하는 동시에 그것에 의한 언어의 침식을 막는 더 많은 방법을 연구하는 학문적 문학적 노력의 결실과 중요성에 감명받았다. 이것은 인종이 의미를 가지는 정치 영역과 의미를 가지지 않는다고 여겨지는 예술 영역 간의 부자연스러운 분열을 피하는 작업이다.

거짓 논의의 억지스러운 속성을 버리고 그 중심에 숨겨진 자유를 주는 속성이 제시하는 과제를 기꺼이 받아들이는 학문적 움직임은 상황이 변했다는 사실을 점점 더 예민하게 인식하고 있다. x와 y의 상호배타성이나 x의 y에 대한 지배를 필요로 하는 언어는 서서히 그 마법을 힘을 잃고 있다. 하지만 문학은 그것을 뒤따르는 비평 언어에 비해 훨씬 더 먼저, 훨씬 더 심오하게 이런 변화를 시연하고 실행에 옮기고 있다. 아마도 내가 예술 대 정치, 문화 대 미학의 다툼에 작별을 고했기 때문에 나는 문학적 이별의 순간

(서로 다른 피부색을 가진 사람들이 안녕을 고하는 순간)을 살펴보면서 서로 다른 인종 간의 만남을 표현하는 언어가 겪은 격변, 더 풍요롭고 더 다양한 함축적 의미를 가진 탐구의 기회를 낳는 격변에 대해 생각해본다. 미국 문학 속에 나타나는 서로 다른 인종 간의 작별 인사는 인종 위계를 공공연하게 전제하는 데서, 좀 덜 노골적으로 전제하는 방향으로 이어졌고, 나아가 그런 전제를 암호화하고 섬세하게 해독하는 방향으로 급격하게 움직였다. 통제에서 무시로, 불안으로, 그리고 일종의 세련된 안락으로 나아갔다. 여기서 오해하지 않길 바란다. 인종을 무의미하게 만드는 것이 문학의 역할이라는 것은 아니다. 그럼에도 인종 담론의 형태를 문학에서 찾을 수는 있다. 변화하면서 문학을 통해 움직이는 이 형태는 우리가 그 문학을 읽을 때 우리의 상상력을 통해서도 움직인다. 이 간략한 연구는 그 범위가 더 넓어질 수도 있고 더 넓어져야 마땅하지만 나는 여성 작가에 국한하려고 한다. 여성 간의 친밀감, 소외, 단절의 주제는 남성 작가들이 다룰 때 성적 경쟁심을 암시하게 되는데, 성적 우위에 관한 불안은 인종 방정식을 흐리거나 악화할 수 있다.(셰익스피어와 할리우드도 이를 잘 알고 있었다.) 작별을 고하는 순간은 극적인 글쓰기, 의미로 끓어 넘치는 깊은 정서적 깨달음을 담기에 안성맞춤이다. 나는 중요한 어떤 것을 공유했거나 공유했을 수 있는, 서로 남남인 흑인과 백인 사이의 작별에 관심이 있다. 혹은 저들보다 더 거대한 어떤 것의 결말을 상징하는 사람들, 가령 상실이나 부활을 의미하는 작별에 관심이 있다. 과거가 서로 영원히 얽혀 있는 흑인과 백인 여성 간의 작별도 있다. 이런 관계는 다는 아닐지라도 대부분 대리인과의 관계다. 유

모와 아이의 관계에서 흑인은 대리모가 되고, 시종과 아가씨의 관계에서는 대리모나 대리 이모, 기타 친척을 대신한다. 그리고 고용인과 피고용인의 관계 역학에서 인종이 의미를 갖지 않을 수 없기 때문에 바로 그런 이유에서 금지된 우정, 대체된 우정을 나누는 대리 자매들도 있다. 그리고 이따금 아주 드물기는 하지만 인종이 의미를 가지지 않는 평등한 관계에 있는 흑인과 백인 성인 여성 간의 작별도 있다. 앨리스 워커의《머리디언》이 초기 사례다.

먼저 미국인은 아니지만 많은 작품을 남긴 한 훌륭한 작가의 작별 장면에서 시작하고자 한다. 작가 자신도 고향에서 멀리 떨어진 땅에 사는 외국인이었으며 인종 관계를 경험하고 거기에 의견을 낼 수 있었다. 바로 이자크 디네센(카렌 블릭센)이다.《아웃 오브 아프리카》에는 일반적인 인종 담론과 외국인의 고향에 대한 추측을 보여주는, 좀처럼 잊을 수 없는 장면이 있다. 이 장면에서 작가는 성인이 된 이후 생애의 대부분을 보낸 케냐를 떠난다. 아프리카를 떠날 수밖에 없는 상황, 거기서 오는 슬픔이 작별 인사의 매순간 표면으로 떠오른다.

끝으로 가면 이런 부분이 나온다.


노년의 여인들은 내가 떠나는 것을 안타까워했다. 그때 본 키쿠유족 여인의 모습을 아직 간직하고 있다. 잘 알지 못하는 여인이라 이름도 모르지만 카세구 마을 사람이었고 카세구의 수많은 아들의 아내 혹은 미망인이었던 것 같다. 여인은 들판에 난 길을 따라 나에게 왔는데 등에는 키쿠유족이 오두막 지붕을 만들 때 쓰는 길고 가느다란 장대 한 무더기를 메고 있었다. 그들에게 이것은 여성의 일이다. 길이가 4미터에 육박하는 장대를 나를 때는 한쪽 끝을 묶는데 이렇게 해서 나오는 높은 원뿔 형태의 짐을 메고 들판을 가로지르는 사람들의 실루엣은 마치 선사시대 짐승이나 기린과 비슷하다. 이 여인이 나르던 장대는 다 검게 그을려 있었다. 오두막에서 나는 연기 때문에 여러 해에 걸쳐 검댕으로 뒤덮인 것으로 이것은 여인이 집을 헐었으며 집 지을 재료를 끌고 새로운 땅으로 가고 있다는 의미였다. 나와 마주치자 여자는 나로 향한 길을 가로막은 채 죽은 듯 멈추어 섰다. 그리고 무리 속에 있는 기린과 똑같은 모습으로 나를 물끄러미 바라보았다. 열린 들판에서 가끔 만나곤 하는, 우리가 알 수 없는 방식으로 살고 느끼고 생각하는 기린들 말이다. 잠시 뒤에 여인은 흐느끼기 시작했다. 눈물이 얼굴을 타고 흘러내렸다. 내 눈앞에서 들판에 오줌을 누던 암소가 떠올랐다. 여인도 나도 한마디 하지 않았고 여인은 몇 분 뒤 길을 비켰고 우리는 헤어져 서로 반대 방향으로 걸어갔다. 나는 어쨌든 여인에게 새집을 지을 수 있는 재료가 있다고 생각하며 여인이 장대를 엮어 지붕을 만드는 상상을 했다.

다른 수많은 케냐 사람들도 울며 디네센의 출국을 슬퍼했다. 디네센에게 애정이 있었기 때문일 수도 있고 보수를 주는 직장과 보호해줄 사람이 없어져 또 다른 보호처를 찾아야 하는 데서 오는 절망 때문일 수도 있다. 하지만 이와 같은 회고는 다른 이유에서 나를 어리둥절하게 만든다. '나로 향한 길을 가로막은 채'는 무슨 뜻인가? 길을 가로막은 것도 아니고, 길에 있는 나를 가로막은 것도 아니고 나로 향한 길을 가로막다니. 이 길은 오직 디네센에게 향하는 디네센을 위한 길인가? 여인은 있어야 할 자리를 벗어났는가? 흥미로운 구문이다. 뿐만 아니라 여인의 용건에 대한 추측도 이어진다. 즉 지붕을 올리거나 다시 올리거나 고치기 위한 장대라는 추측이다. 자신의 고향에서 자신을 위한 집을 짓지만 그 고향에서 키쿠유족 여인은 외부인처럼 그려진다. 반면 진정한 외국인인 저자는 불안감에 거짓 고향을 떠나려고 한다. 이 아프리카 여인에 대한 묘사도 시사하는 점이 많다. 여인의 머리 위로 솟은 장대를 보고 디네센은 '선사시대 짐승'을 떠올린다. 뿐만 아니라 여인이 어떤 감정을 가지고 조용히 디네센을 바라보는지 우리는 아직 알 수가 없는데, 여인을 우리가 알 수 없는 감정과 생각과 삶이 있는 동물계로 집어넣었기 때문이다. 여인은 무리에 있는 기린처럼 말이 없고 알 수 없는 존재이고, 여인이 슬픔, 분노, 혐오, 외로움 혹은 기쁨일 수 있는 강렬한 감정을 나타내지만 우리는 그것이 어떤 감정인지 알 수 없다. 여인의 눈물은 눈앞에서 소변을 보는 암소를 떠올리게 하기 때문이다. 이 이름 없는, 알 수 없는 여인의 모습을 디네센은 간직하고 있다고 한다. 분명히 이 여인은 케냐의 대리인이자 상징이며, 디네센이 떠나려는 세계에 대한 상징이다. 이 구절에서 아름답고 '미적인' 언어는 원주민, 이방인, 고향, 고향의 상실 등의 조건을 인종주의적 가정을 정당화하고 불명확하게 만드는 선제적인 심상들로 씻어내어 훼손한다. 한편 그 심상은 좀 더 유해한 통찰에 대한 보호막을 제공한다.

　1930년대 아프리카를 떠나 1940년대 미국으로 와서 흑인과 친밀한 관계를 가졌다고 주장하는 또 다른 작가를 살펴보면 또 다른 시사점을 발견할 수 있다.

미국 여성의 삶에 대한 고전《바람과 함께 사라지다》에서 나타나는 흑인 여성과 백인 여성 간의 고리는 우리가 해리엇 비처스토 등에게서 배워 익히 알고 있다. 흑인 여성은 흔한 유모로서 정성과 돌보는 능력이 넘치고 충성심도 지극하다. 이런 대리모는 생모보다 더 유익한데 늘 한결같기 때문이기도 하지만 생모와 달리 별 대가 없이 명령하고 무시할 수 있기 때문이다. 텍스트 속에서 상당한 존재감을 자랑하는 대리모들도 언젠가는 떠나는 순간이 온다. 관련성이 없어지면 서사 자체에서 빠져나오기도 하고 돌봄을 받던 아가씨가 성숙하거나 처지가 바뀌어 더 이상 가르칠 게 없어지면 아가씨의 삶을 떠나기도 한다. 이사하거나 복종을 거부하거나 죽는다. 나의 관심사는 이런 단절이 어떻게 그려지느냐는 것이다. 흑인 여성의 퇴장을 기분 좋게 만들기 위해 보호적인 언어가 소환되는가? 유모를 감정을 모르고 생각 없는 동물과 동일시하는 비유에 의존하는가? 퇴장과 함께 깊고 어색한 침묵이 나타나는가? 영원히 떨어질 수 없다는 끈질긴 고집이나 눈물이 있는가?

문학적 성취의 수준에서 상당한 차이가 있음에도 마거릿 미첼의 유모는 디네센의 키쿠유족 여인과 중요한 방식으로 닮았다. 두 사람 모두 동물계에서 가져온 비유를 통해 그려진다. 두 흑인 여성 모두 작별이 임박하자 슬픔에 말을 잇지 못한다. 두 경우 모두 단절은 정신적 충격으로 여겨진다. 미첼의 경우 흑인 여성에게 이 이별은 충격적인 상실이며 백인 여성에게도 그렇다. 케냐 여인은 '한마디도' 하지 않고, 흑인 유모는 알아들을 수 없는 말을 중얼거린다.(아가씨와 60년 세월을 대화하면서도 유모는 '백인white'이라는 말을 제대로 발음하는 법을 배우지 못했다.) 그리고 어린 아가씨가 흐느끼는 동안 유모는 마지못해 이별을 받아들인다.

서로 다른 피부색을 가진 여성들 사이의 이러한 초기 고전적 관계는 종종 모녀 관계와 비슷하며 친밀감과 애정을 담고 있다. 윌라 캐서의 《사피라와 노예 소녀Sapphira and the Slave Girl》의 매혹적인 임종 장면에도 또 다른 대리모 제제벨과의 이런 관계가 나온다. 여자 주인은 제제벨과 친밀하고 서로 만족하는 우정을 쌓는다. 둘의 대화는 많은 것을 보여준다.

"먹어야 힘을 낼 수 있어."

"아무것도 먹기 싫어요, 아가씨."

"맛있는 거 아무것도 생각 안 나? 잠깐 생각해보고 말해봐. 뭐라도 있지 않아?"

늙은 여인은 장난기 어린 눈빛으로 웃었다. 종잇장 같은 한쪽 눈꺼풀이 윙크했고 눈에서는 어두운 익살이 번득였다.

"맛있게 먹을 수 있는 게 뭘까요, 생각 안 나요. 검둥 아기 손이라면 맛있을까."

사피라는 다시 침대로 가서 제제벨의 차가운 잿빛 갈퀴손을 잡고 두드렸다.

"다시 만날 때까지 안녕. 이제 돌아누워 눈 좀 붙여."

이 장면은 아련하지만, 유쾌한 추억과 세상을 향한 공통된 시선으로 가득하지만, 그 평온 속에서 인종차별의 적의를 유발하는 유용하고도 사악한 언어가 번개처럼 번뜩인다. 식인을(아프리카인의 '자연적' 특성이라고 여겨졌던) 암시하는 말도 그렇고, 손을 두드리는 것이 아니라 '차가운 잿빛 갈퀴손'을 두드리는 것도 그렇다.

하지만 소설에서는 또 다른 변화가 시작된다. 흔히 사회적 분위기가 가져온다고 여겨지는 변화, 시대의 징후다. 어쨌든 19세기, 20세기 초에 허용되었던 언어는 20세기 후반에는 세련되지 못하다고 여겨진다. 하지만 그게 다는 아니다. 1920년대 할렘 르네상스 이후 소수 집단의 목소리가 정치적 문학적 지형에 들어선 것이 분명 이런 변화에 일조했다. 타인을 쉽게 무시하는 것을 허용하지 않는 독자와 평단 덕분일 수도 있다. 어쨌든 경솔하게 타자를 무시하는 사례는 줄었다. 이런 관계에 대해 더 심오한 탐사가 이루어졌다. 퇴장, 관계 단절에 대한 더욱 엄격한 관찰이 이루어졌다. 1946년 카슨 매컬러스는《결혼식의 일원The Member of the Wedding》을 출간했고, 그 전에는《마음은 외로운 사냥꾼The Heart Is a Lonely Hunter》을 펴냈다.

두 소설 모두에서 흑인 여성은 주인공의 삶에서 퇴장한다. 《결혼식의 일원》에서 베러니스와 프랭키와의 주도권 다툼에서 우리는 아이가 떠날 때 느끼는 대리모의 질투심을 목격한다. 하퍼 리의《앵무새 죽이기》도 있다. 하퍼 리는 불가지성에 대한 어떤 추측과 거리를 두려 애쓰고 있다. 캘퍼니아는 다른 흑인이나 아이들과 있을 때만 자신을 드러내는 대화를 하고 백인 어른이 있을 때는 결코 그러지 않지만, 그럼에도 이런 복잡한 문제를 다루기 위한 언어를 찾으려는 작가의 노력은 명백하다. 이 소설에는 작별의 장면이 없다. 하인 캐럴라인 더키에 대한 몇 가지 회상이 담긴 릴리언 헬먼의 자서전에도 작별의 장면은 없다. 하지만 앞선 작가들이 보여주지 못한 진지한 태도를 갖기 위해 노력하므로 위의 주장은 유효하다. 이들 백인 여성 작가들 사이에서 어떤 의심이 꽃피고 있었던 것으로 보인다. 복잡한 사고를 하고 다의적이며 미묘한 특색을 가진 흑인 등장인물도 가능하다는 생각, 그들의 언어를 표현하기 위해 다른 등장인물의 경우와 달리 기이하고 창의적인 철자법을 만들어낼 필요가 없다는 생각이었다.

루실 클리프턴은 1976년에 쓴 사랑스런 회고록《세대들Gen-erations》도입부에 다양한 피부색의 낯선 사람들과 나누는 대화를 넣었다. 이 대화는 말할 수 있는 것과 말해지지 않은 것들로 떠들썩하다.

그러나 그로부터 두 해 전 다이앤 존슨은 클리프턴의 회고록과 다른 작품들에 있는 공백을 채웠다. 1974년작《그림자는 안다 The Shadow Knows》는 이런 관계들을 깊이 파고든다. 화자에게는 자기 삶에서 결정적인 역할을 하는 하인 두 명이 있다. 한 사람은 파괴적이고 복수심으로 가득하며 기괴한 반면, 다른 사람은 너그럽고 격려를 아끼지 않으며 발랄하다. 존슨의 사색적인 산문체는 여기 인용할 만하다.

"나는 내가 오셀라를 별로 인간으로 느끼고 있는 것 같지 않다고 고백하고 싶은 것이다." "오셀라는 마치 죽은 채로 도착한 듯했다. 가족을 잃고 홀로 집에서 멀리 떨어진 우리 동물원으로 이송된 것 같았고 마치 사육사가—내가—별 관심을 갖지 않는 사소하고 흔한 동물 같았다. 사육사는 연약한 가젤의—나의—비참한 처지에 정신이 팔린 것 같았다." 여기서 동물적 특성은 공평하게 분배되어 있고 좀 더 서정적인 '가젤'은 아이러니를 담고 있다. 이후에 화자는 이런 생각을 곱씹는다. "오셀라를 설명하거나 오셀라를 떠올리기만 하면 사람이 아니라 사물이나 살찐 동물에 비유하게 된다. 내가 오셀라를 인간으로 취급하지 않는 것 같았다. 내 아이들과 내 집을 공유하고 오랜 시간을 함께 나눈 나와 같은 여자를…… 자매로 여기고 요리법을 공유하지 못할 이유가 오셀라에게는 없었지만 내 안에는 있었다."

이것은 스스럼없고 게으른(마거릿 미첼) 언어가 아니다. 오셀라는 지독하지만 납득할 만한 광기를 보여준다. 한편 오셀라를 따라간 에브의 사망은 화자의 깊고 개인적인 애도의 대상이다.

인종이 의미를 갖는 이런 작별 장면에서 언어는 사방으로 스치듯 튕겨나간다. 《빌러비드》에도 백인 소녀와 흑인 소녀가 마지막 인사를 하는 장면이 있다. 이 장면은 물론 두 사람 사이에 벌어질 이별을 향하여 움직이지만 역시 매우 인종화된 대화의 한복판에서 인종이라는 장애물에 작별을 고하고 있다. 둘은 각각 그 시대의 언어로 이야기하기 시작한다. 두 사람 사이의 위계는 에이미의 스스럼없는 인종적 발언과 세서의 기만적 동의에서 뚜렷하게 드러난다. 힘을 합쳐 덴버가 세상에 태어나게 한 두 사람은 마침내 작별 아닌 기억에 대해 이야기한다. 어떻게 상대의 생각 속에 있는 나에 대한 기억을 바로잡을지 이야기한다. 세서의 경우 자신의 일시적인 생애가 끝난 뒤에도 어떻게 이 만남을 영원하게 남길 수 있을지 이야기한다. 행위는 각각 다른 길을 가는 분리의 행위지만, 두 사람의 언어는 분리를 지우는 데, 분리의 필요성에 대한 사색을 권하는 데 목적이 있다. 세서가 오하이오강 둔치에 밀려왔다는 점에서 우리는 만약 두 여성의 피부색이 같았다면(둘 다 백인이거나 둘 다 흑인이었다면) 둘이 떨어지지 않고 운명을 함께했을 수 있다는 것을 깨닫는다. 둘 중 누구도 소속된 곳이 없었다. 두 사람 다 미지의 낯선 땅을 헤매며 머물 곳을 찾고 있었다. 그래서 언어는 둘의 쓸쓸한 작별이 왠지 수치스럽다는 느낌을 주도록 설계되었다.

20세기 후반에 와서 인종 의식이 표현 언어에 가한 제약은 바버라 킹솔버의 《포이즌우드 바이블》에서처럼 침식되기 시작한다. 이 작품은 흑백 관계의 장래성을 억압하거나 무시하지 않고 고정관념이 주는 편안함, 게으른 상상력의 위안에 머물지 않는다. 이 작품에서는 디네센의 침묵도 미첼의 중얼거림도 아닌, 언어적 검술이 들려온다. 하인들의 지극한 정성이나 불복종 대신 집의 의미를 놓고 씨름이 벌어진다. 은근한 시기심, 복잡한 형태의 저항, 혐오, 사랑, 분노가 파헤쳐진다. 교양을 바탕으로 한 상호 인식의 마땅한 교류가 이루어진다.

왜 미국 흑인 여성 작가들이 인종 간의 경계를 이해하기보다 넓히려는 유혹을 무시했는지 알 것 같다. 그렇지만 백인 여성 작가들이 그렇게 해야 한다고 여긴 이유는 잘 모르겠다. 정치의 미화와 미학의 정치화 사이에서 내린 단순한 결정은 아닐 것이다. '인도적'이고 '보편적'이라는 말을 듣고 싶은 유아적인 갈망 때문도 아닐 것이다. 인종의 삭제로 오염된 말들은 더 이상 적절하지 않다. 오늘날 문학 속에, 특히 여성에 대한, 여성에 의한 문학 속에, 심지어 그것을 이해하고자 애쓰는 공공 담론 속에 존재하는 평형에 이름을 붙이는 일은 다른 사람들에게 맡기겠다.

문학에 대해 읽고 쓰는 새로운 패러다임을 낳을 수 있는 재료는 이미 존재한다. 작가들은 이미 오래된 패러다임에 작별을 고했다. 언어와 창의적 가능성을 묶어두었던 인종적 닻에도 작별 인사를 했다. 이럴 때 삶이 예술을 모방한다면 얼마나 새로울까. 나의 진정한 작업 세계를 반영한 텔레비전 인터뷰가 허락된다면. 내가 (유색 인종의) 이방인이 아닌, 이미 인류의 일원인 이 동네 사람이라면.

2001년 4월 3일, 매사추세츠주 래드클리프 대학원 특강 프로그램
'래드클리프 창립 렉처 시리즈'에서.

## 옮긴이의 말

　해마다 노벨문학상 시상 시기가 되면 국내 출판계도 덩달아 들썩인다. 노벨문학상을 탄 작가의 작품 가운데 미출간작이 있으면 부리나케 번역되어 나온다. 토니 모리슨은 1993년 흑인 여성 최초로 노벨문학상을 수상했다. 토니 모리슨의 소설도 전부 우리말로 번역되었다. 하지만 한국 독자들에게는 물론 미국인들 사이에서도 토니 모리슨은 미국 문학을 떠올릴 때 자동적으로 뇌리에 떠오르는 이름은 아닐 것이다. 나는 미국에서 중학교와 고등학교, 대학교 생활을 했지만 놀랍게도 토니 모리슨의 작품은 내가 수강했던 그 어떤 언어와 문학 수업의 도서 목록에 없었다. 하퍼 리의 《앵무새 죽이기》, 피츠제럴드의 《위대한 개츠비》는 있었지만, 헤밍웨이, 마크 트웨인은 있었지만, 토니 모리슨은 없었다. 그 이유는 바로 이 책에서, 토니 모리슨이 미국 문학 비평계와 교육계의 정전正典 논의에 대해 통렬하고도 논리적이며 지적으로 정리해놓은 몇 편의 글 속에서 찾을 수 있다.

이 책에 실린 글과 연설, 강연은 미국에서 인종이 가지는 의미, 흑인을 타자로 삼아 구축한 미국성에 대해 치열하게 탐구하고 있다. 또한 모리슨이 젊은 세대에게 보내는 충고와 찬사와 가르침도 담고 있다. 모리슨은 평단을 위해, 그리고 독자를 위해 자신의 소설 작법과 거기에 담긴 의도를 아주 상세히 기술하고 있다. 이처럼 다양한 자리에서 다양한 청자와 독자를 위해 펼친 논의와 사색의 결과물이 이 책에 실려 있다. 때문에 페이지가 술술 넘어가지 않는다. 그 반대다. 애쓰지 않으면 접근하기 힘들다. 처음에 이 책을 읽을 때 나는 도저히 이해가 쉽지 않고 집중할 수가 없어서 처음으로 오디오북의 도움을 받았다. 길을 걸으며 몸의 규칙적인 움직임 속에서 모리슨의 글에 귀를 기울이니 조금씩 새로운 지평이 열렸다. 손에서 내려놓을 수 없는 모리슨의 매혹적인 소설과는 또 다르다. 나에게 이 책은 평상시와 다른 시도를 하면서 노력한 덕분에 마침내 열린, 수많은 놀라운 통찰의 보고다. 이 책의 영문판 편집자들은 토니 모리슨의 글과 연설에서 중복되는 부분들을 그대로 실었다. 그래서 처음에 직접적으로 와닿지 않아도 다양한 맥락 안에서 중복되는 모리슨의 성찰을 통해 차츰 이해가 열리는 경험을 할 수 있다. 이 번역판에서도 모리슨이 여러 자리에서 여러 청자를 대상으로 거듭 강조하는 것들을 생략하지 않고 그대로 담았다.

　게다가 모리슨이 이 책에서 거듭 강조하고 있는 그의 여러 번쩍이는 통찰은 실로 광범위한 영역에서 이루어진다. 교육, 문화, 문학, 시각예술, 정치, 인문학, 인종주의 등에 대한 모리슨의 성찰이 담긴 말들은 이미 수없이 많은 인용 부호 속에 담겨 온 사방에 떠다니고 있다. 맥락 없이 떠다니는 그의 말들은 이 책에서 그 맥락을 찾아간다.

모리슨이 세상을 떠난 지 한 해가 훌쩍 넘었다. 모리슨의 글 속에서도, 모리슨이 떠난 지금도 현실은 암울하다. 모리슨이 미국의 역사적 정치적 인종주의, 그리고 이 영역에서 미디어가 행사하는 힘을 명료하게 정리한 글들은 1990년대에 쓰였지만 오늘날 미국뿐만 아니라 한국의 여러 정치적 상황에 대한 논평으로도 읽을 수 있다. 하지만 암울한 현재를 명철한 눈으로 응시하고 있었던 모리슨이 말하는 미래는 희망적이다. 모리슨은 꿈을 꾸라고 말한다. 미래를 상상하라고 말한다. 20년, 30년 후의 미래가 아니라 수천 년 후, 수만 년 후 인류의 미래를 상상하라고 말한다. 미래는 바뀔 수 있고 쓰인 글은 고칠 수 있다고 말한다. 그것이 대책 없는 낙관주의가 아니라는 것을, 흑인 여성 작가로서 스스로의 위치와 정체성을 치열하게 고민한 결과 나온 결론이라는 것을 그의 글을 통해 깨달을 수 있으므로 더욱 희망적이다.

나는 언제부턴가 여성 작가들의 소설만을 찾아 읽기 시작한 뒤 과연 전과 같은 눈으로 다시 남성 작가의 소설을 읽을 수 있을까 생각한 적이 있다. 한국 출판계와 미디어에는 여전히 인문학이라는 간판을 단 수많은 영업 전략이 널려 있다. 사상과 학문과 예술의 중심에 인간을 두는 일은 물론 고귀하다. 모리슨도 인간이 이 지구의 유일한 도덕적 존재임을, 그러므로 책임을 다해야 한다는 사실을 강조한다. 그런데 그 인간은 과연 어떤 인간인가? 정복하는 인간인가, 정복당한 인간인가? 중심에 있는 인간인가, 주변에 있는 인간인가? 어떤 인간의 시선으로 우리는 사상과 학문과 예술을 재단하고 있는가? 모리슨을 알게 된 우리는 과연 전과 같은 눈으로 다시 백인 작가의, 남성 인문학자의 글들을 읽을 수 있을까? 이 책에서 모리슨은 말했다.

나는 북극광을 봤을 만큼 충분히 나이 들었다. (1938년이었던가?) 오하이오주 로레인 하늘에서 벌어졌던 그 몹시도 충격적이고 극히 심오했던 사건을 나는 기억한다. 그걸 보고도 어찌단 하나의 빛깔로 만족할 수 있겠는가?

2021년 새해를 맞으며
이다희

보이지 않는 잉크

초판 1쇄 발행　　2021년 1월 29일
초판 3쇄 발행　　2021년 4월 7일

지은이　　　　토니 모리슨
옮긴이　　　　이다희
기획편집　　　나희영
디자인　　　　김슬기

펴낸곳　　　　(주)바다출판사
발행인　　　　김인호
주소　　　　　서울시 마포구 어울마당로5길 17 5층(서교동)
전화　　　　　322-3675(편집), 322-3575(마케팅)
팩스　　　　　322-3858
E-mail　　　　badabooks@daum.net
홈페이지　　　www.badabooks.co.kr

ISBN　　　　　979-11-89932-96-1　　03840